W0293148

Maja Lunde • Die Letzten ihrer Art

MAJA LUNDE

DIE LETZTEN IHRER ART

Roman

Aus dem Norwegischen
von Ursel Allenstein

btb

Für Jesper, Jens und Linus

EVA

Heiane, Akershus, Norwegen 2064

Wie im Rausch trieb es den Hengst zur Stute. Der Instinkt bestimmte ihn durch und durch, machte ihn unberechenbar, wild. Als Mensch würde ich ein solches körperliches Verlangen nie nachvollziehen können. Oder doch, es gab eine Zeit in meinem Leben, da hatte ich mich unter die Oberfläche ziehen lassen, die Vernunft ignoriert. Aber immer nur kurz, für wenige Sekunden. Das ist lange her, seither konnte ich mir diesen Luxus nie wieder leisten. Das einzige Verlangen, das meine Handlungen jetzt noch beherrscht, ist der Hunger. Der Hunger führt manchmal zu irrationalem Verhalten, erinnert an Wahnsinn, treibt einen Menschen zu Unvorstellbarem.

Mit Argumenten wurde man den Gelüsten der Tiere jedenfalls nicht Herr, und mir blieb nichts anderes übrig, als meine Stute Nike zu beschützen.

Rimfakse ließ nicht von ihr ab, obwohl die Zäune eigentlich ausreichen müssten, um ihn von Nike und ihrem Fohlen Puma fernzuhalten. Ich konnte noch so sehr schreien und gestikulieren, Nikes Brunst lockte ihn auf die Hafenweide. Im vergangenen Herbst hatte Nike ihren Gefährten verloren, den Hengst Hummel. Er war alt und ausgemergelt gewesen, ich hatte ihn aufgeben müssen. Und jetzt war Nike allein. Ich wusste, dass sie keine Ruhe finden würde, ehe sie trächtig war. Diesen Willen konnte ich ihr aber nicht lassen, denn sie war ein Takhi, eines der letzten Wildpferde auf dieser Welt, und Rimfakse nur ein ganz gewöhnliches Hauspferd, das von Richard ausgesetzt worden war, ehe er vor einem Jahr den Nachbarhof verlassen hatte. Nike durfte sich nicht mit einem wie ihm paaren, denn bei solchen Kreuzungen überwogen die Eigenschaften des Hauspferdes, ihre Erblinie würde nach nur zwei Generationen aussterben, und dann wären alle Mühen, sie herzubringen, all die Arbeit, die investiert worden war, damit ihre Art weiterhin auf dieser Erde lebte, vergebens gewesen. Vergebens und wertlos, sie würde ihren Wert verlieren, wenn ich ihm seinen Willen ließe.

»Verschwinde, Rimfakse!«

Der Hengst rieb sich am Zaun, streckte den Kopf nach Nike, versuchte, sie zu erreichen, und die Stute ermunterte ihn, hob ihren Schweif und drehte ihm das Hinterteil zu.

Ich lief näher heran, fuchtelte mit den Armen.

»Hau jetzt ab! Ksch!«

Rimfakse wieherte mich an, drehte sich hin und her und trat auf der Stelle, ehe er mir beleidigt den Rücken zukehrte und davontrabte.

»Vergiss es einfach!«, schrie ich ihm hinterher. »Such dir eine Stute von deinem eigenen Schlag!«

Bald musste ich sie zum Glück nicht mehr auf diese Weise bewachen. Es war schon September, und vor Nike lagen sechs Monate ohne Brunst, sechs Monate Ruhe für sie und mich. Im Winter hatte ich die Kontrolle über das

Verhalten der Tiere und über meine eigene Situation. Solange die Speisekammer ausreichend gefüllt war, solange die Winterstürme nicht zu heftig wüteten und solange der Strom nicht ausfiel, war das Leben im Winter übersichtlicher.

Ich ging bis an den Zaun heran, lehnte mich über eine Latte und streckte den Wildpferden die Hände entgegen.

»Guten Morgen, Nike. Hallo, Puma.«

Sie wandten mir die Köpfe zu, sie kannten meine Stimme. Puma war als Erster bei mir. Seine dünnen Beine staksten eifrig über den Boden, er war immer noch neu auf der Welt, bewegte sich ein wenig unsicher und tastend voran. Er schob sein Maul unter dem Zaun hindurch und schnaubte leise.

»Ob ich wohl was für euch habe?«, fragte ich lächelnd. »Glaubst du, ich habe was für euch?«

Ich steckte die Hand in die Tasche.

»Aber nur heute.«

Inzwischen war auch Nike gekommen. Ihre Nüstern weiteten sich, als sie die Karotten entdeckte.

»Bitte schön, mein Kleiner.« Ich gab Puma die erste Karotte. Sie war klein, denn er war noch zu jung und konnte neben der Muttermilch nicht viel andere Nahrung verdauen.

Nike stampfte mit dem Huf.

»Jaja, du bekommst auch was.«

Ich streckte ihr die größte Karotte hin, die blitzschnell und krachend in ihrem Maul verschwand.

»Aber nicht Isa verraten«, sagte ich.

Nike schnaubte und schlug mit dem Schweif.

»Isa ist streng? Ja, meine Tochter ist streng.«

Anschließend blieb ich einen kurzen Moment stehen und betrachte sie einfach nur, ohne dass sie groß Notiz von mir nahmen, dann drehte ich mich um und eilte zurück zum Hof. Heute war Freitag, Einkaufstag. Ich musste zusehen, dass ich zum Hafen kam, denn ab und zu tauchten dort am Kai immer noch Jäger oder Fischer auf. Letzte Woche hatten die Hühner viele Eier gelegt, vielleicht würde jemand Interesse daran haben.

Ich eilte am geschlossenen Kiosk vorbei, wo die Scheiben eingeschlagen und die Werbeplakate verblichen waren, stapfte den Hang hinauf und um die Gehege herum, in denen früher Katzen aller Arten untergebracht gewesen waren, vorbei an dem kleinen Sumpfgebiet, das mein Großvater einst für die bedrohten Amphibien angelegt hatte, und an dem eingezäunten Waldstück, in dem sich noch vor kurzem die Wölfe versteckt hatten, die scheuste unserer Tierarten.

Die Tiere hatten es immer gut bei uns gehabt, über alle drei Generationen hinweg, in denen meine Familie den Park betrieben hatte, und sie hatten es uns gezeigt, indem sie sich vermehrten. Die Besucher waren gekommen, um sich zu amüsieren und um etwas zu lernen, aber den Höhepunkt bildeten die Tierjungen. Dann jauchzten und lachten sie, streckten die Finger aus und riefen *guck mal, guck mal, wie süß!* Einmal bekam die Schneeleopardin Drillinge, ein historisches Ereignis. Wir hatten nie so viele Besucher empfangen wie in diesem Sommer. Für uns war neues Leben ein sehr ernstes Thema. Ich erinnere mich, dass uns die anderen Kinder in der Schule seltsam fanden und wir uns schämten, wenn sie uns besuchten. Denn Themen wie Paarung und Trächtigkeit wurden bei uns täglich am Esstisch besprochen. Und wenn diese kleinen neuen Wesen auf die Welt kamen, umhegten wir sie wie unsere eigenen Kinder … Sie *waren* unsere eigenen Kinder. Nein, nicht unsere, sie sind ihre eigenen Kinder, sagte mein Vater immer, unsere Aufgabe besteht lediglich darin, dafür zu sorgen, dass sie ein möglichst gutes Leben haben und deshalb neues Leben zeugen wollen.

Jetzt waren die Schneeleoparden weg, genau wie die meisten anderen Tiere. Nur einige wenige waren mir geblieben. Eine Herde Waldrentiere existierte noch in dem großen alten Gebiet, in dem früher auch die Wölfe gelebt hatten. Die Rentiere zählten zwar nicht zu den bedrohten Arten, aber sie kamen dort unten größtenteils allein zurecht, deshalb hatte ich sie noch nicht freilassen müssen. Auch zwei zerrupfte Wanderfalkenweibchen hielt ich nach wie vor in einer Voliere. Sie waren anspruchslos in der Pflege, aber ich fürchtete, sie würden noch am selben Tag sterben, ab dem ich sie nicht mehr versorgen konnte. Eine einzelne schottische Wildkatze wohnte allein im Westen des Parks, doch ich brachte es nicht über mich, sie laufen zu lassen, denn dann würde sie sich nur mit einer Hauskatze paaren und aussterben. Und natürlich Nike und Puma, mein wertvollster Besitz. Ich beschützte sie mit aller Kraft.

Meine Schwester Anne hatte sich damals dafür eingesetzt, dass wir Wildpferde bekamen, schon als Kind hatte sie von nichts anderem gesprochen. Ich erinnerte mich daran, wie sie immer wieder dieselben Filme auf YouTube gesehen hatte, ganz in ihrer eigenen Welt versunken, mit dem iPad auf dem Schoß und ihren Kopfhörern auf den Ohren, während die Pferde über den Bildschirm galoppierten. Sie hatte so viel Zeit darin investiert, einen Hengst und eine Stute aus einem Naturschutzgebiet in Frankreich zu kaufen und einem internationalen Zuchtprogramm beizutreten. Nike und Hummel gehörten zu den letzten Pferden, die noch unter Tierparks verkauft worden waren. Pferde wie Rimfakse würden immer überleben, aber von den Wildpferden gab es inzwischen viel zu wenige. Ich hoffte jedoch, wenn all das überstanden wäre, wenn sich das Leben wieder stabilisierte und es erneut möglich war, mit den Kooperationspartnern dort draußen in Verbindung zu treten, würde es auch möglich sein, einen neuen Hengst für Nike anzuschaffen. Denn in der Mongolei gab es vielleicht nach wie vor Wildpferde. Es hatte schließlich so viele gegeben. Einige von ihnen mussten doch noch existieren.

Nike und Puma waren nach Sportschuhen benannt. Anne hatte sie so getauft, wie all unsere Tiere. Sie hießen wie ausgestorbene Markenprodukte, Kleidung, Elektronik, Uhren und Autos. Isa fand das lustig, sie konnte immer noch über die Namen lachen. Mich selbst erinnerten sie viel zu oft an Anne. Ich vermisste sie. Nicht nur ihren Humor, sondern auch ihren Tatendrang. Und ihre Nähe, vielleicht hingen die beiden Eigenschaften zusammen. Sie war vielseitig, und sie schaffte eine Menge.

Doch Anne war weg, samt ihrer kräftigen Stimme und ihrem Körper, der immer in Bewegung gewesen war. Sie hatte Heiane verlassen, hatte uns verlassen und ihre Pferde.

Sie hatte gesagt, es wäre nur für ein paar Monate, aber sie war nie zurückgekehrt. Als ich das letzte Mal mit ihr sprach, war sie bereits bis Nordland gekommen. Das war fast ein Jahr her. Seither funktionierte das Telefon nicht mehr. Die Verbindung war abgebrochen, und wir waren wirklich allein. Ich fing an, jeden Abend die Tür abzuschließen. Hier sind wir sicher, versicherte ich und montierte von innen einen Riegel.

»Wann kommst du wieder?«, fragte Isa.

Ich stand neben dem Auto, um zum Kai zu fahren.

»Du weißt, dass ich das nicht sagen kann. Vielleicht ist heute niemand da, der etwas anzubieten hat. Letztes Mal musste ich mehrere Stunden warten.«

»Kann ich denn nicht mitkommen? Die Kühe können wir auch später zusammen versorgen, wenn wir wieder da sind.«

»Aber es ist besser, wenn du hier bleibst.«

»Allein.« Sie erschauderte. »Kannst du mir nicht bald das Fahren beibringen?«

»Du bist erst vierzehn, Isa.«

»Wer sollte uns hier schon anhalten.«

Ich nutzte die Gelegenheit, um die Hand auszustrecken und ihr durch den Pony zu zausen.

»Ich werde mich beeilen.«

Sie entzog sich meiner Liebkosung.

»Wenn Fremde kommen, schließt du dich ein. Denk dran, auch den Riegel vorzuschieben.«

»Ja doch.«

»Und tu so, als wärst du nicht zu Hause.«

»Ich weiß, Mama.«

»Und noch was: Könntest du bitte kontrollieren, ob die Kellertür auch wirklich geschlossen ist? Ich möchte nicht, dass es reinregnet.«

»Ja.«

»Mach's gut, mein Kind.«

Ich drückte sie kurz an mich, und sie erwiderte die Umarmung. Freitag war der einzige Tag, an dem sie das tat. Mittlerweile war sie genauso groß wie ich und hatte Pickel auf der Stirn, aber ihre Wangen waren noch kindlich und glatt. Für mich war Isa immer noch ein Kind, und wenn ich sie dann sah, erschrak ich jedes Mal. Sie war lang, dünn und ungelenk. Kleine Brüste unter dem T-Shirt. Hohe, markante Wangenknochen. Vor nur einem Jahr war sie noch so klein gewesen. Jetzt bewegte sie sich ein wenig federnd, selbstbewusst und bedacht, als würde sie sich präsentieren, als gäbe es hier jemanden, dem sie sich zeigen könnte. Ich überlegte, ob ich von jetzt an immer erschrecken würde. Ob ich immer überrascht sein würde, mein Kind zu sehen, und ob es allen Eltern so ging.

Isa ließ mich abrupt los, ihr war wieder eingefallen, dass sie zu alt war, um mich so zu umarmen. Wir verstummten, sie sah beschämt weg.

»Du denkst an die Kellertür, ja?«, fragte ich, um ihr zu helfen.

»Ja«, sagte sie. »Und jetzt fahr endlich.«

Ich setzte mich ins Auto und startete es. Der Himmel verdunkelte sich, und die ersten Tropfen prasselten hart gegen die Windschutzscheibe. Isa blieb trotzdem auf dem Hofplatz stehen, ich konnte sie im Rückspiegel erkennen. Wenn ich die Augen zusammenkniff, sah sie immer noch aus wie sieben oder acht, sie stand da wie früher, die Füße leicht nach außen gedreht und mit verschränkten Armen. Ich musste schlucken und konzentrierte mich auf die Straße.

Nachdem ich ein Stück die Hauptstraße entlanggefahren war, ohne einen Menschen zu sehen, tauchte plötzlich auf der linken Seite eine kleine Gruppe auf. Mutter, Vater, zwei Töchter. Sie trugen jeweils einen Rucksack auf dem Rücken und zogen einen mit Gepäck vollbeladenen Fahrradanhänger mit neongelbem Schriftzug hinter sich her. Der Regen triefte von ihnen herab, die Gesichter waren unter großen Kapuzen verborgen, ihre Kleidung dunkel vor Nässe. Nur die Aufschrift des Anhängers leuchtete unbeirrbar, *Sport Extreme*. Der Vater reckte einen Daumen in die Luft, als er mich sah, einen weißen, einsamen Finger, der von einer mageren Hand abstand, das universelle Zeichen dafür, dass man einer von ihnen war, ein Wanderer.

Ich trat aufs Gaspedal, fuhr so schnell an ihnen vorbei, wie ich konnte, und mied einen Blick in den Rückspiegel, um ihre Reaktion nicht mitansehen zu müssen.

Isa bedrängte mich immer, auch aufzubrechen, so zu leben wie sie, auf der Straße. Heiane zu verlassen und gen Norden zu wandern, wie alle anderen, auf der Suche nach den kleinen Dörfern, die es dort nach wie vor gab, auf der Suche nach einer menschlichen Gemeinschaft, in der das Leben jenem glich, das wir früher geführt hatten. Ganz Europa *ging*, ohne Richtung, ohne Ziel. Schon seit vielen Jahren wanderten die Menschen, die Dürre hatte sie zur Flucht gezwungen. Schon in meiner Jugend waren im Norden alle Grenzen geschlossen worden. Dann folgte der Kollaps, und der Krieg. Sieben Jahre hielt er an. Die Menschen kämpften um Nahrung und Wasser. Anstatt ihre Kräfte zu sparen und sich auf das vorzubereiten, was unweigerlich bevorstand, setzten sie alles daran, zu siegen. Doch niemand siegte. Alle verloren. Anschließend kämpfte auch niemand mehr, denn das, wofür man gekämpft hatte, war weg. Selbst die Grenzen waren verschwunden.

Wir hatten Glück, hier zu wohnen. Wir hatten Glück, immer weit vom Krieg entfernt gewesen zu sein und einen Brunnen voller Wasser zu haben. Einen Hof, ein Zuhause, etwas zum Anbauen, Tiere für die Zucht. Solange wir den Hof hatten, mussten wir nicht wandern. Daran hätte man eigentlich nicht zweifeln dürfen. Dass Anne gegangen war, hatte jedoch etwas verändert, und als kurz darauf auch noch Richard und seine Familie aufbrachen und damit auch Isas einzige Freunde Agnes und Lars verschwanden, begann sie, mich zu bedrängen. Sie verstand nicht, warum wir immer noch hier lebten, und fing immer wieder davon an. Unsere Vorräte behielt sie genau im Auge, ständig sprach sie darüber, dass sie zur Neige gingen und dass uns die Tiere weniger gaben als früher, weil sie älter wurden, die Kühe und die Hühner und auch Boeing, das Schwein, das wir eigentlich schon letztes Jahr an Weihnachten hatten schlachten wollen. Richard und seine Familie waren nach Norden gegangen. Sie behaupteten, in der Nähe von Bodø hätten sie Verwandte, die dort immer noch ein gutes Leben führten. Es gebe genug Fische im Meer, um über die Runden zu kommen, und die Gemeinschaft erinnere an ein kleines Dorf. Dorthin wolle sie auch gehen, sagte Isa mitunter, wenn ich sie fragte, wie ihr Plan denn genau aussehe. Als ob es uns gelingen könnte, dorthin zu kommen, als ob es ausgerechnet diese kleine Dorfgemeinschaft weiterhin gab, obwohl sich alle anderen längst aufgelöst hatten. Wenn wir aufbrächen, würde die Landstraße zu unserem Zuhause werden ... Außerdem vergaß Isa die Tiere. Es war schließlich nicht so, dass sie nur für uns da waren. Wir waren genauso sehr für sie da. Die wenigen Tiere, die noch in unserem Park übrig waren, brauchten mich. Vor allem Puma. Wir konnten das Fohlen nicht zurücklassen, vor allem jetzt nicht, da das Gras welkte und ein Hauch von Fäulnis in der Luft hing.

Schon vor mehreren Jahren war der Laden geschlossen worden. Schon vor mehreren Jahren hatte ich aufgehört, Geld auszugeben. Meistens bezahlte ich mit Milch und Eiern, davon hatten wir das ganze Jahr über genug. Im Sommer und Herbst ernteten wir auch Mais, anderes Gemüse und Obst, aber in dieser Saison hatte der Regen vieles zerstört. Das Gemüse und das Obst, das wir anbauten, behielten wir selbst. Es war sehr wertvoll, denn die Blüten mussten von Hand bestäubt werden. Noch gab es ein paar wilde Insekten, die uns dabei halfen, aber die Bienenstöcke hatte ich längst aufgegeben. Jetzt standen die Beuten im Schuppen und verströmten noch immer einen süßlichen Geruch von Honig und Wachs, der in dem gesamten großen Raum schwach präsent war. Manchmal ging ich in die Ecke, wo die Beuten standen, sog die Luft durch die Nase ein und spürte, wie mich der Duft erfüllte, und gleichzeitig erstaunte es mich, wie lange er sich hielt, dieser Duft, der mich an all das erinnerte, was ich verloren hatte.

Meistens tauschte ich meine Waren gegen Fleisch oder Fisch. Proteine für Isa. Manchmal kamen Jäger an den Kai. Sie hatten Wild aus dem Wald dabei, Eichhörnchen, Wildschweine und Füchse, aber auch entlaufene Haustiere, wilde Hunde und Katzen. Und Elstern, erlegte Elstern gab es immer.

In den ersten Jahren nach dem Kollaps hatten die Leute prophezeit, alle Tiere würden sterben, weil das Ökosystem aus dem Gleichgewicht geraten sei. Wenn ein Element daraus fehlte, würde alles verschwinden. Sie vergaßen jedoch, dass es immer Arten gibt, die übernehmen, die den Platz ausfüllen, die sich anpassen. Und sie vergaßen, dass wir, die Menschen, dann weniger Raum brauchen würden.

Den anpassungsfähigen Arten ging es besser als je zuvor.

Nicht alle Vogelarten konnten ohne Insekten leben. Allesfresser wie Krähen und Elstern vermehrten sich jedoch. Sie fraßen das, was ihnen in den Weg kam, Nüsse, Kompost, kleinere Vögel, Aas, Nacktschnecken, Würmer, die Eier anderer Vögel, sie waren nicht wählerisch, ließen sich überall nieder, fütterten Nester voller kreischender Jungen. Sie wurden größer und größer, schwebten am Himmel entlang, krächzten mit ihren heiseren Stimmen, waren stets über uns, als würden sie die Welt beherrschen.

Der Regen nahm jetzt zu. Der Himmel kam näher, ein riesiger, bedrohlicher Körper, der sich auf die Landschaft herabsenkte. Die Tropfen prasselten laut auf das Autodach und die Ladefläche. Während der vorige Sommer so trocken und heiß gewesen war, dass nichts mehr wuchs, und ich immerzu Brände befürchtet hatte, war die Sonne dieses Jahr so gut wie verschwunden. Ich trug immerzu Regenjacke, Regenhose und Stiefel, fühlte mich nicht durchnässt, aber klamm, die Feuchtigkeit kroch überall herein. Als ich ein Kind war, hatten wir zwischen Regen und Trockenheit unterschieden, jetzt unterschieden wir nur noch zwischen den verschiedenen Arten von Niederschlag. Der leichteste lag wie ein Nebel in der Luft, man nahm ihn nicht wahr, ehe man mit einem Mal bemerkte, wie die Feuchtigkeit von der Jacke abperlte. Dann gab es Niesel- und Sprühregen, was ich für ein und dasselbe hielt, aber Isa beharrte darauf, dass Nieselregen leichter sei. Und der Landregen, dieser trostlose Niederschlag, der an windstillen Tagen senkrecht von oben herabfiel, ohne große Dramatik oder Aufdringlichkeit, abgesehen davon, dass er aus Wasser bestand. Der peitschende Regen, der vom Wind in Bewegung gesetzt wurde. Und der intensive Sturzregen, bei dem der Himmel all seine Schleusen öffnete, die Welt in ein Meer verwandelte, und ich nicht anders konnte, als an Noah zu denken.

Als ich vom Hof fuhr, pladderte noch der gleichmäßige Landregen, doch kaum war ich beim Kai angekommen, verdunkelte sich der Himmel, und mir wurde klar, dass er an Stärke zunehmen würde. Die letzten heftigen Regenfälle waren mehrere Wochen her, aber der Boden war immer noch von Feuchtigkeit gesättigt. Das Wasser konnte nicht mehr versickern, und ich dachte an den Keller, stellte mir vor, wie das Wasser eindringen, wie es den Boden bedecken und ansteigen würde.

Hoffentlich hatte Isa daran gedacht, die Kellertür zu schließen. Die Außentreppe verwandelte sich in einen Sturzbach, wenn es viel regnete, und wenn die Tür offen stand, war der Schaden noch größer. Wir lagerten unser Mehl dort unten, im Sommer hatte ich mir zweihundert Kilo Vollkornmehl ertauscht, und unser Gemüse, obwohl die Ernte nach dem verregneten Sommer geringer ausgefallen war als erhofft, und außerdem zehn Kilo Reis, den ich vor ein paar Wochen glücklicherweise ergattert hatte. Seit dem letzten Sturzregen hatte ich die Säcke weit oben platziert, aber vielleicht nicht weit genug.

Heiane war 1500 Jahre lang ein Handelsplatz gewesen, wir waren immer stolz auf unsere Geschichte, hatten sogar ein kleines Museum, in dem Besucher alten Schmuck und Werkzeug aus jener Zeit bestaunen konnten, als sich die Wikinger hier trafen und ihre Waren tauschten. Inzwischen war der Schmuck längst aus dem Museum gestohlen worden, und alle anderen sichtbaren Spuren unserer Geschichte waren ebenfalls aus dem Ort verschwunden. Heiane bestand nur noch aus einer Ansammlung von Häusern und Ferienhütten am Kai, außerdem erstreckte sich die Bebauung einige sanfte Hügel hinauf. Einst waren die Häuser rot und weiß gewesen, jetzt blätterte der Anstrich ab, und sie hatten unterschiedliche Schattierungen, wie Batik. Nur wenige waren noch bewohnt, immer mehr Menschen zogen weg; alle, die ich gekannt hatte, waren schon lange nicht mehr da. Alle bis auf Einar. Er hauste mit seinen Freunden in einem der ehemals schönsten Gebäude der Stadt, einem alten Fischerhaus mit einem großen Wintergarten, doch jetzt war die Farbe abgeplatzt und die Panoramascheiben geborsten. Für diese Lage, direkt am Meer, hätte man früher mehrere Millionen Kronen ausgegeben. Zuletzt war das Wasser jedoch immer näher gerückt, nachdem der Meeresspiegel nahezu unbemerkt gestiegen war, ein paar Millimeter jedes Jahr. Vor dem Haus konnte ich niemanden sehen, und es brannte auch kein Licht. Solange ich Einar aus dem Weg gehen konnte, war alles in Ordnung. Ich fürchtete auch die Wanderer und den verzweifelten Hunger, der sie antrieb, doch bislang hatte niemand unseren Hof gefunden, und niemand kam auf die Idee, dass der beinahe zugewachsene Kiesweg tatsächlich irgendwo hinführte, zu irgendwem, und deshalb sah ich lediglich Einars verlebtes, grobes Gesicht vor meinem inneren Auge, wenn ich abends die Tür verriegelte.

Ich fuhr bis zur See hinab und parkte nur ein paar Meter vom Kai entfernt, blieb einen Moment im Auto sitzen und sah mich um. Im letzten halben Jahr waren freitags immer weniger Menschen hergekommen. Manchmal tauchte überhaupt keiner auf. Auch heute wirkte der Kai nahezu verlassen, lediglich ein fremder Fischer saß dort allein in seinem Boot. Ein Mann, es waren immer Männer ohne Begleitung. Da ich außer ihm niemanden sehen konnte, stieg ich trotzdem aus, nahm meinen Korb und wagte mich zu ihm.

Aus einer rissigen Styroporkiste starrte mich ein einsamer Dorsch an, er wog höchstens ein paar hundert Gramm, für Isa und mich war er aber groß genug. Ich sagte, ich wolle ihn kaufen, und bot ihm im Gegenzug drei Eier an, die ich dabeihatte.

»Vier«, entgegnete er.

»Drei«, hielt ich dagegen. »Das ist alles, was ich habe.«

»Der Dorsch ist mehr wert als drei, das wissen Sie.«

»Ich nehme stark an, dass Sie keinen Fisch mehr sehen können. Und ich nehme an, dass Sie große Lust auf Eier haben.«

Er starrte mich an, seine Augen verengten sich zu Schlitzen.

»Ich hätte noch ein paar Möwen anzubieten«, sagte er schließlich. »Von denen könnten Sie eine haben für Ihre Eier.«

Er deutete auf das Deck seines Schiffes. Dort lagen zwei tote Vögel, die er geschossen hatte, beide blutig. Einige ihrer Verwandten schwebten am Himmel entlang und zogen Kreise über dem Boot, als seien sie über die Morde entrüstet.

»Wir essen keine Möwen«, erwiderte ich. »Es gibt nicht mehr genug von ihnen. Sie müssen aufhören, sie zu jagen. Außerdem schmecken sie schrecklich.«

»Man muss sie nur ordentlich würzen, um den Trangeschmack zu übertünchen.«

»Ich hätte aber lieber Ihren Fisch.«

»Das verstehe ich gut. Er ist ganz frisch, ich habe ihn heute erst gefangen. Frisch und sauber.«

»Sauber ist der nicht, das wissen Sie genauso gut wie ich. Ich gebe Ihnen drei Eier dafür.«

»Ich will aber vier haben.«

»Hören Sie mal«, begann ich. »Ich habe eine Tochter, die noch im Wachstum ist. Wir brauchen unsere Eier selbst.«

»Und ich habe zwei Söhne«, entgegnete er. »Zwillinge,

sie sind acht. Ich sehe sie nur selten, weil ich die ganze Woche draußen auf dem Wasser bin … und jetzt sind die Fischbestände so stark zurückgegangen, dass ich bald auch am Wochenende rausfahren muss.«

»Ich habe auch noch einen Sohn«, behauptete ich. »Und einen Mann. Wir müssen uns diesen Fisch zu viert teilen.«

Ich spürte, wie ein paar Tropfen meinen Hals hinabrannen, ob Wasser oder Schweiß, konnte ich nicht sagen. Ich wollte nur noch nach Hause, mir die Regensachen herunterreißen, den Fisch braten und ihn mit Isa teilen, ordentlich satt werden.

»Drei Eier«, versuchte ich es ein letztes Mal. »Bitte, das ist alles, was ich habe.«

Ich führte die Hand zum Hals, um die Tropfen wegzuwischen, und vielleicht war es diese Bewegung, die seine Aufmerksamkeit auf meinen Körper lenkte, seinen Blick an mir entlangwandern ließ. Nach unten, über die Brüste, die Hüften, alles, was unter dem unförmigen Regenzeug versteckt war.

»Wie alt sind Sie?«, fragte er mit einem neuen Unterton.

Also war er einer von denen. Ich bereute meine Geste, dass ich es nicht geschafft hatte, vollkommen stillzustehen.

»Zu alt für Sie«, erwiderte ich.

Ich versuchte mich aufzurichten, den Rücken zu strecken.

»Sie können den Fisch umsonst haben«, bot er an. »In meiner Kajüte ist es warm.«

Er musterte mich weiter, ich starrte zurück und zwang ihn, mir in die Augen zu sehen. Ich bin nicht diejenige, die hier etwas bereuen muss, die sich schämen muss, dachte ich, sondern du. Die Tropfen rannen weiter nach unten, über mein Schlüsselbein, zwischen die Brüste, mein feuchter Wollpullover kratzte auf der Haut, und ich stand reglos da.

Endlich schlug er seinen Blick nieder und wand sich ein wenig peinlich berührt. Davon ermutigt, zog ich eine alte Zeitung aus dem Korb und schnappte mir den Fisch, um ihn einzuwickeln.

»Ich nehme den hier. Als Bezahlung für Ihre Dummheit.«

Ich spürte seine Verwunderung, sah ihn jedoch nicht an, sondern packte nur so schnell wie möglich den Fisch ein. Er war glitschig und ließ sich nur schwer in das Papier einschlagen. Ich hatte Schleim und Blut an den Fingern, und vielleicht auch an der Stirn, nachdem ich mir mit der Hand darübergefahren war.

»In Ordnung«, antwortete er. »Entschuldigung.«

»Das können Sie sich sparen«, erwiderte ich.

»Ich weiß nicht, warum ich das vorgeschlagen habe«, sagte er. »Ich hatte gehört, dass andere es machen … und da dachte ich …«

»Tun Sie das nicht wieder«, sagte ich. »Schlagen Sie das nie wieder vor. Niemandem.«

»Nein, nein«, murmelte er. »Das habe ich schon verstanden.«

Dass er überhaupt Lust bekommen hatte. Ich wusste, wie ich aussah. Das feuchte Haar klebte an meinem Kopf, meine Haut war in den letzten Jahren fahl geworden, mein Gesicht eckig, der Kiefer trat so stark hervor, dass ich einem Tier glich, einem Luchs, bei dem die Kaumuskulatur am stärksten ausgeprägt war. Ein alterndes Tier, denn ich hatte mir schon lange nicht mehr die Haare gefärbt, seit es keine Haarfarbe mehr gab, und immer mehr stahlgraue Strähnen kamen zum Vorschein. Vermutlich sah ich älter aus als dreiundvierzig. Ich hatte keine Lust mehr, mich im Spiegel anzusehen.

Wieder strich ich mir mit den Fingern über die Stirn, wollte das Blut wegwischen, das dort möglicherweise klebte. Dann trat ich einen Schritt von ihm weg, wollte gehen.

»Aber die Eier hätte ich trotzdem gern«, sagte er.

»Ja, das kann ich mir denken.«

Ich steckte die Hand in meinen Korb und holte drei Eier hervor, zwei braune und ein weißes. Ich versuchte, nicht an seine achtjährigen Söhne zu denken, und ob es sie überhaupt gab, war ja ohnehin nicht sicher. Vielleicht hatte er das lediglich behauptet, genau wie ich einen Mann und ein weiteres Kind erlogen hatte.

Behutsam nahm er die Eier. Drei Eier gegen einen Fisch. Ich hatte gewonnen, denn der Fisch war vier Eier wert. Mindestens. Er hatte mir etwas stehlen wollen, aber am Ende war ich diejenige, die ihn bestahl.

Ich wandte mich von ihm ab, ein bisschen schamerfüllt und gleichzeitig immer noch wütend. Ich musste gehen, weg von ihm, nach Hause zu Isa.

In dem Moment sah ich sie.

Eine Frau, die allein an der Bushaltestelle stand. Eine Wanderin.

Sie trug einen kleinen Rucksack, ihr einziges Gepäck. Und hielt einen Regenschirm.

Einen Regenschirm. Ich konnte mich nicht erinnern, wann ich das letzte Mal jemanden mit Regenschirm gesehen hatte.

Das Wasser strömte daran herab, und der Wind erfasste den Regen und wehte unter ihr kleines, schwarzes Schutzdach. Doch das spielte wohl keine Rolle, denn sie war bereits triefnass, ihre Jeans waren dunkel, und es tropfte von den Riemen ihres Rucksacks herab.

Ich legte den Fisch in meinen Korb und ging zum Auto. Weder war ich für die Söhne des Fischers verantwortlich noch für die Frau mit dem Schirm.

Trotzdem konnte ich nicht anders, als mich noch einmal umzudrehen, ein letztes Mal nach ihr zu sehen.

In der Windstille zwischen zwei Böen entspannte sie sich.

Sie stand mit geradem Rücken da und wartete, obwohl der Fahrplan längst heruntergerissen worden war und hier ganz eindeutig kein Bus mehr fuhr.

Der Fischer war inzwischen dabei, sein Boot loszumachen. Er würde sie nicht anrühren. Doch es gab andere. Einar und seine Kumpel, ihre schmutzigen Hände und die Aggression, die entstand, wenn Hunger und zu viel Alkohol und Drogen aufeinandertrafen. Sie waren dumm, sie waren lächerlich, aber sie waren stärker als eine Frau.

Der Regen wurde wieder intensiver. Auch der Wind frischte auf und wehte das Wasser unter ihren Schirm.

Ich dachte erneut an die Kellertür, Isa hatte sie bestimmt vergessen.

Unsere Vorräte konnten beschädigt werden.

Ich wollte die Autotür öffnen. Die Frau stand vielleicht zehn Meter von mir entfernt, und jetzt sah sie mich auch an. Ihr Gesicht lag halb unter dem Schirm verborgen, aber ich konnte sie trotzdem gut erkennen. Ihre Miene war unbeweglich, sie musterte mich mit einem Blick, vor dem ich mich nicht verstecken konnte.

Der Gestank des Fischs stieg aus meinem Korb auf. Ich hatte ihn mir für drei Eier genommen, obwohl er mindestens vier wert war.

Ich hob die Hand. Sie stank ebenfalls nach dem Blut und dem Schleim des Fischs, bestimmt hatte ich Blutflecken im Gesicht.

»Brauchst du Hilfe?«

»Nein«, antwortete die Frau.

Ihre Reaktion kam so schnell, dass ich ihr nicht glaubte.

»Nein, na dann«, sagte ich. »Wo willst du hin?«

Sie zuckte die Achseln. »Nach Norden.«

»Der Bus fährt nicht.«

»Ich weiß.«

»Schon seit Jahren nicht mehr.«

»Ja.«

»Wo kommst du her?«

»Aus dem Süden.«

»Bist du per Anhalter gefahren, mit dem Boot?«

»Ja, per Anhalter. Mit dem Auto, einem Trailer, noch einem Auto, einem Boot, einem Auto, noch einem Boot. Wahrscheinlich sogar mehr. Vielleicht habe ich etwas vergessen. Ich erinnere mich nicht genau.«

»Und jetzt?«

Sie verzog das Gesicht. »Habe ich doch gesagt, nach Norden. Wenn ich hier warte, nimmt mich vielleicht jemand mit.«

»Du solltest lieber zur Hauptstraße gehen«, riet ich. »Hier unten kommt niemand vorbei.«

»Okay«, erwiderte sie. »Danke.«

Ich öffnete die Tür des Pick-ups. Sie blieb stehen. Mir fiel auf, wie klein und dünn sie war. Sie bewegte sich leicht von einer Seite zur anderen, selbst wenn sie stand. Und sie war nicht viel größer als Isa. Doch obwohl sie klein war, oder vielleicht gerade deswegen, waren ihre Wangen rund. Vielleicht brauchte sie nicht so viel Essen, um ihr Gewicht zu halten, oder vielleicht war sie besser als die meisten anderen darin, es sich zu beschaffen. Zudem war sie ja ganz offensichtlich allein, sie hatte niemanden bei sich, dem sie die besten oder fettesten Bissen zuschieben musste. Ihre Augen waren ebenfalls rund, ein wenig aufgesperrt, auf der Hut, als würde ihr nichts entgehen.

Ich setzte mich hinters Steuer, startete den Wagen und fuhr langsam los. Die Ladeanzeige stand fast auf Null, ich schaltete weder Lüftung noch Scheibenwischer ein und hoffte, die Batterie würde noch bis nach Hause reichen.

Als ich in den Rückspiegel sah, hatte sie sich ebenfalls in Bewegung gesetzt. Diese dünne Frauengestalt, allein auf der Straße.

Sie ist nicht dein Problem.

Ein ganzer Fisch für drei Eier.

Wir brauchten diesen Fisch. Isa brauchte ihn. Und außerdem … eine Wanderin, denen konnte man nicht vertrauen.

Aber eine einsame Frau, so leicht zu packen, festzuhalten, zu überwältigen.

Ich bremste und öffnete die Tür.

»Spring rein«, rief ich. »Hier ist es warm und trocken.«

Sie schielte zum Beifahrersitz, als würde sie sich nach der Wärme des Autos sehnen.

»Nein, ich brauche keine Hilfe«, antwortete sie.

»Trotzdem, spring rein.«

Die Frau zögerte. Inzwischen regnete es noch stärker, die Tropfen prasselten auf ihren Schirm, es sah aus, als würde er bald unter dem Gewicht zerreißen, als würden die Nähte des dünnen Stoffes platzen. Sie zitterte vor Kälte.

»Nein, ich muss weiter«, sagte sie. »Ich brauche keine Hilfe.«

Sie hob den Kopf und versuchte, stark auszusehen, aber ihre kieksende Stimme verriet sie. Sie brauchte Hilfe, wollte es aber nicht zugeben, vielleicht nicht einmal vor sich selbst.

»Vielleicht brauche *ich* Hilfe«, entgegnete ich.

Sie wand sich ein wenig, der Regenschirm zitterte schwach in ihrer Hand, ließ kleine Bäche auf den Boden rinnen. Sie sah mich an, das Auto.

»Bist du allein?«, fragte sie.

»Ja, ich wohne allein mit meiner Tochter.«

Sie nickte.

»Vielleicht könnte ich eine Nacht bleiben«, sagte sie dann. »Nur bis meine Klamotten wieder trocken sind.«

»Wir haben ein freies Bett für eine Nacht«, erklärte ich. »Und Eier und Milch.«

»Danke«, erwiderte sie leise und stieg ein.

Lieber Lars,

immer wenn ich einen neuen Brief in deinen Briefkasten werfe, versuche ich zu hören, wie er darin aufkommt, ob er auf dem leeren Metallboden landet oder auf anderen Briefen. Mittlerweile höre ich das Geräusch von Metall gar nicht mehr.

Gestern habe ich eine Haarnadel mitgenommen und sie ins Schloss gesteckt. Ich habe es lange versucht, und ein paar Mal hatte ich das Gefühl, ich hätte es fast geschafft, das Schloss würde gleich nachgeben, aber am Ende gelang es mir doch nicht. Wahrscheinlich ist es auch besser so. Eigentlich will ich gar nicht sehen, wie viele Briefe ich dir schon geschrieben habe.

Wenn ich Internet hätte, könnte ich dir einfach eine Nachricht schicken, und du würdest sie sofort lesen. Und ein Foto von mir könnte ich auch schicken. Ich habe mich verändert, seit du weggegangen bist. Mein Gesicht ist schmaler geworden. Inzwischen bin ich genauso groß wie meine Mutter. Und ich habe Brüste, und zwar richtige, nicht so wie die, die du damals angefasst hast.

Ich denke daran, wenn ich aufwache, ich denke daran, wenn ich einschlafe. Wir stehen ganz hinten im Stall, du schiebst deine Hand unter meinen Pullover und streichelst meinen Bauch. Dann führst du sie weiter nach oben. Erst liegt sie nur reglos dort, und ich sage nichts, aber ich möchte, dass du sie hin- und herbewegst, mich streichelst. Und gleichzeitig wünschte ich, du würdest sie wegnehmen. Wir haben uns ja noch nicht mal geküsst, und es ist falsch, dass du mir an die Brüste greifst, obwohl wir uns noch gar nicht geküsst haben. Ich winde mich. Weißt du das noch, wie ich mich gewunden habe? Ich habe viel darüber gegrübelt, was du damals gedacht hast, ob du angenommen hast, es würde bedeuten, dass du weitermachen sollst. Oder aufhören. Oder ob du überhaupt nicht darüber nachgedacht hast, was ich wollte. Dann kam meine Mutter, und du bist abgehauen.

Ich weiß, wie sich eine Jungenhand auf den Brüsten anfühlt, aber ich weiß nicht, wie es ist, sich zu küssen. Und meine Voraussetzungen dafür, es herauszufinden, sind leider nicht gerade ideal.

Tiermütter lecken ihre Jungen rein. Wenn Menschenmütter ihre Kinder küssen, ist das also eigentlich ein misslungener Versuch, sie zu säubern. Für das richtige Knutschen gibt es dagegen keinen eindeutigen Grund. Das machen nur die wenigsten Tiere. Die früheren Jäger und Sammler haben sich auch nicht geküsst. Ich habe gelesen, dass bei einem Zungenkuss achtzig Millionen Bakterien von einem Mund zum anderen übertragen werden. Anscheinend ist das also eine ziemlich sinnlose Bakterienparty, mit der wir erst in der neueren Zeit angefangen haben.

Meine Mutter hat schon mal jemanden geküsst, aber ich kann sie auf keinen Fall fragen, wie das ist und ob es sich überhaupt lohnt, sich danach zu sehnen. Denn sie hat Einar geküsst.

Ich habe viel darüber nachgedacht, wie es gewesen wäre, wenn meine Mutter statt Einar jemanden wie Richard gewählt hätte. Dann wäre das Haus jetzt von den Geräuschen vieler Menschen erfüllt. Dann könnte ich von Zimmer zu Zimmer gehen und ständig jemanden treffen. Ich würde die Kontrolle darüber verlieren, wer wer ist. Und wenn meine Mutter und ich uns streiten würden, wären immer noch andere da, es gäbe immer jemanden, der sich zwischen meine Mutter und mich stellen könnte.

Wäre Richard an Einars Stelle, wären wir vielleicht nicht mehr hier. Dann hätte meine Mutter es vielleicht gewagt, endlich aufzubrechen.

Dass ich einen Vater vermisse, könnte ich meiner Mutter niemals sagen. Ich weiß genau, was sie antworten würde. Du darfst niemals glauben, dass du einen Mann brauchst, um im Leben zurechtzukommen. Du darfst nie glauben, wir beide würden das nicht allein schaffen. Denk an die Pferde. Die Fohlen brauchen auch nur eine Stute, der Hengst gehört nie dazu. Meine Mutter mag Tiermetaphern.

In meinem ganzen Leben habe ich nur sieben Menschen kennengelernt. Meine Mutter, dich, deine Eltern, deine Schwester. Und Tante Anne. Einar habe ich noch dazu genommen, aber eigentlich zählt er nicht, weil ich mich immer in meinem

Zimmer verstecke, wenn er kommt. Sieben Menschen, das ist gar nichts. Vor allem, wenn fast alle von ihnen verschwunden sind. Eigentlich gibt es nur einen Menschen in meinem Leben. Und im Vergleich dazu, wie sehr sie sich mit Tieren auskennt, hat meine Mutter wirklich ziemlich wenig Ahnung von Menschen. Davon, wie wir leben sollten und was wir brauchen.

Manchmal, vor allem abends in der Küche, wenn meine Mutter mich unterrichtet, habe ich das Gefühl, ich bekäme einen allergischen Anfall. Wenn sie mir etwas erklärt, ist ihre Stimme so gepresst, dass es nicht mehr natürlich klingt, viel höher und dünner als sonst, und ich verstehe nicht, warum ihr das selbst gar nicht auffällt. Wenn ich sie höre, jucken mir die Augen, und ich kann nicht mehr richtig einatmen und auch nicht aus. Die Luft bleibt mir im Hals stecken, und der Sauerstoff wird knapp. Ihr Körper ist überall, sie ist dürr, und trotzdem nimmt sie so viel Platz ein, ihre Essgeräusche, ihre Seufzer, wenn sie sich nach etwas auf dem Boden bückt. Ich kann ihren Körper hören, auch wenn ich sie nicht sehe.

Ich fühle mich gemein, wenn ich so etwas schreibe. Ich bin gemein. Die ganze Zeit arbeitet sie, richtig hart sogar, und wenn sie nicht arbeitet, will sie mir etwas beibringen. All das tut sie nur für mich … Schon der Gedanke daran nimmt mir die Luft zum Atmen.

Bericht über meine Reise in die Mongolei und das, was ich dort fand

Aufgezeichnet in St. Petersburg, im September 1883

KAPITEL 1
Eine außergewöhnliche Entdeckung

Im Haus herrscht Stille, nur das Dienstmädchen rumort in der Küche, und ich sitze an meinem Schreibtisch und habe beschlossen, meinen Bericht aufzuzeichnen. Ich versuche schon seit geraumer Zeit, diese Worte zu Papier zu bringen, in langen Briefen, die alle an denselben Mann gerichtet sind, doch bislang ist jeder einzelne von ihnen als zusammengeknüllter Schneeball im Papierkorb gelandet. Heute, nach einem Spaziergang im Sommergarten, habe ich endlich verstanden, dass meine Versuche einer Korrespondenz zu nichts führen werden. Ein Brief ist nicht die geeignete Form, und Wolff soll auch nicht mein Leser sein. Diese Erzählung handelt nicht von ihm oder mir, sondern von den Wildpferden und dem Leben von Mensch und Tier in der Steppe. Es ist ihre Geschichte, und jemand muss sie aufschreiben, ehe sie in Vergessenheit gerät.

Hoffentlich wird mein Text den ein oder anderen Leser erreichen. Die Geschichte über unsere Suche nach den Wildpferden müsste alle fesseln, die wenigstens ein Quäntchen zoologisches und ethnographisches Interesse besitzen, und sollten Sie zu diesen Lesern gehören, möchte ich Sie bitten, ein Nachsehen mit meinen womöglich überflüssigen und langwierigen Exkursen zu haben. Aus Respekt vor den tatsächlichen Ereignissen habe ich es nicht gewagt, allzu viel auszusparen, denn wer weiß schon, was sich als bedeutsam für die Nachwelt erweisen wird?

Mein Bericht beginnt an einem gewöhnlichen Montagmorgen im Mai 1880 mit dem Klappern von Hufen und dem lauten *Brrrr* des Kutschers auf der Straße vor unserer Wohnung. Anschließend hörte ich eine Wagentür, die geöffnet wurde, und Schritte auf dem Boden, ehe schon in der nächsten Sekunde der Türhammer dreimal hart und energisch gegen das Holz geschlagen wurde.

Damals wie heute saß ich in meinem Arbeitszimmer im ersten Stock, Mutter war soeben hinausgegangen, um einige Besorgungen zu machen, und ich war allein und wollte gerade zum zweiten Mal den Jahresbericht durchgehen, ehe ich mich zu meinem Arbeitsplatz begab. Ich verspürte eine leise Irritation angesichts des metallischen Klopfens, aber auch eine gewisse Erleichterung. Die Bilanz des Zoos war alles andere als eine erbauliche Lektüre. Sooft ich auch darauf blickte, die Zahlen verbesserten sich doch nicht. Ich ertappte mich bei dem Wunsch, sie könnten sich bewegen, den Platz tauschen, Minus könnte zu Plus werden und Plus zu Minus, sie könnten zum Leben erweckt werden und ebenso irrational, spontan und warmblütig werden wie die Tiere, die sie repräsentierten. Am Vorabend hatte ich das Rechnungsbuch sogar nach dem Genuss einiger Lebenswässerchen eingehender studiert und gehofft, der Rausch würde sie zum Tanzen bringen. Doch selbst das half nichts. Mein Fachgebiet ist die Naturwissenschaft, zu der man bekanntlich auch die Mathematik zählt, aber der Weg von den lebenden Wesen, denen ich mich als assistierender Direktor im Zoo von Petersburg verschrieben hatte, bis hin zu diesen blauen Tintenstrichen auf grauweißem Papier, erschien mir weiter als von der Erde bis zum Merkur.

Die Krux war Berta, ein deutsches Nilpferd, auf dessen Kauf ich einige Monate zuvor beharrt hatte. Der Direktor überließ diese Angelegenheiten mir, er kümmerte sich um den Betrieb und die Angestellten, die Tiere aber waren meine Angelegenheit, und damit fiel Berta in meine Verantwortung; samt aller Herausforderungen, die ihre Anschaffung mit sich brachte. Tatsächlich zog sie die Besucher an, ja, die Petersburger liebten dieses große, behäbige Tier, und vor ihrem Gehege sammelte sich stets eine kleine Menschenschar und jubelte, wann immer sie auch nur das kleinste Schnaufen oder Grunzen von sich gab. Für mich bot sie dagegen schon lange keinen Anlass zum Jubel mehr. Natürlich war sie ein, wie soll man sagen, auffälliges Tier, viele bezeichneten sie gar als *stattlich,* aber die Kosten für ihren Transport von Hamburg waren noch viel stattlicher gewesen. Ich hatte mich schlicht und ergreifend an der stattlichen Berta verhoben.

Pjotr, unser Diener, trat leise ins Zimmer und stellte das silberne Tablett mit der Visitenkarte vor mir ab, während er auf seine zurückhaltende Art den Besuch anmeldete.

Ich nahm die Karte entgegen und studierte sie.

»Iwan Poljakow, Zoologisches Institut?«

»Wenn der Herr gestatten«, ergänzte Pjotr, »möchte ich darauf hinweisen, dass Poljakow ganz rotwangig und atemlos war. Als sei es dringlich.«

»Danke, Pjotr. Seien Sie doch so freundlich und bitten Sie ihn herein.«

Schon in der nächsten Minute ging die Tür auf, und Poljakow stand vor mir. Der Biologe war mein engster Mitarbeiter am Institut, dennoch trafen wir uns nicht oft. Von Zeit zu Zeit kam es vor, dass er mich zu Neuigkeiten über größere Tiertransporte informierte, die für weitere Neuanschaffungen interessant sein könnten, zu Hause aufgesucht hatte er mich jedoch noch nie. In der Tat war er sowohl rotwangig als auch atemlos, Pjotr hatte allerdings verschwiegen, dass Poljakow außerdem so breit grinste, dass er dabei all seine braunen Zähne offenbarte.

»Treten Sie ein«, bat ich.

»Mein werter Michail Alexandrowitsch«, sagte Poljakow. »Mein guter Freund.«

»Bester Iwan Poljakow«, erwiderte ich. »Ich hoffe, alles steht zum Besten bei Ihnen und Ihrer reizenden Familie. Ihrer bezaubernden Frau und Ihren ebenso entzückenden Kindern.«

»Ähm, ja.« Er stutzte ein wenig. »Gewiss.«

Vermutlich waren meine Floskeln wieder einmal übertrieben gewesen. Situationen wie diese, in denen ich mit anderen Männern allein war, brachten mich gern einmal aus der Fassung. Ich hütete mich davor, allzu aufdringlich oder überschwänglich zu sein, und fürchtete zugleich, dadurch arrogant zu wirken.

Poljakow schien meine Nervosität aber gar nicht wahrzunehmen. Ohne meine Aufforderung abzuwarten, nahm er am Salontisch Platz. Dann bemerkte er seinen Fauxpas und sprang wieder auf, als sei er vom Stuhl gebissen worden.

»Ich bitte Sie, mein Freund, setzen Sie sich doch!«, sagte ich. »Verzeihen Sie meine Trägheit, ich bin ein wenig zerstreut, die Bilanzen. Es ist wieder diese Zeit im Jahr, Sie wissen ja, wie das ist …«

Ich beendete meinen Satz nicht, weil mir auffiel, dass er keineswegs wusste, wie es war, und ich nicht mit seinem Verständnis rechnen konnte. Als Angestellter des Zoologischen Instituts wurde ihm sein Salär in einem so gleichmäßigen Takt überwiesen, wie die kaiserliche Garde marschierte.

»Wie auch immer«, fuhr ich fort. »Ich sehe doch, dass Ihnen etwas auf der Seele brennt. Und nun kommt Pjotr auch schon mit dem Samowar, lassen Sie uns doch ein Gläschen Tee genießen, bitte schön.«

»Tee? Das wäre doch nicht nötig gewesen, aber wenn Sie ihn mir schon so freundlich anbieten …«

Mit einer flinken Bewegung nahm er das Glas, das Pjotr ihm reichte, seine Hand zitterte leicht, und als er es mit einem leisen Klirren auf dem Tisch absetzte, schwappten einige Tropfen über. Dann nahm er die Zuckerzange, gab nicht weniger als vier Würfel hinein, rührte fünf Mal um und kippte das Getränk in drei großen Schlucken herunter.

»Da scheint es aber jemandem zu schmecken!«

Er zog ironisch eine Augenbraue hoch, und mir wurde bewusst, dass ich wie meine eigene Mutter klang.

»Ich möchte, dass Sie mich ins Institut begleiten«, bat

Poljakow. »Es gibt etwas, das ich Ihnen zeigen muss. Gestern Abend kam ein Bote mit einer Sendung aus der Mongolei zu mir.«

»Aus der Mongolei? Und um mir das zu berichten, sind Sie persönlich erschienen?«

»Die Sendung stammt von Oberst Przewalski. Er befindet sich derzeit noch auf der Heimreise, aber die Sendung traf vor ihm ein. Und ich würde es sehr zu schätzen wissen, wenn Sie diese Objekte in Augenschein nähmen.«

»Und um welche Objekte genau handelt es sich?«

»Ein Fell und einen Schädel.«

»Ein totes Tier? Ich befasse mich eigentlich lieber mit den lebenden.«

»Von einem Pferd, einem Wildpferd.«

»Ach, wirklich?«

»Ich habe noch nie etwas Vergleichbares gesehen«, sagte er und öffnete den Mund erneut zu einem großen, braunen Grinsen.

Ehe ich mit meiner Darstellung der Ereignisse fortfahre, erscheint es mir vonnöten, einige biographische Informationen über die Hauptperson dieser Erzählung vorwegzuschicken, also mich, den Verfasser höchstselbst. Hauptperson nicht in dem Sinne, dass ich die zentrale Figur in diesem eigenartigen Abenteuer wäre, so etwas würde ich mir nie anmaßen, und ich bin mir verhältnismäßig sicher, dass mein Name später einmal nicht in den Geschichtsbüchern auftauchen wird. Möglicherweise wird er aber immerhin Ihnen, werter Leser, in Erinnerung bleiben.

Mein Name ist Michail Alexandrowitsch Kowrow, ich

wurde 1848 in Petersburg geboren, dem Jahr der Aufstände in Paris, in deren Folge König Louis-Philippe abdankte. Die Unruhen breiteten sich auch im übrigen Europa aus, und in Österreich musste der Kanzler seinen Hut nehmen. Unser eigener Kaiser bewies jedoch wie immer Stärke, und als erste Funken von Ungehorsam in Moldawien und der Walachei entfacht wurden, erstickte er sie im Keim. Ich selbst ahnte natürlich nichts von all dem, mein Leben beschränkte sich ganz auf die liebevollen Arme meiner Mutter und die strenge, aber gerechte Justiz meines Vaters. Wir hatten ein gutes Leben. Mein Vater, Alexander Kowrow, genoss als Rittmeister der Kavallerie große Anerkennung. Er hatte Mutter erst spät kennengelernt, und sie bekamen nur ein Kind. Dennoch gewann ich den Eindruck, ihre Ehe und ihr kurzes Zusammenleben wären sowohl glücklich als auch erfüllend gewesen, und sie hätten einen tiefen Respekt voreinander gehabt.

Als ich sieben Jahre alt war, nahm dieses Dasein eine jähe Wende. Das fatale Ereignis, das alles auf den Kopf stellen sollte, trug sich an einem Nachmittag im Januar zu. Draußen herrschte bereits nächtliche Finsternis, wie immer in den Winternachmittagen hier im Norden, die so anders waren als die weißen Nächte im Mai oder Juni. Mein Vater befand sich auf dem Weg von der Arbeit nach Hause und wollte eine Straße überqueren. Ich weiß nicht, ob er die in wilder Fahrt herannahende Kutsche noch sah, und ich weiß auch nicht, wie schnell er starb. Und seine Schmerzen mag ich mir gar nicht ausmalen. Sowohl der Kutscher als auch die Fußgänger, die sich zufällig in der Nähe befanden, berichteten vom Geräusch der Hufe, die den Körper meines Vaters auf dem Kopfsteinpflaster trafen, harte Hufeisen auf weichem Menschenleib. Ich versuchte mir immer wieder vorzustellen, wie es geklungen haben muss, einmal legte ich mich sogar auf den Boden der Bibliothek und ließ ein rostiges Hufeisen auf meinen nackten Jungenbauch fallen, was allerdings gar kein besonderes Geräusch erzeugte.

Dies geschah im Übrigen beinahe zur selben Zeit, als sich Zar Nikolaus I. eine fürchterliche Lungenentzündung zuzog, eine ärztliche Behandlung ablehnte und bedauerlicherweise kurz darauf verstarb. Während das ganze Land trauerte, trauerten auch wir. Der Zar lag zwei Wochen auf dem Paradebett, und meine Mutter schloss sich weinend in ihrem Zimmer ein. Als sie es endlich wieder verließ, tat sie es nur, um den toten Zaren zu sehen. Ich erinnere mich, wie wir ungeheuer langsam am aufgebahrten Nikolaus I. vorbeidefilierten, wie Mutter mein Gesicht an ihre Rockschöße presste und schluchzte, sie wisse nicht, für wen sie mehr weine, für den Landesvater oder meinen Vater, während ich vorsichtig den Kopf zur Seite drehte, um einen Blick auf die Leiche zu erhaschen. Seither habe ich große Lebenseinschnitte stets mit der Zarenfamilie in Verbindung gebracht.

Anschließend blieben Mutter und ich allein. Immerhin waren wir jedoch nicht mittellos, sondern hatten dank der Pension meines Vaters ein gutes Auskommen. Wir konnten nicht mehr so leben wie zuvor, behielten aber unser Zuhause, die großzügige Wohnung in der Kriwtsow-Gasse, und hatten genügend Mittel, um ein bescheidenes, aber doch verhältnismäßig angenehmes Dasein zu führen.

Meine Kindheit werde ich immer mit den großen, stillen Zimmern unserer Wohnung und der Wärme meiner Mutter in Verbindung bringen. Sie war immer aufopferungsvoll gewesen. Was mein Wohlergehen anbelangte, machte sie keinerlei Kompromisse. Bei Tisch bekam ich immer die besten Fleischstücke, und ich wurde auf eine ausgezeichnete Schule geschickt.

Die Schule, ja … der Leser möge es mir erlauben, auch einen kurzen Abstecher zu diesem kurzen und brutalen Abschnitt meines Lebens zu machen. An meinen ersten Schultag erinnere ich mich noch allzu gut. Mutter hatte mich bis zum Tor gebracht, mir drei Abschiedsküsse gegeben und mir nachgewunken, als ich über den Hof auf das große, dunkle Gebäude zustrebte. Ich wechselte mit keinem der anderen Kinder ein Wort und kannte auch keines von ihnen. Das System sprach mich aber sofort an. Es war, als wäre die Schule in einer langen Kolonne organisiert, als wären wir keine einzelnen Kinder, sondern Teil einer Kette. Wir saßen in Reih und Glied, wir marschierten im Takt. Zumindest, bis die Schulglocke schellte. Danach blieb ich mit einem Mal allein zurück.

Mit der kühlen Ignoranz der ersten Wochen hätte ich leben können, doch nachdem sich die Konstellationen gefestigt und die meisten ihren Platz gefunden hatten, entstand eine neue Dynamik: Die anderen Jungen fingen an, nach einer Bestätigung dafür zu suchen, dass genau diese Konstellationen zusammengehörten. Und die Bestätigung suchten sie gern im Konflikt mit den anderen Gruppen, häufiger aber, indem sie die wenigen von uns bloßstellten, die nicht dazugehörten.

Ich erinnere mich an meine neue Schiefertafel. Sie war mein ganzer Stolz gewesen, als ich in der Schule anfing. Ich erinnere mich, wie sie kaputtgeschlagen wurde, wie die Jungen wetteten, was härter war, mein Kopf oder die Tafel.

Es war mein Kopf.

Als ich zum dritten Mal mit unerklärlichen Verletzungen nach Hause kam und nicht verraten wollte, wie sie entstanden waren, erzählte Mutter mir, sie habe sich nach einem Privatlehrer für mich erkundigt.

»Privatlehrer?« Es war das schönste Wort, das ich je gehört hatte.

Anschließend spielte sich der Großteil meines Lebens in unserer Wohnung ab, mit den besten Lehrern, die es in ganz Petersburg gab, ich wurde auf Russisch und Französisch unterrichtet und musste unsere Straße nie mehr verlassen.

Nur drei Hauseingänge entfernt, gegenüber von unserem Gebäude, befand sich die Geographische Gesellschaft. Schon früh waren mir die verschiedenen Herren aufgefallen, die dort ein- und ausgingen. Oft war ihre Kleidung schmutzig und staubig, sie kamen fast immer allein, trugen Leinensäcke voller Flecken und Koffer, deren ursprüngliche Farbe unter Kerben und Kratzern verschwunden waren, ihre Haut war wettergegerbt, die Hände braun und sehnig und ebenso verschlissen und zerkratzt wie ihr Gepäck. Eifrig lauschte ich ihren Gesprächen, entwickelte ein Talent dafür, mich in ihrer Nähe aufzuhalten und alles aufzuschnappen. Mit gespitzten Ohren versuchte ich zu erfahren, wo sie gewesen waren, wie sie gereist waren und mit wem, und nicht zuletzt, welche Tiere sie gesehen oder sogar gefangen hatten. Die Fauna dort draußen sei ganz anders als das uns vertraute, russische Tierleben, hörte ich sie erzählen. Sie sprachen von Vögeln und anderen Arten, die so farbenfroh und merkwürdig waren, dass man es sich kaum vorstellen konnte, ehe man sie nicht mit eigenen Augen gesehen hatte. Ich bettelte Mutter nach neuen Büchern an, und jeden Freitag schleifte ich sie in die Kunstkammer, die naturwissenschaftliche Sammlung Peters des Großen, wo man neben vielen missgebildeten Föten in Gläsern auch ausgestopfte Tiere aus allen Ecken der Welt bestaunen konnte.

Dass ich mich an der Universität für Zoologie einschreiben wollte, kam für Mutter wohl wenig überraschend, und sie unterstützte mich in meiner Studienwahl. Als ich später die gute Anstellung am Zoologischen Garten von Petersburg fand, waren wir beide glücklich. Da der Tierpark in privater Hand war, konnte ich zwar nicht den Rang meines Vaters erreichen, genoss beim Bürgertum der Stadt jedoch dennoch hohes Ansehen und erhielt einen respektablen Lohn. Der Zoo war unter den Bürgern der Stadt ein beliebtes Ausflugsziel und diente vor allem den jüngeren Besuchern der Zerstreuung und der Bildung. Dadurch ergab meine Arbeit einen Sinn. Und zu Hause führten wir weiterhin ein geruhsames Dasein. Mutter und ich aßen morgens und abends gemeinsam. Es herrschte eine angenehme, wohlige Wärme in den Zimmern, die immer sauber und schwach nach Mutters Parfüm rochen, einige seltene Male empfingen wir Gäste zum Tee oder Diner, die meiste Zeit aber blieben wir mit den

Hausangestellten allein. Ich war mit meinem Leben zufrieden. Natürlich kam es hin und wieder vor, dass Mutter die Sache mit den *Mädchen* ansprach. Mitunter berichtete sie begeistert von einer Cousine ersten oder zweiten Grades oder einer anderen geeigneten Kandidatin, doch mir gelang es meistens geschickt, das Thema zu wechseln. Meine große Leidenschaft war die Arbeit im Tierpark … Ein wenig zu groß, hätte man vielleicht meinen können. Seit ich vor fünf Jahren als assistierender Direktor angefangen hatte, war auf mein Betreiben hin eine beeindruckende Zahl neuer Arten angeschafft worden, darunter die bereits erwähnte Berta. Das Nilpferd war die größte aller finanziellen Herausforderungen gewesen. Und als Poljakow mich an jenem Morgen im Mai 1880 aufsuchte, weckte er in mir nicht allein Neugier, sondern auch die Hoffnung auf neue Einnahmen.

Er hatte die Kutsche warten lassen. Der Kutscher kauerte fröstelnd auf seinem Bock, während der Regen offenbar sein Bestes tat, in seinen Ledermantel einzudringen. Seine Miene erhellte sich vor Erleichterung, als wir hinauskamen.

»Wieder auf direktem Wege zurück«, bat Poljakow und drückte dem Kutscher eine ganze Faust voller Münzen in die Hand. »So schnell Sie können.«

Es prasselte auf das Dach, und das Wasser spritzte, die Achse knirschte, der Kutscher schwang seine Peitsche, er machte es sich fürwahr zur Aufgabe, Poljakow den vollen Gegenwert für seine Kopeken zu bieten, und ich bemühte mich, so gut es ging, nicht an meinen armen Vater zu denken. Stattdessen versuchte ich Poljakow auszufragen, ich bohrte nach, erkundigte mich nach der Größe und Farbe des besagten Fells, nach der Form des Schädels. Er bat mich jedoch zu warten.

»Lassen Sie es uns zusammen ansehen. Ich bin auf Ihre Meinung über diese Art angewiesen.«

Für den Rest der Fahrt schwiegen wir.

Ein Tarpan, es musste ein Tarpan sein, eines der Wildpferde, die früher frei in der Steppe Preußens und östlich des Uralflusses gelebt hatten. Im Zoologischen Garten von Moskau gab es noch ein Exemplar, aber soweit ich wusste, war man sich bezüglich der Abstammung dieses Hengstes unsicher; ob er reinrassig war oder eine Kreuzung. Davon abgesehen war er ohnehin schon alt und konnte keine Nachkommen mehr zeugen. Ich hatte meine Geburtsstadt noch nie verlassen und das Pferd somit auch nie mit eigenen Augen gesehen, doch seit man mir eine Fotografie gezeigt hatte, konnte ich die Zweifel an seiner Herkunft nachvollziehen. Es war klein, dunkel und struppig, kein bisschen so, wie ich mir diese Wildpferde einst vorgestellt hatte; im Galopp über die Steppe, mit wehenden Mähnen und Schweifen.

Poljakow eilte vor mir die Treppe hinauf und in sein Büro. Dort stellte er sich neben den Schreibtisch, der von Schreibzeug und Büchern freigeräumt worden war. Mitten auf der Tischplatte lagen einige Knochenreste, ein Schädel und ein Fell.

»Hier haben wir ihn also«, begann Poljakow, und ich ahnte ein schwaches Zittern in seiner Stimme. »Getötet von einem Jäger namens Kirghiz, Nachname unbekannt, in der Nähe eines Ortes namens Guchen, fragen Sie mich nicht, wo das liegt. Als Geschenk überreicht an Oberst Nikolaj Michailowitsch Przewalski, der die Bedeutung dieses Fundes im Nu erfasste und ihn herschicken ließ.«

Im ersten Moment war ich überrascht, ja geradezu enttäuscht. Das Fell war kleiner, als ich es mir vorgestellt hatte, weder braun noch schwarz, sondern falbe, nahezu grau, mit einem schwarzen Streifen, der vom Kopf bis zum Schweif verlief. Auch der Schädel war nicht weiter bemerkenswert, er sah aus wie die meisten Schädel, harter Knochen, leere Augenhöhlen.

»Erstaunlicher Fund«, sagte ich in einem lahmen Versuch, ein wenig Enthusiasmus aufzubringen.

»In der Tat!«, erwiderte Poljakow.

Ich trat an den Schreibtisch heran und nahm den Schädel in die Hand. Der Knochen war kühl und trocken. Ich fuhr mit den Fingern darüber, kniff die Augen zusammen, wie ein Blinder tastete ich mich voran und versuchte, das Pferd vor mir zu sehen, dem er einmal gehört hatte. Und es war, als würde diese körperliche Berührung mit dem, was einmal ein Tier gewesen war, etwas in mir auslösen, meine Finger erkannten ein anderes Tier. Ich konnte es vor mir sehen.

»Ein breiter Nasenrücken, beinahe ein wenig römisch«, stellte ich fest.

»Gut beobachtet«, bestätigte Poljakow. »Ich dachte dasselbe.«

»Und das Fell«, ich legte den Schädel wieder ab und strich mit den Fingern darüber. »Sehr hell. Und groß, nicht wahr?«

Er nickte und zwinkerte. »Aber kleiner als andere Pferde.«

»Das bestätigt nun endgültig, dass der Hengst aus Moskau kein reiner Tarpan ist«, sagte ich.

»Ach, wirklich?«, fragte Poljakow.

»Ja, etwa nicht? Der angebliche Tarpan in Moskau ist klein und dunkel und hat eine lange, fallende Mähne. Hier haben wir es mit einem größeren Tier zu tun.«

Ich hob etwas hoch, das ich als Röhrbein identifizierte.

»Der Oberkörper ist groß und ziemlich schwer, aber die Beine sind überraschend kurz. Dieses Pferd unterscheidet sich doch erheblich von jenem Exemplar in Moskau, dessen Foto wir gesehen haben.«

»Da haben Sie recht«, sagte Poljakow. »Es ist gewiss ein anderes Pferd. Ihre Folgerung ist allerdings trotzdem nicht korrekt.«

»Nicht?«

»Über den Moskauer Hengst möchte ich keine Schlüsse ziehen«, entgegnete Poljakow. »Ob es ein Tarpan oder ein Hybrid ist … ich habe keine Belege dafür, das eine oder andere zu behaupten. Dieses Pferd hingegen …« Er machte eine Pause, und wieder lächelte er so, dass sein Gesicht fast zu platzen schien. »Ich glaube, wir haben es mit dem Pferd zu tun, über das die Mongolen schon seit Jahrhunderten Legenden spinnen. Eine Art, die ich, um ehrlich zu sein, für einen reinen Mythos hielt. Ich bin mir ziemlich sicher, dass Oberst Przewalski eine neue Variante der Rasse Equus entdeckt hat. Eine neue Art, die zugleich uralt ist, ja vielleicht die älteste Pferderasse der Welt.«

»Wie bitte?«, fragte ich. »Meinen Sie, dies ist das *eigentliche* Urpferd?«

»Nicht mehr und nicht weniger«, erwiderte er.

»Das Pferd, das wir von den Höhlenmalereien kennen?«

»Das Pferd der Höhlenmenschen«, bestätigte er grinsend und nickte. »Das Pferd, das vor allen anderen da war, von dem alle Pferderassen abstammen.«

»Das kann nicht sein«, sagte ich. »Es ist doch schon seit mehreren tausend Jahren ausgestorben. Das heißt, es ist nicht ausgestorben, sondern hat sich weiterentwickelt, hin zu unseren heutigen Pferden.«

»Das haben die meisten bislang geglaubt«, entgegnete er. »Aber die Mongolen erzählen sich seit jeher von diesem Pferd. Sie haben doch vermutlich auch vom Takhi gehört?«

»Das schon, aber seit mindestens tausend Jahren wurde keines mehr gesichtet.«

»Jetzt schon«, meinte er.

Ich musste mich zusammenreißen, um nicht vor Freude einen Luftsprung zu machen. Wieder streckte ich die Hände aus und legte sie auf den Schädel. So musste es sich anfühlen, den heiligen Gral zu finden.

»Ein Takhi ...«, sagte ich. »Przewalski hat ein Takhi gefunden.«

»Das letzte echte Wildpferd«, bestätigte Poljakow. »Jetzt braucht es natürlich einen vernünftigen Namen, einen lateinischen Namen, der seinen Entdecker ehrt.«

»Ach ja?«, fragte ich. »Ja, natürlich. *Equus takhii* womöglich?«

Er schnaubte verächtlich. »Es soll einen Namen erhalten, das seinen Entdecker würdigt.«

»Ja, das versteht sich von selbst. Und wie sollte der Name stattdessen lauten?«, fragte ich, obwohl ich bereits einen Verdacht hegte.

Poljakow lächelte erneut, so breit, dass ich seine gesamte Mundhöhle sehen konnte, mit ihren Zähnen, die er bereits dem Verfall preisgegeben hatte. »Der Name der Rasse soll *Equus przewalskii poljakow* lauten.«

KARIN

Mongolei, 1992

Mathias' Kinn sackt zur Brust, sein Kopf wird von einer Seite zur anderen geworfen. Ich widerstehe einem Impuls, ihn anzustoßen, ihn wecken zu wollen, zu kontrollieren, ob es ihm gut geht, ob er bei Bewusstsein ist, ob er lebt. Er schläft schließlich nur. Schon von Geburt an konnte er an allen Orten und zu allen Zeiten schlafen. Er war das, was man als unkompliziertes Baby bezeichnet. Nie schwer zu beruhigen. Solange er die Brust bekam, schlief er immer ein. Er bot keinerlei Anlass zu Beschwerden, nicht damals.

Von den zarten Babybäckchen ist nicht mehr viel übrig, auf seinem Gesicht sprießen Bartstoppeln. Und noch dazu riecht er leicht nach Schweiß, wie ein fremder Mann, und ist von der langen Reise zerknautscht. Inzwischen ist er wohl so alt, dass sich die Falten in seinem Gesicht nicht mehr glätten, wenn er schläft. Vielleicht liegt es aber auch nicht am Alter, dass er schon so verbraucht aussieht, sondern an seinem bisherigen Lebenswandel.

Abgesehen davon ist es unbegreiflich, wie er hier schlafen kann. Die Holzbänke der Transportmaschine schmerzen unter dem Hintern. Das Dröhnen des Motors erinnert mich an den Krieg, und alles um mich herum wackelt, als würde in diesem Flugzeug jede einzelne Schraube locker sitzen. Ich rutsche hin und her und versuche, eine bequeme Sitzhaltung einzunehmen, schon ein paar Minuten Schlaf würden helfen. Doch es ist unmöglich. Ich müsste ein Pferd sein und im Stehen schlafen können, mit dem ganzen Gewicht auf einem Hinterbein. Überhaupt müsste ein Leben als Pferd in vielerlei Hinsicht leichter sein.

In diesem Moment haben es meine Pferde allerdings ganz und gar nicht leicht.

Die großen Frachtkisten aus Holz stehen in zwei Reihen vor uns. Durch die kleinen Atemlöcher kann ich nichts erkennen. Das Flugzeug übertönt ihre Geräusche, aber ich bilde mir trotzdem ein, ich könnte sie hören. Als wäre ich auch dort drinnen. Als wäre ich es, die ständig an die Wände stößt und den Kopf gegen die Holzlatten schlägt.

Sieben Stunden mit dem Lastwagen aus dem Reservat in Thorenc. Anschließend ab Paris zehn Stunden in der Luft. Noch nie habe ich ein Pferd so weit reisen lassen.

Es erscheint mir wie ein Trost, dass ich es selbst auch so ungemütlich habe. Das russische Transportflugzeug bestätigt all meine Vorurteile über Fortbewegungsmittel aus den ehemaligen Sowjetstaaten. Es ist schwerfällig und laut, verpestet die Luft mit stinkenden Abgasen. Doch ich konnte kein anderes finden, das groß genug war. Und das mein Budget nicht überstieg.

Budget. Ich kann das Wort nicht mehr hören.

Genauso wenig wie

Bilanz

Finanzierung

Finanzielle Grenzen

Ich bin doch nicht Tierärztin geworden, weil ich mich gern mit Buchhaltung beschäftige, hatte ich vor ein paar Wochen mal zu Mathias gesagt. Er lächelte über mich. Aber Karin, entgegnete er, denn er nennt mich nie Mama, du bist doch längst keine Tierärztin mehr, du bist Projektleiterin.

Projektleiterin.

Noch ein Wort, das ich leid bin.

Im Übrigen nannte er mich auch eine Zauberkünstlerin, weil ich das Unmögliche möglich machen würde. Das größte Auswilderungsprojekt unserer Zeit, Karin, *and you make it happen!* Manchmal sagt er so etwas, um mir zu schmeicheln. Und manchmal schmeichelt er mir auch. Das muss ich zugeben.

Mehrere Stunden später befindet sich das Flugzeug endlich im Landeanflug auf Ulaanbaatar. Mathias ist mittlerweile aufgewacht. Die Pferde wiehern so laut, dass niemand schlafen kann.

»Ruhig, ganz ruhig«, sage ich leise, als würde das irgendetwas helfen.

Die Wirkung des Beruhigungsmittels, das ich ihnen gegeben habe, ist längst verflogen, aber dagegen kann ich nur wenig ausrichten. Im Gegenteil, sie müssen sogar wach sein, wenn wir ankommen, denn ich kann nicht riskieren, dass sie umknicken, ihre Beine nicht unter Kontrolle haben. Zum Glück höre ich aber nichts von Sydney, dem Leithengst. Die anderen horchen auf ihn, und wenn er ruhig bleibt, sind sie es auch. Eine Herde ist eine Herde ist eine Herde. Die Hierarchie ist immer dieselbe, mit einem Leithengst und einer Leitstute. In meinen Augen beschützen sie die anderen eher, als dass sie sie führen. Sydney bewacht die Herde. Dass sein Harem in Sicherheit ist, bedeutet ihm alles.

Das Flugzeug nähert sich dem Boden. Mathias schließt die Augen.

»Die Landung ist am gefährlichsten«, meint er. »Die Leute haben immer beim Start Angst, und in der Luft, aber statistisch gesehen ist die Landung am gefährlichsten.«

»Dafür ist das Fliegen die sicherste Fortbewegungsart«, antworte ich. »Hier bist du viel sicherer als auf den Straßen von Berlin.«

Er schlägt die Augen wieder auf, muss plötzlich grinsen.

»Das trifft auf mich ja gleich doppelt zu.«

»Was?«

»Du hast doch selbst gehört, was du gesagt hast. Hier bin ich sicherer als auf den Straßen von Berlin. Ist nicht genau das der Sinn?«

»Du weißt doch, dass ich es nicht so gemeint habe.«

»Ein bisschen witzig war es aber schon«, ruft Mathias, um das Flugzeug zu übertönen.

»Was?«

»Jetzt mach dich mal locker! EIN BISSCHEN WITZIG WAR ES SCHON!«

Und genau in dem Moment setzen die Räder auf. Die Bremsen kreischen, das Flugzeug wird durchgerüttelt.

»Verdammt!«, schreit Mathias.

Danach fängt der Spaß erst richtig an. Fernsehkameras, Journalisten mit Notizblöcken und Dolmetschern, Blumensträuße, die mir in die Hand gedrückt werden, eine Ansprache auf Mongolisch von einem Staatsvertreter mit Filzhut.

Ich versuche, mir ein Lächeln abzuringen, merke jedoch, dass es mir nicht überzeugend gelingt.

»Danke«, sage ich. »Ich würde jetzt gern die Pferde aus dem Flugzeug holen. Können wir anfangen?«

»Aber zunächst einige wenige Fragen«, beharrte der Filzhut.

Ich antworte den Journalisten so knapp wie möglich, den Blick die ganze Zeit auf die Frachtkisten im Flugzeug gerichtet. Die Stute Askania Nova ist inzwischen seit achtundzwanzig Stunden eingeschlossen. Sie ist die ruhigste von allen, deshalb habe ich sie als Erste in die Kiste geführt. Doch achtundzwanzig Stunden sind trotzdem viel zu lang. Es ist so eng dort drinnen, so eng, das Atmen muss ihnen schwerfallen. Der Kopf, der immerzu gegen die Wände stößt, die winzigen Luftlöcher, durch die man kaum frische Luft schnappen kann. Ich bekomme selbst kaum Luft. Ich stecke mir eine Zigarette an, ziehe den Rauch tief ein. Das macht es nicht besser.

Die Lastwagen stehen bereit, acht identische Autos, auch sie sowjetisch, wie offenbar alles hier, nach vielen Jahren der engen Zusammenarbeit mit dem kommunistischen großen Bruder. Doch mittlerweile wird das Land demokratisch regiert, es hat sich dem Westen zugewandt, und seiner eigenen, alten Geschichte, dem Herrscher Dschingis Khan, Ereignissen, die weit in der Zeit zurückreichen, als das mongolische Reich das größte der Welt war. Vielleicht ist das ein Grund, warum hier der Enthusiasmus darüber, die Takhis zurückzubekommen, so groß ist. Etwas Ursprünglicheres als das Pferd von den Höhlenmalereien findet man wohl kaum.

Wieder dringt ein Wiehern aus den Frachtkisten.

Ich trete die Zigarette aus und drehe mich gestikulierend zu dem Filzhut um.

»Wir müssen jetzt wirklich los. Wir MÜSSEN.«

Endlich beginnt der Fahrzeugkran mit seiner Arbeit. Es knirscht mechanisch, als er die erste Frachtkiste aus dem Flugzeug hebt. Darin befindet sich Hamburg. Er ist erst zwei Jahre alt und trotzdem der friedlichere der beiden jungen Hengste, die ich mitgenommen habe. Jetzt wiehert er laut. Die Kiste schaukelt leicht in den Seilen, ich habe Angst, sie könnte sich lösen. Doch der Kranführer hat zum Glück alles unter Kontrolle und platziert die Fracht sicher auf dem Lastwagen, der inzwischen herangefahren ist.

Ich betrete das Flugzeug und gehe zwischen die Kisten, rede auf meine Pferde ein.

»Ganz ruhig, bald seid ihr draußen, bald seid ihr draußen.«

Ich reiche ihnen Äpfel, das Beste, was sie kennen, durch die Öffnung am Boden. Sehe nur ihre Mäuler und Zähne. Sie schnappen sich die Leckerbissen, das Fruchtfleisch kracht. Ihr Appetit ist ein gutes Zeichen. Ich spähe durch die Luftlöcher, die sich auf meiner Augenhöhe befinden. Glänzendes Fell, ein Funkeln in großen, feuchten Augen. Ich höre ein Schnauben hier, ein leises Wiehern dort, nichts deutet darauf hin, dass etwas nicht in Ordnung wäre. Ich zünde mir eine weitere Zigarette an, trete einen Schritt zurück. Jetzt schmeckt sie besser.

Anderthalb Stunden später sind endlich alle Frachtkisten auf den Ladeflächen verstaut und gesichert. Die Fernsehkameras wurden abmontiert, nur ein vergessenes Kabel liegt noch auf dem Boden. Die Offiziellen haben sich längst aus dem Staub gemacht, selbst der Filzhut ist verschwunden. Die Holzkisten stehen auf ihren jeweiligen Lastwagen, eine ganze Kolonne wartet abfahrbereit an der Straße, und die Fahrer steigen allmählich ein. In den Führerhäusern ist nur Platz für jeweils einen zusätzlichen Passagier, ich setze mich in das erste, Mathias in das letzte, und vielleicht ist es sogar besser so. Vielleicht kann ich endlich schlafen, wenn ich nicht ständig mitansehen muss, wie sein großer, schwerer Kopf unkontrolliert auf seine Brust sackt.

In der Fahrerkabine stinkt es nach Benzin und saurer Milch, aber der Sitz ist weich. Ich lehne mich zurück, der Flughafen liegt am Stadtrand, ringsum verstreut stehen *Gers,* mongolische Jurten aus Filz, die übliche Behausung hierzulande. Weiß, rund und etwa gleich groß, mit horizontalen Bändern um die Zeltwände, die das Tuch an seinem Platz halten, und einer Aussparung für einen Schornstein in der Decke. Der Altar ist stets nach Norden ausgerichtet, der heiligsten Himmelrichtung. Die Tür liegt gen Süden, wo auch die Gegenstände des täglichen Gebrauchs aufbewahrt werden. Im Frühjahr, bevor es draußen warm genug für sie ist, leben dort auch Lämmer und Zicklein. Jedes Ger ist auf die gleiche Weise aufgebaut.

Und immer, wenn man eine dieser Jurten sieht, kann man die Himmelsrichtung bestimmen. Das ist schön. Übersichtlich. Und praktisch.

Kaum haben wir den Flughafen hinter uns gelassen, breitet sich die mongolische Steppe vor uns aus. Gras und Himmel, keine Bäume. Aber Tiere, schon nach wenigen hundert Metern sehen wir die ersten. Eine Herde Schafe und Ziegen grast direkt neben der Straße. Sie stieben davon, als wir mit unserer langen Kolonne vorbeidonnern.

Wind fährt über die Ebene, presst das Gras auf den Boden, wirbelt Staubwolken auf.

Staub, der Staub der Steppe, das Gefühl von Staub auf der Zunge. Erst vor einem Monat war ich hier, um die letzten Vorbereitungen zu treffen, doch anscheinend ist es mir schon gelungen, dieses Gefühl zu verdrängen. Die Mongolei ist Staub und Gras. Ebenen mit dünnen Büscheln, mit trockener Erde und Sand, so weit das Auge reicht. Und dann die Größe, viermal so groß wie Deutschland, aber nur zwei Millionen Menschen. Eine unendliche Weite von wogendem Gras, dessen Wellenbewegungen mich irgendwann in den Schlaf wiegen. Ein Schlaf ohne Träume, so wie Schlaf immer sein sollte.

Ich wache mit einem Ruck auf. Der Fahrer dreht den Zündschlüssel im Schloss um, der Motor verstummt. Dann geht die Tür auf, und Mathias steht vor mir. Lächelnd breitet er die Arme aus.

»Du hast ja gesagt, dass es groß wäre, aber man versteht es erst, wenn man es mit eigenen Augen sieht. Wahnsinn, das ist so krass, was für eine Platzverschwendung, echt heftig. Und die Zelte, sowas von cool!«

Tourist.

Ich gehe hinaus und wende mich dem Lager zu. Auch hier haben sich mindestens hundert Menschen versammelt, vor dem Forschungsgebäude, neben der eingezäunten Weide, auf die wir die Pferde bald entlassen werden.

Das Gebäude wurde blau gestrichen, seit ich das letzte Mal hier war. Unglaublich blau, vielleicht nicht ganz die Farbe, die ich selbst gewählt hätte, aber Himmelblau ist nun mal sehr beliebt hier. Überhaupt mag man knallige Farben. Blau, Orange und Pistaziengrün, selbst die Dächer sind quietschbunt. Anfangs fand ich das hässlich. Inzwischen habe ich mich an das Spektakel gewöhnt. Wenn die Natur so eintönig ist, braucht man etwas, woran man sich sattsehen kann.

Alle sind still, blicken zu mir. Sehen die kleine deutsche Frau mittleren Alters an, die das alles angestoßen hat. Die Leute stammen aus Zeltlagern in der Nähe, sind Halbnomaden, einige von ihnen vielleicht auch sesshafter. Dann sind da noch die Angestellten des Reservats. Junge Männer, die sicher auf dem Rücken ihrer Pferde sitzen.

Im nächsten Moment kommt Jochi auf mich zu, seine Augen sind unter dem Schirm der amerikanischen Baseballcap verborgen, aber ich sehe sein breites Lächeln.

»Karin. Endlich!«

Ich strecke die Hand aus, aber er ergreift sie nicht, sondern nimmt mich stattdessen in den Arm. Du liebe Güte. Ich kann mich gar nicht erinnern, wann mich zum letzten Mal jemand umarmt hat. Doch ich nehme an, dass es an einem Tag wie diesem gerechtfertigt ist, und erwidere die Umarmung kurz, ehe ich ihn loslasse und einen Schritt zurückweiche.

»Wir haben es geschafft«, sagt er in seinem tadellosen britischen Englisch.

Jochi spricht viel besser Englisch als ich, ich schäme mich immer, wenn wir zusammen zu Sitzungen gehen. Er hat mir geschrieben, dass er versuchen wolle, den Angestellten auch Englisch beizubringen. Ich stelle mir vor, wie sie alle durch die Gegend reiten und in perfektem Oxforddialekt miteinander plaudern. Das wäre was.

»Naja, ganz haben wir es noch nicht geschafft«, entgegne ich. Bronx schlägt seine Hufe gegen die Holzwände, Askania Nova schnaubt. »Und jetzt müssen wir noch die Pferde hinausbekommen.«

»Immer mit der Ruhe«, sagt er. »Du bist jetzt in der Mongolei.«

Ein paar Milchtropfen werden mit einem *Tsatsal*, einem kleinen, mit blauem Stoff umwickelten Spaten, in die Luft gesprenkelt, ehe man mir die Silberschale mit der Stutenmilch überreicht. Es weht ein wenig, der Wind kräuselt die weiße Oberfläche.

Ich schlucke die Milch schnell herunter und wische mir den Milchbart ab. Mathias rümpft die Nase über den ungewohnten Geschmack, sagt aber nichts. Wir haben schon vorher darüber gesprochen.

Die Rituale in diesem Land sind einfach und bodenständig, im wahrsten Sinne des Wortes. Sie gefallen mir. Man opfert dem Himmel und der Natur etwas. Die Nomaden sind Buddhisten, aber im Grunde beten sie den Boden an, auf dem sie gehen, und den Himmel, der sich über ihnen wölbt. Sie glauben, alles in der Natur besitze eine Seele. Wenn man schon auf Teufel komm raus etwas anbeten möchte, ergibt das immerhin einen Sinn.

Die Silberschale wird weggeräumt, und wir können endlich mit der Arbeit anfangen. Ich gebe dem Mann, der hinter dem Steuerhebel seines Fahrzeugkrans gewartet hat, ein Zeichen.

Laute mechanische Geräusche, als Sydneys Kiste vom Lastwagen gehoben wird. Sie baumelt in der Luft, einige von Jochis Männern halten sie fest und sorgen dafür, dass sie auf dem richtigen Platz landet.

Dann kommt die zweite, mit Hamburg. Alles geht schnell, ein bisschen zu schnell. Die Arbeiter zurren die Seile zu hastig fest, was wäre, wenn die Kiste herabfällt, weil die Haken nicht richtig halten? Ein gebrochenes Bein ist oft gleichbedeutend mit dem Tod. Oder was, wenn die Kiste kaputt geht und die Holzsplitter das Pferd treffen? Schon ein kleiner Splitter kann zu einer Infektion führen. Diese Pferde herzubringen, hat mich tausende Mark gekostet, sie sind wertvoller als Rennpferde. Verletzungen, Behinderungen, Einschränkungen jedweder Art kann ich mir nicht leisten.

Doch die Holzkiste ist sicher befestigt, und bald steht auch sie auf dem Boden. Jochi streckt den Daumen in die Luft. Mathias erwidert den Gruß natürlich sofort, als wären die beiden alte Freunde. Jochi scheint das zu gefallen, denn er lächelt.

Schließlich stehen die acht Kisten im Abstand von nur

einem halben Meter nebeneinander auf der Weide. Sie sind aus Kiefernlatten und schwarzen Platten zusammengezimmert, die Vorderseite ist mit Aufklebern übersäht. Sie könnten alles Mögliche enthalten, sind als Verpackung für den Transport über weite Distanzen gefertigt worden.

Aus der Ferne gibt Jochi vieren seiner Männer ein Signal und bittet außerdem auch vier der Nomaden, mit anzupacken. Alle springen auf das Dach einer Kiste und legen die Hände auf das Ende der Luke.

»Bereit?«, fragt er mich.

Ich nicke. Spüre, wie ich am Rücken schwitze. Jetzt passiert es. Jetzt kehren die Pferde endlich wieder in ihre Heimat zurück.

Wann ist eine Art ausgestorben? Wenn es kein einziges Individuum mehr davon gibt? Oder wenn das letzte *freie* Individuum verschwunden ist? Ich habe immer gedacht, eine Art, die es nicht länger in der freien Wildbahn gibt, würde eigentlich gar nicht mehr existieren. Die Wildpferde haben nicht mehr als hundert Jahre *gelebt,* jedenfalls nicht so, wie es ihrer Natur entsprechen würde. Sie haben in Tiergärten und Reservaten gehaust, waren auf menschliche Hilfe angewiesen, um fortzubestehen. Auf Heu, Kraftfutter, Salz und Medikamente. Darauf, dass Menschen sich um die Herde kümmern, einzelne Hengste vom Harem trennen, Aggressionen und Kämpfe verhindern. Auf Hilfe dabei, Inzucht zu vermeiden. Und je mehr Zeit vergangen ist, desto mehr hat sich die Art auch an die menschliche Hilfe angepasst. Die Eigenschaften, die am besten zu ihrem bisherigen Leben passten, haben sich durchgesetzt. *Survival of the fittest,* auch in Gefangenschaft.

Doch jetzt wird es bald passieren, und ich habe keine Ahnung, wie es ausgehen wird. Das Wilde, das die Pferde in sich getragen haben, könnte schon verschwunden sein, Eigenschaften, die ihre Vorfahren vor hundert Jahren hatten, sind nach dieser Zeit in Europa womöglich bereits weggeschliffen worden. Doch die Erblinie ist rein, da bin ich mir immerhin sicher. Die Pferde, die ich jetzt bei mir habe, sind echte Takhis; Urpferde. Als einzige Pferderasse auf der Welt besitzen sie sechsundsechzig Chromosomen, alle anderen nur vierundsechzig.

Und jetzt werden die Spuren der Jahre in Gefangenschaft verschwinden. Hier in Hustai sollen sie zunächst ein paar Monate im Gehege verbringen und sich an die Landschaft gewöhnen. Dann werden sie freigelassen, müssen allein zurechtkommen. Diese acht sind nur die Vorhut, nächstes Jahr werden weitere folgen. Ich habe noch mehr Pferde, die auf einem Hof in Thorenc in Frankreich warten. Wenn sie genug sind, werden sie selbst für ihre Fortpflanzung sorgen, ich möchte nicht lange darauf angewiesen sein, noch mehr Pferde einzufliegen. Ab einem bestimmten Zeitpunkt wird die Art wieder so stark sein, dass ich sie alleinlassen kann. Fünfhundert Pferde, fünfhundert Pferde, die sich vermehren, die jedes Jahr neue, starke Fohlen hervorbringen; erst dann kann ich mich entspannen.

Entspannen. Ich weiß gar nicht, was das ist. Wahnsinn, dieses Wort habe ich in Zusammenhang mit meinem Projekt am häufigsten gehört. Hybris. Wer bist du, was stimmt nicht mit dir, dass du immerzu Erfolg haben willst?

Aber das hat nichts mit mir zu tun. Es geht um die

Pferde. Und ich leide nicht an Hybris. Ich möchte nur die Art retten.

Auf ein Signal hin greifen die acht Menschen die Luke ihrer jeweiligen Frachtkiste und ziehen sie gleichzeitig nach oben, sodass eine Öffnung entsteht.

Hamburg ist am schnellsten. Er galoppiert, wiehert, macht kehrt und dreht eine Runde im Gehege. Kein Lahmen, kein Zeichen von Erschöpfung oder Kreuzverschlag, von steifen Muskeln nach so vielen Stunden des Eingesperrtseins.

Sydney folgt direkt nach ihm, er war schon immer gesund und stark. Er verdient es, die Herde anzuführen. Die Hengste sehen gesund aus, bewegen sich ohne Schwierigkeiten, werfen die Köpfe in den Nacken, schnauben und prusten.

Wie geht es ihnen jetzt? Wie es wohl ist, sie zu sein? Endlich wieder im Freien. Doch sie haben keine Vorstellung vom Begriff *endlich*, können nicht einschätzen, wie lange sie eingesperrt waren, und sie wissen nicht, dass dies das allerletzte Mal sein wird. Den Rest ihres Lebens werden sie hier verbringen, in Freiheit.

Kurz darauf verlässt Bronx seine Kiste. Bronx, der Kraftvolle. Alle Pferde sind nach den ersten Tiergärten benannt, die Przewalski-Fohlen gezüchtet haben. Ich war immer der Meinung, Bronx' Name würde besonders gut zu ihm passen. Durchsetzungsfähig und stark. Ich war noch nie in New York, habe aber gehört, dass die Bronx eine raue Gegend ist. Und diesen Hengst kann ich mir gut als Anführer einer Straßengang vorstellen. Er war schon von Geburt an riesig, ich habe noch nie ein so großes Fohlen gesehen.

Ich erinnere mich, wie ich und ein hinzugerufener Tierarzt aus Thorenc ihm aus dem Mutterleib helfen mussten. Es dauerte eine Weile, ehe wir wussten, dass er überleben würde, doch wie sich herausstellte, war er hart im Nehmen. Nichts kann Bronx etwas anhaben. Jetzt galoppiert er von der einen Ecke der Weide zur anderen. Im selben Moment traben auch die beiden Stuten Askania Nova und Paris ins Freie, gefolgt von den Fohlen Woburn und Halle.

Doch Prag, meine Leitstute, bleibt drinnen.

Die anderen Pferde haben sich zum hinteren Weidezaun begeben, einige grasen. Bronx zeigt Sydney die Zähne, ist schon dabei, dessen Position in der Herde herauszufordern. Irgendwann wird Bronx übernehmen. Er ist der stärkste der jungen Hengste und wird die anderen eines Tages anführen. Davor muss ich sie allerdings vor ihrer eigenen Aggression beschützen. Ich muss die selbständigen Hengste vom Rest der Gruppe trennen, auf einer eigenen Koppel.

Doch zuerst Prag. Ihr Maul ragt aus der Öffnung der Kiste hervor, aber sie macht keine Anstalten, sich zu bewegen. Dabei ist sie sonst immer die Erste. Ein echtes Schlitzohr, es gelingt ihr immer, die meisten Äpfel und die meisten Karotten zu ergattern, das frischste, grünste Gras.

Prag ist die Enkelin von Orlitza, dem letzten freilebenden Takhi. Die Stute, die man dem Vorsitzenden Woroschilow 1957 in der Mongolei als Geschenk überreichte. Unter den einundvierzig Pferden, die es damals noch auf der Welt gab, waren nur zwölf, die sich als fruchtbar erwiesen. Woroschilow nahm Orlitza mit zurück in die Sowjetunion. In der Gefangenschaft gebar sie vier gesunde Takhi-

Fohlen, ehe sie 1973 im Alter von sechsundzwanzig Jahren starb. Sie hatte für das dringend benötigte frische Blut gesorgt. Orlitza, *die Adlerin*, das dreizehnte Pferd.

Dreizehn Pferde … aus nur dreizehn Pferden wurde die Art wieder aufgebaut, Fohlen für Fohlen. Zoos auf der ganzen Welt haben kooperiert. Alles wurde strengstens überwacht und kontrolliert, um die bestmögliche Verbreitung des spärlichen Genmaterials zu sichern, das zur Verfügung gestanden hatte. Die Individuen, die ich hergebracht habe, stammen alle von unterschiedlichen Pferden ab. Und Prag vom allerstärksten unter ihnen. Ich bilde mir ein, ich könnte ihr ansehen, dass Orlitzas Blut in ihren Adern fließt. Mächtige, wache Prag.

Doch jetzt ist sie nicht ganz sie selbst. Sie möchte nicht hinaus.

Jochi sieht mich an.

»Hat sie irgendwas?«

Ich schüttle den Kopf.

»Sie ist sicher nur ein bisschen müde nach der langen Reise«, scherzt Mathias. »Der russische Komfort hat ihren hohen Ansprüchen nicht genügt.«

Höflich wie immer.

Ich habe keine Lust, etwas zu erwidern. Gehe zu Prag.

»Komm schon, Prag«, rufe ich. »Komm, meine kleine Stute, nun komm schon raus.«

Falls Prag verletzt ist, würde sich das Gleichgewicht innerhalb der Herde verschieben. Das geht nicht. Hier ist alles neu für sie. Deshalb muss die Herde genauso weiterbestehen wie zuvor. Rivalitäten kann ich mir nicht erlauben. Das führt immer zu Verletzungen. Und Verletzungen kann ich mir erst recht nicht leisten. Prag, ich brauche dich.

»Haben wir noch mehr Äpfel?«, frage ich Jochi.

Er gibt mir eine Tüte. Ich strecke die Hand hinein, greife einen, spüre die glatte Schale unter meinen verschwitzten Fingern.

Prag hebt den Kopf, sie riecht den Apfel.

»Ich bin es«, sage ich. »Nun komm schon.«

Dann lege ich den Apfel vor mir auf den Boden und ziehe mich zurück. »Du musst aber rauskommen, um ihn dir zu holen.«

Um uns herum ist es still. Alle Aufmerksamkeit richtet sich auf die Stute.

Sie schnaubt leise.

Und dann bewegt sie sich endlich. Etwas steif, sie setzt die Hufe versuchsweise auf, geht ein paar Schritte vor. Ihr Hinterteil befindet sich immer noch in der Kiste, aber ihre Nüstern blähen sich.

Prag war eines der ersten Pferde, das in mein Reservat kam. Sie passte sich schnell an, hat jedes Frühjahr ein gesundes Fohlen zur Welt gebracht, und die Geburten verliefen jedes Mal schnell und ohne Komplikationen. Und sie kümmert sich immer um ihre Fohlen, bleibt in ihrer Nähe und weiß genau, wo sie sind. Eine gute Mutter. Sydney und Prag sind ein Paar, seit er nach Thorenc kam. Er steuerte sofort auf sie zu, und seither sind sie unzertrennlich. Ihre vier letzten Fohlen sind alle von ihm. Auch Woburn, der erst vier Monate alt ist.

Endlich wagt sich Prag die letzten Schritte aus der Kiste heraus. Verlässt die Dunkelheit dort drinnen, das zertrampelte Heu und den Kot, in dem sie stehen musste. Die Leute applaudieren.

»Hey!«, ruft Mathias.

Prag streckt ihr Maul zum Apfel und verputzt ihn.

Dann entfernt sie sich ein paar Schritte, ehe sie das Tempo erhöht und auf die anderen zutrabt. Ihr Takt sieht gleichmäßig und gut aus, alles scheint in Ordnung zu sein. Sicherheitshalber gehe ich in ihre Kiste und überprüfe den Kot. Auch er ist, wie er sein soll, kein Anzeichen für Verstopfung. Sie ist wohl wirklich nur erschöpft.

Jetzt grasen alle, wie sie es immer tun, egal wo sie sind, solange es Gras gibt. Pferde, einfache Pferde.

Jochi lächelt unter seiner Kappe hervor.

Mathias stößt mich in die Seite.

»Du wirst schon sehen, alles wird gut. Mit deinen Pferden.«

Deine Pferde, als würde er sagen, *deine Teddybären,* oder *deine Puppen.*

»Das sind nicht meine«, protestiere ich.

»Nein, nein.« Er lacht.

»Warum lachst du?«

»Weil es eben doch deine sind, Karin.«

»Aber du weißt schon, warum wir hier sind«, sage ich.

»Weil sie sich selbst gehören sollen?«

»Genau.«

Jetzt grinst er nicht mehr. »Das hast du auch immer zu mir gesagt. Weißt du das noch? Als ich klein war, da sollte ich lernen, mir selbst zu gehören. Erinnerst du dich?«

»Nein. Nein, daran erinnere ich mich nicht.«

Er hört nicht auf, mich anzusehen. Doch, na gut, ich

weiß schon, dass ich irgendwann einmal sowas gesagt habe. Wahrscheinlich wollte ich ihm nur etwas über Selbständigkeit vermitteln, in einer kindgerechten Sprache.

Vielleicht war das ein Fehler. Ich habe wohl viele Fehler gemacht. Es kann nicht anders sein.

Aber warum greift er das ausgerechnet jetzt auf, müssen wir wirklich hier darüber reden, wieso sein Leben so verlaufen ist?

Nein. Er sagt einfach nur das Erstbeste, was ihm einfällt, geht all seinen Gedanken nach. Eine schlechte Impulskontrolle in allen Lebensbereichen. Vielleicht ist das auch meine Schuld. Ist Impulskontrolle etwas, das man erbt? Oder erlernt? Oder lernt man es nie?

Ich wende mich Jochi zu.

»Wir müssen sie alle gründlich untersuchen. Am besten gleich. Nachsehen, ob sie die Reise unbeschadet überstanden haben.«

EVA

Wir fuhren einige Minuten schweigend weiter. Ich richtete meinen Blick auf die Straße, nahm jedoch die Nähe der Frau neben mir wahr, ihren Geruch. Nach nassem Menschen, nassem Staub, nassem ungewaschenen Haar. Ihre Hände ruhten still in ihrem Schoß. Sie hatte Schmutzränder unter den Nägeln, aber nicht so dunkle und große wie meine, und ich konnte auch keine Hautfetzen oder Risse sehen, die darauf hindeuteten, dass sie körperlich gearbeitet hatte.

»Ich heiße Eva«, sagte ich.

»Louise«, erwiderte sie. »Freut mich.«

Ihr Akzent war schwer zu bestimmen, aber mir fiel auf, dass sie das R rollte.

»Du kommst nicht von hier?«

»Nein.«

»Sprichst aber gut Norwegisch?«

»Ich habe es schon als Kind gelernt.«

Sie zeigte keine Absicht, mehr zu erzählen, und so schwiegen wir erneut für eine Weile. Ich wünschte, sie würde etwas sagen, irgendetwas, womit sie zeigte, dass ich ihr trauen konnte.

»Wir wohnen auf einem Hof. Früher war es aber mal ein Tierpark. Wir haben uns um bedrohte Arten gekümmert. Und die Besucher kamen, weil sie die Lebewesen in einer natürlichen Umgebung sehen wollten.«

Plötzlich hatte ich das Gefühl, ich würde zu viel sagen, drauflos plappern.

Doch sie wandte sich um und sah mich an.

»Natürlich? Wie meinst du das, eine natürliche Umgebung?«

»So natürlich, wie es hinter Zäunen eben geht«, versuchte ich zu erklären. »Wir hatten auch einen Hof mit Nutztieren. Schweine, Kühe, Ziegen für die Kinder.«

»Habt ihr immer noch Tiere?«

Ihre Stimme klang eifrig.

»Magst du Tiere?«, fragte ich zurück.

»Die, die ich kannte, habe ich gemocht.«

»Von den wilden konnten wir nur einige wenige behalten. Und die Nutztiere. Zwei Kühe, zwei Kälber, ein Schwein, vier Ziegen und sechs Hühner.«

»Keinen Hahn?«

»Der ist im Winter gestorben.«

»Keinen Stier?«

Ihre Fragen kamen schnell, fast wie in einem Verhör.

»Nein. Nicht mehr.«

»Und die ganzen anderen, die vorher da waren?«

»Anfangs haben wir den Bestand nur ein wenig reduziert. Haben Tiere in andere europäische Zoos verschickt, die nach wie vor geöffnet hatten. Als es aber niemanden mehr gab, an den man sie noch schicken konnte, mussten wir sie aussetzen.«

»Und wo?«

»Im Wald.«

Ich merkte, wie sie mich ansah und darauf wartete, dass ich weitersprach. Das verunsicherte mich, ich fragte mich plötzlich, warum sie so nachbohrte, versuchte sie eigentlich etwas ganz anderes herauszufinden? Wie es um den Hof stand, wie schutzlos wir waren? Oder interessierte sie das alles tatsächlich so sehr?

Ich hörte auf, ihr noch mehr zu erklären. Sie konnte sowieso nicht verstehen, was es bedeutete, ein seltenes Lebewesen auszusetzen, einen Schneeleoparden freizulassen. Oder was heißt frei? Wir ließen ihn laufen, gaben die Verantwortung ab, gaben auf, das war keine Befreiung. Ich erinnerte mich noch, wie wir die beiden Schneeleoparden Rolex und Longines betäubten, wie sie umhertaumelten, ehe sie auf den Boden sanken und einschliefen. Wir hatten uns Hilfe von den Nachbarhöfen geholt, um sie auf den Pick-up zu verladen. Dann fuhren wir sie weg, auf einer holprigen Wagenspur entlang so tief in den Wald hinein, wie es ging. Dort hoben wir sie von der Ladefläche und legten sie ab. Das Männchen und das Weibchen am selben Ort; obwohl sie Einzelgänger waren, einander nur zur Paarungszeit trafen, ansonsten immer allein waren, ließen wir sie am selben Ort los, in der Hoffnung, dass sie sich ein letztes Mal fortpflanzen konnten, dass sie es schaffen würden, ehe sie jemand umbrachte. Sie waren in Gefangenschaft geboren und immer von Menschen gefüttert worden. Immerhin hatten wir im Park dafür gesorgt, dass sie sich ihre Nahrung erarbeiten mussten, hatten das Fleisch so hoch gehängt, dass sie sich strecken mussten, hatten ihnen ein ganzes Schlachtvieh vorgesetzt, um die Verhältnisse in der freien Wildbahn nachzuahmen, deshalb waren sie vielleicht *ein bisschen* besser vorbereitet, sagte ich mir zum Trost. Allerdings hatten sie nie selbst gejagt, vielleicht waren sie also doch chancenlos, meine beiden Leoparden, zwei von nur mehr dreitausend Tieren auf der ganzen Welt. Sie waren eine leichte Beute für Jäger, ein helles Fell im grünen Wald. *Sie* würden gejagt werden, von hungrigen Männern mit Gewehren, die nicht ahnten, dass ausgerechnet diese Tiere zu den Letzten ihrer Art gehörten, und die das vielleicht auch nicht mehr kümmerte. Vielleicht warteten zu Hause ihre hungrigen Kinder, vielleicht konnten sie es sich gar nicht leisten, darüber nachzudenken.

Wir fuhren weiter, ich wich einem Schlagloch aus, der Asphalt war in einem schlechten Zustand.

»Du hast gesagt, du bräuchtest Hilfe auf dem Hof?«, fragte Louise nach einer Weile.

»Ja … ja. Wir brauchen Hilfe.«

»Ich bin es gewohnt, für Kost und Logis zu arbeiten.«

Sie streckte ihre Hand nach der Lüftung aus, versuchte, sie zu regulieren.

»Du hast auch gesagt, dein Auto wäre warm und trocken«, meinte sie. »Aber die Fenster sind beschlagen und die Sitze klamm.«

Sie schielte zu mir hinüber. Hatte sie Angst? Versuchte sie herauszufinden, ob sie mir vertrauen konnte?

»Das Gerät verbraucht viel zu viel Strom«, erklärte ich schnell. »Ich versuche, es nicht mehr als nötig zu benutzen. Man weiß nie, wann der Strom ausfällt.«

»Aber immerhin hast du Strom. Solange er noch reicht.«

»Ein alter Mann betreibt hier das Kraftwerk. Er möchte vorerst nicht aufgeben.«

»Trotzdem ist alles begrenzt«, sagte sie.

Dann verstummte sie erneut, und ich warf einen kurzen Blick zu ihr hinüber. Ihre Augen waren hellbraun, die Haare dunkler. Sie war jünger als ich, vielleicht ganze zehn Jahre. Ihre Haut war nach wie vor glatt. Sie sah unverdorben aus. Frisch.

Ich bog von der Hauptstraße ab und bremste. Früher hatte über dieser Kreuzung ein großes, blankpoliertes Schild gehangen, das den Besuchern den Weg zum Tierpark Heiane gewiesen hatte. Letzten Sommer hatte der Wind es herabgeweht, jetzt lag es im Straßengraben, und keiner konnte mehr sehen, wohin diese Straße einmal geführt hatte. Außerdem hatte ich einen abgestorbenen Baum quer über die Fahrbahn gelegt, damit es so aussah, als würde niemand sie mehr benutzen. Kein Fremder konnte uns hier finden, kein Wanderer konnte uns aufsuchen und unser Essen oder unsere Tiere rauben.

Doch jetzt stieg ich aus und schleifte den Baum zur Seite, fuhr ein paar Meter, legte ihn wieder auf seinen Platz und setzte mich erneut hinter das Steuer. Louise konnte alles beobachten, aber schon damit, sie bei mir einsteigen zu lassen, hatte ich beschlossen, ihr zu vertrauen. Und sie sagte kein Wort, ich war wohl nicht die Erste, von der sie wusste, dass sie sich versteckte.

Früher war die Straße hell und offen gewesen, jetzt lag sie selbst mitten am Tag im Schatten. Die Bäume eroberten die Welt, die Buche und die Sitka-Fichte breiteten sich umso schneller aus, je heißer es wurde, und verdrängten auch die wenigen Blumen, die noch am Straßenrand wuchsen. Im Dämmerlicht des Waldes fühlte sich nur das feuchte Moos wohl.

Wir fuhren um eine Kurve und anschließend durch das Tor. Am Eingang begrüßte uns das Plakat mit dem Maskottchen des Tierparks, dem Vielfraß Jens. Obwohl die Farbe abplatzte, konnte man sein breites Comicgesicht nach wie vor erkennen.

Isa und ich wohnten in dem Teil des Parks, der einmal der sogenannte Bauernhof gewesen war. Ein weißes Wohnhaus, eine rote Scheune und ein kleiner roter Stall. Die Farbe war von Sonne und Wind ausgeblichen und blätterte an manchen Stellen ab, und einige der Holzlatten hätten ausgewechselt werden müssen, der viele Regen ließ sie faulen. Sporen drangen ein, Schimmel breitete sich aus. Auch das Dach wurde allmählich undicht, die Teerplatten lösten sich auf, der Wind erfasste sie und drohte sie abzureißen.

Mein Vater hatte den Bauernhof gebaut, er war sein Lebenswerk. Unzählige Busladungen mit Stadtkindern waren hierher gekarrt worden, um etwas darüber zu lernen, wie das Leben auf dem Bauernhof war. Oder wie es sein sollte. Ein Bauernhofparadies, ein Himmel für Tiere, wo sie unter idealen Bedingungen gehalten wurden und man alles dafür tat, dass es ihnen gut ging. Jetzt war das anders, alle Tiere, die Isa und ich auf dem Hof behalten hatten, waren hier, um unser Überleben zu sichern, und ich konnte ihnen nicht mehr alles geben, was sie brauchten.

Ich fuhr auf den Hofplatz, parkte und nahm den Korb mit dem Fisch heraus.

Louise stieg aus und sah sich um. Sie entdeckte die

große Übersichtskarte vom Park, die am Zaun hing, und ging darauf zu.

»Waldrentiere. Schottische Wildkatze. Vielfraß«, las sie. »Ich weiß nicht mal, wie ein Vielfraß eigentlich aussieht.«

»Klein und braun«, antwortete ich. »Niedlich wie ein Teddybär. Aber gleichzeitig stark, es kann Tiere erlegen, die viel größer sind als es selbst. Ich habe sogar schon von Vielfraßen gehört, die Elche bezwungen haben, indem sie ihnen in den Nacken gesprungen sind und sich festgebissen haben.«

»Ist der Vielfraß denn vom Aussterben bedroht?«

»In den 1960ern wurde er unter Naturschutz gestellt, da hat sich die Art wieder erholt. Aber in der ganzen Nässe, die wir inzwischen hier in Süd-Norwegen haben, hat sie sich nicht mehr wohlgefühlt, weiter im Norden leben wahrscheinlich noch mehr von ihnen. Obwohl es nur noch wenige Vielfraße gibt, werden sie gejagt. Vielleicht hast du auch schon mal einen gegessen, ohne es zu ahnen.«

»Ja, vielleicht ...«

Sie fuhr mit dem Finger die Karte entlang und hielt bei einem der Namen inne.

»Ihr hattet auch Wölfe?«

»Ja.«

»Und habt sie ausgesetzt? Hier im Wald?«

»Das Wolfspaar haben wir nach Schweden in einen Park geschickt, der noch eine Weile geöffnet haben konnte, nachdem wir schließen mussten.«

»Puh.«

Ich verstand, dass sie versuchte, einen Scherz zu machen, doch ich konnte nicht lächeln, musste an die beiden Tierkörper auf der Ladefläche denken. Es war das einzige Mal, dass ich sie aus nächster Nähe gesehen hatte. Sie hatten so klein und dünn ausgesehen, so unschuldig im Schlaf. Es war beinahe unbegreiflich, dass es dieselben Tiere waren, für die bei uns im Park die strengsten Sicherheitsauflagen gegolten hatten.

»Heute gibt es hier in den Wäldern ohnehin so viele Wölfe, dass einer mehr oder weniger auch nichts bedeutet hätte.«

Sie verzog das Gesicht. »Ja, ich weiß. Wahrscheinlich habe ich auch schon mal einen Wolf gegessen, ohne es zu wissen.«

»Das hättest du wahrscheinlich gemerkt. Ihr Fleisch ist sehr zäh.«

In dem Moment kam Isa aus dem Wohnhaus. Drei unterschiedliche Gefühle huschten über ihr Gesicht, erst die Angst, die sie gehabt hatte, als sie merkte, dass sie nicht mehr allein auf dem Hof war, dann die Erleichterung über meine Rückkehr und zuletzt die Neugier auf die Fremde, die ich mitgebracht hatte.

Sie zog den Reißverschluss ihrer Regenjacke hoch und kam zu uns herüber, während sie Louise anstarrte.

Louise streckte meiner Tochter lächelnd die Hand entgegen. Isa nahm sie, ohne das Lächeln zu erwidern, aber ihre Bewegungen wirkten sehr bewusst. Sie erinnert sich an einen ordentlichen Händedruck, dachte ich, wie ich es so viele Male zuvor mit ihr geübt hatte, fühl mal, so geht ein ordentlicher Händedruck, ja, genau so, und nicht vergessen, deinem Gegenüber in die Augen zu schauen, während du deinen Namen sagst.

Vor einem Jahr hätte Isa noch gefragt: Wer bist du, warum bist du hier, wo kommst du her? Sie war eines dieser Warum-Kinder gewesen, hatte mich mit ihren Fragen gelöchert. Warum sehen wir die Planeten nicht, wenn sie so nah sind? Warum sind Karotten orange? Warum können sich nur Vögel in der Luft halten? Warum ist Einar mein Vater? Zu ihrem neugewonnenen Selbstbewusstsein gehörte anscheinend aber auch, dass Isa ihre Neugier zügelte. Sie benahm sich, als wäre es die natürlichste Sache der Welt, dass wir plötzlich Besuch bekommen hatten, als würden wir hier ständig Leute empfangen, als wären wir Fremde gewohnt.

Ich bat Louise herein und ging mit ihr ins Wohnhaus, stellte den Fisch in der Küche ab. Ich hätte ihn zum Abendessen braten, etwas Besonderes kochen können, weil wir ja einen Gast hatten. Für drei Personen reichte er jedoch nicht, außerdem war es klüger, ihn einzufrieren und aufzuheben, bis wir ihn wirklich brauchten. Wenn sie wieder abgereist war.

Platz hatten wir genug, fünf Zimmer, eine Küche und zwei Bäder. Einige Räume waren mit alten Bauernmöbeln eingerichtet. Flickenteppiche, Spitzengardinen, Kieferntische und -stühle. Das war früher der Bereich gewesen, zu dem das Publikum Zutritt gehabt hatte. Die anderen Räume waren halbleer, mit kahlen Böden und Wänden, die widerhallten.

Ich führte Louise in das möblierte Gästezimmer. Ein Bett und ein Stuhl, mehr stand nicht darin. Sie blickte sich um, sagte jedoch nichts.

Ich überlegte kurz.

»Wir haben noch ein anderes, das gemütlicher ist«, erklärte ich und zeigte ihr Annes Zimmer. Die gehäkelten Gardinen, die sie von unserer Großmutter geerbt hatte, filterten das Licht. An der Wand hing ein Gemälde von Heiane, als der Hof gerade neu erbaut worden war. Der Bruder unseres Ururgroßvaters hatte es gemalt, und als mein Vater es auf den Dachboden räumen wollte, rettete Anne es und hängte es in ihr Zimmer. Ich weiß noch, dass sie sogar überlegt hatte, es einzupacken, als sie aufbrach, aber das war natürlich unmöglich gewesen. Ansonsten hatte sie nicht viel mitgenommen, als sie ging, nicht mehr, als sie tragen konnte, und ich hatte das Zimmer so belassen, selbst ihr Geruch hing noch in den Wänden, das Parfüm, das sie immer verwendet hatte, bis es kein Parfüm mehr zu kaufen gab, ein schwacher Zitrusduft. Ich wischte wöchentlich Staub und hielt alles in Ordnung, damit es für sie bereitstand, wenn sie zurückkam.

»Das ist aber schön«, sagte Louise.

»Eigentlich gibt es keinen Grund, warum du nicht hier übernachten solltest«, sagte ich und wusste nicht, ob ich sie oder mich selbst überzeugen wollte.

Anschließend ging ich in die Küche, damit Louise ihre nasse Kleidung loswerden und sich umziehen konnte. Dort stand Isa. Sie drehte sich zu mir um, ihr Selbstbewusstsein war verschwunden, und mit einem Mal war sie wieder ein verängstigtes Kind. Leise, mit unterdrückter Wut, sagte sie:

»Wer ist das?«

»Sie brauchte Hilfe.«

»Aber wer ist sie? Hast du sie schon mal getroffen? War

jemand bei ihr, als du sie getroffen hast? Kennst du jemanden, der sie kennt?«

Ich schüttelte den Kopf.

»Also wirklich, Mama!«

»Isa, es ist doch nur für eine Nacht.«

»Aber warum um alles in der Welt …«

»Wir dürfen nicht aufhören, einander zu helfen.«

»Du musst immer allen helfen. Reicht es denn nicht, wenn du den Tieren hilfst?«

»Die Tiere tun mehr für uns als wir für sie.«

»Ja! Diese doofen Pferde tun unglaublich viel für uns. Klar. Nike und Puma machen sich wahnsinnig nützlich.«

In den letzten Jahren war ihre Stimme tiefer geworden, ein bisschen heiser, und ich hegte den Verdacht, dass sie absichtlich so rauchig sprach, vor allem, wenn sie sarkastisch war. So wie jetzt. Die Ironie hatte sich in ihre Sprache eingeschlichen. Ich erinnere mich nicht genau, wann das eigentlich angefangen hatte, aber diese Kommentare häuften sich, und mittlerweile konnte man kaum noch ein Gespräch führen, ohne dass sie irgendetwas Säuerliches von sich gab. Offenbar war die Entdeckung dieses Stilmittels ein großes Erlebnis für sie gewesen, und sie schien es wirklich zu genießen, den Kopf schief zu legen, die Augen zu schmalen Schlitzen zu verengen und ruhig und gefasst genau das Gegenteil von dem zu sagen, was sie eigentlich meinte. Und sie beließ es auch nicht bei einer Bemerkung.

»Zwei von ihnen können wir immer noch durchbringen«, erwiderte ich. »Genau diese beiden Pferde können wir noch bewältigen, das weißt du.«

»Wie schön, dass du allein hier wohnst. Dass es niemanden außer dir gibt, auf den du Rücksicht nehmen musst, dass du alles allein bestimmen kannst, und dass du jeden ins Haus bringen kannst, ohne darüber nachzudenken, ob das gefährlich sein könnte. Dass sie sogar eine Mörderin sein könnte.«

»Sie sieht nicht aus wie eine Mörderin.«

»Außerdem ist es idiotisch, wenn wir hier noch mehr Leute werden, wo wir doch sowieso bald weggehen.«

»Du musst aufhören, ständig zu behaupten, wir würden weggehen.«

»Noch jemand, mit dem wir unser Essen teilen müssen.«

»Sie braucht Hilfe.«

»Sie braucht Hilfe.« Sie äffte mich mit einer Babystimme nach, als wäre ich ein naives Kind.

Unverschämte Göre, dachte ich, blöde unverschämte Göre. Aber ich sagte es nicht. Ein seltenes Mal war ich ausgeflippt und hatte ihr Vokabeln an den Kopf geworfen, die alles nur noch schlimmer machten. Denn dann hatte sie einen Vorwand, dieselben Wörter auch mir gegenüber zu benutzen. Und zwar in hundertfacher Ausführung. *Wenn du das sagst, kann ich es ja wohl auch sagen.* So ging das monatelang. *Du hast das damals auch gesagt, du hast es sogar geschrien, da kann ich es auch sagen, da kann ich verdammt noch mal sagen, was ich will!*

Plötzlich kam Louise zurück. Sie trug ein trockenes T-Shirt, aber dieselbe nasse Jeans. Und mir fiel auf, dass sie auch ihre Socken ausgezogen hatte. Sie stand barfuß auf den zerschlissenen Kieferndielen. Wahrscheinlich besaß sie nur noch das eine Paar.

»Du kannst dir trockene Sachen von uns ausleihen«, schlug ich vor. »Isa hat noch zusätzliche Klamotten.«

Nur ein winziges Zucken im Mundwinkel verriet Isas Missfallen. Sie stand neben der Arbeitsfläche, ich am Fenster. Louise trat auf ihren nackten Füßen in die Leere zwischen uns. Sie betrachtete erst meine Tochter, dann mich, dann wieder Isa.

»Du siehst deiner Mutter ähnlich.«

Isa zog eine Grimasse.

»Es stimmt aber«, sagte Louise. »Ihr seht euch sehr ähnlich.«

»Na toll«, bemerkte Isa.

Ich versuchte zu lächeln.

»Das ist nicht gerade das, was man mit vierzehn hören will«, erkläre ich.

Louise wirkte verwirrt.

»Ach? Nein?«

Isa verdrehte die Augen so, wie es nur Vierzehnjährige können, es war, als würde sie nicht nur die Augen verdrehen, sondern den ganzen Körper.

»Aber warum denn nicht?«, fragte Louise. »Warum hörst du das nicht gern?«

Ihre nackten Füße waren leicht nach innen gedreht. Ich bekam sofort Mitleid mit ihr und warf Isa einen strengen Blick zu.

»Sorry«, murmelte Isa. »War nicht so gemeint.«

Dann sagte niemand mehr etwas. Wir standen einfach nur da, drei Menschen in einer Küche, Louise in der Mitte zwischen Isa und mir. Ein neuer Körper in diesem Raum, in dem vorher nur wir beide gewesen waren.

Ich fing an, den Tisch zu decken, schob einen Stuhl von der Seite hinüber ans Kopfende, sodass wir ein Dreieck bildeten und einander sehen konnten.

Isa wollte den Stuhl allerdings zurückschieben.

»Wir stolpern doch nur dagegen.«

»Das wird schon gehen.«

Ich schob den Stuhl ganz an den Tisch heran. »Guck mal, der nimmt doch gar nicht viel Platz weg.«

»Der steht ja wohl mitten im Zimmer.«

»Es ist aber besser so.«

»Na gut.«

Es war nicht gut, aber sie sagte nichts mehr, knallte lediglich die Tassen auf den Tisch. Ich bereute meine Entscheidung schon wieder. Louise musste uns morgen verlassen, es gab keinen Grund, irgendetwas an unserer Konstellation zu ändern. Und keinen Grund, Isa wütend zu machen.

Louise hatte im Hintergrund gestanden und uns zugesehen, jetzt trat sie einen Schritt vor.

»Ich kann überall sitzen.«

»Setz dich hierher«, sagte ich und legte eine Hand auf die Stuhllehne.

Louise nickte schwach, kam herbei und zog den Stuhl heraus.

Isa warf ihr einen hasserfüllten Blick zu, ehe sie zum Kühlschrank ging, um die Butter zu holen. Ich stellte die Dose mit dem Knäckebrot heraus, das ich selbst backte. Dies war unser übliches Abendessen, Knäckebrot mit Butter. Ab und zu gab es getrocknetes oder geräuchertes Fleisch dazu, ein seltenes Mal auch Apfelgelee.

Wenn das Vollkornmehl in unserem Keller einmal zur

Neige ging, würde ich nicht mehr wissen, was wir abends essen sollten. Ich hatte schon lange niemanden mehr Mehl auf dem Kai verkaufen sehen.

Isa setzte Tee auf. Der vertraute Geruch von Pfefferminze verbreitete sich im Raum. Die Minze im Garten war widerstandsfähig und wucherte schnell, und seit es keinen Kaffee mehr gab, tranken wir eben Minztee.

Wir aßen schweigend weiter. Das Krachen des Knäckebrots zwischen unseren Zähnen war peinlich laut. Isa würdigte weder Louise noch mich eines Blickes. Meine Tochter war eine Expertin darin, die Stille als Waffe einzusetzen. Sie wusste, wie nervös ich wurde, wenn niemand etwas sagte. Die Mahlzeiten waren immer wichtig für mich gewesen. Obwohl wir nur zu zweit waren, mussten wir uns an den Tisch setzen und zu Mittag und Abend essen wie eine richtige Familie. Mit festen Zeiten und festen Abläufen. Und wir mussten miteinander reden, einander vom vergangenen Tag berichten und den nächsten planen.

Ich konnte mich gar nicht mehr erinnern, wann wir das letzte Mal gemeinsam mit anderen gegessen hatten. Manchmal waren Richard und seine Familie vorbeigekommen, aber die gemeinsamen Mahlzeiten mit ihnen wurden am Ende immer unerträglicher. Richard schenkte mir zu viel Aufmerksamkeit, Tina wurde sauer. Und dann stritten sie sich unablässig mit ihrem Sohn, der ein Jahr älter war als Isa, aber groß, körperlich schon sehr reif und in ständiger Rebellion gegen seine Eltern. Ich war immer überrascht, wenn ich mir bewusst machte, dass zwischen Isa und ihm nur ein Jahr lag. Er sah aus wie ein Erwachsener, während sie immer noch mit Puppen spielte.

Ihre Tochter Agnes gab ihnen ebenfalls Anlass zur Sorge, sie war vor über drei Jahren erkrankt, hatte eine infizierte Wunde gehabt, die nicht verheilen wollte. Medikamente waren nicht zu bekommen. Die Familie wusste lange nicht, ob Agnes überleben würde, aber am Ende erholte sie sich doch. Ganz gesund wurde sie allerdings trotzdem nie, stocherte immer nur in ihrem Essen herum und war sehr wortkarg. Richard meinte, im Norden könnte ihr jemand helfen. Irgendwann konnte er an nichts anderes mehr denken. Wenn sie nur endlich aufbrächen, würden sie auch einen Arzt finden, der Agnes helfen konnte. Als ob es unterwegs allerorts Krankenhäuser gäbe, die noch in Betrieb waren.

Wir aßen schweigend weiter, das Krachen des Knäckebrots wurde immer unerträglicher.

»Wie lange wohnt ihr schon hier?«, fragte Louise nach einer Weile.

»Unser ganzes Leben«, antwortete ich. »Der Park war immer in Familienbesitz.«

Sie blickte von Isa zu mir.

»Und jetzt seid ihr nur noch zu zweit?«

Ich nickte. »Meine Eltern sind früh gestorben. Anschließend haben meine Schwester Anne und ich den Park geführt.«

»Und Anne ist nicht mehr da?«

Ein plötzliches, schwaches Hämmern gegen die Schläfen. »Sie ist gegangen.«

»Und wo ist sie jetzt?«, fragte Louise.

Ich drehte den Kopf zur Seite, um das Unwohlsein abzuschütteln.

»Frag bloß nicht nach Anne«, sagte Isa laut.

»Isa, bitte«, entgegnete ich.

Ich sah Louise in die Augen. »Die Geschichte ist nicht weiter dramatisch. Meine Schwester ist weggegangen, aber sie kommt wahrscheinlich wieder zurück.«

»Ja, ganz wahrscheinlich«, bemerkte Isa.

»Isa.«

»Und du bist wahnsinnig wütend auf sie. Deshalb erwähnst du sie auch nie mit nur einem Wort.« Isa wandte sich von mir ab und zu Louise. »Und frag auch bloß nicht nach meinem Vater. Über den will sie erst recht nicht sprechen.«

»Jetzt reicht es aber.«

Ich starrte sie an, versuchte einen strengen Blick aufzusetzen, doch Isa sah mich eher neckend als provokant an.

Louise räusperte sich. »Das Knäckebrot schmeckt übrigens gut.«

»Isa und ich sind immer prima allein zurechtgekommen«, sagte ich. »Von Anfang an. Das stimmt doch, Isa?«

Sie nickte widerwillig. »Geht schon.«

»Und wir machen jeden Abend Hausunterricht.«

»Ja, das ist großartig. Jeden Abend«, kommentierte Isa.

»Lernen ist wichtig«, erklärte Louise.

»Sogar samstags«, fügte Isa hinzu.

»Eines Tages wirst du deiner Mutter dankbar dafür sein«, sagte Louise.

»Hast du gehört?« Ich lächelte.

Isa feixte zurück.

Als wir schlafen gehen wollten, blieb Louise im Flur stehen.

»Du schläfst also hier?« Sie deutete auf meine Zimmertür.

Ich nickte.

»Und Isa da?«

»Ja, wieso?«

»Nur so.«

»Dann gute Nacht.«

»Gute Nacht… und danke noch mal.«

Ich blieb wach in der Dunkelheit liegen. Nur eine dünne Wand trennte Annes und mein Zimmer, und das Haus war hellhörig. Aber von nebenan kam kein Laut.

In den letzten Jahren hatte ich Geräusche zu schätzen gelernt. Seit um uns herum die Leute von den Höfen verschwunden waren, wurde die Stille immer intensiver, undurchdringlicher, und verschluckte alle Laute. Nur wenn es auffrischte oder regnete, wurde sie vom Wind unterbrochen, der durch die Bäume strich oder vom Prasseln der Tropfen auf dem Dach.

Annes Bett hatte immer geknarrt, und dieses Geräusch hatte ich wiederum niemals zu schätzen gewusst. Meine Schwester, die sich hin- und herwälzte. In den Monaten, bevor sie gegangen war, drangen die Geräusche jedoch ununterbrochen durch die Wand zu mir. Anne, die früher nie wegen irgendetwas besorgt gewesen war, lag nun jede Nacht schlaflos da. Eines Morgens öffnete ich die Tür zu ihrem Zimmer und sah, dass sie aus Rücksicht auf mich die Matratze herausgenommen und auf den Boden gelegt hatte. Ich hätte verstehen müssen, welche Entscheidung sie im Begriff war zu treffen, und trotzdem war es ein Schock für mich, als sie ging; dass sie aufgab.

Jetzt hörte ich keinen Mucks. Nicht wie Louise sich auszog, nicht wie sie sich auf das Bett legte, nicht wie sie sich zudeckte und es sich bequem machte. Irgendetwas hätte ich doch hören müssen, dachte ich, wenigstens ein leises Husten.

Was, wenn sie eine Mörderin ist, hatte Isa gesagt.

Warum war es so wichtig für sie gewesen, zu erfahren, wo wir schliefen?

Ich wälzte und warf mich mit heftigen Bewegungen hin und her, bis die Federn meiner eigenen Matratze quietschten. Ich erzeugte Lärm, um eine Antwort zu erhalten, doch nichts kam zurück.

Ich hatte keine Ahnung, wer sie war.

Ich hatte sie ins Haus gebracht und wusste nichts über sie. Ich kannte ihr Alter nicht und konnte nicht sagen, wo sie herkam und ob sie wirklich Louise hieß, und wie weiter. Wäre sie ein Mann gewesen, hätte ich so etwas niemals getan.

Isa hätte nicht allein schlafen dürfen. Louise konnte ganz einfach zu ihr hineingehen, sich an das Bett meiner schlafenden Tochter stellen und ihr ein Kissen auf das Gesicht pressen, vielleicht hatte sie auch ein Messer oder eine Schusswaffe in ihrem Rucksack. Wir hatten beide unsere Türen nicht abgeschlossen, ich hätte es Isa sagen müssen. Meine schöne Tochter, ihr Kopf auf dem Kissen, schlafend, ihre glatte Haut, die langen Wimpern auf ihren Wangen, ihre ruhigen Atemzüge. Und vielleicht stand Louise genau jetzt über ihr. Und hielt etwas in den Händen.

Es gab so viele Geschichten. In den letzten Jahren waren es sogar noch mehr geworden, jedes Mal, wenn ich mir die Zeit nahm, mit jemandem draußen zu sprechen, hörte ich eine neue. Angriffe, Überfälle, Vergewaltigungen. Die Wanderer drangen bei den wenigen Sesshaften ein, die es noch gab, und nahmen ihnen all ihren Besitz, Schmuck, Kartoffeln, Fleisch, Eier und Milch, und wenn sie nichts fanden, nahmen sie ihnen manchmal stattdessen die Würde, vor allem den Frauen, drückten sie an die Wand und drangen in sie ein. Ließen sie ohne jeden Überlebenswillen zurück.

Ich selbst war nie von Fremden überfallen worden. Nur von Einar.

Einmal kaufte ich ein altes Jagdgewehr. Es waren noch ein paar Patronen drin, und außerdem hatte ich etwas Schrotmunition zum Tontaubenschießen ergattern können, auch wenn deren Wirkung eher harmlos war. Ich hatte das Gewehr unter mein Bett gelegt. Einige Wochen gingen ins Land, und ich weiß noch, wie zufrieden ich in dieser Zeit mit mir selbst war, ja, ich hoffte beinahe, dass Einar endlich käme, damit ich ihn ein für alle Mal verjagen konnte. Und als er tatsächlich auftauchte, rannte ich ins Schlafzimmer und holte das Gewehr. Ich stellte mich in die Tür und richtete die Waffe auf ihn. Ich dachte, jetzt, jetzt bekomme ich endlich dieselbe Angst in seinem Gesicht zu sehen, die er so oft in meinem sah. Doch er lachte nur. Dann machte er zwei schnelle Schritte auf mich zu, entwand mir mit einer schnellen Bewegung das Gewehr und zeigte damit auf mich.

Er nahm es mit, als er wieder ging. Ich sah es nie wieder.

Später hatte ich mir ein altes Schlachtschussgerät besorgt, ich wollte nicht länger von Richard abhängig sein, um die Tiere zu töten. Im Gegensatz zu den weiter verbreiteten Bolzenschussgeräten hatte dieses einen richtigen Pistolenlauf und glich einer echten Schusswaffe zum Verwechseln. Einen Einbrecher konnte man damit kaum töten, eventuell aber außer Gefecht setzen. Trotzdem ließ ich sie im Wirtschaftsgebäude liegen, weil ich aus Schaden klug geworden war.

In diesem Moment hätte sie mir aber ohnehin nicht viel geholfen. Ich hätte eine ordentliche Waffe gebraucht. Louise war nicht stärker als ich, sie würde sich mir also auch nicht so einfach entwinden können. Ich hätte mir längst ein neues Gewehr besorgen sollen, nicht zur Verteidigung gegen Einar, sondern gegen solche wie sie. Aber was hätte ich zum Tausch anbieten können … ich hatte nichts zu geben, alle unsere Wertsachen waren längst aufgebraucht, umgetauscht, in neue Winterschuhe für Isa, die schon wieder durchgelaufen waren, einen Kanister mit Kraftfutter, längst aufgebraucht, einen Salzstein für die Pferde, den sie bald weggeschleckt haben würden. Und unsere Nahrungsmittel wollte ich nicht zum Tausch anbieten, denn sie waren das Wertvollste, was wir noch hatten.

Ich warf mich erneut herum, bog meinen Rücken hoch und ließ ihn wieder fallen, die Matratzenfedern quietschten. Anschließend hustete ich laut und gekünstelt.

Eine Sekunde verstrich. Zwei. Drei.

Dann hörte ich einen Laut von nebenan. Das Bett knarrte. Louise wälzte sich. Und hustete leise, um mir zu antworten. Sie war nicht gefährlich. Sie ist nicht gefährlich.

Bericht über meine Reise in die Mongolei und das, was ich dort fand

KAPITEL 2
Ein Mann mit vielen Talenten

Equus przewalskii poljakow.
Equus
przewalskii
poljakow.

Der Name schwirrte mir noch immer im Kopf umher, als ich im Zoologischen Garten eintraf; allzu spät nach meinem Treffen mit Poljakow. Herden von Urpferden, die mit wehenden Mähnen und Schweifen über die Steppe flogen, galoppierend, immerzu galoppierend, so wie sie schon seit tausenden von Jahren galoppierten, welch eine Vorstellung, dass es sie wirklich gab.

Vor dem Eingang kurbelte der Leierkastenmann seine knarrenden Töne in die Luft, und vor dem Kassenhäuschen standen mehrere Mütter mit ihren Kindern an, die für den Zoobesuch Sonntagskleidung trugen. In der Nacht hatte es geregnet, jetzt klarte es allmählich wieder auf, aber der Boden glänzte noch feucht, und überall hatten sich

Matschpfützen gebildet. Ein kleiner Junge hatte es für eine gute Idee befunden, in einer von ihnen zu baden, sein weißer Matrosenanzug war über und über mit Schlamm bespritzt, der auch vom langen Seidenband seines Hutes herabtriefte, und sein britisches Kindermädchen beschimpfte ihn abwechselnd auf Englisch und gebrochenem Russisch. Wir hätten die Wege mit Kies aufschütten sollen, derlei Pfützen waren wahrlich nicht nötig.

Ich eilte an der Schlange vorbei und begegnete einem Angestellten mit einem Pony an einem Strick, auf dem Weg zu der kleinen Reitbahn. Während wir einige Höflichkeitsfloskeln wechselten, musterte ich seine Erscheinung. Wir hatten zwölf Tierpfleger, die alle grüne Uniformen mit schwarzen Aufschlägen und Goldknöpfen trugen, und ich legte stets größten Wert darauf, dass die Kleidung tadellos und sauber war, die Schuhe gewienert und die Goldknöpfe blank. Dieser Tierpfleger hatte unseren Standard offenbar noch nicht verinnerlicht.

»Im Abstellraum finden Sie Politur«, sagte ich. »Bitte seien Sie so freundlich und verwenden Sie diese auch.«

Er nickte und zog das Pony weiter, vor der Reitbahn konnte ich bereits eine Schlange erkennen. Die Kinder durften eine Runde auf dem Pferderücken drehen, und viele rannten sofort wieder zum Ende der Schlange, kaum dass sie aus dem Sattel gestiegen waren. Es schien ganz so, als sei die Vorfreude auf den Ritt, während sie anstanden, ein mindestens ebenso großer Teil des Erlebnisses wie die eigentliche Runde, eine eher ereignislose Angelegenheit im Schritt, die höchstens eine Minute dauerte. Wenn allein so etwas eine derartige Begeisterung wecken konnte, welche Freude würde dann erst ein Przewalski-Pferd auslösen?

Doch mitunter war das Publikum unergründlich. Ich verstand beispielsweise nicht, warum sie unserer seltenen Antilope so wenig Aufmerksamkeit schenkten. Der Bock hätte ein wenig Gesellschaft dringend gebrauchen können, seine Gefährtin war verstorben, kurz nachdem die beiden im vergangenen Jahr im Tierpark angekommen waren, und jetzt lag er nur noch apathisch auf dem Boden seines Geheges und interessierte sich kaum für das, was wir ihm an Futter darboten, nicht einmal für das frische Gras, und währenddessen wurden seine Augen jeden Tag matter.

Bei Berta hingegen scharten sich die Besucher. Im Sommer durfte das große, schwere Tier ins Freie, wir hatten ihr ein herrlich matschiges Freigehege angelegt, das nach dem heutigen Regen besonders schlammig war, und die Kinder jubelten jedes Mal, wenn sie einen kleinen Rundgang durch den Matsch machte und sich beschmutzte, wie es ihnen niemals erlaubt worden wäre.

Ein Tierpfleger öffnete ihr das Tor, ich sah auf die Uhr, bald war es Zeit für die erste Unterhaltungsnummer des Tages. Der Mann war einer unserer erfahrensten Mitarbeiter, denn obwohl Nilpferde ruhig, ja beinahe träge wirken, können sie durchaus gefährlich werden, wenn sie sich bedroht fühlen. Das Publikum gab keinen Laut von sich. In diesem Moment näherte sich der Pfleger Berta vorsichtig, ganz vorsichtig, dann packte er sie und zog sich auf ihren Rücken.

Während hinter mir der Applaus und Jubel des Publikums ertönte, ging ich weiter. Offenbar war dem Pfleger das waghalsige Unterfangen auch diesmal geglückt, und jetzt stand er vermutlich gerade auf Bertas Rücken, ohne sich festzuhalten, ein Anblick, von dem die Besucher anderen Menschen begeistert zu erzählen pflegten, wenn sie nach ihrem Ausflug im Zoo nach Hause kamen, weshalb auch die neuen Gäste wiederum fest mit dieser Attraktion rechneten. Aus diesem Grund mussten Berta und der Tierpfleger Tag für Tag dieselbe Prozedur hinter sich bringen.

Ich setzte den Weg in Richtung meines Büros fort, kam am lebhaft sprudelnden Springbrunnen vorbei und registrierte ein wenig Unkraut, das auf eines der Blumenbeete überzugreifen drohte, denn jetzt in der Wachstumszeit im Mai wucherten auch die unerwünschten Pflanzen, kaum dass man ihnen den Rücken zugekehrt hatte.

Davon abgesehen war der Park schön wie nie, in den Beeten blühten die Blumen, die Holzhäuser waren in fröhlichen Farben gestrichen, und in der Mitte des Gartens erstrahlte die neuerbaute Bühne, auf der wir von nun an jeden Abend ein Unterhaltungsprogramm präsentieren würden. Und trotzdem kam es mir plötzlich so vor, als würde etwas fehlen.

Ich passierte die Zwergschimpansen, den Braunbären, die große Voliere mit den Wellensittichen und Papageien. Überall standen Kinder und Erwachsene, die klatschten und jauchzten und über die Tiere sprachen. Eine Mutter und ein kleines Mädchen studierten das Messingschild, das neben dem Gehege des Braunbären angeschlagen war und Auskunft über den russischen und den lateinischen Namen des Tieres und seine Verbreitung gab. Die Mutter las dem Kind vor, und ich hörte, wie sie sich anschließend über den

Bären unterhielten, aber auch über seine sibirische Heimat. Ein Hauch von Stolz erfasste mich, gewiss diente der Zoologische Garten der Zerstreuung, aber ein Besuch hier vermittelte nicht allein neues Wissen, sondern sorgte darüber hinaus auch für eine gesteigerte Neugier auf die wunderbare Welt, in der wir lebten. Man stelle sich nur vor, welche Gespräche die Urpferde auslösen würden, über die Arten und ihre Entwicklung, ja womöglich sogar über Darwin.

»Ein Pferd! Ein Pferd! Mein Königreich für ein Pferd!«, schoss es mir plötzlich durch den Kopf, als ich durch mein eigenes kleines Reich spazierte. Selten war ein Shakespeare-Zitat so treffend gewesen.

Neben dem Gehege des Kamels war ein Platz frei. Wir hatten noch immer nicht beschlossen, welches Tier dort einziehen sollte, und die Pferde würden sich neben einem anderen Wiederkäuer sicherlich wohlfühlen. *Equus przewalskii poljakow,* dachte ich. Dort könntest du wohnen. Ich versuchte es mir vorzustellen, dieses Pferd, einen Hengst, klein und kräftig, wie es wäre, neben ihm zu stehen, die Hand auf die Stirn des Tieres zu legen und es vorsichtig zu streicheln, während sich draußen Kinder und Erwachsene versammelten und lauter jubelten und klatschten denn je zuvor. Und ein Fohlen, dachte ich, klein und zart, auf staksigen Beinen, das erste Wildpferdfohlen, das es je in einem Zoo gegeben hatte. Das Pferd aus den Mythen, von den Höhlenzeichnungen, Vorfahre aller anderen Pferde. Die Petersburger würden es lieben, sie würden so lange Schlangen vor dem Eingang bilden, dass wir uns nie wieder um unsere Finanzen sorgen müssten. Nur, wer konnte mir diese Wildpferde beschaffen?

Ich hastete weiter in mein Büro und schloss die Tür hinter mir. In den Regalen hatte ich Zeitschriften und Magazine für solche wie mich gesammelt: Zoologen und Angestellte in Tiergärten, Menschen mit einem speziellen fachlichen Interesse. Ich begann zu blättern, las über Expeditionen in ferne Länder, einige davon dramatisch, andere gescheitert, wieder andere so zerstörerisch, dass es mich anwiderte. Ich stieß auf verschiedene Namen und notierte mir einige davon, doch eine Person stach schon bald unter allen anderen hervor: Wilhelm Wolff. Obwohl er kaum älter als vierzig sein konnte, hatte er bereits als Tierfänger Berühmtheit erlangt. Die Liste seiner Verdienste schien endlos und beinahe unglaublich. Sein Interesse für Tiere war bereits 1848 geweckt worden, im Alter von vier Jahren, als man seinem Vater, einem Fischhändler, nicht weniger als sechs lebende Seehunde übergeben hatte, die den Fischern ins Netz geraten waren. Der Vater, ein phantasievoller und tierliebender Ehrenmann, hatte den Einfall, diese Tiere in der Nähe seines Hamburger Wohnhauses zur Schau zu stellen. Schon bald strömten die Bewohner der Stadt herbei, um die Seehunde zu bewundern, was Wolffs Vater wiederum dazu veranlasste, die Tiere für einige Vorstellungen nach Berlin zu bringen, wo der Enthusiasmus des Publikums noch größer war.

Dies war der Beginn einer Geschäftsidee, die zu einem großen Erfolg werden sollte. Die Familie begann sehr bescheiden, mit einer Kuh, einigen Ziegen und Gänsen, einem Affen und einem Papageien, erweiterte ihre Tierschar jedoch schon bald um mehrere Hyänen, ein paar hübsche Vogelarten und einen Eisbären. Die Menagerie hatte ihren festen Platz nahe dem Haus der Familie, und die Schaulustigen durften sie gegen Eintritt besichtigen, doch Wolffs Vater verstand schnell, dass die wahren Verdienstmöglichkeiten im Kauf und Verkauf dieser exotischen Tiere an umherziehende Menagerien und Zirkusse lagen. Der kleine Wilhelm wuchs im Kreis all dieser wilden Kreaturen auf, lernte schon früh, sie zu pflegen, zu respektieren und zu lieben. Sein Vater war ein vorausschauender Mann und erkannte, dass sein Vorhaben künftig mehr erfordern würde als nur das Wissen über die Tiere und ihre Pflege. Deshalb wurde Wilhelm Wolff in die Schule geschickt, um Französisch und Englisch zu lernen.

Noch ehe er erwachsen war, hatte sich aus dem bescheidenen Nebengeschäft der Familie ein blühendes Familienunternehmen entwickelt. Dank der vielen zoologischen Gärten, die in den 1860er Jahren in Europa und Amerika entstanden, erweiterte sich der Kreis der Abnehmer beständig. Zu Wolffs treusten Kunden gehörte der weltberühmte Phineas T. Barnum, der nach einiger Zeit nur noch mit Wolff Geschäfte machte, weil dieser als Einziger wahre Qualität lieferte. Angeblich soll Barnum im Jahr 1873 bei einem solchen Handel nicht weniger als dreitausend Pfund hingeblättert haben, unter anderem für indische Elefanten.

In den vergangenen Jahren hatte Wolff überall auf der Welt Tiere gefangen und gesammelt, und seine Männer und er hatten nicht nur die meiste Erfahrung auf ihrem Gebiet, sondern auch, so wage ich zu behaupten, mehr Herzblut als jeder andere Experte auf unserem Planeten.

Mit großem Eifer begann ich, in meinen Visitenkarten zu kramen, und fand nach einer Weile tatsächlich die seine. Ich hatte Wolff nie persönlich kennengelernt, doch in Verbindung mit den größeren Tiertransaktionen hatten wir hin und wieder schriftlich miteinander korrespondiert. Ich blieb mit seiner Karte in der Hand sitzen und strich mit dem Finger über seinen Namen. Wilhelm Wolff, dachte ich, ob Sie mein Mann sein könnten?

»Du bist so still, Mischa«, sagte Mutter.

»Das tut mir leid«, erwiderte ich und schaufelte mir das Hühnchen in Sahnesauce, eines ihrer Lieblingsgerichte, in den Mund.

In der Tat hatte ich wohl nichts zum Tischgespräch beigetragen, meine Gedanken waren die ganze Zeit bei dem Brief, den ich nach dem Essen zu schreiben gedachte.

»Du bist sehr beschäftigt, das braucht dir nicht leidzutun.«

»Doch«, erwiderte ich. »Doch, wirklich.«

»Dein Vater war genauso. Oft fesselte ihn die Arbeit viel zu sehr, als dass er Zeit für mich gehabt hätte, und ich wusste genau, wann ich ihn besser nicht störte.«

»Du bist ihm immer eine gute Ehefrau gewesen.«

Herrjemine, ohne darüber nachzudenken, war mir wieder das verhängnisvolle Wort herausgerutscht. *Ehefrau.* Hoffentlich hatte sie es nicht gehört.

»Und obendrein bist du eine so ausgezeichnete Köchin!«, fügte ich rasch hinzu. »Hast du diese Mahlzeit allein komponiert? Wirklich köstlich, die Sauce, nicht zu fett, nicht zu mager, ich nehme an, du hast sie selbst abgeschmeckt?«

Ich wollte noch mehr sagen, doch es war längst zu spät. Mutter hatte wieder diesen fernen Blick, als würde sie irgendeinen Punkt links von mir betrachten, immer links, auf der Herzensseite, und ich wusste, was jetzt folgen würde.

»Heute bin ich am Sommergarten vorbeigekommen.«

»Ach ja. Ich nehme an, die Bäume schlagen bereits aus? Die Natur ist so schön in dieser Jahreszeit, wenn alles im Verborgenen schlummert, um bald zum Vorschein zu kommen, findest du nicht?«

»Unabhängig davon ist der Sommergarten immer ein schöner Ort für einen Spaziergang«, sagte Mutter.

Unabhängig… ein kleines, sorgfältig gewähltes Wort, das davon zeugte, dass sie sich nicht auf eine andere Fährte locken ließ.

»Mag sein«, erwiderte ich und tunkte noch ein Fleischstück in die Sauce, das zweitletzte auf meinem Teller, bald hatte ich lange genug hier gesessen, um vom Tisch aufstehen zu dürfen.

»Schon jetzt halten sich dort Scharen junger, hübscher Menschen auf«, fuhr Mutter fort und hatte offenbar nicht die Absicht, mich bald wieder gehen zu lassen. »Nicht weniger als drei Grüppchen mit jungen Mädchen sah ich hinter dem Zaun vorbeiflanieren. Sie boten einen so hübschen Anblick, in ihren hellen Kleidern. Und stell dir vor, ich habe Jelena unter ihnen erblickt!«

»Sag bloß.«

Jelena war die Adoptivtochter von Betsy, Mutters Cousine. Sie und ihr Bruder Alexej hatten zu einer neunköpfigen Geschwisterschar gehört. Als beide Eltern kurz hintereinander starben, waren die Kinder auf die übrigen Verwandten verteilt worden. Die kinderlose Betsy durfte sich zuerst entscheiden. Eine unmögliche Wahl, wenn man Betsy Glauben schenken wollte. Als mir das Geschwisterpaar zum ersten Mal vorgestellt worden war, hatte ihre Stiefmutter geweint.

»Hier sind sie«, hatte sie erklärt. »Die beiden Glücklichen. Und die anderen … nur der Herrgott weiß, was mit ihnen geschehen wird, die armen Kinder, die armen, armen Kinder.«

Alexej und Jelena waren unangenehm berührt gewesen, so erinnere ich mich, als seien sie ganz und gar nicht glücklich darüber, dass man ausgerechnet sie ausgewählt hatte. In einer solchen Situation gab es keine Gewinner, und wenn man Mutter glaubte, waren sie nie ganz zu einer neuen Familie zusammengewachsen, da ihre Cousine ständig daran denken und auch darüber reden musste, ob nicht vielleicht zwei der anderen Kinder eine bessere Wahl gewesen wären und sie sich auch mehr Zeit hätte lassen sollen für diese Entscheidung, die immerhin wichtigste Entscheidung ihres Leben.

»Wann hast du deine Cousine und deinen Cousin eigentlich zum letzten Mal getroffen, das muss doch mindestens ein Jahr her sein?«, fragte Mutter.

»Das wird an Vaters und deinem Hochzeitstag gewesen sein, wie immer.«

Mutter pflegte die Familie an diesem Tag stets um sich zu sammeln, als wäre er immer noch da, und das war er vermutlich auch, in gewisser Weise.

»Jelena konnte damals nicht kommen, sie musste mit einer Erkältung das Bett hüten, das musst du doch wohl noch wissen?«, sagte Mutter spitz.

»Ach ja, so war es«, entgegnete ich, obwohl ich mich keineswegs an Jelenas Abwesenheit bei dieser Feier erinnerte. Sie war nur eine unter diesen unzähligen jungen Mädchen, die es in meiner fernen Verwandtschaft gab und die mir mitunter vorgestellt wurden; man zog sie aus der Menge und führte sie zu mir, woraufhin sie, kichernd und ohne mir in die Augen zu sehen, meine Hand schüttelten.

»Aus ihr ist inzwischen eine sehr hübsche junge Dame geworden.«

Einer von Mutters Lieblingssätzen.

»Das bezweifle ich nicht.«

Einer von meinen.

»Und, hast du mit ihr gesprochen?«, fragte ich.

»Sie wirkte so unbeschwert, du weißt ja, wie diese jungen Mädchen sein können, sprudelnd vor Lachen und Freude, und ich wollte ihr nicht den Tag verderben, deshalb habe ich es vermieden, ihre Aufmerksamkeit auf mich zu ziehen.«

»Eine Unterhaltung mit dir hätte ihr doch schwerlich den Tag verdorben, ganz im Gegenteil.«

Mutter überhörte meinen Versuch, ihr zu schmeicheln. »Denk nur, dass sie schon so groß ist und jetzt mit ihren Freundinnen allein durch den Sommergarten spazieren kann«, sagte sie mit gespielter Nachdenklichkeit.

»Spazieren ist ja auch etwas Feines«, erwiderte ich. »Wenn man für so etwas Zeit aufbringen kann. Für das Spazieren, meine ich.«

»Das ist wohl nur eine Frage der Priorität«, entgegnete Mutter.

»Für manch einen vielleicht«, gab ich zu bedenken.

Sie erwiderte nichts und kaute eine Weile schweigend.

Ich führte den allerletzten Bissen zum Mund, die Sauce war einen Hauch zu salzig, das Fleisch ein wenig zäh, ich musste lange und gründlich kauen, bis es sich herunterschlucken ließ. Sie sah es wohl und ließ mich in Frieden. Vielleicht überlegte sie aber auch nur, wie sie sich im weiteren Verlauf des Gesprächs am besten ausdrücken sollte, vielleicht dachte sie, wenn sie nur die richtigen Zauberworte aussprach, würde ich mich am Ende ergeben. Sie bräuchte nur etwas zu erwähnen wie einen Kinderschuh oder das Kleid einer Frau oder einen schwärmerischen Ort, und ich würde mich unverzüglich in die Welt hinausbegeben und ein Mädchen finden, das ich ehelichen wollte.

Bei diesem Gedanken wurde mir immer ganz schwindelig. Eine Frau… Hier, in diesen Gemächern, nachts mit mir in einem Bett, ein anderes lebendiges Wesen, das Raum einnahm, Kleider, Strumpfbänder und unbekannte Düfte, nein, nein, nein. Doch Mutter würde wohl nie aufgeben. Sie wünschte sich einfach nur, dass ich glücklich war, und weil die gesellschaftliche Norm zu diesem Glück eine Hochzeit vorsah, weil eine Ehe als Voraussetzung für ein gutes Leben galt, eine hübsche Frau, ein anderer Körper im Ehebett, und später dann Kinderlachen, leise Schritte auf dem Boden, Söhne, die ihrem Vater beiseite standen, weil all das so war, dachte sie wohl, auch ich würde es mir erträumen, ganz insgeheim.

Oft bediente ich mich kleiner Anekdoten aus dem Zoologischen Garten, um sie von der Ehefrauenfrage abzulenken, kleine, amüsante Geschichten über etwas, das sich im Laufe des Tages ereignet hatte und das ich gern ein wenig aufpolierte, indem ich an den richtigen Stellen übertrieb oder vielleicht auch ein bisschen umdichtete, um schöne Pointen herauszuarbeiten. Und mitunter, wenn ich nichts Besonderes zu berichten hatte, griff ich sogar zu alten Geschichten, die ich der Jahreszeit oder dem Alter der Tiere entsprechend anpasste. Heute aber musste ich weder umdichten noch übertreiben, damit ich etwas Spannendes zu berichten hatte.

»Ich habe beschlossen, ein Wildpferd anzuschaffen«, sagte ich.

»Ein Wildpferd?«

»Im Übrigen nicht nur eines, nein, ich stelle mir eine ganze Familie vor. Einen Hengst, eine Stute und ein Fohlen.«

Es dauerte eine Weile, ehe Mutter antwortete, ich weiß nicht, ob es an ihrem mangelnden Interesse lag oder einem besonders großen Fleischbrocken, den sie sich zuvor in den Mund geschoben hatte.

»Warum ausgerechnet Wildpferde?«, fragte sie, als sie ihn endlich heruntergeschluckt hatte.

»Es handelt sich hierbei um keine gewöhnlichen Pferde, sondern um das wahre Urpferd. Es wurde erst kürzlich in der Mongolei wiederentdeckt.«

»In der Mongolei? Das ist aber sehr weit weg.«

Sie legte das Besteck neben ihren Teller und tupfte sich sorgfältig mit der Serviette den Mund ab.

»Die Entdeckung ist eine Sensation«, sagte ich.

Ich steckte die Hand in die Tasche, zog die Visitenkarte mit Wolffs Namen hervor, befingerte sie ein wenig.

»Tja, dann musst du dir wohl ein solches Pferd anschaffen, wenn es dich glücklich macht«, meinte Mutter, und mir schien, als hörte ich sie leise seufzen.

»Ja, das will ich wirklich versuchen.«

»Jaja, Michail«, sagte sie nur. »Schön, schön.«

Dann stand sie auf und streckte wie automatisch die Hand aus, um mir durchs Haar zu zausen.

Das hatte sie getan, solange ich denken kann. Bisher hatte ich es noch nicht über mich gebracht, ihr zu gestehen, dass ich diese Liebkosung in meinem jetzigen Alter ein wenig befremdlich fand und mich sogar ein leichtes Unbehagen beschlich, wenn ich ihre Hand in meinen Haaren spürte, ich mich sogar bei der Überlegung ertappte, ob sie auch damit weitermachen würde, wenn mir die Haare längst ausgegangen wären, ob sie mir den blanken Schädel zausen würde, wenn der Tag gekommen wäre – und so entwand ich mich ihrer Liebkosung mit einer flinken, routinierten Bewegung, während ich zugleich meinen Stuhl nach hinten schob, um meinen Aufbruch anzukündigen.

»Zwei Pferde«, sagte ich und fuchtelte ihr mit der Visitenkarte vor der Nase herum. »Zwei Pferde sind das Minimum, ein Hengst und eine Stute. Ich werde unverzüglich an Wolff schreiben und mich nach einer Expedition erkundigen.«

»Ausgezeichnet«, antwortete sie, obwohl sie garantiert nicht einmal ahnte, wovon ich eigentlich sprach.

KARIN

Sydneys Harem hat sich ganz hinten in der Ecke versammelt und grast entspannt. Die Pferde haben alles gut überstanden, ohne Verletzungen. Robuste Tiere. Hamburg und Bronx stehen ein Stück entfernt auf einer eigenen Koppel vom Rest der Herde getrennt. Solange sie nicht in Sydneys Bereich vordringen, wird alles so bleiben, wie es jetzt ist. Wenige Konflikte, ein geringes Verletzungsrisiko. Doch sobald sie in die Wildnis entlassen werden, wird alles anders. Zum Glück dauert es noch eine Weile, bis sie in Freiheit grasen dürfen.

Ich nehme mir Zeit, um meine Sachen auszupacken. Ich bewohne das größte Zimmer im Erdgeschoss. Von hier aus kann ich die Weide auf der einen Seite sehen und auf der anderen Seite die Gers, in denen die Angestellten des Lagers wohnen, auch sie hinter einem Zaun. In der Gegend gibt es Wölfe, die den Pferden gefährlich werden können, theoretisch aber auch uns. Mir machen die Wölfe keine Angst. Man sieht sie schon aus großer Entfernung, in dieser Landschaft sieht man alles aus großer Entfernung. Wir befinden uns 1300 Meter über dem Meeresspiegel, aber ich habe nicht das Gefühl, im Gebirge zu sein, jedenfalls kein solches Gebirge, wie ich es aus Europa kenne. Dies ist eine Steppe mit grasbewachsenen Höhenzügen und Tälern, mild und brutal zugleich. Kein Baum weit und breit. Ich habe schon immer den Überblick geliebt, den das Meer bietet, aber seine dunkle Tiefe gefürchtet. In der mongolischen Steppe habe ich dasselbe Gefühl von Kontrolle, aber hier gibt es keine unheimliche Tiefe, und man kann gehen, wohin man will, in alle Richtungen, ohne auf ein Hindernis zu stoßen.

Als die Dämmerung hereinfällt, verlasse ich das Gebäude, um nach Mathias zu sehen. Er hat sein eigenes Ger bekommen. Das wollte er so, er meinte, wenn er mich schon in die Mongolei begleitet, dann *bitte auch richtig*.

Ich klopfe an die Tür. Warte. Vor einer Tür zu warten, ist ein ganz eigenes Gefühl. Hinter einer geschlossenen Tür kann sich alles Mögliche verbergen.

Nein. Nein, nicht hier. Er ist clean. Schon seit mehreren Monaten. Und hier draußen kommt er auch nicht an neuen Stoff.

Es gab eine Zeit, da gefiel es mir, vor seiner Tür zu warten. Ich erinnere mich, wie ich einmal vor verschlossener Tür stand, als er drei oder vier Jahre alt war. Er war nicht im Wohnzimmer, wie sonst immer, sondern in seinem eigenen Zimmer. Ich hörte keinen Laut von ihm. Sonst stand seine Tür immer offen. Mir gefiel es, dass er auch einmal das Bedürfnis verspürte, allein zu sein. Ich hob die Hand, klopfte an und wartete auf eine Antwort. Sie blieb aus. Ich klopfte erneut an, und diesmal machte er mir auf.

»Warum klopfst du an?«, fragte er.

»Weil ich dein Privatleben respektieren möchte.« Ich

hatte immer Wert darauf gelegt, mich normal auszudrücken, wenn ich mit ihm sprach.

»Was bedeutet das genau?«, wollte er wissen.

»Dass du selbst bestimmen kannst, wann du mit anderen zusammen sein willst und wann lieber allein.«

»Aber ich will doch gar nicht allein sein.«

»Warum hast du denn dann die Tür zugemacht?«

»Die ist einfach zugegangen. Das war keine Absicht.«

Anschließend setzte er einen großen Teddy in den Rahmen, damit die Tür nicht zufiel. Er nannte ihn den *Bärenwächter*. Der Bärenwächter saß auch nachts dort, zur einzigen Zeit, in der sich Mathias wirklich in seinem Zimmer aufhielt. Tagsüber blieb er lieber im Wohnzimmer oder in der Küche, wo ich auch war. Er lief mir hinterher, er redete und redete. Wollte auf meinen Arm, wollte mich umschlingen, gab mir immerzu Küsse auf die Wange. Und das war ja auch schön. Allerdings war er immerzu da, als könne er ohne mich nicht existieren. Er nahm so viel Raum ein, obwohl er so klein war. Mir fehlte die Luft zum Atmen. Nur ein kleines bisschen Luft. Ich fing an zu rauchen. Stand allein in der Kälte auf dem Balkon und inhalierte tief. Das half ein bisschen. Karin raucht nur schnell eine, sagte ich und ging allein hinaus. Daran war nichts Verwerfliches. Immerhin rauchte ich nicht in der Wohnung.

»Herein!«

Seine Stimme klingt hell. Glücklich. Oder nur scheinglücklich? Vermisst er die Straße? Vielleicht tut er nur so, als wäre er glücklich, um den Sog der Straße, den Sog des Rauschs, zu überspielen. Ich habe versucht, diesen Sog zu verstehen, den Trieb, der alle anderen beherrscht, weiß aber nicht, ob es mir überhaupt gelingen kann. Ich denke, dass er wie von unsichtbaren Zügeln gelenkt wird. Und dass er hergekommen ist, um sich davon zu befreien. Das sagt und hofft er jedenfalls. Ich weiß nicht, was ich selbst hoffe. Hoffnung ist ein sinnloses Gefühl. Passiv. Mit meiner eigenen Hoffnung kann ich rein gar nichts bewirken.

Ich öffne die Tür zum Zelt und gehe hinein. Drinnen ist es dämmrig, ich brauche eine Weile, um mich daran zu gewöhnen. Auf dem Tisch brennt nur eine kleine Öllampe, und durch das Loch für den Schornstein fällt ein schwacher Lichtschein herein.

Mathias steht mitten im Zelt und streckt die Arme aus.

»Guck dir das doch mal an!«

Doch, er ist wirklich glücklich. Dreht sich mit ausgestreckten Armen im Kreis. Zeigt auf den bunt verzierten Schrank. Den Stuhl, den Tisch, schwere Holzmöbel, die von Hand bemalt wurden. Das Bett mit den vielen Decken, auch sie handgefertigt, aus dicken Wollfäden, die gesponnen und aufgewickelt und auf dem Webstuhl verarbeitet wurden. Jeder Zentimeter dieser Fäden wurde von menschlichen Händen berührt. Den kleinen gusseisernen Ofen in der Mitte, ein schwarzer, einfacher Kasten, von dem ich weiß, dass er überraschend viel Wärme spendet. Auf dem Boden ein Vinylbelag mit Holzmuster, dessen Plastik einen Bruch zu den Möbeln und Teppichen darstellt. In einem Korb liegen getrocknete Kuhfladen zum Heizen bereit, auf dem Tisch stehen eine Thermoskanne mit heißem Wasser, Tassen und eine Packung mit Teebeuteln.

»Ja, Tee ist hier ein wichtiges Thema für die Leute«, sage ich.

»Ich meine doch nicht den Tee, ich meine alles!«, erwidert Mathias.

Er geht auf mich zu, streckt die Arme aus und umarmt mich. Ich bin nicht die Einzige, die er ständig umarmen will. Er konnte immer schon alle umarmen, ganz ohne Vorbehalte. Er wirft mit Umarmungen nur so um sich.

»Ich bin total froh, dass ich mitgekommen bin, Karin. Das wird gut, alles wird gut.«

Er hält mich lange fest. Seine Bartstoppeln piksen mich in die Wange. Wie schnell sein Bart wächst. Mein erwachsener, lebendiger Junge. Er ist clean, und hier draußen gibt es nichts, was ihn wieder in Versuchung führen kann. Vielleicht wird es diesmal wirklich gutgehen?

Vielleicht. Das Piksen seines Barts wird mir langsam unangenehm.

Ich entwinde mich seinem Griff. »Du hast gesehen, wo die Dusche ist, oder?«, frage ich. »Und die Toilette? Sie hat eine Sickergrube, das funktioniert ziemlich gut, und das Grundwasser ist auch verhältnismäßig sauber, aber in der ersten Woche solltest du es vorsichtshalber trotzdem abkochen.«

»Dusche?«

Er schnüffelt mit einer übertriebenen Geste unter dem Arm. »Meinst du wirklich, ich habe das nötig?«

»Nein, nein, so war das nicht gemeint.«

»Entspann dich, Karin, war nur ein Witz.«

Er lacht, hat immer schon gelacht. Manchmal war es sein Lachen, nach dem ich gehorcht hatte, wenn ich ihn suchte.

Ein lautes, raues Lachen. Mit den Jahren ist es immer heiserer geworden. Das Leben auf der Straße hat seine Stimme verändert, wie auch den Rest von ihm. Heiser von Tabak. Heiser von den Nächten im Freien. Heiser von Heroin.

Er setzt sich auf das Bett und greift nach der Thermoskanne.

»Tee?«

»Nein danke, ich wollte nur kurz sehen, wie es dir geht.«

Er gießt das heiße Wasser in die Tasse, und der Duft des Earl Grey mischt sich mit dem Geruch der Kuhfladen im Korb und der vielen Wolldecken.

»Super, wie du siehst. Und dir?«

Ich bleibe kurz stehen. Gehe einen Schritt auf die Tür zu. »Gut … gut.«

Er trinkt einen Schluck Tee und lächelt mich an.

»Du, dieser Joschi …«

»Jochi«, korrigiere ich ihn.

»Jochi. Ist das sein Vor- oder Nachname? Soll ich ihn Mister Jochi nennen? Oder Mister irgendwas anderes?«

»Die Mongolen haben nur einen Namen. Oft benutzen sie den Namen des Vaters als Nachnamen, setzen ihn aber an die erste Stelle. Das sorgt im Westen immer für Verwirrung. Aber es genügt, wenn du ihn Jochi nennst.«

»Einfach nur Jochi. Das müsste ich hinkriegen … Egal. Und … was läuft da?«

»Wie, laufen? Da läuft nichts.«

Er stellt die Teetasse auf dem Tisch ab, mitten auf ein paar handgemalte Rosen in Knallorange und Knallblau. Dann lässt er einen Zuckerwürfel in die Tasse fallen und rührt um, noch immer lächelnd.

»Ist nur ein bisschen komisch, dass du nie von ihm erzählt hast.«

Plötzlich spüre ich, wie ich rot werde.

»Das habe ich garantiert.«

»Nein.«

»Doch, habe ich ganz sicher.«

»Du hast nur erzählt, dass es hier einen Leiter gibt. Aber nicht, wie er heißt. Und auch sonst nichts über ihn. Es ist doch ein bisschen merkwürdig, dass du nicht mehr von ihm erzählt hast, wo ihr beide einander so gut kennt.«

»Wir kennen uns nicht so gut.«

»Aber es wäre doch nett.«

»Was?«

»Wenn da was wäre.«

»Ich bin sechsundfünfzig, Mathias.«

»Na und?«

Er macht eine theatralische Geste. »*There are no limits for love!*«

Ich lege die Hand auf seine Türklinke. »Ich bin zum Arbeiten hier.«

»Das würde auch niemand bezweifeln. Aber man kann schließlich zwei Gedanken auf einmal im Kopf haben.«

Ich öffne die Tür und spüre, dass es draußen bereits kühler geworden ist.

»Ja, kann man bestimmt. Aber ich habe nur einen.«

Ich gehe hinaus. Bestimmt grinst er immer noch, doch ich drehe mich nicht um.

Ich verlasse die Forschungsstation und wandere einen der Berge hinauf. Der Aufstieg ist nicht schwer, und trotzdem bin ich bald außer Atem. Das muss an der Höhe liegen. Es dämmert, die Temperaturen sinken so schnell, dass ich die Unterschiede während des Gehens bemerke.

Mathias' grinsendes Gesicht hat sich auf meiner Netzhaut eingebrannt. Ich verstehe nicht, wieso er ständig lacht. An seinem Leben ist wirklich nichts erfreulich. Deshalb habe ich ihn mit hierher genommen. Oder nein, ich habe ihn nicht mitgenommen, er hat darum gebeten, mich begleiten zu dürfen. Es beinahe von mir eingefordert. *Meine letzte Chance,* nannte er es. Eine ungewohnt dramatische Ausdrucksweise für ihn. Er kam gerade von einem Entzug zurück und fuhr direkt nach Thorenc. In Berlin gibt es für mich nichts anderes als die Straße, sagte er, und er hatte recht. Er hat schon so oft alles vermasselt, dass ihm nichts geblieben ist. Vor drei Jahren verlor er sogar die wenigen Stunden, die er mit Sarah verbringen durfte.

Sarah. Ein sanftes Gesicht. Eine Nase, die sie oft kräuselt, genau wie Mathias auch, als er klein war. Wie gut, dass es das Kinder- und Jugendamt gab. Sie kümmerten sich um alles, als Sarahs Mutter an einer Überdosis starb und Mathias auch nicht in der Lage war, auf seine Tochter aufzupassen. Für Sarah ist es besser, wenn sie alles vergisst, was mit Mathias zu tun hat. Auch mich. Ich habe gelesen, dass der Kontakt zur biologischen Familie alles nur noch schwieriger macht und das Kind verwirren kann. Und wenn es Sarah bei der Pflegefamilie gut geht, ist es besser, wenn ich mich fernhalte.

Die wenigen Male, als ich sie traf, war ich zutiefst von ihrem Weinen beeindruckt. Was für eine Kraft darin lag.

Ich erinnere mich noch, wie ich sie darum beneidete, dass sie so lange weinte, bis man sie hörte.

Als ich meine Mutter verlor, weinte ich nicht. Nicht eine Träne. Ich tat lediglich, was man von mir verlangte. Jetzt musst du ein großes und tüchtiges Mädchen sein, sagten die Leute. Also bemühte ich mich, ein großes und tüchtiges Mädchen zu sein.

Madame Drouet meinte, ich hätte mehr weinen sollen. Das Weinen sei ein zum Teil willentlich gesteuertes menschliches Verhalten. Man sondert mit den Augen die Tränen ab, ein spezieller Atemrhythmus setzt ein. Willentlich gesteuert. Ich hätte beschließen können, zu weinen, ich hätte es sein lassen können. Weinen kann Mitleid bei den Menschen erregen, die Zeuge davon werden.

Ich fragte sie nie, ob sie glaubte, ich wäre besser im Leben zurechtgekommen, wenn ich mehr geweint hätte, weil das Weinen bei anderen Mitleid erweckt.

Vielleicht tue ich niemandem richtig leid.

Aber ich habe Madame Drouet nie irgendetwas gefragt. Sie stellte die Fragen. Während ich einfach nur dasaß und auf meine Schuhspitzen starrte. Ihre Stimme war ruhig und freundlich. Sie schlafen schlecht, sagte sie. Nein, entgegnete ich, ich kann durchaus schlafen. Aber Sie träumen, sagte sie.

Und ja, ich träumte, bis es unmöglich wurde, ins Bett zu gehen, und auch unmöglich, wieder aufzustehen. Die Träume hielten mich fest. Ich brauchte mehrere Stunden, bis es mir gelang, meine Füße auf den Boden zu setzen. Die Pferde mussten darunter leiden, meine armen Pferde, ich wurde nachlässig. Setzte das ganze Projekt aufs Spiel. Ich bekam Schlaftabletten verschrieben, die aber nicht gegen die Albträume wirkten. Schließlich schickte mich der Arzt in Thorenc zu Madame Drouet.

Erzählen Sie mir von Ihrem Sohn, sagte sie. Wie geht es ihm? Und was fühlen Sie, wenn er wieder auf Abwege gerät?

Als Kind weinte Mathias viel und oft. Er erweckte mein Mitleid wohl schon, aber vielleicht nicht genug? Dabei hatte ich ihn doch jedes Mal in die Arme genommen.

Bei Madame Drouet hing eine Uhr an der Wand. Ich starrte abwechselnd auf meine Schuhspitzen und die Uhr und wieder auf meine Schuhspitzen. Sie waren abgewetzt und schlammverschmiert von der Arbeit auf dem Hof. Die Zeit verstrich zu langsam und doch zu schnell. Jedes Mal, wenn ich dorthin fuhr, ging ein halber Tag verloren. Ich musste auf schlechten Wegen fast die halbe Strecke zur Küste zurücklegen, denn eine wie Madame Drouet gab es nicht in Thorenc. Der Zeitverlust wirkte sich fast noch negativer auf meine Arbeit aus als die Schlafprobleme. So etwas geht auf lange Sicht nicht. Das Einzige, was geht, ist sich zusammenreißen. Den Wecker stellen. Sich auf das konzentrieren, was etwas bedeutet. Arbeiten. Nach ein paar Wochen rief ich sie an und sagte, ich würde nicht mehr kommen. Sie erwiderte, das sei schade, denn sie war der Meinung, wir wären »auf einem guten Weg« gewesen. Aber mit dieser Meinung war sie allein.

Die Landschaft erstreckt sich unter mir, breitet sich geradezu gierig aus. In welche Richtung ich mich auch drehe, überall sehe ich mehr vom Gleichen. Nichts, woran der Blick verharrt, aber auch nichts, wovor man sich fürchten muss. Und ich kann einfach nur gehen, gehen, bis in alle Ewigkeit gehen, ohne auf ein einziges Hindernis zu stoßen, tagelang, monatelang.

Eigentlich wollte ich die Pferde in der Wüste Gobi wieder ansiedeln, wo die letzten freien Takhis gefangen worden waren. Dort kamen sie einst her, und es schien logisch, dass sie auch wieder dorthin zurückkehren sollten. Allerdings war nichts anderes daran logisch. Die Landschaft der Wüste Gobi ist brutal, karg, kaum etwas wächst hier, die Wasserstellen sind weit voneinander entfernt, es gibt keine Straßen, keine Infrastruktur.

Es waren die mongolischen Behörden, die Hustai vorgeschlagen hatten. Nur wenige Stunden Fahrt von Ulaanbataar entfernt, auf guten Straßen, gemessen am mongolischen Standard. Als ich zum ersten Mal herkam, verstand ich sofort, dass sie recht gehabt hatten. Dies war ein guter Ort für die Pferde. Meilenweit grasbewachsene Steppe, mehrere gute Wasserstellen, ein Gebiet, in dem man die Wölfe unter Kontrolle hat. Und als ich das Tal erreichte, in dem das Lager schließlich liegen sollte, waren auch meine letzten Zweifel beseitigt. Eine milde Ebene, deren Form an ein Auge erinnert, umgeben von steilen Hängen, die das Tal vor Wind und Unwettern schützen. An einem zentralen Punkt in der Ebene, wie eine Pupille, strömt klares Wasser aus einem Wasserloch. Und Tiere, überall Tiere, weil es hier genug zu fressen und zu trinken gibt.

Dort, am Wasser, liegt das Lager. Und dorthin muss ich jetzt zurück, denn die Sicht wird bereits schlechter, die Konturen verschwinden rasend schnell, Gräser und Steine, Hügel und andere kleine Unebenheiten verschwimmen zu einer dunklen Masse. Die Finsternis bricht über mich herein, über die Landschaft, als würde jemand einen Sack Kohle vom Himmel schütten.

Die Tür zu Jochis Zimmer steht offen, als ich zurückkomme. Er sitzt am Schreibtisch an der Längsseite des Raums, sieht mich sofort, steht auf und kommt in den Flur.

»Ich habe dich gesucht.«

»War nur eine Runde spazieren.«

»Das hat Mathias mir auch gesagt. Dass du dir vielleicht die Beine vertreten wolltest.«

Plötzlich spüre ich, wie meine Wangen erneut heiß werden. Reiß dich zusammen, Karin. Da läuft nichts.

»Wir müssen noch einiges durchgehen«, meint Jochi.

»Ja. Darum sollten wir uns morgen kümmern.«

»Und übermorgen.«

Er lächelt.

»Ja«, erwidere ich. »Gute Nacht.«

»Gute Nacht … Karin?«

»Ja?«

»Ich bin froh, dass ihr hier seid. Und dass wir es geschafft haben, am Ende.«

»Ja. Ich auch.«

Als ich in meinem Zimmer ankomme, bleibt mir schon wieder die Luft weg. Ich setze mich aufs Bett, ohne das Licht einzuschalten. Bleibe einfach nur in der Dunkelheit sitzen und lausche meinem eigenen Atem.

Seit wann ist das eigentlich so?

Ich habe an ihn gedacht, aber nicht in dieser Form.

Ist etwas ins Laufen gekommen, weil Mathias gefragt hat, was da läuft?

Nein. Da ist nichts.

Ich weiß nicht mal, wie alt Jochi ist. Ich weiß, dass er unverheiratet ist, aber nicht, ob er *jemanden* hat. Die Behörden hatten ihn mir empfohlen. Ein anerkannter Biologe, sagten sie, spricht ausgezeichnet Englisch und fließend Russisch.

Aber ich weiß noch, dass mir als Erstes sein gerader Nacken auffiel. Frischgeschnittene Haare, ein gerader Nacken. Schwarzes, kräftiges Haar, nur wenige graue Strähnen. Sein Gesicht verrät nichts über sein Alter. Er kann genauso alt sein wie ich oder fünfzehn Jahre jünger. Sein Alter war nie von Bedeutung für mich, jedenfalls nicht bis jetzt.

EVA

Es war immer noch dunkel, als ich aufwachte. Ich tastete nach dem Wecker auf meinem Nachttisch. Drückte den Knopf, mit dem man das Display erleuchtete, und musste daran denken, dass ich nur noch drei Batterien übrighatte, ich durfte auf keinen Fall zu lange drücken. Es war fünf Minuten vor fünf, noch zehn Minuten, bis er klingeln würde, ich konnte genauso gut aufstehen.

Isa weckte ich nie so früh. Als Jugendliche brauchte sie mehr Schlaf als ich, vielleicht sogar noch mehr als früher. Ich erinnerte mich noch, wie ich in diesem Alter war, damals konnte ich bis ein Uhr mittags schlafen. Vielleicht würde Isa das auch, aber ich erlaubte es ihr nie, es gab zu viel zu tun.

Nur das Melken ersparte ich ihr.

Ich schlüpfte in Hose, T-Shirt und Pullover. Mein Overall hing im Windfang, er roch zu stark, um ihn hier drinnen aufzubewahren. Leise öffnete ich die Tür.

Erst jetzt fiel mir wieder ein, dass wir eine Fremde im Haus hatten, und ich hielt in der Bewegung inne und lauschte. In Annes Zimmer war es still. Ich schlich in die Küche, der Flur kam mir plötzlich länger vor. In der Küche nahm ich die Möbel nur als schwarze Silhouetten wahr. Ich musste mich anstrengen, um etwas zu erkennen, ich hatte ein Gefühl, als wären die Zimmer dunkler als sonst, als gehörte das Haus nicht mehr richtig mir.

Ich ging zur Spüle und füllte ein Glas mit Wasser. Auch das Wasser schmeckte anders, süßlicher.

Heute musste sie weiterziehen. Ich würde sie bis zur Hauptstraße fahren und dafür sorgen, dass sie jemand nach Norden mitnahm.

Im selben Moment hörte ich eine Tür und drehte mich um. Louise kam aus dem Zimmer, ging auf Zehenspitzen über den Flur und zu mir in die Küche.

»Entschuldige«, sagte ich. »Ich hatte versucht, leise zu sein.«

»Konntest du nicht schlafen?«, fragte sie.

»Ich muss melken«, antwortete ich. »Ich stehe immer um fünf auf.«

»Oh«, sagte sie. »Müssen die Kühe jeden Tag gemolken werden?«

Ich musste lächeln. »So eine Frage können nur Leute stellen, die aus der Stadt kommen.«

Sie lachte leise.

»Sie müssen nicht nur täglich gemolken werden, sondern sogar morgens und abends. Aber leg dich doch ruhig wieder hin.«

»Ich könnte dir helfen«, bot sie an.

»Das brauchst du nicht. Ich bin es gewohnt, das allein zu machen.«

»Ich kann sowieso nicht mehr schlafen. Außerdem würde ich gern arbeiten, um mich für das Essen und das warme Bett erkenntlich zu zeigen. So hatten wir es doch vereinbart, oder?«

In ihrem Blick lag etwas Flehendes.

»Ja, natürlich«, antwortete ich schnell. »Du kannst dir Isas Overall ausleihen.«

Hastig ging ich über den Hofplatz. Ich hörte ihre Schritte auf dem Kies. Dann öffnete ich die Tür zum Stall, und die Ziegen reckten mir die Köpfe entgegen.

Früher hielten wir im Schnitt je zehn Kühe, Hühner, Schweine und Ziegen. Letztere waren bei den Kindern, die uns früher besucht hatten, besonders beliebt gewesen. Zahm und verspielt und willig, sich von kleinen, ungeschickten Händen streicheln zu lassen. Ich hatte mich nicht von ihnen trennen können, vor allem jetzt nicht. Im Winter war mir aufgefallen, dass die Mutterziege trächtig war. Und eines Tages waren die beiden Wollknäule da. Kreideweiße, freundliche kleine Wesen. Isa konnte Stunden bei ihnen verbringen, mit ihnen benahm sie sich, als wäre sie wieder acht Jahre alt.

Wir hätten sie schlachten müssen, ich hatte nicht genug Heu für weitere Tiere, und ich wusste auch nicht, wo ich mehr herbekommen sollte, jetzt, da Richard mir nicht mehr aushalf. Solange es frisches Gras gab, konnten wir sie behalten. Doch jetzt, wo der Winter bald alles Grüne vernichtet haben würde, wusste ich nicht mehr, was ich tun sollte, weder mit den Zicklein noch mit den anderen Tieren. Die zusätzlichen Heuballen, die ich noch aus Richards Scheune holen wollte, würden wohl auch nicht für alle reichen. Wir hätten im Sommer mehr ernten sollen. Wir hätten das Gras mit der Sense mähen, es harken und zum Trocknen auf dem Boden ausbreiten können, und ich hätte Isa damit beauftragen sollen, es jeden zweiten Tag zu wenden. Aber der Sommer war ohnehin zu nass gewesen, es wäre nie richtig trocken geworden.

Inzwischen hatten wir nur noch zwei Kühe, Eple und Micro. Sie waren beide alt, in einer früheren Zeit wären sie längst geschlachtet worden. Trotzdem hatten sie uns im Frühjahr zwei Kälber geschenkt, Sam und Nok. Ich hatte gehofft, dass wenigstens eines der beiden Kälber männlich wäre, wurde aber leider enttäuscht. Jetzt hatte ich zwei neue Kühe, für die ich eigentlich dankbar hätte sein müssen. Doch solange ich keinen Stier hatte, nutzten mir neue Milchkühe herzlich wenig. Früher hatte ich mir immer Richards Stier zum Decken ausgeliehen, aber der war an einer Krankheit gestorben, kurz bevor die Familie aufbrach. Vielleicht war das ein weiterer Grund für ihren Weggang gewesen.

Die Kühe muhten uns an. Louise schreckte zusammen.

»Alles in Ordnung?«, fragte ich.

»Ja klar«, antwortete sie.

Ich benutzte nach wie vor die Melkmaschine, obwohl ich nur noch zwei Kühe hatte, die ich mühelos mit der Hand melken konnte. Doch mir gefiel der Ablauf. Den Euter mit lauwarmem Wasser waschen, an den Zitzen ziehen, ein wenig Milch in eine Schale pressen und prüfen, ob kein Blut oder Klümpchen darin waren. Dann die Maschine einschalten, bis das laute Geräusch der Pumpe ertönte, die Melkbecher über den Euter stülpen, der Milch dabei zusehen, wie sie durch die Plastikschläuche floss und in den Eimer tropfte, den ich bereitstellte. Früher war es ein großer Behälter gewesen, wir hatten täglich literweise Milch gemolken, inzwischen reichte ein einziger Eimer. Für besonders gute Tage hatte ich einen weiteren Eimer bereitstehen.

Wenn die Euter leer waren, lösten sich die Melkbecher von allein. Anschließend säuberte ich die Schläuche, ließ literweise Wasser hindurchfließen, ich war sehr zufrieden mit meiner Reinigung, obwohl mittlerweile niemand mehr die Milch kontrollierte und nur Isa und ich sie tranken. Aber die Routine gab mir das Gefühl, die Dinge wären noch wie früher.

Louise beobachtete genau, was ich machte, bat darum, es selbst ausprobieren zu dürfen, das Waschen, das Anschließen der Pumpe und die darauffolgende Reinigung. Sie lernte schnell.

Als wir fertig waren, holte ich einen Becher und tauchte ihn in den Eimer. Füllte ihn mit Milch und reichte ihn ihr. Sie trank, ohne Fragen zu stellen und ohne auf den Geschmack, die Temperatur oder die dickflüssige Konsistenz zu reagieren, sie nahm große Schlucke.

Sie leerte den Becher, dann wischte sie sich die Milch von der Oberlippe und reichte ihn mir wieder.

»Hattest du schon mal Rohmilch probiert?«, fragte ich.

»Nein.«

»Und du fandest sie nicht ungewohnt?«

Ich erinnerte mich, wie die Besucher normalerweise die Nase über die warme, fette Milch rümpften, die direkt von der Kuh kam. Aber Louise schwieg nur einen Moment und überlegte kurz.

»Ich weiß nicht«, sagte sie. »Ich habe gar nicht darüber nachgedacht, dass der Geschmack ungewohnt ist. Nur, dass sie mich sättigt.«

Ich machte einen Rundgang zu den anderen Tieren, dem Schwein, den Hühnern und Ziegen, sah nach, ob alle genug zu trinken und zu fressen hatten. Das Regenwasser sammelten wir in großen Wannen, und der ständige Niederschlag sorgte dafür, dass es immer genug davon gab. Louise verfolgte weiterhin aufmerksam all meine Handgriffe, und sobald sie verstanden hatte, was ich machte, wollte sie es auch versuchen.

Ich betrachtete ihren schmalen Rücken beim Ausmisten, ihre eifrigen Bewegungen.

Als wir den Stall verließen, war es hell geworden. Ein einziger Vogel sang, es klang wie eine Amsel. Ich musste an meine Kindheit denken, an die Morgende, die im Sommerhalbjahr stets mit Zwitschern verbunden waren. Die Erinnerung flackerte wie ein schwacher Lichtschein in mir auf. Jetzt hörten wir nur selten andere Vögel als Elstern.

»Was steht als Nächstes an?«, fragte Louise.

»Ich muss auch noch nach den anderen Tieren sehen, aber du kannst gern schon reingehen.«

»Kommt nicht in Frage, ich helfe dir«, sagte sie sofort.

»Bist du sicher?«

Sie nickte so entschieden, dass ich nicht protestierte.

Wir begaben uns auf dem Fußweg in den anderen Teil des Parks. Alle Spazierwege waren asphaltiert. Irgendwann hatte einmal jemand dafür gesorgt, den gesamten Hof auch Rollstuhlfahrern zugänglich zu machen, barrierefreier Ausbau. Jetzt wollte ich mir einen Rollstuhl hier lieber nicht vorstellen. Überall klafften große Risse im Asphalt, die Erde kam zum Vorschein, das Unkraut wucherte daraus hervor. Mit jedem Winter wurden die Risse größer. Wenn der Frost kam, gefror das Wasser, das sich zwischen ihnen sammelte, und dehnte sich aus. Es gibt kaum etwas, das das Eis aufhalten kann, und brüchiger Asphalt schon gar nicht.

Ich zeigte Louise das Waldrentier, das jedoch nicht an den Zaun kam, auch die Wanderfalken saßen halb versteckt ganz oben in ihrer Voliere, und die schottische Wildkatze bekamen wir gar nicht erst zu Gesicht. Louise schien nicht übermäßig beeindruckt, und ich konnte sie verstehen, obwohl sie sich die ganze Zeit bemühte, mir trotzdem Fragen zu stellen und ihr Interesse zu bekunden. Als wir um die Ecke bogen und die Pferde sahen, erhellte sich ihr Gesicht jedoch zu einem Strahlen.

»Pferde! Du hast gar nicht erzählt, dass ihr Pferde habt.«

Sie legte die Hand auf das Gatter zur Hafenweide und wollte es öffnen.

»Darf ich sie streicheln?«

»Nein«, antwortete ich. »Das sind keine normalen Pferde, sondern Wildpferde.«

Sie sah mich fragend an.

»Wir gehen nie auf ihre Weide. Es muss immer ein Zaun zwischen dir und den Pferden liegen.«

»Aber warum?«

»Kennst du dich mit Pferden aus?«

»Ich bin früher mal geritten.«

»Wildpferde lassen sich nicht zähmen, auf ihnen wirst du nie reiten können.«

»Aber«, sie dachte kurz nach. »Du bezeichnest sie trotzdem als Wildpferde? Wenn sie in Gefangenschaft leben, sind sie doch gar nicht richtig wild?«

Gefangenschaft. Manche Menschen nannten die Haltung in Tierparks so. Und die früheren Zoos waren auch tatsächlich Gefängnisse für die Tiere gewesen, aber in Heiane hatten sie es gut. Und ohne uns hätten sie gar nicht überleben können. Doch ich hatte keine Lust, Louise all das zu erklären. Dann hätte sie den Eindruck gehabt, ich würde mich kritisiert fühlen, und ich wollte mich nicht mit ihr streiten. Ich wollte mich einfach nur mit ihr unterhalten, mich daran erfreuen, wie sie strahlte, wenn sie die Pferde beobachtete, Annes Pferde.

»Sie sind sehr sensibel«, erklärte ich. »Manchmal reagieren sie schon auf Kleinigkeiten. Können im einen Moment lieb sein, nur um kurz darauf plötzlich auszuschlagen.«

Sie blickte von Nike zu Puma. Ihre mahlenden Kiefer, ihre trägen Bewegungen.

»Ja, das ist schwer zu glauben.«

»Haben sie dich denn jemals getreten?«

»Nein, aber ich habe ihnen auch nie die Gelegenheit dazu gegeben.«

Wir blieben stehen und betrachteten sie.

Plötzlich drehte Puma den Kopf, wieherte leise und stürmte davon. Nach einigen Metern machte er einen kleinen Luftsprung, dann hielt er abrupt inne und blickte zu seiner Mutter hinüber, als wollte er sie auffordern, zu ihm zu kommen und mitzuspielen. Als sie keine Miene machte, ihm zu folgen, trabte er zurück und stellte sich direkt neben sie. Nike hob lediglich den Kopf und warf dem Fohlen einen nachsichtigen Blick zu, einen Blick, wie man ihn von Lebewesen aller Arten kannte, dachte ich, diese müde Faszination, die man angesichts der Eskapaden seines Kindes empfindet.

»Sind sie eigentlich klug?«, fragte Louise.

»Wie meinst du das?«

»Verglichen mit einem Hund zum Beispiel – wie schlau sind sie da?«

»Es macht einen Unterschied, ob man schlau oder klug ist.«

»Aber ich habe irgendwann mal etwas von einem Pferd gelesen, das zählen konnte.«

»Du meinst den Klugen Hans?«

»So hieß er, ja.«

Jetzt war mein Eifer geweckt.

»Er verständigte sich, indem er mit dem Huf auf den Boden stampfte, konnte von eins bis hundert zählen, Gegenstände und Menschen, wie viele Fenster ein Haus hatte, wie viele Kinder auf der Straße spielten. Und er beantwortete auch Rechenaufgaben. Wenn sein Besitzer Wilhelm von Osten fragte, was drei plus zwei war, stampfte das Pferd fünf Mal auf.«

Louise nickte. »Aber eigentlich konnte es gar nicht richtig rechnen, oder wie?«

»Von Osten stellte Hans viele Jahre zur Schau, bis er von einem Psychologen untersucht wurde. Der fand heraus, dass das Pferd eigentlich gar nicht auf die Fragen seines Besitzers antwortete, sondern auf dessen Verhalten reagierte. Wenn der Besitzer eine Frage gestellt hatte, beugte er unbewusst Kopf und Oberkörper ein wenig vor, was für Hans ein Zeichen war, mit dem Huf aufzustampfen, und wenn das Pferd oft genug gestampft hatte, hob er seinen Kopf wieder, und Hans verstand, dass er sein Bein stillhalten musste. Hans war vielleicht kein Mathegenie, aber er war gut darin, die menschliche Körpersprache zu interpretieren.«

»Also eher schlau als klug.«

Ich nickte. »Ich habe drinnen ein Buch, in dem man seine Geschichte nachlesen kann. Ich habe viele Bücher über Tiere, falls du dich dafür interessierst.«

»Ja«, sagte sie. »Sehr gern.«

Man braucht aber Zeit, um ein Buch zu lesen, dachte ich.

Langsam gingen wir zurück zum Haus.

Man kann ein Buch an einem Tag lesen, oder innerhalb einer Woche. Mit einem Mal hoffte ich, dass sie eine schlechte Leserin war.

»Ich lese schnell«, fügte sie hinzu.

»Du brauchst dich nicht zu beeilen.«

Sie starrte zu Boden.

»Ich hatte wirklich nicht vor, länger als eine Nacht zu bleiben«, sagte sie leise. »Ihr habt ja gar nicht genug Essen für noch einen Menschen.«

»Du isst doch nicht viel.«

Sie lachte ein wenig. »Ich esse das, was ich kriegen kann.«

Wir gingen schweigend weiter.

Nach einer Weile blieb sie stehen. »Na gut. Wenn du dir wirklich sicher bist, bleibe ich noch eine Nacht.«

»Ja«, sagte ich. »Bleib noch eine Nacht.«

Lieber Lars,

es gibt Menschen, die an einem verletzten Tier im Straßengraben vorbeifahren, und es gibt Menschen, die anhalten müssen. Meine Mutter gibt sich aber nicht damit zufrieden, einfach nur anzuhalten. Sie gibt sich nicht damit zufrieden, noch einmal drüberzufahren, um das Tier zu erlösen. Sie bringt es mit nach Hause, füttert es, schient sein gebrochenes Bein und bleibt die ganze Nacht bei ihm. Selbst wenn es nur eine Krähe ist.

Ich erinnere mich noch, wie ich als Kind eine Zeitlang sehr von Beerdigungen und Friedhöfen fasziniert war. Ich hoffte sogar, dass bald ein Tier sterben würde, damit wir uns um ein Grab für es kümmern konnten. Doch immer, wenn ein Tier starb, aßen wir es einfach nur. Meine Mutter bot mir an, wir könnten die Knochen begraben, aber das war dann doch nicht so spannend. Eines Tages entdeckte ich einen Ameisenhügel. Die Ameisenstraßen bildeten lebendige Muster auf dem Boden.

Ich nahm einen Stein und presste ihn darauf. Dann hob ich ihn hoch. Einige von ihnen zappelten noch, also drückte ich noch einmal mit dem Stein zu. Anschließend nahm ich die

Ameisenleichen mit nach Hause, faltete einen Sarg aus Papier und malte ein rosafarbenes Kreuz darauf. Ich legte die Ameisen hinein und suchte einen Ort im Garten, an dem ich sie begraben konnte. Genau in dem Moment kam meine Mutter. Sie entdeckte die Ameisen und fragte, wo ich sie herhätte. Und warum sie tot seien. Ich sagte, ich hätte sie getötet, und jetzt wolle ich eine Beerdigungsfeier für sie abhalten. Das sei das Schlimmste, was sie je gehört habe, entgegnete sie. Und es schien, als meine sie es ernst, es war wirklich das Schlimmste, was sie je gehört hatte. Dabei waren es doch nur Ameisen.

Sie nahm sie in die Hand und betrachtete sie voller Mitleid. Ameisen.

Louise sieht sie genauso an. Und schon seit sie da ist, habe ich Lust, Louise das so zu sagen. Du bist nur ein weiteres verletztes Tier.

Empathie war für das Überleben unserer Art sicher eine vernünftige biologische Eigenschaft. Aber die Empathie meiner Mutter ist mutiert.

Verdammt.

Kapitel 3
Eine finanzielle Herausforderung

Ich möchte meine Leser nicht mit all den Briefen ermüden, die zwischen Wolff und dem Verfasser hin- und hergeschickt wurden. Mit der Zeit waren sie zu einem so eindrücklichen Stapel gewachsen, dass ich ihnen eine eigene Schublade in meinem Sekretär freiräumen musste.

Wolff hatte bereits vom *Equus przewalskii poljakow* gehört, als ich zum ersten Mal mit ihm in Verbindung trat, bezweifelte allerdings, dass die Pferde, die Przewalski entdeckt hatte, echte Wildpferde waren, und meinte, die Knochen- und Fellfunde stammten von einem Maultier.

Mit der Zeit stieß ich jedoch auf weitere relevante Zeugnisse. Przewalski selbst reiste schon bald wieder in die Wüste Gobi und berichtete, er habe die Tiere erneut gesichtet, ohne sie jedoch fangen zu können. Wolff aber war nach wie vor nicht überzeugt.

Ich trug alles Wissen zusammen, das ich über die Wildpferde finden konnte, und legte es ihm in Briefform dar. Es gab zahlreiche Hinweise auf diese Art, die ältesten stammten aus dem Jahre 900 nach Christus, als der Mönch Bodowa in seinen Schriften von ihr berichtete. Ein anderes Zeugnis stammte aus dem Jahr 1630, als der hochangesehene Mongole Chechen-Khansoloj-Chalkasyden dem Kaiser der Mandschurei ein Przewalski-Pferd geschenkt haben soll, was darauf hindeutet, dass diese Pferde schon damals als selten und wertvoll galten. Zu guter Letzt stieß ich sogar auf eine Geschichte, die besagte, Dschingis Khan persönlich habe auf dem Weg nach Tangut Wildpferde gesehen, die sein Reitpferd derart erschreckten, dass dieses scheute und den großen Herrscher abwarf.

Wolff argumentierte, man könne nicht auf diese alten Quellen vertrauen, worauf ich entgegnete, es gebe auch Erzählungen jüngeren Datums. Unter anderem war sich der schottische Arzt John Bell, der im Dienste von Peter dem Großen gestanden hatte, sehr sicher gewesen, dass er Takhis gesichtet hatte, als er im vergangenen Jahrhundert die Wüste Gobi besuchte.

Wolff ließ sich noch immer nicht überzeugen. Unabhängig davon, ob die Pferde nun tatsächlich existierten oder nicht, gebe es auch andere Herausforderungen, schrieb er. Schon in seinem ersten Brief erwähnte er die *Finanzierung.* Ein trockenes und möglicherweise ein wenig langweiliges Wort, das jedoch von großem Belang sei. Tatsächlich kostete eine solche Expedition weit mehr, als ich es mir vorgestellt hatte, und mir wurde klar, dass man von mir erwartete, einen Großteil dieser Summe bereitzustellen.

Oft saß ich bis spät in den Abend hinein über Rechnungen und Finanzplanungen, ich erörterte die Angelegenheit mit dem Direktor des Tiergartens, der sich glücklicherweise von der Idee der Wildpferde begeistern ließ. Wir diskutierten mögliche Verkäufe, aber ich wollte ungern unsere Tiere veräußern, und vor allem nicht Berta, das wertvollste Geschöpf, das wir besaßen. Stattdessen wandte ich mich an die zahlreichen Förderer des Tiergartens.

Viele waren willens, einen Beitrag zu leisten, allerdings nicht mit Summen, die uns tatsächlich voranbrachten. Trotz meines beharrlichen Bittstellens bestand noch immer über die Hälfte unseres Budgets aus nicht gedeckten Posten. Nichtsdestotrotz war ich zuversichtlich, die ausstehenden Mittel doch noch zu beschaffen. Ich hatte vollstes Vertrauen, dass ich alle Hilfe, derer wir bedurften, von einer ganz bestimmten Person erhalten würde; einem Herrn von hohem Rang, dessen Namen ich nicht preisgeben möchte, weil hierfür keinerlei Grund besteht.

Mit diesem Herrn war ich vor mehreren Jahren zufällig in einem der Bäder der Stadt ins Gespräch gekommen. Er hatte diesen Ort *incognito* besucht, weshalb es einige Zeit dauerte, bis ich gewahr wurde, welch wichtige Stellung er innehatte. Er war vielleicht zwanzig Jahre älter als ich, dennoch floss unser Gespräch äußerst ungezwungen dahin. Wenn ich mit ihm allein war, schien meine übliche Unsicherheit wie weggeblasen. In unseren Gesprächen gab es keine Regeln und Muster, die ich mühsam ergründen musste.

Ich hatte schon mehrmals in meinem Leben Menschen getroffen, mit denen ich vom ersten Moment an die gleiche Zwanglosigkeit empfand. Eine Unbeschwertheit, als würden wir uns, unabhängig von Rang und Alter, in ein und derselben Sphäre bewegen. Meiner Erfahrung nach kann eine solch besondere Vertrautheit mitunter zwischen Männern entstehen, eine Verbindung, so vollkommen anders als jene zwischen Männern und Frauen, wo die Anziehung aus einem Gegensatz heraus entsteht, eine Verbindung, die genau daraus erwächst, dass man im Ausgangspunkt *gleich* ist, weil man im gleichen Körper durch diese Welt geht. Vielleicht gerade deshalb, weil man seiner Umgebung rein physisch zunächst mit der gleichen *conditio sine qua non* begegnet, unabhängig davon, ob man dick, dünn, groß oder klein ist. Vielleicht hängt es aber auch gar nicht mit dieser physischen Konstitution zusammen, sondern vielmehr damit, was sozusagen zwischen den Ohren sitzt; dass nämlich die maskuline Art zu denken schlichtweg anders ist als die feminine. Wie dem auch sei: Mit diesem Herrn empfand ich jedenfalls von Beginn an ein solches Einvernehmen, ein starkes gemeinsames Verständnis.

Bereits am Donnerstag nach unserer ersten Begegnung lud er mich in sein Haus ein, und ich erinnere mich so genau daran, dass es ein Donnerstag war, weil dieser Tag in der nun folgenden Zeit *unser* Tag werden sollte. Jeden Donnerstag stattete ich ihm einen Besuch ab, was ihm offenbar gut passte, da seine Ehefrau dann ihrem eigenen Programm nachging.

Ich ertappte mich dabei, wie sehr ich mich auf den vierten Tag der Woche freute, auf unsere Gespräche.

Er interessierte sich sehr für meinen Beruf und wurde es nie leid, mich vom Zoologischen Garten erzählen zu hören, und mehrmals bot er auch an, kleinere Ausgaben für den Park zu übernehmen. Jedoch hatte er nie das Bedürfnis, als Spender in Erscheinung zu treten, die Freude, einen Beitrag zu leisten und die Resultate seines Einsatzes zu sehen, sei ihm genug, sagte er immer. Nur er und ich wüssten, dass er für das schöne neue schmiedeeiserne Tor des Braunbären oder die Reparatur des Polarfuchsgeheges gesorgt hatte, und genau das erfülle ihn mit einer Wärme, die nicht durch öffentliche Bekanntgaben oder Messingplaketten zu ersetzen sei.

Als mein Gedanke von einer Expedition in die Mongolei Form annahm, wusste ich natürlich, dass es allzu maßlos wäre, um einen Beitrag von dieser Größenordnung zu bitten. Dennoch schöpfte ich insgeheim Hoffnung, denn ich hatte den Eindruck, dass er unmittelbar begeistert war und meine Pläne von ganzem Herzen unterstützte. Mehrere Donnerstage verstrichen, und ich erlaubte es mir, das Thema immer wieder anzusprechen, ohne dass es zum gewünschten Erfolg führte. Dann kam der Sommer, und er verließ die Stadt für einige Wochen, um sich mit der Familie auf seinen Landsitz zu begeben. Mitte August erhielt ich erneut Post von ihm. Er berichtete, er sei wieder in der Stadt, und bat mich, zu ihm zu kommen, sobald es meine Zeit erlaubte.

Es war ein sehr warmer Nachmittag, ein Dienstag. Eine drückende Hitze hing über der Stadt, in den Sommermonaten wurde man wahrlich daran erinnert, dass Petersburg auf Sumpfgebiet erbaut worden war, die Feuchtigkeit der Kanäle von den umliegenden Seen und Mooren stieg nie in die Luft, sondern lag wie ein Deckel über allem. Außerdem war es still, das gesellschaftliche Leben schien für diese Zeit ausgesetzt. Die meisten begüterten Bürger der Stadt befanden sich auf ihren Landsitzen.

Ein Dienstag, dachte ich, während ich mich auf der

Allee seinem Palast aus weißem Stein näherte, nie zuvor bin ich an einem Dienstag hier gewesen. Mir gefiel es, dass er mich zu sich bestellt hatte, sobald er zurückgekehrt war, und nicht einmal diese beiden Tage abwarten wollte.

Als ich eintraf, befand er sich in seiner Bibliothek, zwischen drei Meter hohen, mit russischen wie auch europäischen Klassikern gefüllten Regalen. Er saß in einem Sessel am Fenster, die schweren Gardinen waren halb zugezogen, als müsse er sich vor dem Sommertag dort draußen beschützen, und er wandte sich vom Licht ab, sodass die eine Gesichtshälfte im Schatten lag. Ich setzte zu einer Umarmung an, hatte die Bewegung bereits begonnen, indem ich die Arme ausstreckte, war bereit, ihn auf beide Wangen zu küssen, doch wie ich ihn so sitzen sah, sanken meine Hände sofort herab, und ich verstand plötzlich nicht mehr, was ich tun sollte.

Er musste meine Verwirrung bemerkt haben, denn im nächsten Moment stand er auf.

»Verzeihung«, sagte er.

Nun streckte er die Hände aus und begrüßte mich, doch aus der kraftvollen Umarmung, die ich mir erhofft hatte, wurde nichts, sein Körper war wie gelähmt, ohne jedwede Vitalität.

Er setzte sich erneut, und nun konnte ich sehen, dass tatsächlich etwas im Argen lag, er bewegte sich so, wie man es für gewöhnlich tat, um Schmerzen zu vermeiden, steif und ruckartig.

»Setzen Sie sich, mein lieber Freund.« Er deutete mit dem Kopf auf den Sessel ihm gegenüber.

Ein Diener kam herein und brachte einige leichte Speisen, aber ich nahm nichts zu mir, ich wartete einzig darauf, dass mein Gegenüber mehr sagen, womöglich auch eine Erklärung hervorbringen würde.

Nachdem sich meine Augen an die Dunkelheit gewöhnt hatten, bemerkte ich auch, dass mehr als nur ein Schatten auf seinem Gesicht lag und seine linke Wange und die Augenpartie von blauen Flecken und Blutergüssen verfärbt waren. Ich beugte mich vor, versuchte es deutlicher zu erkennen, aber der scharfe Kontrast zwischen Licht und Schatten auf seinem Gesicht verunsicherte mich.

»Geht es Ihnen gut?«, fragte ich.

»Ach, es ist nur so schrecklich heiß«, antwortete er.

»Ich sehe doch aber, dass Ihnen etwas zugestoßen ist?«

Ich deutete auf seine blauen Flecken.

Er drehte sich weg. »Nicht der Rede wert.«

»Nun denn … aber Sie sind früher heimgekehrt als geplant?«, erkundigte ich mich.

»Ich bin schon seit anderthalb Wochen hier.«

»Oh.«

Seit anderthalb Wochen hier, ohne mir auch nur ein Wort zu sagen?

Er verstummte abermals; wirkte nervös. Die Staubkörner tanzten vor ihm in der Luft. Auch im Zimmer war es heiß, als würden die tiefgrünen Seidentapeten die Wärme reflektieren. Ich wollte weitere Fragen zu den blauen Flecken stellen, zu den Verletzungen, die ihm offensichtlich zugefügt worden waren, doch mit einem Mal wagte ich es nicht mehr.

»Ich bin gerade voll und ganz mit der Finanzierung der Expedition beschäftigt«, sagte ich stattdessen.

»Der Expedition?«

»In die Mongolei.«

»Ich stehe in einem regen Briefwechsel mit Wolff«, fuhr ich vorsichtig fort. »Dem Tierfänger, falls Sie sich daran erinnern.«

Er hob die Hand und fuhr sich damit vorsichtig über seine verfärbte linke Wange.

»Ja, ich erinnere mich.«

»Noch hat er nicht Ja gesagt«, fügte ich hastig hinzu, »aber ich hoffe wirklich, dass es mir gelingt, seinen Enthusiasmus zu wecken.«

»Daran hege ich keinerlei Zweifel«, erwiderte mein Freund.

Bei *ihm* war hingegen keinerlei Enthusiasmus zu spüren. Die ganze Zeit über hielt er seinen Blick auf die Bücherregale in meinem Rücken gerichtet, als fürchte er sich davor, mir in die Augen zu sehen. Tolstoi, Homer, Dickens, Darwin, mit einem Mal hatte ich das Gefühl, sie alle wären interessanter als ich, obwohl er für gewöhnlich nur selten las.

»Und jetzt beschäftige ich mich mit der Finanzierung«, fuhr ich fort. »Wie ich bereits vor dem Sommer erwähnte, sind es keine geringen Beträge, die ich noch beschaffen muss.«

»Nein«, sagte er. »So etwas ist sicher kostspielig, das kann ich mir denken.«

Ich erwartete, dass er etwas erwidern würde, die Summe nennen, die er selbst beitragen könne, doch er schwieg.

Ich rutschte auf dem Sessel hin und her, mein Hemd klebte am Körper, ich spürte, dass meine Stirn vor Schweiß glänzte.

»Ich bin gekommen, so schnell ich konnte«, sagte ich schließlich. »Sobald mich Ihre Nachricht erreicht hat. Ich hatte den Eindruck, es ginge um eine eilige Angelegenheit?«

Jetzt wandte er sich zu mir, endlich sah er mir in die Augen. Er erhob sich erneut, stöhnte dabei leise.

»Du liebe Güte, Sie haben ja Schmerzen!« Ich erhob mich gemeinsam mit ihm.

Er trat ans Fenster, das Licht fiel auf seine linke Wange und enthüllte alle Schattierungen seiner Verletzungen. Zu seinem Gesicht sagte er nichts, führte jedoch eine Hand an den Brustkorb.

»Eine gebrochene Rippe«, erklärte er. »Ich bin vergangene Woche vom Pferd gefallen.«

»Sie Ärmster! Warum haben Sie denn nichts gesagt, Sie hätten mich doch rufen können, umso mehr, als Ihre Frau noch auf dem Lande ist und Sie ganz allein hier ausharren mussten, ich hätte Ihnen doch helfen können!«

Ungeduldig hob er die Hand, um mich zum Schweigen zu bringen.

»Mischa … psssst.«

Ich schwieg, und mir war warm, aber nicht nur von der Sommerhitze, mir stieg die Röte ins Gesicht, und ich empfand Wut und Verwirrung. Ich wollte etwas fragen, doch ich wagte es nicht, wollte gehen, doch ich konnte es nicht.

Und dann sagte er es.

»Leider sehe ich mich dazu gezwungen, unsere wöchentlichen Treffen künftig einzustellen«, erklärte er.

»Ach? Ach ja?«

Ich konzentrierte mich darauf, ruhig zu bleiben, ich wollte nicht, dass er meine Gemütswallungen bemerkte.

»Das hat Gründe, die außerhalb meiner Macht stehen.«

»Selbstverständlich. So ist es nun einmal bisweilen.«

Ich presste die Lippen zusammen, damit sie nicht zitterten.

»Ich schätze Ihre Besuche wirklich sehr, aber wir müssen sie nichtsdestotrotz aussetzen«, sagte er.

»Ja.«

Ich holte tief Luft. »Dann wünsche ich Ihnen eine gute Genesung.«

Ich wollte gehen, ehe ich mehr sagte, gehen, ehe ich meine eigenen Gefühle nicht mehr beherrschen konnte, doch er legte die Hand auf meinen Arm und hielt mich zurück.

»Michail, ich lege sehr großen Wert auf unsere Freundschaft. Das wissen Sie.«

Ich sah ihn nicht an, wollte nichts riskieren, entwand mich geschickt seinem Griff.

»Wenn Sie erlauben, hoffe ich, Sie nehmen es mir nicht übel, dass ich Sie nicht nach unten begleite«, sagte er. »Die Treppe bereitet mir besondere Schmerzen.«

»Es wird mir wohl auch ohne Ihre Hilfe nicht schwerfallen, den Diener zu bitten, nach einem Wagen zu schicken«, entgegnete ich und trat zur Tür.

Ich hörte selbst, wie spitz meine Stimme klang, spitz wie eine Ahle, aber ich konnte meine Gemütsregungen nicht beherrschen. Liebe scheint eine Gemütsregung zu sein, Freundschaft eine Haltung, soll Aristoteles gesagt haben, aber einige Freundschaften sind so stark, dass sie an Liebe erinnern, und die Gemütsregung, die man empfindet, wenn sie enden, ist ebenso stark.

Ich legte die Hand auf die Klinke und drehte mich um, und ein letztes Mal keimte die Hoffnung in mir auf.

»Wie lange …«, begann ich, unfähig, meinen Satz zu vollenden.

»Ich nehme Kontakt zu Ihnen auf.«

»Ja«, sagte ich. »Selbstverständlich.«

»*Ich* nehme Kontakt zu Ihnen auf«, wiederholte er. »Sie brauchen Ihre kostbare Zeit nicht damit zu verschwenden, sich mit mir in Verbindung zu setzen.«

»Nein.«

Er schrieb mir nie wieder, und ich füllte viele Briefbögen mit meinen Gedanken an ihn, schickte sie jedoch nie ab. Ich ertappte mich selbst dabei, nahe seiner Residenz umherzustreifen, in der Hoffnung, ihm zu begegnen, was allerdings ein hoffnungsloses Unterfangen war, da er sein Grundstück allenfalls in einem geschlossenen Wagen verließ.

Eines Tages, es war Ende September, als alle von ihrer Sommerfrische zurück in der Stadt und das gesellschaftliche Leben wieder in vollem Gange war, kehrte Mutter von einem Empfang zurück und berichtete von einem Gerücht über ihn, das sie aufgeschnappt hatte. Es betraf einen Vorfall in einem der städtischen Bäder. Offenbar hatte es sich in der Woche zugetragen, ehe ich ihn zum letzten Mal besucht hatte. Mutter sprach zutiefst schockiert und ungläubig davon und meinte, er hätte bekommen, was er verdiente. Ich weigerte mich, ihre Geschichte zu glauben und bat sie, nicht weiter solche Lügen zu verbreiten.

Es wurde ein harter Winter. Ich hatte nicht allein meinen engsten Freund verloren; auch meine Hoffnung, die

Expedition in die Mongolei finanzieren zu können, schwand zusehends. Am Ende sah ich keinen anderen Ausweg mehr, als Berta zu verkaufen. Zutiefst betrübt winkte ich ihr zum Abschied, als sie in den engen Wagen einer umherreisenden Menagerie gepfercht wurde. Ich hatte den Eindruck, sie würde mich traurig, ja beinahe vorwurfsvoll, anstarren, als die Tür hinter ihr geschlossen und sie in dem dunklen Wagen eingesperrt wurde, in dem sie fortan ihr Leben verbringen würde, über die Landstraße schaukelnd und rumpelnd. Ich versuchte mich damit zu trösten, dass sie nur ein Tier war und der Begriff *vorwurfsvoll* nicht auf sie zutreffen konnte, und außerdem würde sie als umherreisende Artistin noch viel mehr Freude verbreiten als im Tiergarten, es war der größte Zirkus des Landes, der sein Zelt jeden Abend für viele hundert Menschen öffnete; sowohl Kinder als auch Erwachsene bekämen ein lebendiges Nilpferd zu Gesicht, noch dazu ein wahres Prachtexemplar. Doch der Gedanke tröstete mich nur wenig.

Das Einzige, was mein Dasein in diesen schweren Monaten erhellte, waren Wolffs Briefe. Jeden einzelnen davon erwartete ich voller Spannung. Mir schien, ihr Ton würde sich allmählich verändern. Während Wolff mir im ersten Brief noch eine klare Absage erteilt hatte, wirkte er zunehmend aufgeschlossener. Dass ich meinen Anteil der benötigten Mittel beisammenhatte, sprach für mich, noch aber fehlte neben seinem vollen Engagement auch die übrige Finanzierung.

Bertas Verkauf hatte zu sinkenden Besucherzahlen und Einnahmen geführt, weshalb es mir umso wichtiger war, Wolff so schnell wie möglich zu überzeugen. Um nachzuvollziehen, wie der Tierfänger dachte, und entsprechend zu argumentieren, damit er mich wirklich verstand, versuchte ich mich noch stärker mit seinem Wirken und seinen Verdiensten auseinanderzusetzen, und je mehr ich las, desto neugieriger wurde ich. Was für ein Mann! Ich hätte ein ganzes Buch über Wolffs Heldentaten schreiben können, und deshalb möchte ich doch wenigstens eine davon nacherzählen, und zwar jene, die vielen als die beeindruckendste gilt: die nubische Karawane.

Im Jahre 1877 entsandte er einen seiner zuverlässigsten Männer, Lorenzo Cassanova, nach Nubien. Die Jagd verlief wie geplant, doch Cassanova kam mit seinen Tieren nicht weiter als bis Sues, ehe er schwer erkrankte und Wolff persönlich gen Süden reisen musste, um die Expedition nach Europa weiterzuführen. Die Karawane bestand aus den wunderbarsten afrikanischen Tieren, die man sich nur vorstellen kann: Giraffen, Elefanten, Büffel, Löwen, Strauße, Panther, Schakale und Affen. Hinzu kamen ihre entzückenden kleinen und höchst sensiblen Nachkommen; Zebrafohlen, Nashornkälber und Löwenjungen. Was Wolff bevorstand, erschien wie eine kaum zu bewältigende Aufgabe. Allein die Mengen an Futter, die herbeigeschafft werden mussten, waren von beinahe astronomischem Ausmaß. Es bedurfte Gemüse, Brot, Heu, Obst, und natürlich auch Milch für die Kleinen. Sowie er in Sues eintraf, begann Wolff mit den Vorbereitungen. Etwa hundert Ziegen begleiteten die Wanderung, um Milch für die jüngsten Reisenden bereitzustellen, und wenn die Ziegen keine Milch mehr gaben, wurden sie geschlachtet und den Fleischfressern zum Fraß vorgeworfen. Glaubt man den

Berichten, die ich fand, war die Expedition überaus ereignisreich. Schon auf dem ersten Wegstück zum Bahnhof nahmen neun der sechzehn Strauße Reißaus, sie rannten durch die Straßen von Sues, als wäre ihnen der Leibhaftige auf den Fersen. Ein Strauß kann eine beeindruckende Geschwindigkeit erreichen, die selbst der schnellste Hengst unmöglich einholen kann. Die riesigen Vögel erschreckten Mensch und Vieh zu Tode, und die ganze Stadt beteiligte sich am Versuch, sie wieder einzufangen. Nur aufgrund der dichten Bebauung der Stadt, dank der die Strauße ein wenig in ihrem Fortkommen gebremst wurden, gelang es am Ende. Wären sie ins offene Feld gerannt, hätten die Menschen keine Chance gegen sie gehabt.

Die freiheitshungrigen Strauße sorgten für eine lästige Verspätung, schließlich gelangte man aber doch noch zum Bahnhof. Dort allerdings brannten zwei Waggons des Güterzuges, und plötzlich schwebte die gesamte Menagerie in Gefahr. Während der Löscharbeiten wurden die Tiere auf Abstand gehalten und anschließend in die übriggebliebenen Waggons verfrachtet, in denen es natürlich enger zuging als geplant, die Löwen mussten sich den Waggon mit den Hyänen teilen, die Giraffen mit den Zebras, und zwischen ihren Beinen meckerten die kleinen Ziegen, die in scharfen Kurven ständig Gefahr liefen, von den größeren Tieren zerquetscht zu werden, was an und für sich aber kein größeres Problem darstellte, da sie ja ohnehin früher oder später gefressen werden würden. Ja, vielleicht hatten jene Tiere, die ihren Waggon mit einer toten Ziege teilten, sogar Glück gehabt, denn weil sie so dichtgedrängt standen, erwies sich die Fütterung als unmögliches Unterfangen.

Wolff bat den Lokomotivführer, so schnell wie möglich zu fahren, und der wiederum befahl dem Heizer, alles aus dem Kessel herauszuholen. Beide tranken besorgniserregende Mengen an Alkohol, und Wolffs Unruhe wuchs. Mittlerweile sorgte er sich nicht mehr nur um das Wohl seiner Tiere, sondern auch um sein eigenes Leben, denn obwohl er sich gewünscht hatte, der Zug solle schnellstmöglich am Ziel eintreffen, war ihm nicht bewusst gewesen, wie sehr man eine Lokomotive anfeuern konnte. Der Heizer tat nichts anderes mehr, als Kohle nachzuwerfen, und Wolff fürchtete, der Kessel könne explodieren.

Ich kann mir lebhaft vorstellen, wie erleichtert er gewesen sein muss, als sie schließlich Alexandria erreichten. Der erste Tag verging damit, die armen Kreaturen zu versorgen, die alle schwer unter der grässlichen Zugfahrt gelitten hatten. Unterdessen lag Cassanova in den letzten Zügen, und Wolff eilte unablässig zwischen dem Sterbebett seines Kameraden und den leidenden Tieren hin und her.

Im Laufe der Nacht segnete der arme Cassanova das Zeitliche, und Wolff gab sich für ein oder zwei Stunden der Trauer hin, ehe es erneut Zeit wurde, die Tiere zu versorgen. Zur selben Zeit traf ein weiterer von Wolffs Tierfängern, ein Mann namens Migoletti, mit seinem Fang in Alexandria ein, und die Herde vergrößerte sich abermals.

Am nächsten Morgen wurden alle Tiere auf ein Schiff nach Italien verladen. Das Herz schlug Wolff bis zum Hals, als er vom Kai aus dabei zusah, wie seine geliebten Kreaturen von einem Kran emporgehoben wurden und in der Luft zwischen Himmel und Meer schaukelten. Schließlich waren alle an Bord. Was für ein Anblick muss das gewesen sein. Ich hätte alles darum gegeben, bei diesem Ereignis dabei zu sein; dieses Schiff war ja die reinste Arche Noah!

Die Überfahrt nach Italien verlief ohne weitere Zwischenfälle, und als das Schiff dann den Hafen von Triest ansteuerte, warteten sämtliche Einwohner der Stadt am Kai, was auch nicht weiter erstaunlich war, da eine solche Fracht nie zuvor, und auch später nicht, in einem europäischen Hafen angelandet wurde. Der gesammelte Fang von Cassanova und Migoletti war gigantisch und bestand neben all den kleineren Tieren aus vier nubischen Büffeln, einem Nashorn, zwölf Antilopen und Gazellen, fünf Elefanten, vierzehn Giraffen, sieben Löwen, acht Panthern, dreizehn Hyänen, sechsundzwanzig Straußen, darunter das größte Exemplar dieser Art, das die Welt je gesehen hatte.

Während Wolff und seine Männer die Ladung löschten, standen die Schaulustigen am Kai und verfolgten jede Bewegung. Immer, wenn ein Tier bockte oder allzu sehr zappelte, während es am Kran baumelte, ging ein Raunen durch die Menge.

Von Italien führte die Reise weiter nach Wien, Dresden und Berlin, und an jeder Station schrumpfte die Gruppe der Tiere ein wenig, da einzelne von ihnen unterwegs an Zoologische Gärten verkauft wurden, wo man sie unverzüglich zur Zucht einsetzte. Sie und ihre Nachkommen leben wohl noch immer in Tiergärten in ganz Europa.

Ich versuchte mir vorzustellen, wie angespannt Wolff die ganze Zeit über gewesen sein muss, vermutlich konnte er nicht durchatmen, ehe jedes kleine Antilopenkalb in einem der Zoos auf dem Kontinent untergebracht war.

Soweit mir bekannt ist, gab es aber tatsächlich nur wenige Verluste zu beklagen. Ein Großteil des Fangs traf tatsächlich an seinem Bestimmungsort ein. Die nubische Karawane ist bis zum heutigen Tag der größte Fang und Transport afrikanischer Tiere, der jemals durchgeführt wurde.

Wolff war der Beste auf seinem Gebiet. Mein Respekt vor ihm wuchs mit jeder Geschichte, die ich las, und jetzt stand ich also im Briefwechsel mit ihm … mit *ihm*. Obwohl ich diese Korrespondenz unsagbar schätzte und mich auf jeden seiner Briefe diebisch freute, reichte das allein nicht aus. Der finanzielle Druck stieg von Tag zu Tag.

Zu guter Letzt, ein halbes Jahr nachdem ich den Schädel in Poljakows Büro gesehen und die Hoffnung bereits fast aufgegeben hatte, erhielt ich einen Brief, dessen Inhalt die Vorstellungen meiner kühnsten Träume übertraf.

Wolff habe sich nicht nur überreden lassen, er habe auch die übrigen Gelder besorgt, schrieb er, und alles andere, was noch vonnöten war. Der Herzog von Bedford, ein leidenschaftlicher Tiersammler, habe nämlich Kunde von den Wildpferden erhalten und sei geradezu von der Idee besessen, mehrere Paare auf seinem Anwesen zu halten.

Über von Bedfords Tierreservat hatte ich bereits in verschiedenen Zeitschriften gelesen, in den letzten Jahren waren solche Einrichtungen in Mode gekommen. Wolff gehörte ebenfalls zu denen, die leidenschaftlich dafür eintraten, die Tiere in einem »natürlicheren« Habitat unterzubringen und frei grasen zu lassen, anstatt sie in Käfigen zu halten, und ihnen außerdem größere Flächen zur Verfügung zu stellen. Mich selbst verwunderte dieser Gedanke eher. Tiere in Gefangenschaft zu halten, hatte doch gerade den Sinn, sie dem Betrachter zugänglich zu machen. Man bedenke nur, was ein Kind oder auch ein unwissender Erwachsener daraus lernen kann, ein Tier aus nächster Nähe zu beobachten. Ließ man die Kreaturen dagegen auf einem großen Gelände frei umherspringen, wie es ihnen selbst beliebte, wurde es dem Zuschauer unmöglich, sie eingehender zu studieren, und damit war der eigentliche Grund, sie in Gefangenschaft zu halten, hinfällig geworden.

Die vornehmen Herrschaften in vielen europäischen Ländern hatten nun also die Marotte entwickelt, die merkwürdigsten Tiere in ihren großen Gartenanlagen umhertollen zu lassen, und je mehr Tiere man besaß, desto größer das gesellschaftliche Ansehen. Der Herzog von Bedford, einer der eifrigsten Tiersammler, hegte offenbar schon seit Längerem ein starkes Interesse für die Przewalski-Pferde. Und nun wollte er also der Erste sein, der diese Tiere nach Europa holte. Er wünschte, nicht weniger als sechs Pferde zu einem sehr guten Preis zu erstehen und hatte obendrein eine solide Anzahlung auf den Tisch gelegt, die uns alles gab, was wir brauchten, um die Expedition auf die Beine zu stellen.

Ich sprang in meinem Büro von meinem Stuhl auf und stieß einen Freudenschrei aus.

»Ja! JA!«

Im Stehen las ich den Brief weiter, ließ mir die Worte auf der Zunge zergehen wie ein kostbares Konfekt. Wolff hatte nicht allein die fehlenden Mittel zur Finanzierung beschafft, sondern auch beschlossen, die Expedition selbst zu leiten. Sein Eifer für diese Idee, für die Pferde, sei gewachsen, schrieb er, mein Enthusiasmus habe ihn angesteckt, und als wäre das nicht schon genug – und ich hielt den Atem an, als ich die letzten Sätze las –, sei er, Wolff höchstpersönlich, bereits auf dem Weg nach Petersburg. Ich dürfe bereits in den nächsten Tagen mit seiner Ankunft rechnen.

KARIN

Stockfinsternis, Kriegsfinsternis, Verdunkelungsfinsternis. Ein riesiger Ball fällt auf den roten Sand des Tennisplatzes.

Meine Mutter schüttelt mich, und während ich zu mir komme, höre ich in der Ferne ein dumpfes Dröhnen.

»Wir müssen in den Keller«, sagt meine Mutter.

Aber mir ist noch wohlig warm und dösig zumute.

»Ich will nicht aufstehen, ich will nicht aufstehen.«

»Du musst«, beharrt meine Mutter. »Du musst aufwachen.«

Noch immer ist das Bett fremd, so fremd wie alles andere auf Carinhall, fremd wie die Räume und Menschen.

Ich wache auf, höre die Stimme meiner Mutter und komme nicht von der Stelle.

Mama. Mama.

Ich hatte in Berlin meine ganze Welt zurückgelassen. Den Hausflur unseres Mietshauses, in dem es nach gekochtem Kohl roch. Den Schulweg, den ich mit verbundenen Augen gehen konnte. Den dunklen Hinterhof, wo meine Freundinnen und ich abends Gespenster spielten. Die Nachbarsfrau, die mir immer ein bisschen Essen zusteckte, weil sie mich zu dünn fand. Meine Lehrerin in der Schule, Fräulein Kammerer, die mich oft besonders lange anlächelte und sagte, ich sei blitzgescheit. Ich musste meine Familie verlassen, meine Tanten, Onkel, Cousinen, Cousins, meine Großeltern, die alle in der Nähe wohnten und die ich früher fast jeden Tag gesehen hatte.

Die große Herde, in der ich gelebt hatte, war jetzt auf einen einzigen Menschen reduziert: meine Mutter.

Jeden Abend schmiege ich mich an sie, obwohl ich schon viel zu groß dafür bin. Ich bohre meine Nase zwischen ihre Schulterblätter und rieche an ihr. Sie duftet warm und weich, aber anders als zuvor. Der Geruch von Kohl ist weg. Jetzt riecht meine Mutter nach Putzmittel. Immer Putzmittel. Scharfe grüne Seife und frische Kiefernnadeln, wie ein künstlicher Wald.

In Berlin hatte meine Mutter genäht und gebügelt, doch in den letzten Jahren gab es kaum noch Arbeit für sie, solche Dienstleistungen konnte sich niemand mehr leisten. Ein entfernter Cousin hatte ihr den Job in der Schorfheide vermittelt, beim Reichsmarschall Hermann Göring. Er hatte zehn Waschfrauen und brauchte eine elfte. Sie sagt, sie habe großes Glück, wir hätten großes Glück. Weil wir das Geld brauchen, aber auch, weil Carinhall auf dem Land liegt. Hier sind wir sicher, meint sie. Und außerdem ist der Name so schön, Carinhall, wie du, Karin.

Ja, mir gefällt der Name auch. Und obwohl er sich mit C schreibt, habe ich das Gefühl, der Ort würde mir gehören. Der Wald, die Wiesen, alles gehört mir.

In den ersten Tagen halte ich mich nur in der Dienstbotenwohnung auf. Dann fange ich an, meine Mutter zu vermissen und gehe hinaus, um sie in dem Gebäude zu suchen, das alle nur Jagdhütte nennen. Mit einer Hütte hat es allerdings rein gar nichts zu tun, sondern erinnert eher an ein Schloss. Ich schleiche mich durch die großen Zimmer, Hallen und Säle. Dunkle Holzvertäfelung, riesige Kronleuchter, ein Gewehr nach dem anderen. Und Jagdtrophäen, ausgestopfte Tiere mit starren Augen, Wände mit Landschaftsgemälden und handbestickten, antiken Gobelins mit Jagdmotiven und Mittelaltermenschen in steifen Posituren. Ich merke, dass Göring ein Sammler ist. Er sammelt Gegenstände, Kronleuchter, Zimmer und Köpfe.

Außerdem sammelt er lebendige Tiere. Im Keller würde er zwei Löwenjungen halten, erzählen die Leute, zwei niedliche Löwenjungen. Allerdings wachsen sie schnell und werden anscheinend gegen neue Löwenjungen ausgetauscht, wenn sie zu groß sind. Ich versuche sie zu finden, doch es gelingt mir nie.

Als ich am dritten Tag durch die Jagdhütte schleiche, werde ich entdeckt. Ein Mann im dunklen Anzug mit steifem Kragen schreit mich an. Was machst du hier, du schmutzige Göre, sieh zu, dass du rauskommst! Am Abend redet mir meine Mutter lange und ernst ins Gewissen, ich dürfe das Gut nie wieder betreten, sie arbeite jetzt für Göring, und sie gehöre ihm. Anscheinend sammelt er auch Menschen.

Anschließend gehe ich in der Umgebung auf Wanderschaft. Ich verlasse auf Zehenspitzen die Dienstbotenwohnung und schleiche am Haupteingang vorbei, wo zwei Hirsche aus Bronze die Gäste begrüßen. Dann laufe ich weiter über den Hofplatz, vorbei an den Gärten, den Eingängen zu den Bunkern. Ich haste über den Schießplatz und passiere die Tennisplätze, auf denen der rote Sand immer frisch geharkt ist. Bis ich schließlich den dichten, grünen Wald erreiche.

Hinein in den Wald. Zu den Wildpferden.

Im Wald sind die Wildpferde.

Manchmal bleibe ich einfach nur im Wald. Stilles Rauschen. Vogelgesang. Das Licht der Sonne durch Blätter und Äste, wie ein Spitzenmuster auf dem Boden. Und das vertraute Wiehern der Pferde.

Doch dann kehrt das Dröhnen zurück, und ich kann nicht mehr dortbleiben. Werde weggezogen. Ins Bett, in die Kriegsfinsternis. Meine Mutter weckt mich. Beeil dich, beeil dich. Karin, wach auf. Schnell, schnell.

Ich setze mich abrupt auf. Bin atemlos.

Mama?

Mama!

Doch sie ist nicht hier.

Sie ist nicht hier.

Und es ist gar nicht Nacht, sondern Morgen.

Die Sonne fällt schräg ins Zimmer herein, lässt das Lampenlicht verschwinden. Ich blinzle.

Versuche ruhig zu atmen.

Hier. Jetzt. 1992. Hustai.

Du bist sechsundfünfzig Jahre alt. Keine Bomben, nur die eindringliche Stille der Steppe und die Luft, die ich einatme, ein und aus.

Ein und aus.

Mein Atem rasselt viel zu laut.

Ich sollte mit dem Rauchen aufhören.

Die erste Zigarette des Tages rauche ich bei den Pferden.

Prag ist brünstig, sie hält sich die ganze Zeit in Sydneys Nähe auf. Streckt ihm das Hinterteil entgegen, hebt den Schweif. Quietscht und verspritzt ein wenig Urin. Seit März hatte ich sie voneinander getrennt, weil ich nicht riskieren wollte, dass sie auf der Reise hierher trächtig sein würde. Jetzt sind sie mehr als bereit. Überreif, hoffe ich. Denn jetzt müssen sie endlich loslegen.

Meine frühere Arbeit, als ich das Bedecken von Sportpferden beaufsichtigte, habe ich nie vermisst. Ein richtiger Drecksjob. Ein *gefährlicher* Drecksjob. Wir mussten die brünstige Stute mit Seilen fesseln, um zu vermeiden, dass sie den Hengst grün und blau trat. Der Hengst wiederum schlug mit den Vorderbeinen aus und trat die Stute in die Seite. Oft hatte er Probleme damit, richtig zu treffen. Diese Prozedur erforderte drei Menschen. Der eine hielt die Stute unter Kontrolle, der andere den Hengst, einer war ein Mittler, der auf die richtige Penetration achtete. Sonst könnte die Stute im schlimmsten Fall sterben. Ein Riss im Rektum. Oder Peritonitis. Bauchfellentzündung. Einmal habe ich eine Stute dadurch verloren. Und ich habe mich selten so sehr als Versagerin gefühlt. Obwohl es nicht meine Schuld war, jedenfalls nicht richtig. Eigentlich war es die Schuld der Natur. Die Natur hat versagt, wenn es um die Paarung der Pferde geht. So ähnlich wie bei den Menschen und der Geburt. Etwas, das so einfach sein sollte, wirkt beinahe unmöglich.

Bei den Wildpferden ist es unkomplizierter. Sie dürfen einfach loslegen. Doch sie würden mich sowieso nicht an sich heranlassen. Und bisher habe ich noch keines meiner

Tiere verloren. Das veranlasst mich zu dem Glauben, dass die Takhis besser für die Paarung geeignet sind.

Sydney streckt sein Maul zu Prags Hinterteil, sie hebt den Schweif noch höher. Dann zieht sie sich abrupt zurück. Er steht einfach nur da, als würde er warten. Sie verspritzt erneut ein wenig Urin, ein halbherziges Signal.

Jetzt komm schon.

Doch dann schleudert Prag ihr Hinterbein in seine Richtung und wiehert, und Sydney wendet sich ab.

Ich seufze schwer. Jetzt heißt es, einfach abzuwarten.

Ich wünschte, ich könnte irgendetwas tun. Prag, Askania Nova und Paris müssen alle bald trächtig werden. Nächstes Frühjahr brauche ich drei neue Fohlen. Dann würde die Herde aus elf Tieren bestehen. Und während die neuen Fohlen kommen, muss ich zurück nach Thorenc, um weitere Pferde zu holen. Zwölf Tiere warten noch dort, und drei der Stuten sind bereits trächtig. Meine europäische Herde wächst und wächst. Ich habe einen französischen Tierarzt eingestellt, der sich um sie kümmert, während ich hier bin.

Investoren und private Spender sollen das bekommen, was ihnen versprochen wurde. Sie geben mir zwei Jahre Zeit. Lediglich der Landbesitzer in Thorenc hat sich bereit erklärt, noch länger zu investieren, allerdings auch nur, weil er sich einen Naturpark in Thorenc wünscht. Einen »Erlebnishof«, auf dem die Besucher Wildpferde, Büffel und Nutztiere sehen können. Als ich ihn zum ersten Mal traf, dachte ich, er wäre ein ebenso großer Enthusiast wie ich. Inzwischen habe ich allerdings verstanden, dass er auch nur auf Geld aus ist. Sein Land hat an sich nur wenig Bodenwert. Und die Natur allein ist nicht spektakulär genug, um Touristen anzulocken. Doch wenn man den Leuten ein wenig mehr böte, das Gefühl, etwas Besonderes zu sehen, würden sie schon kommen, meint er. Wir haben vereinbart, dass ich dorthin zurückkehre, sobald ich meine Arbeit in Hustai abgeschlossen habe. Und im Anschluss das aufbaue, was er sich als »pittoreskes Landhotel« vorstellt, während ich nebenbei weiter Pferde für die Mongolei züchte. Das ist *sein* Plan. Ob es auch meiner ist, weiß ich nicht genau, denn ich habe keine Ahnung vom Hotelbetrieb. Ich habe eine Vorstellung davon, dass der Service und die Gastronomie wichtig sind. Außerdem Sauberkeit und eine hübsch aufgeschlagene Bettdecke. Außerdem fand ich es immer schön, einen Wasserkocher auf dem Zimmer zu haben, wenn ich selbst einmal im Hotel übernachtet habe. Manchmal hat das Zimmermädchen auch eine Blume auf die Bettwäsche oder das Handtuch gelegt. Wahrscheinlich wissen manche Hotelgäste eine solche Aufmerksamkeit zu schätzen. Davon abgesehen habe ich kaum eine Meinung darüber, wie man Kunden zufriedenstellt. Eigentlich müsste doch für alle offensichtlich sein, dass eine Person, die immer nur in Wanderstiefeln, Fleecejacke und Armeehosen herumläuft, Kette raucht und gar kein Talent zum Smalltalk hat, eher mäßig für einen Job in der Servicebranche geeignet ist.

Doch ich habe seine Pläne nie in Frage gestellt. Und außerdem wird es erst in ein paar Jahren so weit sein. Ich gehe Probleme erst dann an, wenn sie wirklich da sind.

Und es gibt mehrere Probleme, die ich angehen muss, wenn sie da sind. Wie beispielsweise, dass meine gesamten Ersparnisse aufgebraucht sind, weil ich alles in die Pferde investiert habe. Und dass ich meine Wohnung in Berlin viel zu günstig verkauft habe und deshalb nichts mehr besitze, was ich ein Zuhause nennen könnte.

Wenn ich im Laufe der nächsten zwei Jahre keine Erfolge vorweisen kann, bin ich vollkommen mittellos. Pleite, obdach- und arbeitslos. Wahrscheinlich werde ich auch keinen neuen Job mehr finden. In vier Jahren bin ich sechzig, dann ist mein Verfallsdatum abgelaufen. Jaja, du beherrschst die Kunst, dir selbst alles zu vermasseln, Karin.

Ich gehe schnell das kleine Stück entlang der Wagenspuren zum Lager zurück und drücke die Zigarette aus. Mein Magen knurrt, das Nikotin hat mich hungrig gemacht.

Ein Murmeltier flitzt vor mir über den Weg. Heller Pelz, schwarze Schnauze und Augen, lange Schnurrharre. Ein anderes kommt direkt hinterher. Sie sind noch jung und verspielt. Flink und lustig. Sausen in ein Loch im Boden und verschwinden. Zum Glück gibt es hier viele von ihnen, die Erde ist voller Murmeltiere, man kann kaum einen Meter zurücklegen, ohne ihnen zu begegnen. Sie sind so niedlich, dass sie vielen Menschen, vor allem Frauen und Kindern, einen entzückten Schrei entlocken. Oft stehen sie auf den Hinterbeinen und spähen in die Gegend. Sie sehen aus wie ernste, rundliche kleine Männer.

Ihr Anblick erfreut mich aber nicht in erster Linie, weil sie so niedlich sind, sondern weil die Wölfe sie gerne fressen. Und solange die Wölfe satt sind, lassen sie meine Fohlen in Frieden.

Als ich das erste Mal herkam, hatte ich vorher viel über das hiesige Tierleben gelesen und konnte mir doch nicht vorstellen, wie diese vollkommen gleichförmige, beinahe karge Graslandschaft so viele verschiedene Arten beheimatet. Und wie leicht man sie durch den Mangel an Bäumen sichten kann. Überall wimmelt es nur so vor Tieren. Rehe, Wildschafe, Wildschweine, Luchse, Füchse, Hasen, Igel, Hamster, Mäuse. Und Vögel, überall gibt es Vögel. Adler, Falken, Eulen und Geier, als Aasfresser die nützlichsten Tiere der Steppe.

Die Natur hier kann den Menschen Angst einjagen. Manche sprechen von der Einsamkeit der Steppe, aber ich fühle mich nie allein. Ich weiß, dass ich die ganze Zeit gesehen werde. Observiert. Jeder meiner Schritte wird von hunderten Lebewesen registriert. Die Insekten, die über den Boden krabbeln, nehmen mich als tiefe Erschütterung war, die Bienen, Hummeln und Fliegen müssen in der Luft einen Bogen um mich machen, und die Vögel gleiten am Himmel entlang, den Blick fest auf alle meine noch so kleinen Bewegungen gerichtet und allzeit bereit zu flüchten. Murmeltiere huschen in sicherer Entfernung vor mir über den Weg.

In Thorenc war ich oft die Einzige auf dem verlassenen Hof in den Bergen. Die Leute im Dorf fragten mich, ob ich dort draußen nicht einsam wäre. Ob ich nachts keine Angst hätte. Die ersten Male, als sie mich das fragten, erzählte ich ihnen von den Tieren, ich hätte ja die Pferde und Wildtiere. Doch mir wurde schon bald klar, dass sie mich nicht verstanden oder auch nicht verstehen wollten. Sie fanden, ich wäre ein Sonderling, ein Freak. Eine Eremitin. Sei es drum. Vielleicht bin ich wirklich ein Freak.

Ich mochte diese Jahre, mochte Thorenc. Weit weg von der Großstadt, weit weg von den Straßen Berlins. Ich mochte Frankreich. Die kleinen Weinläden, die Boulangeries. Sogar die Blumenläden. Dabei kaufe ich doch nie Blumen. Für mich gehören Pflanzen in die Erde, nicht mit abgeschnittenen Stilen zur Zierde auf den Tisch. Ich fasse es nicht, wie Leute abgeschnittene Blumen kaufen können. Sie in eine Vase zu stellen ist wie ein hinausgezögerter Mord.

Ich war oft in Frankreich, auch bevor ich Thorenc fand. Ich habe mich dort immer heimisch gefühlt. Hier war mein Vater gefallen, auf demselben Boden, auf dem ich jetzt ging.

Nach Carinhall bin ich nie zurückgekehrt. Warum auch.

Als ich das Tor zum Lager öffne, kommt Mathias aus seinem Zelt. Seine Haare stehen zu Berge, er blinzelt ins Licht und kräuselt die Nase, wie er es schon als Kind getan hat. Es ist, als würde sich sein Kindergesicht immer noch hinter seinen groben Gesichtszügen verbergen.

Er entdeckt mich und lächelt.

»Guten Morgen, Karin.«

Ich erinnere mich, dass er ein paar Mal *Mama* zu mir gesagt hat, als er in den Kindergarten ging, das hatte er bei den anderen Kindern gehört und wollte es selbst ausprobieren. Aber ich fand, es klang komisch. Karin, sagte ich zu ihm, mein Name ist Karin.

»Hallo«, begrüße ich ihn.

»Kannst du dir vorstellen, wie gut ich in diesem Zelt geschlafen habe? Wie ein Kind.«

»Das ist schön.«

Er räkelt sich und sieht sich um.

»Ich habe diesen Ausdruck nie verstanden, Himmelsgewölbe. Jetzt schon.«

»Ja … Frühstück?«, frage ich und versuche, sein Lächeln zu erwidern.

»Jepp.«

Als wir hineingehen, ist Jochi auch schon wach. Wir setzen uns alle drei an den Tisch. Mathias kremiert den Toast, der Gestank von verbranntem Brot sticht in der Nase. Er schabt die schwarze Schicht ab, während er unablässig mit Jochi plaudert, fragt und nachbohrt und sich nicht von sprachlichen Hürden abhalten lässt.

»Ich wusste gar nicht, dass du so gut Englisch sprichst«, sage ich, als sein Redestrom für einen kurzen Moment abbricht.

»Ach nein?«

»Er ist wirklich gut«, stimmt Jochi lächelnd zu. »Besser als du.«

»Ja, vielleicht.«

»Ich habe ein paar Bücher im Original gelesen«, erklärt Mathias.

»Das ist schlau«, sagt Jochi.

Wann hast du das denn gemacht, würde ich am liebsten fragen, halte mich aber zurück. Und dann erinnere ich mich plötzlich, wie er im Wohnzimmer saß, als er gerade einmal clean war, und immer *The Lord of the Rings* auf dem Schoß liegen hatte, er war von morgens bis abends darin vertieft. Und als er die letzte Seite gelesen hatte, verschwand er wieder auf die Straße.

»Es gibt vieles, was du nicht von mir weißt«, sagt Mathias.

Jochi lacht. Ich lache auch, aber es klingt nicht echt, und ich stehe hastig vom Tisch auf.

»Die Arbeit wartet«, entgegne ich.

Im nächsten Moment bereue ich es. Was für ein dämlicher Satz, wie von einem Propagandaplakat.

»Das ist ja das Gute an der Arbeit«, erklärt Mathias. »Dass sie tatsächlich wartet. Und nicht einfach wieder verschwindet, meine ich.«

Jochi lacht erneut, diesmal lauter.

»Und lustig ist er auch«, sagt er an mich gerichtet.

»Ach ja … ja«, erwidere ich.

Sie lachen weiter, als ich hinausgehe. Ich höre sie, bis ich die Tür hinter mir geschlossen habe.

Sie scheinen unglaublich viel Zeit zu haben.

Ich ziehe meine Windjacke über, stecke die Hände in die Taschen und eile die paar hundert Meter zu den Pferden. Die Situation hat sich verändert, das sehe ich sofort. Prag ist noch unruhiger. Verspritzt Urin und hebt den Schweif. Lässt Sydney schnuppern. Und diesmal bleibt sie stehen.

Er steigt ein wenig.

Ja. Komm schon. Komm schon, Sydney.

Sein Geschlecht wächst, kriecht aus seinem Körper wie ein dicker Wurm. Dann bespringt er sie, umklammert sie mit den Vorderhufen, steht nur noch auf den Hinterbeinen, lehnt mit dem ganzen Gewicht auf der Stute. Seine Bewegungen wirken ein wenig lächerlich und unbeholfen. Ein männliches Wesen, das sich mit einem weiblichen Wesen paart, kann ziemlich erbärmlich aussehen. Wie sie sich abmühen, oben zu bleiben. Unbequem, vor Anstrengung keuchend.

Und sie kann einfach nur dastehen und ihn machen lassen. Er gibt einige erstickte, quietschende Laute von sich, während er in sie hineinstößt. Schneller. Tiefer. Sein Schweif wippt auf und ab. Ob er es genießt? Sein Instinkt treibt ihn an, er deckt sie, um Nachkommen zu zeugen, aber das weiß er nicht. Er tut es einfach nur. Und wird es in den folgenden Tagen immer weiter tun. Bis Prag eines Tages nicht mehr interessiert ist, bis sie trächtig ist.

Noch drei harte Stöße, dann hält er inne, zieht sich aus ihr heraus und wendet sich ab. Sie wedelt schwach mit ihrem Schweif. Ist genauso gelassen wie während des gesamten Aktes. Als hätte sie gar nicht bemerkt, was eigentlich vor sich ging.

»Gut gemacht.« Ich muss lächeln. »Gut gemacht, Sydney. Und gut gemacht, Prag.«

Ich drehe mich um und hole einen Apfel für jeden.

Bericht über meine Reise in die Mongolei und das, was ich dort fand

KAPITEL 4
Ein überraschender Reisegefährte

Es war zu Beginn des Februars 1881, als ich in meinem Büro im Verwaltungsgebäude des Tiergartens saß und mir in den Büchern einen Überblick über unsere Futtervorräte verschaffte. Ich musste auf der Stelle mehr Heu bestellen, aber mein Stammhändler, ein Bauer, dessen Hof nur wenige Kilometer entfernt lag, konnte nach einem außergewöhnlich schneereichen und harten Winter keines mehr liefern, weshalb ich mich nach einem Ersatz umsehen musste. Hastig schrieb ich einen Brief an den Bauern, um mich zu erkundigen, ob er jemanden empfehlen könne, ehe ich in meinen Wintermantel schlüpfte und hinausging, um einen Boten anzuhalten.

Ich hatte erste wenige Meter zurückgelegt, als ein Wachmann, ein verhältnismäßig junger Mitarbeiter von nur zwanzig Jahren, auf mich zu rannte. Er sagte, ich müsse sofort zum Eingang kommen. Dort warte ein Mann auf mich, ein Ausländer, der sich weigere, eine Eintrittskarte zu erwerben und behaupte, er sei mit mir verabredet.

Während wir zum Tor eilten, redete der junge Wachmann unablässig weiter auf mich ein, er erzählte, der Fremde habe einen großen Koffer bei sich, den er durch den Schneematsch geschleift habe, und spreche Russisch mit starkem Akzent. Ich verstand sofort, dass er es war.

Wilhelm Wolff lehnte an der Wand neben einem der Kassenhäuschen. Im Schutz des Vordachs war er trotz des Schneeregens trocken geblieben, und die Größe seines Koffers war in der Tat beeindruckend. Im Grunde wäre es angemessener gewesen, dieses Gepäckstück als Reisekiste zu bezeichnen, und sie machte mich sofort neidisch, zerkratzt, wie sie war, mit den Spuren unzähliger Expeditionen in Orte, die ich allenfalls von meinem Globus kannte.

Ich hatte schon viele Fotografien von Wolff gesehen, allerdings waren sie verschwommen und körnig gewesen, aus der Ferne aufgenommen, und während ich auf ihn wartete, hatte ich wohl meine eigene Vorstellung entwickelt, nach der er groß und kräftig war.

Nun stand dagegen ein verhältnismäßig kleiner Mann vor mir. Er war sehnig, hatte einen muskulösen Hals und verlagerte sein Gewicht unablässig von einem Fuß auf den anderen. Wie ich später erfahren sollte, war diese Unruhe ein Teil von ihm, er besaß einen Körper, der durchwachte Nächte und tagelange Reisen auf dem Pferde- oder Kamelrücken verkraftete, der Schläge parieren konnte oder schnell genug flüchten, wenn ihm keine andere Möglichkeit blieb.

Sein Gesicht bot keinen besonders erhebenden Anblick. Voller Narben und Beulen, mit buschigen Augenbrauen, die beinahe die Augen verdeckten und ihm ein schroffes Aussehen verliehen.

Ich muss gestehen, dass ich ein wenig erschrocken war. Als er mich erblickte, streckte er mir sogleich die Hand entgegen und begrüßte mich. Jetzt flackerten seine Augen plötzlich auf wie Fackeln, und er wurde mir sogleich sympathischer.

Ich entschuldigte mich für die Wartezeit und erklärte, ich hätte gar nicht damit gerechnet, dass er schon heute einträfe, dass die Reise so schnell ginge.

»*So* weit ist es nun auch wieder nicht von Hamburg nach St. Petersburg«, sagte er mit einem schiefen Grinsen.

Sein Russisch war wohlklingend, sein Wortschatz groß. Wie sich später herausstellen sollte, galt dasselbe auch für das Französische. Wie die höheren Bürger meiner Stadt wechselte auch er mühelos hin und her, und unsere Gespräche fanden stets in beiden Sprachen statt.

Ich bat ihn in mein Büro, die Reisekiste stellten wir ganz hinten im Kassenhäuschen ab. Er bewegte sich leichtfüßig auf den schmalen Wegen, anscheinend vollkommen unbeeindruckt vom Schneeregen, der in großen, feuchten Klumpen vom Himmel fiel. Unterdessen sah er sich immerzu um. Sämtliche Häuser waren in traditionellem Stil aus Holz errichtet, und in diesem Moment traf mich die Einsicht, wie ärmlich das alles auf ihn wirken musste, wie klein der Tiergarten war, viel kleiner als seine Pendants in Berlin oder London. Die letzten Wochen waren außergewöhnlich mild gewesen, der Schnee lag nurmehr als Matsch auf dem Boden, der Park war in unterschiedliche Braun- und Grautöne getaucht. Noch dazu strömte aus allen offenen Gehegen, an denen wir vorbeikamen, ein intensiver Gestank von Tierkot. Die Primaten veranstalteten einen fürchterlichen Radau, es klang beinahe, als würden sie sich gegenseitig umbringen, unser großer Braunbär wanderte ruhelos auf und ab, während er grimmig und ausgehungert zu allen hinüberschielte, die an ihm vorbeikamen. Ein jeder Wachmann, der uns begegnete, erschien mir ungepflegt und schlammbespritzt, und noch dazu begrüßte keiner von ihnen den neu eingetroffenen Gast auch nur mit dem Hauch eines Lächelns. Allerdings würde es auch nichts helfen, sich dafür zu entschuldigen, also beschleunigte ich stattdessen lediglich meine Schritte, um ihn so schnell wie möglich ins Innere des Gebäudes zu lotsen.

Er hingegen schien sich an nichts zu stören, sondern kommentierte in einem fort, was er gerade sah.

»Zwergschimpansen.«

»Wir haben leider nur zwei von ihnen, aber die Kinder lieben sie.«

»Und dies ist das Papageienhaus?«

»Ja, ganz genau.«

»Mehrere Sittiche ... ein Graupapagei ... sieh an, was für ein schöner roter Schwanz. Und ist das dort drüben tatsächlich ein Karolinasittich?«

»Ja, wir sind sehr stolz auf ihn.«

»Sie müssen gut auf ihn aufpassen.«

»Wir geben uns alle Mühe.«

Wir nahmen in meinem Arbeitszimmer Platz, und ich bot ihm etwas zu trinken an, Tee, Wodka, Wein oder heiße Schokolade, doch bis auf ein Glas Wasser lehnte er alles dankend ab.

Dann entzündete er seine Pfeife und starrte mich so eindringlich mit seinen tiefsitzenden Augen an, dass mir der Schweiß ausbrach und ich nicht länger wusste, wo ich hinsehen sollte.

»Ich habe die Angelegenheit mit meinen Männern besprochen, ehe ich in Deutschland aufgebrochen bin«, erklärte er. »Wir sind zu dem Schluss gekommen, dass die beste Zeit für eine Ankunft in der Mongolei das Frühjahr wäre. Dadurch bliebe uns genügend Zeit, ja der ganze Sommer, für die Jagd, und wir müssten uns nicht um die Kälte sorgen.«

»Genau«, sagte ich. »Das Frühjahr. Ausgezeichnet.«

»Des Weiteren«, fuhr er fort, »hätten die Stuten dann gerade gefohlt, und wir könnten Mutter und Kind fangen.«

»Ausgezeichnet«, wiederholte ich und warf einen Blick in meinen Kalender. »Das Frühjahr – an welchen Monat hatten Sie da gedacht?«

»April«, antwortete er und paffte seine Pfeife. »Möglicherweise auch Mai.«

Blaue Wolken stiegen in die Luft, und der Rauch umhüllte ihn und ließ die scharfen Konturen seines Gesichts verschwimmen, als wäre er nicht ganz wirklich.

»Die Frühjahrsmonate«, wiederholte ich.

»Ja, ganz genau, wir sprechen vom Frühjahr.«

Ich hantierte mit meinem Kalender herum, konnte es nicht lassen, wieder und wieder darauf zu schielen, auf die Anzahl der Wochen und Tage.

»Das ist allerdings sehr wenig Zeit …«

Da lachte er plötzlich laut auf.

»Ja, bis zu diesem Frühjahr durchaus. Aber nicht bis zum nächsten.«

Ich atmete tief aus und merkte plötzlich, wie lange ich die Luft angehalten hatte.

»Bis zum nächsten? Sie meinen also nicht jetzt... sondern erst in einem ganzen Jahr?«

Er nahm die Pfeife aus dem Mund und deutete mit dem Mundstück auf mich.

»Sagen Sie mal. Was glauben Sie eigentlich, wie lange eine Reise in die Mongolei dauert?«

Meine Wangen wurden heiß, ja, natürlich, natürlich.

»Das ist kein Grund, sich zu schämen«, fuhr er beschwichtigend fort. »Schließlich haben Sie so etwas ja auch noch nie gemacht.«

»Nein. Aber Sie müssen mir dennoch verzeihen. Ich bin ein Amateur. Nichtsdestotrotz habe ich unzählige Reiseschilderungen gelesen, und selbstverständlich ist mir bewusst, dass so etwas viel Zeit in Anspruch nimmt, die Planung wie auch die Reise selbst.«

Diesmal verzog er keine Miene, doch an seinen Augen, die unter den buschigen Brauen funkelten, konnte ich ablesen, dass er mich und meine Unerfahrenheit amüsant fand. Er legte die Pfeife im Aschenbecher ab, knöpfte seinen Mantel auf und zog drei Umschläge aus der Innentasche.

»Ich habe uns bereits Empfehlungsschreiben und Akkreditierungen vom Chinesischen Botschafter in Berlin und Prinz Alexander von Oldenburg beschafft. Letztere wird hoffentlich dazu führen, dass uns der buddhistische Lama Doktor Radmai, der auch hier in Petersburg lebt, wohlwollend in Empfang nimmt. Soweit ich in Erfahrung gebracht habe, kann Radmai uns mit Wissen über das Land und die Menschen in der Mongolei zur Seite stehen, damit wir die Reise gut vorbereitet antreten. Natürlich muss unsere Ausrüstung stimmen, aber noch viel wichtiger ist die Kenntnis des Landes, das wir bereisen werden.«

»Wunderbar«, stotterte ich. »Wirklich großartig.«

»Des Weiteren gehe ich davon aus, Sie selbst möchten ebenfalls eine ganze Reihe von Vorbereitungen treffen«, fuhr Wolff fort. »Soweit ich verstanden habe, nehmen Sie das erste Mal an einer Expedition wie dieser teil. Das wird auch ganz praktische Veränderungen für Sie mit sich bringen, beruflicher wie privater Natur. Denn Sie haben ja vielleicht eine Familie?«

»Äh … ja«, antwortete ich nur.

Und es gelang mir nicht, noch mehr zu sagen.

Er hielt es für selbstverständlich, dass ich mitkäme. In die Mongolei. Ich. In die Mongolei.

Ich rief mir unsere Korrespondenz in Erinnerung, all die Briefe, die ich empfangen, all die Briefe, die ich verschickt hatte. Meine eigenen Worte … was genau hatte ich geschrieben? Gewiss hatte ich nie Sätze formuliert wie *Leider kann ich nicht persönlich teilnehmen …* oder *bedauerlicherweise habe ich hier Verpflichtungen, die mich daran hindern …* sondern vielmehr immer von *unserer Expedition* gesprochen.

Die Wahrheit war, dass ich mich hatte mitreißen lassen. Voll und ganz. Während ich meine Briefe schrieb, hatte ich mich tatsächlich dort draußen gesehen, auf einem Kamel durch die Steppe reitend, oder durch die Wüste Gobi, und mir vorgestellt, wie ich Menschen aus fremden Kulturen traf, zähe Nachfahren von Dschingis Khan mit dunklen Augen und goldener Haut.

Wahrscheinlich hatte ich nie ganz an die Umsetzung dieser Expedition geglaubt. Ich hatte, wenngleich nicht bewusst, gedacht, weiter als bis zu diesen Briefen würde es nicht kommen; das Ganze wäre eine Phantasie und würde es auch bleiben. Als ich Wolffs Briefe gelesen und gemeinsam mit ihm die Expedition geplant hatte, war das wie damals gewesen, da ich als kleiner Junge den Abenteurern gelauscht hatte, die in der Geographischen Gesellschaft ein- und ausgingen. Ich machte die Geschichten anderer zu meinen Geschichten, ich träumte.

Doch nun saß Wolff hier und hatte sich sowohl um die Finanzierung als auch um die Akkreditierung gekümmert.

Ich dachte an Mutter, an unsere behagliche Wohnung in der Kriwtsow-Gasse… und aus irgendeinem Grund musste ich auch an Hühnchen in Sahnesauce denken.

Es war zum Haareraufen, es war wirklich zum Haareraufen.

EVA

Louise sprach Französisch mit den Tieren, lange, wogende Sätze in dieser Sprache, die ich nicht verstand. Den Tieren gefiel es, sie waren in ihrer Nähe ganz ruhig. Genauso wie Isa, denn sie begleitete uns immer häufiger und versuchte, Wörter und Ausdrücke aufzuschnappen.

Louise übernahm von Isa die Aufgabe, die Hühner zu versorgen, und von mir die Aufgabe, die Kühe zu melken. Sie habe nichts dagegen, vor uns anderen aufzustehen, sagte sie, und auch nichts dagegen, dafür früh genug ins Bett zu gehen. Jeden Abend zog sie sich bereits um neun zurück, während Isa und ich sitzenblieben, um noch genug Zeit für den Hausunterricht zu haben. Mir kam es so vor, als wollte Louise uns diese Zeit miteinander lassen. Dabei wäre es mir sogar lieber gewesen, wenn sie mit uns zusammen wachgeblieben wäre. Isa war häufig wütend und abweisend, und in Louises Gegenwart war es leichter, denn dann benahm sie sich größtenteils anständig. Inzwischen war ich aber auch gelassener geworden, flippte seltener aus, schrie sie seltener an. Ich spürte in meinem Körper, im Rücken, dass ich die ganze Arbeit nicht mehr allein erledigen musste. Und jeden Morgen wachte ich erleichtert darüber auf, dass Louise da war, dass sie hier war, während alle anderen verschwanden. Selbst meine Tiere wurden nach und nach immer weniger. Im Frühjahr hatten die Waldrentiere Kälber bekommen und ihr Gebiet ausgeweitet, weil ich nicht genug Heu für sie hatte. Am Ende musste ich sie auch in den Wald entlassen.

Lediglich die schottische Wildkatze und die beiden Falken waren mir geblieben. Die Wildkatze versteckte sich jedes Mal, wenn ich kam, und der eine Falke wirkte zerrupft und entkräftet. Ich sah sie nie fliegen. Meine Besuche hielt ich so kurz wie möglich, sorgte für das Allernötigste und suchte dann schnell wieder das Weite. Es schmerzte zu sehr, bei ihnen zu sein.

Nur die Pferde besuchte ich gern. Puma umkreiste seine Mutter, spielte mit ihr, tat so, als wollte er ihr den Weg versperren, aber sie blieb völlig gelassen, eine geduldige Mutter, die niemals wütend wurde. Noch bot die Hafenweide genug Futter, bisher hatte es nicht gefroren, aber das Gras wuchs langsamer, und die Pferde fraßen sich immer weiter an die Ränder vor. Der Herbst kam jetzt schnell, bald würde die fruchtbare Zeit vom brutalen Stillstand des Winters abgelöst, in dem es nur wenig für meine Pferde zu fressen gab. Dann brauchten sie Futter von mir. Auf Richards Hof gab es noch einige wenige Heuballen, ich hatte nicht gewusst, wie ich sie allein mit Isas Hilfe hätte abholen sollen, aber jetzt, mit Louise, wenn wir zu dritt waren, könnte es gehen.

Wir waren gerade dabei, den Abendbrottisch abzuräumen, Louise brachte Isa ein paar Brocken Französisch bei, erklärte ihr, was Teller, Tasse und Glas hieß und wie man sagte: Ich gebe dir die Tasse, du bekommst das Glas, wir spülen. Es klirrte leise, als wir das alte Service mit den verblassten Butterblumen in den mit Schnitzereien verzierten Eckschrank räumten, wo es schon seit drei Generationen stand.

Ich sagte nichts, war einfach nur glücklich, über Nike und Puma, Isa und Louise, über die brennende Kerze in Omas Kerzenständer, über das Feuer im Kamin und die Heuballen, die wir nun bald bei Richard abholen konnten.

Doch als ich gerade den letzten Teller abgeräumt und den Tisch abgewischt hatte, wurde es plötzlich dunkel.

»Scheiße«, sagte Isa.

»Isa!«, mahnte ich.

»*Isa*«, äffte Isa mich nach.

Louise lachte und verhinderte damit den bösen Kommentar, der mir auf der Zunge lag.

»Der letzte Stromausfall ist lange her«, erklärte ich.

»Du hast ein schlechtes Gedächtnis«, entgegnete Isa. »Er ist nur acht Wochen her, kurz bevor Louise kam. Eine durchtrennte Stromleitung.«

»Zum Glück haben wir Henrik«, sagte ich.

»Henrik?«, fragte Louise.

»Der Mann, der das Kraftwerk betreibt.«

»Der ist mindestens neunzig Jahre alt«, erklärte Isa.

»Er ist höchstens siebzig«, widersprach ich.

»Er kann jeden Moment tot umfallen«, sagte Isa.

»Isa, bitte!«

»Entschuldigung.«

»Na sowas, welch seltenes Wort aus deinem Munde.«

»Von wem ich das wohl gelernt habe. Von dir jedenfalls auf keinen Fall«, erwiderte Isa schlagfertig.

Ich öffnete den Mund und schloss ihn wieder, wusste nicht, was ich darauf sagen sollte. Das Blut stieg mir ins Gesicht. Ich merkte, dass wir wieder einmal kurz vor einem unserer Streits standen. Und die konnten lang und zäh werden. Denn Isa wurde mit jedem Satz frecher, schneller, immer schwieriger zu besänftigen. Sie musste immer das letzte Wort haben.

»Ja, ja«, sagte Louise ruhig.

Ich drehte mich zu ihr um, hatte für einen kurzen Moment vergessen, dass sie da war.

»Vielleicht sollten wir uns hinlegen«, schlug sie vor und sah von mir zu Isa.

Isa nickte, warf mir einen erbarmungslosen Blick zu, sagte glücklicherweise jedoch nichts mehr.

»Der Strom kommt immer im Laufe der Nacht zurück«, erklärte ich und stand auf.

In einer Schale auf der Arbeitsfläche fand ich eine Taschenlampe und gab sie Louise.

»Guck mal, die kannst du benutzen, wenn du ins Bett gehen willst. Aber sei bitte sparsam mit der Batterie.«

Für Isa und mich entzündete ich zwei Teelichter, die ich in alte Einweckgläser stellte.

Louise wünschte uns eine gute Nacht und ging in ihr Zimmer. Wir konnten den Schein der Taschenlampe unter der Tür hindurchschimmern sehen.

»Du hast ihr die Taschenlampe gegeben?«, fragte Isa.

Ich konnte ihrer Stimme anhören, dass sie immer noch auf dem Kriegspfad war.

»Sie ist unser Gast.«

»Ich dachte, sie wohnt jetzt hier.«

»Trotzdem ist sie immer noch ein Gast.«

»Sie sollte sie aber endlich mal wieder ausschalten. Sie hat sich doch sicher längst ausgezogen. Guck mal, die Lampe brennt immer noch.«

»Das dauert ja auch ein bisschen.«

»Haben wir noch mehr Batterien? Ich dachte, du hättest gesagt, das wären die letzten?«

»Ein paar haben wir noch.«

Ich hoffte, das würde reichen, um sie zum Schweigen zu bringen, aber Isa machte einfach nur weiter.

»Mein Gott, wie lang die braucht«, fauchte sie. »Muss die sich etwa noch abschminken, oder was macht sie die ganze Zeit?«

»Pass lieber auf dein eigenes Licht auf«, erwiderte ich beherrscht. »Davon haben wir auch nicht mehr so viele.«

Ich reichte ihr das Glas mit dem Teelicht.

»Ich bin gar nicht müde«, sagte sie. »Es ist noch viel zu früh, um schlafen zu gehen.«

»Dann bleib doch im Dunkeln wach!«

Sie gab einen Laut von sich, den wohl nur Teenager machen können, eine Mischung aus Fauchen und Seufzen. Und verdrehte natürlich dabei die Augen. Manchmal war sie ziemlich vorhersehbar.

»Du solltest es ihr noch mal sagen.« Isa deutete mit dem Kopf auf Louises Tür. »Vielleicht hat sie es nicht mitbekommen.«

»Ich glaube, sie versteht schon, dass wir nicht mehr viele Batterien haben.«

»Nur zur Sicherheit.«

»Das ist nicht nötig.«

»Nur zur Sicherheit?!«

»Gute Nacht, Isa.«

»Nacht!«, sagte sie, warf ihr Haar zurück und marschierte in ihr Zimmer.

Im selben Moment ging auch bei Louise das Licht aus.

Am nächsten Morgen brannten die Lampen noch immer nicht. Und es war still in der Küche, weil der Kühlschrank nicht brummte. Ich öffnete ihn lieber nicht, wollte das letzte bisschen Kälte, das er noch speicherte, nicht hinauslassen.

Ich musste Wasser vom Brunnen holen, denn die Pumpe funktionierte nicht ohne Strom, und den alten Kachelofen einheizen, um Teewasser zu kochen. Der Ofen war ein wenig schwierig zu bedienen, aber wenn man ihn mit genügend Brennstoff befüllte, die Ofentür in einem ganz bestimmten Winkel öffnete und das Fenster ankippte, brannte er bald darauf eifrig. Und wenn er erst einmal richtig brannte, verströmte er eine Wärme, die das ganze Haus stundenlang heizte.

Es war nicht das erste Mal, dass wir auf den Ofen zurückgreifen mussten, und ich dachte voller Dankbarkeit an meinen Vater, der ihn beim Bau des Hofs installiert hatte.

Louise kam herein, sie blieb in der Tür stehen und sah mich verwirrt an. In der Hand hielt sie einen leeren Eimer.

»Ich wollte melken, aber ich hatte nicht bedacht, dass die Melkmaschine ja auch mit Strom betrieben wird.«

Hastig sprang ich auf. Es war bereits sechs. Die Euter der Kühe mussten bis zum Bersten gefüllt sein.

Wir beeilten uns beide.

Sie waren unruhig und muhten. Ich nahm den Melkschemel und hockte mich vor Micro. Ihre Wärme schlug mir entgegen, der Euter fühlte sich trocken und beinahe heiß an, und der Milchstrahl prasselte hart auf den Boden des Eimers, kaum dass ich ihre Zitzen gepackt hatte.

»Übernimmst du Eple?«, fragte ich.

»Aber ich kann das nicht«, antwortete Louise. »Ich weiß nicht, wie man von Hand melkt.«

»Schau mal her.«

Sie kam ganz nah an mich heran.

»Setz dich.«

Ich überließ ihr meinen Platz.

»Du musst ganz oben zuhalten und dann unten die Milch hinausklemmen.«

Sie versuchte es, doch es kam nur ein kleiner Strahl heraus.

»Fester«, sage ich. »Drück oben fester zu.«

Ich zwängte mich neben sie, der Schemel war groß genug für uns beide. Dann legte ich meine Hände auf ihre und presste mit ihr zusammen. Jetzt spritzte die Milch in den Eimer.

Ihre Unterarme streiften meine, ihre Finger waren warm. Ich spürte, wie eifrig sie an den Zitzen zerrte.

»Vorsichtig«, mahnte ich. »Nicht zu schnell. Versuch, einen gleichmäßigen Rhythmus zu finden.«

Gemeinsam übten wir abwechselnd Druck aus und ließen wieder nach, und ich merkte, wie sie allmählich den Dreh herausbekam. Im Grunde musste ich ihr kaum noch helfen, doch ich blieb trotzdem noch ein wenig sitzen, es war ein schönes Gefühl, so nah bei einem anderen Menschen zu sein.

Nachdem ich aufgestanden war, spürte ich noch immer den Abdruck ihrer Hände in meinen Händen, die Haut ihrer Arme an der Haut meiner Arme. Ich war hier allein mit Isa. Aber eigentlich noch einsamer als vorher, denn Isa war mir verlorengegangen. Ihr kindlicher Körper war verschwunden und damit auch die Nähe eines anderen Menschen. Es gab niemanden mehr, den ich berührte, mit Ausnahme von Isas wenigen flüchtigen Umarmungen. Ich spürte nie mehr einen anderen Rücken an meinem Rücken, eine Wange an meiner Wange, eine andere Hand in meiner. Die physische Einsamkeit hatte zugenommen, seit sich Isa immer deutlicher von mir abgrenzte. Richard hatte auch nicht geholfen. Er hatte alles nur schlimmer gemacht.

Als wir wieder ins Haus kamen, war der Kühlschrank immer noch still, die Lampen dunkel. So lange am Stück fiel der Strom nur selten aus.

Alle Höfe, auch unserer, hatten Solarzellen, aber bei einem Herbststurm vor zwei Jahren war die Batterie zerstört worden, und weil niemand mehr von uns Geld für Strom verlangte, hatte ich mir auch nie die Mühe gemacht, sie zu reparieren. Nur wenn der Strom ausfiel, bereute ich es. Vieles auf dem Hof konnte ich selbst reparieren. Solange nur Bohrer, Hammer, Schrauben und Nägel erforderlich waren, bekam ich das im Großen und Ganzen hin.

Oder einfache Leitungsreparaturen. Aber diese Batterie war ein anderes Kaliber.

Ich setzte mich ins Auto und startete es. Warf einen Blick auf die Anzeige. Zum Glück war es fast voll geladen.

Dennoch fuhr ich den ganzen Weg zum Kraftwerk im Schleichtempo, um möglichst wenig Strom zu verbrauchen. An der letzten Steigung musste ich den Motor aber doch fordern, die Straße verfiel immer mehr, ich quälte das Auto über große Erd- und Steinklumpen, die durch einen Erdrutsch entstanden sein mussten.

Schließlich war ich gezwungen, ganz anzuhalten. Ich öffnete die Tür und stieg aus. Die Straße vor mir war jetzt fast gänzlich verschwunden, lag unter Erde, Schlamm, Stein und ausgerissenen Bäumen begraben. Ich setzte meinen Weg zu Fuß fort, kletterte über Geröllbrocken, hatte bald kleine Steinchen im Schuh. Rechts und links von der früheren Straße lag ein niedriger Wald, doch auch dessen moosbewachsener Boden war nun von Erde bedeckt.

Ich blieb stehen und starrte den Hang hinauf.

Dort, wo das Kraftwerk gestanden hatte, mit dem Staubecken daneben.

Die Holzpfähle, die einmal stabil im Boden gesteckt hatten, lagen wie Streichhölzer über den Berg verstreut.

Das solide niedrige Betongebäude, in dem neben dem Kraftwerk auch Henriks Wohnung untergebracht gewesen war, existierte nicht mehr.

Der endlose Regen in diesem Sommer war in den Boden gedrungen, hatte ihn aufgeweicht und am Ende die Erdmassen in Bewegung gesetzt. Sie hatten alles unter sich begraben.

Vielleicht war er noch da, vielleicht lag er noch irgendwo verschüttet und atmete. Seit dem Stromausfall war noch nicht so viel Zeit vergangen, dreizehn, nein, vierzehn Stunden, er konnte noch leben.

Ich rannte den Berg hinauf, versank im Matsch, meine Schuhe füllten sich mit Erde. Zwischendurch stürzte ich, meine Hose und Jacke waren völlig verdreckt, ich hatte den Geschmack von Erde im Mund, rappelte mich wieder hoch, versuchte weiterzugelangen, weiter hinauf. Dann hatte ich das Gefühl, ich würde etwas erkennen, etwas Blaues, eine so grelle Farbe, dass sie nicht Teil der Natur sein konnte, vielleicht der Zipfel eines Kleidungsstücks, ein Ärmel, ein Hosenbein.

Ich kämpfte mich bis dorthin vor, stürzte mich auf den blauen Fetzen und grub ihn ganz aus.

Es war eine Kappe. Seine Kappe.

»Henrik?«

Er konnte überall liegen.

»Henrik!«

Ich beugte mich wieder vor, fing an, mit den Händen zu graben, warf große Steine weg. Hielt inne, um zu lauschen, rief nach ihm, lauschte erneut.

Nichts. Keine Vögel, keine Tiere, kein elektrisches Summen.

Ich fuhr wieder auf den Hofplatz, blieb eine Weile im Auto sitzen.

Sicher war er rechtzeitig entkommen. Sicher war er längst nicht mehr da, hatte sein Auto ein letztes Mal aufgeladen und sich für immer verabschiedet. Sein Bruder lebte in Gudbrandsdalen, und er hatte schon lange davon gesprochen, auch dorthin zu gehen. Er war nicht mehr hier, lag nicht unter Tonnen von Schlamm und Geröll begraben, erstickt, mit Erde im Mund, mit weitaufgerissenen Augen, die ins Nichts starrten.

Ich konnte nicht an ihn denken und würde es auch niemandem erzählen. Es gab keinen Grund, Isa zu beunruhigen.

Im nächsten Moment kam sie um die Ecke des Hauses. Ich strengte mich an, wieder normal zu atmen, dann öffnete ich die Tür und ging zu ihr.

Sie blieb stehen und starrte mich an.

»Wie siehst du denn aus!«, sagte sie, es war wie ein Echo meiner eigenen Kommentare, wenn sie früher wieder einmal draußen gespielt und in der Erde gebuddelt hatte.

»Hallo, mein Mädchen«, erwiderte ich nur. »Bist du bereit für ein Festmahl?«

»Aber Mama, was ist denn passiert?«

»Ach, nichts«, antwortete ich und redete hastig weiter. »Henrik ist nicht mehr da. Erinnerst du dich noch, wie er davon gesprochen hat, zu gehen? Und jetzt haben wir keinen Strom mehr. Lass uns mal sehen, was wir jetzt mit dem Essen machen können.«

Ich schloss die Badezimmertür hinter mir, nahm einen Lappen und ließ kaltes Wasser ins Waschbecken laufen. Dann zog ich die schmutzige Kleidung aus und blieb in Unterwäsche stehen. Ich tauchte den Lappen ins Wasser, doch mit einem Mal konnte ich ihn nicht mehr auswringen, ich blieb einfach nur stehen und spürte das nasse

Frottee zwischen meinen Fingern. Noch immer schmeckte ich die Erde auf meinen Lippen, fühlte sie in meiner Kehle. Ihr Geruch hatte sich in meiner Nase festgesetzt. Ich ließ den Lappen los, setzte mich auf den Klodeckel, schloss die Augen, war so erschöpft, so müde, glitt weiter auf den Boden, spürte meine kalten, nassen Finger an den Beinen, zog meine Knie bis zum Kinn, lehnte meinen Kopf dagegen.

Im nächsten Moment klopfte es an die Tür.

»Eva?«

Es war Louise. Vorsichtig öffnete sie die Tür. Ich versuchte aufzustehen, doch meine Beine wollten mich nicht mehr tragen. Louise kam zu mir, setzte sich neben mich auf den Boden. Ihre Augen waren voller Fürsorglichkeit.

Ich versuchte ihr zu berichten, was passiert war, ich flüsterte, damit Isa mich nicht hörte, vielleicht flüsterte ich aber auch, weil meine Stimme beinahe versagte.

Louise nickte langsam, während ich erzählte. Sie stellte keine Fragen.

Als ich fertig war, strich sie mir behutsam über das Haar. Einige Erdklumpen lösten sich und fielen zu Boden.

Dann stand sie auf, nahm den Waschlappen und wrang ihn mit ruhigen Bewegungen aus. Ich schloss die Augen, als sie mir vorsichtig mit dem feuchten Stoff über das Gesicht fuhr.

KARIN

Hast du eigentlich nie die Nase voll«, fragt Mathias eines Tages.

Wir stehen am Zaun und sehen den Pferden beim Grasen zu. Teilweise fressen sie vom Boden, teilweise gehen sie an das zusätzliche Futter, das wir für sie ausgestreut haben, weil die Weide nicht mehr genug zu bieten hat. Prag legt warnend die Ohren an, als sich Paris direkt neben ihr bedienen will. Sie möchte die besten Halme für sich behalten.

Die Stuten kreisen ständig um ihre Fohlen. Obwohl diese inzwischen schon ein Jahr alt sind, werden sie noch immer bewacht. Sydney hält sich ein wenig abseits, er ist ruhig, aber stets auf der Hut. Er hat sein Glück schon lange nicht mehr bei den Stuten versucht. Hoffentlich sind alle trächtig. Ich bilde mir sogar ein, ich könnte sehen, dass Prags Bauch ein wenig tiefer hängt, obwohl es für solche sichtbaren Zeichen noch viel zu früh ist.

Ein Stück entfernt, auf einer eigenen Koppel, stehen Hamburg und Bronx. Sie grasen dicht nebeneinander, als Bronx plötzlich die Zähne fletscht und leise wiehert, er möchte Hamburg gegenüber Stärke demonstrieren. Es ist genau, wie es sein soll. Alles ist genau, wie es sein soll. Jetzt kann mir nur noch die Zeit helfen.

Ich drehe mich zu Mathias um.

»Manchmal habe ich die Nase voll vom Warten.«

»Vom Warten?«

»Ja, so wie jetzt. Ich muss warten und eine Entscheidung treffen. Wann wir das Tor öffnen können.«

»Jochi sagt, ihr solltet sie noch bis nächstes Jahr hinter den Zäunen lassen.«

»Das sagt Jochi vielleicht. Aber ich sage, sie sind schon dieses Jahr so weit.«

»Es schadet doch wohl nicht, das noch eine Weile länger zu beobachten?«

Es gefällt mir nicht, dass er anfängt, Jochis Argumente zu übernehmen.

»Sie warten schon seit hundert Jahren.«

»Eben. Was macht da schon ein Jahr mehr oder weniger?«

Ein kleines Lächeln spielt um seinen Mundwinkel, als fände er das amüsant. Als wollte er einen Konflikt zwischen uns schüren. Spannung aufbauen. Das ist ihm allerdings schon hinreichend gelungen. Mehr davon brauche ich nicht.

Ich wende mich von ihm ab, greife nach der Heugabel, um noch mehr Futter über den Zaun zu schaufeln. Mathias bleibt stehen und raucht.

»Das ist etwas, wonach ich dich noch nie gefragt habe, Karin.«

Ich antworte nicht.

»Karin?«

»Ja?«

»Warum ausgerechnet Pferde?«

Ich schaufle weiter. Mache ausholende Bewegungen, beuge mich hinab, hebe die Gabel, lasse das Heu auf die andere Seite des Zauns fallen.

»Hunde sind langweilig«, antworte ich knapp. »Kühe sind nichts als Nutztiere. Und Schweine stinken.«

»Aber was hat es mit den Pferden auf sich?«

Was es mit den Pferden auf sich hat?

Ich sage nichts über Carinhall.

Ich sage auch nicht, dass Pferde ehrlich sind.

Dass alles so einfach wird, wenn man erst einmal verstanden hat, wie sie reagieren. Wenn man weiß, was sie reizt, weshalb sie ausschlagen und beißen, ist es wie mit der Mathematik. Man weiß, woran man ist.

Pferde lügen nicht. Lassen einen nicht im Stich.

Pferde sind nicht unzuverlässig. Mitunter lässt sich schwer voraussagen, worauf sie reagieren, weil ihre Sinne viel schärfer ausgeprägt sind als unsere, aber ihre Reaktionen sind immer zuverlässig.

Sie sind nicht nachtragend oder verbittert. Manchmal musst du ihnen gezwungenermaßen wehtun, ab und zu verteidigen sie sich selbst. Aber anschließend, wenn der Schmerz vorbei ist, nehmen sie gern die Karotte an, die du ihnen hinhältst. Es ist leicht zu verstehen, wie man ein Pferd zufriedenstellen kann. Und sie kehren immer wieder zu dir zurück. Jedenfalls solange sie deine Stimme mit etwas Positivem verbinden. Wie mit Karotten, Äpfeln oder Pellets. Oder guter Pflege. Ihre Bedürfnisse sind nachvollziehbar, ihr Verhalten auch.

Pferde verschwinden außerdem nicht mitten in der

Nacht auf der Straße. Pferde setzen sich keine Überdosis. Pferden muss man nicht das Sorgerecht für ihre eigenen Kinder entziehen.

»Alle glauben immer, Katzen wären so wahnsinnig verschmust«, sage ich. »Dabei sind sie in Wirklichkeit nur darauf aus, sich zu paaren. Wusstest du das? Dass sie einem nur deshalb so um die Beine streichen?«

»Es überrascht mich jedenfalls nicht«, antwortet Mathias lächelnd, und für einen Moment scheint es, als würde ihm die Antwort gefallen.

Ich stelle die Heugabel ab. Eine Weile bleiben wir schweigend stehen. Mathias zieht an seiner Zigarette. Der Rauch hüllt ihn in einen grauen Schleier, dämpft die Farben der Landschaft. Dann hustet er laut und rasselnd, ein rauer, feuchter Husten, der tief aus der Lunge kommt.

»Du solltest aufhören«, sage ich.

»Wie bitte?«

»Du solltest aufhören zu rauchen.«

»Und was ist mit dir?«

»Ich huste ja nicht so wie du.«

»Mal sehen, vielleicht höre ich ja auf.«

Vielleicht höre ich ja auf. Was für eine verlässliche Aussage. Ich werde aufhören. Ich werde aufhören. Ich werde aufhören. Ich hätte nie gedacht, was für eine große Bedeutung dieses Wort für mich haben würde: aufhören.

»Vielleicht hilft das Klima hier oben ja gegen den Husten«, sage ich. »Die trockene Luft.«

»Ja, vielleicht«, meint er.

Er kommt einen Schritt auf mich zu und tätschelt mir die Schulter.

»Es ist schön, dass du dir Gedanken machst, Karin.«

»Ja. Ich finde wirklich, du solltest aufhören.«

»Ich höre auf, wenn du aufhörst«, sagt er, um das Thema zu beenden, und nimmt einen tiefen Zug.

»Und warum ausgerechnet Przewalski-Pferde?«, fragt er schließlich.

»Ich nenne sie Takhis.«

»Aber warum ausgerechnet sie?«

Ich sehe eine Stute auf Carinhall vor mir, die ihr Fohlen beschützte. Auf der anderen Seite des Zauns saß ich. Ich trug ein helles Sommerkleid, das zu kurz geworden war, ich erinnere mich noch an meine dünnen Beine, die ich unter mir im Gras überkreuzte, lang und städtisch blass und übersät von Mückenstichen.

»Sie müssen gerettet werden«, antworte ich. »Die Art ist einmalig.«

»Ja, das weiß ich. Sechsundsechzig Chromosomen und all das. Aber warum musst ausgerechnet du sie retten? Und warum keine andere Art? Tiger. Eisbären?«

»Wenn sich jeder Mensch eine Art aussuchen würde, um sie zu retten, würde unsere Welt ganz anders aussehen.«

»Na gut. Aber warum hast du dir ausgerechnet die Wildpferde ausgesucht?«

»Aussuchen, das klingt, als müsste man sich im Laden für eine Süßigkeit entscheiden«, sage ich und höre, dass mein Tonfall schärfer klingt als gewollt.

»Nein«, entgegnet er und ist plötzlich ernst. »Genau das meine ich ja. Denn es ist ja wohl gerade nicht so, dass du sie dir zufällig ausgesucht hast?«

Ich antworte nicht.

Kann nicht von Carinhall erzählen. Kann mir nicht vorstellen, wie ein solches Gespräch verlaufen würde. Sollte ich mich etwa schluchzend in seine Arme werfen?

Andere Leute machen sowas vielleicht. Aber wir sind eben nicht andere Leute.

Er sieht mich an und erwartet eine Antwort, doch als er versteht, dass sie nicht kommen wird, zuckt er die Achseln.

»Es ist gut, dass du Jochi hast«, sagt er stattdessen.

»Wegen der Pferde?«, frage ich.

»Wegen dir«, erwidert er. »Es ist schön, euch zuzuhören. Eure Gespräche reißen ja nie ab. Und im Übrigen nicht nur über Pferde, sondern auch über das Gras. Mein Gott, wie ihr über das Gras reden könnt! Wie nährstoffreich es ist, die Farbe, die Sorten. Ich hätte nie gedacht, dass man so viel über Gras reden kann.«

»Dann warst du wohl noch nie in der Mongolei.«

Wo andere bloß Gras sehen, sehe ich *stipa* und *festuca*. Ich sehe eine Vielfalt unterschiedlicher Halme in allen Schattierungen, von grasgrün bis blaugrau. Ich sehe wiegende Ähren, einige federleicht und baumwollzart, andere hart und zäh. Und ich sehe alles, was noch zwischen den Halmen sprießt. Jetzt, zur Wachstumszeit, ist jeder noch so kleinste Punkt von Leben erfüllt. Die Täler werden zu Blumenwiesen, schillernde Goldameisen und leuchtend gelbe Butterblumen vor lilablauem Schnabelkraut. Und natürlich das Edelweiß, diese weißgewandeten kleinen Sterne, die wie aus dem Nichts an steinigen Berghängen sprießen.

»Sind denn hier alle so wie Jochi und du?«, fragt Mathias. »Fahren alle so sehr auf Gras ab?« Plötzlich muss er grinsen. »Wahrscheinlich sollte ich andere nicht gerade *dafür* kritisieren.«

Ich überhöre seinen Scherz. »Die Menschen hier leben vom Gras«, erkläre ich. »Ohne Gras keine Tiere.«

»Aber trotzdem.«

»Ja, trotzdem.«

»Na, jedenfalls ist es gut, dass du ihn hast.«

»Er ist nett.«

»Er ist genauso ein Nerd wie du.«

»Fang bloß nicht wieder damit an.«

Ich wende mich ab. Du liebe Güte, ich werde rot. Und spüre, dass ich eigentlich insgeheim *möchte,* dass er wieder *damit* anfängt, was *da läuft*. Vielleicht erwähnt er ja etwas, das mir nicht aufgefallen ist, oder hat eine Anspielung von Jochi aufgeschnappt.

Jochi und ich haben so viele Besprechungen und Telefonate geführt, haben uns so viele Briefe geschrieben, und unsere Kommunikation hatte immer denselben Tonfall. Neutral, klar, ohne Abweichungen. Hätte man ihr eine Farbe geben müssen, sie einem Lackmustest unterzogen, wäre sie papierfarben gewesen. Mittlerweile hat sie aber eine andere Färbung angenommen. Ich weiß nicht welche, weder rot, sauer, noch blau, basisch. Im Grunde ist es auch egal, ich weiß nur, dass es eine kräftige Farbe ist.

Jochi bemerkt es auch. Ich bin mir sicher, dass er es bemerkt. Neuerdings hat er die Angewohnheit, sich den kurzgeschorenen Nacken zu kratzen. Als hätte er dort einen Mückenstich. Er kratzt sich wieder und wieder an derselben Stelle. Ich kann mich nicht erinnern, dass er das früher getan hat.

Immer, wenn wir zu dritt sind, wird es besonders schlimm. Große Kinder zu haben, ist furchtbar anstrengend. Sie bemerken so viel. *Zu* viel. Mathias beobachtet mich, wenn ich Jochi ansehe, und er beobachtet Jochi, wenn er mich ansieht. Und wenn wir einmal nah beieinanderstehen, sieht Mathias uns beide und zieht eine Augenbraue hoch, immer die linke. Und diese Augenbraue meint *habichsdirnichtgesagt*, auch wenn er schweigt. Oder was heißt schweigt … eigentlich schweigt er nie. Er albert die ganze Zeit mit Jochi herum, anscheinend sind die beiden inzwischen unglaublich gute Freunde geworden.

Es gibt so vieles, was ich gern wüsste. So viele Fragen, die plötzlich in meinem Kopf herumgeistern. Dinge, über die ich nie nachgedacht habe.

Wo ist Jochi aufgewachsen? Wie viele Geschwister hat er? Welche Rolle nimmt er innerhalb der Familie ein? Was für ein Kind war er, ein stiller Bücherwurm oder einer, der sich auf dem Rücken der Pferde wohlfühlte? Wie und warum hatte er beschlossen, Biologie zu studieren? Warum Pferde? Vermisst er die Lehre? Seine Studenten? Mochten sie ihn? War er beliebt? Ich bin mir sicher, er war beliebt.

Aber ich habe keine einzige Frage gestellt. Stattdessen habe ich Häppchen und Details aus eingeschobenen Nebensätzen in Jochis Gesprächen mit Mathias aufgeschnappt. Er hat eine Schwester, das habe ich mitbekommen. Und sie wird dieses Jahr sechzig. Sie ist acht Jahre älter als Jochi, woraus ich herleiten kann, dass er zweiundfünfzig ist. Zweiundfünfzig, zum Glück, dann ist der Altersunterschied kein Problem. Außerdem hat er irgendwann auch einmal erzählt, dass seine Mutter älter ist als der Vater. Einfach so. Ich überlege, ob das ein versteckter Hinweis sein sollte. Den Großteil seiner Kindheit hat er in einem Zelt gewohnt, sie waren Seminomaden, aber er hat gesagt, er würde auch gerne in Häusern leben. Als er diese Bemerkung machte, überlegte ich, ob er mir damit eigentlich sagen wollte, dass er einen westlicheren Lebensstil schätzt. Und eine wie ich für ihn nicht fremd ist. Doch dann fiel mir auf, dass es im Grunde nicht spezifisch westlich oder östlich ist, ein Haus zu bauen, sondern nur typisch *mongolisch,* in einem Zelt zu wohnen, und ich verwarf den Gedanken wieder.

Wenn wir zu dritt sind, hoffe ich oft, Mathias würde all das fragen, was mir unter den Nägeln brennt. Doch das tut er nur selten. Mathias ist konkret, lebt im Hier und Jetzt. Er erkundigt sich nach dem Reservat, den Tieren, der Arbeit. Er versucht sich nützlich zu machen. Und Jochi ist gut darin, Aufgaben für ihn zu finden. Er lobt ihn in den höchsten Tönen, sagt, Mathias sei *handwerklich begabt.*

Und Mathias hat recht, Jochi und ich reden über die Pferde. Und über Gras, wir reden viel über Gras. So war es bisher immer, wenn ich das Land besucht habe, insgesamt vier Mal. Aber erst jetzt fällt es mir auf.

Mathias holt Luft, als wollte er noch mehr fragen oder sagen, womöglich über Jochi. Doch dann kommt doch nichts. Stattdessen zieht er ein letztes Mal an seiner Zigarette, ehe er sie am Boden austritt.

»Sei ein bisschen vorsichtig«, bitte ich ihn. »Es ist trocken.«

»Ich bin immer vorsichtig«, erwidert er, und dann muss er plötzlich lachen. »*Vorsicht* ist mein zweiter Vorname.«

»Haha.«

Er lacht so sehr, dass ich seine Füllungen sehen kann. »Immerhin kann ich über mich selbst lachen.«

»Das stimmt.«

Dann geht er, und ich wende mich wieder den Pferden zu.

Wir haben den 31. Juli. Sie sind jetzt schon seit vielen Monaten hier. Und bisher verlief alles so wunderbar. Die Fohlen spielen, die Dynamik im Harem ist so, wie sie sein soll, Sydney und Prag haben ihre Plätze in der Hierarchie behauptet. Keiner fordert sie heraus. Die anderen bilden ein Team, denn nur so können sie überleben. Das liegt in ihrer Natur. Und die Stuten sind trächtig.

Bronx und Hamburg sind jung und stark, aber noch möchte keiner von ihnen Sydney die Position streitig machen.

Ich weiß, wie schnell der Winter vor der Tür stehen wird. August und September sind immer überraschend kurze Monate. Ich möchte die Pferde hinauslassen, bevor der Schnee kommt. Sie müssen lange genug allein zurechtkommen, bevor der Winter anbricht. Und bald wird es dafür zu spät sein. Ich muss sie freilassen.

Es wird Zeit, das Gatter zu öffnen.

Bericht über meine Reise in die Mongolei und das, was ich dort fand

KAPITEL 5
Ein klärendes Gespräch

Ich hatte das Gefühl, die Gastfreundschaft ließe mir keine andere Wahl, als Wolff zu mir nach Hause einzuladen, und ich war davon überzeugt, dass er das Angebot ausschlagen würde, doch er nahm es ohne Zögern an.

»So sparen wir Kost und Logis für mich ein«, sagte er. »Und haben noch mehr für die Expedition zur Verfügung.«

Rückblickend erscheint mir diese Haltung als charakteristisch für Wolff. Er sorgt sich nicht um seinen eigenen Komfort und sein Wohlbefinden, sondern nur um die Expedition und den Fang. Das erscheint durchaus beeindruckend, aber auch ein wenig traurig – er ist ein Mensch, der nicht länger weiß, wie man ein gewöhnliches Leben führt, weil die Jagd zu seinem Leben geworden ist.

Als wir in der geschlossenen Kutsche saßen und über Eisbuckel und Schneematsch zur Kriwtsow-Gasse fuhren, fochten Sorge und Begeisterung einen inneren Kampf in mir aus. In seiner Vorstellung war ich bereits Teil der Expedition, er ahnte nicht, wie schlecht ich für so etwas gerüstet, welch Amateur ich war. Und zugleich … Wie oft hatte ich nicht als Kind vor dem Eingang der Geographischen Gesellschaft gestanden und die abgehärteten Reisenden beobachtet? Wie oft hatte ich nicht gehofft, auch nur ein Wort mit ihnen wechseln zu dürfen, aber nie einen Vorstoß gewagt? Und jetzt würde Wilhelm Wolff in meine heimischen Wände kommen, dort schlafen, essen, wohnen und so viel mit mir plaudern, wie ich wollte, und vielleicht würde er mich sogar mit in diese verschlossenen Räume der Geographischen Gesellschaft nehmen, denn wer, wenn nicht er, sollte dort Zutritt haben?

Doch ich wagte es nicht, ihn zu fragen, wagte es nicht einmal, mit ihm zu sprechen. Die Zahl der Wörter, die ich während der langen Kutschfahrt vom Zoologischen Garten nach Hause über die Lippen brachte, ließ sich an einer Hand abzählen.

Wolff schien mein Schweigen jedoch gar nicht zu bemerken, er starrte unverwandt auf die Stadt, an der wir vorbeirumpelten, ohne seinen Blick auf etwas Bestimmtes zu richten.

Als wir zu Hause eintrafen, dämmerte es bereits, und wir schleppten die Reisekiste mit vereinten Kräften zum Eingang. Ich überlegte, ob ihr Gewicht durch Geld zustande kam, ob er womöglich sogar die gesamte Summe in bar mit sich führte, doch dann fiel mir ein, dass die Kiste vermutlich mit Reiseausrüstung gefüllt war. Ich klopfte an, und Pjotr öffnete sofort die Tür.

Er warf erst mir einen fragenden Blick zu, dann Wolff, dann wieder mir.

»Dies ist Herr Wolff«, erklärte ich. »Er bleibt über Nacht.«

»Über Nacht?«

»Und möglicherweise auch noch ein Weilchen länger.«

»Aha?«

Pjotr wirkte so gelähmt, als hätte ihm gerade jemand erzählt, er solle die Nachfolge des Zaren antreten. Übernachtungsgäste gehörten weder für meine Mutter noch für mich zum Alltag.

»Deshalb wäre es gut, wenn Sie unverzüglich das Gästezimmer für ihn richten würden«, fügte ich hinzu.

Pjotr nickte und öffnete uns die Tür, und mir wurde schlagartig bewusst, wie sehr mir vor Mutters Reaktion graute.

Sie saß im Wohnzimmer. Wolff, der seinen Mantel abgelegt hatte und einen schlichten dunkelbraunen Anzug trug, ergriff höflich ihre Hand und küsste sie.

Zuvor hatte ich Wolff gegenüber gemurmelt, ich würde bei meiner alten Mutter wohnen, und wir wären allein. Davon abgesehen wusste er nichts über sie, aber es schien, als würde er von Beginn an alles daran setzen, einen guten Eindruck bei ihr zu erwecken.

»Ihr Sohn hat so viel Gutes über Sie erzählt«, sagte er. »Und ich bin Ihnen ungeheuer dankbar dafür, dass Sie mich beherbergen.«

Mutter musterte ihn streng.

»Sie werden hier wohnen?«

»Pjotr macht in diesem Moment das Gästezimmer bereit«, fügte ich eilig hinzu.

»Nun denn«, erwiderte sie.

Nichts verriet die Überraschung, die sie empfunden haben musste, und ich war regelrecht beeindruckt davon, wie stoisch sie die Angelegenheit aufnahm.

Zwar hatte ich keineswegs vor ihr verborgen, was mich dieser Tage beschäftigte, ich hatte sowohl meinen innigen Wunsch nach den Przewalski-Pferden für den Zoologischen Garten mit ihr geteilt als auch ausgewählte Passagen meiner Korrespondenz mit Wolff. Doch im Nachhinein will ich keinesfalls verhehlen, dass ich womöglich nicht *außerordentlich viel* über den deutschen Tierfänger berichtet hatte. Und dass er sich auf dem Weg nach Petersburg befand, ja, das hatte ich offenbar ausgelassen.

Und so wurde es ein seltsamer Nachmittag. Mutter sagte wenig, doch ihre Blicke sprachen Bände. Erst spät am Abend, nach einem gemeinsamen Essen, bei dem das Gespräch eher träge dahinplätscherte, bis uns der neue Gast eine gute Nacht gewünscht und sich zurückgezogen hatte, begann Mutter Fragen zu stellen.

»Mischa, das war nun wahrlich eine Überraschung.«

»Ja, in der Tat tauchte er ein wenig unvermittelt auf.«

»Ach ja, ist das so?«

Sie beugte sich über ein Arrangement mit Seidenrosen auf dem Beistelltisch und drehte einige der Blumen zurecht.

»Ich hatte wohl einen Brief erhalten, dass er unterwegs sei, aber nicht geahnt, dass er so schnell eintreffen würde.«

»Nein.«

Sie nahm eine der Rosen aus der Vase und blies darauf, eine kleine Staubwolke wurde aufgewirbelt.

»Und was hattest du dir vorgestellt, wie lange er hierbleiben wird?«

»Ich weiß deine Gastfreundschaft unglaublich zu schätzen, Mutter.«

»Also haben wir jetzt einen Untermieter?«

Ihre Stimme klang angestrengt munter.

»Als solchen würde ich ihn nicht unbedingt bezeichnen«, antwortete ich. »Sondern eher als Gast.«

»Weil er keine Miete zahlt?«

Mutter konnte zwar wütend werden, war jedoch nur selten sarkastisch. Dies war ein schlechtes Zeichen.

»Wir müssen alles für die Expedition sparen«, sagte ich kleinlaut.

»An der auch du teilnehmen wirst«, erwiderte sie mit einer Ruhe, die vermutlich aufgesetzt war.

»Ebendies beruht auf einem klitzekleinen Missverständnis, das ich aus dem Weg räumen werde, sobald sich mir die Gelegenheit bietet.«

»Meiner Meinung nach gab es allein während des Essens mehrfach Gelegenheit dazu.«

Sie nahm eine weitere Rose hoch und befreite sie pustend vom Staub.

»Wolff hat eine lange Reise hinter sich, ich wollte ihn damit nicht gleich heute belasten.«

»Er hat die ganze Zeit nur davon gesprochen, dass *ihr* in die Mongolei reist.«

Die Rose wurde resolut zurück in die Vase gesteckt.

»Wie gesagt … ich wollte nicht … das wäre so ungehobelt gewesen … schon am ersten Tag.«

»Ich muss mich allerdings doch sehr wundern, wie er überhaupt dieser Idee verfallen ist. Du. Michail Alexandrowitsch. In der Mongolei.«

»Tja, wer weiß das schon.«

»Du weißt es.«

Sie fixierte mich, und ich konnte nicht anders, als meinen Blick auf den Boden zu richten. Es war, als würde ich spüren, wie sie mein linkes Ohr packte und mich daran durch die ganze Wohnung bis in mein Zimmer schleifte. So hatte sie es zu tun gepflegt, als ich noch klein war, und mir anschließend ein paar Hiebe mit dem Gürtel auf das Hinterteil verpasst, allerdings mehr zum Schein, glaube ich, denn sie zog mir nie die Hosen herunter und schlug auch nie sonderlich fest. Es waren die Finger an meinem Ohr, die ich als stärkste Demütigung empfand, denn in diesen Griff, mit Daumen und Zeigefinger an meinem Ohrläppchen, legte sie all ihre Frustration.

Als sie mich das letzte Mal am Ohr zog, war ich zwölf Jahre alt, ich hatte mich schuldig gemacht, etwas zu zertrümmern, die Porzellanfigur eines jungen Mädchens. Ich war mittlerweile genauso groß wie sie, und ich glaube, in diesem Moment der Bestrafung wurde sie plötzlich von ebendieser Erkenntnis getroffen, denn auf halbem Wege zu meinem Zimmer ließ sie jäh von mir ab, starrte mich einen Moment verwundert an, sagte leise, das Abendessen werde heute ohne mich stattfinden, und verschwand.

Schließlich lernte ich auch, meine kindliche Lebenskraft zu zügeln und gab ihr nur selten Anlass zur Wut, vielmehr versuchte ich, so gut ich es vermochte, das Gleichgewicht in unserem Heim zu wahren. An die Zeit, als wir zu dritt waren, erinnere ich mich kaum mehr, in jenen Phasen meiner Kindheit, die ich bewusst wahrgenommen hatte, waren wir nur zu zweit gewesen; und nur zu zweit zu sein, beeinflusst eine Familie. Befällt einen von beiden für einen Tag oder eine ganze Woche der Trübsinn, lässt sich kaum vermeiden, dass auch der andere davon vergiftet wird. Ich vermute, in gewöhnlichen Familien, mit mehreren Mitgliedern, hat man in solchen Zeiten andere, mit denen man sprechen kann, wenn der eine schweigt; andere, bei denen man Zuflucht suchen kann, wenn der eine tobt. So war es bei uns nicht, und deshalb brachte ich mir schon früh bei, leise zu treten, im konkreten wie übertragenen Sinne.

Doch nun hatte ich also zum ersten Mal seit vielen Jahren den Zorn meiner Mutter auf mich gezogen, und zugegeben auch noch ganz zu Recht. Arme Mutter, da schleppte ich einen Wildfremden ins Haus und verlangte, dass er bei uns am Tisch sitzen und sogar bei uns nächtigen sollte. Und als wäre das noch nicht genug, verkündete er auch noch, dass ich sie verlassen würde.

»Es tut mir furchtbar leid, Mutter«, sagte ich. »Es tut mir wirklich leid.«

»Du weißt, was ich mir eigentlich für dich wünsche, Michail«, erwiderte sie und stand auf.

»Mir liegt diese Art der Geselligkeit nur einfach gar nicht.«

Sie holte tief Luft. »Ich werde Pjotr informieren, dass der Koch von nun an für drei Personen Mahlzeiten zubereiten soll.«

»Danke«, sagte ich. »Danke vielmals.«

»Und was die Expedition anbetrifft ...«

»Ja?«

»Jetzt, da du das Ganze angestoßen hast, würde ich meinen, die Würfel sind gefallen.«

»Verzeihung?«

Sie öffnete die Tür zu ihrem Zimmer.

»Vielleicht musst du fahren, Mischa.«

»Nein, natürlich werde ich nicht fahren. Warum sagst du so etwas überhaupt?«

Sie zuckte die Achseln und seufzte leise. »Ich glaube, das weißt du.«

»Ich muss nirgendwo hin«, sagte ich entschieden. »Auf keinen Fall.«

EVA

Der Gefrierschrank im Vorratskeller war meine Sicherheit, dort lagerten Fisch und Fleisch für die Wochen, in denen ich nichts am Kai ergattern konnte. Die Lebensmittel rochen noch nicht schlecht, aber auch nicht gerade frisch. Noch einmal sog ich die Luft tief durch die Nase ein. Nein, da war nichts Verdorbenes. Ganz oben lag der Fisch, den ich gegen die drei Eier getauscht und für irgendwann, wenn wir ihn bitter nötig hätten, aufgespart hatte. Ich bohrte den Finger hinein. Er war aufgetaut und weich.

Ich holte ein paar Tragenetze und begann, sie zu füllen. Immer wenn ich mich über die Kühltruhe beugte, protestierte mein Rücken. Er war schon zu alt, mein Körper war alt, ich hatte so viel gearbeitet, dass es für zwei Leben gereicht hätte. Louise half mir, die vollen Netze in die Küche hinaufzutragen. Ich merkte, wie mir auf der Treppe die Luft ausging. Zweimal stolperte ich über meine eigenen Füße, es war, als wären sie es leid, tagein, tagaus dieselben Schritte zu gehen, dieselben Bewegungen zu machen, ein und aus, auf und ab. Louise drehte sich um und betrachtete mich forschend.

»Es geht schon«, sagte ich leise.

In der Küche breiteten wir das ganze Essen auf dem Tisch aus und sortierten das Fleisch und den Fisch. Der Fisch würde sich nicht mehr lange halten, in den kommenden Tagen mussten wir so viel davon essen, wie wir konnten. Mit dem Rest würden wir uns etwas anderes einfallen lassen müssen, ihn einsalzen oder einlegen. Draußen auf dem Hof hatte ich auch einen Räucherofen gebaut, der allerdings nicht gut funktionierte.

Ich nahm ein großes Fleischstück in die Hand, Rind. Das war alles, was wir noch von unserem Kalb Philip übrighatten, das wir vergangenes Jahr hatten schlachten müssen. Hätte ich geahnt, dass Richards Stier sterben würde, hätte ich Philip leben lassen.

Noch hatten wir das Fleisch nicht angerührt. Ich führte es zur Nase, wurde unsicher, roch es nicht doch ein wenig streng, war es vielleicht schon ungenießbar?

»Kann man es noch essen?«, fragte Louise.

»Ja, natürlich«, antwortete ich.

Ich setzte mich, mein Herz hämmerte vor Wut, ich war wütend auf mich selbst. Die Gefriertruhe war eine Erfindung, die längst der Vergangenheit angehörte, genau wie Strom aus der Steckdose. Ich hätte auf dieses Szenario vorbereitet sein müssen, mich längst um die Batterie kümmern sollen.

In diesem Moment kam Isa mit zwei Wassereimern herein.

»Der stinkt!«, sagte sie und hielt den halbgefrorenen Dorsch hoch, den ich zur Seite gelegt hatte. In dem Moment, als sie ihn in die Luft hob, roch ich den Fisch auch.

»Der riecht so, wie er riechen soll«, entgegnete ich.

Ich fuhr mir mit der Hand über die Stirn, um zu verbergen, dass mir Tränen in die Augen stiegen. »Wir müssen versuchen, so viel davon zu retten, wie wir können.«

»Ich esse nichts, was verdorben ist.«

»Es ist noch nicht verdorben.«

Ich nahm ihr den Dorsch aus der Hand und legte ihn wieder weg.

Sie starrte ihn an und verzog das Gesicht.

Ich stand auf und versuchte, das Fleisch wieder zusammenzupacken, und ich spürte, dass sie mich beide ansahen.

»Ich kümmere mich darum«, sagte ich. »Sucht euch eine andere Aufgabe. Das ist ein Job für eine Person.«

Bald war die Gefriertruhe leer und streckte mir ihren leeren und stinkenden Schlund entgegen. Ich knallte den Deckel zu, sodass er ein hohles Geräusch machte. Dann trat ich gegen die Truhe, als könnte ich sie dadurch wieder zum Laufen bringen. Ich wartete beinahe wirklich darauf, das Brummen wieder zu hören und die orangefarbene Lampe an der Seite blinken zu sehen, aber sie war tot. Ich vermisste sie jetzt schon; dass man eine Gefriertruhe so intensiv vermissen konnte, als wäre sie ein lebendiger Mensch gewesen.

Dann machte ich mich an die Arbeit. Ich nahm jedes einzelne Stück Fleisch in die Hand und roch daran, jeden einzelnen Fisch. Die meisten davon landeten im Müll. Ich untersuchte auch den Dorsch nochmals gründlich, roch mehrmals an ihm. Schließlich warf ich ihn weg. Das Fleisch hingegen musste ich versuchen zu retten. Ich hatte immer noch einen großen Sack mit Meersalz im Schrank, den ich letztes Jahr einem Fischer abgekauft hatte. Jetzt holte ich es hervor. Ich legte die Fleischstücke nebeneinander auf die Arbeitsfläche und zerteilte einige der größten. Sie waren bereits aufgetaut, aber immer noch kalt. Das war gut, denn das Fleisch sollte kalt sein, wenn man es salzte. Ich tupfte die Teile sorgfältig mit sauberen Küchenhandtüchern trocken.

Dann holte ich den größten Topf heraus, den wir hatten, und bestreutete den Boden mit Salz, ehe ich die Fleischteile nacheinander hineingab und gründlich mit Salz einrieb. Anschließend sorgte ich dafür, dass sie dicht übereinandergeschichtet lagen, ehe ich es zudeckte und in den Keller trug, den kältesten Raum im ganzen Haus. Eigentlich hätte der Topf im Kühlschrank stehen sollen, es war unmöglich, die Ironie zu übersehen. In drei Wochen würde ich das Fleisch spülen, zum Trocknen aufhängen und anschließend räuchern. Eine Arbeit von mehreren Stunden, nur um ein paar Fleischstücke haltbar zu machen.

Meine Hände waren so schwer, dass ich kaum etwas greifen konnte, meine Augen so müde, dass sie die ganze Zeit zufielen. Ich war es so leid. Seit Isa auf der Welt war, hatte ich Vorräte gesammelt. Ich war wie ein Eichhörnchen, hortete Lebensmittel in allen Schränken, war sparsam, teilte alles ein. Wenn Isa irgendetwas sofort essen wollte, war mein erster Impuls, es erst einmal beiseitezulegen, obwohl es am nächsten Tag vielleicht gar nicht mehr so gut war. Wenn Isa fragte, ob wir uns nicht einmal etwas gönnen könnten, war meine Antwort Nein, immer Nein.

Ich war das Essen so leid, unsere Abhängigkeit vom Essen. Ich war es so leid, ans Essen zu denken, hier und jetzt, schon am Morgen, wenn ich aufwachte, *haben wir heute genug zum Frühstücken,* bis zum Abend, wenn ich schlafen ging, *ist Isa vom Abendessen sattgeworden,* ich verbrachte den ganzen Tag damit, Essen zu beschaffen und haltbar zu machen, einzulegen, einzusalzen, zu konservieren, und damit, die Tiere zu versorgen, die uns wiederum mit Essen versorgten, und damit, zu sähen, bestäuben, jäten und ernten. Die Arbeit setzte sich im Körper fest, wurde zu einer Krankheit, ließ Arme und Beine schmerzen. Alles tat weh, wenn ich mich herabbeugte, etwas hochhob, mich wieder aufrichtete. Ich war es so leid, ich war so erschöpft. Erschöpft, verbraucht, verlebt. Aber ich musste weitermachen, immer nur weitermachen, uns etwas zu essen beschaffen, uns und den Tieren.

»Springt rein. Ihr müsst euch den Platz teilen.«

Louise setzte sich. Isa blieb stehen.

»Warum müssen wir das ganze Heu unbedingt heute holen?«, fragte sie.

»Wir hätten es schon lange holen sollen«, sagte ich. »Als wir noch genug Strom im Auto hatten. Jetzt müssen wir hoffen, dass wir es noch schaffen.« Ich deutete zur Anzeige, auf der lediglich zwei Striche leuchteten.

»Mein Gott, ich hab doch nur gefragt. Kein Grund, sauer zu sein.«

»Ich bin nicht sauer. Jetzt spring schon rein.«

Sie blieb stehen und starrte auf den Beifahrersitz des Pick-ups. »Das ist doch viel zu eng.«

»Vielleicht kannst du auf meinem Schoß sitzen?«, fragte Louise.

Isa starrte sie nur an, dann lächelte sie plötzlich. »Okay.«

Sie krabbelte auf Louises Schoß, stieß mit dem Kopf an die Decke und lachte. »Aua!«

Louise lachte auch. »Du bist schwerer, als du aussiehst.«

»Danke für das Kompliment«, sagte Isa. »Aber mein Kopf, jetzt mal im Ernst ...«

»Könnt ihr nicht doch lieber nebeneinandersitzen«, fragte ich.

»Na gut.« Isa quetschte sich neben Louise. »Du bist dicker, als du aussiehst.«

»Und du bist netter, als du tust«, erwiderte Louise. »Kriegst du die Tür zu?«

»Vielleicht«, antwortete Isa.

Mit einem dumpfen Knall zog sie die Tür zu. »Aua, das ist einfach *zu* eng! Kannst du nicht noch ein Stück rutschen?«

»Nein«, sagte Louise.

Daraufhin mussten sie noch mehr lachen. So ging es immer weiter, den ganzen holprigen Weg aus dem Park hinaus lachten sie und alberten herum. Ihr perlendes Lachen und die fröhlichen Stimmen nahmen ein wenig den Druck von meiner Brust.

Wir bogen auf die Hauptstraße und fuhren die wenigen hundert Meter bis zu der Abfahrt, die zu Richards Hof führte. Plötzlich sah ich ihn vor mir, wie er am Wegrand stand, mit der Sense in der Hand und mit freiem Oberkörper, es war unmöglich, den Blick von ihm abzuwenden. Oder wie er auf dem Traktor saß und auf mich zufuhr. Sein Gesicht, auf dem ein breites Lächeln erstrahlte, wenn er sah, dass ich kam. Niemanden außer mir lächelte er so an. Als würde er an einem hellen, klaren Sommertag aus einem tiefen Winterschlaf erwachen.

Die Straße war verlassen, zum Glück begegneten wir heute keinen Wanderern. Es war gut, sie nicht sehen zu müssen, nicht abweisen zu müssen und nicht zuletzt keines dieser Gespräche führen zu müssen, zu denen sie Anlass boten, und in denen Isa wieder drängen würde, endlich aufzubrechen.

Ich parkte auf dem Hof, so nah an der Scheunenrampe wie möglich. Seit Richards und Tinas Abreise vor einem Jahr war ich nicht mehr hier gewesen. Richard, der mit den Tränen gekämpft und mich ein bisschen zu lange an sich gedrückt hatte, so fest, dass meine Brüste gegen seinen Brustkorb gepresst wurden. Tinas hervorstechende Wangenknochen, die gegen meine stießen, ihre Arme, die mich sofort wieder losließen. Warum kommt ihr nicht mit, fragte Richard, lasst die Tiere frei und kommt mit. Tina starrte ihn an, jetzt waren ihre Augen plötzlich ebenfalls feucht, und sie reichte mir wortlos ihr Schlüsselbund. Auch ich sagte nichts, ich tat, als hätte ich ihn nicht gehört, nahm einfach nur die Schlüssel entgegen.

Früher war der Hof sehr gepflegt gewesen, Richard und Tina waren patent, hatten gut zusammengearbeitet, jedenfalls in allen praktischen Angelegenheiten. Er war ein Vorzeigebetrieb, der gute Erträge abwarf und einen idyllischen Anblick bot. Doch schon in dem einen Jahr, das seit ihrer Abreise vergangen war, hatte sich alles verändert. Der Sturm hatte die Dachplatten abgerissen, Fäulnis und Schimmel fraßen sich in die Verkleidung des Wohnhauses.

Der Wind hatte die Samen des Unkrauts verteilt, das jetzt im Kies auf dem Hofplatz, in den Regenrinnen, zwischen den Wegplatten zum Haus und in allen Beeten wucherte, die einmal so schön gewesen waren. Es legte sich wie ein grüner Firnis über das Anwesen.

Ich schluckte. So viel Arbeit, so viel Mühe, und binnen eines Jahres war alles zerstört. Die Natur übernahm sofort die Kontrolle, sobald man es ihr erlaubte.

Ich eilte zur Scheune und schloss auf. Drinnen hatte sich ein seltsamer Geruch ausgebreitet, nach Fäulnis, und ich hörte es irgendwo tropfen. Ich ging zu den Heuballen, die ganz hinten in der Ecke standen, wo es Gott sei Dank immer noch trocken war.

»Kommt schon!« Ich warf den anderen beiden einen auffordernden Blick zu.

Gemeinsam packten wir den ersten Ballen, kippten ihn auf die Seite und rollten ihn in Richtung Rampe. Zum Glück war es kein altmodischer Rundballen von über einer Tonne, er wog höchstens dreihundert Kilo. Trotzdem war er vollkommen unhandlich und viel zu schwer, um ihn anzuheben.

»Noch nicht loslassen«, sagte ich, als wir die Rampe erreicht hatten und es bergab ging.

»Uuaaah«, rief Isa.

»Hilfe«, hörte ich Louise.

Und der Ballen rollte weiter.

»Loslassen«, sagte ich zu Isa, die ihn immer noch zu halten versuchte.

Der Ballen rollte schwer und langsam hinab, direkt auf das Auto zu, und ich dachte, er würde es treffen, doch dann wurde er von einer Planke der Rampe umgelenkt und scherte zur Seite aus, wo er endlich zum Stehen kam und zur Seite kippte.

»Genau so sollte man es nicht machen«, erklärte ich.

Die anderen lachten.

Pro Fahrt konnten wir nur zwei Ballen transportieren, wir brauchten den ganzen Tag dafür. Auf unserer letzten Tour war die Ladeanzeige fast auf null gesunken, aber wir schafften es gerade so. Am Ende standen alle Heuballen in einer trockenen Ecke unseres eigenen Schuppens. Es war mehr als erwartet. Ich hatte nur noch wenige Tiere, sie würden viele Monate davon leben können. Und wenn wir sparsam waren, könnten vielleicht sogar Nike und Puma noch etwas abbekommen.

An jenem Abend schien die Sonne. Wir aßen draußen im Garten. Isa legte eine Decke auf den morschen Gartentisch, der einmal weiß gestrichen gewesen war. Aus dem ganzen Essen, das dringend verbraucht werden musste, wurde ein Drei-Gänge-Menü. Anschließend waren wir so satt, dass wir uns in der Sonne ausstrecken mussten.

Isa lachte. »Ich fühle mich wie eine Presswurst. Guck mal, was für einen dicken Bauch ich habe.«

Sie zog ihr T-Shirt hoch und zeigte ihn uns. Ihre Haut spannte sich über dem ganzen Essen dort drinnen, aber dick war trotzdem übertrieben.

»Ich sehe ja aus wie schwanger!«

»Du hast anscheinend schon lange keine Schwangere mehr gesehen«, erwiderte Louise.

Ich streckte mein Gesicht zum Himmel, dessen Blau

jetzt blasser wurde. Die Sonne stand tief, die Strahlen trugen einen letzten Rest Sommerwärme in sich. Ich schloss die Augen, versuchte die Wärme zu speichern. Morgen würde es sicher wieder regnen, aber das Heu war im Haus. Wir konnten es schaffen, dachte ich, wir konnten ohne Strom auskommen, solange die Tiere genug zu fressen hatten.

KARIN

Die Nacht ist ruhig, ich schlafe tief und fest im Schein der Lampe. Entkomme Carinhall.

Als ich erwache und die Gardine aufziehe, sind die Pferde das Erste, was ich sehe. Sie grasen nur ein paar hundert Meter vom Zaun entfernt. Der Harem steht vereint, die beiden Hengste ein Stück weiter weg. Sie haben ihre Köpfe zu den anderen gewandt, nähern sich ihnen aber nicht. Es scheint, als hätte noch keines der Pferde bemerkt, dass sie die Freiheit haben zu gehen, wohin sie auch wollen.

Jeden Abend kehren sie zurück. Jeden Abend, ganz von allein, gehen sie wieder durch das Gatter auf die Weide. Sie wissen, dass es hier etwas Leckeres für sie gibt. Sie wissen, dass ich hier bin, ihre Versorgerin, die Frau mit der sanften Stimme, mit dem Futter, den Äpfeln und Karotten. Obwohl ich längst aufgehört habe, ihnen zusätzlich etwas zu geben.

Doch früher oder später wird das Gras sie wohl weglocken. Sie werden neue Halme finden, werden sich herabbeugen, sie langsam zermahlen, verdauen, weitergehen. Mich verlassen. Ein erwachsenes Takhi braucht 3,5 Kilo

Futter am Tag. Das sind viele Halme. Sie sind effektive Rasenmäher. Früher oder später müssen sie lernen, dass sie auch ohne mich zurechtkommen, dass die Weide nicht länger ihr Zuhause ist. Erst dann haben sie die Bezeichnung *Wildpferde* verdient.

Jochi hat einen Ranger namens Agi eingestellt, der jeden Tag hinausfahren und verzeichnen soll, wo sich die Pferde gerade befinden. Er soll darauf achten, dass sie immer noch in der Nähe der Forschungsstation grasen. Dass sie sich nicht der Grenze des Nationalparks nähern. Agi soll auch dafür sorgen, dass die Nomaden keine zu großen Viehherden in den Park bringen und sich ihre Tiere von dem Gras fernhalten, das den Wildpferden gehören soll. Dass sich die zahmen Pferde nicht mit unseren paaren. Und nicht zuletzt soll er nach Wölfen Ausschau halten. Nur ein toter Wolf ist ein guter Wolf, sagen die Mongolen. Der Wolf ist der größte Feind der Pferde, und trotzdem dürfen wir ihn nicht töten. Agi wurde mit einem Gewehr ausgerüstet, er solle es aber nur zur Abschreckung verwenden, hat Jochi gesagt. Agi hat lediglich mit den Schultern gezuckt und nichts versprochen. Ich kann ihn verstehen. Der Wolf ist durchtrieben und hässlich. Als Tierärztin dürfte ich so etwas gar nicht denken. Kein Tier ist hässlicher als das andere. Ihr Körper soll einer Funktion dienen, mit Ästhetik hat das wenig zu tun. Und der Wolf ist höchst funktional. Die scharfen Zähne, das große Maul, der geschmeidige Körper. Ich weiß, dass ich mich bei dem Gedanken, er wäre hässlich, wiederum auch von meiner eigenen biologischen Funktion leiten lasse. Ich bin dafür geschaffen, Tiere mit großen Augen und weichem Fell zu mögen, Tiere, die den Menschen ähnlich sind. Meine Abneigung hängt aber auch mit meinem Wissen zusammen. Ich weiß, was der Wolf anrichten kann. Welche Verletzungen er anderen Tieren zufügt, meinen Tieren.

Zum Glück hat Agi bisher nur wenig zu tun, weder mit noch ohne Gewehr. Wir haben bislang keine Wölfe in diesem Gebiet gesehen. Er nutzt die Zeit, um an seinem Moped herumzuschrauben. Früher waren die meisten Ranger zu Pferd unterwegs, aber in den letzten Jahren greifen sie zunehmend auf motorisierte Gefährte zurück. Ich halte das für ein Unding. Der Motor stört das Tierleben, sie scheuchen die Vögel auf und hinterlassen hässliche Reifenspuren im Gras. Jochi meinte aber, wenn wir einen wirklich guten Helfer haben wollten, so wie Agi, müssten wir die Abgase in Kauf nehmen.

Nachdem ich mich angezogen habe, gehe ich in die Küche. Setze Wasser auf. Ein Wasserkocher im Zimmer wäre wirklich nicht schlecht. Ich nehme zwei Teelöffel Pulverkaffee und rühre um. Dann greife ich die Tasse und das Fernglas und trete hinaus auf die Treppe. Ich sehe mich um. Die Wagenspur zur Hauptstraße ist schon so zerfurcht, dass man sie kaum noch als Weg bezeichnen kann, staubig und rot. Der Wind wirbelt ein wenig Sand auf, rosa Wolken schweben über dem Boden. Am anderen Ende der Ebene führen die Wagenspuren in Richtung Steppe. Hier ist der Weg noch nicht ganz so zerfurcht, doch das ändert sich mit jedem Mal, das ich hinausfahre. Ich sollte wieder anfangen zu reiten. Früher bin ich auch geritten. Man kann keine Pferdeärztin sein, ohne zu reiten. Aber ich habe das nur gemacht, weil es dazugehörte, es hat mir nie gefallen. Autofahren dagegen sehr, ich liebe Autofahren. Und ich bin eine versierte Fahrerin, kann so gut einparken wie kein anderer, den ich kenne. Genau diese Fähigkeit ist hier allerdings selten gefragt.

Es ist heiß, feucht. Ich verbinde die Mongolei mit zwei Farben: blau und grün. Königsblauer Himmel, giftgrünes Gras. Große, monotone Flächen in klaren Farben. Heute aber ist die Welt grau. Über mir türmen sich Wolken in verschiedenen Mischungen aus Weiß und Schwarz. Und die Farbe des Grases ist gedämpft, wie auf einem Foto, bei dem die Sättigung verringert wurde. Vor allem auf dem südlichen Hang zum Lager, wo den ganzen Tag die Sonne brennt. Dort ist das Gras mehr gelbbraun als grün und gleicht eher Heu als nährstoffreichem Sommergras.

Jochi sagt, das Land wäre trockener geworden. Und nicht mehr so grün wie früher. Er meint, die Luftverschmutzung aus China sei schuld an der Trockenheit, und sie werde sich noch verschlimmern. Mir ist aufgefallen, dass er China gern für alles Mögliche verantwortlich macht.

Er muss beobachtet haben, wie ich hinausgegangen bin, denn jetzt kommt er zu mir und setzt sich neben mich. Auch er hat eine Tasse in der Hand, ich rieche Milchtee, schwarzen Tee mit viel Milch und Salz. An dieses Getränk habe ich mich bis heute nicht gewöhnt. Eine seltsame Mischung aus Molke und Meer. Mir wird immer ein bisschen schlecht davon, und ich bekomme schrecklichen Durst.

Ich blicke auf seine Tasse.

»Glaubst du, ich muss anfangen, das Zeug zu trinken, damit man mich akzeptiert?«

Ich bereue die Frage sofort. Vielleicht versteht er nicht, dass ich nur scherzen wollte? Vielleicht glaubt er, ich wollte mich vom Tee distanzieren und damit von allem, was mit ihm zu tun hat?

Doch er antwortet im selben Ton.

»Definitiv. Du wirst definitiv nicht akzeptiert werden, bevor du nicht anfängst, Milchtee zu trinken.«

Ich würde gern etwas Schlagfertiges erwidern. Das hier fortführen, was auch immer es ist. Doch ich schaffe es nicht. Er betrachtet seine Teetasse, nicht mich. Pokerface. Das können die Mongolen gut. Ich starre auf meine eigene Tasse. Versuche mich auch an einem Pokerface.

Jochi rückt ein wenig. Näher zu mir? Nein, es ist einfach nur eine Bewegung.

Vielleicht bedeutet seine Antwort, dass er meint, es wäre einfach für mich, akzeptiert zu werden. Dass er mich *definitiv* akzeptieren wird? Dass es einzig und allein eines Schlucks Tees bedarf, um diese Akzeptanz zu erreichen? Vielleicht meint er aber auch, dass es unmöglich für mich ist, seine Kultur anzunehmen, oder wenigstens teilweise anzunehmen, ohne aus vollem Herzen all ihre Traditionen zu leben. Und was beinhaltet das Wort Akzeptanz eigentlich, wie hat er es gedeutet, als Liebe, als Respekt oder einfach nur als eine neutrale Freundschaft?

Karin, du lieber Himmel, hör auf.

»Ich habe überlegt, ob wir irgendetwas dagegen tun können, dass sie jeden Abend zurückkommen«, sage ich stattdessen.

Er rührt in seinem Tee, der Löffel klirrt leise gegen die Tasse. »Sie brauchen einfach nur Zeit.«

»Sie sollten aber selbständiger werden, bevor der Winter kommt.«

»Vielleicht sollten sie gar nicht draußen sein, wenn der Winter kommt.«

»Meinst du, es war ein Fehler, das Gatter zu öffnen?«

»Ich meine, wir müssen geduldiger sein. Und wenn sie sich im Laufe der kommenden Wochen immer noch nicht weiterbewegt haben und jeden Abend zurückkommen, finde ich, wir sollten sie wieder auf der Weide behalten.«

Ich antworte nicht, will nicht mit ihm streiten. Wir bleiben schweigend sitzen. Plötzlich brechen Sonnenstrahlen durch die Wolken, treffen uns von der Seite, sie wärmen bereits, und mein Körper erschlafft behaglich.

»Wie geht es Mathias?«, fragt Jochi nach einer Weile.

Ich bin sofort wieder angespannt.

»Mathias? Gut, nehme ich an?«

»Ja?«

»Ja.«

Jochi hat sich zu mir gewandt und sieht mich an. Plötzlich habe ich das Gefühl, er würde sehr dicht neben mir auf der Treppe sitzen. Ich kann die Poren in seiner Haut erkennen und die kurzgeschnittenen Haare an seinen Schläfen.

»Was genau meinst du?«, frage ich.

»Bist du sicher, dass er sich hier wohlfühlt?«, fragt Jochi.

Ob ich sicher bin?

»Du hast doch gesehen, wie begeistert er von diesem Land ist«, sage ich. »Er spricht von nichts anderem.«

»Ja«, entgegnet Jochi.

Hat er irgendetwas bemerkt, was ich hätte sehen müssen? Mathias geht es doch gut. Es geht ihm doch gut hier.

»Wie läuft es mit Agi?«, frage ich stattdessen. »Wird er allmählich rastlos?«

Glücklicherweise hat Jochi anscheinend nicht vor, das Thema weiter zu vertiefen, denn er antwortet mir sofort. »Bisher ist er, glaube ich, so glücklich über sein neues Moped, dass er noch gar keine Zeit hatte, sich zu langweilen.«

Ein Wiehern in der Nähe unterbricht uns. Ich setze das Fernglas an.

Bronx nähert sich dem Harem, Hamburg hält sich noch immer auf Abstand. Bronx bedrängt Sydney, beide steigen, stellen sich auf die Hinterbeine, greifen einander an.

»Bronx und Sydney?«, fragt Jochi, der kein Fernglas hat.

Ich nicke. Das ist eine weitere Herausforderung, seit sie frei sind. Die Gefahr, die sie selbst füreinander darstellen.

Die Hengste gehen noch einmal aufeinander los. Sydney wiehert laut und drohend, legt die Ohren flach an den Kopf. Und Bronx gibt nach und zieht sich zurück.

Jochi steht auf, nimmt seine Tasse und geht hinein.

»Sollen wir loslegen?«, fragt er.

Ich nicke. »Bin gleich da.«

Dann setze ich wieder das Fernglas an und starre auf die Pferde. Die Hengste haben sich inzwischen weit voneinander entfernt. Kein Anzeichen eines Konflikts, überhaupt kein Anzeichen irgendeiner Bewegung.

Nichts passiert. Alles geht zu langsam. Die Pferde halten sich viel zu nah bei uns auf. Sie müssten weiter wegziehen. Ich möchte, dass sie allein zurechtkommen, bevor der Winter hereinbricht, aber so lange sie immer noch jeden Abend auf die Weide hinter ihren Zaun zurückgehen, sind sie nicht frei.

Ich stelle meine Tasse ab und erhebe mich. Dann gehe ich auf sie zu.

Eigentlich sollte ich mich ihnen nicht auf mehr als fünfzig Meter nähern, es sei denn, es gibt einen besonderen Grund dafür. Aber jetzt gehe ich dichter an sie heran, breche die Regeln. Zwanzig Meter, zehn. Ich fuchtele mit den Armen.

»Jetzt kommt schon.«

Sie sind kurz aufgeschreckt, traben einige Meter davon. Dann halten sie wieder an und grasen weiter.

Ich drehe mich zum Lager um, dort stehen die weißen, runden Zelte in einer Reihe unterhalb der Forschungsstation. Abgesehen vom Rauch, der aus einem Schornstein aufsteigt, kann ich kein Lebenszeichen erkennen. Trotzdem habe ich Angst, jemand könnte mich sehen. Jochi könnte genau in diesem Moment aus dem Fenster schauen. Doch es tut sich rein gar nichts.

Anstatt zurückzugehen, steige ich weiter den Hang hinauf, bis weder die Pferde noch die Forschungsstation zu sehen sind.

Ich hatte mit einem stillen Tal gerechnet, mit grünem Gras, Vögeln und einzelnen Murmeltieren, die in ihre Löcher im Boden flitzen. Stattdessen schlägt mir eine Wand aus Geräuschen entgegen. Muhen, blöken, wiehern. Das Tal ist voller Tiere. Kühe, Schafe und Pferde. Große, schöne, halbzahme mongolische Pferde. Sie kommen in einer Staubwolke direkt auf mich zu.

Sie befinden sich auf dem Weg in mein Tal, in das Becken, wo meine Pferde Wasser holen. Dabei dürfen die Nomaden gar nicht mehr herkommen. Die Natur gehört den wilden Tieren, das Gras gehört ihnen, die zahmen Tiere können ihnen nicht nur die Lebensgrundlage entziehen, sondern auch das Gleichgewicht zerstören, das wir zwischen den verschiedenen Arten aufrechtzuerhalten versuchen.

Hastig mache ich kehrt, um Agi zu holen. Ich habe keine Lust, selbst mit den Nomaden zu kommunizieren. Er muss sie wegjagen, das ist seine Aufgabe, womöglich keine ganz leichte. Vielleicht werden sie protestieren, vielleicht sehen sie das Tal als ihr Eigen an, sind sicher schon oft hier gewesen.

Ich muss mich beeilen. Es ist besser, sie aufzuhalten, ehe sie den Kamm überhaupt passiert haben.

Doch dann bleibe ich stehen. Denn was wird passieren, wenn ich sie *nicht* aufhalte? Wenn ich zulasse, dass sie in das Reservat einfallen. Was passiert, wenn die Pferde der Nomaden auf meine eigenen Pferde treffen?

Ich gehe in ruhigem Tempo zurück und bleibe vor der Forschungsstation stehen. Sage niemandem etwas. Warte.

Ein paar Minuten später zeichnet sich die Staubwolke auf dem Bergrücken ab. Ich drehe mich weg und tue so, als würde ich sie nicht sehen. Doch Agi entdeckt sie schnell, er ruft etwas, dann springt er auf sein Moped und fährt hinauf, gefolgt von Jochi, der zu Fuß hinterherrennt.

Ich nehme mein Fernglas mit und folge ihnen langsam. Jetzt sehe ich, wie Agi gestikuliert, ein seltener Anblick, ich verstehe, dass die Nomaden anscheinend nicht nachgeben, nicht umdrehen wollen. Bald ist auch Jochi bei ihnen angekommen und redet auf sie ein.

Gebt nicht nach, denke ich, gebt nicht nach.

Die Nomaden sitzen auf Pferden, große, stolze Tiere. Jochi muss zu ihnen aufsehen wie ein kleiner Junge.

Die Diskussion hält an, die Stimmen werden lauter. Ich gehe näher heran, kann sie besser hören, auch wenn ich sie nicht verstehe.

»Was wollen sie?«, rufe ich Jochi zu.

Er dreht sich um.

»Ich glaube, sie akzeptieren, dass sie hier nicht ihr Lager aufstellen dürfen. Aber sie weigern sich, wieder umzukehren.«

Ich eile zu ihnen. Vielleicht ist es genau das, was wir brauchen.

»Lass sie durch«, sage ich.

»Wie bitte?«

»Lass sie durch. Das ist schon in Ordnung.«

Und es ist ohnehin längst zu spät, um sie aufzuhalten. Die Tiere haben sich in Bewegung gesetzt, wie ein riesiger, kraftvoller Körper. Die Nomaden hören Agi längst nicht mehr zu, sondern sind nur noch damit beschäftigt, ihre Herde zu führen. Ich sehe, dass sie sie um den Harem herumleiten wollen, aber drei der Nomadenpferde scheren aus und steuern direkt auf meine zu.

Sydney stellt sich auf die Hinterbeine und wiehert.

Jochi stürzt hin, ruft den Nomaden etwas zu, doch sie unternehmen nichts dagegen. Vielleicht sind ihre Pferde noch nicht gezähmt. Vielleicht haben sie keine Kontrolle über sie. Oder wollen sie nicht haben.

Das eine Pferd, ein großer, schwarzer Hengst, galoppiert geradewegs auf Sydney zu und fordert ihn heraus.

Beide steigen, ich kann sehen, wie der fremde Hengst

die Zähne fletscht und beißt und versucht, Sydneys Hals zu treffen.

Im nächsten Moment ist einer der Nomaden da, er reitet geschickt mit seinem eigenen Pferd dazwischen und trennt die beiden Streithähne voneinander.

Der fremde Hengst bleibt stehen. Sydney trollt sich, sichtbar unterlegen, aber sein Harem folgt ihm, und er richtet sich wieder auf, ist nun doch der Sieger, da die Stuten immer noch bei ihm sind.

Eine Stunde darauf hat sich die Staubwolke gelegt, und von der Herde sind lediglich die Spuren auf der Erde zu sehen.

Doch an jenem Abend taucht mein Harem nicht mehr auf der Weide auf. Die Pferde bleiben oben am Hang, und als ich ins Bett gehe, grasen sie dort noch immer und machen keine Anstalten, zurückzukehren.

Bericht über meine Reise in die Mongolei und das, was ich dort fand

Kapitel 6
Ein dramatisches Ereignis am Kanal

Am 1. März 1881, knapp einen Monat nach Wolffs Ankunft, spazierte ich wie jeden Sonntag mit Mutter den Kanal entlang. Es war kälter geworden, und es schneite; leichte, eiskalte Flocken schmolzen zwischen Nacken und Mantelkragen. Ich hakte mich bei Mutter unter, weil ich fürchtete, sie könnte auf dem Eis unter der dünnen Schicht Neuschnee ausgleiten. Mittlerweile hatte sie die sechzig überschritten, sie war immer stark und agil gewesen, doch in letzter Zeit überraschte es mich häufig, wie wenig sie verkraftete, wie schwach und gebrechlich sie geworden war, als würden ihre Muskeln mit jedem Jahr schwinden.

»Ich brauche keine Stütze«, sagte sie und zog ihren Arm zu sich.

»Ein bisschen Halt kann doch wohl nicht schaden«, erwiderte ich. »Und es ist schön, so zu spazieren, mit dir gemeinsam.«

»Jeden Sonntag, im Sommer wie im Winter«, sagte sie,

und in ihrer Stimme schwang etwas mit, das ich nicht einzuordnen wusste. Ob sie traurig war?

»Es ist mir immer ein Vergnügen«, erwiderte ich schnell.

»Aber jetzt wirst du bald gehen.«

»Wie schon gesagt, das beruht auf einem Missverständnis.«

»Das du bis heute nicht ausgeräumt hast.«

Schweigend setzten wir unseren Weg fort. Auf der Straße nebenan knarrten die vorbeifahrenden Kutschen, in der Ferne wieherte ein Pferd, und ein Metzger schimpfte seinen Lehrling aus, der routiniert um Verzeihung bat.

»Er redet, als würdet ihr beide allein reisen?«, fragte sie nachdenklich. »Als würde sonst niemand an der Expedition teilnehmen.«

»Üblicherweise sucht man sich dort einheimische Helfer.«

»Aber wenn du ihn begleiten würdest, wärt ihr trotzdem zunächst allein.«

Sie rutschte auf einem Eisbuckel aus, und ich packte ihren Arm besonders fest, damit sie nicht stürzte.

»Ich werde dich nicht verlassen, Mutter.«

»Aber ich glaube, du musst fahren, Michail. Ich glaube, du hast dich bereits dazu verpflichtet.«

»Nein, nein, das ist doch nicht wahr!«

Im nächsten Moment ertönte ein Donnerschlag, der die Erde zum Beben brachte, und in der darauffolgenden Stille hörte ich sie erschrocken flüstern: »Jetzt haben sie ihn. Jetzt haben sie ihn!«

Er war der Zar höchstpersönlich. Alexander II. hatte Russland regiert, seit ich sieben Jahre alt war, und zwar mit einer sicheren und verlässlichen Hand, wie ich behaupten würde. Der Wille zur Veränderung war bei ihm in meinen Augen größer als bei jedem seiner Vorgänger, und seine Reform der Leibeigenschaft im Jahre 1861 erwies sich als besonders kluger Schachzug. Er gab zweiundzwanzig Millionen armen Bauern das Recht zu heiraten und Land zu besitzen. Für die Menschen auf dem Land musste diese Reform einschneidende Veränderungen mit sich gebracht haben. Wir in der Stadt litten dagegen weniger unter der neuen Freiheit der Leibeigenen und hätten eigentlich keinen Grund zur Klage gehabt. Manch radikales Gesindel meinte nichtsdestotrotz, hinter den Maßnahmen des Zaren stecke nicht das Streben nach Erneuerung, sondern vielmehr der Wunsch, einen tief verwurzelten Konservativismus zu bewahren. Die Bodenreform führte nämlich dazu, dass viele der ehemaligen Leibeigenen tatsächlich auf dem Land *blieben*, anstatt in die Städte zu ziehen und Arbeiter zu werden und damit potentiell auch gefährliche Revolutionäre. Dieselben politischen Kräfte hatten in der letzten Zeit auch vehement gegen die vorsichtige Regulierung von Journalisten durch den Zaren protestiert, dabei ließ sich das Bedürfnis, die extremsten Stimmen in der Gesellschaft unter einer gewissen Aufsicht zu behalten, doch durchaus nachvollziehen.

Trotz des Reformwillens des Zaren, oder, und das ist besonders traurig, vielleicht gerade *deswegen,* waren vereinzelte nihilistische Elemente in Russland der Meinung, die Veränderungen könnten nicht schnell genug eintreten. Je mehr man hat, desto mehr man will, wie es so schön heißt, und im Nachhinein betrachtet, nachdem wir gesehen hatten, mit welcher Brutalität der Sohn Alexanders II., Alexander III., zum Kaiser wurde, muss man sich die Frage stellen, ob die Nihilisten heutzutage nicht näher an ihrem Ideal von Russland wären, wenn sie Alexander II. am Leben gelassen hätten.

Wie dem auch sei. In jenem Februar 1881 hatte der Zar bereits so viele Attentatsversuche überlebt, dass man ihn fast für unsterblich hielt, oder zumindest für eine Katze, deren neun Leben noch nicht aufgebraucht waren. Es verging kaum eine Woche, in der wir nicht Gerüchte über neue dramatische Vorfälle auf dem Weg des Zaren vom oder zum Winterpalast hörten, und wir waren kurz davor, die Attentate als etwas so Alltägliches zu betrachten wie die Nachrichten über die Preisschwankungen bei Getreide oder Kartoffeln.

Vielleicht hielt sich sogar der Zar selbst für unsterblich. An seiner Vitalität herrschte jedenfalls kein Zweifel. Noch immer liebte er seine Katja voller Leidenschaft, und die Leute erzählten sich, nun plane er auch noch, sie bald zu ehelichen, jetzt, da Zarin Marie der Affäre nicht länger im Wege stand. Böse Zungen behaupteten gar, sie hätten sich bereits in aller Heimlichkeit trauen lassen, und Katja sei gekrönt worden. Mutter verehrte den Zaren zutiefst, war jedoch erschüttert über sein Verhältnis, und immer, wenn wir von einem neuen Anschlagsversuch hörten, gab sie seinem ausschweifenden Lebensstil die Schuld, der seine Gegner nur noch mehr gegen ihn aufbrachte.

»Jetzt haben sie ihn«, schluchzte Mutter.

Wir standen einige Sekunden da wie die Salzsäulen, doch das Dröhnen war verstummt. Mir wurde bewusst, wie klein sie in meinen Armen war, und wie verletzlich, hier draußen auf der Straße. Nicht auszumalen, was alles hätte passieren können, wenn wir dichter am Geschehen gestanden hätten oder sie allein gewesen wäre. Dieser arme alte Mensch, dachte ich, sie hat ja nur mich.

Dann aber riss sie sich aus meinen Armen los.

»Wir müssen nachsehen, was geschehen ist!«, sagte sie.

»Nein«, protestierte ich. »Auf gar keinen Fall!«

Doch sie marschierte einfach von dannen. Ich sah ihren geraden Rücken vor mir auf der Straße, jetzt war sie erstaunlich leichtfüßig, ihre Absätze klapperten eifrig über das Kopfsteinpflaster, und mir blieb keine andere Wahl, als ihr zu folgen.

Wir eilten einige Minuten am Kanal entlang. Ein Laufbursche stürmte uns mit irrem Blick entgegen.

»Mutter, bitte, lass uns kehrtmachen«, sagte ich.

»Das Geräusch kam von dort!« Sie zeigte nach vorn. »Mein Gehör ist immer noch tadellos, weißt du.«

»Ja, ich weiß.«

Mehrere Kutschen rasten an uns vorüber, alle fuhren in die entgegengesetzte Richtung. Zwei Herren mit Samthüten riefen sich zu, dass sie einen anderen Weg nehmen müssten. Ein kleines Mädchen weinte, während das Kindermädchen es hinter sich her schleifte.

Nur Mutter und ich gingen unverdrossen weiter, sie vorweg, ich hinterher.

Dann war ein neues Dröhnen zu hören.

Mutter schreckte kurz zusammen, und ich versuchte sie festzuhalten, doch sie riss sich erneut aus meinen Armen los, griff ihren Rock und stürzte in die Richtung, aus der

der Lärm kam, setzte ihre Füße überraschend gekonnt auf dem glatten Untergrund auf.

Während wir voranstürmten, nahm ich den unverwechselbaren Gestank von Schießpulver wahr. Schießpulver, und etwas anderes, von dem ich erst später verstand, dass es Blut und versengtes Menschenfleisch waren.

Dann kamen wir zur Konjuschennaja-Brücke. Sie vorweg, ich hinterher, und dort wurden wir von einem erschreckenden Anblick empfangen:

Die gepanzerte Kutsche, die Napoleon dem Zaren geschenkt hatte, war vollkommen zerstört. Von der Unglücksstelle stieg Rauch auf, im Boden klafften zwei große Krater, überall lagen Menschen im Schnee, Gendarmen, Kosaken, Zivilisten, einige Verletzte krochen auf allen vieren, andere versuchten auf die Beine zu kommen, wieder andere rührten sich nicht, ringsherum waren Epauletten, Säbel und rote Fetzen verstreut, über deren Ursprung ich lieber nicht nachdenken wollte, und von oben schneite der Staub der Explosion auf die Versehrten hinab.

»Nein«, rief Mutter. »Nein!«

Ich folgte ihrem Blick. Ein Stück von uns entfernt, direkt am Kanal, versuchte ein Mann einen anderen vom Boden zu heben, er mühte sich ab, ein unverletzter Kosake eilte ihm zur Hilfe, mehrere andere kamen hinzu. Der Mann, den sie zwischen sich trugen, war barhäuptig, vielleicht hatte er seine Kopfbedeckung verloren, sein Mantel hing in Fetzen, und dort, wo einmal sein Bein gewesen war, sprudelte das Blut heraus. Es war der Zar.

Mutter schrie, rannte erneut los und wollte helfen, doch ich hielt sie zurück.

»Nein«, sagte ich. »Das verbiete ich dir. Es gibt nichts, was wir tun können. Und jetzt gehen wir nach Hause.«

Mutter zitterte den ganzen Heimweg über, sie schluchzte und weinte, wollte immerzu umkehren. Ich versuchte vergebens, eine Kutsche anzuhalten, wieder und wieder streckte ich den Arm in die Luft, doch keine blieb stehen. Hastig rumpelten sie an uns vorbei, zwangen uns die ganze Zeit, ihnen auszuweichen, als wären wir unsichtbar.

Nachdem wir endlich zur Wohnungstür hereingekommen waren, hatte meine Mutter nicht einmal ihren Mantel ausgezogen, ehe sie auf der Chaiselongue im Wohnzimmer zusammensank.

Ich winkte das Hausmädchen herbei und bat sie, auf der Stelle ein stärkendes Getränk zu bringen.

»Ich möchte nichts trinken«, sagte Mutter. »Ich möchte zurück. Ich muss wissen, was geschehen ist.«

»Schau her.« Ich reichte ihr das Glas. »Das wird dir guttun.«

Sie schniefte widerwillig, kippte das geistige Getränk dann aber glücklicherweise doch in großen Schlucken.

An jenem Tag war nur das Mädchen im Haus, die anderen hatten frei, und erst bei Anbruch der Dämmerung kam Pjotr nach Hause. Er brachte Neuigkeiten, denn mittlerweile sprach schon die ganze Stadt davon, was geschehen war.

Der Zar sei in aller Hast zum Winterpalast transportiert worden, und man habe keinen Versuch unternommen, die Blutungen zu stoppen, da alle sofort gesehen hätten, dass es aussichtslos wäre. Alexander sei auf dem Sterbebett von seinen nächsten Verwandten begleitet worden. Auch Katja sei kreischend in das Zimmer gekommen, lediglich halb bekleidet, in einem rosafarbenen Negligé. »Luder«, murmelte Mutter an dieser Stelle. Vater Baschenow habe dem Zaren die letzte Ölung gegeben, und um Punkt halb vier sei dieser entschlafen. Alle hätten geweint, Katja geschrien, ihr Negligé sei blutdurchtränkt gewesen.

Anschließend hätten sich alle nacheinander Alexander III. zugewandt, dem großen, einfältigen, ältesten Sohn, und seien vor ihm auf die Knie gefallen.

»Ein neuer Zar«, schloss Pjotr seinen Bericht. »Jetzt haben wir wohl einen neuen Zaren.«

»Gott steh uns bei«, sagte Mutter.

Wolff kam den ganzen Abend nicht nach Hause, erst kurz vor Mitternacht klopfte er an die Tür.

Pjotr und das Mädchen hatten sich bereits zurückgezogen, Mutter aber saß nach wie vor im Wohnzimmer, ihre Augen waren gerötet, und sie wirkte erschöpft, behauptete jedoch, sie könne nun ohnehin keine Ruhe finden.

Ich schrak zusammen, als ich Wolff die Tür öffnete. Er war über und über mit Dreck besudelt, sein Gesicht mit braunen Flecken bespritzt, und es dauerte einige Sekunden, ehe ich begriff, dass es Blut war. Ich sagte nichts, sondern bat ihn ins Wohnzimmer. Mutter stand auf und ergriff seine Hand.

»Ich habe Sie gesehen«, erklärte er. »Ich stand auf der anderen Seite des Kanals und habe Ihnen zugewunken, aber sie hatten anderes im Kopf.« Er betrachtete meine Mutter besorgt. »Wie geht es Ihnen?«

»Danke der Nachfrage«, antwortete Mutter. »Um mich braucht es Ihnen nicht leidzutun.«

Wolff legte seinen Mantel ab, er war staubig von Mauerputz, nass von geschmolzenem Schnee und blutbefleckt. Seine Augen wirkten noch wilder als sonst, weit aufgerissen, der Tod leuchtete aus ihnen.

»Sie waren also den ganzen Tag am Kanal?«, fragte ich und spürte einen Hauch von Irritation. Er war als Tourist hierhergekommen, wusste nichts über uns oder über den Zaren und stürzte sich geifernd auf unsere Katastrophe.

»Ja, den ganzen Tag, und auch den Abend«, antwortete er. »Nachdem man den Zaren weggefahren hatte, blieben die anderen einfach liegen. Da konnte ich doch nicht einfach wieder gehen … mindestens zwanzig Menschen haben ihr Leben verloren.«

Meine Irritation verschwand, und ich schämte mich fürchterlich. Er war dort geblieben, um zu helfen, nicht als Schaulustiger, während wir das Weite gesucht hatten.

»Sind Sie hungrig«, fragte Mutter, »oder durstig?«

»Beides«, antwortete er freimütig, und jetzt bemerkte ich, wie erschöpft und blass sein Gesicht unter den Blutflecken aussah.

Er wusch sich, während Mutter einen kleinen Imbiss zusammenstellte. Wir speisten schweigend am großen Tisch im Esszimmer. Er kippte den Wein, als hätte er noch nie in seinem Leben etwas getrunken, und kaute das Brot, als hätte er nie etwas gegessen. Offenbar hatte er seit dem Frühstück nichts mehr zu sich genommen. Seine Hand und seine Unterlippe zitterten, und er konnte kaum darüber sprechen, was er miterlebt hatte.

»Ich dachte, ich würde in der Mongolei Gefahren begegnen«, erklärte er. »Ich dachte, es wären die Erinnerungen von dort, die sich für immer in mir festsetzen werden. Aber vielleicht wird dies das Eindrücklichste bleiben. Und das Schlimmste.«

»Nun bedaure ich es, dass ich wieder kehrtgemacht habe«, erklärte ich. »Hätte ich gewusst, dass Sie da waren …«

Meine Mutter warf mir einen scharfen Blick zu, sagte jedoch nichts.

»Sie mussten sich um Ihre Frau Mutter kümmern. Und glücklicherweise kamen viele zur Hilfe geeilt. Ein Kutscher, ein wahrer Baum von einem Mann, legte sich die Verletzten über die Schulter und lud sie auf seinen Wagen, um sie zu einem Arzt zu fahren. Zwei junge Mädchen sorgten unablässig für Wasser. Auch ein Priester tauchte auf und kniete sich zu den Sterbenden. Und die Nachbarn öffneten ihre Türen, brachten Decken und zerrissen Bettlaken zu Bandagen.«

»Und Sie?«, fragte Mutter.

»Meine Erfahrung hat mich gelehrt, dass die Menschen in solchen Situationen oft dankbar sind, wenn jemand die Führung übernimmt. Und man mit guter Organisation erstaunlich viel erreichen kann, selbst mit einfachsten Mitteln. Außerdem …« Er fuhr sich mit der Hand über das Gesicht, rieb an einigen rostbraunen Flecken, die der Waschlappen noch nicht beseitigt hatte. »Außerdem handeln wir doch vermutlich meistens, ohne groß nachzudenken, wenn wir unsere eigene Art in Gefahr sehen.«

»Das mag sein«, sagte ich und schämte mich umso mehr, weil ich einfach mit Mutter nach Hause gegangen war.

Er wurde still, zitterte so sehr, dass er kaum noch sein Glas halten konnte.

Ich stand auf und holte eine Decke.

»Frieren Sie?«

Er schüttelte den Kopf.

»Nein … aber geben Sie mir die Decke doch bitte trotzdem.«

Ich ging zu ihm, stellte mich hinter ihn, breitete die Decke aus und legte sie ihm um. Er zog sie enger um seinen Oberkörper, und ich blieb mit den Händen auf seinen Schultern stehen, spürte seine Schulterblätter durch das Hemd, die Jacke und die Decke, überraschend schmal und dennoch breit genug, um weit mehr als nur sein eigenes Gewicht tragen zu können; um auch mich tragen zu können.

Mutter sah mich über den Tisch hinweg an, und ich verstand, dass sie recht gehabt hatte. Die Würfel waren gefallen.

EVA

Ich wurde davon wach, dass jemand gegen die Eingangstür hämmerte.

»Eva? Bist du da? Eva!«

Mit einem Ruck setzte ich mich auf. Hatte ich abgeschlossen? Wir waren vom Garten ins Haus gegangen, als die Sonne verschwand, ich weiß noch, wie wir alle über irgendeine Bemerkung von Louise gelacht hatten, oder vielleicht auch von Isa. Aber hatte ich abgeschlossen?

Die Antwort folgte sogleich in Form von Schritten, die durch den Flur und in die Küche trampelten, nicht nur von einem Mann, sondern mehreren.

Draußen dämmerte es bereits, ein schwaches Morgenlicht sickerte durch die Gardinen herein. Ich sprang aus dem Bett, warf mir einen Morgenmantel über und stürzte in die Küche.

Einar war schon dabei, unsere Küchenschränke zu durchsuchen. Am Tisch hockte ein Mann, den ich noch nie gesehen hatte, groß und schwer, schmutzig. Ich versuchte zu riechen, ob sie eine Fahne hatten, nahm aber nur die Ausdünstungen von zwei stinkenden, verschwitzten Männern wahr. Einar drehte sich zu mir um.

»Nichts zu bieten? Wirklich nichts?«

Er war dünner als zuvor, noch dünner, und genauso verdreckt wie sein Begleiter. An seinem Arm klaffte eine offene Wunde, die nicht fachgerecht versorgt worden war, und seine Stiefel hatten Schlammkrusten.

»Das stimmt«, beteuerte ich. »Ich habe nichts.«

Ich habe nichts, wie immer, wollte ich sagen, hielt mich aber zurück. Mit Einar zu kommunizieren war so, als würde man über algenbewachsene, glitschige Steine am Meeresufer balancieren. Jeder Schritt musste mit Bedacht gesetzt werden, ich konnte jeden Moment ausrutschen, und selbst wenn ich mich in Sicherheit wähnte, konnte plötzlich eine Welle kommen und mich zu Boden reißen.

Er knallte eine Schranktür zu und deutete mit dem Kopf auf den Mann an meinem Tisch.

»Peter. Eva. Eva. Peter.«

Peter hob eine Hand zum Gruß.

Ich hob auch meine und wünschte im selben Moment, ich hätte es bleiben lassen, wäre einfach nur schweigend auf meinem Stein stehengeblieben.

Einar schnaubte verächtlich. »Seit wann so höflich?«

»Ich bemühe mich«, erwiderte ich.

Ich konnte so tun, als würde ich mich auf sein Spiel einlassen, um ihn nicht zu provozieren. Und vielleicht würde das im Beisein von diesem Peter auch funktionieren, wer auch immer er nun war. Nicht alle, mit denen sich Einar umgab, waren genauso schlimm wie er, und wenn sie nüchtern waren, gab es vielleicht Hoffnung. Wobei … ihre Bewegungen waren auffällig, beide waren so träge, ihre Stimmen etwas schleppend. Einar drehte sein

Gesicht ein wenig, das graue Licht vom Fenster fiel darauf, und ich konnte seine Augen sehen, die Pupillen … Er hatte irgendetwas genommen, war auf Drogen. Dabei hätte ich gedacht, all die alten Arztpraxen und Apotheken wären längst leergeräumt.

Ich wusste, dass Isa wach war, dass sie in ihrem Zimmer lag und lauschte und alles mitbekam, was hier drinnen gesagt wurde. Louise musste uns auch hören, aber zum Glück kam keine von ihnen heraus. Es war besser, wenn ich das allein klärte.

Ich betrachtete Einar, versuchte, ihm in die Augen zu sehen, doch er wich meinem Blick aus, nicht weil er auf Drogen war, sondern weil er mich nie ansah, nicht richtig. Vielleicht war es einfacher für ihn, so zu sein, wie er war, wenn er mir nicht in die Augen sah.

Er schnaubte erneut, blies Luft durch seine Nasenlöcher aus, was idiotisch aussah, wie ein Stier.

Dann wurde es still. Ich schwankte, wusste nicht, ob die Stille gut war.

»Seid ihr mit dem Auto gekommen?«, fragte ich schnell.

»Was zum Teufel denn sonst? Glaubst du, ich hätte Lust, den ganzen Weg zu Fuß zu latschen?«

Ich hatte das Auto nicht gehört. Warum hatte ich es nicht gehört? Wenn ich von dem leisen Surren des Motors, von den Reifen auf dem Hof wach geworden wäre, hätte ich es geschafft, schnell noch abzuschließen.

Wobei das eigentlich auch nicht half, nicht richtig. Manchmal machte es ihn sogar nur noch wütender. Denn dann hatte er ein Ziel. Dann würde er so oder so ins Haus vordringen. Dann konnte er Fenster einschlagen, Türen eintreten, schreien und brüllen. Sowas gefiel ihm, diesem dummen, dummen Mann.

Manchmal hielt mich die Wut darüber wach, dass ich ihn niemals loswurde, und dass er eine physische Macht über mich besaß, ganz einfach deshalb, weil er mehr Kraft hatte, obwohl ich ihm auf allen anderen Gebieten überlegen war. Man konnte ihn nicht mal als mittelmäßig bezeichnen, sein Charakter war unterdurchschnittlich. Ich stellte mir gern vor, dass er von einem der fünf Menschentypen abstammte, die früher parallel mit dem Homo sapiens gelebt hatten, bevor wir die Welt übernommen hatten, vielleicht ein Neandertaler, der in all seiner Schlichtheit wenig gegen die Sapiens ausrichten konnte, oder vielleicht stammte er von einem namenlosen Brüllaffen ab, der längst in Vergessenheit geraten war … vielleicht war er aber auch auf irgendeine Weise degeneriert, hatte Giftstoffe aus verunreinigtem Wasser aufgenommen, die langsam sein Hirn zersetzten. Er selbst wollte einfach nur ein Mann sein, ein echter Kerl, und das gelang ihm ziemlich gut. Feminin war er jedenfalls nicht, ich hatte noch nie eine Frau gesehen, die sich so benahm.

Wir waren nur vier Monate zusammen gewesen. Er war ein Zugezogener, ich wusste nicht viel über ihn. Mir hatte gefallen, dass er groß war und seine Hände von der Arbeit rau, und vor allem, was seine Hände mit mir anstellten. Anne war von Anfang an gegen unsere Beziehung gewesen, sie hatte sofort gesagt, der Typ sei nicht ganz richtig im Kopf. Ich aber sah etwas anderes in Einar und hatte wohl für eine kurze Zeit die Idee, ich könnte ihn retten. Außerdem war ich seinen Händen verfallen.

Vielleicht war es kein Wunder, dass er wütend war, als ich ihn verließ. Vielleicht hatte er das Gefühl gehabt, ich hätte ihn benutzt, dachte ich später, obwohl er genau das nie in Worte fasste. Wahrscheinlich hatte er aber recht. Ich machte mit ihm Schluss, ohne ihm die Gründe zu nennen. Und als er mich mit dem schwangeren Bauch sah, flippte er aus. Anne flippte im Übrigen auch aus. Sie meinte, niemand sollte ein Kind in diese Welt setzen. Und schon gar nicht, wenn der Vater Einar war.

Ich hatte ihn noch nie etwas lesen sehen. Sein Vokabular beschränkte sich auf das Nötigste, nur sein Repertoire an Schimpfwörtern war groß. Er war unerträglich, und er war unerträglich dumm. Und trotzdem kam ich nicht mehr von ihm los. Es war zum Heulen, und ich heulte auch, ziemlich oft.

Jetzt verliefen seine Besuche meistens nach dem gleichen Muster. Er kam spätabends oder nachts. Isa blieb dann auf ihrem Zimmer, das hatte ich ihr strengstens eingebläut. Oft fragte ich ihn am Anfang, was er wollte, obwohl ich die Antwort längst kannte. Er wollte einfach nur Essen, Alkohol, irgendwas, das er verkaufen konnte. Er fluchte, brüllte, warf Sachen um. Manchmal presste er sich an mich, wollte auch *mich.* Es ging immer gleich aus. Am Ende gelang es mir, irgendetwas zu finden, womit ich ihn in Schach halten konnte, was ihn zufriedenstellte, damit er wieder abzog. Es war wie ein seltsames Spiel mit zwei Teilnehmern, und das Einzige, was mich daran hinderte, völlig in Panik zu geraten, war die Gewissheit, dass er immer, wirklich immer, irgendwann wieder verschwand und dass er nie darum bat, Isa sehen zu dürfen.

Ich ging zum Schrank mit den trockenen Vorräten.

»Leider ziemlich leer.«

Er kam zu mir.

»Du glaubst, ich wäre immer nur darauf aus, Eva. Du glaubst, ich will immer nur Fressen haben, wie deine Tiere.«

»Nein … ich dachte nur …«

»Verdammte Scheiße!«

Er knallte die Schranktür zu. Und schlug sicherheitshalber auch noch mit der Faust dagegen. Ich musterte ihn, sah nichts als einen Idioten, und gleichzeitig hämmerte mein Herz vor Angst, und ich spürte, wie mir die Tränen in die Augen stiegen. Ich war so erschöpft, erschöpft von ihm, erschöpft davon, dass ich ihm nie entkam, dass er mich ein ums andere Mal besuchte, und immer, wenn ich dachte, jetzt müsste er doch endlich an einem anderen Ort sein, jetzt müsste er endlich das Land verlassen haben, tauchte er doch wieder auf. Und ich war so erschöpft davon, das Gleichgewicht zu halten, das Richtige zu sagen und zu tun oder gerade nicht zu sagen und zu tun, um ihn ruhig zu stellen, um ihn wieder loszuwerden, hinaus ins Auto, auf die Straße, einfach nur weg von hier, weg von mir und weg von Isa.

Im selben Moment öffnete Louise die Tür ihres Zimmers und kam in die Küche. Ich schüttelte vorsichtig den Kopf, versuchte ihr zu signalisieren, dass sie wieder gehen solle, ich die Situation im Griff hätte, aber sie sah mich nicht, sie hatte nur die beiden Männer im Blick.

Ich hatte sie immer für zierlich und zart gehalten und für ein wenig kindlich mit ihren Kulleraugen, aber jetzt war alles an ihr anders. Während ich keinen Plan hatte, während ich einfach nur hier stand, ratlos wie immer, im Schlaf überrumpelt, wie immer, sah sie aus, als wüsste sie genau, was sie tat. Jede ihrer Bewegung wirkte sicher und zielgerichtet, durchdacht, und sie schien irgendwie … abgeklärt.

»Schau an«, sagte Einar. »Du hast Besuch?« Er wandte sich an Peter. »Dann ist ja für jeden eine da.«

Peter reagierte nicht, sein Kopf sank auf den Tisch. Er war noch viel zugedröhnter, als ich anfangs gedacht hatte.

»Du kannst dir dieses Spiel sparen«, sagte Louise und starrte Einar unerschrocken an.

»Was?«, fragte er.

»Du kannst dir dieses Spiel sparen, bei dem du Sex benutzt, um uns Angst zu machen.«

»Äh … und was …?«

»Ihr müsst jetzt gehen. Wir haben nichts. Weder für dich noch für den da«, sagte sie mit einem Nicken in Peters Richtung.

»Und wer zum Teufel bist du?«, fragte Einar.

»Ihr müsst gehen«, wiederholte Louise.

Jetzt bewegte sie ihre Hand, in der etwas zum Vorschein kam. Das Schlachtschussgerät. Sie musste es im Stall gefunden, mitgenommen und in ihrem Zimmer aufbewahrt haben.

Einar entdeckte es auch und wich einen Schritt zurück. Im dämmrigen Licht der Küche konnte man unmöglich erkennen, dass es keine echte Waffe war.

»Eva ist meine Lady, wusstest du das?«, fragte er.

Louise hob das Schlachtschussgerät ein wenig und legte den Finger auf den Abzug.

»Ich kann verdammt noch mal herkommen, wann immer ich will«, fügte er hinzu.

Das sagte er jedes Mal, aber ich gehörte nicht ihm, hatte ihm noch nie gehört.

»Ihr müsst gehen.«

Sie wirkte vollkommen ausdruckslos, und ich weiß nicht, ob es die Waffe war oder ihre Worte und wie sie sie aussprach, die einen solchen Eindruck auf Einar machten. Ich hatte ihn noch nie so gesehen. Er gab einen seltsamen Laut von sich, als wollte er etwas sagen, doch es kam nichts.

Einar und Louise standen sich direkt gegenüber, Peter saß noch am Tisch, aber jetzt hatte er seinen Kopf wieder gehoben und erfasste, was um ihn herum passierte. Ich selbst stand neben den Küchenschränken, wie außerhalb des Geschehens.

»Ihr müsst gehen.«

»Ja, das habe ich verdammt noch mal gehört!«, brüllte Einar.

Dann nickte er auffordernd Peter zu, der sich schwankend erhob, und zog ihn mit sich zur Eingangstür, während er einen ganzen Schwall uninspirierter Schimpfwörter ausspuckte, *Scheißhuren, dumme Nutten, blöde Fotzen.*

Die Haustür fiel hinter ihnen zu, kurz darauf hörte man, wie die Autotüren klappten und der Wagen sich entfernte.

Louise stand immer noch genauso ausdruckslos in der Küche. Erst als nichts mehr zu hören war, legte sie das Schlachtschussgerät auf den Küchentisch und wandte sich um. Ich merkte, dass meine Wangen nass waren. Sie kam zu mir und legte die Arme um mich.

»Das ist keine echte Pistole«, erklärte ich.

»Habe ich schon verstanden«, erwiderte sie.

Ich lehnte mich mit meinem ganzen Gewicht an sie, und sie hielt mich. Wir waren gleich groß, gleich dünn, von Louise gehalten zu werden war so, als würde ich mich selbst halten.

Dann ging die Tür von Isas Zimmer auf, wir ließen uns los, und ich wischte mir schnell die Tränen von den Wangen. Sie tappte barfuß über den Boden, war bleich und zerzaust, ihre Augen weit aufgerissen.

»Ist er einfach wieder gefahren?«

Ich nickte.

»Aber normalerweise …«

Ich versuchte mir ein Lächeln abzuringen. »Eigentlich können wir genauso gut aufstehen, oder? Es ist gar nicht mehr so früh.«

»Ja … aber glaubst du, er wird zurückkommen?«

»Ich weiß nicht. Das weiß man nie.«

»Ich glaube nicht«, meinte Louise.

Sie lächelte Isa an. Dann wandte sie sich zum Kachelofen und fing an, ein Feuer zu machen. Als es brannte, füllte sie die Teekanne mit Wasser, schenkte sich selbst jedoch nichts ein.

»Setzt euch«, sagte sie. »Ich kümmere mich um die Kühe.«

Lieber Lars,

Louise ist der neunte Mensch, den ich kenne. Und eindeutig der coolste. Was meiner Mutter nicht gelungen ist, solange ich denken kann, hat sie innerhalb von zwei Minuten geschafft. Zwei Minuten und ein Schlachtschussgerät, mehr brauchte sie nicht.

Meine Mutter hat aber auch nichts falsch gemacht. Es ist nicht ihre Schuld, dass Einar immer wieder gekommen ist. Es ist Einars Schuld.

Es muss schön sein, wenn man aus Liebe gezeugt wurde. Aber was zwischen meiner Mutter und Einar passiert ist, kann ich mir nur so vorstellen wie das, was Tiere machen. Sie haben sich gepaart. Frauen mögen wohl den Geruch von Männern, die sich genetisch stark von ihnen unterscheiden. Und meine Mutter und Einar unterscheiden sich eindeutig stark voneinander. Vielleicht hat es ihr einfach nur gefallen, dass er gut roch.

Vielleicht fand sie auch, dass Richard gut roch.

Ich habe mich nie getraut, dich zu fragen, ob du etwas gesehen hast. Ich habe es nur ein einziges Mal beobachtet. Vielleicht hast du es bei anderen Gelegenheiten gesehen, aber das glaube ich nicht. Denn es musste heimlich hier bei uns auf dem Hof passieren. Damit deine Mutter es nicht merkte.

Ich weiß nicht, ob ich diesen Brief in deinen Briefkasten legen werde. Ich meine, wenn du nach Hause kommst und alle Briefe liest, sie in der richtigen Reihenfolge sortierst, wie ich sie gedacht hatte, möchte ich lieber nicht hier sein, wenn du diesen hier öffnest. Aber du bist irgendwo da draußen und hast ein eigenes Leben und triffst Leute, und ich merke, wie ich deswegen immer wütender auf dich werde. Du hättest mich ja mitnehmen können. Oder bleiben können. Wenn dir das mit uns etwas bedeutet hätte, wärst du geblieben. Du hast es nicht einmal versucht, ich habe dich nie zu deinem Vater sagen hören, dass ihr nicht fahren solltet. Du bist einfach mitgegangen.

Die alte Scheune benutzen wir kaum noch. Sie steht voller Gerümpel. Schmutzig und staubig. Trotzdem waren sie dort. Ich habe immer gedacht, man müsste dafür liegen, aber anscheinend geht es auch im Stehen. Von hinten, wie die Tiere. Er hatte die Hand zwischen ihren Beinen und berührte sie, während sie es taten. Sie hatte die Augen geschlossen und machte Geräusche.

Entschuldige, dass ich dir das erzähle.

Aber glaubst du, dein Vater macht das auch mit anderen? Jetzt, wo ihr auf der Straße unterwegs seid? Eigentlich fand ich deinen Vater immer alt. Noch älter als meine Mutter. Diese alten Körper, die zusammenklatschen, und die ekligen Laute, die sie von sich gaben. Und als ich mir sein Gesicht näher angeschaut habe, konnte ich gleichzeitig sehen, dass er dir ähnelt.

Als meine Mutter und ich an diesem Abend beim Essen saßen, musste ich sie die ganze Zeit anstarren. Was ist, fragte sie. Nichts, antwortete ich. Sie war meine Mutter und trotzdem jemand, den ich nicht kannte. Eine vollkommen Fremde. In der Scheune mit einem verheirateten Mann. Ich weiß nichts über sie. Sie könnte jemanden umbringen, ohne dass ich es ihr ansehe.

Ist das bei allen Eltern so? Du wirst bei ihnen groß, sie passen auf dich auf, sind die ganze Zeit in deiner Nähe, wissen alles über dich. Und trotzdem weißt du nichts über sie.

Aber sei deinem Vater nicht böse, wenn du das hier liest. Du weißt auch nichts über ihn.

KARIN

Stockfinsternis, Kriegsfinsternis, Verdunkelungsfinsternis.

Meine Mutter schüttelt mich.

Ein dumpfes Dröhnen in der Ferne.

»Du musst aufwachen«, sagt meine Mutter.

Ich weigere mich, will einfach nur schlafen.

»Du musst«, drängt mich meine Mutter. »Sie werfen Bomben. Sie kommen immer näher.«

Bomben, ein Stoß von einem Wort. Es wirft mich aus dem Schlaf, erfüllt den Körper mit einem schneidenden Gefühl, einer Mischung aus Konzentration und Angst.

Doch ich protestiere trotzdem.

Ich verstehe nicht, warum ich damals protestierte.

»Du hast gesagt, hier gäbe es keine Bomben«, sage ich. »Ich will schlafen.«

Meine Mutter zieht mich hoch.

Sie zieht mir eine Wolljacke an und bindet mir einen Schal um. Er ist rosa. Sie hat ihn für mich gehäkelt. Ein Weihnachtsgeschenk.

Ein erneutes Dröhnen, jetzt näher, bringt mich dazu, meine Füße in die Schuhe zu stecken.

»Beeil dich«, bittet mich meine Mutter.

»Jaa«, quengle ich.

Doch ich bin nicht schnell genug.

Ich war nicht schnell genug.

Göring liebt Tiere, sagen alle. Deshalb hält er Löwenjunge im Keller von Carinhall. Aber nicht nur Löwen, er kümmert sich auch um die vielen verschiedenen Arten des Waldes. Elche, Adler, Füchse. Außerdem liebt er die Jagd auf Tiere, lädt zu großen Jagdgesellschaften ein. Ich verstehe das nicht. Warum er etwas erschießen will, das er liebt.

Es hat ein paar Tage gedauert, bis ich die Pferde entdecke. Es gibt drei von ihnen. Sie stehen auf einer großen eingezäunten Weide am Rande des Anwesens, streifen umher, die Köpfe zum Boden gesenkt, und grasen. Ein Hengst, eine Stute und ein Fohlen. Ihr Fell ist hell wie reifer Weizen. Das Fohlen hält sich dicht bei der Mutter, der Hengst ein wenig auf Abstand, mal schaut er zu seiner Familie hinüber, mal zum dunklen Wald. Die Mutter passt auf ihr Kind auf, denke ich, und der Vater wiederum passt auf beide auf.

In Berlin kannte ich auch einige Pferde, Stadtpferde, der Brauereiwagen wurde nach wie vor von einem Pferd gezogen, einem müden alten Gaul. Er war groß und schwer und tat, was man ihm sagte. Die Pferde hier sind anders. Kleiner, mit breiteren Köpfen und einer kurzen, stehenden Mähne.

Ich gehe zu ihnen.

»Hallo«, sage ich. »Hallo, Pferde. Steht ihr hier ganz allein?«

Ich rupfe ein wenig Gras aus und strecke es durch den Zaun.

»Kommt her, ihr Pferde. Guckt mal, ich habe Gras für euch.«

Doch sie reagieren kaum.

Das Fohlen stakst auf seinen dünnen Beinen zur Stute, streckt sich zu ihrem Euter und knufft leicht mit dem Maul dagegen, um an die Milch zu kommen.

»Ihr wollt kein Gras haben? Klar, das verstehe ich. Ihr habt ja genug davon.«

Ich rede leise mit ihnen, denke mir, es könnte ihnen gefallen. Aber sie hören mir gar nicht zu. Sie kümmern sich nicht um mich, und trotzdem bleibe ich lange stehen. Hier gibt es auch niemanden, der mich verjagt.

Am Tag darauf nehme ich Äpfel mit, weil ich weiß, dass Pferde sie mögen. Ich habe mich in die Speisekammer im Dienstbotengebäude geschlichen und sie mir genommen. Ich würde nicht sagen, dass ich sie gestohlen habe. Schließlich ist das Görings Essen, und es sind Görings Pferde, und ich nehme an, es würde ihm gefallen, wenn ich sie füttere.

Ich halte den Pferden das Obst hin. »Einen Apfel für die Stute, einen für den Hengst, keinen für das Fohlen, denn du trinkst ja nur Milch.«

Diesmal heben die Pferde die Köpfe und spitzen die Ohren, Obst ist eindeutig etwas, das sie kennen. Ich lächele, während ich einen Apfel durch den Zaun halte und der Stute damit gegen das Maul stupse. Er verschwindet sofort mit krachenden, schlürfenden Geräuschen. Der Hengst ist auch da und streckt seinen Kopf vor, und ich fütterte ihn auf dieselbe Weise.

Kaum sind die Äpfel verspeist, verlassen mich die Pferde wieder. Der Hengst sondert sich ab, die Stute stellt sich neben ihr Fohlen, das sich zum Schlafen hingelegt hat. Ich weiß, dass Pferde im Stehen schlafen können, aber Fohlen legen sich anscheinend hin. Es sieht beinahe leblos aus, wie es dort liegt, ganz schlaff. Plötzlich mache ich mir Sorgen. Ob etwas nicht stimmt, ob das Fohlen krank ist?

Die Stute wirkt aber ruhig, sie grast einfach weiter, und dann entdecke ich auch, dass sich die Flanken des Fohlens heben und senken. Es atmet.

Anschließend besuche ich die Pferde jeden Tag. Und nach einer Weile erkennen sie mich wieder, sie heben den Kopf, wenn ich komme, wippen mit den Ohren, reagieren auf meine Stimme. Ich denke mir keine Namen für sie aus, nenne sie einfach nur *Mama, Papa und Kind.* Komm, Mama, hallo, Papa, da bist du ja, Kind. Und die Pferde reagieren darauf. Vor allem das Fohlen hebt seinen Kopf, wenn ich *Kind* sage.

Ab und zu bringe ich Äpfel und Karotten mit. Es gelingt mir nicht immer, etwas zu stehlen, doch die Pferde erkennen mich und kommen trotzdem zum Zaun. Sie stoßen mit ihren Mäulern sanft gegen meine Taschen und warten darauf, dass ich etwas heraushole, sind aber auch nicht böse, wenn ich nichts mitbringe. Dann entfernen sie sich einfach nur ein paar Meter von mir, aber nie weit.

Ich bin immer allein dort. Nie sehe ich jemanden auf den Pferden reiten. Und es scheint, als würde sich außer mir auch niemand richtig um sie kümmern.

Die Stute und das Fohlen bleiben die ganze Zeit zusammen, wie schon am ersten Tag, der Hengst hält sich ein

Stückchen von ihnen entfernt. Erst denke ich, das Fohlen würde ihn nicht interessieren, aber seit ich jeden Tag dort bin, verstehe ich, dass er sich auf Abstand hält, weil er sie bewacht. Ein Vater, der auf seine Familie aufpasst. Ich fragte mich, wie es ist, wenn man einen Vater hat, der auf einen aufpasst.

Inzwischen sind drei Jahre vergangen, seit *mein* Vater in Frankreich gefallen ist. In der ersten Zeit nach seinem Tod war meine Mutter die ganze Zeit nass im Gesicht. Sie konnte es sich nicht leisten, zum Weinen eine Pause zu machen, und deshalb weinte sie bei der Arbeit, sie bügelte, während ihr die Tränen hinuntertropften. Große weiße Laken. Immer große weiße Laken. Sie befeuchtete die Laken mit ihren Tränen.

Er war gefallen. Das sagten die Leute immer, *er ist gefallen*. Und ich stellte mir vor, *wie* er fiel. Dass er über etwas stolperte. Ich versuchte mir vorzustellen, was es gewesen sein könnte. Eine Wurzel, dachte ich, auf dem Boden. Ich stellte mir vor, wie er unter großen Bäumen entlangrannte, einer Art Pfad folgend, und über eine Wurzel stolperte.

Doch ich verstand nicht, wie er dadurch gestorben war. Warum er sich nicht einfach nur das Bein gebrochen hatte. Und es gab niemanden, der sich die Zeit nahm, mir zu erklären, was wirklich passiert war.

Es dauerte lange, ehe ich verstand, dass mein Vater erschossen worden war. Dass all die Gefallenen erschossen oder von einer Bombe getroffen oder von einer Granate in die Luft gesprengt worden waren.

Doch selbst, nachdem ich es schon lange verstanden hatte, und obwohl ich wusste, dass er durch einen Schuss gestorben war, sah ich immer noch *den Fall* vor mir. Wieder und wieder sah ich, wie er rannte. Und dann plötzlich Hals über Kopf durch die Luft flog. Und fiel.

Der Fall war der eigentliche Tod.

Und die Einsicht blieb dieselbe. Dass mein Vater weg war.

»Sie sind weg.«

Ich schlage die Augen auf.

»Sie sind weg«, sagt Jochi, der neben meinem Bett steht.

Ich wälze mich kurz, habe einen Schlafgeschmack im Mund, ich merke, dass das Kopfkissen Streifen auf meiner Wange hinterlassen hat.

»Entschuldige«, meint er. »Ich hätte dich nicht wecken sollen … aber sie sind weg.«

Ich will sofort ans Fenster stürzen und überlege für einen Moment, ob ich mir die Decke umlegen soll wie einen Rock. Unter dem T-Shirt trage ich nur eine Unterhose. So kann ich mich nicht vor ihm zeigen, vor niemandem.

Anscheinend sieht er, dass ich mich unwohl fühle, denn jetzt geht er zur Tür. »Entschuldige«, sagt er noch einmal. »Ich hätte dich nicht wecken dürfen, aber ich fand, du solltest es sofort wissen.«

Er tritt hinaus. Mit einer Stimme, die noch ganz heiser ist vom Schlaf, rufe ich ihm nach: »Ich komme gleich.«

Die Ebenen sind verlassen, die Bergkämme, wo sie sich gestern noch aufgehalten haben, ohne ein Lebenszeichen.

Es ist wirklich leer. Nur Himmel und Gras, Jochi und ich.

»Ich schicke Agi, damit er nach ihnen sieht«, sagt er.

»Sie sind bestimmt nur über den Bergkamm gegangen«, erwidere ich.

»Er wird sie sicher schnell finden.«

»Ja.«

»Ja …«

Ich weiß nicht, was Sydney und Prag dachten, als sie mich sahen, ob sie irgendein Definitionssystem hatten. Die da, die mit den Äpfeln und dem Kraftfutter, das ist doch eine von uns, deshalb bleiben wir in ihrer Nähe. Sie haben nicht darüber nachgedacht, dass sie Pferde sind und ich ein Mensch. Doch die Pferde der Nomaden haben das geändert und Instinkte bei Sydney und Prag geweckt. Ihre Definition ist nun eine andere. Und damit haben sich ihnen neue Grasflächen eröffnet. Ihnen wurde klar, dass sie überall hingehen können. Pferde brauchen keine Versorgerinnen wie mich. Pferde brauchen einen Leithengst und eine Leitstute. Endlich haben sich Sydney und Prag allein auf die Suche gemacht.

»Das ging schnell«, stellt Jochi fest.

»Aber es ist gut«, sage ich.

»Was sollen wir jetzt machen?«

»Arbeiten.«

Jochi und ich sind dabei, ein Verzeichnis über das Tier- und Pflanzenleben dieser Region zu erstellen. Das gehört zum langfristigen Teil des Projekts, es ist etwas, das wir den mongolischen Behörden schuldig sind. Irgendetwas muss für alle abfallen. Sowohl hier als auch in Thorenc habe ich den Landbesitzern immer mehr versprochen, als ich halten kann. Mit dem Unterschied, dass ich in der Arbeit hier einen Sinn erkenne. Sie gefällt mir. Und ich muss mich auch nicht mit der Frage nach einem Wasserkocher auf dem Hotelzimmer beschäftigen.

Es passiert nicht viel, aber genug. Ich finde einen Rhythmus, der Tag und Nacht folgt. Dass jeder Tag gleich ist und es keinen Unterschied zwischen einem Sonntag und einem Montag gibt, erfüllt mich mit Ruhe.

Agi entdeckt die Pferde schon bald in einem mehrere Kilometer entfernten Tal. Sie fühlen sich dort wohl, außer Sichtweite der Menschen und mit genug grünem Gras und Wasser. Agi gibt uns täglich ihren Aufenthaltsort durch, und auch Jochi und ich fahren jeden Morgen hinaus, um zu prüfen, ob alles in Ordnung ist.

Um halb fünf stehen wir auf. Die Pferde begeben sich immer in der Morgendämmerung hinab zu den Wasserstellen, und wenn die Hitze kommt, ziehen sie sich wieder in die Berge zurück. Der Landcruiser, der eigentlich viel zu teuer war, den ich aber anschaffte, weil mir diese sowjetischen Schrottschüsseln, die sich hier Autos nennen dürfen, ungeheuer auf die Nerven gingen, rumpelt über Grasbüschel und den trockenen, sandigen Boden. Mit jedem Tag wird die Fahrt ein wenig angenehmer. Bald wird es zwischen den Wasserstellen und der Forschungsstation eine deutliche Wagenspur, ja beinahe eine Straße, geben.

Wir können nicht länger als ein paar Stunden bei den Pferden bleiben. Den Rest des Tages verbringen wir teilweise drinnen, dann sitze ich im Büro und beschäftige mich mit allem, was ich nicht mag, Budgets, Rechnungen, Berichte, Einkäufe und Personalgespräche; in dem Rahmen, in dem das überhaupt möglich ist, wenn man die Sprache der Angestellten nicht spricht. Außerdem schreibe ich. Forschungsberichte, Artikel, Anträge, Anträge, Anträge. Teilweise fahren wir aber auch hinaus, und das ist die beste Zeit, wenn wir die Arten registrieren und an unserem Verzeichnis arbeiten.

Dann kommt der Abend. Die Dunkelheit bricht herein, es kühlt schnell ab. Ich gehe jeden Abend früh ins Bett und schlafe ein, sobald ich mich hingelegt habe. Die körperliche Arbeit macht mich auf eine gute Weise müde. Ich habe nicht mehr die gleiche Angst vor der Nacht wie sonst. Ich versuche, den schwärzesten, tiefsten Schlaf zu finden, zu dem die Träume keinen Zugang haben.

Mathias lebt nach dem gleichen Tagesrhythmus, ist aber nur selten im Büro. Er hält sich im Freien auf. Sucht sich Aufgaben, hilft, wo er nur kann. Ich verstehe nicht, wie Jochi auf die Idee kam, es ginge ihm nicht gut. Er hat Farbe im Gesicht bekommen und isst mit gesundem Appetit. Agi und er reparieren den gesamten Weidezaun. Außerdem bauen sie einen Winterunterstand für die Pferde. Die Verständigung zwischen den beiden scheint gut zu klappen, in einer Mischung aus Englisch und Mongolisch, Mathias hat ein paar Vokabeln aufgeschnappt. Viel mehr, als ich in der ganzen Zeit gelernt habe. Er sieht routiniert aus mit dem Hammer in der Hand und Nägeln im Mund, und im Overall. Als ich ihn die ersten Male so sehe, bin ich überrascht. Ich hatte nicht gewusst, dass er so gut tischlern kann. Dann erinnere ich mich, wo er es gelernt hat. Eine der Entzugskliniken, in die er sich hatte einweisen lassen, war ein Bauernhof.

Ich weiß noch, dass er anschließend auch mit runden Wangen und Farbe im Gesicht zurückkehrte. Er würde am liebsten für immer dort wohnen bleiben, hatte er gesagt, oder einen ähnlichen Ort ganz für sich allein finden. Bei diesem Entzug hatte er auch Martina kennengelernt, Sarahs Mutter. Einige Wochen lang sprachen sie über nichts anderes als über Bauernhöfe. Den Hof, auf dem sie gewesen waren, und den Hof, den sie kaufen wollten. Sie fingen an zu suchen, und ich machte ihr Projekt schon bald zu meinem eigenen.

Wenn Martina schlief, saßen Mathias und ich bis spät in die Nacht zusammen am Küchentisch und lasen Anzeigen. Wir redeten und redeten, über den Hofbetrieb, die Tierhaltung. Dazu konnte ich auch etwas beitragen. Und insgeheim schöpfte ich ein wenig Hoffnung.

Aber sie bekamen keinen Kredit. Die Banken trauen keinen Ex-Junkies.

So war es nur wieder eine Sache von vielen, über die er redete, noch etwas, das er im Kopf hatte, bis er es dann beim ersten Schuss sofort wieder vergaß.

Denn es kam immer wieder ein erster Schuss. Und der erste Schuss war immer auch der letzte, glaubte er.

Nur das eine Mal.

Nur heute.

Nur noch einmal.

Nur jetzt.

Nur, weil.

Einfach nur.
Aufhören.
Aufhören.
Aufhören.

Als ich ihn auf frischer Tat dabei ertappte, wie er vor dem offenen Badezimmerfenster Heroin rauchte, schrie ich. Das geht nicht mehr. Das geht nicht. Du musst raus. Raus. Jetzt sofort.

Am nächsten Tag bat ich die beiden, doch noch zu bleiben. Aber da hatte Mathias schon eine andere Bleibe aufgetan. Er habe etwas Schönes gefunden, sagte er, und es sei sicher auch besser für mich, wenn er eine eigene Wohnung hätte, immerhin sei er ja auch erwachsen.

Er umarmte mich hastig und ging die Treppe hinunter zu Martina, die draußen auf ihn wartete.

Vielleicht war sie damals schon schwanger. Vielleicht war Sarah damals schon ein zarter Keim in ihrem mageren Körper.

Bronx wird zunehmend aufdringlicher. Immer häufiger sehen wir, wie er sich dem Harem nähert und Sydney herausfordern will.

»Er wird stärker«, stellt Jochi eines Morgens fest, als wir wieder draußen sind.

Wir haben ein paar hundert Meter entfernt von den Pferden geparkt und beobachten sie durch unsere Ferngläser.

Bronx fletscht die Zähne in Sydneys Richtung, macht Drohgebärden.

»Schön, dass er stärker wird«, sage ich.

»Es ist noch zu früh.«

Die beiden Pferde kreisen umeinander. Dann, ganz plötzlich, wie auf Befehl, greift Bronx Sydney hart an. Sie wiehern im Chor. Ihre Körper bilden ein Herz, als sie sich aufbäumen. Sie halten sich gegenseitig in der Luft. Als würden sie sich gegenseitig stützen, obwohl das genaue Gegenteil der Fall ist.

Sie messen Kräfte. Eine Sekunde lang, zwei, drei.

Dann sinkt Bronx zu Boden, unterliegt Sydney noch einmal. Der junge Hengst kämpft mit dem Gleichgewicht, und diese Schwäche nutzt Sydney sofort aus. Er schnappt nach dem Sprunggelenk seines Gegners, der empfindlichsten Stelle des Körpers, der Achillesferse der Pferde.

»Jetzt hör schon auf, Sydney«, sage ich leise. »Lass ihn gehen.«

Aber Sydney will nicht nachgeben. Wieder und wieder greift er Bronx an, beißt, schlägt aus, stampft mit den Vorderbeinen auf. Bronx will sich entziehen, aber Sydney gibt keine Ruhe.

Jetzt hat er die Spitze von Bronx' Sprunggelenk erwischt und verbeißt sich in Sehnen und Bändern.

Ich gehe auf sie zu.

»Lass los, Sydney, jetzt lass endlich los.«

Doch er hört nicht auf mich. Bronx versucht sich freizustrampeln, aber Sydney ist stärker, er hat ihn fest mit den Zähnen gepackt.

Jochi sagt leise etwas auf Mongolisch. Ich glaube, er flucht, bin mir aber nicht sicher, ich habe ihn noch nie fluchen hören.

»Lass endlich los!«, brülle ich.

Und endlich lässt Sydney vom Bein ab. Er wiehert laut und drohend, dann trabt er davon.

Bronx humpelt ein paar Schritte, ich sehe, dass ihn das Bein nicht trägt.

»Blutet er?«, fragt Jochi. »Ist die Haut verletzt? Kannst du erkennen, ob er blutet?«

»Ja. Ja, er blutet. Siehst du es auch?«

»Ja.«

»Es sieht aber nicht so aus, als wäre eine Arterie verletzt. Das gerinnt bestimmt bald.«

»Wollen wir es hoffen.«

Doch Bronx kann kaum auftreten.

»Verdammt.« Ich lasse mein Fernglas sinken und drehe mich zu Jochi um. Er presst die Lippen zusammen.

»Was glaubst du?«, fragt er.

»Ich weiß nicht. Wir müssen abwarten. Es hat keinen Zweck, ihn jetzt zu untersuchen. Er ist zu gestresst.«

Wir gehen zurück zum Auto.

Mein Herz schlägt wie wild, wütend. Sie machen sich selbst alles kaputt. Diese ewigen Rivalitäten. Mit den Verletzungen, die sie sich zufügen, verletzen sie letzten Endes ihre eigene Art. Gäbe es den Wettstreit nicht, den Krieg, wäre alles so einfach.

Ich stecke den Schlüssel ins Zündschloss. Werfe Jochi einen kurzen Blick zu, ehe ich den Motor anlasse.

»Pferde«, seufzt er.

»Hengste«, korrigiere ich ihn. »Nicht Pferde.«

»Na gut. Hengste … die lernen es wohl nie.«

»Am Ende vielleicht doch. Wir müssen nur lange genug warten.«

»Ein paar Millionen Jahre, meinst du?«

»So ungefähr.«

»Und was ist mit Darwin?«

»Was soll mit ihm sein?«

»Der Stärkere überlebt.«

»Der Klügere auch. Ich hoffe, am Ende werden die Klügsten gewinnen.«

»Bis jetzt deutet noch nicht viel darauf hin.«

»Nein. Bis jetzt nicht, leider.«

Am ersten, zweiten und dritten Tag denke ich, dass alles gut gehen wird. Bronx lahmt, aber ich finde, es wird besser. Ich halte das Fernglas vor die Augen und versuche, die Wunde am Bein zu studieren. Die Wundränder wachsen zusammen, sind aber ein wenig geschwollen.

»Heilt sie?«, frage ich Jochi.

Er hebt sein Fernglas und schaut.

»Ich weiß nicht, ist noch ziemlich rot.«

»Ich finde, sie sieht schon besser aus.«

Doch am dritten Tag ist das Bein plötzlich heftig geschwollen, und er kann es gar nicht mehr aufsetzen. Irgendeine Bakterie muss sich wohl doch ihren Weg gebahnt haben. Eine winzige Bakterie, mehr braucht es nicht.

Jochi und ich haben uns darauf geeinigt, die Pferde jetzt nicht mehr zu stören. Wir werden uns ihnen nicht mehr so stark nähern wie früher. Wenn sie wild werden sollen, müssen wir uns auch dementsprechend verhalten. Wir müssen sie dazu ermutigen, scheu zu sein. Jetzt aber breche ich mit diesem Prinzip. Ich sage Jochi nichts davon, sondern fahre allein zu ihnen hinaus.

Bronx grast weit vom Harem entfernt, hat sein Maul tief zum Boden gesenkt und bewegt sich so wenig wie möglich.

Ich nähere mich, auf dreißig Meter, zwanzig, zehn.

Er steht noch immer regungslos da.

»Ganz ruhig… ich bin es nur… ganz ruhig.«

Er unternimmt keinen Versuch, vor mir zu fliehen.

Ich bleibe fünf Meter von ihm entfernt stehen. Warte ab, spüre, dass er ganz ruhig ist. Dann gehe ich zu ihm.

Sein Bein ist geschwollen wie ein Ballon, die Schwellung reicht einmal rund um das Bein herum. Die Wunde ist groß, offen, hässlich und rot, und der Eiter trieft heraus. Eine Infektion der Unterhaut.

Wäre er ein Hauspferd, hätte ich es mit Antibiotikum versucht, und er wäre vielleicht geheilt worden. Aber ich kann ihm keine Spritzen geben, das geht nicht bei einem Wildpferd, und schon gar nicht über einen längeren Zeitraum hinweg jeden Tag. Vielleicht hätte ich Medikamente in Äpfel oder Karotten verstecken können, aber die wären nicht stark genug. Und außerdem habe ich nichts hier. Die Medizin müsste erst aus Europa bestellt werden. Jochi und ich haben darüber gesprochen, dass so etwas passieren kann, und was wir in einem solchen Fall tun sollten. Und wir wissen beide und waren uns darüber auch einig, dass wir der Natur ihren Lauf lassen müssten, wenn sich ein Wildpferd eine Infektion zuziehen würde.

Jetzt bereue ich es. Wir hätten es wenigstens versuchen können. Wir hätten es versuchen können.

Ich hoffe den ganzen Abend hindurch, die ganze Nacht. Sobald es dämmert, fahren wir alle gemeinsam hin. Jochi, Mathias und Agi.

Mittlerweile liegt Bronx auf dem Boden. Wir gehen zu ihm. Die Wunde stinkt und eitert. Fliegen landen darauf, legen wahrscheinlich schon ihre Eier ab.

Der Hengst sieht zu mir auf und schnauft und schnauft. Seine Augen glänzen fiebrig und sind gleichzeitig stumpf vor Erschöpfung.

Ich wende mich ab. Mein großes, schönes Pferd, denke ich, feiner, feiner Bronx, du hättest doch hier sein sollen, deine Fohlen hätten noch viele Jahre hier umherspringen sollen.

Ein Schuss. Dann ist er fort. Ich prüfe seine Reflexe, ob er noch blinzelt, taste am Kiefer nach seinem Puls. Setze das Stethoskop an sein Herz, um ganz sicherzugehen. Obwohl ich weiß, dass er nicht mehr da ist. Anschließend, als ich allein bin, lege ich meinen Kopf auf seinen großen Körper. Presse mein Gesicht an sein Fell. Nehme seinen Geruch war. Sein Fell kitzelt mich in der Nase.

Dann überkommt es mich plötzlich, und ich weine.

Sie müssen weinen, hatte Madame Drouet gesagt. Warum, hatte ich damals gefragt. Hemmungsloses Schluchzen. Ich muss mich doch wohl beherrschen können. Muss die Tränen unterdrücken, diesen stoßweisen Atem. Und meinen Kopf von Bronx' Fell heben.

Meine Wangen werden von den Tränen kalt, der Atem zuckt in meiner Brust. Es klingt fast wie Lachen, aber es tut fürchterlich weh.

Ich erwecke bei niemandem Mitleid, und trotzdem kann ich nicht aufhören.

Bronx bleibt im Gras liegen. Alles Leben war in dem Moment aus seinen Augen verschwunden, als wir ihm den Gnadenschuss verpasst hatten, und schon nach kurzer Zeit picken die Vögel an ihm herum. Die Wölfe lassen ihn glücklicherweise noch in Ruhe, aber die Fliegen haben schon Eier gelegt, und aus den Eiern schlüpfen wimmelnde Larven, bald wird das glänzende Fell wieder lebendig werden. Dann kommen die Geier, die tiefer ins Fleisch picken.

Ich fahre oft zu ihm hinaus, immer allein. Zwinge mich selbst zu sehen, wie sich die vielen Arten der Steppe Stück für Stück an ihm bedienen. Er ist ohnehin nur noch Fleisch, Knorpel, Knochen und Fell. Etwas zu fressen, ganz einfach. Das Pferd, das er war, ist längst verschwunden, und jetzt weiß ich nicht mehr, wer Sydneys natürlicher Nachfolger als Leithengst werden wird. Hamburg wacht die ganze Zeit in der Nähe des Harems. Hin und wieder sehe ich, wie er Ansätze macht, Sydney herauszufordern. Doch es wirkt halbherzig, er hat nicht dieselbe Kraft wie Bronx. Ich habe Mitleid mit ihm, weil er immer allein ist. Ich muss mir in Erinnerung rufen, was ich nur zu gut weiß, dass er ein Pferd ist, dass es für ihn etwas anderes ist. Er nimmt sich die Einsamkeit nicht zu Herzen. Er reflektiert nicht darüber, dass er niemanden hat, nicht ein einziges Wesen, das *ihm* gehört, als wäre er hier draußen in Isolationshaft. Einer wilden, freien und schönen Isolationshaft. Er kann die Tage, die er ohne die Gesellschaft anderer verbringt, nicht als emotionale Belastung empfinden.

Aber immer, wenn er Sydney und den Harem sieht, wird sein Instinkt geweckt, etwas an der Situation zu ändern, das Ruder zu übernehmen. Allerdings ist er noch nicht stark genug, und ich weiß auch nicht, ob er es je sein wird.

EVA

An diesem Herbsttag war das Wetter wechselhaft; ein leichter Wind, der ab und an zu Böen auffrischte und wieder abflaute, ein kräftiger Hagelschauer und vereinzelte Sonnenstrahlen. Gegen Abend hörten wir in der Ferne Donnergrollen, das glücklicherweise aber nie bis zu uns kam. Als wir ins Bett gingen, waren die Wolken weitergezogen, und der Himmel wölbte sich sternenklar über den Hof. Einar und Peter kamen nicht zurück.

Louise war ausnahmsweise mit Isa und mir wachgeblieben. Isa schien es zu gefallen, sie lachte über das, was Louise erzählte, und stellte ihr innerhalb kürzester Zeit mehr Fragen, als sie mir in meinem ganzen Leben gestellt hatte. Sie war wie eine Erwachsene, dachte ich, unterhielt sich wie eine Erwachsene. Ich war stolz auf sie, sie war so groß und wunderbar, schon jetzt ein vollkommener Mensch. Und ich war auch stolz auf mich selbst, weil ich es geschafft hatte, ein Wesen wie sie aufzuziehen, unter diesen Bedingungen, ganz allein. Etwas Gutes gibt es also doch, dachte ich, etwas Gutes habe ich zustande gebracht.

Ich blieb sitzen und beobachtete sie, lauschte ihnen, Isas

Fragen waren mutig und direkt, und Louise antwortete langsam, ein wenig zögerlich.

»Warum bist du eigentlich hergekommen?«, fragte Isa. »Warum ausgerechnet nach Heiane?«

»Weil ich am Meer sein wollte«, antwortete Louise.

»Aber wir wohnen doch gar nicht direkt am Meer.«

»Ich wusste ja auch nicht, dass ich am Ende bei euch vorbeikommen würde.«

Vorbei … ein kleines Wort mit großer Bedeutung. Wir waren also nur eine Zwischenstation für sie. Ich hätte gern nachgefragt, wagte es aber nicht.

»Warum das Meer?«, fragte ich stattdessen.

»An allen anderen Orten ist man eingesperrt«, antwortete Louise.

»Wirklich?«

»Und außerdem … habe ich mal auf einem Boot gewohnt, vor langer Zeit, als ich klein war.«

»Und das hat dir gefallen?«

»Ich habe dieses Boot geliebt.«

»Wohin bist du gesegelt?«

»Nirgendwohin. Das Boot stand an Land.«

»Hä?«, fragte Isa.

»In einem Garten«, erklärte Louise. »Weit weg vom Meer … aber seitdem habe ich mir immer gewünscht, an der See zu wohnen.«

»Und am Ende bist du hier gelandet«, ergänzte Isa. »Mitten im Wald.«

Mir gefiel es, dass sie *am Ende* sagte.

»Aber wir können das Meer riechen«, sagte Louise. »Obwohl wir es nicht sehen können, riechen wir es.«

Isa nickte.

»Hast du eine Familie?«, fragte sie.

»Nein.«

»Niemanden?«

»Nein.«

»Aber du hattest mal eine?«

»Sie sind alle gestorben.«

»Waren sie krank?«

»Nein, sie sind verdurstet.«

»Was?!«

Louise senkte den Kopf, und das Haar fiel ihr vor das Gesicht, sodass es im Dunkeln lag.

»Sie sind verdurstet, als ich noch klein war.«

Sie sagte es langsam, als wollte sie sich sammeln. Doch dann kam nichts mehr. Isa und ich saßen beide ganz still da. Isa starrte Louise an und machte große Augen, ihr Mund stand halb offen. Mund zu, dachte ich plötzlich, ihr junges Gesicht hatte etwas Sensationslüsternes an sich.

»Sie braucht es nicht zu erzählen, wenn sie es nicht möchte«, sagte ich zu Isa.

»Nein, nein.«

Trotzdem hörte sie nicht auf, Louise anzustarren.

Ich stand auf und fing an, den Tisch abzuräumen, trank die Reste aus Isas Teetasse, fegte die Krümel von den Tellern in meine Hand und aß sie, blies die Kerze aus. Sie würde auch bald heruntergebrannt sein, eine der wenigen, die wir noch hatten.

»Kannst du denn vielleicht erzählen, warum du damals hergekommen bist?«, fragte Isa vorsichtig. »Nach Norwegen, meine ich?«

Louise hob den Kopf ein wenig und antwortete zögernd, ohne Isa und mich anzusehen. »Ich war als Kind schon einmal hier. Und ich wollte zurück… Vielleicht möchte ich aber auch noch weiter in den Norden gehen. Meine Mutter wollte immer, dass wir nach Norden gehen.«

»Und warum?«, fragte Isa.

Jetzt stand Louise ebenfalls auf und half mir beim Abräumen.

»Als ich ein Kind war«, sagte sie in leichterem Tonfall, »dachte ich immer, dass ich mal so weit nach Norden kommen wollte wie möglich. Was glaubst du, wie weit man kommen kann?«

»Bis zum Nordpol«, antwortete Isa, die ihre Frage wörtlich nahm. »Spitzbergen lag früher mal an der Eiskante. Da konnte man im Winter den ganzen Weg bis zum Pol laufen. Also, wenn man ein Polarforscher war.«

»Und wenn man dort ankommt?«

»Dann ist man am Ziel.«

»Oder man geht weiter«, sagte Louise. »Wieder nach Süden. Auf die andere Seite der Erdkugel.«

»Immer weiter?«

»Ja. Immer weiter. In Bewegung bleiben.«

Isa nickte. »Das klingt schön.«

»Das klingt ziemlich anstrengend«, sagte ich zu Isa und riss die Küchenschranktür so heftig auf, dass die Gläser dort drinnen klirrten. »Ausgerechnet du, dir ist es doch schon zu viel, bis zum anderen Ende des Parks zu gehen.«

Als ich in mein Zimmer kam, blieb ich einfach nur stehen. *Sie sind verdurstet, als ich noch klein war.*

Ich sah meine Mutter, meinen Vater und Anne vor mir. Dachte an meine Kindheit, als wir auf dem Hof zwischen all den Tieren umherrannten, wie meine Mutter einen Pyjama über meine müden Glieder zog und mich zudeckte und mein Vater die Spülmaschine einräumte. Wie meine Mutter uns bat, die Handys und Tablets wegzulegen und uns draußen auf die Treppe vor das Haus zu setzen, alle vier. Es war schön, und es war alltäglich, genau so, wie Kinder es brauchten.

Und jetzt hatte ich Isa, den Hof und die Tiere. Louise hatte nur sich, und eine allumfassende Einsamkeit.

Ich ging zu meinem Bett, doch plötzlich brachte ich keine Bewegung zustande, um mir die Sachen auszuziehen, das T-Shirt über den Kopf zu streifen, den Hosenstall zu öffnen und aus dem Stoff zu schlüpfen. Meine Finger wollten mir nicht mehr gehorchen.

Dass sie verdurstet waren, was bedeutete das? Ob sie dabei gewesen war, als es passierte? Ob sie es gesehen hatte?

In ihrem Zimmer war es still, kein Laut, wie schon am ersten Abend. Hastig öffnete ich meine Tür und klopfte an ihre.

Erst reagierte sie nicht.

»Ich bin es«, sagte ich leise. »Schläfst du schon?«

»Komm rein«, antwortete sie nach einer Weile endlich.

Sie saß auf dem Bett, auch sie hatte sich noch nicht umgezogen.

»Kannst du nicht schlafen?«, fragte sie.

Ich schüttelte den Kopf.

Sie sah mich an, ihre Augen waren schwarz.

»Kannst du dich ein bisschen zu mir legen?«

Ihre Stimme klang verzagt, flehend, ganz anders als sonst.

»Ja. Ja, natürlich.«

Sie legte sich ins Bett, ich kroch neben sie, und wir deckten uns zu.

Ich hatte nicht mehr mit einem anderen Menschen in einem Bett geschlafen, seit Isa früher weinend zu mir ins Zimmer gekommen war, wenn sie schlecht geträumt hatte. Es war eng und warm, und ich wusste nicht genau, was ich mit meinen Armen machen sollte. Ich nahm ihren Geruch wahr, den Geruch eines anderen erwachsenen Menschen.

»Ich würde es gern erzählen«, sagte sie. »Aber ich weiß nicht, wie.«

»Verstehe.«

Mehr fiel mir nicht ein.

»Es passiert nicht so oft, dass mich jemand danach fragt«, erklärte sie. »Du bist seit Jahren die Erste.«

»Vielleicht musst du es üben«, schlug ich vor.

Ich spürte, dass sie nickte.

Mein Arm wurde unter meinem eigenen Gewicht eingeklemmt, ich befreite ihn. Ich musste ihn um sie legen, es gab keinen anderen Ort. Meine Hand auf ihrem Oberarm. Ich drückte ihn sanft.

»Du bist da«, sagte sie, und jetzt klang ihre Stimme wieder mehr nach ihr selbst.

»Ja. Ich bin da.«

Bericht über meine Reise in die Mongolei und das, was ich dort fand

Kapitel 7
Ein beschwerlicher Aufbruch

Von Petersburg bis Kobdo sind es fünftausend Kilometer. Unser Plan sah vor, zunächst mit der Eisenbahn nach Moskau zu fahren und anschließend weiter nach Ob, wo die Strecke den gleichnamigen Fluss kreuzt. Von dort würden wir mit dem Schlitten den ganzen weiten Weg von insgesamt 273 Kilometern bis nach Bijsk zurücklegen, das wiederum achtzig Kilometer vom Altaigebirge entfernt lag.

In den ersten Tagen nach dem Ereignis am Kanal arbeitete ich unter Hochdruck. Ich beugte mich über Landkarten und plante gemeinsam mit Wolff unsere Reiserouten. Des Weiteren klärte ich mit dem Direktor des Zoologischen Gartens die Voraussetzungen für die Expedition, er zeigte sich bereit, mich für die benötigte Zeit freizustellen und überdies eine eher bescheidene Summe in die Reise zu investieren. Um ehrlich zu sein, glaubte ich, er war froh, dass ihm meine Lohnkosten eine Zeitlang erspart blieben, denn die finanzielle Situation bereitete ihm ebenso große Sorge wie mir. Überdies glänzten seine Augen wie die eines

Kindes, wenn ich versprach, ihm diese ausgesprochen seltenen Pferde zu beschaffen, die eine weltweite Sensation darstellen würden; die Geschichte, die er den Zeitungen erzählen könnte, wäre sogar umso besser, wenn sein eigener Mitarbeiter für eine derartige Sensation gesorgt hätte.

In meinen eigenen Augen war dagegen nur wenig Glanz zu erahnen. Meine Furcht offenbarte sich bereits am Morgen nach meiner Entscheidung. Zunächst war sie nur als leises Unbehagen spürbar, das sich jedoch rasch ausbreitete. Mir wurde jedes Mal schwindelig, wenn ich an diese Reise dachte, ja geradezu übel, wie ein Druck in der Magengegend, ein fester Griff um meine Eingeweide. Immer häufiger fühlte ich mich so, und je näher der Herbst und unsere Abreise rückten, desto schlimmer wurde es, beinahe chronisch.

Wolff schien von meinen Qualen nichts zu bemerken. Während der Arbeit pfiff er fröhlich vor sich hin und wurde mit jedem Tag redseliger. Ich weiß nicht, ob er dies bewusst tat, aber es schien fast, als wolle er mein trübseliges Schweigen durch Begeisterung und Eifer und nicht zuletzt große Geschäftigkeit ausgleichen. In den letzten Monaten hatte er regelmäßig mit Dr. Radmai in Verbindung gestanden, dem buddhistischen Lama, der uns eifrig mit seinem guten Rat und seiner Erfahrung unterstützte. Radmai lehrte uns viel über die Kultur, die Gewohnheiten und Gebräuche, konzentrierte sich allerdings eher am Rande auf die praktischen Angelegenheiten unserer Reise, und so kam es, dass er erst im August die Frage nach dem Zahlungsmittel ansprach. Ursprünglich hatten wir angedacht, die gesamte Reisekasse in bar mit uns zu führen, da wir vermuteten, Wertpapiere würden uns in der mongolischen Wüste nur wenig weiterhelfen. In unsere Mark und unseren Rubel hegten wir dafür umso größeres Vertrauen. Nun aber stellte sich zu unserer Überraschung heraus, dass unser Geld in der Mongolei wertlos wie Blech war.

Die geltende Währung, falls dieses Wort hier überhaupt angemessen ist, war eine flache Silberscheibe, die etwa ein halbes Pfund wog. Wie sich zeigen sollte, war sie in Petersburg unmöglich aufzutreiben und musste bei einem ganz bestimmten Schmied in Hamburg in Auftrag gegeben werden. Wir warteten wochenlang darauf, und Wolff streifte zunehmend rastlos durch die Wohnung. Er machte sich Sorgen – erst darüber, ob es dem Schmied überhaupt gelingen würde, die Silberscheiben herzustellen, dann darüber, ob die Lieferung, die ja streng genommen eine Art Werttransport darstellte, unbeschadet von Hamburg nach Petersburg gelangen würde.

Als die Kiste mit dem Silber endlich sicher im Wohnzimmer in der Kriwtsow-Gasse stand, lachte er vor Erleichterung.

Mir selbst war hingegen gar nicht zum Lachen zumute. Ich hob eine der Scheiben hoch, blieb stehen und wog sie in der Hand. Sie war dünn, das Silber war heller als alles, was ich bisher gesehen hatte. Obendrein kam sie mir schrecklich leicht vor, fühlte sich billig und wertlos an.

»Davon hängt nun also unser Leben ab«, bemerkte ich und spürte, wie der Druck in meinem Bauch zunahm.

»Oder jedenfalls von Teilen davon«, sagte Wolff unbekümmert und zerbrach die Scheibe. »Man bezahlt die

Ware nämlich mit einem Stück von einer Größe, die man für ihren Wert als angemessen erachtet.«

»Wie ein Keks«, sagte ich.

Der Unterschied dazu, in Naturalien zu bezahlen, schien tatsächlich nicht sehr groß.

Mit einem Mal sah ich die Kekse vor mir, die meine Mutter für mich zerbrochen hatte, als ich ein Kind war, und die Stückchen, die dabei auf den Tisch fielen. Ich pflegte meinen Zeigefinger mit der Zunge zu befeuchten und damit über den Tisch zu streichen, um hastig jeden kleinsten Krümel zu ergattern, sobald sie mir den Rücken zukehrte. Einmal ertappte sie mich auf frischer Tat, und mein Ohr brannte noch lange danach.

Als wären die Kekse nicht schon seltsam genug, war Dr. Radmai zudem der Meinung, wir täten gut daran, kiloweise Tee mitzunehmen und obendrein eine spezielle Sorte bunter Wollbänder, auf welche die Mongolen, insbesondere die Frauen, offenbar ganz versessen waren. Unser Leben hing also ebenso vom Vorrat der bunten Wollbänder ab, die wir mit uns führten. Es war nicht verwunderlich, dass ich nachts immer häufiger von Magenkrämpfen geweckt wurde.

Dann kam der Herbst, und es regnete tagein, tagaus. Die Abende verbrachte ich mit meiner Mutter vor dem Kamin, aß gierig das Essen, das uns das Mädchen servierte, und legte mich anschließend in das frischgemachte Bett. Und es erschien mir zunehmend unbegreiflich, warum ich aufbrechen sollte, warum ich mein weiches Bett und den warmen Kamin gegen ein eiskaltes Zelt und einen Winter eintauschen sollte, der so rau war, dass den Menschen wichtige Gliedmaßen abfroren.

Allerdings wagte ich es nicht, meine Besorgnis mit Mutter zu teilen. Vermutlich betrübte meine bevorstehende Abreise sie schon genug, und ich wollte ihr keinen weiteren Kummer bereiten. Überdies hegte sie eine große Sympathie für Wolff. Seit seinem heldenhaften Einsatz nach dem Attentat auf den Zaren erwies sie ihm tiefen Respekt. Sie hatte sogar dafür gesorgt, dass sein Gästezimmer neu tapeziert wurde und jeden Tag frische Blumen auf seinem Sekretär standen. Auch er verhielt sich ihr gegenüber stets überaus höflich und rücksichtsvoll und betonte immer wieder, wie dankbar er dafür sei, mich über einen so langen Zeitraum »ausborgen« zu dürfen, wie er es formulierte.

Ich versuchte, meine Angst vor Mutter wie auch vor Wolff zu verbergen, aber sie zeigte sich offenbar doch. Als wir eines Abends unsere Packliste durchgingen, hob er plötzlich den Kopf und sah mich an.

Die Flammen des Kamins tanzten über sein Gesicht.

»Sie sind so still?«

Er sagte es auf Französisch, und mit einem Mal fand ich, das französische *Sie* hatte einen viel weicheren Klang als das russische.

»Verzeihung«, sagte ich.

»Nervös wegen der Reise?«

»Sie etwa nicht?«

Er legte den Stift beiseite und fuhr sich mit den Händen durchs Haar, das nichtsdestotrotz wirr in alle Richtungen abstand.

»Ich erinnere mich noch genau, wie ich das erste Mal meine Heimatstadt verließ, die erste Reise, ich war außer mir vor Furcht, konnte nicht schlafen, nicht essen ...«

Vermutlich wollte er mich beruhigen, doch ich fand keinen Trost in seinen Worten, sondern schämte mich viel mehr darüber, dass es mir nicht gelungen war, meine Gefühle besser zu kontrollieren.

»Meine erste Reise führte mich in den ägyptischen Sudan«, fuhr er fort und beugte sich zu mir vor. »Ein Gebiet, dessen Tierleben geradezu unvorstellbar ist, ehe man es nicht mit eigenen Augen gesehen hat. Die Fauna ist ausgesprochen reich, bereits im Laufe weniger Tage hatten wir Elefanten, Nashörner, Nilpferde, Giraffen, Schakale, Antilopen und Strauße observiert. Darüber hinaus gibt es dort Krokodile, Schlangen, Paviane … ich könnte meine Aufzählung endlos fortsetzen. Während wir durch die Savanne ritten, gelang es mir dennoch nicht, mich an dieser einzigartigen Fauna zu ergötzen … nichts schien mir mehr Freude zu bereiten, denn um ehrlich zu sein, wollte ich nur nach Hause.«

Ich hob den Kopf und sah ihn an. Er erwiderte meinen Blick, in seinen Augen lag Wärme. Durch das zerzauste Haar sah er jünger aus, weniger angsteinflößend.

»Warum haben Sie Ihre Reise fortgesetzt?«, fragte ich.

»Die afrikanische Fauna zieht schon lange Jäger aus ganz Europa an, wie Sie ja wissen«, erklärte er. »Sie kommen in großen Jagdgesellschaften, schießen lediglich, um zu töten, zu sammeln, reißen den Elefanten die Stoßzähne aus und lassen die Kadaver dieser schönen Tiere einfach als Aas zurück. Am vierten Tag unserer Expedition begegneten wir einer solchen Gruppe von Männern. Sie donnerten durch die Landschaft und zogen eine Staubwolke hinter sich her. Sie schrien und johlten, hatten eine riesige Beute gemacht und befanden sich nun auf dem Rückweg nach Europa. Eines Abends kampierten wir mit ihnen gemeinsam. Die Jagdteilnehmer hatten die Taschen voller Flachmänner, sie beendeten den Tag damit, zu trinken, und begannen den nächsten Tag damit, noch mehr zu trinken. Sie bezeichneten die Jagd als einen Sport, aber ich glaube, im Grunde war sie eher ein Fest für sie. Ein Bacchanal, bei dem alles erlaubt war und ein Tierkadaver nach dem anderen zum Festaltar geschleift wurde. Schon dieser eine Tag, den wir mit ihnen verbrachten, genügte mir, um den Unterschied zwischen uns und ihnen zu verstehen. Sie spielten, wir arbeiteten. Sie opferten, wir bewahrten. Denn hinter all unserer Arbeit lag der Antrieb, die Tiere nicht nur lebendig zu fangen, sondern auch am Leben zu erhalten. Bei allem, was wir taten, stand immer das Wohl der einzelnen Individuen im Zentrum, in der Karawane waren nicht wir Menschen das Wichtigste, sondern die Tiere.«

Er stand auf und ging ein paar Schritte durchs Zimmer.

»Ich habe viel über diese zwölf Stunden nachgedacht, die wir mit der Jagdgesellschaft verlebten. Ich glaube, für mich wurden sie zu einer Art … Wendepunkt. Mir wurde bewusst, dass ich mit derselben Motivation aufgebrochen war wie sie, ich hatte mir Spannung erhofft, einen sportlichen Rausch, aber am Ende war es nicht das, was ich als sinnreich empfand … Anschließend kam ich zur Ruhe, und ich hatte kein Heimweh mehr. Stattdessen begann ich, mich nach der Ferne zu sehnen.«

Er streckte sich, bog seinen Oberkörper von einer Seite zur anderen.

»Wissen Sie, die Schreibtischarbeit macht mich nur

rastlos. Ich brauche Bewegung. Während all dieser Vorbereitungen«, er deutete auf die Listen, »und der Zeit, die sie erfordern, spüre ich, wie mein Körper an Kraft verliert. Nachdem ich einen so großen Teil meines Lebens in Bewegung verbracht habe, scheint es, als hätte ich mir eine ewige Unruhe angeeignet, als wäre das Schaukeln auf dem Rücken des Kamels oder Pferdes zum natürlichen Zustand meines Körpers geworden, und nur in dieser Bewegung würde ich wahre Ruhe finden.«

Ich verschaffte mir einen kurzen Überblick über meinen eigenen Körper, den kleinen Bauch, der unter meiner Weste zum Vorschein kam, die blassen, zarten Hände. Ich spürte, wie das Polster des Stuhls behaglich unter meinem Hinterteil ruhte und wie müde ich war, als würden mich die daunengefüllten Kissen und die frischgemangelte Bettwäsche rufen.

Doch vielleicht, dachte ich, vielleicht würde auch ich einen solchen *Wendepunkt* erleben, vielleicht würde auch ich eine solche beinahe physisch umwälzende Erfahrung machen, die meine Seele und meinen Körper in die Ferne zog anstatt nach Hause, die den Wunsch nach Bewegung statt Stillstand weckte.

Dieser Gedanke gab mir einen schwachen Trost, ein Trost, der allerdings mit jedem Tag verblich. In Wahrheit sehnte ich mich nach Hause, lange bevor ich überhaupt aufgebrochen war, das Heimweh oder besser die Furcht vor selbigem, eine Art Prä-Heimweh, war bald schon das Einzige, woran ich noch denken konnte. Ich schämte mich dieses Gefühls. Ich hatte eine ganze Expedition angestoßen. Wolff, der Herzog von Bedford, der Direktor des

Zoologischen Gartens sowie unser hochverehrter Dr. Radmai arbeiteten für und investierten in mein Projekt, während ich umherging und fürchtete, ich könnte die frischgemangelte Bettwäsche meiner Mutter vermissen. Ja, es war wahrlich beschämend.

Der Tag vor unserem Aufbruch begann mit Schnee und stürmischen Böen.

Wie oft hatte ich mir den Morgen unserer Abreise vorgestellt, einen verheißungsvollen rosafarbenen Himmel. Mutter und ich auf der Straße, wie sie mich in die Arme schloss, an meiner Schulter schluchzte, während ich stoisch ihre Trauer auffing. Ich hatte sogar vor mir gesehen, wie sie mir nachlief und versuchte, mich aufzuhalten, und wie ich lange und sanft auf sie einreden musste, sie trösten wie ein Kind, ehe sie mich endlich freigab.

Ich hatte mir auch ausgemalt, wie ich die Geographische Gesellschaft passierte und ein oder zwei der berühmtesten Geographen just in diesem Moment das Gebäude betreten wollten, mich entdeckten und vielleicht fragten, wohin ich unterwegs sei, und ich nur wenig verraten würde, sondern lediglich durchscheinen ließ, dass die genauen Details unseres Auftrags nicht an die Öffentlichkeit gelangen dürften und wir mit einem aufsehenerregenden Fang zu rechnen hätten.

Es waren kindische Phantasien, das sehe ich rückblickend auch und empfinde abermals nichts als Scham, da ich sie niederschreibe, ich hätte nicht übel Lust, das Papier zu zerknüllen oder mein Tintenfass darüber auszukippen. Doch ich habe mir vorgenommen, ehrlich zu sein, ich möchte alles schildern, was geschah, die gesamte Expedition, wie sie tatsächlich vonstattenging, und meine vielen unreifen Gedanken sind leider auch Teil der Erzählung. Der Leser möge es mir verzeihen.

Der tatsächliche Abreisetag verlief unterdessen ganz anders, als ich es mir vorgestellt hatte. Zunächst einmal sollten wir nicht am Morgen abreisen, sondern um zehn Uhr mit dem Nachtzug Richtung Moskau; zum anderen war das Wetter erbärmlich.

Wir hatten längst alles gepackt und zum Bahnhof schicken lassen. Zusätzlich zu den bereits erwähnten Silberscheiben, den Tees und den Wollbändern mussten wir auch Zelte, Kleidung, Schusswaffen und Munition sowie Proviant transportieren. Wolff hatte außerdem beschlossen, dass wir gut daran täten, fünfzig Dosen Kondensmilch als Zusatznahrung für die Wildpferdfohlen mitzunehmen, und dazu geeignete Flaschen und Sauger für die Fütterung. Somit war unsere Ausrüstung alles andere als leichtes Gepäck.

Für den Abreisetag hatten wir keine weiteren Pläne als zu warten. Ich wurde in aller Herrgottsfrühe wach, lange bevor es hell wurde, und stand sofort auf. Draußen stob der Schnee waagerecht vorüber, der Wind jagte um die Hausecken und pfiff durch den Kamin, wenn man nichts Dringendes zu erledigen hatte, gab es keinen Grund, vor die Tür zu gehen.

Ich wanderte rastlos von Zimmer zu Zimmer und fand keine Freude an den Mahlzeiten und Getränken. Meine Mutter bat mich mehrmals, doch endlich Platz zu nehmen, aber ich konnte es nicht. Schließlich ertrug sie mich offenbar nicht mehr und verschwand in der Küche, wo ich sie laut und schrill mit dem Koch reden hörte.

Aus ihrem Gesicht sprach keineswegs Trauer, als wir am Abend endlich die Wohnung verließen, sondern eher Erleichterung. Und der Wind blies so stark, dass es für sie nicht in Frage kam, uns auf die Straße hinauszubegleiten, und schon gar nicht, im Schnee hinter mir herzurennen. Wolff hatte sich diskret aus der Eingangshalle zurückgezogen und war einige Stufen die Treppe hinuntergegangen, und dort stand er und starrte aus dem Fenster, während Mutter und ich voneinander Abschied nahmen. Strenggenommen wäre diese Rücksichtnahme gar nicht nötig gewesen, da unser Abschied nichts Dramatisches an sich hatte. Als ich meinen Mantel angezogen hatte, setzten wir uns eine Minute und schwiegen, wie es der Brauch verlangte. Dann umarmten wir einander vor der Haustür. Meine Mutter weinte weder, noch schrie sie, sie küsste mich auf die Wangen und stellte sich dann auf die Zehenspitzen, um meine Stirn zu erreichen. Schließlich nahm sie meine Hände und sagte:

»Jetzt musst du nur diese Pferde finden, damit nicht alles vergebens war.«

»Ich werde tun, was ich kann«, erwiderte ich.

»Nein«, entgegnete sie. »Du musst mehr tun als das. Du musst sie finden.«

Anschließend ließ sie meine Hände los, und ihr Blick schob mich beinahe zur Tür hinaus.

»Adieu, Mutter«, sagte ich.

»Adieu, Michail Alexandrowitsch.«

Der Wind ließ die Kutsche erbeben, als wir die Geographische Gesellschaft passierten, und nicht ein einziger Abenteurer ließ sich blicken.

Die Stadt war fast menschenleer, der Schnee lag hoch, die Flocken segelten durch die Luft, waren zu leicht, um auf den Boden zu sinken. Eine Art Taubheit lag über der Landschaft und steckte mich an, mit einem Mal fühlte ich nichts mehr, nicht einmal mehr den Schmerz im Bauch.

Insgeheim hoffte ich, unser Zug würde aufgrund der Wetterverhältnisse ausfallen, doch er fuhr natürlich zuverlässig wie immer. Am Bahnhof herrschte Betriebsamkeit, Arbeiter in Filzstiefeln und dicken Pelzjacken überquerten die Gleise, Gendarmen und Polizisten patrouillierten, Träger sprangen hin und her, überall standen Reisende und ihre Begleiter, überall umarmten die Menschen einander zum Abschied, von der Lokomotive stieg Dampf auf, der rasch in der eiskalten Luft kristallisierte, und der Lokomotivführer brüllte den Heizer an, der immer noch auf dem Bahnsteig stand.

Der Lärm, die Bewegungen, die Lichter und Stimmen, nichts von alledem berührte mich. Schweigend suchten wir unsere Schlafplätze und richteten uns ein, woraufhin Wolff loszog, um zu prüfen, ob all unser Gepäck ausreichend für die Fahrt gesichert war.

Ich legte mich auf die Pritsche und starrte zur dunklen Holzdecke empor.

Jetzt geschieht es, dachte ich, jetzt fahre ich endlich. Doch alles, was ich empfand, war Leere.

Im nächsten Moment hörte ich auf dem Gang Wolffs Schritte, die mir mittlerweile schon so vertraut waren, leicht und doch energisch. Für gewöhnlich stimmte mich dieses Geräusch zufrieden, nun aber drehte ich mich hastig um, mit dem Gesicht zur Wand. Ich wollte nicht, dass er mich so sah, und ich hatte Angst, dass ich, wenn ich seinem offenen Blick unter den buschigen Augenbrauen begegnete, in Tränen ausbräche wie ein Kind.

Ich hörte ihn die Tür zu unserem Abteil öffnen, dann war er für einen Moment still, vielleicht betrachtete er meinen abweisenden Rücken.

»Schlafen Sie?«, fragte er.

»Nein«, antwortete ich mit belegter Stimme.

»Alles ist in bester Ordnung«, sagte er beruhigend. »Unsere Ladung ist an ihrem Platz, und der Zug wird planmäßig abfahren.«

»Gut«, sagte ich.

Doch ich schloss die Augen nicht, ich blieb einfach nur in der Dunkelheit liegen.

Der Zug setzte sich in Bewegung, die Pfeife ertönte, das rhythmische Stampfen der Treibstangen, die sich hin- und herbewegten, wurde schneller, während ich dort lag; still, so still.

KARIN

Ich werde das Bild von Bronx im Gras nicht mehr los. Die Larven, die Vogelschnäbel in seinen Augen. Ich habe schon so viele Tiere verloren. Aber nie so wie ihn.

Ich bin rastlos. Kann mich nicht auf die Büroarbeit konzentrieren. Oft endet es damit, dass ich mittendrin hinausgehe. Ich flüchte aus dem Büro, zu den Pferden, wieder zurück. Rauche eine Zigarette nach der anderen. Viel mehr, als ich eigentlich Lust habe. Ich merke, dass Mathias mich beobachtet, meine Bewegungen.

»Weißt du, was ich glaube«, sagt er eines Tages, als ich draußen stehe und ihm und Agi beim Tischlern zusehe. »Ich glaube, du brauchst eine Pause.«

Ich sehe ihn fragend an. »Eine Pause?«

»Ja, das ist ein Fremdwort für dich. Ich werde es dir erklären. Das bedeutet, mal eine Zeitlang zur Ruhe zu kommen, die Dinge gelassener zu sehen. Es kann auch bedeuten, mal für eine Weile rauszukommen.«

»Ich mache doch jetzt eine Pause.«

»Nein, ich meine es ernst. Unternimm doch mal einen Ausflug nach Ulaanbaatar. Über Nacht. Du findest sicher irgendeinen Vorwand, um dorthin zu fahren. Irgendetwas, das du erledigen musst. Etwas, das den Pferden zugutekommt.«

»Ich kann nicht von hier weg.«

»Doch. Und nimm Jochi mit.«

»Nein. Warum das denn?«

Ich spüre, wie ich rot werde.

Mathias grinst.

»Weil ich finde, dass er es auch gebrauchen könnte.«

»Hör doch auf.«

»Versteh mich nicht falsch. Ich finde wirklich, dass er so aussieht, als könnte er es gebrauchen. Agi und ich halten hier die Stellung. Stimmt's?«

Er dreht sich zu Agi um und erklärt es ihm in einfachem Englisch, vermischt mit ein paar mongolischen Vokabeln, die ich nicht verstehe.

»Yes«, antwortet Agi, ohne mit der Wimper zu zucken. »Yes, sure.«

Ulaanbaatar ist ein Schock. Alle Großstädte sind ein Schock, aber Ulaanbaatar ist schlimmer als die meisten anderen, und jedes Mal, wenn ich wieder hier bin, erscheint es mir noch schrecklicher. Der Stadtrand besteht aus Zeltlagern. Ein Ger nach dem anderen, so weit das Auge reicht. Im Winter heizen alle wie wild mit ihren Öfen. Die Stadt wird zu einem Aschenbecher, die Luft unerträglich. Doch jetzt, im August, ist alles von Sonne erfüllt.

Wir fahren ins Zentrum, der Verkehr wird dichter. Jochis Hand liegt auf dem Schaltknüppel, nur zehn Zentimeter von meiner entfernt, er lässt sie dort, muss oft schalten. In der Mongolei sind Fahrzeuge mit Lenkrädern auf der rechten und auf der linken Seite erlaubt, was mich verwirrt. Die anderen Fahrer offenbar auch, denn wir kommen auf unserer kurzen Fahrt gleich an zwei Unfallstellen vorbei.

Jochi parkt vor dem Hotel Bayangol. Ich habe dort aus alter Gewohnheit ein Zimmer reserviert, weil immer alle Ausländer hier unterkommen.

Als wir einchecken und den Preis für die beiden Einzelzimmer erfahren, bin ich schockiert.

»Das ist viel zu teuer«, flüsterte ich.

»Das Hotel? Oder dass wir zwei Einzelzimmer haben?«

Ich kann nicht antworten. Sein Scherz kommt so überraschend. Und er ist so untypisch für ihn, dass ich nicht weiß, was ich sagen soll, und gleichzeitig habe ich das Gefühl, ich würde noch immer die Nähe seiner Hand auf dem Schaltknüppel spüren, direkt neben meiner.

»Wir hätten eine billigere Unterkunft wählen können«, sage ich nur. »Ich muss nicht immer hier wohnen.«

»Du hast das reserviert«, entgegnet er. »Ich hätte auch im Ger schlafen können.«

»Ich weiß.«

Plötzlich wird mir bewusst, dass er vielleicht sogar jemanden kennt, bei dem er unterkommen könnte, und ich einfach ein Hotelzimmer für ihn bestellt habe, ohne zu fragen, dabei gibt es womöglich Menschen, die er besuchen kann, Verwandte, alte Kollegen, Freunde, eine Frau. Eine Frau.

Ab und zu erwähnt er andere Leute, er hat ein großes Netzwerk an der Universität, hier und auch in Moskau, aber er hat nie über jemanden gesprochen, von dem ich gedacht hätte, es wäre ein Mensch, bei dem er übernachten, essen, aufwachen, frühstücken könnte. Und trotzdem bin ich sicher, dass es eine Person in seinem Leben gibt, in dieser Stadt, zu der er eine solche Beziehung hat, eine solche Nähe. Aber er hat nicht vor, sie jetzt zu treffen. Er ist mit mir hier, in dem Hotel, das ich reserviert habe.

Jetzt werde ich schon wieder rot.

Wir gehen nach Norden, zum Sukhbaatar-Platz. Ein Stück entfernt sehe ich die Dächer von buddhistischen Tempeln. Sie ragen trotzig und steil zum Himmel auf, haben der kommunistischen Herrschaft standgehalten. Aber die Stadt ist nicht von buddhistischer Ruhe geprägt. Der Verkehr donnert vorüber. Überall sind Menschen. Einige Nomaden, die meisten aber Stadtmenschen. Männer in Anzügen, Frauen in Kostümen. Irgendwo ertönt ein Knall. Ich drehe mich hastig um. Spüre, wie sich die Geschwindigkeit in den Muskeln festsetzt und sie verkrampfen.

Jochi sieht auch nicht so aus, als würde er sich wohlfühlen, wieder kratzt er sich im Nacken. Ein Lada mit kaputtem Auspuff fährt in hohem Tempo an uns vorbei. Der Lärm schmerzt in den Ohren.

Ich verziehe das Gesicht. »Was machen wir noch mal hier? Eigentlich mag ich doch sowas gar nicht.«

»Typisch Europäerin«, sagt Jochi. »Du vermisst deinen Milchkaffee und dein französisches Baguette.«

»Es sind nicht die asiatischen Städte, die ich nicht mag. Es sind Städte im Allgemeinen.«

»Ich weiß«, erwidert er. »So viel habe ich schon verstanden.«

Wir erledigen unsere Sachen. Er hat einen Termin an der Universität. Ich muss ein paar Einkäufe tätigen. Abends gehen wir essen, die Auswahl ist nicht besonders groß. Am Ende landen wir in einem chinesischen Restaurant. Ich entscheide mich für irgendetwas mit süß-saurer Soße. Er bestellt ein Bier für uns beide. Wir essen unsere Gerichte. Er bestellt zwei weitere Biere. Ich habe schon lange keinen Alkohol mehr getrunken. Mir wird ein bisschen schummerig, alles fühlt sich leicht an. Wir sitzen uns gegenüber, und bald darauf spüre ich sein Bein unter dem Tisch. Er rückt ein wenig, und dann ist sein Oberschenkel ganz nah an meinem. Ich muss an die nackte Haut unter dem Stoff denken. Es ist schon so lange her, dass ich die Haut eines anderen Menschen gespürt habe.

Wir unterhalten uns. Über das Übliche, die Pferde, Agi, die anderen Angestellten. Wir hätten aber auch über andere Dinge reden können, wenn wir es gewollt hätten. Das Gespräch fließt so leicht dahin, alles ist leicht.

Plötzlich fallen mir seine Hände auf. Die Hände eines anderen Menschen. Ich stelle mir vor, wie sie meinen Körper streifen, ihn streicheln, berühren.

»Ich habe dich noch nie etwas trinken sehen«, sage ich.

»Ich dich auch nicht.«

»Agi trinkt.«

»Alle trinken. Ich auch. Nur nicht, wenn ich arbeite. Und ich arbeite viel.«

»Wodka und Airag. Davon scheinen sich alle zu ernähren. Wahnsinnig gesund.«

»Aber auch nicht nur ungesund. Der Alkohol vertreibt die Kälte aus dem Körper.«

»Und im Sommer?«

»Im Sommer gibt es immer einen Grund zum Feiern.«

»Der Sommer *ist* ein Grund zu feiern.«

»Ja, man muss feiern, dass der Frühling vorbei ist.«

Der Frühling, die schwerste Zeit für wilde Tiere, für alle Tierarten, die von der Natur leben. Die schwerste Zeit in der Mongolei. Die Winterreserven an Fett sind längst aufgezehrt. Warten auf den Regen, die Wärme, das Gras. Und manchmal überlistet die Natur uns, gibt uns ein bisschen Frühling, um ihn kurz darauf wieder zurückzunehmen. Ich hatte mich vor dem Frühling gefürchtet. Hatte durchaus gedacht, dass ich ein Pferd verlieren könnte, den Verlust aber mit einberechnet. Eins könnte ich verkraften. Doch das war, bevor ich Bronx verloren hatte. Jetzt habe ich keine Angst mehr. Stattdessen versuche ich, nicht an den Frühling zu denken.

»Gibt es vielleicht noch einen anderen Grund, warum du in Hustai nichts trinkst?«, fragt Jochi plötzlich.

Er sieht mich nicht an, hebt das Glas, hält dann in der Bewegung inne.

»Wie?«

»Mathias«, antwortet er.

»Was ist denn mit Mathias?« Ich höre, dass meine Stimme plötzlich scharf klingt.

Jochi hebt den Blick von seinem Glas.

»Ich habe schon verstanden, warum er hier ist«, sagt er sanft. »Ich habe seine Arme gesehen.«

»Ach ja?«, erwidere ich, noch immer genauso abweisend.

Er beugt sich vor. Legt die Hände offen auf den Tisch, mit den Handflächen zu mir.

»Wann hat das angefangen?«, fragt Jochi.

Mein Kiefer verspannt sich, als hätte mir jemand eine unsichtbare Kandare angelegt. Ich presse ein paar Worte hinaus.

»Als er fünfzehn war.«

»Hasch?«

Ich könnte jetzt beschließen zu weinen, oder ich lasse es sein. Weinen kann Mitleid bei den Menschen erregen, die Zeuge davon werden. Ich brauche kein Mitleid.

»Hasch und Alkohol«, sage ich und hole tief Luft, versuche, in einem neutralen Ton weiterzusprechen. »Es fängt immer mit Hasch und Alkohol an. Anfangs habe ich nicht viel dazu gesagt. Ich bin ja keine Spießerin und fand beides nicht schlimm. Nicht, ehe er zu anderen Drogen übergegangen ist.«

»Und dann ... ging das denn bis jetzt so weiter?«

Jochis Stimme ist sanft, aber beharrlich. Sein Blick offen und eindringlich. Mir kommt es vor, als wolle er in mein Innerstes eindringen. Meine tiefsten Empfindungen zu Tage fördern.

Ich zerknülle meine Serviette in der Hand, das schweißdurchtränkte Papier löst sich auf.

»Karin?«

Ich antworte nicht. Warum redet man nicht über sowas? Aus allen möglichen Gründen.

Scham, Verlust, Verleugnung, Erniedrigung, Verzweiflung, Irritation, Wut, Resignation, Langeweile. Langeweile ... Ja, Langeweile.

Als ich das erste Mal verstand, dass Mathias nicht nur ein bisschen herumexperimentierte, hatte ich widerstreitende Gefühle. Verzweiflung und Tatendrang. Das können wir lösen, dachte ich. Das können wir stoppen. Eine Behandlung ist alles, was er braucht, es gibt Hilfe. Ich habe genügend Ressourcen, ich kann dafür sorgen, dass mein Sohn nur in die besten Hände kommt. Ich betrachtete seine Drogenabhängigkeit einfach nur als Ausrutscher, als etwas, das alle Jugendlichen treffen kann.

Bei seinem ersten Rückfall überschattete die Verzweiflung dann alle anderen Gefühle. Aber nach ein paar Tagen schlich sich die Scham heran, denn der Rückfall bewies, dass Mathias' Abhängigkeit mehr als nur ein Ausrutscher war und dass der Fehler in *ihm* liegen musste.

Mit jedem Rückfall kamen neue Nuancen von Scham hinzu, und die Scham wuchs. Die Erniedrigung. Verleugnung wechselte sich mit Wut ab, Verzweiflung mit Hoffnung.

Ich lief im Kreis, und jedes Gefühl hatte seinen Platz im Kreis. Ich wusste zu jeder Zeit, wo ich war und was passieren würde.

Die Langeweile war das allerletzte meiner Gefühle, eine tiefgreifende Langeweile, die auch mit einer Lähmung einherging. Mit Apathie. Der Juckreiz der Langeweile war so stark, dass es wehtat. Ich kratzte mich, bis es blutete. Jetzt passiert es schon wieder, dachte ich jedes Mal, es passiert immer wieder, es nimmt einfach kein Ende.

Es gab kein Ende, bis wir hierherkamen, in die Mongolei.

Und ich möchte nicht hier sitzen und über Mathias heulen. Über all die Nächte, in denen ich ihn in Berlin gesucht habe. All die Zeit, in der ich immer auf der Hut war, lauschend, um sein heiseres Lachen zu hören, denn er hörte fast nie auf zu lachen. In der ich versuchte, seine gebeugte, zunehmend krumme Gestalt in der Menge der anderen ebenso Krummen zu entdecken. In der ich verlassene Gebäude durchsuchte, gegen Spritzen und gebrauchte Nadeln trat, gegen Alufolie mit braunen, angesengten Spuren. Die Orte wurden immer schlimmer. Schlimmer und schlimmer, bis zum allerletzten Mal, an dem ich ihn suchte.

Ich möchte nicht umgegraben und aufgewühlt werden, möchte nicht wieder zurück in diese Nächte, vor allem nicht in die letzte.

Ich lasse die Serviette los, strecke mich nach meinem Glas und nehme einen großen Schluck von meinem Bier, ohne Jochi anzusehen.

So lange schon habe ich nicht mehr die Haut eines anderen Menschen gespürt.

Mathias hat mich hergeschickt, mit den besten Absichten. Er hat sich wirklich gewünscht, dass ich hier mit Jochi im Restaurant sitzen würde. Hat sich gewünscht, dass zwischen uns etwas passieren würde.

Doch stattdessen hat sich mein Sohn zwischen uns gedrängt. Mit seinem ganzen Dreck, den schmutzigen Nägeln, dem Gestank der verlassenen Gebäude, dem Geruch von Putz und eingestürzten Mauern. Diese abstoßende, zusammengesunkene Gestalt, die mein Sohn ist, steht zwischen uns wie ein dunkler Schatten.

»Entschuldige«, murmle ich. »Ich kann nicht darüber sprechen.«

»Nein«, erwidert Jochi. »Ich muss mich entschuldigen. Ich hätte nicht fragen sollen.«

Ich hole tief Luft und wage es endlich, ihn anzusehen. Seine Augenbrauen sind nach oben gezogen. Er wartet noch immer. Noch immer gäbe es eine Möglichkeit für mich, es zu erzählen, wenn ich nur wüsste, wie.

»Wollen wir bezahlen?«, sage ich. Es ist eigentlich keine Frage. »Wo steckt denn der Kellner? Kannst du nach der Rechnung verlangen?«

EVA

Die Tage und Nächte vergingen, die Wochen, wir fanden einen Rhythmus. Der Strom kam nicht wieder, und mir gelang es auch nicht, die Batterie zu reparieren. Doch es half, dass wir jetzt zwei Erwachsene waren. Ich kam endlich zu Dingen, die ich aufgeschoben hatte, reparierte den Zaun der Ziegenweide, flickte das Dach des Stalls, durchsuchte nahegelegene Höfe nach einer funktionierenden Batterie.

Eines Tages war die schottische Wildkatze nicht mehr da, als ich nach ihr sehen wollte. In jenem Sommer hatte ein Baum seine Äste weit über den Zaun ihres Geheges gestreckt. Die Katze musste an ihnen hochgeklettert und geflohen sein. Am selben Abend öffnete ich auch die Voliere der Falken.

»Fliegt«, sagte ich. »Fliegt.«

Doch sie starrten mich nur dämlich an. Ich ging und kehrte erst mehrere Tage später zurück. Da waren sie endlich abgehauen.

Isa schien glücklich darüber, dass wir zu dritt waren, sie hatte schon seit mehreren Wochen nicht mehr gequengelt, dass wir endlich aufbrechen sollten. Auch Louise äußerte sich nicht zur Zukunft und erzählte auch nicht mehr über ihre Vergangenheit. Ich hatte einige Male versucht, sie danach zu fragen, aber sie wich mir stets aus.

Jeden Morgen trank sie begehrlich die Buttermilch und aß alle Eier, die sie bekam, ihre Wangen wurden runder und die Haut an ihren Händen fester. Sie stand immer als Erste auf und ging allein in den Stall, um die Kühe zu melken. Ich dachte, dass es ihr wahrscheinlich gefiel, die Stirn an die Flanke dieser großen Tiere zu lehnen, dass sie die rhythmischen Bewegungen mochte und das Prasseln der Milch, die in den Eimer spritzte.

Eines Morgens wachte ich von Lichtstrahlen in meinem Gesicht auf. Am Abend zuvor hatte ich die Gardinen nicht richtig zugezogen, und nun bohrte sich ein unerbittlicher Strahl durch den Spalt zwischen den Stoffteilen. Ich blieb noch eine Weile liegen, hörte Louise, wie sie aufstand und ihr Zimmer verließ. Ich spürte, dass es zu spät war, um wieder einzuschlafen, stand auf und zog mich an.

Ich spazierte über den Hof, vorbei an ein paar Pfützen, die das Regenwasser der Nacht gefüllt hatte, und setzte meinen Weg zum Stall fort, weil ich dachte, sie könne vielleicht Hilfe gebrauchen.

Doch sie war nicht dort. Der Hocker stand neben Eple und der Eimer unter ihrem Bauch, aus ihrem Euter tropfte ein wenig Milch auf eine Pfütze am Boden, aber Louise war weg.

Dann hörte ich draußen ein Geräusch. Eine seltsame Mischung aus Bellen und Husten, das Geräusch, wenn sich jemand erbrach. Die Hintertür war angelehnt, ich eilte dorthin, auf die Rückseite, wo ich schon lange nicht mehr gewesen war. Und da stand sie im hohen Gras. Sie hörte mich nicht, hatte mir den Rücken zugekehrt, beugte sich vor, das Gras verbarg alles, dessen sie sich entledigt hatte.

»Louise!« Ich eilte zu ihr.

Ich wollte ihr die Hand auf den Rücken legen, sie trösten, aber sie schob mich mit einer Miene weg, die an Scham erinnerte. »Bitte nicht.«

Sie drehte sich um, richtete sich auf, spuckte aus, aus ihrem Mund trieften noch Schleimfäden. Auf dem Boden sah ich das Erbrochene, ein kleiner, gelblicher Haufen, halbverdautes Essen von gestern. Daneben entdeckte ich einen weiteren, bereits eingetrockneten, und noch einen, der schon halb verwest war.

Es war also nicht das erste Mal, dass sie sich hier draußen übergab. Und sie litt auch nicht an einer Magenverstimmung oder Lebensmittelvergiftung.

»Louise«, sagte ich. »Du erwartest ein Kind.«

Sie atmete zitternd und starrte auf den Boden.

»Entschuldige«, antwortet sie. »Entschuldige, dass ich nichts gesagt habe. Und anfangs war ich mir auch nicht sicher. Ich dachte, mein Körper wäre einfach nur ein bisschen aus dem Rhythmus. Das kommt öfter vor. Aber ich habe es ja geahnt, und gespürt … ich esse für zwei, und ich werde euch nicht mehr helfen können. Entschuldigung.«

Jetzt hob sie ihren Kopf und sah mich flehend an.

Mein Herz pochte. Ich konnte nichts antworten.

»Wer war das?«, konnte ich am Ende doch fragen. »Wer hat dir das angetan?«

Ihr dünner Körper unter einem großen, schweren Mann.

Weil sie sich dazu gezwungen gesehen hatte, weil sie etwas zu essen oder ein Bett gebraucht hatte?

»Was?« Sie sah mich überrascht an. »Nein, ich wurde nicht vergewaltigt. So war das nicht. Ich wollte es selbst. Es war ein Mann, den ich unterwegs getroffen habe. Nur eine Nacht. Aber es war schön.«

»Bist du sicher?«

»Ja. Natürlich bin ich sicher. Ich weiß, was es heißt, etwas freiwillig zu machen.«

Plötzlich lachte sie. Und ich musste auch lächeln.

Ich trat einen Schritt auf sie zu. »Du willst das Kind also wirklich haben?«

Sie nickte, sah plötzlich selbst aus wie ein Kind, beschämt und zugleich stolz.

»Weißt du, im wievielten Monat du bist?«

»Ich glaube, es kommt im Mai.«

Ein Kind im Mai. Ein Maikind.

»Das sind die besten Monate, um ein Kind auf die Welt zu bringen. Im Frühling«, erklärte ich.

»Du bist nicht wütend?«

»Wütend?«

Jetzt musste ich lachen.

Ein Säugling, ein Menschenbaby, hier in Heiane. Wir waren zu zweit gewesen, und bald würden wir zu viert sein.

»Komm«, sagte ich.

Ich schleifte sie mit mir ins Wohngebäude, hinauf in den ersten Stock, dort nahm ich eine Taschenlampe, zog die Stiege zum Dachboden heraus und kletterte hinauf.

»Komm!« Ich winkte sie herbei.

Sie folgte mir.

Die staubige, trockene Luft schlug uns entgegen. Ich schaltete die Lampe ein und leuchtete auf Stapel von alten Kisten und Möbeln, die wir nicht mehr brauchten.

»Da sind sie.«

In der einen Ecke standen zwei Pappkartons. Ich eilte zu der einen und öffnete sie.

»Guck mal, Isas Babysachen. Das ist Größe 56, ich erinnere mich noch, dass das am Anfang ein bisschen zu groß war.«

»*Das* war zu groß?«

»Aber hier, das ist eine 52, das wird gut passen, wenn das Baby durchschnittlich groß ist.«

Sie nahm den Strampelanzug in die Hände.

»Du liebe Güte, so klein!«

»Du kannst froh sein, dass die Babys nicht größer sind. Irgendwie müssen sie ja auch rauskommen.«

»O je.«

»Und hier …« Ich drehte mich um. »Hier habe ich noch einen Kinderwagen und eine Wiege. Die Decke müssen wir noch auslüften.« Ich roch daran. »Aber das war alles gut verpackt, ist noch in einem einwandfreien Zustand.«

Sie nickte.

Ich konnte nicht anders, ich musste zu ihr gehen und sie umarmen, ich spürte, dass ich kurz vorm Weinen war.

»Wir haben alles, was wir brauchen.«

Bericht über meine Reise in die Mongolei und das, was ich dort fand

Kapitel 8
Eine noch beschwerlichere Fortsetzung

Meine Erinnerungen an die darauffolgenden Wochen scheinen wie von Frost bedeckt, von Raureif überzogen, alle Farben sind gedämpft, alle Einzelheiten verschwommen. Ich betrachte mich selbst von außen, geduckt, einsilbig, ängstlich, ohne den Mund zu öffnen, da ich befürchte, sofort in lautes Greinen auszubrechen. Vermutlich war ich keine sehr angenehme Reisebegleitung.

Von Moskau aus setzten wir unsere Bahnfahrt fort bis zum Fluss Ob. Alle Züge fuhren planmäßig, all unser Gepäck wurde stets ebenso sicher und zuverlässig weitertransportiert wie wir. In Ob fanden wir, oder besser gesagt Wolff, problemlos vier starke Burschen, die willens waren, uns auf unserem weiteren Weg zu begleiten und außerdem die nötige Ausrüstung für eine Schlittenfahrt besaßen.

Die Tour südwärts nach Bijsk war ein Albtraum, den ich am liebsten vergessen würde, wenngleich Wolff die ganze Zeit behauptete, alles würde »geschmeidig und unter den gegebenen Umständen, das muss ich wirklich sagen, *außerordentlich* komfortabel ablaufen.«

Er pfiff fortwährend vor sich hin, obwohl ihn der Wind ständig zu übertönen drohte, und lächelte viel häufiger, als er es in Petersburg getan hatte. Sein Bart war mittlerweile lang und struppig und stets von Raureif überzogen, wie auch der Rand seiner Pelzmütze; und darunter funkelten seine Augen.

Ich konnte seine Begeisterung in keiner Weise teilen. Obwohl ich jeden Winter meines bisherigen Lebens in der eisigen, rauen Luft von Petersburg verbracht hatte, war ich auf eine solche Kälte nicht vorbereitet gewesen. Bald war die Taubheit, die ich bislang nur als Gemütszustand gekannt hatte, ein reales Gefühl, der Frost kroch in mich hinein, ich fror fortwährend, sowohl wenn ich einschlief, als auch wenn ich aufwachte, und überhaupt den ganzen Tag über. Lediglich im Halbschlaf fand ich eine Art Ruhe, dann sah ich vor meinem inneren Auge den Schein des Kamins in unserem Wohnzimmer, hörte Mutter im Hintergrund rumoren, spürte einen Schemel unter meinen Füßen und die Wärme einer weichen Decke. Und plötzlich wachte ich auf und schnappte erschrocken nach Luft, und alles war wieder verschwunden.

Nach Bijsk wurde die Reise noch ungemütlicher. Wir ritten auf Pferden und Kamelen durch tiefen Schnee und kamen immer langsamer voran. Jede Nacht bauten wir unsere Zelte auf, doch weder das Zelttuch noch die Felle und die kleinen Öfen, die wir mit uns führten und kräftig einheizten, vermochten die Kälte zu vertreiben.

Unter diesen Bedingungen legten wir 965 Kilometer

zurück. Indessen war ich längst überzeugt, dass ich mein Leben gegen einen nie enden wollenden Albtraum getauscht hatte, dass es nie wieder etwas anderes gäbe als diesen Schnee, den Pferderücken, das eiskalte Zelt in der Nacht, die steifen Finger in den Fäustlingen und die tauben Zehen, die ich zu verlieren glaubte. Und als wir nach fünfundvierzig solchen Tagen endlich Kobdo in der Wüste Gobi erreichten, konnte ich es kaum glauben.

Wir waren neun Tage schneller an unserem Ziel als geplant, da die Reise, so Wolff, »außergewöhnlich schmerzfrei« verlaufen sei. Und wir waren ohnehin zu früh, es war erst Anfang März, nun mussten wir viele Wochen totschlagen, ehe der Frühling anbrechen würde und wir unsere geplante Jagd aufnehmen konnten.

Wenn Wolff über Kobdo gesprochen hatte, war ich immer davon ausgegangen, es handele sich um eine Stadt. Daher war ich zutiefst enttäuscht, als wir dort ankamen, denn es glich in keiner Weise den Städten, die ich kannte.

Die Wahl des Hauptquartiers für unsere Expeditionen war aus dem einfachen Grund auf Kobdo gefallen, weil es keine Alternativen gab. In der Stadt, wenn man diese Ansammlung primitiver, einstöckiger Steinhäuser überhaupt als eine solche bezeichnen konnte, lebten 1500 arme Seelen, drei Viertel davon waren Tartaren und Mohammedaner, das andere Viertel chinesische Händler. Kobdo war der Ausgangspunkt der großen Handelskarawanen nach Peking, eine Strecke, für die man auf dem Kamelrücken für gewöhnlich zweieinhalb Monate brauchte. Die Bewohner der Stadt lebten daher gut von Reisenden wie uns und waren stets bemüht, für alles zu sorgen, was wir brauchten, solange wir anständig dafür zahlten. Zu meiner Überraschung erwiesen sich die Silberscheiben und die Wollbänder tatsächlich als gültiges Zahlungsmittel, und Essen und Brennstoff waren leicht zu beschaffen. Außerdem erstanden wir ein mongolisches Zelt und zwei Hengste; wunderschöne, mongolische Tiere, stattlichere Hauspferde als diese findet man vermutlich nirgends auf der Welt. Doch selbst das konnte mich nicht von meinem Verdruss erlösen.

Am ersten Tag schlugen wir unser Zelt am Rande der Stadt auf, auf einer flachen Ebene mit Blick auf die massiven Berge des Altai; eine angsteinflößende, drückende Wand in der Ferne. Am liebsten wäre ich einfach nur auf meine Pritsche gekrochen und dortgeblieben. Ich hatte das Ziel unserer Expedition vollkommen aus den Augen verloren, und jetzt wünschte ich mir lediglich, die Zeit zu verschlafen, bis ich endlich wieder nach Hause zurückkehren konnte.

Wenn ich im Nachhinein auf diese Monate zurückblicke, schäme ich mich meiner Schwermut und meiner Lähmung. Was für ein Mensch war ich eigentlich, mich so sehr von diesen zerstörerischen Gefühlen vereinnahmen zu lassen. Nun, da ich anderthalb Jahre später in meinem Arbeitszimmer sitze und mich an mich selbst in diesen ersten Wochen in Kobdo zurückerinnere, kommt es mir vor, als würde ich auf einen anderen Menschen blicken; auf einen Mann, der seine Zeit vergeudete.

Wolff störte sich glücklicherweise nicht weiter an meiner Melancholie. Er begann unverzüglich damit, das Gebiet um Kobdo zu erkunden, das keineswegs unbewohnt war. Am Ufer des Flusses Zedzik-Noor lebten vier verschiedene mongolische Nomadenstämme. Sie wurden von jeweils einem Häuptling angeführt, und Wolff machte sich schnell mit allen bekannt. Er hatte ein ganz eigenes Talent, mit anderen Menschen in Verbindung zu treten. In einer Mischung aus Zeichensprache und Mongolisch, das er sich offenbar in Rekordgeschwindigkeit angeeignet hatte, knüpfte er rasch Freundschaft mit diesen Anführern und meinte sogar, er fände sie ungeheuer liebenswürdig.

Ich zwang mich selbst, ihn auf einigen seiner Ausflüge zu begleiten, verstand seine Begeisterung für diese Männer allerdings nicht. Die Gesichter der Mongolen waren reglos, wie versteinert. Sie bewegten den Mund nur, wenn sie sprachen, verwendeten selten Gebärden, und ihre Augen blieben stets ausdruckslos, sodass es vollkommen unmöglich war, ihre Gefühle zu deuten. Wie sehr sie sich doch von uns Russen unterschieden, von unseren großen Gesten und Worten. Ich hatte meine Landsleute nie zuvor so vermisst wie hier, und bislang hatte ich auch nie über die Qualitäten der Russen nachgedacht, wie deutlich und klar sie sich ausdrückten und gestikulierten, ihre reiche Sprache, die nie auch nur den geringsten Zweifel an ihren Absichten oder Gefühlen ließ.

Ein typisches Gespräch zwischen Wolff und einem Mongolen verlief dagegen wie folgt:

Mongole: Mendi (Gott sei mit dir)

Wolff: Mendi

Mongole: Malzuruk mendi baina? (Alles in Ordnung mit deinem Haushalt?)

Wolff: Mendi baina

Mongole: Tana del chabana? (Was machst du hier?)

Wolff: Manna chudulu du gores (Ich bin gekommen, um wilde Tiere zu kaufen)

Mongole: Mendi

So wurden die Gespräche gern noch endlos fortgesetzt, mit ungeheuer vielen Wiederholungen, es war, als würde die mongolische Konversation auf ebendiesem Prinzip beruhen, wie Kinderlieder oder Merkreime. Einige Male übte ich mich, nachdem Wolff mich energisch dazu aufgefordert hatte, selbst in einer solchen Unterhaltung, scheiterte jedoch stets kläglich. Zum einen gelang es mir nicht, die Sprache so schnell zu erlernen wie er, zum anderen beherrschte ich weder die Wiederholungsregel noch die Kunst, ein ausdrucksloses Gesicht zu machen. Der Russe in mir drängte immerzu an die Oberfläche, und meine Gefühlsregungen schienen die Mongolen zu verwirren, denn sobald sich mein Inneres nach außen kehrte, wandten sie sich wieder Wolff zu und führten das Gespräch nur mit ihm weiter.

Unabhängig von solchen Herausforderungen in der Verständigung waren diese Ausflüge und Bekanntschaften überaus nützlich für uns, und Wolff hatte schon bald darauf Kontakte zu drei verschiedenen Stämmen geknüpft, die uns gerne, eine angemessene Bezahlung vorausgesetzt, bei allen möglichen Belangen unterstützen wollten.

Wenn ich mich nicht nach Hause sehnte, sehnte ich mich nach dem Frühling. Jeden Tag schien die Sonne einige Minuten länger, aber das war auch schon der einzige Vorbote einer neuen Jahreszeit, denn die Kälte wirkte genauso beißend wie am Tage unserer Ankunft. Und dann, eines Nachmittags Mitte März, zog ein Sturm auf.

Ich saß allein am Ofen, Wolff war unterwegs, um neuen Brennstoff zu beschaffen. Wie auch die Mongolen heizten wir mit getrocknetem Dung. Wenn wir es zwischen unseren Fingern zu einem Pulver verrieben, fing es sofort Feuer, doch der kleine Ofen in unserem Zelt verbrannte alles binnen weniger Minuten, und wir hatten immer größere Probleme, genug von unserem Brennstoff zu erstehen. Nun legte ich den letzten Fladen in den Ofen, schloss die Tür und kauerte mich so nah wie möglich ans Feuer.

Ich sah mich um. Dies war nun also mein Zuhause. Zwei Feldbetten, zwei Reisekisten. Ein Kessel, eine Bratpfanne, einige Werkzeuge, Wände aus Zelttuch. Nein, nicht mehrere Wände, nur eine einzige große Wand, denn das Zelt war rund. Ich stellte fest, dass ich Ecken vermisste, etwas, woran sich mein Blick festhalten konnte. Das Zelttuch schien genauso leer und trist wie die weiße Unendlichkeit dort draußen. Und noch dazu so instabil, dass unsere Behausung sicher jeden Moment umwehen konnte. Allein die Tür kam mir ein wenig stabiler vor. Wir hatten eine solide Holztür bekommen, mit Rahmen und Türklinke; und jetzt wurde sie geöffnet. Wolff erschien in einer Schneewolke und trug einen prallvollen Sack mit Dung auf dem Rücken.

Er eilte zu mir und befüllte hastig den Ofen. Mittlerweile war ich längst immun gegen den Gestank des getrockneten Tierkots; und in dem Maße, in dem ich überhaupt etwas empfinden konnte, begann ich den Geruch sogar zu mögen, vermutlich, weil ich ihn mit Wärme verband.

Als das Feuer brannte, brieten wir uns ein Stück Rindfleisch. Fleisch, immerzu Fleisch, es war fast das Einzige, was wir aßen, das Einzige, was es hier gab, zumeist gefroren aus unserem Vorrat draußen in der Kälte. Wir tauten es langsam im Zelt auf, ehe wir es in der Pfanne brieten oder im Wasser kochten. Trotz meines großen Hungers schienen die roten Fasern in meinem Mund aufzuquellen, ich musste an das Tier denken und welchen Teil davon ich mir gerade einverleibte, und ich musste an die starken Muskeln in den Beinen des Stiers denken, wie sie unter dem glatten Fell arbeiteten, wenn er sich bewegte.

Obwohl ich noch lange nicht satt war, konnte ich nicht weiteressen, und ich spürte, dass es nicht nur die faserige Beschaffenheit des Fleisches war, die mich davon abhielt, es herunterzuschlucken, sondern auch ein kindischer Kloß im Hals. Draußen frischte der Wind weiter auf, und obwohl wir mehr Dung nachlegten, schien es nicht zu fruchten. Der Wind erfasste das Zelttuch und rüttelte daran, und die Kälte zog herein, drang durch jede kleine Ritze des weißen Leinentuchs.

»Soll ich einen Tee kochen?«, fragte Wolff.

Ich nickte, und kurz darauf nahm ich dankbar die heiße Tasse entgegen, die er mir reichte, zog meine Fäustlinge aus und wärmte meine Hände über dem Dampf. Er bildete kleine Tropfen an meinen Handflächen, die im nächsten Moment eiskalt wurden. Hastig wischte ich sie an meiner Hose ab und begnügte mich damit, die Tasse zu umschließen, um auf diese Weise meine Finger zu wärmen. Ich schloss die Augen, atmete durch die Nase ein und genoss den vertrauten Geruch des Tees.

So saß ich lange da, reglos, vor Kälte wie gelähmt und

zugleich in panischer Angst davor, mich zu bewegen, denn ich hatte das Gefühl, jede noch so kleine Regung könnte dazu führen, dass ich wie ein Kind zu greinen begann, den Tee zu Boden schleuderte oder einfach nur aus bloßem Wahnsinn losschrie.

»Ist alles in Ordnung?«

Wolffs Stimme drang aus weiter Ferne zu mir herüber, klang mild und warm.

Ich schlug die Augen auf und starrte direkt in die seinen, und im selben Moment merkte ich, wie mir die Tränen hinunterliefen. Hastig fuhr ich mir mit der Hand über die Wange.

»Bitte entschuldigen Sie.«

»Es gibt keinen Grund, sich zu entschuldigen.«

Ich trank einen Schluck Tee, der inzwischen fast kalt war, also leerte ich die Tasse rasch, bevor er die letzte Wärme verloren hatte.

»Der Frühling müsste längst hier sein«, erklärte Wolff. »Dieser Winter, dieser Wind, so hätte es nicht sein sollen.«

»Ich vermute, Sie haben recht«, sagte ich.

»Es tut mir leid, dass ich Sie allzu früh hierhergebracht habe«, fuhr Wolff fort. »Und wir nun diese lange Wartezeit haben, die Ihnen sicher sinnlos erscheint.«

»Nein, keineswegs«, erwiderte ich schnell. »Ganz und gar nicht. Ich verstehe, dass die Arbeit, die wir nun mit den Nomaden leisten, überaus nützlich sein wird und wir wunderbar vorbereitet sein werden, wenn das Frühjahr dann endlich anbricht.«

»Ganz genau«, sagte er. »Genauso denke ich auch … und morgen wird der Wind abflauen.«

Ich nickte.

»Sie zittern ja.«

»Verzeihung.«

»Es ist wirklich kalt. Eine noch strengere Kälte als zuvor.«

Er stand auf, zog seine Mütze über die Ohren, schlüpfte in seine dicken Handschuhe und ging hinaus.

Als er einige Minuten später zurückkehrte, war sein Bart voller Schnee und die Mütze weiß. In der einen Hand hielt er etwas, das ich im ersten Moment nicht zuordnen konnte. Es war eine Blechdose, jedoch deformiert von dem Material in ihrem Inneren, das sich ausgedehnt und sie gesprengt hatte.

»Die Milch«, sagte er. »Die destillierte Milch. Sie ist gefroren, und alle Dosen sind zerstört.«

Mir wurde bang ums Herz, die Milch war für die Fohlen bestimmt gewesen, und jetzt hatte die Kälte sie zerstört.

»Und die Temperatur wird weiter fallen«, erklärte er. »Dies wird die kälteste Nacht werden, die wir bisher erlebt haben. Ich bin der Meinung, wir sollten uns jetzt hinlegen. Wir müssen uns durch diese Nacht schlafen, durch den Frost. Morgen wird alles besser. Und immerhin werden wir dann Milch zum Frühstück trinken können.«

Wir krochen auf unsere Liegen und zogen alle Felle über uns, die wir hatten.

»Ich behalte den Ofen im Blick«, sagte er. »Versuchen Sie, ein wenig zu ruhen.«

Ich schloss die Augen, versank beinahe sofort in einen leichten Schlaf und wurde von einem Strom unzusammenhängender Gedanken fortgetragen. Ich war zu Hause in der Wohnung, meine Mutter ging umher, ihre Absätze klapperten auf dem Boden, sie lief im Kreis, von Zimmer zu Zimmer, vom Esszimmer zum Arbeitszimmer in die Küche und wieder zurück, sie hielt eine Tasse Tee in der Hand, die für mich bestimmt war, doch sie reichte mir diese nie, stattdessen öffnete sie die Fenster, durch die weiße Schneeflocken hereinstoben und auf die Möbel und all die Zierstücke meiner Mutter sanken. Es ist kalt, sagte ich, bitte sei so nett und schließe sie wieder, es ist so kalt. Doch sie riss immer mehr Fenster auf, und der Schnee wirbelte durch die Luft.

Dann wurde ich wach. Wolff war noch immer mit dem Ofen beschäftigt, die Öllampe brannte. Er schob Dung durch die kleine Luke nach, doch es schien nichts zu helfen; die Temperatur im Zelt war noch weiter gefallen.

Er schloss die Ofentür, dann fing er an, eine Reihe von Strecksprüngen zu machen, mitten im Zelt, wo die Decke am höchsten war, ging tief in die Knie und berührte den Boden, und bei jedem Sprung stieß er gegen die Zeltdecke.

Mir war so kalt, dass ich nicht mehr schlafen konnte. Ich zitterte noch mehr als zuvor, bibberte unter meinen Fellen.

Im nächsten Moment drehte er sich um und bemerkte, dass ich ihn beobachtete.

»Sie sind wach? Es tut mir leid, dass ich Sie geweckt habe. Ich hatte gehofft, das umgehen zu können, aber es ließ sich nicht länger vermeiden, ich musste mich bewegen.«

Ich erwiderte nichts, spürte nur, wie meine Zähne

klapperten und meine Zunge mir nicht mehr gehorchen wollte. Er kam zu mir und setzte sich auf den Rand meines Feldbetts wie eine Mutter zu ihrem Kind. Aus seinem Mund stieg weißer Frostatem auf.

Er zögerte kurz, dann streckte er die Hand aus und strich mir mit den Fingern über die Wange.

Er erschrak darüber, wie kalt sie war.

»Sie müssen aufstehen«, sagte er. »Kommen Sie aus dem Bett hoch.«

»Nein, nein, dann wird es nur noch schlimmer«, sagte ich. »Bitte nicht.«

Doch er griff meinen Arm.

»Sie müssen sich bewegen. Sie müssen.«

Ersteres sagte er auf Russisch, Letzteres auf Deutsch, beides klang überaus streng. Dann zog er mich auf die Beine und stellte sich vor mich.

»Machen Sie mir einfach alles nach, denken Sie nicht groß etwas dabei, tun Sie es mir einfach nur gleich.«

Er begann zu hüpfen, zunächst ziemlich langsam.

»Kommen Sie schon.«

Ich machte einen einzelnen Hopser, aber mein Körper war so steif, beinahe unbeweglich, als würde mein Blut stocken, als wäre es in meinen Adern gefroren.

»Kommen Sie, noch einmal!«

Ich hüpfte erneut. Auf und ab. Auf und ab.

Anschließend begann er, auf der Stelle zu rennen.

»Rennen, rennen, rennen«, befahl er. »Rennen, rennen, rennen, kommen Sie.«

Rührt euch! Zwei rennende Männer, in einem mongolischen Zelt, in der kältesten Nacht, die ich je erlebt hatte.

Wir rannten, als ginge es um unser Leben, und so war es wohl auch. Während wir rannten, spürte ich, wie das Blut allmählich wieder zirkulierte, wie die Taubheit aus Fingern und Zehen wich und von einem intensiven, stechenden Schmerz abgelöst wurde.

Ich jammerte.

»Weiter!«, rief Wolff.

»Es brennt«, klagte ich.

»Es muss brennen«, sagte er.

Wir liefen, bis unsere Herzen rasten und der Atem aus unseren Mündern dampfte. Wir liefen, bis wir nicht mehr konnten und auf unsere Liegen sanken.

Wolffs Mütze war ihm in die Stirn gerutscht, er erinnerte an einen zusammengesunkenen Sack. Mit einem Mal fiel mir auf, wie komisch er aussah, und ein ungewohntes Gefühl sprudelte in mir hoch. Ein heiseres Quaken entfuhr mir, und Wolff richtete seine Mütze und blickte mich erstaunt an.

»Sie lachen?«

Ich antwortete mit weiterem Quaken. Es waren seltsame, gurgelnde Laute, ich konnte mich nicht erinnern, dass mein Lachen so klang.

Jetzt lachte auch er, und dieses Lachen erkannte ich wieder, denn er lachte oft, aber diesmal war es sprudelnder als zuvor, glucksend, beinahe kindlich.

So lagen wir auf unseren Pritschen und lachten, bis wir keine Luft mehr bekamen, und als es schließlich wieder verebbte, hörten wir erneut den Wind, der noch heftiger heulte, noch tödlicher.

Wolff stand auf, überlegte kurz, dann zog er seine Liege

näher an den Ofen, nahm alle Decken und Felle von meinem Lager und legte sie auf das seine.

»Kommen Sie«, sagte er und deutete mit dem Kopf darauf.

Ich blieb stehen, verstand nicht, was er meinte.

»Kommen Sie unter die Decke, ehe wir unsere Wärme wieder verlieren.«

»Aber …«

»Komm, Michail. Vertrau mir.«

Er nannte mich beim Vornamen, er hatte mich noch nie beim Vornamen genannt, und er betrachtete mich mit einem tiefen, sorgenvollen Ernst.

Wie ein gehorsamer Junge kroch ich in das andere Feldbett.

Er füllte den Ofen nach, dann kam er zu mir; die Pritsche war derart schmal, dass wir so nahe beieinander lagen, wie es zwei Menschen überhaupt möglich war. Seine Wärme drang durch meine Kleidung.

Er nahm meine Hände.

»Du bist ja immer noch eiskalt«, sagte er.

Ich weiß, dass es riskant für mich ist, diese Worte niederzuschreiben, ich sollte die Seiten zerreißen, sie sind nicht für fremde Augen bestimmt, doch es gelingt mir nicht, sie zu zerstören, denn damit würde ich auch unsere Geschichte zerstören. Das Einzige, wozu ich fähig bin, ist es, weiterzuschreiben.

Er führte meine Hände unter all die Kleidungsschichten, presste sie direkt auf seinen Bauch. Er gab keinen Laut von sich, obwohl meine Finger eiskalt waren.

Während ich dort im Bett lag, näher bei einem anderen

Menschen als je zuvor, dachte ich nicht an die Pferde, nicht an die Milch, die, wenn sie auftaute, verdorben sein würde, nicht an all die Sorgen, die mit der Jagd zusammenhingen, oder meine starke Hoffnung, dass wir die Pferde tatsächlich finden und fangen und sie wohlbehalten nach Petersburg transportieren könnten, wo man uns als Helden empfangen würde. Das Einzige, woran ich dachte, war er, sein Körper, der meinem so nah war, Bauch an Bauch, Arm um Arm, wir waren ineinander verschränkt, sein Körper war mein Körper, und ich dachte nur noch an ihn, während mir langsam warm wurde.

Ein *Wendepunkt,* ich hatte auf diesen Moment gewartet, da alles einen Sinn ergab, da ich verstand, warum ich hier in der Ferne war.

Zwei Männer allein in einem mongolischen Zelt, so schläft man auf Expeditionen wie diesen, und wenn es kalt wird, muss man einander Wärme und Trost spenden. Doch die Wärme zwischen uns war nicht mild und tröstend, sie war brennend.

EVA

Die Wiege stand im Wohnzimmer. Ich sah die Bettwäsche durch, sie war ein wenig löchrig, aber nicht so, dass man sie nicht hätte flicken können. Die Babykleidung hatte ich schon stapelweise nach Größe sortiert. Es gab rosa Kleidchen, hellblaue Strampler, Strumpfhosen und Bodys aus leichter, weißer Wolle; die hatte ich damals besonders gemocht. Viele Sachen waren schon von mehreren Kindern getragen worden, aber da Babys so schnell wachsen, waren sie trotzdem noch in einem guten Zustand. Anschließend würde ich Isa bitten, mir mit dem Kinderwagen zu helfen. Vielleicht mussten die Reifen geölt und aufgepumpt werden, sie waren ja schon lange nicht mehr benutzt worden.

Es war erst halb sechs, aber ich war früh wachgeworden, und mein Körper fühlte sich euphorisch und schwerelos an. Ich ging in die Küche und machte Frühstück, deckte für drei Personen. Kochte Wasser und platzierte die Butter auf dem Tisch, die schon weich geworden war, weil sie in der Wärme gestanden hatte. Isa kam aus ihrem Zimmer.

»Guten Morgen.«

Zum ersten Mal hörte es sich nicht pflichtschuldig an, wie sie das sagte.

Leichtfüßig ging ich wieder zu den Babysachen im Wohnzimmer. Schaukelte den Wagen ein wenig, strich mit der Hand über eine Decke und lächelte.

Inzwischen war es sieben, aber Louise war noch immer nicht vom Melken zurückgekommen.

»Vielleicht ist irgendwas?«, fragte Isa.

Ich nickte und warf mir eine Jacke und Gummistiefel über. Dann ging ich zum Stall.

Noch bevor ich um die Ecke gebogen war, hörte ich das Muhen.

Eple und Micro standen vor verschlossener Tür, sie waren von der Weide zurückgekehrt, um gemolken zu werden. Ich öffnete das Tor und ließ sie in den Stall. Eple muhte erneut, gequält, ich beeilte mich, den Schemel zu holen, nahm sie zuerst an die Reihe, legte die Stirn an ihre Flanke, während die Milch in den Eimer spritzte, und redete beruhigend auf sie ein.

»Ganz ruhig, jaja, du hast lange gestanden, du Arme, jaja, jetzt wird alles gut, alles wird gut.«

Micro war nicht ganz so nervös, doch auch sie drehte sich zu mir um, als sie das Geräusch im Eimer hörte.

»Gleich bist du auch dran, gleich bist du auch dran«, sagte ich zu ihr.

Sie stampfte als Antwort auf den Boden.

Nach einer Weile war Eples Euter geleert, und ich sprang zu Micro hinüber, spürte, wie das große Tier ruhiger wurde, während sich der Euter allmählich leerte.

Als ich den Stall verließ, zitterten meine Hände, und meine Finger waren taub. In der Küche war Isa gerade dabei, Wasser für den Abwasch aufzuheizen. Sie sah mich fragend an, als ich hereinkam.

»Sie war nicht bei den Kühen«, erklärte ich.

»In ihrem Zimmer ist sie auch nicht«, sagte Isa. »Aber ein Großteil ihrer Sachen ist noch da.«

Isas Unterlippe zitterte, als sie das sagte.

Ich stürzte in Louises Zimmer. Das Bett war gemacht, ihr Rucksack verschwunden, aber einige ihrer Sachen hingen nach wie vor über der Stuhllehne.

»Vielleicht ist irgendetwas passiert«, überlegte ich. »Vielleicht hat sie einen Spaziergang über das Gelände gemacht und ist gestürzt. Vielleicht liegt sie irgendwo.«

Isa nickte. »Vielleicht.«

Wir teilten die Wege unter uns auf, sorgten dafür, dass wir alle Bereiche des großen eingezäunten Grundstücks abdeckten, obwohl ich genau wusste, dass sie keinen *Morgenspaziergang* gemacht hatte, denn sie hatte ja ihren Rucksack mitgenommen.

Als ich zu den Pferden kam, musste ich mich hinsetzen. Mir war schwindelig vor Hunger, schwindelig vor Wut und Verwirrung. Sie war schwanger, was dachte sie sich eigentlich? Was sollte aus dem Kind werden?

Ich kam wieder auf die Beine. Die Tränke war leer, normalerweise war sie voller Regenwasser, aber in den vergangenen Tagen hatte es nur geringe Niederschläge gegeben. Direkt vor dem Zaun stand ein größerer Wassertank. Dort ging ich hin und holte einen Eimer, tauchte ihn ins Wasser und spürte, wie er schwer wurde, blieb einfach nur so stehen, mit dem Eimer dort unten, hatte keine Kraft, um ihn wieder herauszuheben. Ein paar Heuhalme schwammen auf der Oberfläche. Schließlich zog ich den Eimer doch hinauf und fing die Halme mit ein. Ich goss das Wasser in den Trog, ging wieder zum Behälter, füllte einen neuen Eimer, goss ihn in den Trog.

Die Pferde kamen herbei und begannen zu trinken. Sie steckten ihre großen Mäuler ins Wasser und schlürften es in sich hinein, die Augen halb geschlossen.

Ihr seid durstig, dachte ich, bitte verzeiht mir. Ich holte einen weiteren Eimer.

Als sie auch dieses Wasser getrunken hatten, waren die Pferde offensichtlich zufrieden, denn jetzt zogen sie sich zurück. Puma stakste für sich allein am Zaun entlang, während Nike dicht hinter ihm lief und auf ihn aufpasste.

Ich ließ den Eimer auf den Boden fallen, ein hohles, metallisches Scheppern. Ich hätte es ahnen müssen, hätte es wissen müssen. Anne hätte es sofort gesehen, sie bemerkte so etwas, aber ich war hoffnungsfroh, naiv, unwissend gewesen. Ich trat mit voller Kraft gegen den Eimer.

»Mama?«

Isa stand direkt hinter mir.

»Mama, was machst du da?«

»Es tut mir leid.«

Ich beeilte mich, den Eimer aufzuheben und ordentlich neben den Wasserbehälter zu stellen.

»Hast du nichts gefunden?«, fragte Isa.

»Nein.«

»Ich auch nicht.«

Ich konnte sehen, dass Isa den Tränen nahe war.

»Warum ist sie gegangen? Ob sie uns doch nicht mochte?«

»Natürlich mochte sie uns«, antwortete ich und zog sie an mich. »Natürlich mochte sie uns. Vor allem dich.«

Isa ließ sich umarmen und trösten. »Vielleicht musste sie irgendetwas Dringendes erledigen. Sie kommt bestimmt wieder zurück.«

»Glaubst du wirklich?«, fragte Isa.

»Ja«, antwortete ich. »Ja, ganz bestimmt.«

Der Tag verging. Wir aßen schweigend zu Abend, legten uns schweigend hin. Isa unternahm ein paar zaghafte Versuche, sich zu streiten, frech zu sein, ihr altes Ich wiederzufinden, gab aber schnell auf. Ich ließ mich nicht provozieren, und sie hatte nicht die nötige Energie.

Vielleicht würde Louise im Laufe der Nacht wiederkommen, dachte ich, bestimmt würde sie im Laufe der Nacht kommen. Ich hatte die Tür extra nicht abgeschlossen, und sie würde sich hereinschleichen, in ihr eigenes Bett, und am nächsten Morgen wäre sie wieder an ihrem Platz, ich würde das Quietschen ihres Bettes hören, wenn sie um fünf aufstand, sie würde die Kühe übernehmen, wie immer, würde mit uns frühstücken, wie immer.

Ich döste ein, glitt zwischen Wachsein und Schlaf hin und her. In meinem Traum flickte ich Babysachen und stopfte Löcher, aber der Faden verknotete sich immerzu, ich versuchte es mit einem doppelten Faden, doch es wurde nur schlimmer, das Garn verknäulte sich völlig, ich nahm es in den Mund, zertrennte es mit den Zähnen, löste es aus dem Loch, hielt die Nadel in den schwachen Kerzenschein, versuchte es einzufädeln, konnte aber nicht richtig sehen.

KARIN

Ich bleibe wach im Bett liegen, die Bettwäsche juckt auf der Haut, das Kissen ist zu weich, die Matratze zu hart, und das Zimmer stinkt nach Rauch.

Schließlich stehe ich auf. Öffne das Fenster zur Nacht. Der Lärm der Stadt schlägt mir wie eine Wand entgegen, Motoren, Bremsen, Transformatoren, Lüftungen, Sirenen. Und Stimmen, Gelächter, Schreie.

Ich bleibe am offenen Fenster stehen und ziehe die Stadtluft in meine Lunge ein. Tief ein und wieder aus. Ein, aus.

Es hilft nichts.

Stadtluft, Stadtnacht, so wie die letzte Nacht, das allerletzte Mal, dass ich mich auf die Suche machte.

Ein heller Frühlingsabend vor bald drei Jahren. Ganz Westberlin war auf den Beinen. Frauen in Sommerkleidern, Kinder auf Fahrrädern. Doch an diesem Leben nahm ich nicht teil, denn im Schatten des Frühlings gab es auch eine andere Stadt. Die Stadt der Obdachlosen, die Stadt der Drogenabhängigen. Seine Stadt. Unsere Stadt. Meine und seine.

Am Vormittag war er zu mir nach Hause gekommen.

Er hatte keinen Schlüssel mehr, hatte ihn zum Glück verschlampt, und ich wollte ihm auch keinen neuen nachmachen lassen. Er klaute wie ein Rabe. Ich war es leid, immer wieder zu entdecken, dass Dinge, die mir etwas bedeuteten, verschwunden waren.

Ich arbeitete gerade, als er klingelte. Beschäftigte mich mit dem Stammbaum der Takhis. Ich wusste, welche Pferde ich zur Zucht einsetzen, welche Erbeigenschaften ich kreuzen wollte. Aber ich konnte sie nicht holen, konnte nicht damit anfangen, ehe ich einen passenden Ort gefunden hatte. Eigentlich suchte ich nach etwas in der Nähe von Berlin, in der Nähe von Mathias. Dann aber hatte ich den Tipp von dem Hof in Thorenc bekommen. Das Gebiet ähnelte der Mongolei. Es wäre optimal für die Pferde. Ich könnte ihn billig übernehmen. Und die Idee ließ mich nicht mehr los, obwohl der Hof viel zu weit von Mathias entfernt lag.

Die Haustürklingel durchschnitt die Stille. Seine Stimme in der Sprechanlage klang klar, seine Worte deutlich.

Ich schloss auf, hörte seine Schritte im Treppenhaus. Ich spitzte die Ohren, um zu hören, ob er stolperte oder das Bein nachzog. Doch die Geräusche seiner Füße auf der Treppe verrieten nichts.

Dann stand er vor mir. Ich erkannte seinen Geruch wieder, ein Geruch von Straße, Zigaretten, Alkohol, Putz und Urin. Schmutzig, immer war er schmutzig, seine Fingernägel, sein Haar. Jetzt kommt wieder die Umarmung, dachte ich, jetzt streckt er seine Arme aus, so wie immer, und hält mich lange fest. Bis ich mich vorsichtig befreie.

Doch er bewegte sich nicht.

»Hallo«, sagte er nur.

»Komm rein«, sagte ich. »Hast du Hunger?«

Er hatte immer Hunger.

Ich stellte Brot und Aufschnitt für ihn auf den Tisch. Viel hatte ich nicht anzubieten, wenn man allein ist, kommt man mit wenig aus. Aber ich fand noch ein Fertiggericht in der Gefriertruhe, das für ihn gedacht war. Ich hatte oft so etwas zu Hause, damit er immer etwas essen konnte, selbst wenn er mitten in der Nacht kam.

An jenem Tag aß er aber nur eine Scheibe Brot und wollte keine warme Mahlzeit haben.

Anschließend stand er auf, räumte seinen Teller und das Glas auf die Arbeitsplatte, fegte die Krümel in die Spüle. Himmel, er war doch sonst nicht so ordentlich.

»Danke«, sagte er.

»Gern geschehen«, erwiderte ich.

Ich hatte schon lange aufgehört, ihn zu fragen, wie es ihm ging. Schließlich wusste ich das ja, dass es ihm nicht gut ging. Und er brauchte normalerweise auch keine Frage zum Anlass, um mir etwas von sich zu erzählen.

Häufig berichtete er von seinen Plänen. Einem neuen Angebot, von dem er erfahren hatte, einer Klinik, jemandem, der ihm helfen würde. Oder er erzählte aufgedreht und laut von einer neuen Jobmöglichkeit. *Möglichkeit*, er liebte dieses Wort. Manchmal kam er frischgeduscht und hatte Blumen dabei. In sauberen Klamotten, auf den ersten Blick clean. Doch es dauerte meistens nur ein paar Minuten, bis ich sah, dass er irgendetwas genommen, das Heroin lediglich durch eine andere Substanz ersetzt hatte.

Seine Freude war nur eine Zutat, die von außen ergänzt worden war und zusammen mit seinem Rausch auch wieder verfliegen würde. Ich glaubte schon seit vielen Jahren nicht mehr an das Wort *Möglichkeit*.

Und heute benutzte er es nicht. Er hatte nichts zu erzählen.

»Dann gehe ich wohl mal wieder«, sagte er und trat hinaus in den Flur.

»Wo willst du hin?«

Warum fragte ich ihn das? Obwohl ich die Antwort doch eigentlich gar nicht wissen wollte?

»Einfach nur raus«, antwortete er.

Er nahm seine Jacke vom Haken, einen zerschlissenen Anorak, der nach Straße roch.

Seine Antwort versetzte mir einen Stich. *Einfach nur raus.* Ich hätte nachfragen sollen. Ihn festhalten. Ihn bitten, bei mir zu übernachten. Alles, was eine gute Mutter getan hätte.

Doch ich stand einfach nur da. Nahm seinen Geruch wahr, ohne etwas zu unternehmen. So roch er jetzt also. Ich konnte nichts mehr für ihn tun.

Niemand sollte so riechen müssen. Wie aus der Kloake.

»Ich wollte dich nur kurz besuchen«, sagte er und zog sich den Anorak über den Kopf.

»Ja.«

»Hast du heute noch was vor?«, fragte er.

»Vielleicht mache ich einen Spaziergang«, antwortete ich. »Das Wetter ist so schön.«

»Ja«, sagte er. »Das Wetter ist schön.«

Ich hätte ihn fragen sollen, ob er mitkommen wollte.

Hätte versuchen sollen, ihn zurückzuhalten. Doch ich sagte nichts.

Schließlich öffnete er die Tür.

»Na dann, einen schönen Spaziergang.«

»Danke. Mach's gut.«

»Du auch.«

Er hielt inne.

»Da ist noch was.«

»Ja?«

»Ich werde Sarah in Zukunft nicht mehr sehen.«

»Nein? Warum nicht?«

Er verzog das Gesicht. »Du weißt, warum.«

»Das … das ist schade.«

»Schade? Du neigst wirklich nicht zu großen Worten.«

Er grinste. Ein hastiges, freudloses Grinsen.

Und dann ging er.

Er würde Sarah nicht mehr sehen. Er hatte die wenigen Stunden verloren, die er mit ihr verbringen durfte. Er hatte es geschafft, selbst das zu zerstören.

Schade. Ich hätte noch mehr sagen sollen. Ihn trösten? Hätte ich ihn trösten sollen? Oder ausschimpfen?

Aber er war schon gegangen, und es spielte sowieso keine Rolle, was ich sagte oder tat.

Erst ein paar Minuten später, als ich auf die Toilette ging, mir die Hände wusch, die Seife roch und meine Finger an dem weichen, gelben Frotteehandtuch neben dem Waschbecken abtrocknete, wurde mir bewusst, dass sein heutiger Besuch anders gewesen war als alle vorherigen. Nicht wegen der Nachricht über Sarah, ich hatte schon so viele schlechte Nachrichten erhalten.

Aber er hatte nicht geduscht. Ich hatte ihm ein Handtuch hinausgelegt und nachgesehen, ob noch genug Duschgel und Shampoo in der Dusche standen. Ihn daran erinnert, dass er nicht zu lange brauchen dürfte, weil der Warmwasserboiler so schnell leer war. Doch er hatte nicht geduscht.

Er hatte mich genauso schmutzig und stinkend wieder verlassen, wie er gekommen war. Das war noch nie passiert.

Ich tigerte von Zimmer zu Zimmer, schaffte es nicht, in die Sonne hinauszugehen. Trank mehrere Tassen heißen Kaffee und verbrannte mir die Zunge. Setzte mich hin, um zu arbeiten. Stand wieder auf. Nahm ein Babyfoto von Sarah in die Hand, das auf einer Kommode stand. Es war das Einzige, das ich hatte. Sie saß auf Mathias' Schoß. Er lächelte in die Kamera, Sarahs Augen waren rot vom Blitzlicht.

Gegen sieben verließ ich die Wohnung und spürte, wie der Schlüssel in meiner Hand zitterte.

Es gab genug Orte in dieser Stadt, wo man sich verstecken konnte, vor allem entlang der Mauer. Überall standen verlassene Gebäude, sie waren mit Graffitis und Slogans übersät, in den Ecken huschten Ratten umher.

Ich ging an der Mauer entlang. Durchsuchte die alten Mietshäuser, von denen ich wusste, dass sie leer standen. Manchmal war er leicht zu finden, fast so, als wollte er gefunden werden. Je frischer sein Rückfall war, desto leichter konnte ich mir ausrechnen, wo er steckte. Doch jetzt war er schon lange nicht mehr clean gewesen und hielt sich in keinem der üblichen Häuser auf, wo solche wie er sich versteckten.

Ich setzte meinen Weg fort, ging aufs Geratewohl durch die Stadt. Die Stunden verstrichen.

Am Ende kam ich zu einem dreistöckigen, grauen Gebäude, das freistand, die Häuser rechts und links davon waren abgerissen worden. Das grüne, überraschend saubere Tor war nur angelehnt. Ich öffnete es und ging hinein. Im Hof stank es nach Urin. In Höfen wie diesen stank es immer nach Urin.

Ich kniff die Augen zusammen, musste mich an die Dunkelheit gewöhnen. Ein Lichtschalter führte zu einer Lampe an der Wand, ich betätigte ihn, obwohl ich eigentlich schon vorher wusste, dass er nicht funktionieren würde. In solchen Häusern gab es nie Strom. Putzstaub und Verfallsgestank knirschten mir zwischen den Zähnen und juckten in meiner Nase. Der Geschmack von Gipsstaub erinnerte mich an die ersten Jahre nach dem Krieg.

Briefkästen an der Wand, an vielen standen immer noch Namen. Einer klaffte offen, am Boden erahnte ich einen vergilbten Werbeprospekt. Rechts und links in der Wand befand sich jeweils eine Tür, sie führten zu Treppenhäusern, die mit den Buchstaben A und B markiert waren.

Ich versuchte es bei A. Abgeschlossen. Dann legte ich meine Hand auf die Klinke von Tür B, die aufglitt.

Nichts deutete darauf hin, dass hier Menschen wohnten, die meisten der besetzten Häuser trugen die Spuren ihrer Bewohner, Graffitis, Schlafsäcke in den Ecken, leere Konservendosen.

Trotzdem ging ich hinein. Es war ein Haus auf dem Weg, eines von vielen, und ich musste es bei jedem einzelnen versuchen.

Er hätte duschen müssen. Warum hatte er nicht geduscht?

In jeder Etage gab es drei Eingangstüren. Ich drückte jede Klinke im Erdgeschoss herunter, keine davon ließ sich öffnen. Auch im ersten Stock waren alle Türen abgeschlossen.

Erst im zweiten fand ich eine, die offen war. Sie glitt lautlos auf, als hätte jemand gerade erst die Angeln geölt.

Ich ging in die Wohnung.

»Hallo?«

Niemand antwortete.

Ein Flur, ein Eingang zu einem Wohnzimmer, eine braune, geblümte Tapete, ein schwacher Parfümgeruch wie von einer alten Dame.

Ich ging ins Wohnzimmer, das leer war. Von dort aus führte eine Tür in einen weiteren Raum. Ich öffnete sie.

»Mathias.«

Dort saß jemand. Zusammengesunken. Eine Spritze im Arm. Blaue Lippen. Ein kaum hörbarer Atem.

Er trug denselben Anorak wie Mathias.

Den stinkenden Anorak.

Anschließend … Ich erinnere mich noch an den Pappbecher mit kaltem Kaffee, den ich in der Hand hielt. Ich klammerte mich daran fest. Eine Krankenschwester kam und ging. Wir können noch nicht mehr dazu sagen, wiederholte sie die ganze Zeit, es tut mir sehr leid, wir wissen noch nicht mehr. Ich erinnere mich noch an eine Taubheit, die sich von meinen Zehen ausbreitete, die Beine hinauf, bis in die Finger, ins Gesicht, den Mund, die Augen, und die es unmöglich machte, zu sprechen, die Augen zu schließen, zu weinen.

Doch alle Nächte haben ein Ende, so auch diese. Er wird überleben, sagte die Krankenschwester schließlich, und er wird keine bleibenden Schäden davontragen.

Erst als die Nachricht kam, löste sich auch meine Lähmung. Die Krankenschwester sah mich an und fragte, ob ich ihn sehen wolle. Ja, sagte ich, das muss ich wohl. Doch ich ging nicht hinein, nicht sofort. Ich blieb einfach nur stehen und spürte, wie sehr ich zitterte.

Ich hatte so viele Male gesucht.

Eine Mutter sucht. Das tut man einfach.

Tags darauf rief ich den Landbesitzer in Thorenc an. Ich komme, sagte ich. Wie schnell kann ich übernehmen?

Ich habe nie wieder nach ihm gesucht.

Ich habe auch Sarah nie wiedergesehen.

Aber ich rief beim Jugendamt an. Ein paar Wochen darauf, nur um mich zu erkundigen, ob er die Wahrheit gesagt hatte. Sie erzählten, dass es Sarah jetzt gut gehe. Sie sei in eine stabile Familie gekommen. Dieses Wort gebrauchten sie, stabil. Dort sei sie in guten Händen. Wunderbar, antwortete ich. Wunderbar, das wollte ich auch nur wissen. Ich legte auf und dachte an gute Hände. Alle Hände waren besser als die von Mathias. Und vermutlich waren auch viele Hände besser als meine.

Meine Hände eigneten sich am besten zur Arbeit.

EVA

Ich wagte es, ein letztes Mal das Auto zu nehmen, und fuhr zum Kai. Es war Freitag, aber nur ein einsamer Fischkutter lag dort vertäut, wie schon die letzten Male, als ich hier gewesen war. Niemand kam mehr, weder zum Kaufen noch zum Verkaufen.

Der Bootsbesitzer war derselbe Fischer, bei dem ich an jenem Tag, als mir Louise begegnet war, auch den Fisch gekauft hatte. Er packte gerade zusammen, stapelte leere Styroporkisten aufeinander und sicherte sie mit einem Seil. Ich ging zu ihm, und als er mich entdeckte, schlug er seinen Blick nieder.

»Hab heute wieder Dorsch gefangen«, murmelte er und deutete mit dem Kopf auf die drei kleinen Fische, die in einer einsamen Kiste auf seinem Schiff lagen.

»Diesmal bin ich nicht zum Einkaufen hier«, sagte ich. »Ich habe nichts zum Tausch anzubieten.«

Er widmete sich wieder seiner Arbeit, machte den letzten Tampen fest und rollte den Rest des Taus zusammen.

»Ich suche jemanden«, erklärte ich. »Eine Frau namens Louise, sie hat braunes Haar und ist so groß wie ich«, erklärte ich. »Sie ist an dem Tag aufgetaucht, als ich das letzte

Mal bei Ihnen eingekauft habe. Spricht mit einem leichten Akzent.«

»Eine Ausländerin?«, fragte er. »Ein Flüchtling?«

»Sie ist Französin.«

»Eine Illegale also«, schloss er.

Ich zuckte zusammen. Legale und illegale Einwanderer … diese Unterscheidung hatte ich schon seit Jahren nicht mehr gehört, die Grenzen waren gefallen, jetzt kamen alle oder gingen, niemand war legal, alle waren illegal, er, ich, es spielte keine Rolle mehr.

»Sie hat bei mir gewohnt. Sie war mein Gast.«

»Ich habe niemanden gesehen«, sagte er. »Hier unten ist sowieso keiner mehr. Der Fisch verfault, sehen Sie?«

Jetzt konnte ich auch erkennen, dass sein Fisch glanzlos war und eine ungesunde Farbe hatte. Der Mann hatte also gelogen, als er behauptete, er hätte ihn heute gefangen.

»Sie müssen ihn selbst essen«, sagte ich.

»Ich kann keinen Fisch mehr sehen.«

»Ich könnte irgendwann Milch mitbringen«, sagte ich. »Später.«

Anschließend ging ich schnell zum Auto.

»Hallo!« Er rief mir nach. »Vielleicht wäre es uns besser ergangen, wissen Sie, vielleicht wäre es uns allen besser ergangen, wenn es Menschen wie Sie nicht gäbe.«

»Wie bitte?«

»Wir hätten die Grenzen verteidigt. Wir hätten das beschützt, was uns gehört. Wir hätten immer noch … all das, was wir früher hatten.«

Milch. Warum hatte ich ihm Milch versprochen?

Ich öffnete meine Autotür und würdigte den Fischer keines Blickes mehr. Im nächsten Moment bemerkte ich, dass aus Einars Schornstein Rauch quoll.

Sie konnte doch wohl nicht dort sein?

Ich blieb neben der offenen Autotür stehen. Warum sollte sie dort sein, bei ihm?

Nachdem ich die Tür wieder geschlossen hatte, ging ich den Hang hinauf.

Schon lange, bevor ich um die Ecke bog, hörte ich, wie jemand Holz hackte. Er stand mit der Axt in der Hand auf dem Hof und spaltete die Klötze mit einem Schlag. Ich näherte mich, er war weder besonders groß noch breit, ein gewöhnlicher Mann, und doch stärker als ich, das war von den Chromosomen so bestimmt worden und verdammt ungerecht.

Er bemerkte mich nicht, bis ich mich räusperte.

»Na sowas, du?«

»Ja. Ich.«

Offenbar brachte es ihn völlig aus der Fassung, mich hier zu sehen, und dass ich freiwillig zu ihm kam, denn er ließ seine Axt zu Boden fallen.

Ich schätzte den Abstand zu ihr ab, vielleicht drei Meter, wenn ich schnell war, konnte ich zu ihr rennen und mir die Axt schnappen.

Plötzlich grinste er. »Du suchst nach ihr. Nach der französischen Schlampe.«

»Ja.«

»Vielleicht habe ich sie ja hier.«

Er nickte in Richtung des Hauses.

Die Wut flammte in mir auf. Ich sah Louise vor mir, sah seinen schweren Körper auf ihrem.

»Einar? Nein, oder?«

»Reg dich ab. Glaubst du, ich will eine Furie wie die haben. Wut macht wütend.«

Ich atmete aus. Wut macht wütend. Ein erstaunlich kreativer Sprachgebrach für ihn.

»Aber du hast sie gesehen?«, fragte ich.

»Damals, ja. In der Nacht. Zu Hause bei dir. So eine blöde Kuh habe ich selten erlebt.«

»Und hier hast du sie nicht gesehen?«

Er machte eine Kunstpause. »Ist das denn wichtig?«

»Du wusstest aber, dass ich nach ihr suche?«

Er zog die Mundwinkel zur Seite, was anscheinend ein Lächeln darstellen sollte.

»Und was bekomme ich, wenn ich sie finde?«

»Einar, wenn du sie siehst, sag ihr bitte, sie soll zurückkommen. Bitte.«

Auf halbem Weg zurück zum Hof blieb das Auto stehen, jetzt vollkommen ohne Strom. Ich ließ es einfach dort, wo es war, rollte auf den Standstreifen, schloss ab und ging, ohne mich noch einmal umzusehen. Zum ersten Mal seit meiner Fahrprüfung hatte ich kein Auto mehr.

Ich wagte es nicht, weiter an der Hauptstraße entlangzugehen, hatte Angst, jemandem zu begegnen, und nahm den Weg durch den Wald. Es regnete lautlos. Eine Krähe segelte laut krächzend über meinen Kopf hinweg. Andere Vögel waren nicht zu hören.

Kra kra kra. Jetzt waren sie zu zweit. Sie kreisten über

mir, folgten meinen Bewegungen; große, schwarze Schatten am Himmel, ihre Laute, die mit nichts zu vergleichen waren, *kra kra kra.*

Ich ging schneller, behielt sie im Auge, war froh um die dichten Baumkronen, die sie von mir trennten.

Isa schaukelte mit ihrem Stuhl, stellte die Zehen auf den Boden, legte die Hände auf die Tischplatte und kippte weit zurück, ehe sie sich mit einem Schlag wieder nach vorn fallen ließ.

Sie hatte ihre Milch nicht ausgetrunken, das Fett setzte sich als gelbe Schicht oben ab.

»Wir müssen jetzt aufbrechen, verstehst du, Mama.«

Sie kippelte erneut, diesmal noch weiter, der Stuhl wackelte bedrohlich.

»Isa«, sagte ich.

»Isa«, äffte sie mich nach. »Keine Louise, kein Baby, und das verdammte Fohlen ist auch bald groß genug, um allein zurechtzukommen. Du musst doch verstehen, dass es Zeit ist, endlich abzuhauen.«

Sie hielt sich an der Tischplatte fest, ihr Pferdeschwanz wehte hinter ihr in der Luft, der Stuhl stand auf zwei Beinen. Dann ließ sie sich wieder fallen, und der Stuhl krachte noch lauter auf den Boden.

»Das ist nicht gut fürs Holz«, sagte ich.

»Wahnsinnig dramatisch.«

Ich antwortete nicht. Die Dielen waren schon immer voller Kratzer und Kerben gewesen, seit ich hier wohnte. Kerben vom Teller, den ich aus Versehen vom Tisch stieß, als ich im Alter von fünf Jahren das erste Mal vom Erwachsenengeschirr hatte essen dürfen, Kerben von der Bratpfanne, die Anne damals fallen ließ, als sie den Griff ohne Topflappen angefasst hatte, oder die sichtbaren Spuren aller Stühle, die jedes Mal über den Boden gezogen wurden, wenn sich die ganze Familie setzte und wieder aufstand, Mahlzeit für Mahlzeit, Jahr für Jahr. Ich habe diesen Boden geliebt.

Isa stellte die Zehen auf den Boden, schaukelte weiter.

»Ich habe keine Lust mehr, hierzubleiben.«

»Du hast keine Lust mehr.« Ich musste lachen. »Hast du die Leute da draußen gesehen? Hast du die Leute gesehen, die auf den Straßen wandern. Glaubst du, das ist besser als das hier?«

»Ja, Mama. Ich habe sie gesehen. Und weißt du, was ich sehe? Ich sehe, dass sie immerhin Luft zum Atmen haben.«

Immer weiter und weiter, dann lösten sich ihre Zehen vom Boden, und die Fingerknöchel auf der Tischplatte wurden weiß, als sie sich festklammerte.

»Isa!«

Sie lächelte mich an. »Aber du willst einfach nur hier zu Hause bleiben und es dir gemütlich machen. Stimmt's, Mama, es ist so wahnsinnig gemütlich hier bei uns, wenn wir uns zusammen um die Tiere kümmern, im Takt die Kühe melken. Es ist so gemütlich, wenn nur wir beide hier sind, oder?« Wie sie ihre Augen zusammenkniff, diese verdammte Drecksgöre, wie sie dasaß und wippte, balancierte. Und dann … Mit einem Mal verlor sie den Halt und kippte nach hinten, der Stuhl knallte auf den Boden, ihr Kopf gegen die Holzdielen, ein Laut entfuhr ihr, ein halberstickter Schrei.

Ich sprang auf, sie blieb liegen, die Augen waren weit aufgerissen, ihr Rücken lag auf der Stuhllehne, der Kopf auf dem Boden, die Beine im rechten Winkel nach oben.

»Ist alles in Ordnung?«, fragte ich. »Hast du dir wehgetan?«

Ich streckte ihr die Hand entgegen, aber sie lag so seltsam da, in dieser merkwürdigen Position, und ich musste lachen, konnte es nicht unterdrücken, ein Glucksen entfuhr mir.

»Entschuldige«, sagte ich, »bitte entschuldige.«

Sie rollte sich auf die Seite und blieb auf dem Boden liegen. »Das tut so weh, scheiße, tut das weh.«

Ich setzte mich zu ihr, half ihr in den Sitz auf, ich kicherte.

»Mama!«

»Ja … entschuldige.«

Sie schluchzte und hatte Tränen in den Augen, doch sie musste auch lächeln.

»Mama!«

Ich konnte das Lachen tief in meinem Bauch spüren, dem Weinen nicht unähnlich, Lachen und Weinen hängen zusammen, dieselben Muskeln, ähnliche Geräusche, aber ich lächelte.

»Du hättest dich mal sehen sollen … du hättest dein Gesicht sehen sollen …«

Und jetzt lachte sie auch, sie konnte nicht anders. »Es tut so weh. Mein ganzer Rücken, es tut so verdammt weh!«

Wir blieben nebeneinander sitzen, bis unser Lachen verklungen war. Dann hob ich die Hand und strich ihr vorsichtig über das Haar.

»Geht es dir gut?«, fragte ich.
»Gut? Ich weiß nicht.«
Doch dann nickte sie langsam.
»Aber jedenfalls ganz okay.«
»Okay«, sagte ich. »Schön. Das ist schön.«

Bericht über meine Reise in die Mongolei und das, was ich dort fand

Kapitel 9
Ein heißersehntes Licht

Alle eisigen Nächte haben ein Ende, alle Winter auch; und direkt danach brach der Frühling an, diesmal ohne sich wieder zurückzuziehen. Der Schnee schmolz und versorgte den Boden mit Feuchtigkeit, der Boden dankte es mit grünen Grasbüscheln überall dort, wo zwischen all den Steinen auch nur ein kleines bisschen Erde hervorblitzte, und mein Heimweh war restlos verschwunden. Ich lebte nicht länger in meinen Erinnerungen an unsere gemütliche Wohnung, an Mutter und den warmen Kamin, ich lebte im Hier und Jetzt, gemeinsam mit Wilhelm.

Der Fluss Zedzik-Noor strömte wieder frei dahin, und eines Nachmittags waren wir dorthin gefahren und hatten gesehen, wie das Wasser vor Fischen nur so glitzerte. An jenem Abend aßen wir endlich etwas anderes als Fleisch, und fortan fuhren wir regelmäßig an den Fluss, um zu angeln. Fisch ist für die Mongolen genauso widerlich, wie es Schlangen für uns wären, ein unreines Essen, das sie niemals zu sich nehmen würden, nicht einmal mit vorgehaltener Waffe, und so hatten wir die Forellen für uns. Auf unser Fleisch hatten sie es dafür umso mehr abgesehen, und wir erlebten oft, wie Bettler vor unserem Zelt lungerten und versuchten, uns etwas von unserer letzten Beute abzuschwatzen.

»Nun ist es aber ein für alle Mal genug«, sagte Wilhelm eines Nachmittags, als draußen wieder einmal drei junge Männer aufgetaucht waren.

Er sah sich um, dann nahm er ein großes Stück Fleisch, das unter der Decke zum Trocknen hing, hackte es in kleine Stücke und legte es auf einen Teller, woraufhin er zu unserer Vorratskiste ging und den Pfeffersack herausnahm. Anschließend würzte er das Fleisch sehr reichlich damit.

»So viel?«, fragte ich.

»Sogar noch mehr«, antwortete er und pfefferte ein weiteres Mal gehörig nach.

Ich folgte ihm, als er zu den jungen Bettlern hinausging. Er hielt ihnen den Teller hin, und sie schauten ihn überrascht an, denn sie waren es ja nicht gewöhnt, dass wir ihnen so freimütig eine Mahlzeit servierten. Dann streckten sie sich rasch mit ihrem Pinzettengriff nach den Fleischstückchen und schoben sie sich gierig in den Schlund.

Die Reaktion ließ nicht lange auf sich warten. Die Männer, die keinen Pfeffer gewohnt waren, niesten und schrien und baten um Wasser und verließen uns beinahe augenblicklich. Die Kunde, dass unser Fleisch ungenießbar sei, musste sich schnell verbreitet haben, denn anschließend wurden wir nie wieder belästigt.

Wilhelm und ich verbrachten unsere Tage und Nächte

zusammen. Wir ritten über die Steppe, wir angelten und jagten und suchten nach wildem Lauch, den wir beim Kochen verwenden konnten. Wir standen gleichzeitig auf, aßen gleichzeitig, gingen gleichzeitig ins Bett und schliefen gleichzeitig ein. Er war das Letzte, was ich sah, bevor ich einschlief, und das Erste, was ich sah, wenn ich aufwachte.

Nun folgt eine weitere Passage, die ich womöglich später streichen muss, aber ich möchte dennoch über mein Verlangen in diesen Wochen schreiben. »Die Kunst des Schreibens besteht in der Entdeckung dessen, was man eigentlich meint«, soll Flaubert gesagt haben, und vielleicht kann ich meine Sehnsucht ergründen, indem ich diese Worte zu Papier bringe. Denn so, wie ich bereits Heimweh empfand, als ich mich nach wie vor in Petersburg aufhielt, sehnte ich mich auch nach Wilhelm, obgleich er immer in meiner Nähe war. Ich wollte mich an ihn schmiegen, wie ich es in der kältesten Nacht getan hatte, und gleichzeitig gab ich mich nicht mehr damit zufrieden, ich wollte ihm so nah sein, wie sich zwei Menschen nah sein können.

Während meine Sehnsucht wuchs, tröstete ich mich damit, dass ich mich ihm zumindest als Menschen annäherte. Und je besser ich ihn kennenlernte, desto größer wurde mein Respekt vor ihm. Er war klug, freundlich, umsichtig, lebendig, er hatte eine Lösung für alles und ein Interesse an seinen Mitmenschen. Sein Wissen war erstaunlich, und seine Fähigkeit, sich neues Wissen anzueignen, noch viel beeindruckender; er lernte schnell Mongolisch, schnappte aber auch ein paar chinesische Floskeln auf, von denen er bei seinen Treffen mit den Händlern Gebrauch machte. Außerdem hatte ich noch nie so mit einem Menschen sprechen können wie mit ihm. Ich dachte an meinen Freund in Petersburg zurück, als wie ungezwungen ich unsere Konversationen empfunden hatte, aber nun, da ich ihn mit Wilhelm verglich, wurde mir bewusst, dass wir uns doch nie ganz ebenbürtig gewesen waren. Damals hatte ich immerzu die Anerkennung meines Gegenübers gesucht. So war es mit Wilhelm nicht, zwischen uns beiden flossen die Worte ebenso ungehindert und schnell dahin wie das Wasser im Fluss.

Wir arbeiteten ohne Unterlass, Wilhelm gönnte sich nie eine Pause. Wir begannen mit den Vorbereitungen auf unsere Jagd nach den Wildpferden und bauten nahe unseres Zeltplatzes ein Gehege für sie.

»Hier haben sie genügend Raum, um sich zu bewegen«, sagte Wilhelm.

»Fast wie in Freiheit«, bemerkte ich.

»Nun ja, nicht ganz.«

»Aber es ist ein guter Übergang für ihr späteres Leben, findest du nicht?«

»Doch, doch«, antwortete er. »Immerhin.«

»Noch dazu müssen sie hier um nichts kämpfen. Wir geben ihnen alles, was sie brauchen. Nahrung und Schutz.«

Bei jedem unserer Ausritte spähten wir nach ihnen und waren einmal sogar überzeugt, etwas zu sehen. Es war Nachmittag, die Sonne stand tief am Himmel, es war immer noch warm, aber sobald sie unterging, würden die Temperaturen rasch fallen, weshalb wir uns beeilen mussten, um beizeiten wieder zu unserem Zelt zu gelangen. Dennoch ritten wir nicht allzu schnell, sondern zügelten unsere Pferde, damit wir uns unterhalten konnten.

Mit einem Mal verstummte Wilhelm. Er hielt sein Pferd an, kniff die Augen zusammen. Dann hob er die Hand und deutete in die Ferne.

»Was ist das dort drüben?«

Ich drehte mich um und blickte in die von ihm angezeigte Richtung.

»Siehst du das auch?«, fragte er.

»Ich bin mir nicht sicher.«

»Aber sieh doch nur, sieh richtig hin!«

»Doch, doch, irgendetwas muss da sein.«

»Eine Staubwolke«, sagte er. »Sind das nicht Tiere? Es müssen Tiere sein.«

In der Steppe, am Horizont, direkt neben dem Punkt, wo die Sonne bald untergehen würde, erahnten wir die Konturen von etwas.

»Gib mir das Fernglas«, bat Wilhelm.

»Das Fernglas? Ich dachte, du hättest es mitgenommen!«

»Teufel auch!«

Wilhelm gab seinem Pferd die Sporen und ritt der Sonne entgegen; ich folgte ihm, aber er war ein weitaus geübterer Reiter als ich, und ich hatte meine liebe Mühe, mit ihm mitzuhalten, sodass er bald schon weit vor mir lag.

Ich war atemlos, der Eifer trieb mich an. Welch eine Vorstellung, wenn wir sie fänden, welche eine Vorstellung, wenn es so einfach wäre, so schnell geschähe, wenn wir schon heute Abend mit einem Hengst und einer Stute in unser Lager ritten?

Doch als wir uns dem Ort näherten, an dem wir die Staubwolke beobachtet hatten, war dort nichts zu sehen, nichts als Gras.

»Ich bin mir allerdings sicher, dass dort etwas gewesen ist«, sagte Wilhelm. »Ich bin vollkommen überzeugt. Du hast es auch gesehen, oder nicht?«

»Ja«, antwortete ich. »Doch, doch.«

In Wahrheit war ich mir keineswegs sicher. Das Auge sieht, was das Auge sehen möchte.

Nach diesem Erlebnis ließen wir uns beim Anblick von etwas Ungewöhnlichem in der Steppe nicht mehr derart in Aufregung versetzen. Wir versuchten, nüchtern zu bleiben, und dachten immer daran, unser Fernglas mit uns zu führen, damit wir solche Trugbilder künftig rascher entzaubern konnten.

Einmal lud Wilhelm drei der einheimischen Häuptlinge, deren Bekanntschaft er gemacht hatte, mit auf die Jagd ein. Wir erlegten einen prächtigen Argali-Bock und stießen abends mit ihnen an, während wir das Fleisch grillten. Die drei Häuptlinge waren äußerst unterschiedlich, sowohl was das Alter als auch ihren Charakter betraf. Der Jüngste war still und vorsichtig, der Mittlere der Redseligste von allen, wohingegen der Älteste nur selten den Mund öffnete, doch wenn er es tat, hörten alle auf ihn. Trotz dieser Unterschiede waren die Gemeinsamkeiten groß: Sie hatten ein ruhiges, stolzes Auftreten, waren freundlich, aber nur schwer zu durchschauen. Ich bildete mir ein, in den Gesichtern aller die Züge des großen Dschingis Khan wiederzuerkennen.

Das mongolische Reich ist das zweitgrößte Imperium, das je existiert hat, lediglich noch vom britischen übertrumpft. Es erstreckte sich von Zentraleuropa bis zum

Pazifik, im Süden bis weit nach Indien hinein und im Norden bis nach Sibirien. Im 13. Jahrhundert waren sämtliche von uns Russen zugleich Mongolen; eine nahezu unbegreifliche Vorstellung, wenn man bedenkt, wie unterlegen sie unserer Kultur heutzutage sind. Damals jedoch eroberten sie die Welt. Dschingis Khan und seine Mannen besaßen keine scharfe Munition, keine Kanonen oder Schlachtschiffe. Dank ihrer Pferde bezwangen sie die halbe Welt, kein Mensch und keine Waffe konnte sie und ihre zähen Reittiere in wildem Sturm aufhalten. Sie stürmten voran wie ein unaufhaltsamer, stauberfüllter Wirbelsturm aus der Steppe. Erst als sie ans Meer kamen, mussten sie sich geschlagen geben. Am Meeresufer stiegen die Pferde, wieherten, konnten nicht weiter vorangetrieben werden, und die Stärke der Mongolen, ihr großer Vorteil, gereichte ihnen zur Schwäche. Sie wussten keinen anderen Weg, sich ein Land untertan zu machen, als auf dem Pferderücken voranstürmend. Sie bauten keine Flöße und Boote, konnten nicht segeln oder navigieren, nicht einmal schwimmen, und ohne das Pferd waren sie nur ganz gewöhnliche Menschen mit einer ziemlich durchschnittlichen geistigen Begabung. Und diese ziemlich durchschnittliche Begabung nutzten die mongolischen Führer ausschließlich dazu, die Erbfolge von Dschingis Khan zu diskutieren, und das Reich zerfiel schnell, so wie es Imperien häufig zu eigen ist, wenn der starke Führer verschwindet. Das Erbe ihres großen Herrschers bewahrten sie jedoch in Ehren. Mongolische Kinder sitzen schon mit vier Jahren auf dem Pferderücken, und mit fünf Jahren reiten sie wie die Weltmeister. Das Pferd ist wie eine Verlängerung der Mongolen selbst, eng mit ihnen verwachsen. Sie gleichen Zentauren, haben keine normalen, dünnen Menschenschenkel, sondern vier starke, kraftvolle Beine voller Muskeln.

Die drei Häuptlinge lauschten aufmerksam, während Wilhelm, teils in seinem neuerworbenen Mongolisch, teils mittels Zeichensprache, von unserem eigentlichen Anliegen berichtete; dass wir nach Wildpferden suchten, einer ausgesprochen seltenen Rasse, die Gerüchten zufolge in dieser Gegend gesichtet worden sein sollte.

Der Älteste und Vertrauenswürdigste von ihnen nickte langsam, die Takhis, selbstverständlich, die Takhis. Ja, er habe durchaus Wildpferde gesehen, schon mehrfach, allerdings immer in weiter Ferne, davongaloppierend. Und das sei nun auch schon viele Jahre her. Außerdem könne man sie unmöglich jagen, fuhr er fort, und unmöglich fangen, sie seien zu scheu, hätten einen zu guten Geruchssinn, er fasste sich an die Nase, und ein zu gutes Gehör, er legte einen Finger ans Ohr.

Wilhelm versuchte so gut es ging, das Ziel unserer Expedition zu erklären und dass wir tatsächlich einzig und allein der Pferde wegen gekommen seien. Der Häuptling sah uns erstaunt an. Wollten wir tatsächlich lebendige Tiere fangen; lebendige Tiere, wozu solle das gut sein? Wir versuchten, ihnen von unseren Zoologischen Gärten und Reservaten zu erzählen, und da brachen er und die beiden anderen in schallendes Gelächter aus.

Doch obwohl die Häuptlinge unser Vorhaben für lächerlich und idiotisch befanden, nickten sie beinahe eifrig, als wir sie fragten, ob sie sich vorstellen könnten, an unserer Jagd teilzuhaben. Sie ahnten wohl, dass flache Silberscheiben und bunte Wollbänder als Belohnung winkten.

Nach diesem Abend entsandten die drei verschiedenen Stämme ständig Jagdgesellschaften in die Steppe. Mitunter erstatteten sie Bericht, doch bislang hatte niemand etwas gesichtet.

Dann, eines Morgens, unmittelbar nach dem Aufstehen, kam der älteste Häuptling in unser Lager geritten. Sie hätten sie gefunden, berichtete er, die Pferde würden sich weiter südlich aufhalten, eine halbe Tagesreise entfernt, unweit des Flusses. Dort hätten er und seine Männer nicht weniger als drei verschiedene Herden beobachtet.

Wilhelm und ich sahen uns an. Er verbarg seine Reaktion vor dem Häuptling, aber das Funkeln in seinen Augen sprach eine eindeutige Sprache.

»Kann das wirklich stimmen?«, fragte ich.

»Wir müssen es mit eigenen Augen sehen«, sagte er.

Und so stellten wir rasch ein leichtes Reisegepäck zusammen, schwangen uns auf die Pferderücken und ritten der Sonne entgegen. Wilhelm preschte voran, er war auf eine beinahe aggressive Weise ungeduldig, und ich bemühte mich, mit ihm mitzuhalten. Jetzt ist es so weit, dachte ich die ganze Zeit, jetzt schreiben wir Geschichte.

Wir legten den ganzen Weg ohne eine einzige Rast zurück, Wilhelm trieb seinen Hengst zum Äußersten, war geradezu besessen davon, noch am selben Nachmittag dort einzutreffen, bevor sich die Pferde zum Fluss hinunterbegaben, um dort zu trinken. Dann böte sich die beste Gelegenheit, um sie zu sehen. Wir ritten, bis uns der Hunger im Magen stach und unsere Mundhöhlen so trocken waren wie die Erde, auf der wir uns vorwärtsbewegten. Mitunter hielt Wilhelm an, damit ich ihn einholen konnte, und ich sah ihm an, wie er sich in seinem Eifer bremsen musste.

»Reite du nur«, sagte ich. »Ich komme schon nach.«

»Ich warte auf dich, Mischa«, sagte er und reichte mir die Feldflasche.

Endlich waren wir dort, der Fluss glänzte wie eine mit Silber gepflasterte Straße im leuchtend grünen Gras. In der Ferne konnten wir das Altaigebirge erahnen, das sich wie eine dunkelblaue Wand vor dem helleren Himmel auftürmte. Wilhelm hielt direkt am Flussufer, sprang von seinem Pferd und begann, das Gepäck loszumachen.

»Hier schlagen wir unser Lager für die Nacht auf«, sagte er. »Und dann suchen wir zu Fuß weiter.«

Ich versuchte ihm zu helfen, war jedoch viel zu erschöpft von dem langen Ritt. Er lächelte mich an und breitete eine Decke auf dem Boden aus.

»Erhol dich ein wenig, dann packe ich in der Zwischenzeit aus.«

Ich legte mich auf die Decke und schlummerte, während Wilhelm um mich herum beschäftigt war und die Pferde in Ruhe grasen konnten. Als er mit seiner Arbeit fertig war, erhob ich mich. Ich war ganz steif von dem langen Ritt, kam aber dennoch auf die Beine.

Wir begannen, südwärts am Fluss entlangzugehen, und hielten die ganze Zeit mit unserem Fernglas Ausschau nach den Pferden. Währenddessen bemühten wir uns, zu schweigen und unsere Füße möglichst leise aufzusetzen.

Plötzlich registrierte ich eine Bewegung am Westufer des Flusses, direkt vor uns.

Ich blieb stehen.

»Siehst du etwas?«, flüsterte Wilhelm.

»Da.«

Ich deutete mit dem Finger in die Richtung.

»Das ist vermutlich nur der Wind, der durch das Gras streicht«, sagte er.

»Mag sein.«

Wir pressten unsere Ferngläser an die Augen, justierten sie, versuchten die schwachen Schattierungen des haferfarbenen Grases ins Visier zu nehmen, um etwaige Abweichungen zu erkennen.

Vorsichtig schlichen wir uns näher, die Ferngläser fest vor den Augen.

»Da ist etwas«, flüsterte Wilhelm.

Und er hatte recht. Etwas hob sich vom Gras ab, nicht so sehr aufgrund der Farbe, denn die Pferde waren wie dafür geschaffen, mit ihrer Umgebung eins zu werden, sondern aufgrund der Form; sanft gebogene Rücken, wedelnde Schweife, gerade, kurze Mähnen.

»Das sind sie«, flüsterte ich atemlos.

Wilhelm sagte nichts, doch er packte mich am Arm, hielt mich zurück und zog mich hinter einen kleinen Hügel.

Wir hatten Gegenwind, sie konnten uns also nicht riechen, und hier, halb verborgen, war es uns möglich, sie zu beobachten, ohne dass sie unsere Anwesenheit bemerkten.

Ich presste das Fernglas an die Augen, als wollte ich meine Augäpfel zerquetschen, während die Herde langsam von einer Anhöhe herunterkam und zum Fluss strebte, um dort zu trinken.

Der Harem bestand aus vier Stuten und drei einjährigen Fohlen, einem Leithengst und vier Neugeborenen, die noch vollkommen frisch auf der Welt waren. Glücklich über ihre eigene Existenz, sprangen sie auf ihren dünnen Beinen umher, die viel zu lang für ihren Körper erschienen und deren Gelenke wie riesige Kugeln davon abstanden. Auch ihre Ohren waren zu groß, als wären sie schneller gewachsen als der Kopf, und sie bewegten sich beinahe wie Zicklein und meckerten mit ebenso zarten, dünnen Stimmchen.

Mitunter streckte sich ein Fohlen zur Mutter und saugte an ihren Zitzen, während die einjährigen Fohlen und die erwachsenen Tiere ihre Köpfe zum Wasser hinabbeugten. So standen sie lange da und tranken. Ich wechselte ständig meinen Fokus, wollte jedes einzelne Tier sehen, wollte mir ihre verschiedenen Kennzeichen merken, mit ihnen vertraut werden. Meine Beine zogen mich zu ihnen, ich wollte näher an sie herankommen, doch Wilhelm packte abermals sanft meinen Oberarm und hielt mich zurück.

Dann hatten sie genug getrunken, und das Tier, das ich für die Leitstute hielt, bewegte sich wieder in dieselbe Richtung, aus der sie gekommen waren. Die anderen folgten ihr, die Fohlen in der Mitte, die erwachsenen Pferde beschützend am Rand.

Gemächlich verschwanden die Wildpferde hinter einem Hügel, und nur der Fluss blieb übrig, die Landschaft, so leer, als hätten die Tiere nie existiert.

Ich drehte mich zu Wilhelm um, und jetzt verhehlte er seine Freude nicht länger, der Jubel zeichnete feine Fältchen um seine Augen, und sein Mund öffnete sich zu einem breiten Grinsen.

»Waren sie echt?«, fragte ich, ja rief ich beinahe. »Bitte sag, dass sie echt waren!«

Die Abendkälte kam schnell, wir machten ein Feuer und legten uns so dicht heran, wie wir es wagten, die Gesichter einander zugewandt, die Flammen erleuchteten seine Augen.

»Denk nur, dass wir sie gefunden haben«, sagte ich. »Dass es sie tatsächlich gibt.«

»Ich habe dir das zwar nicht erzählt, aber im Grunde habe ich nie an diese Pferde geglaubt«, gab er zu.

»Und trotzdem bist du mitgekommen?«

Plötzlich lächelte er. »Du hast mich überzeugt.«

»Womit? Mit meinen Briefen?«

»Ich muss zugeben, dass ich nach einer Weile eher von *dir* als von den Pferden nach Petersburg gelockt wurde. Deine Feder, deine Briefe. All die Details aus deinem Leben, die du beschriebst. Wie die freundlichen Gespräche, die du mit den Menschen in deiner Umgebung führst. Mir wurde bald klar, dass du in jedem Menschen etwas Gutes siehst und die Schönheit in den alltäglichsten Dingen erkennst. Ja, ich ließ mich von der Expedition mitreißen, ich dachte, sie würde so oder so nicht vergebens sein, denn selbst, wenn wir die Pferde nicht gefunden hätten, wären wir in dieser Einöde auf etwas anderes gestoßen. In erster Linie aber ließ ich mich von *dir* mitreißen.«

Ich lachte leise.

»Lachst du über mich, Mischa?«

»Nein, nicht *über* dich.«

Er musste selbst schmunzeln.

»Frierst du?«, fragte er dann ernster.

»Ich möchte nicht lügen«, sagte ich zögerlich. »Ich wünschte, ich würde frieren, aber heute Nacht ist mir warm.«

»Komm trotzdem zu mir«, erwiderte er.

»Bist du sicher?«

»Nein.« Er schluckte. »Aber ich glaube, wir können es nicht länger zurückhalten.«

Ich legte meine Felle neben seine, deckte uns mit meiner Decke zu, und er tat dasselbe mit der seinen.

Und dort, unter den Fellen, wurde mein Verlangen endlich gestillt. Zum ersten Mal in meinem Leben wurde ich wirklich eins mit einem anderen Menschen, meine Haut wurde seine, seine Hände wurden meine, es gab keine Orte auf der Landschaft meines Körpers, die er nicht erkunden durfte.

Anschließend blieben wir auf dem Rücken liegen. Über uns glommen so viele Sterne, dass es fast aussah, als seien sie der wahre Himmel und das Schwarze zwischen ihnen nur ein feiner Spitzenstoff aus dunklem Garn.

So lagen wir eng beieinander, unser Herz und Hirn brannte, trotz der kühlen Nacht war mir glühend warm, und ich spürte eine Verbundenheit mit ihm, mit dem Boden unter uns, mit der Welt, ein so intensives Gefühl, wie ich es nie zuvor erlebt hatte. Mein eigener Körper schien wie aufgelöst, ich war der Himmel, ich war die Erde, auf der ich lag, alles hing zusammen, selbst die Pferde. Es gab sie wirklich, auf dieser Erde. Und alles war ein Teil von mir. Alles endet hier, dachte ich, alles beginnt und endet hier.

Lieber Lars,

meine Mutter hat es uns immer so schön gemacht. Erinnerst du dich an den Winter, in dem so viel Schnee fiel? Wir waren vielleicht fünf oder sechs Jahre alt. Der Schnee blieb mehrere Tage liegen. Wir bauten einen Schneemann und eine Schneeburg im Garten. Mama hat mich jeden Morgen sanft geweckt und zum Fenster geführt. Ist der Schneemann heute auch noch da, habe ich gefragt. Ja, hat sie geantwortet. Ich war so klein, dass sie mich nach wie vor hochheben konnte. Dort am Fenster haben wir Pläne geschmiedet, was wir noch alles aus dem Schnee bauen könnten. Dann hat sie mich in die Küche getragen. Im Ofen brannte schon ein Feuer. Auf dem Tisch stand eine Kerze.

Jetzt muss ich morgens die Arbeitsplatte in der Küche abwischen und morgens unsere Betten machen.

Zwei Wochen, und nichts hat sich zum Besseren verändert. Louise ist bestimmt längst unterwegs zum Nordpol. Zum Nordpol, und weiter auf die andere Seite, und dann vielleicht noch weiter nach Süden, vielleicht macht sie immer so weiter, immer um die Erde, ohne je anzuhalten und mich mitzunehmen.

Es wäre besser gewesen, wenn sie gar nicht erst aufgetaucht wäre, wenn sie nie hier gewesen wäre.

Unser Vorrat an Kerzen ist fast aufgebraucht. Und wir heizen den Ofen nur noch ein, um Essen zu machen. Sein Rauch verrußt die Fenster und Wände. Meine Klamotten riechen immer nach Lagerfeuer.

Außerdem regnet es. Menschengemachter Regen, wie Mama es nennt. All dieses Wetter wurde in nur sechzig Jahren produziert. Seit 1980, und in den Jahren danach, da wurde es immer schlimmer. Sechzig Jahre Emissionen, und es war für immer vorbei. Sie haben ganze Arbeit geleistet.

Der Mensch ist ein besonders dummes Tier, ganz einfach. Wir können nicht weiter denken als bis zum nächsten Frühling oder bis zur nächsten Geburt. Deshalb geht alles den Bach runter. Das ist der Lauf der Natur, dass früher oder später alles den Bach runtergeht.

Und vielleicht war es auch vorher schon so. Hier oder an anderen Orten, auf anderen Planeten, die unserem gleichen. Vielleicht ist es nicht das erste Mal, dass die Menschen alles in den Sand setzen, für sich und eine ganze Menge anderer Arten. Vielleicht ist es das zweite, dritte oder zehnte Mal. Immer, wenn wir ein gewisses Niveau erreicht haben, machen wir es irgendwie ein bisschen zu gut, wir bauen zu viel und zerstören dabei zu viel. Und so endet alles. Oder nicht alles, aber wir.

Alles endet. Und beginnt. Wir fangen bei null an, wieder und wieder. Wir sind Affen, bauen Werkzeuge, wohnen in Höhlen, lernen Feuer zu machen, erfinden das Rad neu, die Autos, die Computer und schließlich die Raumschiffe, die unser eigenes Sonnensystem niemals verlassen werden, bevor wir uns noch einmal den Garaus gemacht haben.

Vielleicht ist dies das eigentliche Naturgesetz, dass unsere Art jedes Mal, wenn sie auftaucht, ob hier oder auf anderen Planeten, dazu verdammt ist, vor die Hunde zu gehen. Dass eine Art ganz einfach nicht zu klug werden kann.

Ich weiß nicht, ob der Gedanke erschreckend oder cool ist.

KARIN

Wollpullover
Lange Unterwäsche
Fleecejacke
Fleecehose
Wollsocken
Dicke Wollsocken
Wollpullover
Skihose
Daunenjacke
Mütze
Schal
Fäustlinge
Fellstiefel
Ich ziehe mich an und aus.
An und aus.
Winterfell
Für manche Arten hat die Natur besser geplant als für andere.

Der Schnee, der jetzt fällt, ist leicht und stechend, er weht zu schnell. Die Pferde fressen ihn. Sie sind nicht länger von den Wasserstellen abhängig. Jetzt im Winter legen sie größere Distanzen zurück. Sie sind flexibler, aber auch schwieriger zu finden. Und sie fressen das Gras unter dem Schnee, graben so lange mit den Hufen, bis sie die gelben, trockenen Halme finden. Stecken ihr Maul in das Loch, kauen schnell und verbrennen langsamer. Fast wie Bären. Ihr Körper fällt in den Winterschlaf, obwohl sie im Freien unterwegs sind. Sie sehen kräftiger aus als im Sommer, nicht nur wegen des dicken Fells, das ihnen wächst, sondern auch wegen der Fettschicht, die sie sich zugelegt haben. Sie haben genug, von dem sie zehren können. Das versuche ich mir immer wieder zu sagen, denn sie müssen allein durch den Winter kommen, ohne mein Zusatzfutter.

Dann, eines Nachmittags, zieht ein Sturm auf.

Jochi und ich sitzen gerade vor dem Ofen im Gemeinschaftsraum. Das Heulen des Windes wird lauter. Es ist Abend, draußen ist es stockfinster. Mathias hat sich in seinem Ger schon hingelegt. Jochi und ich reden über die Arbeit. Immer über die Arbeit. Das ist auch gut so. Die Pferde brauchen uns. Heute sind wir noch nicht zu ihnen rausgefahren, der Wind ist zu stark, und sie sind zu weit weg. Sie haben sich ein Tal und eine Wasserstelle gesucht, die mehrere Kilometer von uns entfernt liegen.

Wie es ihnen jetzt wohl geht? Ich habe sie schon früher bei großer Kälte gesehen, wie sie sich zusammendrängen. Die Fohlen dürfen sich in der Mitte der Herde aufhalten, im Schutz der großen Körper. Aber die einsamen Hengste bleiben allein, selbst im Sturm haben sie niemanden, bei dem sie Schutz suchen können. Ob Hamburg allein durchkommt? Ob sie alle durchkommen?

Die Haustür geht auf, der Wind heult für einen Moment noch lauter, ehe sie wieder geschlossen wird. Ich höre Mathias' Schritte im Windfang, ehe er den Raum betritt. Weiß von Schnee, dick eingepackt. Zitternd.

»Kann ich hier schlafen?«, fragt er mit klappernden Zähnen.

Ich erkenne ihn wieder. Es ist derselbe Junge, der früher in der Nacht zu mir kam und über Albträume klagte. Im Alter von vier Jahren fing es an. Er stand zitternd neben meinem Bett. Hatte nachtschwarze Augen und war schweißüberströmt. Kann ich bei dir im Bett schlafen, Karin?

Ich machte ihm Platz, und er kroch zu mir. Was hast du geträumt, fragte ich, weil ich dachte, ich müsste ihn vielleicht danach fragen. Doch er wollte nichts sagen, wollte nur schlafen. Legte sich ganz dicht neben mich. Tiefe Atemzüge mit offenem Mund. Ich selbst blieb wach. Er atmete so laut, und das Bett war zu schmal für zwei Personen. Jedenfalls, wenn er darin lag. Er wälzte sich die ganze Zeit hin und her, streckte seine zappelnden Arme und Beine in alle Richtungen. Obwohl sein Körper so klein war, nahm er allen Raum ein. Ich weiß noch, dass ich dachte: Wie ein Seestern auf Speed. Anscheinend brachte ich ihn damals schon unbewusst mit Drogen in Verbindung. In der nächsten Nacht kam er wieder. Diesmal weinte er nicht so laut, war sich aber sicher, er hätte einen *Alpentraum* gehabt. Diesmal fragte ich ihn nicht nach dem Traum, sondern machte einfach nur Platz. In der dritten Nacht sagte er nichts mehr von einem Traum, er stand einfach nur da. In der vierten Nacht konnte ich nicht mehr. Als ich mir sicher war, dass er schlief, schlich

ich mich aus dem Bett und legte mich auf das Sofa im Wohnzimmer. Der Wollstoff kratzte, das Polster war viel zu hart, und ich hatte nur eine eklige, synthetische Decke. Trotzdem schlief ich sofort ein. Endlich. Am Morgen danach sagte ich ihm, dass er aufhören müsse, mich ständig zu wecken. Ich malte ein Punktesystem auf eine Pappkarte, die ich an seine Wand hängte. Die Prämie für zehn Nächte im eigenen Bett war ein Spielzeug-Bauernhof, den er sich schon lange gewünscht hatte. Als die zehn Nächte vergangen waren, kaufte ich ihm sofort den Bauernhof, und er kam nie wieder nachts zu mir.

»Hier schlafen?«, fragte ich. »Ja? Doch, das wird sich schon machen lassen ... Aber im Zelt bist du vermutlich genauso sicher. Wenn es dir darum geht. Es ist rund, deshalb bietet es dem Wind keine Angriffsfläche.«

»Na dann«, sagt Mathias und wendet sich halb zum Gehen. »Ja. Das Zelt ist wahrscheinlich auch gut.«

»Ansonsten hätten wir auch noch einen Platz auf dem Sofa frei«, sagt Jochi.

»Ja?«, fragt Mathias.

»Ja. Nimm doch das Sofa.«

Wir heizen und heizen, doch nichts hilft. Ich trage im Haus meine Daunenjacke, versuche zu arbeiten, meine Finger sind ganz steifgefroren. Wir bleiben alle vor dem Ofen im Gemeinschaftsraum sitzen. Egal, wie laut wir uns unterhalten, der Wind ist immer lauter. Keine Witze, keine Geschichten oder Diskussionen können den Sturm übertönen.

Am Ende halten wir einfach den Mund. Ich habe das

Gefühl, das Pfeifen des Windes wäre zu einem Teil von mir geworden. Wie ein Tinnitus. Wir hören ihn wüten, an Dächern und Wänden rütteln. Jochi ist ganz blass. Bei jedem Windstoß, der unser Haus erfasst, verzieht er das Gesicht.

»Ich traue Häusern nicht«, murmelt er. »Ich überlege, ob ich nicht lieber raus in ein Ger ziehen soll.«

Doch er bleibt drinnen, bei uns.

Drei Tage sitzen wir so zusammen. Drei Nächte schlafen wir auf dem Boden vor dem Ofen, auf Matratzen, die wir ins Wohnzimmer geschleift haben.

Am vierten Tag ändert der Wind endlich seinen Klang. Der dröhnende Bass ist weg. Im Laufe des Tages nehmen die Geräusche immer weniger Raum ein, bis sie schließlich ganz in der Dämmerung verschwinden.

Endlich wagen wir uns ins Freie. Agi und einige seiner Leute arbeiten schon wieder. Mathias eilt zu ihnen und schnappt sich routiniert einen Hammer.

»Die Gers stehen noch«, sage ich zu Jochi.

»Findest du, er hätte dort schlafen sollen?«, fragt Jochi mit einem Blick zu Mathias.

»Nein«, sage ich. »So habe ich das nicht gemeint.«

Jochi zuckt mit den Schultern. Ich sehe ihn an, warte, ob er etwas erwidert, aber es kommt nichts. Ob ich noch etwas hinzufügen soll?

Und war er nicht derjenige, der Häusern nicht traut?

Die Zelte stehen zwar noch, aber alles andere ist weggerissen worden. Der Weidezaun liegt kreuz und quer auf dem Boden, wie die Stäbchen eines Mikado-Spiels. Der Unterstand für die Pferde, den Mathias gerade baute, ist nur noch Kleinholz.

Ich gehe zu den Überresten des Weidezauns.

»Sie hätten hierbleiben sollen«, sage ich zu Jochi. »Wir hätten sie im ersten Winter noch bei uns lassen sollen, statt sie allein loszuschicken.«

Was habe ich dir gesagt? Das könnte er mir jetzt vorhalten. Aber er zuckt nur die Achseln und lächelt.

»Das haben wir nun mal nicht«, sagt er dann.

Ich bleibe stehen. Würde mich eigentlich am liebsten ins Auto setzen und so schnell es geht über die dünne, weiße Schneedecke rasen. Will sie finden, will nachsehen, ob es ihnen gut geht.

»Morgen«, sagt Jochi. »Wir fahren morgen raus, sobald es hell wird.«

Ich kann nicht schlafen. Das Thermometer fällt auf minus vierzig Grad. Ich trage alle meine Klamotten und friere trotzdem. Ich mache kein Auge zu, aber nicht, weil ich friere. Nicht, weil ich Albträume fürchte. Sondern weil ich mich um die Pferde sorge.

Sie brauchen sechzehn Liter Wasser am Tag. Sie müssen ungeheuer viel Schnee fressen, um so viel Flüssigkeit aufzunehmen. Der Durst ist gefährlicher als der Hunger. Einen Wasserspeicher, von dem sie zehren können, haben sie nicht. Außerdem sind da noch die Wölfe, die ebenso hungrig sind wie alle anderen Wintertiere. Ein Fohlen, das seiner Herde im Schnee nicht folgen kann, fällt zurück. Dann ist der Wolf blitzschnell da und packt mit seinem kräftigen Kiefer zu.

Vielleicht ist Hustai doch nicht der richtige Ort für sie. Vielleicht sind sie doch nicht für diese Natur gemacht.

Vielleicht hätten sie in Thorenc bleiben sollen, dort waren sie sicher. Frederic, der Tierarzt, vermeldet jede Woche, dass es den zwölf anderen Pferden gut geht. Die beiden trächtigen Stuten fühlen sich wohl. Und im Frühling werden sie fünfzehn sein. Hier habe ich schon ein Tier verloren, und jetzt, nach dem Sturm, vielleicht sogar noch weitere.

Bericht über meine Reise in die Mongolei und das, was ich dort fand

Kapitel 10
Ein schrecklicher Ausgang

Als ich am nächsten Morgen die Augen aufschlug, noch nicht ganz wach und benommen vom Schlaf und von meinem Glück, streckte ich mich als Erstes nach dem Körper, den ich neben mir wähnte. Doch Wilhelm war bereits aufgestanden und mit dem Packen beschäftigt.

»Komm zurück«, bat ich.

»Wir müssen die Nomaden zusammenrufen«, erklärte Wilhelm, ohne mich anzusehen. »Wir müssen sofort mit der Jagd beginnen.«

Sein Tonfall war so geschäftsmäßig, dass ich mich für einen Moment fragte, ob die Erlebnisse der vergangenen Nacht nur ein Traum gewesen waren. Ich stand auf, streckte ihm meine Hand entgegen, wollte ihn an mich ziehen, eine Bestätigung für die wundervolle Nacht erhalten, dafür, was zwischen uns geschehen war, doch er war schon dabei, Wasser aufs Feuer zu gießen, das widerwillig zischte.

Dann drehte er sich zu mir um. »Wir müssen arbeiten, Michail«, sagte er. »Wir müssen an die Pferde denken.«

Sein Gesichtsausdruck und seine Art zu reden hatten etwas Endgültiges, aber ich fühlte mich noch zu sehr von der vergangenen Nacht bestärkt, als dass ich aufgegeben hätte.

»Ich werde diese Stunden mit dir nie vergessen«, sagte ich.

Zunächst antwortete er nicht, ging in die Hocke und stocherte mit einem Ast in der Asche herum, ehe er mir das Gesicht zuwandte.

»Man kann Herr dessen sein, was man tut, nie jedoch dessen, was man fühlt«, sagte er.

»Flaubert?«

Er nickte. »Es gibt Regeln«, sagte er leise. »Es gibt ungeschriebene Gesetze für Freundschaften. Manchmal bilden sich in einer Freundschaft dennoch … niedere Instinkte heraus. Wenn man dann nicht Herr seiner Gefühle ist, muss man wenigstens Herr über seine Taten sein.«

»Nein«, widersprach ich.

Ich setzte mich neben ihn, packte mit der Hand sein Kinn und zwang ihn, mich anzusehen.

»Dein Herz ist eine unversiegbare Quelle, Du lässt mich im Überfluss daraus trinken. Es überschwemmt mich. Es durchtränkt mich. Ich ertrinke darin«, erwiderte ich.

Er entwand sich meinem Griff.

»Mag sein, dass Flaubert recht daran tat, Gefühle mit Wasser zu vergleichen«, sagte Wilhelm und fuhr mit dem Ast so energisch durch die glühende Asche, dass die Funken stoben. »Das Niedere ist niemals von Anfang an vorhanden, es drängt sich langsam auf, so wie sich Wassertropfen allmählich einen Weg durch morsche Planken bahnen. Ein Haus kann noch so solide gebaut sein, das Wasser wird am Ende doch einen Weg finden, hineinzugelangen, anfangs als winzige, beinahe unsichtbare Tröpfchen, dann immer stärker, bis es mit einem Mal überall hindurchsickert, bis der Boden und die Wände langsam zersetzt werden, sich auflösen und in sich zusammensinken.«

»Wilhelm«, sagte ich. »Lieber Wilhelm ...«

»Mein Vater starb, als ich zehn Jahre alt war, dein Vater noch früher. Deshalb haben wir womöglich nie gelernt ...«

»Du musst aufhören. Ich will nicht mehr davon hören.«

Ich beugte mich vor, schlang die Arme um ihn, spürte, wie sein Körper sich wehrte.

»Bitte sei so gut und sprich nicht von Regeln«, flehte ich. »Nicht hier, nicht jetzt.«

Sein Körper entspannte sich, er wandte mir das Gesicht zu.

»Nicht hier?«, fragte er langsam.

»Nicht hier und nicht jetzt«, antwortete ich.

Unsere Gesichter waren einander ganz nah. Endlich nickte er langsam und bestätigte meine Worte, unsere Vereinbarung. »Nicht hier. Nicht in der Mongolei.«

Eine Woge der Erleichterung erfasste meinen Körper, und ich beugte mich hastig vor, um ihm einen Kuss auf seine bärtige Wange zu geben.

»Und nun werden wir unsere Pferde fangen«, sagte ich. »Schon morgen.«

Er stand auf und zog mich an sich.

»Morgen werden wir sie fangen«, flüsterte er mir ins Ohr, während wir uns in den Armen hielten.

Nach einer weiteren Nacht mit Wilhelm fühlte sich mein Körper leicht und klar an. Wir hatten nur wenige Stunden geruht, doch in Wilhelms Armen schlief ich gut, tief und erquickend.

Die drei Häuptlinge und fünf ihrer besten Männer begleiteten uns am nächsten Morgen. Zusätzlich zu den zehn Pferden, auf denen wir ritten, hatten wir noch vier weitere Pferde dabei. Die Wildpferde waren so schwer zu fangen, dass wir davon ausgingen, während unserer Jagd die Pferde wechseln und auf frische, ausgeruhte Tiere umsteigen zu müssen.

Wir bewegten uns langsam am Fluss entlang, während die große rosa Scheibe der Sonne am östlichen Himmelsrand zum Vorschein kam. Plötzlich hob der Häuptling die Hand und deutete in die Ferne. Er sagte leise und ausdruckslos etwas auf Mongolisch, dann beschleunigte er das Tempo. Ich versuchte vergebens zu erkennen, worauf er gezeigt hatte, doch nichts von dem, was ich in meinem Fernglas sehen konnte, verriet es mir. Außerdem hatte ich bald meine liebe Mühe damit, den anderen zu folgen.

Von meinem Vater hieß es, er sei ein großartiger Reiter gewesen. Immer, wenn ich Menschen traf, die ihn gekannt hatten, sagten sie dasselbe: Dein Vater war ein großartiger Mensch, und erst recht ein großartiger Reiter, von Kindesbeinen an ritt er wie ein Gott, als wäre er auf dem Pferderücken geboren worden, wie ein Mongole, wie Dschingis Khan höchstpersönlich. Diese Geschichte hatte ich mittlerweile so oft gehört, dass es mich geradezu irritierte, wenn schon wieder jemand eine solche Lobeshymne auf ihn sang. Ja, er war ein glänzender Reiter gewesen, das stand außer Frage, alles andere wäre in Anbetracht seiner beruflichen Position allerdings auch verwunderlich gewesen. Jedenfalls hatte ich dieses Talent ganz offensichtlich nicht geerbt, und in Gesellschaft ebenjener Mongolen, den Nachfahren Dschingis Khans, ließ sich meine Unzulänglichkeit unmöglich verbergen.

Tatsächlich ritten sie mir davon, alle miteinander. Keiner schien zu bemerken, wie ich nach hinten fiel, da sie viel zu sehr davon abgelenkt waren, endlich zu dem Punkt zu gelangen, an dem sich allem Anschein nach eine Herde Wildpferde aufhielt.

Ich hielt mich an den Zügeln fest und plumpste im Sattel auf und ab, und das in einer Geschwindigkeit, die alles andere als angenehm war. Das Pferd und ich fanden einfach keinen gemeinsamen Rhythmus. Mein Körper verkrampfte sich vor Angst. Das Tier gab alles, um wieder aufzuschließen, aber wir holten die anderen nie ein, sondern gerieten lediglich in die Staubwolke, die sie aufwirbelten. Die sandige Erde legte sich auf meine Haut und mein Haar und stach in der Nase, sie juckte so intensiv, dass ich fast niesen musste.

Auch heute hatten wir Gegenwind, sodass unser Geruch und unsere Geräusche von den Wildpferden weggetragen wurden; nichtdestotrotz befanden sich die Tiere, als es mir endlich gelang, sie mit bloßem Auge zu erkennen, bereits auf wilder Flucht.

Sie galoppierten, so schnell sie konnten, klein, kräftig und schnell. Die Mongolen setzten ihnen nach, auch sie trieben ihre großen, starken Hengste zu einer halsbrecherischen Geschwindigkeit an.

Und ganz am Ende holperte ich hinterher.

Die Mongolen ritten dagegen wie Könige auf ihren Pferden. In der einen Hand hielten sie locker die Zügel, in der anderen ihr *Urga*, einen langen Stock mit einer Seilschlinge am Ende, den sie zum Fangen von Pferden benutzten. Ich sah, wie die fünf mongolischen Reiter die Takhis einholten und versuchten, sie einzukreisen. Offenbar hatte auch Wilhelm ihnen nicht länger folgen können. Zwar war er nicht ganz so weit abgeschlagen wie ich, bildete aber dennoch gemeinsam mit mir eine Art Nachhut – auch wenn man mich strenggenommen wohl nicht einmal mehr zu einem Teil der Truppe zählen konnte.

Ich hörte, dass er dem Häuptling etwas zurief, was ich jedoch nicht verstehen konnte. Außerdem gestikulierte er wild mit den Armen, doch die Mongolen bemerkten ihn gar nicht. Sie bedrängten die Pferde, eines der einjährigen Fohlen wurde umringt, der Häuptling streckte sein Urga aus und versuchte, es zu erreichen, was ihm allerdings nicht gelang, das Fohlen war zu flink, zu geschmeidig, es entschlüpfte ihm und schloss sich erneut der Herde an. Wieder sah ich, wie die Mongolen es versuchten, wieder waren sie kurz davor. Wieder scheiterten sie. Wilhelm rief ihnen abermals etwas zu, er musste etwas gesehen haben, das ich nicht sehen konnte.

»Nein, haltet an, ich bitte euch, haltet an!«

Die Geschwindigkeit, selbst meine eigene, wurde immer höher und höher, die Wildpferde stürmten davon, doch die Mongolen hielten mit. Jetzt musste es ihnen gelingen, dachte ich, beim dritten Versuch mussten sie einfach erfolgreich sein.

Dann aber ertönte ein scharfes, fremdes Geräusch, das sich sofort in den Magen bohrte, ins Herz.

»Nein«, schrie Wilhelm. »Nein!«

Ich sah die Wildpferde panisch davonlaufen, aber die Mongolen hatten angehalten, Wilhelm hielt in scharfem Galopp auf sie zu, ehe er jäh abbremste. Sie versammelten sich um etwas.

Ich stieß meine Fersen in die Flanken des Pferdes, und ausnahmsweise gelang es mir, beim Reiten eine Art Rhythmus zu finden. Als ich bei ihnen ankam, hatten sie einen Kreis gebildet, alle bis auf den jüngsten Häuptling.

Er war einer derer, die vorweg gestürmt waren, jetzt stand er ein wenig abseits und sagte etwas zu dem Ältesten, verzagt und immer leiser. Der Älteste brüllte zurück, und ich sah, wie der Jüngste hastig eine Schusswaffe wegsteckte.

Der Kreis öffnete sich für mich, und im frühlingsfrischen Gras auf dem Boden lag das einjährige Fohlen, das sie zu fangen versucht hatten. Es bewegte sich nicht mehr, ein roter Fleck bildete sich unter dem hellen Körper und breitete sich auf dem sandfarbenen Gras aus, wurde langsam größer und größer.

KARIN

Ich drehe mich um, blicke zurück. Das Auto hinterlässt eine schlichte Reifenspur in all dem Weiß. Sie wird wieder verweht und verschwindet. Weiß, weiß, weiß, überall. Sogar der Himmel ist weiß, grauweiß, ich kann kaum erkennen, wo der Boden aufhört und der Himmel anfängt, mir wird ganz schwindelig. Ich richte den Blick wieder nach vorn, betrachte stattdessen das Auto. Die Inneneinrichtung. Jochis Hände auf dem Lenkrad. Das hilft. Er fährt konzentriert, langsam. Der Motor dröhnt mehr als sonst, das Auto hat mit dem Schnee zu kämpfen, obwohl es angeblich dafür gemacht ist. Sicherheitshalber haben wir zwei Benzinkanister dabei. Wir können viele, viele Kilometer zurücklegen. Und wir haben die ganze Ladefläche voll Heu. Wir werden so lange hier draußen unterwegs sein, bis wir sie finden.

Die Stunden vergehen. Doch nirgendwo ein Lebenszeichen, nichts, nur die weiße Unendlichkeit. Jochi schweigt.

Ich schlage vor, eine Mittagspause einzulegen. Er nickt und hält an. Wir essen im Auto, haben Suppe in einer Thermoskanne dabei, die den Magen wärmt. Der Dampf steigt von den Tassen auf.

Jochi schlürft laut, während er trinkt.

»Entschuldige«, sagt er.

Dabei dachte ich, er wüsste, dass mich so etwas nicht stört.

»Findest du das, was wir hier machen, eigentlich unnötig?«, frage ich nach einer Weile.

»Warum fragst du?«

»Du bist so still.«

»Du bist doch auch still?«

»Ja …«

»Natürlich finde ich es nicht unnötig«, antwortet er dann. Und plötzlich wird er lauter. »Was glaubst du denn, warum ich hier bin? Glaubst du, das ist einfach nur irgendein Job für mich? Glaubst du, ich hätte mich aus reinem Vergnügen dazu entschieden, hier draußen zu wohnen, weit weg von allen, die ich kenne, und weit weg von meiner Universität? Glaubst du, du bist die Einzige, der dieses Projekt am Herzen liegt?«

Er redet so laut und schnell, dass der Dampf der Suppe in der Luft tanzt.

»Nein«, sage ich. »Natürlich glaube ich das nicht.«

»Glaubst du, es gibt noch andere Gründe dafür, dass ich hier bin?«, fragt er.

»Welche Gründe sollten das sein?«

»Ganz genau«, antwortet er. »Welche Gründe sollten das sein.«

Ich trinke meine Suppe aus.

»Stört es dich, wenn ich eine rauche?«

»Ist mir egal«, sagt er.

Der Tag vergeht, ohne dass wir sie finden. Wir bleiben mehrmals stecken, müssen aussteigen und die Reifen ausgraben. Meine Zehen werden so kalt, dass ich sie kaum noch spüre. Die Pferde stehen den ganzen Tag draußen. Aber sie sind ja auch dafür gemacht, sage ich mir selbst zur Beruhigung. Ihre Beine sind dafür gemacht, sie bestehen nur aus Knochen, Sehnen und Bändern. Sie *sollten* jedenfalls dafür gemacht sein. Schließlich kommen sie ja von hier.

Aber eigentlich kommen sie von überall her.

Einst waren sie überall.

Das erste Wildpferd, das ich als Erwachsene wiedersah, war auf einer Höhlenmalerei abgebildet. Ich hatte als Kindermädchen bei einer französischen Familie gearbeitet und verbrachte im Jahr 1956 mit ihnen gemeinsam die Ferien in der Nähe von Labastide. Wenn die Kinder ihren Mittagschlaf hielten, konnte ich mir eine Stunde freinehmen. Die Familie hatte mir von den Höhlenmalereien in den Grotten erzählt, aber niemand hatte Lust, mich dorthin zu begleiten.

So ging ich schließlich allein los.

Ein kleines Schild an einem schmalen Sandweg war der einzige Hinweis darauf, dass ich auf dem richtigen Weg war.

In der ärgsten Mittagshitze musste ich einen steilen Pfad hinaufklettern, um zum Eingang der Höhle zu gelangen. Ich sah keine anderen Besucher, den meisten war es wohl zu warm.

Der Pfad war schmal und voller Steine. Einige lösten

sich und rutschten hinab, wenn ich meine Füße daraufsetzte. An mehreren Stellen war ein Hanfseil am Fels befestigt, das als Geländer dienen sollte, allerdings von Wind und Wetter zerschlissen war. Am Wegrand hatten die Leute ihren Müll hinterlassen.

Ich hatte zwei Wasserflaschen in meinem Rucksack. Einmal hielt ich an, holte eine hervor, beugte den Kopf herab, goss die Hälfte des Inhalts darüber und warf mein Haar zurück. Das lauwarme Wasser rann über meinen Rücken.

Als ich die Grotte erreichte, freute ich mich auf den kühlen Schatten darin, denn ich hatte gedacht, in allen Höhlen wäre es kühl. Hier war es jedoch überraschend heiß.

Es dauerte eine Weile, bis sich meine Augen an das dämmrige Licht gewöhnt hatten. Die Höhle war groß und dunkel. Sie erstreckte sich so tief ins Innere des Berges hinein, dass ich das Ende nicht sehen konnte.

Ich begann zu gehen, meine Schritte hallten. Nachdem ich um eine Ecke gebogen war, wurde das Licht von draußen sofort schwächer.

Dann entdeckte ich rechts von mir an der Wand etwas und kniff die Augen zusammen. Braunrote Striche, wie getrocknetes Blut, an den grauen Steinwänden. Ich trat näher heran.

Es waren Zeichnungen von Menschen auf der Jagd. Ausschließlich Menschen auf der Jagd.

Und die Pferde, die sie jagten, waren Urpferde. Als eigene Art zu erkennen, mit keiner anderen vergleichbar. Die stehende Mähne. Der breite Nasenrücken. Der stämmige, starke Körper. Unmöglich zu zähmen.

Lange blieb ich stehen und betrachtete die Malereien. Waren sie es?

Ich starrte auf die galoppierenden Tiere.

Doch, sie mussten es sein. Dieselben Pferde, die ich gefüttert hatte. Dieselben Pferde, die auf Carinhall meine Freunde gewesen waren.

Ich konnte nicht gehen. Konnte auch nicht bleiben.

Ich weiß noch, dass ich weinen wollte. Und vielleicht weinte ich auch.

Ich weinte.

Ein krampfhaftes Zucken, das aus dem Bauch und aus der Brust aufstieg. Laute, die viel heller klangen als meine eigene Stimme. Laute, die ich nicht zurückhalten konnte, die anschwollen und an den Höhlenwänden widerhallten.

Dann hörte ich Schritte, jemand kam herein, ein Schatten, der sich vor das letzte bisschen Licht schob. Ich versuchte, wieder normal zu atmen, mein Weinen unter Kontrolle zu bringen.

Ein Klicken verriet, dass eine Taschenlampe angeschaltet wurde, und im nächsten Moment sah ich den Lichtkegel an der Wand. Ein Mann bog um die Ecke.

»Hallo?«

Das Licht blendete mich, und für einige Sekunden richtete er es direkt auf mich. Wahrscheinlich sah er, wie es um mich bestellt war, die roten Augen und die feuchten Wangen, ehe er die Taschenlampe wieder sinken ließ.

Der Mann war älter als ich, mit etwas lichtem Haar, er trug eine Tweedjacke und eine Hose aus dickem Stoff, und nach dem Aufstieg zur Höhle stand ihm der Schweiß auf der Stirn.

Er zog ein Taschentuch hervor und reichte es mir.

»Bitte schön, Mademoiselle«, sagte er in gebrochenem Französisch.

»Danke.«

Ich wischte mir über das Gesicht, trocknete meine Tränen.

»Sie sind beeindruckend«, sagte er.

»Ja?«

Für einen Moment fragte ich mich, ob er mich meinte. Ob ich ihn beeindruckte. Doch dann nickte er zu den Malereien.

»Nicht zu glauben, dass unsere Vorfahren vor zehntausend Jahren schon so malen konnten.«

Ich erwiderte nichts.

»Wir Menschen sind wahrlich eine ganz eigene Art«, fuhr er fort.

»Ich weine nicht, weil die Bilder schön sind«, sagte ich und war von der Kraft meiner eigenen Stimme überrascht.

»Warum dann?«

»Weil ich wütend bin.«

»Warum sind Sie wütend, Mademoiselle? Und auf wen?«

»Auf Hermann Göring.«

»Den Naziführer?«

»Ja. Ich bin wütend auf Hermann Göring, den Naziführer, Jäger und Tierliebhaber.«

Der Mann erwiderte nichts, nickte jedoch aufmunternd, als wollte er, dass ich noch mehr erzählte.

»Er hatte Pferde wie diese«, sagte ich. »Während des Krieges. Er hatte ein eigenes Reservat, in dem er Tiere sammelte. Wussten Sie das?«

»Ja. Ja, das wusste ich.«

Ich war noch nie jemandem begegnet, der von Hermann Görings Pferden gehört hatte.

»Aber sind Sie denn wegen der Tiere wütend auf ihn?«, fragte der Mann. »Er hat sich immerhin für den Erhalt ihrer Art eingesetzt. Das gehört wohl zu den wenigen positiven Dingen, die man über Hitler und seine Schergen sagen kann – dass sie sich für bedrohte Tierarten eingesetzt haben.«

»Ich weiß«, sagte ich, und plötzlich missfiel es mir, dass er mich belehren wollte. »Ich weiß das alles.«

»Sie sind auf alle Nazis wütend? Da wären Sie ja nicht die Einzige.«

»Nein. Nein, das ist es auch nicht. Ich bin wütend auf Hermann Göring, weil er damals meine Mutter bei sich einstellte.«

Wir stiegen den Weg von der Grotte gemeinsam hinab, der Mann und ich, und unterhielten uns weiter. Er erzählte, er arbeite im Zoo von Prag mit ebenjenen Wildpferden. Und er liebe seine Arbeit, sorge sich aber sehr um den Fortbestand der Art.

Wir redeten, bis ich wieder zurück zu den Kindern musste. Und als der Abend kam und sie im Bett waren, lud er mich auf einen Spaziergang ein.

Fünf Tage später kündigte ich meinen Job als Kindermädchen und ging mit ihm mit. Hinter den Eisernen Vorhang zur Überwachung, den Schlangen vor den Läden, zu ihm, zu den Pferden.

1956. Es war ein Krisenjahr für die Wildpferde. Auf der

ganzen Welt gab es nur noch einundvierzig Exemplare ihrer Art in menschlicher Obhut. Doch es wurde ein gutes Jahr für mich. Tagsüber studierte ich Tiermedizin, abends besuchte ich die Pferde im Zoo. Ich war zufrieden, beinahe glücklich. Allerdings nicht wegen des Mannes, das wurde im Laufe der Jahre immer deutlicher. Er liebte die Pferde, aber er gab sich damit zufrieden, sie hinter Zäunen zu halten, in Gefangenschaft. Wenn ich davon sprach, dass ich gern einmal sehen würde, wie sie wieder in Freiheit lebten, wieder wild wurden, erwiderte er nur, das sei unmöglich.

Meine Leidenschaft für die Takhis war ungebrochen, während die Leidenschaft für ihn versiegte. Jede Nacht mit ihm einzuschlafen und jeden Morgen mit ihm aufzuwachen, war einfach nichts für mich. Aus der Ferne fand ich ihn gutaussehend, doch wenn ich näherkam, hatte ich das Gefühl, die einzelnen Partien seines Gesichts würden nicht richtig zusammenpassen. Anfangs hielt ich ihn für intelligent, doch mit der Zeit wusste ich viel zu genau, wie er dachte und was er als Nächstes sagen würde, als dass er mich je wieder überraschen konnte. Ich verstand auch nicht, was er immerzu von mir wollte. Warum er ständig mit mir reden musste, über kleine und große Angelegenheiten. Warum er immer erwartete, dass wir zur selben Zeit ins Bett gingen, selbst wenn wir nicht miteinander schliefen. Warum er auf Teufel komm raus alle Mahlzeiten mit mir zusammen einnehmen musste. Er erzählte lieber, als dass er zuhörte. Doch als ich ihm mitteilte, dass ich mir eine eigene Karriere wünschte, verstand er es. Und als ich ihn bat, mir keine Vorträge mehr zu halten, hielt er sich zurück. Und als ich sagte, ich wollte keine Kinder haben, auch in Zukunft nicht, respektierte er auch das.

Trotzdem war es nicht genug. Wir liebten dasselbe, aber ihn liebte ich nicht.

Ich lebte bis 1959 in Prag, als dort das erste internationale Symposium zum Przewalski-Pferd stattfand. Dort traf ich Fachleute aus ganz Europa und diskutierte meine Ideen mit ihnen. Einige von ihnen dachten genauso wie ich, dass die Art wieder aufgebaut werden müsste und es vielleicht eines Tages sogar möglich wäre, sie auszuwildern. Ohne dem Mann etwas zu sagen, traf ich eine Entscheidung.

Am letzten Abend kochte ich ihm ein Essen. Dann schliefen wir miteinander. Für ihn war es vermutlich ein ganz alltäglicher Beischlaf. Er war älter als ich und äußerte sich stets begeistert über meinen jugendlichen Körper. Bezeichnete mich als drall und üppig. Was für ein Klischee. An diesem letzten Abend gelang es mir jedoch, mich nicht über ihn zu ärgern. *Ein letztes Mal,* dachte ich die ganze Zeit, *ein letztes Mal.* Und ich wollte es nicht kaputtmachen, indem ich ihn darum bat, zu verhüten. Also ließ ich ihn bis zum Ende kommen.

Erst am nächsten Morgen bereute ich es. Und als ich im Morgengrauen, lange bevor er aufwachte, mit meinem Koffer im Taxi saß, war ich mir sicher, ich könnte in diesem Moment fühlen, wie die Befruchtung stattfand. Ein kleines Ziehen dort drinnen, als einer der vielen Millionen Samen sein Ziel erreichte, mit der Eizelle verschmolz und die Zellteilung auslöste, aus der eines Tages Mathias wurde.

EVA

Ich überquerte mit dem Eimer in der Hand den Hof. Die Milch schwappte von innen gegen das Plastik. Heute war es viel gewesen, Eple und Micro ging es gut, aber das lag daran, dass ich ihnen eine Menge Heu gab, und ich wusste, wenn ich so weitermachte, wäre die Scheune leer, noch bevor das erste Gras wieder zu sprießen begann.

Als ich gerade die Haustür erreicht hatte und sie öffnen wollte, hörte ich eine Stimme und hielt inne.

»Eva?«

Ich drehte mich um.

Dort stand sie und sah aus, als wäre sie kleiner geworden. Ihr Gesicht war blass, die Lippen trocken, die Haut beinahe grünlich im Kontrast zu der gelben Regenjacke, die ich noch nie an ihr gesehen hatte.

Ich blieb stehen, konnte im ersten Moment gar nichts sagen, murmelte nur ein »Hallo«.

Sie kam näher. Auf dem Rücken trug sie ihren alten Rucksack. Er schien prallgefüllt, beulte sich aus, und unter dem Deckel war ein Schlafsack festgezurrt. Die Regenjacke war viel zu groß für sie und verbarg ihren Bauch.

Wo bist du gewesen, wollte ich sagen, warum kommst

du erst jetzt zurück, nach fast zwei Wochen, und warum, warum hast du uns verlassen; ich habe dich schon vergessen, habe dich längst vergessen, ich denke nicht daran, wo du gerade bist, nicht beim Einschlafen und nicht beim Aufwachen, denke nicht daran, was du machst, ob du in Sicherheit bist, mit wem du zusammen bist, ob es dem Kind in deinem Bauch gut geht und warum du aufgebrochen bist, warum du gegangen bist, warum du uns verlassen hast.

»Hallo«, sagte sie.

Ich antwortete nicht. Der Henkel des Eimers schnitt in meine Hand, hartes Plastik und Schweiß.

»So viel Milch«, sagte sie.

»Ja, heute war es viel.«

»Ich habe die Milch zum Frühstück vermisst«, sagte sie.

»Du bist einfach abgehauen.« Mein Satz hallte wie ein Schuss durch die Morgenstille.

Ihr Gesicht war unbeweglich. Sie trat einen Schritt auf mich zu, dann noch einen.

»Jetzt bin ich wieder da«, sagte sie leise.

»Das sehe ich«, erwiderte ich.

»Ist Isa schon wach?«

»Das macht man nicht. Man haut nicht einfach ab.«

Sie verzog das Gesicht. »Ich kann sowas nicht gut …«

»Sowas? Und was ist *sowas*?«

»Verzeih mir.«

Sie presste die Lippen zusammen, ihre Wangen zitterten, sie sah jung und zugleich unglaublich alt aus, von ihrer Nase zu den Mundwinkeln verliefen scharfe Falten, obwohl sie nicht lächelte, und sie hatte tiefe Ringe unter den dunklen Augen. Ihre Haare waren fettig, ein paar Tannennadeln hatten sich in einer verfilzten Strähne verheddert, und sie roch nach Schweiß, Schmutz, Wald.

»Du hast im Freien übernachtet«, stellte ich fest.

Sie zuckte die Achseln. »Ich konnte einen Schlafsack ergattern.«

»Hast du im Wald geschlafen?«

Ich stellte den Milcheimer ab und versuchte, es zu verstehen. War sie die ganze Zeit hier gewesen, direkt in unserer Nähe, zwischen den Nadelbäumen, war sie tagsüber zwischen den Stämmen umhergewandert und hatte nachts auf dem moosbewachsenen Boden geschlafen, nur ein paar hundert Meter von uns entfernt, allein?

»Ich kann überall schlafen«, antwortete Louise. »Ich konnte immer schon überall schlafen. Ich wache auch leicht auf.«

»Aber jetzt brauchst du wieder ein Bett«, sagte ich.

»Ich bin nicht deshalb zurückgekommen.«

Sie beugte sich ein wenig vor, als wäre der Rucksack schwer, und richtete die Schulterriemen. Der eine hatte an ihrem Schlüsselbein gescheuert, die Haut war rot und wund.

»Wir haben uns Sorgen gemacht«, sagte ich.

»Ich weiß. Das wollte ich nicht.«

»Aber du wusstest, dass wir uns Sorgen machen würden.«

»Ja. Es tut mir leid. Eigentlich hatte ich auch gar nicht vor, wieder zurückzukommen.«

»Das macht es natürlich viel besser.«

»Ich habe es nicht so gemeint.«

Sie starrte auf den Eimer. Mir fiel auf, dass sie dünner

geworden war, die rundlichen Wangen waren fast verschwunden.

»So viel Milch«, sagte sie.

»Ja, sie fressen gerade sehr gut. Bist du hungrig?«

Sie nickte.

»Sehr«, antwortete sie mit zitternder Stimme.

Die Wut fiel von mir ab. Ich reichte ihr den Eimer. Sie trank direkt daraus, und für eine Weile war nur ihr gieriges Schlucken zu hören.

Wir gingen hinein. Isa war wach und stand nur mit einem T-Shirt bekleidet in der Küche. Es war eines meiner abgelegten, das gerade so ihre Unterhose bedeckte. Ihre langen, dünnen Beine waren noch braun vom Sommer. Sie drehte sich um, als wir hereinkamen, vergaß, schüchtern zu sein, vergaß, Fragen zu stellen, lief einfach nur direkt auf Louise zu und umarmte sie.

»Louise!«

»Hallo, Isa.«

Isa hörte den ganzen Tag nicht auf zu reden, sie war so froh, war ganz sie selbst. Diese Mimik hatte sie schon, solange ich denken konnte; wie sie die Augenbrauen hochzog, wenn sie von etwas überrascht war, das perlende Lachen. Sie war die fast erwachsene Isa und gleichzeitig so, wie sie immer schon gewesen war. Das Kind in ihr balgte die ganze Zeit spielerisch mit der Erwachsenen, um seinen Platz zu verteidigen.

Auch beim Abendbrot beherrschte sie das Gespräch, sprudelte fast über vor Begeisterung. Doch dann begann sie mit einem Mal zu gähnen, wieder und wieder, ihre Augen wurden schmaler, obwohl sie angestrengt versuchte, sie offenzuhalten und wachzubleiben. Genau so hatte sie schon immer gegähnt, genau so hatte sie immer ausgesehen, wenn sie müde war.

»Geh ins Bett, Isa.«

Ich konnte sehen, dass sie gerade zu einem Satz mit *aber* ansetzen wollte, als sie wieder gähnen musste.

»Na gut.«

Sie füllte ein Glas mit Brunnenwasser aus dem Eimer, nahm es mit und ging ins Bad. Ich sah sie vor mir, wie sie die Zahnbürste aus dem Glas nahm und mit Wasser befeuchtete und die Sanduhr umdrehte, die ich ihr geschenkt hatte, als sie noch klein war, und wie sie sich genau so lange die Zähne putzte, wie ich es ihr beigebracht hatte, exakt zwei Minuten, oben so lange wie unten, bis der blaue Sand nach unten gerieselt war.

»Gute Nacht«, rief Isa aus dem Flur und verschwand in ihrem Zimmer.

Es wurde still, im Haus wie auch zwischen Louise und mir.

Dann stand sie ebenfalls auf, ging in ihr Zimmer, kehrte jedoch kurz darauf mit etwas in den Händen zurück.

Sie legte einen Stapel engbeschriebener Blätter vor mir auf den Tisch. Sie waren liniert, als hätte sie sie aus einem Schreibheft ausgerissen, vielleicht aus einem von Isas, aber ihre Handschrift missachtete alle Linien und Ränder, die Seiten waren dicht mit Wörtern gefüllt.

»Ich hatte zu wenig Papier, aber ich habe trotzdem alles unterbringen können«, sagte sie.

An einigen Stellen war die Tinte verschmiert, dennoch war alles lesbar.

»Als ich anfing, dachte ich, wenn ich schon nicht alles erzählen kann, könnte ich doch wenigstens versuchen, es aufzuschreiben. Erst habe ich geglaubt, ich würde es für mich schreiben. Aber nach und nach wurde mir klar, dass ich es auch für dich schreibe.«

Ich überflog die Seiten, fing nur hin und wieder ein Wort auf.

»Nun lies schon richtig«, sagte Louise. »Bevor ich es mir anders überlege.«

Ich las:

»Wir warteten auf den Regen, der nie kam.

Wir wohnten in einem Haus am Kanal, besaßen auch ein Boot, aber der Kanal führte kein Wasser. Mein Vater sagte, wenn der Regen käme, würden wir davonsegeln, wenn der Regen nur käme, würden wir von hier aufbrechen, zum Meer, und von dort aus weiter nach Norden.

Wir hatten große Plastikkisten mit Wasser, außen blau, innen weiß. Das Wasser war unser wertvollster Besitz. Wir tranken nie mehr davon als unbedingt nötig, es war ein Spiel, das wir jeden Tag spielten, alles genau für jeden abzumessen.

Jeden Tag wurde das Wasser weniger, jeden Tag reduzierten sie die Menge, die sie sich selbst zugestanden. Meine jedoch nie.

Es gab keine anderen Menschen dort. Nur mich, meinen Vater und eine Frau namens Marguerite. Sie waren ein Paar, er und sie, aber ich dachte nicht darüber nach, wer er für sie war, nur wer sie für mich war. Sie war ein Schoß, auf dem ich sitzen konnte, eine helle Stimme, die für mich sang, sie war vieles von dem, was ich vermisst hatte, seit meine Mutter verschwunden war.

Meine Mutter hatte immer Wasser für mich dabeigehabt, eine Flasche in der Tasche, sie achtete immer darauf, genug für mich und meinen kleinen Bruder August zu haben.

Es war, als wäre das Wasser mit ihr zusammen verschwunden, mit ihnen beiden.

Eigentlich fing es aber schon lange davor an. Ich erinnere mich nur an die Trockenheit; die Stadt, in der wir wohnten, lag am Meer, und trotzdem erinnere ich mich an die Trockenheit, das Gefühl von Sand auf der Zunge, an den Strand, der immer weiter ins Landesinnere wuchs, in die Häuser hinein, ich erinnere mich an das Knirschen zwischen unseren Zähnen.

Alles wurde trocken, in der Hitze verdampfte die Feuchtigkeit, am Ende war es, als wäre die Sonne für immer in unsere Stadt gezogen, als wäre alles nur noch Sonne und Strand.

Ich weiß noch, dass es brannte. Dass wir rannten. Von der Stadt danach weiß ich nichts mehr, meine Erinnerung setzt erst ab dem Moment wieder ein, als wir Marguerite kennenlernten.

Ich mochte das Haus am Kanal, ich mochte das Boot an Land, ich mochte es, dass wir alle Zeit miteinander verbrachten, mein Vater, Marguerite und ich. Doch er sagte, wir müssten aufbrechen. Sobald der Regen käme, würden wir aufbrechen.

Im Nachhinein denke ich, er muss gewusst haben, dass

der Regen nie kommen würde, dass wir dieses Haus nie verlassen würden, dass wir im Haus am trockenen Kanal gefangen waren, denn sobald wir aufbrächen, hätten wir nicht mehr genug Wasser, weil wir so viel, wie wir brauchten, gar nicht transportieren konnten. Deshalb war es besser zu bleiben. Ich glaube, so dachte er.

Vielleicht war es auch nur ein Spiel für ihn. Wie so oft, er war einer dieser Väter, die gern spielen. Viele Väter tun das nie mit ihren Kindern. Ich erinnere mich noch daran, dass es für mich nichts Schöneres gab, als mit ihm zu spielen.

Ich habe so oft daran gedacht, was in den Wochen passierte, in denen wir warteten, warum wir uns nie in Bewegung setzten, warum sie nie den Versuch unternahmen, etwas zu bauen, irgendetwas auf Rädern vielleicht, um das Wasser darauf zu transportieren. Vielleicht glaubten sie doch daran, dass es eines Tages regnen würde.

Vielleicht wussten sie auch, dass längst alles verloren war, und wollten uns die letzte Zeit so schön wie möglich gestalten.

Oder vielleicht war ihr Durst zu groß, um noch klar zu denken, vielleicht machte er sie irrational, raubte ihnen die Fähigkeit, Lösungen zu finden, oder schlimmer noch, verursachte Wahnvorstellungen, Halluzinationen, führte sie in eine Wirklichkeit, die nicht mehr wirklich war, sondern nur noch ein Spiel meines Vaters.

Ich glaube das nicht. Ich glaube, sie wollten uns die letzte Zeit so schön wie möglich gestalten.

Und dann kam der Tag, als es zu spät war. Die Plastikkisten waren fast leer, nur in einer davon schwappte ganz unten noch ein kleiner Rest Wasser.

Ich erinnere mich, wie mein Vater die Neige in Flaschen abfüllte und ich fragte, was er da mache, und er mir nicht antworten wollte.

Dann legte er die Flaschen in einen Rucksack und dazu zwei Packungen trockene Kekse, das letzte Essen, das wir hatten. Er setzte mir den Rucksack auf.

Der ist schwer, sagte ich, viel zu schwer.

Er sagte, ich würde das schon schaffen. Er sagte, ich solle Hilfe holen, Marguerite und er würden dableiben, während ich jemanden finden solle, der uns helfen könne.

Dann brachte er mich zur Straße. Er sagte, ich solle Richtung Norden gehen. Wenn ich mir nicht sicher sei, solle ich mir die Sonne ansehen. Die sei im Süden, ich solle mich von ihr wegdrehen, in die entgegengesetzte Richtung gehen, immer weg von der Sonne. Aber die Sonne wandere auch, deshalb sei das nicht ganz so leicht. Morgens solle sie auf meine rechte Wange scheinen, sagte er, abends auf meine linke. Und mitten am Tag solle sie mir auf den Rücken brennen.

Kannst du dir das merken, fragte er.

Morgens auf die rechte Backe, tagsüber auf den Rücken, abends auf die linke Backe, sagte ich.

Sehr gut, sagte er, kluge Lou, das schaffst du.

Aber warum kannst du nicht mitkommen, fragte ich.

Weil wir nicht genug Wasser haben, antwortete er.

Wir können doch teilen, sagte ich.

Weil ich schwitze wie ein Schwein, entgegnete er, und dein ganzes Wasser schneller ausgetrunken haben werde, als du Moules Frites mit Ketchup sagen kannst.

Ich mag Moules Frites mit Ketchup, sagte ich.

Ich weiß, sagte er.

Aber warum kannst nicht du stattdessen gehen, fragte ich, oder Marguerite.

Weil du klein bist und weniger Wasser brauchst als wir, antwortete er, deshalb ist es am besten, dass du Hilfe holen gehst.

Oh, sagte ich, ja.

Doch das war nicht der wahre Grund. Eigentlich hoffte er, es gäbe vielleicht eine Möglichkeit, dass mich jemand finden würde oder ich jemanden finden würde, weil es seine letzte Chance war, mich zu retten.

Er schickte mich los, so wie Eltern ihre Kinder zu allen Zeiten losgeschickt haben, es gab wohl sogar einen Namen dafür, Ankerkind, man schickte das Kind in der Hoffnung vor, dass es alle retten könnte, vor allem aber sich selbst.

Also ging ich. Ich weinte nicht, weil ich dachte, ich müsste nur ein kleines Stückchen gehen. Außerdem hatte er ein neues Spiel für mich erfunden, er sagte, hinter jedem Laternenpfad auf dem Weg würde ein Gnom stehen. Die Gnome seien scheu, ganz furchtbar scheu, und würden sich jedes Mal verstecken, wenn ein Mensch komme. Wenn ich aber schnell genug sei und mich beeilen würde, um die Laternenpfähle zu erreichen, und leise vorbeirennen, bekäme ich den Gnom vielleicht trotzdem zu Gesicht. Und wenn ich es nicht schaffen würde, müsse ich es eben mit dem nächsten Laternenpfahl versuchen.

Ich bin ihm nicht böse, dass er mich hinters Licht führte. Er versuchte nur, mich zu retten.

Er hatte mir nicht gesagt, was ich tun sollte, wenn ich Hilfe fand, und ich hatte nicht gefragt.

Ich weiß nicht mehr, wie lange ich ging, ich glaube, es war nur ein Tag, ich kann mich nicht erinnern, dass ich unterwegs schlief, ich erinnere mich nur an die Straße und die Gnome, deren Schemen ich ständig zu erkennen glaubte und die ich doch nie richtig sah, genau, wie er es vorausgesagt hatte. Sie hatten Zipfelmützen von derselben Farbe wie das verdorrte Gras, kein Wunder, dass sie so schwer zu entdecken waren. Und kein einziges Auto kam, nicht ein einziges, das weiß ich noch, und wie ich allmählich begriff, dass es nicht so einfach sein würde, Hilfe zu holen, wie ich geglaubt hatte.

Ich trank Wasser. Eine Flasche am Tag, hatte mein Vater gesagt. Ich trank zwei, er war ja nicht da, konnte mich nicht sehen, konnte nicht wütend werden, also machte es auch nichts, wenn ich mehr nahm. Außerdem war der Rucksack schwer, fürchterlich schwer, und je mehr ich trank, desto leichter würde er werden, dachte ich.

Als die Sonne von meiner rechten Wange über den Rücken gewandert und auf dem Weg zur linken war, kam endlich ein Auto. Es war nicht nur das erste Auto, das an diesem Tag vorbeifuhr, es könnte auch das erste Auto seit Tagen gewesen sein, habe ich später gedacht. Ich hatte Glück, unglaubliches Glück, aber das wusste ich damals noch nicht. Als ich älter wurde, habe ich das Glück schätzen gelernt. Ich weiß, dass ich in meinem Leben viel davon gehabt hatte. Trotz allem. Dass ich Glück habe, noch immer am Leben zu sein, dass ich Menschen begegnet bin, die *mich* gesehen haben und nicht nur sich selbst.

Das Auto fuhr schnell. Ich hob die Hand und winkte, schrie, doch es machte keinerlei Anstalten, das Tempo zu verlangsamen, und da stellte ich mich mitten auf die Straße. Die Bremsen quietschten.

Ein Mann stieg aus und schimpfte, er sagte, ich hätte tot sein können und fragte mich, was ich ganz allein hier draußen zu suchen hätte.

Ich erklärte ihm, ich bräuchte Hilfe und erzählte von meinem Vater und Marguerite, dass sie kein Wasser hatten und allein im Haus am Kanal waren.

Jetzt kam auch eine Frau aus dem Auto, sie fragte den Mann, was er machen würde und beachtete mich gar nicht.

Wir müssen sie mitnehmen, antwortete der Mann und deutete auf mich.

Die Frau war dagegen, sie hätten keinen Platz, kein Essen, kein Wasser.

Ich sagte, ich hätte mein eigenes Wasser dabei, meine eigenen Kekse, sie bräuchten sich um mich keine Sorgen zu machen, und sie sollten mich auch gar nicht mitnehmen, sondern mit mir zurückfahren, um meinem Vater und Marguerite zu helfen.

Noch immer würdigte mich die Frau keines Blickes.

Wir müssen sie mitnehmen, wiederholte der Mann.

Nein, sagte ich.

Nein, sagte die Frau.

Sie wird sterben, sagte der Mann.

Nein, mein Papa und Marguerite werden sterben, erwiderte ich.

Endlich sah die Frau mich an.

Oft braucht es gar nicht mehr. Wenn man einen Menschen nur richtig ansieht, wenn man ihn wirklich sieht, kann man nicht anders, als ihm zu helfen.

Sie sah ein mageres siebenjähriges Mädchen mit einem viel zu großen Rucksack auf dem Rücken, mit verfilzten Haaren und Kleidern, die schon seit Wochen nicht mehr gewaschen worden waren, mit einem schmutzverschmierten Gesicht, allein auf dem Weg durch eine Landschaft, in der nichts mehr wachsen wollte.

Armes Kleines, sagte sie, armes Kleines, und ihre Lippen zitterten.

Ja, sagte ich, aber jetzt müssen wir meinem Papa helfen.

Sie ließen mich einsteigen, sie hatten zwei Kinder, einen Jungen und ein Mädchen, beide älter als ich, ich durfte am Fenster sitzen. Das Mädchen beschwerte sich darüber, dass es in der Mitte so eng sei, die Frau bat es, den Mund zu halten.

Im Auto war es kühl. Es musste neuer sein als jedes andere Auto, das ich bisher gesehen hatte, denn alles schien zu funktionieren, sogar die Klimaanlage.

Wir müssen in die Richtung, sagte ich und zeigte nach hinten zur Sonne, mein Papa und Marguerite sind da hinten.

Die Frau und der Mann warfen sich einen Blick zu, dann nickten sie, wir müssen es versuchen, sagten sie, und die Frau wendete das Auto.

Durch das Autofenster sah alles anders aus. Alles schien gleich, ich erzählte ihnen vom Kanal, vielleicht wussten sie, wo der Kanal lag, ich erzählte ihnen von der Straße zum Haus, dass sie schmal war und dass an den Seiten große Bäume wuchsen.

Es ist da, sagte ich, nein, da.

Wie weit bist du denn gelaufen, fragte der Mann.

Weit, sagte ich, ich glaube, es war sehr weit.

Wir fuhren weiter, versuchten es in mehreren Straßen, auf die ich zeigte, fanden jedoch nie die richtige.

Am Ende war viel Zeit vergangen.

Der Mann drehte sich zu mir um.

Wir müssen morgen weitersuchen, sagte er, wenn es hell wird, jetzt müssen wir erstmal einen Ort zum Schlafen finden.

Dann wendete die Frau erneut das Auto.

Ich wollte protestieren, aber ich war so müde, ich war einfach nur so furchtbar müde. Außerdem vertraute ich ihnen.

Später sagte die Frau, die wollte, dass ich sie Mama nannte, sie hätten es bereut, nicht länger gesucht zu haben, nicht mehr probiert zu haben, aber sie hätten nicht einmal gewusst, ob es meinen Vater und Marguerite wirklich gab oder ob ich mir das alles nur ausgedacht hätte, und als es dunkel geworden wäre, hätten sie unmöglich weitersuchen können. Außerdem sei ich so verloren gewesen, dieses Wort verwendete sie, *verloren,* aber darin hatte ich mich nicht wiedererkannt, ich fühlte mich nie verloren, ich wusste immer genau, was ich tat.

Wir fuhren eine Weile, ich schaute weiter aus dem Fenster. Alles schien gleich, aber vielleicht hatte ich etwas übersehen, vielleicht würde ich doch noch die Straße zum Haus am Kanal entdecken, vielleicht lag sie doch weiter in dieser Richtung, vielleicht war ich gar nicht so weit gelaufen, wie ich gedacht hatte.

Plötzlich bremste die Frau ab. Vor uns tauchte eine Straßensperre auf.

Hier schon, sagte die Frau, ich hätte gedacht, die fangen erst weiter im Norden an.

Sie müssen sie nach unten verlegt haben, erwiderte der Mann.

Wir näherten uns, das Auto rollte langsam voran.

Da ist niemand, stellte die Frau fest.

Ich sah aus dem Fenster, bemerkte ein Wachhäuschen am Straßenrand. Auf dem Tisch lag ein Gewehr.

Da ist er, sagte der Junge.

Ein Soldat kletterte aus dem Straßengraben und nestelte an seinem Hosenstall herum.

Der war nur Pipi machen, sagte ich.

Fahr, sagte der Mann.

Aber müssen wir denn nicht warten, fragte die Frau.

Fahr einfach, sagte er. Fahr!

Und sie trat das Gaspedal durch, wir rasten am Wachhäuschen vorbei, der Soldat packte sein Gewehr und rannte uns nach, aber das Auto war schneller. Der Junge und das Mädchen johlten laut, wir schaffen es, wir schaffen es, gib Gas, Mama. Der Soldat hob nie das Gewehr an die Schulter, er zeigte uns nur seinen Mittelfinger und machte wieder kehrt. Dann verschwanden wir hinter einer Kurve und sahen ihn nicht mehr.

Wir sind drüber, sagte der Mann.

Wo drüber, fragte ich.

Über die erste Grenze, sagte der Mann, ich hätte nie gedacht, dass wir das schaffen würden.

Die Frau und er sahen sich an und lächelten.

Erst später erzählten sie mir dann, dass wir nicht umkehren, die Grenzstation nie wieder passieren könnten, wir hätten nur diese eine Chance gehabt, und nur, weil der Soldat mal gemusst hatte.

Ich weiß noch, dass ich protestierte, dass ich heulte und schrie und einfach nur zurückwollte. Doch es half alles nichts.

Ich weiß nicht mehr, wie weit wir fuhren, aber eines Tages blieb das Auto stehen, es hatte keinen Strom mehr, und wir fanden auch keine Ladestationen. Also mussten wir zu Fuß gehen. Mittlerweile war es kälter geworden, Herbst, eines Tages regnete es sogar. Es regnete, aber die Tropfen, die vom Himmel fielen, machten mich nicht mehr glücklich.

Die Frau, die wollte, dass ich sie Mama nenne, sagte, ich solle nicht an meinen Vater und Marguerite denken, aber ich konnte an nichts anderes denken. Jeder einzelne Regentropfen erinnerte mich an sie, erinnerte mich daran, dass sie jetzt hier sein und das Wasser spüren sollten.

Die Tropfen waren kalt auf der Haut, ich fror, ich mochte den Regen nicht.

Wir gelangten in ein Flüchtlingslager in Norddeutschland und bekamen ein altes Zelt, hier gab es eiskaltes Wasser, aber nur wenig Essen, das Lager wurde von Soldaten mit Gewehren bewacht. Mir war den ganzen Winter hindurch kalt, ich weiß, dass ich fror und hungrig war, dass sich der Junge und das Mädchen oft stritten, aber nett zu mir waren.

Die Frau wollte mich immer auf ihren Schoß nehmen und mir das Haar kämmen, und ich erlaubte es ihr, sie war lieb, ich mochte sie, aber ich brachte es nie über mich, sie Mama zu nennen.

Tagsüber unterrichtete sie mich, brachte mir Lesen, Schreiben, Rechnen bei. Im Auffanglager gab es einige wenige Bücher, die ich wieder und wieder las.

Ich weiß noch, wie die Frau und der Mann diskutierten, sie wollte weiter, er wollte bleiben. Abends, wenn sie glaubten, wir würden schlafen, flüsterten sie miteinander, keiften sich an, immer lauter und lauter.

Wir können so nicht leben, sagte die Frau.

Hier gibt es wenigstens etwas zu essen, erwiderte der Mann.

Nicht genug, sagte sie, und die Frage ist auch, wie lange, hier bricht ja alles zusammen, das siehst du doch.

Hier sind wir sicher, entgegnete der Mann, das ist das Wichtigste.

Ich traue denen nicht, beharrte die Frau, wir wissen nicht, was sie mit uns vorhaben.

Den ganzen Winter über stritten sie sich. Als der Frühling kam, konnte die Frau endlich ihren Willen durchsetzen.

Wir brachen auf, wanderten noch weiter Richtung Norden, ergatterten einen Platz auf einem dänischen Schiff und gelangten nach Kristiansand in Norwegen.

Dort wurden wir in einem neuen Lager untergebracht. Einem guten Lager, in einem alten Hotel, wir bekamen zwei Zimmer. Die Erwachsenen hörten auf, sich zu streiten. Wir konnten uns frei bewegen.

Ich ging in eine richtige Schule, lernte Norwegisch. Die Lehrer lobten mich über den grünen Klee und sagten, ich hätte eine schnelle Auffassungsgabe. Ich lernte auch, was man in Norwegen aß. Getreide zu allen Mahlzeiten. Morgens Haferbrei, mittags Brot und abends Pizza.

Doch auch hier wurde alles immer schlimmer, schrittweise, so langsam, dass wir es nicht von einem Tag auf den anderen bemerkten, doch wenn wir mitunter zurückblickten, erinnerten wir uns, wie es vor einem Jahr gewesen war, vor zwei Jahren, und dann wurde uns klar, wie sich alles verändert hatte. Der Saft, den wir zum Essen getrunken hatten, wurde plötzlich nur noch samstags serviert, der Haferbrei nicht mehr gezuckert, das Brot war trocken, die Zahl der Scheiben, die wir täglich bekamen, wurde reduziert, und es gab nur noch eine Frikadelle für jeden und irgendwann gar keine mehr. Und die freundlichen Damen, die im Lager gearbeitet hatten, wurden nach und nach gegen Soldaten ausgewechselt.

Wir durften immer noch überall spazieren gehen, und dann sahen wir, dass auch außerhalb des Lagers alles anders war. Die Supermärkte schlossen, und bei denen, die immer noch geöffnet hatten, standen die Leute den ganzen Tag Schlange. Und sie fingen an, in ihren Gärten Gemüse anzubauen. Überall versuchten die Leute, sich selbst zu versorgen, und im Frühjahr bestäubten sie die Blüten mit Federn oder Pinseln. Außerdem prügelten sie sich immer häufiger, in den Warteschlangen, auf der Straße, überall.

Und das Wetter … ständig sprachen die Menschen über das Wetter. Es konnte monatelang in Strömen regnen. Die Flüsse traten über die Ufer und rissen Häuser mit sich, große Gebiete wurden überschwemmt, das Getreide faulte auf den Feldern. Und dann gab es Sommer ohne einen einzigen Regentropfen. Das Obst vertrocknete an den Bäumen, das Gras wurde auf den Weiden gelb, und die Tiere wurden geschlachtet, weil es nicht mehr genug Heu gab. Ich erinnere mich auch an Schnee, in einem Winter fiel so viel davon, dass die Welt zum Stillstand kam. Wir kauerten uns im Hotel unter Decken vor dem Kamin zusammen, der uns kaum noch wärmte, während wir darauf warteten, dass der Strom zurückkehrte.

Die Erwachsenen stritten sich erneut, die Frau wollte weg, sie wollte weiter, sie wollte einen Ort finden, den sie ihr Zuhause nennen konnte. Der Mann wollte dasselbe, sagte aber, sie müssten noch warten. Sie sprachen von einer unbegrenzten Aufenthaltsgenehmigung, einer festen Unterkunft, von Formularen und Pässen. Anscheinend sahen sie nicht, dass alles zusammenbrach, dass sie auch hier, in Norwegen, keine echte Heimat finden würden.

Wir blieben fünf Jahre dort. Meine erste Kindheit verbrachte ich mit meinen Eltern und meinem kleinen Bruder, in der Stadt, die verschwand, und danach mit meinem Vater und Marguerite. Diese Jahre im Hotel waren meine zweite Kindheit. Ich versuchte, so wenig wie möglich nachzudenken. So war es am einfachsten. Meine zweite Kindheit war trotz allem gar nicht so übel. Ich durfte in die Schule gehen, ich hatte zwei erwachsene Menschen, die sich um mich kümmerten, und zwei ältere Geschwister.

Dann aber ging alles sehr schnell. Eines Morgens wurden wir geweckt und dazu aufgefordert, unsere Sachen zu packen. Neben allen Eingängen standen Soldaten und passten auf, dass niemand flüchtete.

Fünf große Busse waren vorgefahren, und wir sollten

einsteigen. Dann fuhren wir zum Kai, anschließend auf ein Schiff, und weiter. Immer der Sonne entgegen.

In dem Bus gab es nur eine Toilette, aber wir durften nie aussteigen. Irgendwann war die Toilette voll. Ich erinnere mich noch, wie es stank, wie der Geruch in der Nase stach. Ich erinnere mich auch, wie wir überall am Straßenrand Menschen sahen, die wanderten, die hungerten, durstig waren.

Sie fuhren uns den ganzen Weg zurück, zurück nach Frankreich.

Als ich aus dem Bus gelassen wurde, als ich meine Füße wieder auf französischen Boden setzte, dachte ich, jetzt... genau jetzt werde ich erwachsen.

Ich war dreizehn Jahre alt, groß für mein Alter, fast voll entwickelt, und so, wie ich selbst reifer wurde, reifte in mir auch der Gedanke, dass ich allein zurechtkommen würde, dass es an der Zeit war, dass ich nicht länger einer Familie zur Last fallen wollte, die nicht meine eigene war.

Wir lebten auf der Straße, und die ganze Zeit sprachen die Frau und der Mann darüber, einen Ort zu finden, der unser Zuhause werden könnte, darüber, wieder nach Norden zu gelangen, es noch einmal in Norwegen zu versuchen oder vielleicht in Schweden, obwohl man auch in diesen Ländern nicht mehr gut leben konnte.

Dann wurde die Frau krank. Eine Lungenentzündung. Wir wussten nicht, ob sie überleben würde, es gab keine Medizin. Sie versammelten sich um sie, der Vater und die Kinder – die beiden Kinder, die sie Mama nannten.

Wir hatten Zuflucht in einer verlassenen Wohnung in einer einsamen Stadt gesucht. Ich weiß noch, wie ich im

Türrahmen stand und sie betrachtete, die Frau im Bett und ihre nächsten Angehörigen. Ich weiß noch, wie die Kinder ihre Hände ergriffen, während der Husten in ihrem kranken Körper rasselte, wie sie über sie wachten.

Sie waren eine richtige Familie, sie waren so, wie eine Familie sein sollte, ich hatte sie wirklich sehr liebgewonnen, aber sie waren nicht meine Familie, und es kam mir nicht richtig vor, dass ich mich neben ihr Bett setzte.

Außerdem wusste ich, dass ich etwas anderes wollte als sie, dass ich früher oder später gezwungen wäre, sie zu verlassen. Vielleicht hätte ich lieber noch etwas gewartet, aber ich spürte, es war ein guter Zeitpunkt, sie brauchten mich jetzt nicht, sie hatten genug mit sich zu tun. Außerdem war meine zwiespältige Anwesenheit in der Familie ein Unsicherheitsfaktor, ich gehörte dazu und gehörte doch nicht dazu. Ich, diejenige, die ich war, meine Gefühle für sie und auch ihre Gefühle für mich, waren voller Ambivalenz.

Ich war eine, mit der sie alles teilen mussten, und jetzt hatten sie weniger denn je von allem, was sie teilen konnten. Sie würden mich loswerden müssen.

Noch in derselben Nacht verließ ich sie, packte meine wenigen Besitztümer in den Rucksack, den mir mein Vater mitgegeben hatte, und schlich mich aus der Wohnung.

Warum ich mich nicht verabschiedete? Hätte ich es getan, hätten sie mich nicht gehen lassen. Vielleicht hätten sie mich sogar überredet, zu bleiben. Und wenn ich geblieben wäre, hätte es die Ambivalenz nur vergrößert. Auf beiden Seiten. Mir blieb keine andere Wahl.

Anschließend war ich gewandert. Ich hatte keine Eile,

wohnte an vielen unterschiedlichen Orten, an manchen sogar für mehrere Jahre, aber ich werde mich immer bewegen, früher oder später werde ich mich bewegen, denn das wird immer, über einen längeren Zeitraum gesehen, das Vernünftigste sein.

Wenn man zu lange an einem Ort wohnt, verschwindet alles, was es dort gibt, Wasser, Pflanzen, Tiere. Doch wenn man sich bewegt, findet man neue Ressourcen.

So, wie die Welt sich verändert hat, ist es das Beste, immer weiter zu gehen.

Mein Leben hat auf der Flucht angefangen. Ich hatte noch nie einen Ort, den ich mein Zuhause genannt habe, ich bin immer gegangen. Und in der Nacht, als ich meine Familie verließ, als ich die Frau verließ, die wollte, dass ich sie Mama nannte, beschloss ich, dass ich so war. Ich bin keine, die immer auf der Flucht ist, ich bin eine, die sich immer bewegt.«

Kapitel 11
Eine Frage der Ernährung

Wir trennten den Schädel vom toten Fohlen ab und häuteten es, aber die Einheimischen wollten kein Pferdefleisch essen.

»Was ist mit uns?«, fragte ich Wilhelm.

Er schüttelte den Kopf. »Möchtest du davon?«

»Nein, ich esse auch kein Pferd.«

»Und schon gar nicht dieses.«

»Schon gar nicht dieses.«

Wie erleichtert war ich darüber, dass er mir zustimmte, dass wir wieder einmal dasselbe dachten. Wenngleich das Fohlen jetzt von seinem Fell befreit war und seine Einzelteile aussahen wie ganz gewöhnliche, rote Fleischstücke, von hellgelbem Fett marmoriert und von glänzenden Muskelfasern durchzogen, ein junges Tier, das vermutlich sehr wohlschmeckend und zart war; ich hätte dennoch das Gefühl gehabt, ich würde ein Fabelwesen essen, ein Einhorn oder dergleichen.

Den Schädel und das Fell nahmen wir mit zurück ins

Lager. An jenem Abend legten wir es zwischen uns und sahen zu, wie die Fliegen um den Knochen schwirrten, ehe sie allmählich verschwanden, als der Rauch des Lagerfeuers die Luft erfüllte. Anfangs konnte keiner von uns etwas sagen, ich glaube, wir hatten beide mit unseren widerstreitenden Empfindungen zu kämpfen.

»Noch ein totes Pferd«, sagte Wilhelm nach einer Weile.

»Aber wir haben sie gefunden.« Ich ergriff seine Hand. »Wir wissen, dass es sie tatsächlich gibt.«

»Tote Pferde helfen uns nicht weiter.«

Sein Blick wurde finster, als er auf den Schädel starrte. »Poljakow ist bereits im Besitz eines Schädels und eines Fells. Die Art hat bereits einen Namen. Wir sind nicht gekommen, um weitere tote Tiere zu beschaffen.«

»Wir haben noch den Frühling und den ganzen Sommer«, sagte ich. »Nächstes Mal gelingt es uns, nächstes Mal werden wir sie lebend fangen.«

Er antwortete nicht, sah mich nicht an, wandte sich von den Überresten des Pferdes ab und paffte seine Pfeife, bis der Tabak glühte.

»Wir versuchen es morgen wieder«, sagte ich. »Und übermorgen. Und überübermorgen.«

Obwohl ich ebenso niedergeschlagen war wie er, beglückten mich meine eigenen Worte, denn sie bedeuteten, dass wir noch länger in der Mongolei bleiben würden.

Tags darauf machten wir uns nicht wieder auf die Jagd, wie ich gedacht hatte. Stattdessen widmete Wilhelm den weiteren Vorbereitungen nahezu eine Woche. Dreimal zogen wir los, um die Pferde zu observieren, die an derselben Stelle grasten wie beim vergangenen Mal. Des Weiteren sprach er mit den verschiedenen Häuptlingen. Ich selbst konnte weder mit Wissen über die hiesigen Verhältnisse beitragen, wie die Häuptlinge, noch über den Fang lebender Tiere, was Wilhelms Spezialität war, und so saß ich die meiste Zeit nur dabei und nickte bald lächelnd, bald ernst, je nachdem, was gerade angemessen schien, während die anderen ihre Pläne schmiedeten.

Nach dieser Phase kam Wilhelm zu dem Schluss, es wäre nahezu unmöglich, die Pferde lebend zu fangen. Sie seien zu schnell, zu scheu, sie hätten die unübertroffene Fähigkeit, sich auf Gefahren wie Raubtiere einzustellen; ein Vorteil für sie, ja sogar eine Lebensnotwendigkeit, aber ein großer Nachteil für uns.

Wir beobachteten, dass der Leithengst gern einen gewissen Abstand zur Herde einhielt und die anderen bewachte. Wenn Gefahr in Verzug war, schloss er sich ihnen rasch wieder an. Anschließend bildeten sie eine Formation, in der die einjährigen Hengste vorangingen, die Stuten die jüngsten Fohlen in ihre Mitte nahmen und der Leithengst die Nachhut bildete. Konnte eines der jüngeren Fohlen nicht mithalten, stupste und schob der Hengst es voran. Das Verhalten der Tiere war darauf ausgerichtet, die Jüngsten zu schützen, und dennoch war Wilhelm der Meinung, wir sollten versuchen, die Fohlen zu fangen. Seine Erfahrung aus allen früheren Expeditionen sagte ihm, dass dies unsere einzige Chance war.

Eines Tages rückten wir dann also wieder aus, und diesmal war die Jagdgesellschaft noch größer. Der jüngste Häuptling nahm allerdings nicht teil. Ich hatte Mitleid mit ihm und war zugleich erleichtert. Die beiden anderen, die den Auftrag offensichtlich besser verstanden hatten, stellten hingegen fünf zusätzliche Männer und fünf Pferde. Es waren schöne, stolze Tiere. Früher hätten sie mich vermutlich beeindruckt, nun aber fand ich sie ein wenig langweilig, ja beinahe ordinär, wenn ich sie mit den Takhis verglich, die wir zu fangen gedachten.

Wir lagen in unserem Versteck, während die Wildpferde am Fluss standen und tranken, dann folgten wir ihnen vorsichtig, wir kamen von Norden, hatten die ganze Zeit Gegenwind, während sie sich vom Fluss zurückzogen. Die neugeborenen Fohlen lagen auf dem Boden, um sich auszuruhen, während die anderen Pferde um sie herum grasten.

In diesem Moment witterten wir unsere Gelegenheit. Auf ein Signal hin setzte sich die ganze Jagdgesellschaft brüllend und johlend in Bewegung. Die Wildpferde sprangen sofort auf, waren verwirrt und panisch, galoppierten im Nu gen Süden. Sie hielten sich am Flussufer, am niedrigsten Punkt der Landschaft, und stürmten in einem heftigen Tempo davon, über Steine und Gras, wie schwarze Silhouetten vor der Sonne.

Wir setzten ihnen nach, und wieder verlor ich den Anschluss, doch nur so weit, dass ich alles noch immer aus der Distanz verfolgen konnte. Die Takhis verschwanden in einer Staubwolke, die Mongolen stürmten hinterher. Doch die Wildpferde rannten um ihr Leben, während die Mongolen ihnen für Wollbänder und Silberscheiben nachhetzten. Ein Wesen, das um sein Leben rennt, besitzt eine ganz andere Triebkraft als eines, das es nur auf materielle Werte abgesehen hat, und obwohl die Pferde der Mongolen größer und stärker waren, vermochten sie die Wildpferde nicht einzuholen.

Nichtsdestotrotz hörten wir nicht auf, sie zu jagen. Ich weiß nicht mehr, wie lange die Jagd weiterging oder wie tief wir in die Steppe vordrangen, wir ritten unermüdlich der Staubwolke nach; und mit einem Mal änderte sie ihre Gestalt, und etwas offenbarte sich dort vor uns, kleinere, zierliche Körper.

Es waren die Fohlen, die nicht mehr mit den erwachsenen Tieren mithalten konnten. Die beiden Kleinsten und vermutlich auch Jüngsten fielen zurück, und schließlich blieb eines sogar stehen. Es war ein kleiner Hengst. Wir preschten zu dem Fohlen. Ich trieb mein eigenes Pferd mit den Hacken an und holte die anderen ein. Das Fohlen stand vollkommen reglos da, während wir es umzingelten, seine Nüstern weiteten sich, die Flanken hoben und senkten sich, es war vollkommen erschöpft und so ängstlich, dass es zitterte.

Vorsichtig nahm der Häuptling sein Urga und legte die Schlinge um den Hals des Fohlens. Es widersetzte sich nicht.

Die jüngsten Jäger jubelten, und auch ich empfand einen Hauch Freude. Freude, am allermeisten jedoch Zärtlichkeit. Denn dieses Tier, das erste lebende Przewalski-Fohlen, das je auf der Welt gefangen wurde, war klein, so fürchterlich klein.

Wir führten das Fohlen zum Fluss, doch es drehte den Kopf weg.

»Es hat wohl noch nicht angefangen, Wasser zu trinken«, stellte Wilhelm fest.

Die Dosen mit der Kondensmilch, die wir aus Petersburg herbeitransportiert hatten, waren sämtlich im Frost geplatzt, und die Milch, die wir nicht selbst im gefrorenen Zustand verbraucht hatten, war inzwischen durch die Wärme verdorben. Aus diesem Grund hatten wir uns stattdessen drei Ziegen angeschafft und deren Milch am heutigen Tag in einer Flasche mit Sauger transportiert. Wir hofften, das Fohlen würde, sobald wir zurückkehrten, direkt am Euter einer Ziege säugen – wenn diese auf einem Strohballen stand und somit die passende Höhe erreichte – und sich nach ein paar Tagen daran gewöhnen, die Milch direkt aus einem Eimer zu trinken.

Von der Flasche wendete es sich allerdings auch ab.

»Wir unternehmen später einen weiteren Versuch«, sagte Wilhelm.

Er war ebenso bekümmert wie ich, auch dieses Gefühl teilten wir miteinander, wie zwei Eltern am Bett eines kranken Kindes.

Der Rückweg ging nur langsam vonstatten, der kleine Hengst ließ sich führen, war jedoch bald erschöpft, immer häufiger blieb er stehen, bis er sich schließlich auf den Boden legte und die Augen schloss.

Wir standen ratlos um ihn herum, vierzehn Mann auf großen Pferden, um ein winziges Fohlen versammelt; einen Säugling.

Es rührte sich nicht.

»Was sollen wir tun?«, flüsterte ich Wilhelm zu.

Die Minuten verstrichen. Die Sonne schien wärmer als je zuvor, ein Vorgeschmack auf die mongolische Sommerhitze, von der ich bereits so viel gehört hatte. Ich spürte, wie ein Schweißtropfen an meinem Nasenrücken hinabrann.

»Wir müssen etwas unternehmen«, flehte ich.

»Du siehst mich an, als wüsste ich eine Lösung!«, fuhr Wilhelm mich an. »Es bleibt immer ein Risiko dabei, wenn man Wildpferde fängt.«

Er sagte es in einem Ton, der mir übertrieben gnadenlos schien, als müsse er vor allem sich selbst überzeugen.

»Ich weiß«, erwiderte ich sanft. »Ich weiß doch.«

Der Häuptling starrte uns an, ausdruckslos wie eh und je.

Dann sprang er von seinem Pferd herunter, rief einige seiner Männer herbei und sprach ein paar Worte zu ihnen, woraufhin sie das Fohlen hochhoben und es über den Rücken seines Pferdes legten, dem größten von allen.

Vorsichtig transportierten wir das Fohlen den gesamten Weg zurück ins Lager. Mitunter bewegte es sich, und dann setzten wir es auf den Boden, wo es einige Meter bewältigte, ehe es abermals zusammensank und auf den Rücken des Hauspferdes gehoben werden musste.

Als wir endlich eintrafen, war es bereits dunkel, und die Mongolen legten das Fohlen ein letztes Mal auf den Boden. Dort blieb es liegen, zeigte hin und wieder eine kurze Regung, verweigerte jedoch weiterhin die Flasche. Hastig melkte Wilhelm eine der Ziegen, stellte den Eimer vor dem Fohlen ab und half ihm auf die Beine.

Es beugte den Kopf zur Milch hinab und schnupperte daran.

»Nun komm schon«, sagte Wilhelm leise.

Der kleine Hengst senkte sein Maul in den Eimer, trank jedoch nichts.

»Er braucht etwas anderes, woran er saugen kann«, sagte ich.

Ich tauchte meinen Mittel- und meinen Zeigefinger in die Milch und streckte sie dem Fohlen hin, und es saugte sich daran fest. Es war beinahe schmerzhaft, aber das Gefühl erfüllte mich dennoch mit Freude, denn wenn das Fohlen an meinen Fingern saugte, nahm es auch Milch zu sich, und das war alles, was zählte.

Die Nacht verging, wir wachten abwechselnd bei dem kleinen Hengst. Er hielt sich auf den Beinen, und als der Morgen anbrach, legte er sich hin und schlief erneut, was, so vermuteten wir, seinem normalen Tagesrhythmus entsprach. Allerdings schlief das Fohlen lange, länger, als es uns gefiel, und wir blieben beide bei ihm und behüteten es und hofften, es würde bald aufwachen.

Als es endlich die Augen öffnete, konnte es nicht wieder aufstehen, als würde es gegen das Gewicht seines eigenen Körpers kämpfen. Es setzte die Vorderhufe auf den Boden und stemmte sich hoch, bekam lediglich das Hinterteil in die Luft und ließ sich wieder fallen, versuchte es erneut, stand für einen Moment auf den Vorderbeinen, ehe es wieder zusammensackte. Mehr Milch wollte es allerdings auch nicht haben, obwohl wir ihm den Eimer vorsetzten und ich erneut den Trick mit den Fingern versuchte. Es stupste nur kurz dagegen, ehe es wieder den Kopf wegdrehte. Dann gab es einige seltsame Laute von sich, als würde es ersticken.

»Was ist das?« Ich wandte mich zu Wilhelm.

Er antwortete nicht, starrte lediglich das Fohlen an, das weiter dieses erstickte Stöhnen von sich gab.

Wir verstanden, dass der kleine Hengst krank war. Die Milch, die wir ihm einflößen wollten, sickerte aus seinen Nüstern wieder heraus. Er atmete rasselnd, schwankte, sank erneut zusammen, kam wieder hoch, sank zusammen.

Schon bald konnte er sich gar nicht mehr aufrappeln, lag nur noch erschöpft zwischen uns, die Augen halb geöffnet, der Blick fern, der Körper heiß.

Ich kniete mich neben das Fohlen, nahm seinen Kopf in meinen Schoß, und obwohl es ein wildes Tier war, das normalerweise geflohen wäre, ließ es widerstandslos alles geschehen. Ich streichelte seinen Kopf und redete leise auf es ein.

»Du musst etwas trinken«, sagte ich. »Du brauchst Nahrung.«

Wieder tauchte ich meine Finger ein und versuchte, sie ihm ins Maul zu schieben, und das Fohlen schnupperte daran, saugte sich ein wenig fest, hatte jedoch keine Kraft mehr.

So blieb ich sitzen, ganz reglos, spürte das Gewicht seines Kopfes auf meinen Beinen, strich ihm über das Fell, die zarten Ohren. Je ruhiger das Fohlen war, desto ängstlicher wurde ich, mich zu bewegen, als würde ich mit jeder kleinsten Regung etwas zerstören, es umbringen.

Wilhelm reagierte genau umgekehrt, er schritt hektisch auf und ab, seufzte, fluchte, wollte immerzu reden; versuchte mich zu trösten.

»So ist das nun mal«, sagte er fortwährend. »Mitunter kann es schwer sein, sie am Leben zu erhalten. Er ist unser Erster, wir müssen ihn als Forschungsgegenstand betrachten. Dank ihm können wir lernen, was wir nächstes Mal anders machen müssen, beim nächsten Fohlen.«

»Versuchst du mich oder dich selbst zu trösten«, fragte ich leise.

Er antwortete nicht.

»Es könnte eine Lungenentzündung sein«, sagte er. »Oder die Milch. Ja, vermutlich hat es die Ziegenmilch nicht vertragen. Nächstes Mal sollten wir es mit Stutenmilch versuchen. Darauf hätten wir auch von vornherein kommen können, natürlich verträgt es Stutenmilch besser. Beim nächsten Mal müssen wir einige zahme Stuten bereithalten, vielleicht sogar gleich mit auf die Jagd nehmen, ja, das denke ich, sie sollten sofort bereitstehen. Denn sie werden einige Tage brauchen, um sich aneinander zu gewöhnen, die Stuten müssen die Fohlen ja als ihr Eigen annehmen, so wie die Fohlen die Hauspferde als ihre Mütter annehmen müssen, aber ich glaube, das könnte Erfolg haben, das könnte in der Tat Erfolg haben.«

So redete er und umkreiste uns schneller und schneller, während das Fohlen langsamer und langsamer atmete.

KARIN

Nachdem wir es gestern im Süden versucht hatten, nehmen wir jetzt Kurs auf die entgegengesetzte Richtung. Die eisige Wintersonne scheint auf die Heckscheibe des Autos. Kilometer für Kilometer, immer weiter, in langsamem Tempo. Jochi dreht ständig am Spiegel, anscheinend blendet ihn die Sonne. Die Heizung läuft auf höchster Stufe, aber vom Boden steigt trotzdem kalte Luft auf, dringt durch das Fahrgestell des Autos und durch die Fußsohlen. Ich bewege meine Zehen in den Fellstiefeln, doch es hilft nichts.

Ich klammere mich an das Fernglas. Weiß, weiß, weiß. Überall nur weiß. Immerhin hilft uns die Sonne ein bisschen. Sie erschafft Formen. Verschärft die Kontraste. Schatten von Vögeln auf der Erde, Konturen von niedrigen Büschen, blaue Partien vor all dem Weiß, an den nördlichen Hängen. Ich lasse für einen Moment das Fernglas sinken, und mein Blick fällt auf den Seitenspiegel, in dem ich mich selbst erkenne. Das Fernglas hat Abdrücke um meine Augen hinterlassen, ich sehe aus wie ein Panda. Nein, Pandas sind niedlich. Ich gleiche eher einem Totenschädel.

Ständig bilde ich mir ein, ich würde sie sehen. Die Pferde werden zu Sinnestäuschungen wie eine Oase in der Wüste, eine Fata Morgana, Palmen, sprudelndes Wasser. Alle Schatten und Verwehungen im Schnee werden zu Pferden, alle Wellen und Haufen. Ich bekomme Kopfschmerzen. Habe Lust auf eine Zigarette, verkneife mir das Rauchen aber aus Rücksicht auf Jochi.

Das Auto gibt abwechselnd unterschiedliche Geräusche von sich. Die Karosserie knarrt bei jeder kleinsten Unebenheit. Der Motor heult. Auf Dauer wirkt das monoton, wie eine besondere Form der Stille.

»Es geht ihnen bestimmt gut«, sage ich.

»Ja. Wir werden sie sicher bald finden«, pflichtet er mir bei.

Wir fahren weiter.

»Sie sind dafür gemacht, das auszuhalten«, fahre ich nach einer Weile fort. »Wir finden sie noch vor der Mittagszeit.«

Er nickt. »Wir werden überrascht sein, wie gut es ihnen geht.«

Doch erst, als die Sonne tief am Himmel steht, glaube ich, dass ich sie sehen kann. Schwache Schatten in einer Talsenke, ganz anders als alle übrigen Konturen und Schattierungen in der Steppe. Oder ist es nur ein weiteres Trugbild?

»Warte mal«, sage ich.

Ich presse das Fernglas an die Augen, stelle es ein.

Vielleicht sind es nur ein paar Büsche. An einigen Stellen haben die Behörden versucht, Bäume zu pflanzen. Niedrige Felsenbirken, die sich in den sonnigsten, windstillen Talsenken festklammern. Zarte Babybäume, die ihre Äste wie dünne Ärmchen zum Himmel recken. Noch sind sie viel zu klein, als dass man beurteilen könnte, ob das Experiment geglückt ist. Doch unter den Bäumen liegt etwas.

»Fahr mal da hin.« Ich zeige auf die Birken.

Jochi wechselt die Richtung, schaltet in den zweiten Gang, fährt langsam zu den Bäumen.

Während wir uns nähern, muss ich ständig den Fokus ändern, das Fernglas und meinen Blick anpassen. Die Schneehaufen wachsen. Werden zu Haufen mit hellem Fell, die teilweise mit Schnee bedeckt sind. Ihr Fell sticht darunter hervor wie trockenes Gras.

Dort liegen sie alle miteinander.

Pferde sollten nicht liegen. Nicht so. Nicht ohne dass jemand bei ihnen wacht.

Jetzt erhebt sich eines von ihnen. Es muss das Auto gehört haben und bewegt sich schwerfällig. Ich erkenne es wieder. Es ist Prag. Prag, die Starke.

Dann, ein Stück weiter rechts, für sich allein, immer für sich allein, kommt Hamburg auf die Beine.

Ich senke das Fernglas, brauche es nicht mehr, spüre, dass der Atem meine Brust immer schneller verlässt, sehe die großen weißen Wolken, die er in der Luft bildet.

Jochi sagt nichts, doch er tritt aufs Gas.

Fünfzig Meter von ihnen entfernt hält er an. Wir gehen hinaus, haben Rückenwind. Er trägt den Geruch von Mensch zu ihnen, aber auch den Geruch des Heus auf unserer Ladefläche.

Jetzt rappelt sich auch Sydney hoch, gefolgt von Askania Nova und dem Fohlen Halle. Sie schütteln den Schnee von sich ab, bewegen sich nur träge. Sie schnauben, wiehern leise, als wollten sie sich zu erkennen geben. Ich antworte ihnen.

»Wir sind es. Wir sind es nur.«

Sie kommen langsam auf mich zu, auf das Heu, das sie wittern. Jetzt kann ich sie richtig sehen. Die Kälte hat an ihnen gezehrt, vor allem an Sydney, der große Frostwunden an den Beinen und unter dem Bauch hat, wie eine schäbige Mähre.

Noch sind nicht alle aufgestanden. Doch bald werden sie sich von der weißen Schneedecke lösen und wieder zu lebendigen Tieren werden.

»Ganz ruhig«, sage ich sanft. »Jetzt bekommt ihr etwas zu fressen.«

Ich drehe mich zu Jochi um.

»Wir müssen das Heu holen.«

»Aber … Karin«, sagt er.

»Ja?«

»Paris ist nicht hier. Und Woburn auch nicht.«

»Doch«, sage ich. »Sie sind bestimmt einfach nur noch nicht aufgestanden.«

Sie müssen hier sein. Sie müssen bei der Herde sein. Ein Harem hält immer zusammen, die Tiere passen aufeinander auf.

Während Jochi das Heu für die Pferde auslegt, gehe ich in einem weiten Bogen um sie herum. Suche mit den Augen das Tal ab. Ein Hals, ein Kopf, ein Ohr, irgendetwas, das aus dem Schnee aufragt wie ein Zeichen.

Doch ich finde nichts, der Schnee ist eine glatte Fläche, wie ein unbeschriebenes weißes Blatt.

Ich gehe in einem noch größeren Bogen. Jochi hat das Futter verteilt, jetzt fängt auch er an zu suchen. Wir erweitern unsere Kreise, entfernen uns immer mehr von den Pferden und voneinander.

Ich sehe eine Hasenfährte, eine Stickerei inmitten von all dem Weiß, und dann fast unsichtbare Krallen auf dem Schnee: Vogelspuren. Aber keine Vertiefung von Pferdehufen, keine tiefen Löcher.

Dann höre ich Jochi rufen.

»Karin!«

Ich renne los. An manchen Stellen ist der Schnee tief, meine Füße versinken. Ich bin atemlos, mein Herz rast, mein Hals brennt.

Ich sehe, wie Jochi sich herabbeugt, in die Hocke geht. Dann fängt er an, mit den Händen zu graben. Er buddelt, als wäre er ein Hund, der Schnee spritzt in alle Richtungen.

Ich erreiche ihn und setze mich neben ihn. Die Kälte dringt in meine Fäustlinge, die Hände schmerzen. Doch wir graben trotzdem weiter.

Es ist Woburn.

Er lebt.

Seine Augen sind halbgeöffnet, der Blick ist stumpf. Ich ziehe meinen Handschuh aus, lege die Hand auf seine Flanke. Noch spüre ich die Wärme in seinem Körper.

Wir graben ihn ganz aus. Jochi rennt los und holt mehr Heu, hält es dem Fohlen vor die Nase. Es schnüffelt kurz daran, dann frisst es.

Jochi holt das Auto. Wir stellen Woburn auf die Beine, er schwankt. Ich stütze ihn von hinten, unter dem weichen, dicken Winterpelz ist er nur Haut und Knochen. Und plötzlich nehme ich seinen starken Geruch wahr. Der Geruch von Pferd bricht durch den weißen Duft des Schnees.

»Alles wird gut«, flüstere ich die ganze Zeit. »Es wird gut, jetzt wird alles gut.«

Wir heben Woburn auf die Ladefläche, wo er zusammensinkt. Dann legen wir Decken und Planen über ihn und fahren mit ihm zurück zur Station.

Als wir dort eintreffen, kommt er nicht wieder auf die Beine. Er befindet sich in einem Dämmerschlaf, verliert immer wieder das Bewusstsein. Agi, Mathias und ein paar andere kommen herbei. Sie heben Woburn auf eine Plane, die sie an Stöcken befestigt haben, und tragen ihn in die Küche.

Ein Wildpferd in ein von Menschen bewohntes Haus zu tragen … ich versuche, nicht daran zu denken, was wir hier gerade machen. Wie naturwidrig das ist.

Jochi sieht mich die ganze Zeit an.

»Sie waren nicht bereit«, sagt er.

»Er wird überleben«, erwidere ich.

»Wir haben sie zu früh rausgelassen.« Seine Stimme ist tonlos.

»Es wäre gut gegangen, wenn der Sturm nicht gekommen wäre.«

»Im Winter stürmt es immer. Wir hätten noch ein Jahr warten sollen. Wir hätten ihnen ein Jahr geben sollen. Sie haben hundert Jahre darauf gewartet, frei zu sein, sie hätten es auch noch ein Jahr länger ausgehalten.«

»*Was habe ich dir gesagt?* Jetzt kannst du es mir an den Kopf werfen: *Was habe ich dir gesagt?* Aber letztlich wissen wir nicht, ob es zu früh war«, verteidige ich mich. »Dasselbe hätte auch nächstes Jahr passieren können. Und es kann immer wieder passieren.«

Ich sehe, dass er etwas erwidern will, dass er immer noch wütend ist. Doch dann gibt Woburn ein verzagtes Geräusch von sich, und wir beugen uns beide über ihn.

Die Stunden verrinnen. Woburn dämmert weg, kommt zu Bewusstsein, dämmert erneut weg. Allmählich kann ich fühlen, dass sein Körper wärmer wird. Wir versuchen, ihm Wasser zu geben. Er will nichts trinken, dreht seinen Kopf weg.

Ich döse die ganze Nacht auf dem Boden neben dem Fohlen. Gehe nicht einmal zum Rauchen hinaus. Horche auf seinen Atem, der schnell und angestrengt ist. Wage es, die Hand auszustrecken, und streiche ihm vorsichtig über das Fell.

»Na, na, na.«

Ich müsste ihm eine Infusion geben, aber ich weiß nicht, wie. Ich habe weder einen Katheter noch eine Sonde hier. Dies ist keine Klinik, ich hätte nie gedacht, dass wir sie einmal behandeln würden, als wären sie zahm.

Wenn das Fieber nur sinkt, wird er auch wieder trinken. Wir müssen dafür sorgen, dass ihm warm wird, müssen ihn warmhalten. Ich hoffe, das genügt.

Noch immer versuche ich, ihn zum Trinken zu bewegen. Er nimmt ein kleines bisschen zu sich. Ich habe das Gefühl, es hilft.

Am nächsten Morgen in aller Frühe kommt Mathias herein. Ich habe kaum geschlafen.

»Hier.« Er reicht mir eine Tasse Kaffee.

Ich schüttele den Kopf.

»Ich nehme ihn lieber in der Thermoskanne mit.«

»Willst du wieder rausfahren?«, fragt er und stellt die Tasse auf dem Tisch ab. »Willst du Paris finden?«

»Ja … aber ich weiß nicht, ob ich Woburn allein lassen kann.«

Er zögert.

»Ich bin ja hier«, sagt er dann.

»Und?«

»Ich könnte auf ihn aufpassen.«

Ich schüttele den Kopf. »Ich glaube, das ist keine so gute Idee.«

Er kratzt sich am Kopf und denkt nach.

»Ich werde das schaffen«, sagt er ernst. »Sag mir einfach, was ich tun soll. Ich werde das doch wohl schaffen, oder?«

Er richtet sich auf und sieht mich ungewohnt ernst an.

Ja, er wird das wohl schaffen.

»Das Fohlen muss trinken«, erkläre ich. »Du musst die ganze Zeit versuchen, es zum Trinken zu bringen.«

Seine Augen leuchten. »Ich werde es probieren.«

»Nicht probieren. Du *musst* es dazu bringen.«

Jetzt ist er plötzlich ganz selbstbewusst. »Beruhige dich. Ich kriege das schon hin.« Er greift wieder nach der Kaffeetasse. »Und jetzt werde ich den Kaffee für dich in eine Thermoskanne umfüllen. Du siehst aus, als könntest du das Koffein gebrauchen.«

»Das ist nett«, sage ich. »Danke.«

»Gern geschehen, Karin. Und nun sieh zu, dass du loskommst.«

Er öffnet einen Schrank, um nach einer Thermoskanne zu suchen.

»Mathias«, sage ich.

»Ja?« Er hält in der Bewegung inne.

»Ich wusste gar nicht, dass dir die Pferde so wichtig sind.«

»Ja, das habe ich gemerkt. Dass du dachtest, ich wäre nur zum Spaß hier.«

»Nicht zum Spaß«, protestiere ich.

»Nein, aber nur wegen der Drogen. Um von den Drogen wegzukommen.«

»Ja? Deshalb bist du doch mitgekommen?«

»Aber nicht nur deshalb.«

»Ich dachte, du findest das, was ich mache, vollkommen sinnlos«, sage ich, und plötzlich wächst mir ein Kloß im Hals.

Sinnlos, vielleicht ist es sinnlos.

»Was?«, fragt er.

»Dass es ein Irrsinn ist, sein ganzes Leben zu vergeuden, und alles, sein Geld und seine Arbeit, dafür zu opfern, ein paar Pferde zu retten.«

»Du hast dein Leben nicht vergeudet«, entgegnet er. »Dein Leben ist doch hier, jetzt.«

»Du verstehst doch, was ich meine.«

»Nein?«

»Was hat es schon für einen Sinn, ein Przewalski-Pferd zu retten?« Ich rede laut, beinahe schrill. »Die Takhis sind nur eine von zehn Millionen Arten auf dieser Erde, eine

Art, die keinerlei Nutzen bringt. Warum sollen wir unsere Zeit und Energie dafür opfern, ein Pferd zu retten, das keinerlei Wert hat?«

»Das fragst du mich?« Er lächelt. »Seit ich ein Kind bin, hast du von nichts anderem gesprochen als von den Pferden.«

Noch ein Tag draußen. Noch ein Tag, der mit Suchen vergeht. Agi zieht in die eine Richtung los, Jochi und ich in eine andere. Wir sind uns darüber einig, ein möglichst großes Gebiet um den Bereich abzudecken, wo wir die Pferde gefunden haben.

Erst sitze ich am Steuer, und Jochi übernimmt die Verantwortung für das Fernglas. Doch ich kann mich nicht auf das Fahren konzentrieren. Ständig bilde ich mir ein, ich würde einen Schneehaufen sehen, ein Fellbündel, etwas, das Paris sein könnte.

»Da drüben?« Ich strecke den Arm aus.

Jochi dreht sich um, stellt sein Fernglas ein, versucht zu sehen, was ich sehe.

»Nichts«, sagt er.

Kurz darauf deute ich erneut auf etwas. »Was ist damit?«

»Nein«, sagt er. »Tut mir leid.«

»Aber das da. Der Haufen. Hat der nicht eine komische Form?«

Er lässt das Fernglas sinken.

»Ich glaube, du solltest jetzt anhalten.«

»Was?«

»Ich glaube, es ist besser, wenn wir tauschen.«

Er sagt es ohne Wut, ohne Ironie.

Dann legt er das Fernglas auf das Armaturenbrett, steigt aus und geht um das Auto herum. Zögernd schnalle ich mich ab und tue, was er sagt.

Als ich wieder die Kontrolle über das Fernglas habe, werde ich stiller.

Obwohl es nichts hilft. Denn Paris ist weg.

Noch einen Tag fahren wir, bis es dunkel wird. Auf dem Weg nach Hause halten wir bei den Pferden an. Sie haben sich nicht vom Heu wegbewegt. Wir legen ihnen noch mehr heraus und hoffen, dass sie einen weiteren Tag dortbleiben werden.

»Morgen müssen wir wieder zu ihnen zurück«, sage ich.

»Was ist mit Paris«, fragt Jochi.

»Nach ihr müssen wir auch suchen.«

»Aber glaubst du …«

»Wir müssen suchen.«

»Wenn sie nicht bei der Herde ist, bedeutet das doch …«

Ich drehe mich hastig zu ihm um. »Findest du nicht, dass wir suchen sollten?«

Er blickt weiter auf den Schnee vor uns, mit beiden Händen am Lenkrad, fährt ruhig und konzentriert.

»Sie wäre bei der Herde gewesen. Wenn sie leben würde, wäre sie bei der Herde geblieben. Eine Stute zieht nicht allein umher.«

»Vielleicht hat sie die anderen verloren.«

»Karin …«

Ich antworte nicht, lasse das Fernglas auf meinen Beinen liegen. Es ist sowieso zu dunkel, um irgendetwas zu erkennen.

Wir fahren schweigend zurück. Wieder ein Abend, an dem ich verfroren und steif zurückkehre nach all den Stunden im Auto.

Aber an diesem Abend empfängt mich Mathias auf der Treppe. Ich sehe, dass er Tränen in den Augen hat. Er streckt mir die Hände entgegen, wie früher, als er klein war.

»Verzeih mir, Karin«, sagt er leise.

»Wieso? Was meinst du?«

»Verzeih mir. Ich habe Woburn verloren.«

EVA

Während ich las, ging Louise nervös im Zimmer auf und ab, immer wieder warf sie einen Blick auf die Seiten vor mir, versuchte zu erkennen, wo ich gerade war. Als ich meine Lektüre beendet hatte und die beschriebenen Seiten auf dem Tisch ablegte, blieb sie vor mir stehen.

»Verstehst du jetzt, warum ich gehen wollte? Warum ich euch verlassen habe?«, fragte sie.

Ich stand auf.

»Louise.«

Ich streckte die Arme aus und zog sie an mich. Und sie ließ sich umarmen. Ich spürte ihren Bauch, ein kleiner runder Ball, und ich bemerkte, dass sie zitterte.

»Du bist gegangen, weil ich so einen Aufstand um die ganzen Babysachen gemacht habe«, sagte ich leise.

»Ja«, antwortete sie.

Eine Weile standen wir so, hielten uns in den Armen. Sie roch nach Tannennadeln und Feuer. Ihre Wange lag glatt und weich an meiner, und allmählich wurde ihr Atem ruhiger.

»Ja«, wiederholte sie und löste sich behutsam aus meiner

Umarmung. »Ich bin gegangen, weil du so einen Aufstand gemacht hast. Aber genau deshalb bin ich auch zurückgekommen. Weil ich jemanden kennengelernt habe, der vollkommen ausflippt, weil ich ein Kind erwarte.«

»Und ich bin sehr glücklich darüber, dass ich ausflippen darf.«

Sie nickte. »Aber später, wenn das Kind da ist …«

Ich trat einen Schritt zurück, lehnte mich an den Küchentisch.

»Du hast geschrieben, dass alles aufhört«, sage ich langsam. »Dass alles aufhört, wenn man zu lange an einem Ort wohnt.«

»Ja.«

»Aber du hast doch im Wald gehungert?«

»Ich bin im Wald geblieben, in deiner Nähe, weil ich es nicht geschafft habe, dich zu verlassen, und Isa.«

Sie nahm ihre Tasse, ging zur Spüle und kippte die Teereste weg.

»Aber du wusstest auch nicht, wie weit du hättest gehen müssen, bevor du etwas zu essen gefunden hättest oder jemanden, der dir helfen kann.«

»Nein, aber ich weiß, dass ich am Ende etwas gefunden hätte. So, wie ich euch gefunden habe.«

Klirrend stellte sie ihre Tasse ab.

»Mit einem Kind ist alles anders«, sagte ich.

»Das Kind ist hier auch nicht sicherer als anderswo«, entgegnete Louise. »Niemand ist irgendwo sicher.«

»Hier haben wir wenigstens eine Tür, die wir abschließen können.«

»Eine Tür? Eine Tür ist gar nichts wert.«

»Aber wo willst du eigentlich hin«, fragte ich leise. »Wo willst du am Ende bleiben?«

Sie zuckte die Schultern. »Ich will nirgends bleiben … oder doch, vielleicht für einen längeren Zeitraum, wie in diesem Winter, aber nicht für immer.«

Ein schlafendes Bündel auf dem nacktem Boden, bei Wind und Regen, volle Windeln, ein Zweijähriger, der in der brütenden Hitze die Straße entlangwackelt, auf viel zu kurzen Beinen, und für jeden Schritt, den die Erwachsenen gehen, vier Schritte machen muss.

»Das ist kein Leben«, sagte ich. »Du bekommst ein Kind, und das ist kein Leben für ein Kind.«

»Aber das hier schon, glaubst du?« Sie machte eine ausgreifende Geste.

»Ich verstehe dich nicht«, antwortete ich und merkte, wie mir die Tränen kamen.

»Doch«, sagte Louise. »Du verstehst mich. Deshalb bin ich ja zurückgekommen.«

Wir sprachen nicht mehr darüber, zu gehen oder zu bleiben, wir sprachen über den Winter, die Dunkelheit, den Regen. Am meisten aber über das Kind, das in Louise heranwuchs, und über den Frühling.

Der Frühling … *der Frühling,* ein Wort, das mir nicht mehr aus dem Kopf ging. Es kam nur noch darauf an, heil durch diesen Winter zu kommen, durch diese Schwangerschaft, es kam darauf an, das Heu so einzuteilen, dass es für die Tiere reichte, und das Essen so, dass es für uns reichte.

Der Frühling, Sommer und Herbst sind die Jahreszeiten der Veränderung. Der Winter ist die des Stillstands. Und in diesem Winter stand alles so still wie nie zuvor. Es regnete, wurde dunkler, die Niederschläge wurden kälter, und eines Morgens hatte es gefroren, die Pfützen waren von einer dünnen Eisschicht überzogen. Im Laufe des Tages fiel Schneeregen, der am Abend wieder in Regen überging. Der Frost kam noch einige Male wieder, aber richtig weiß wurde die Landschaft nie.

Wir bezogen unser Winterlager. Hielten uns so viel wie möglich im Haus auf, in der Nähe des Ofens in der Küche. Er war von allen am gierigsten, wir mussten ihn ständig füttern. Wir hatten noch nie einen Winter ohne Elektrizität erlebt, ich dachte immerzu ans Heizen, wenn ich mich abends hinlegte und wenn ich aufwachte. Das Brennholz wurde zu einer ständigen Arbeit, wir stapelten das feuchte Holz an den Wänden in der Küche und im Stall. Es hatte kaum Zeit zu trocknen, ehe wir es in den Ofen schieben mussten, konzentrierten uns nur noch auf das Heizen. Wenn der Ofen aus war, wurde das Haus unbewohnbar. Ich hätte mir die Hand dafür abgehackt, wieder Strom zu haben.

Im Winter verändert sich die Natur nicht, ist einfach nur grau und braun, nichts wächst, nichts sorgt für Überraschungen. Die Einzige, die sich in diesem Winter veränderte, war Louise. Ich hatte das Gefühl, ich könnte sehen, wie ihr Bauch jeden Tag größer wurde. Zelle für Zelle, sie teilten sich, und teilten sich wieder, kleine Veränderungen, die von Minute zu Minute dort drinnen stattfanden und sich schließlich auch äußerlich zeigten. Ihr Bauch wölbte sich, vor allem abends fiel es mir auf. Ihr Körper sah aus wie meiner, wenn ich meinen Bauch herausstreckte. Ich konnte immer noch schwanger aussehen, Isa hatte dort drinnen einen Hohlraum geschaffen, der nie wieder ganz zurückgehen würde. Manchmal stand ich vorm Spiegel und betrachtete mich selbst, wie ich immer, automatisch, den Bauch einzog und meinen Körper zu einer anderen Haltung zwang als der natürlichen. Denn eigentlich ist der weibliche Bauch eine Kurve, kein gerader Strich.

Als der Bauch erst einmal zu wachsen begonnen hatte, ging es sehr schnell. Bald war Louise nur noch diese Kurve, sie wurde immer runder, alle spitzen Kanten verschwanden, ihre Wangen wurden weicher, die Oberarme dicker, am ganzen Körper bildete sich eine dünne Schicht Unterhautfett, sie hamsterte für das, was kommen würde. Sie verlangte nicht mehr Essen, als wir hatten, aber das, was sie bekam, verschlang sie mit einem Wolfshunger. Ich erinnerte mich noch, wie es mir ergangen war, als ich mit Isa schwanger gewesen war. Plötzlich betrachtete ich das Essen mit anderen Augen, bemerkte die Details dessen, was ich aß, die Konsistenz, den Geruch. Ich musste etwas essen, noch bevor ich morgens aufstand, mir wurde schwindelig, wenn ich nicht erst den Imbiss aß, den ich mir schon am Abend zuvor bereitgelegt hatte. Manchmal wurde ich sogar nachts wach und musste etwas essen. Zu dieser Zeit gab es noch Bananen. Dieses süße, leicht faulig riechende Obst aß ich ständig, mindestens fünf Stück am Tag, und immer hatte ich mindestens eine auf dem Nachttisch liegen, die ich in der Dunkelheit hastig schälte und kaute. Ich weiß noch, wie sehr ich das Essen brauchte. Der Arzt sagte das auch. Ich nahm nicht mehr zu, als ich sollte, in der Schwangerschaft wurden alle Kalorien verbrannt.

Louise hätte mehr essen müssen. Ich versuchte, ihr etwas

von meinem Essen abzugeben, wir hatten immer noch ein bisschen Gemüse übrig, und ich überließ ihr gern meinen Anteil. Aber sie schob es immer zurück.

Auch ihre Bewegungen veränderten sich. Sie wurde sanfter, langsamer, beinahe träge. Ausgeglichen, dachte ich. Wahrscheinlich änderte sie ihren Rhythmus unbewusst des Kindes wegen, damit es mehr Ruhe hatte. Ich stellte mir vor, dass man sich sicherer fühlte, wenn man unter einem Herz lag, das langsam schlug, als einem Körper in ständiger Bereitschaft zu lauschen. Es schien, als würde sie es gut können, als würde sie sich in ihrem schwangeren Körper wohlfühlen, den Zustand verstehen können. So hatte ich es nie empfunden. Die Zeit während und nach der Schwangerschaft war ich vor allem unsicher gewesen. Manchmal wünschte ich mir, ich könnte noch ein Kind bekommen, nur um endlich das Gefühl zu erleben, ich hätte alles im Griff.

Kurz nach Weihnachten ging ich wieder hinaus zu den Wildpferden. Normalerweise sah ich täglich nach den Tieren, aber jetzt hatte ich eine längere Pause eingelegt. Der Regen war so stark gewesen, dass ich das Haus nur noch verließ, wenn es wirklich nötig war. Und es wurde nicht besser. Die Tropfen stürzten vom Himmel, als würde dort oben jemand stehen und sie zu uns hinabjagen, aber Nike und Puma ließen sich davon nur wenig beeindrucken. Sie hatten ein dickes Winterfell, von dem die Tropfen abperlten, während sie mit gesenkten Köpfen auf ihrer Weide standen und fraßen.

Die wenigen Frostnächte hatten dem Gras nichts anhaben können, an einigen Stellen war es immer noch grün, aber fahl, als hätte sich ein dünner grauer Film über die Landschaft gelegt. Ohne Nährstoffe, dachte ich, sie mussten mit diesen kleinen Büscheln auskommen, es konnte auf keinen Fall ausreichen.

Ich ging zum Zaun. Puma stand am nächsten, Nike ein paar Meter weiter, beide seitlich, sodass ich ihre ganze Silhouette sehen konnte. Vielleicht fiel mir die Veränderung nur deshalb so stark auf, weil ich sie einige Tage nicht gesehen hatte. Sie waren furchtbar mager geworden.

Das Fohlen wurde größer und trank fast keine Milch mehr, sondern war ganz vom Gras abhängig, um zu überleben. Doch es reichte nicht. Weder Puma noch Nike bekamen genug, waren bald nur noch Haut und Knochen. Dabei sollten die Reserven, die sie sich im Sommer angefressen hatten, eigentlich noch monatelang reichen.

Nike und Puma waren die Einzigen, die noch übrig geblieben waren vom einstigen Lebensprojekt meiner Eltern, meiner ganzen Familie, die einzigen Tiere, die ich bislang behalten konnte. Ich durfte sie nicht auch noch verlieren.

Hastig drehte ich mich um und ging zurück zum Hof. Zur Scheune und den Heuballen, die dort drinnen lagerten.

Ich erzählte den anderen nichts davon, dass ich die Pferde fütterte. Ich brauchte mich vor niemandem zu rechtfertigen, dachte ich, war ihnen keine Erklärung schuldig, denn vielleicht könnten uns die Pferde noch einmal nützlich werden, möglicherweise ließen sie sich im Frühjahr vor den Pflug spannen. Es hieß zwar, man könne sie nicht zähmen, aber versuchen konnte ich es trotzdem, und es wäre ein Grund, sie zu behalten.

Ich hatte gedacht, die anderen würden nichts davon mitbekommen, doch als ich zum dritten Mal Heu für sie mitnahm, stand Isa plötzlich vor mir.

Erst sagte sie nichts, grüßte mich nicht einmal. Sie stand einfach nur da und starrte mich mit schmalen Augen an. Ich schaufelte weiter Heu. Wenn sie nichts sagte, musste ich auch nichts sagen. Ich musste mich nicht vor ihr rechtfertigen, sie war schließlich erst vierzehn.

»Wie lange machst du das schon?«, fragte sie am Ende.

»Sie kriegen nicht viel«, erwiderte ich.

»Ich dachte, sie kommen allein über die Runden. Und deshalb lassen wir sie am Leben, weil sie sich allein versorgen können.«

»Aber sie schaffen es nicht.«

»Nein?«

»Nein.«

»Ich hatte plötzlich den Eindruck, das Heu würde viel schneller verschwinden als früher.« Ihre Stimme zitterte leicht, als müsste sie sich anstrengen, ruhig zu bleiben.

Sie hatte den Eindruck... Seit wann kümmerte sie sich darum, wie viel Futter wir noch hatten? Und wie viel Essen?

»Den Eindruck hattest du also«, sagte ich.

»Ich weiß, wie viel wir haben, Mama. Du bist nicht die Einzige, die hier den Überblick hat. Ich achte auch darauf, wie viel Wasser noch im Brunnen ist.«

»Wasser.« Ich schnaubte verächtlich. »Der Brunnen wird doch nicht leer. Und schon gar nicht jetzt, wo es so viel regnet.«

»Nicht in diesem Jahr«, entgegnete sie. »Aber vorletztes

Jahr, als es so trocken war, habt ihr Erwachsenen darüber geredet, dass das Grundwasser sinken könnte. Daran erinnerst du dich doch wohl?«

»Ja«, antwortete ich. »Natürlich erinnere ich mich daran.«

Ihre Augen verengten sich wieder. »Du hattest das doch längst vergessen. Du hast echt keinen Durchblick«, sagte sie leise.

»Was hast du gesagt?«

»Und jetzt gibst du den Pferden Heu. Heu, das Eple und Micro dringend brauchen.«

»Ich habe das im Griff«, sagte ich. »Wir haben immer noch viel Heu.«

»Nein. Das Heu reicht, um vier große Tiere durch den Winter zu bringen. Nicht sechs. Ich habe das ausgerechnet.«

»Du hast es ausgerechnet?«

Mein Atem ging schneller. »Was ist das hier eigentlich?«, fragte ich.

Sie kontrollierte nach, was ich machte. Musste ich mich etwa rechtfertigen? Vor meinem eigenen Kind?

»Ich hatte sowieso überlegt, Micro zu schlachten«, sagte ich plötzlich, ohne darüber nachzudenken.

»Was?!«

»Sie ist alt. Gibt nur noch wenig Milch. Und wir können das Fleisch gut gebrauchen.«

»Nein!«

»Dann hätten wir ein Tier weniger, das wir durchfüttern müssen.«

»Du willst weiter die Pferde füttern, aber Micro schlachten?«

Meine Tochter riss die Augen auf, ihre Unterlippe zitterte, wie sie es immer getan hatte, seit sie drei Jahre alt war. Und aus irgendeinem Grund verschaffte es mir Genugtuung, dass sie wieder sie selbst war.

»Wir könnten auch noch eins der Kälber schlachten«, schlug ich vor. »Das ist besseres Fleisch. Dann wären nur noch vier Tiere übrig, vier, genau wie du gesagt hast.«

»Nein«, sagte sie wieder. »Das kannst du nicht machen.« Sie holte tief Luft, dachte offensichtlich nach, dann hob sie den Kopf und sah mich mit einem Blick an, der verriet, dass sie mit den Tränen kämpfen musste.

»Aber es wäre immer noch besser, wenn du eins der Kälber schlachtest als Micro. Wenn überhaupt. Die Kälber geben keine Milch.«

Ihre Stimme war dünn, sie war immer noch so klein, versteckte sich lediglich hinter ihrer erwachsenen Fassade. Ich trat einen Schritt auf sie zu. »Meine Kleine«, sagte ich. »Noch müssen wir niemanden schlachten. Es ist schön, wie du mitdenkst, aber du musst mir glauben, wenn ich sage, dass es gutgehen wird.«

Sie wich zurück. »Ich bin nicht mehr deine Kleine, kapierst du das nicht. Ich bin nicht mehr deine Kleine.«

»Isa …«

Ich dachte, sie würde schreien, heulen oder wenigstens einen ironischen Kommentar ablassen. Aber sie starrte mich einfach nur an. Inzwischen hatte sie ihre Unterlippe wieder unter Kontrolle, und in ihrem Blick lag etwas, das ich noch nie gesehen hatte.

»Die Pferde sind wichtig. Wenn wir sie sterben lassen, war der ganze Einsatz dafür, ihre Art zu retten, vergebens.«

»Glaubst du, sie würden dasselbe auch für dich tun? Dir ihr letztes Futter opfern, glaubst du das?«

»Isa, so darfst du nicht denken.«

»Du kannst nicht darüber bestimmen, wie ich denke.«

Ich rammte die Heugabel in den Boden, jetzt bebte ich plötzlich.

»Von allen Wildtieren, die wir hatten, sind nur noch diese beiden Pferde übrig«, sagte ich angestrengt kontrolliert. »Und natürlich würden sie uns nicht ihr letztes Futter überlassen. Natürlich nicht, denn es sind Pferde, keine Menschen. Aber wenn ich ihr Leben opfere, damit ich selbst etwas zu essen habe, bin ich auch nur ein Tier. Verstehst du, dann sind wir auch nur Tiere.«

»Ja«, sagte sie. »Genau das sind wir ja. Bist du eigentlich völlig bescheuert?«

Bist du eigentlich völlig bescheuert. Da war es wieder, das Kind.

»Ja, das bin ich wohl«, sagte ich.

Ich nahm erneut die Heugabel, wendete mich den Pferden zu, schaufelte noch ein bisschen mehr Heu über den Zaun.

»Wir nehmen Micro. Aber wir können ruhig noch ein bisschen warten«, sagte ich. »Ein paar Wochen. Dann hast du genug Zeit, dich zu verabschieden.«

»Ich brauche keine Zeit, mich zu verabschieden, Mama. Ich brauche die Milch.«

In den darauffolgenden Tagen verlor Isa kein Wort mehr über Micro. Und auch nicht über das Heu, das zu schnell zur Neige ging, oder über unser Gespräch. Überhaupt redete sie nur sehr wenig mit mir. Das war eine neue Taktik, dachte ich. So waren Teenager nun mal. Schweigen statt Ironie.

Zu Louise war sie dafür umso netter. Ich sah die beiden ständig zusammen, wie sie über etwas lachten oder in ein konzentriertes Gespräch vertieft waren. Immer häufiger legte Isa die Hand auf Louises Bauch und fühlte nach dem Kind, das dort drinnen wuchs, und dann riet sie: Ist das ein Fuß oder vielleicht ein Arm oder eine kleine Hand oder eine Schulter? Sie lachte, wenn das Kind plötzlich trat, und lächelte zärtlich, wenn es sich wegdrehte.

Ich erinnerte mich, dass ich es immer als unangenehm empfunden hatte, wenn die Leute mich anfassten, als ich schwanger gewesen war, dass mein Bauch, der früher etwas so Privates war, plötzlich Gemeinbesitz zu sein schien; nicht mehr länger ein Teil von mir, sondern etwas Selbständiges, Eigenes, als wäre das Kind bereits da. Louise empfand das anscheinend anders, sie mochte es, wenn wir nachfühlten, und sagte, es sei schön, das Baby würde schließlich auch uns gehören.

Obwohl Isa Micro mit keinem Wort erwähnte, wartete ich damit, die Kuh zu töten. Es war, als hätte das Gespräch zwischen uns nie stattgefunden, als hätte ich nie etwas vom Schlachten gesagt. Wir melkten die Kühe weiter jeden Tag, fuhren damit fort, Käse und Butter aus der Milch herzustellen, fütterten weiter alle vier, misteten aus. Stattdessen rationierte ich das Futter, gab allen Tieren täglich etwas weniger. Noch konnte ich mit dem bloßen Auge keinen Gewichtsverlust erkennen, noch gaben die Kühe etwa so viel Milch wie vorher, anscheinend ging alles gut. Und wenn der Frühling dieses Jahr zeitig kam, dachte ich, wenn das Gras schnell zu wachsen begann, konnte es tatsächlich gut gehen. Dann würden wir alle sechs behalten können.

Doch vorher mussten wir die grauen Tage überleben, Wochen, in denen es immer nur in Strömen regnete, unaufhörlich schüttete. *Regen, Regen, weg mit dir, Sonne, Sonne, komm zu mir,* hatte ich früher immer für Isa gesungen. Jetzt hatte ich niemanden mehr, für den ich singen konnte, aber bald würde das neue Kind kommen. Und vielleicht würde es die Sonne mitbringen.

KARIN

Mathias läuft mir nach. In welchen Raum ich auch gehe, er kommt hinterher.

Ich schlüpfe hinaus, um zu rauchen, doch auch da entkomme ich ihm nicht. Er stellt sich neben mich. Seine Hand zittert, als er sich die Zigarette anzündet. Das Licht des Feuerzeugs flackert vor seinem Gesicht auf.

»Entschuldige, Karin, entschuldige.«

»Es war nicht dein Fehler.«

»Ich konnte ihm nicht genug Flüssigkeit einflößen. Ich habe nicht gut genug aufgepasst.«

»Es war nicht dein Fehler«, wiederhole ich. »Sondern meiner. Ich hätte dir nicht die Verantwortung überlassen dürfen.«

»Aber damit sagst du ja doch, dass es mein Fehler war. Eigentlich.« Seine Stimme wird brüchig.

»Nein«, sage ich. »Tue ich nicht.«

Ich drücke die Zigarette aus. Mathias ist ein Laie, ich hätte Woburn nicht in seine Obhut geben dürfen. Das wäre so, als würde man einem Fünfjährigen die Verantwortung für ein Baby überlassen. Natürlich kann so etwas nicht gut gehen. Und das hätte mir bewusst sein müssen.

Ich wende mich zu Mathias. »Ich bin die Tierärztin. Ich hatte die Verantwortung.«

»Ich habe seinen Kopf gehalten«, sagte Mathias ebenso sehr zu sich wie zu mir. »Ich habe seinen Kopf in meinen Händen gehalten. Erst hat er ganz schnell geatmet. Rasselnd. Irgendwie ganz weit oben in der Lunge. Und dann ging es immer langsamer und langsamer.«

Er drehte sich wieder zu mir. »Glaubst du, er hatte Schmerzen? Oder Angst?«

»Es war gut, dass du bei ihm warst«, sage ich.

»Kurz bevor er starb«, fuhr Mathias fort, »hatte ich das Gefühl, es würde ihm besser gehen. Plötzlich hat er sich so viel bewegt.«

»Denk nicht mehr daran. Wir hätten sowieso nichts tun können.«

»Aber er hat sich wirklich bewegt. Hat gezappelt und so.«

»Das waren Todeskrämpfe«, sage ich.

»Was?«

»Es hat sicher gezappelt, weil er Todeskrämpfe hatte. Du bist nicht der Erste, der das verwechselt.«

Mathias bleibt ganz reglos sitzen. Sein Kopf ist gebeugt, und ich kann sein Gesicht nicht sehen. Er hält sich an der Zigarette fest, ohne einen einzigen Zug zu nehmen. Die Asche wird immer länger und länger, wie ein Rohrkolben, ehe sie abbricht und auf dem Boden zu Staub zerfällt.

»Ich finde, du solltest jetzt reingehen und dich hinlegen«, sage ich. »Und ordentlich ausschlafen.«

Er nickt, ohne sich zu bewegen.

»Mathias?«

Endlich sieht er mich an. Seine Augen sind groß und schwarz.

»Ich kann auf niemanden aufpassen, weißt du? Ich schaffe es nicht, auf irgendein Lebewesen aufzupassen.«

»Aber Mathias.«

Er sieht mich flehend an. Er erwartet etwas von mir.

Nicht du schaffst es nicht, auf irgendein Lebewesen aufzupassen, denke ich. Sondern ich. Woburn war *meine Verantwortung.*

»Du hast auf ihn aufgepasst«, sage ich. »So gut, wie du konntest.«

»Aber wenn du da gewesen wärst, vielleicht …«

»Das ist nicht sicher. Vielleicht war es schon zu spät, als wir ihn fanden.«

»Aber …«

Ich stehe auf. »Wir müssen jetzt schlafen gehen.«

Er nickt und schluckt. Ich gehe hinein, ohne noch etwas hinzuzufügen. Ich habe doch gesagt, dass es nicht sein Fehler war, ich weiß nicht, was ich noch tun könnte, was er hören will.

Am nächsten Vormittag heben Jochi und ich Woburn erneut auf die Ladefläche. Ich kann nicht fahren, gebe Jochi die Autoschlüssel. Er setzt sich hinter das Steuer und lässt den Motor an.

»Wo möchtest du hin?«

»Ich weiß nicht.« Ich zögere. »Fahr einfach irgendwo hin. Im Grunde können wir ihn überall ablegen.«

Es werden immer Fohlen sterben, jeden Winter werden Fohlen erfrieren. Das ist ein Teil des Lebens hier draußen.

Woburn wäre sowieso gestorben. Ich sage mir das immer wieder. Woburn wäre sowieso gestorben. Es war weder Mathias' noch mein Fehler.

Jochi fährt los. Folgt der Wagenspur bis zur Wasserstelle, wir kommen ohne große Hindernisse voran. Der Weg ist bereits von Reifen geebnet, der Schnee, der während des Sturms fiel, ist beinahe verschwunden. Ich weiß nicht, wo er geblieben ist. Weggeblasen. Irgendwo aufgetürmt oder verdampft vielleicht. Vielleicht frisst die Steppe den Schnee aber auch einfach. Sie frisst den Schnee, so wie sie auch Lebewesen frisst. In diesem Moment hasse ich die Steppe. Hasse den Schnee. Hasse die Kälte.

Kurz vor den Quellen schaltet Jochi plötzlich herunter und fährt scharf nach Norden.

»Ich dachte, es wäre gut, das Wasser zu umgehen«, sagt er.

»Die Wasserstellen sind doch sowieso zugefroren«, sage ich.

»Ja ... aber trotzdem. Sicherheitshalber.«

Unnötig, vollkommen unnötig.

Der Kadaver wird dort ohnehin nicht so lange liegen, dass er das Wasser verunreinigen würde. In der Steppe findet man überall solche mehr oder weniger verwesten Tiere. Und überall warten hungrige Tiere, die sich sofort auf das tote Fleisch stürzen.

Jochi fährt in den Pass zwischen zwei hohen Gipfeln, wo die Pferde im Sommer oft waren. Dort hält er an.

Wir hieven die Plane mit Woburn von der Ladefläche. Das Fohlen landet mit einem dumpfen Schlag auf dem Boden.

Gemeinsam ziehen wir die Plane von ihm weg, sie bleibt neben Woburn liegen. Eine große armeegrüne Fläche. Wir nehmen sie an jeweils einem Ende und legen sie in der Mitte zusammen. Jetzt wäre sie eigentlich klein genug, um sie aufzuheben.

Wir falten sie noch einmal. Und noch einmal.

Keiner von uns zögert.

Wir treffen uns in der Mitte, falten scharfe Kanten.

Das Knistern des Plastiks ist das einzige Geräusch. Und das Zusammenlegen wie ein kleines Ritual, das einzige Abschiedsritual, das einem Pferd hier draußen vergönnt ist.

Schließlich lässt sich die Plane nicht weiter verkleinern.

Jochi legt sie auf den Anhänger. Dann dreht er sich zu dem Fohlen um. Wir stehen nebeneinander, nur einen halben Meter voneinander entfernt.

Woburns Kopf ist seltsam verdreht, seine starren Augen sind halb geöffnet. Ich will ihn nicht ansehen, aber ich kann nicht anders. Jetzt, da alles Leben aus seinem Körper gewichen ist, wirkt er noch dünner. Nur Haut und Knochen. Für die Aasfresser bleibt nicht mehr viel übrig.

Kleiner Woburn, feiner kleiner Woburn.

Ich schrecke zusammen, als Jochi die Hand auf meine Schulter legt.

»Ist alles in Ordnung, Karin?«

Alles in Ordnung. Alles in Ordnung. Immer dieselbe Floskel. Aber die Sanftheit seiner Stimme kitzelt in meinem Bauch.

Ich versuche zu antworten, lächle tapfer, doch meine Stimme versagt.

»Alles in Ordnung«, bringe ich endlich hervor.

Er dreht sich zu mir. Streicht mir mit seinem Fäustling über die Wange. Ich sehe, dass der Handschuh nass wird.

»Karin?«

Ich wende mich ab, entkomme seinem Griff aber nicht ganz. Seine Hand bleibt auf meiner Schulter liegen. Sie bewegt sich leicht, der Handschuh knirscht leise auf dem Stoff der Daunenjacke. Obwohl beide mit Daunen gefüllt sind, Handschuh und Jacke, spüre ich seine Finger, spüre, wie er mich festhält.

Und plötzlich möchte ich nicht mehr, dass er die Hand wegnimmt. Ich möchte, dass er mich umdreht und in die Arme nimmt, damit ich mich an ihn lehnen kann. Einfach nur an ihn lehnen, für einen kurzen Moment.

Und jetzt tut er es. Jetzt dreht er mich vorsichtig zu sich und umarmt mich.

Wir sind beide gepolstert. Daunenjacken und Daunenhosen, dicke Pelzmützen mit Ohrenklappen und Handschuhe, die für Polarexpeditionen gedacht sind. Das Einzige, was an nackter Haut daraus hervorschaut, sind unsere Gesichter. Ich spüre, wie seine Nase meine Wange streift. Sie ist eiskalt, wie bei einem Hund. Wenn ich ihn fester an mich drücken will, pressen meine Hände gegen seine Kapuze, trotzdem ist er dort drinnen.

Er hält mich, ich halte ihn. Der Kloß in meinem Hals verschwindet. Sein Gesicht ist so nah.

Was passiert da gerade?

Nichts kann passieren. Nichts darf passieren.

Ich lasse ihn abrupt los, und ich glaube, er tut genau in dem Moment dasselbe.

»Wollen wir zurückfahren?«, höre ich ihn sagen.

Für den Rest des Tages sprechen wir nicht mehr miteinander. Er erledigt draußen irgendetwas, ich weiß nicht, was. Ich habe viel im Büro zu tun.

Er zieht sich früh zurück, ohne mir eine gute Nacht zu wünschen.

Ich schließe ebenfalls die Tür zu meinem Zimmer, lege mich aber noch nicht hin, sondern bleibe auf meinem Bett sitzen. Die Umarmung bleibt als Abdruck von einer Daunenjacke und einer kalten Wange auf meinem Körper.

Reiß dich zusammen, Karin.

Daunenjacke, Fäustlinge, eine kalte Wange. Meine Arme um Jochi. Die Umarmung wird zu mehr als einer Umarmung, wird zu Klamotten, die verschwinden, zu Händen auf meinem Rücken, auf Po und Schenkeln, seine Lippen auf meiner Brust, mein Mund um sein Geschlecht.

Es war nur eine Umarmung. Er hat mich getröstet. Mehr wollte er damit nicht sagen.

Woburn ist tot. Paris ist verschwunden. Ich muss jetzt an die Pferde denken. Wie kann ich weitere Todesfälle vermeiden? Darauf kommt es an.

Woburn und Paris.

Im nächsten Moment höre ich draußen Schritte. Leise, vorsichtig.

Mit einem Mal wird mir bewusst, wie ich hier sitze. Ganz steif im Körper. Und ich spüre, dass ich feucht bin. Und heftig atme.

Im nächsten Moment öffnet er die Tür, ohne anzuklopfen.

»Hallo«, sagt er und kommt herein.

»Hallo«, sage ich.

Soll ich sitzenbleiben? Oder aufstehen?

Ob er es als Aufforderung zu irgendetwas auffasst, wenn ich aufstehe?

Er muss ja merken, wie atemlos ich bin. Und wie rot meine Wangen sind.

Ich bleibe sitzen, rücke nur ein Stückchen auf dem Bett weiter, fast unmerklich.

Es ist eine Einladung, aber es muss keine sein.

Doch er versteht es als Einladung, denn jetzt setzt er sich neben mich.

Gibt es irgendwelche Codes, denke ich, gibt es hier andere Codes als zu Hause, läuft so etwas hier in der Mongolei anders ab?

Es ist nicht so.

Alles ist genauso einfach. Und genauso kompliziert.

Ich schiebe meine Hand ein wenig weiter, sodass sie zwischen uns auf dem Bett ruht. Er legt seine Hand neben meine.

Wir sind Mann und Frau, Junge und Mädchen. Wir sind alterslos. Wir machen dasselbe, was Jungen und Mädchen immer schon getan haben.

Er wandert noch weiter mit seiner Hand. Näher an meine.

Ich habe das Gefühl, ein Erdrutsch würde durch mich hindurchgehen, groß und heftig. Meine Hand liegt einfach nur da, neben seiner.

Dann nimmt er sie endlich.

Ich traue mich nicht, traue mich nicht, traue mich nicht.

Er führt meine Hand zu seinem Mund. Ich spüre seinen Atem auf meiner Haut, auf den winzigen Härchen auf meinem Handrücken. Dann presst er die Lippen dagegen.

Wenn seine Lippen das an einer so unschuldigen Stelle machen können, was werden sie dann erst mit dem Rest meines Körpers anstellen?

Er zieht mich aus.

Ich ziehe ihn aus.

Wir stehen uns nackt gegenüber.

Er ist schöner als ich, jünger, muskulöser.

Normalerweise denke ich nicht groß über meinen Körper nach, solange er funktioniert, und das tut er. Ich bin kräftig und gesund, weder mager noch mollig. Ich habe einen Körper, der mit mir zusammenarbeitet und mir keinen Kummer bereitet. Ich habe andere Frauen in meinem Alter über physische Leiden klagen hören. Muskelschmerzen, Kniebeschwerden, verrücktspielende Hormone. So etwas hatte ich nie. Ich habe einfach nur funktioniert. Ich funktioniere, wenn ich unbeweglich im Büro sitze. Ich habe auf dem Hof in Thorenc funktioniert, wo ich oft schwere körperliche Arbeiten verrichten musste. Ich habe funktioniert, als ich schwanger war, ohne größere Probleme mein Kind zur Welt gebracht und gestillt. Jetzt, da ich vollkommen nackt auf dem kalten Boden stehe, sehe ich mich plötzlich selbst. Den reifen Körper, der gegenüber der Schwerkraft längst kapituliert hat, die schlaffe Haut. Und die Brüste, die einmal außergewöhnlich groß waren, auf die ich so stolz war, in dem Maße, in dem ich mir um so etwas Gedanken machte, jetzt sehe ich auch sie, wie sie all ihr Fett verloren haben, alles, was sie rund und weich machte, nur das Wesentlichste, am wenigsten

Erotische an ihnen ist übriggeblieben: gebrauchte Milchdrüsen und schlaffe Haut.

»Du bist so schön«, sagt er. »Ich fand schon immer, dass du schön bist.«

»Schön für mein Alter?«, frage ich.

»Einfach nur schön«, antwortet er. »Das denke ich, seit ich dich das erste Mal gesehen habe.«

Er streichelt mir über den Bauch und fährt dann mit der Hand nach unten, an dem entlang, was bei den Pferden Flanke heißt und bei den Menschen in der Alltagssprache keinen richtigen Namen hat. Seine Hände sind Augen, durch die ich mich selbst sehe. Ja, ich bin schön. Brüste, Hüfte, Vagina, alles sanfte Formen, keine geraden Linien, sondern weiche Kurven.

Wir legen uns aufs Bett. Das ist so gut, geht mir durch den Kopf, ich hatte ganz vergessen, wie gut das sein kann. Und dann denke ich kaum noch etwas, sage fast nichts mehr, alles ist einfach, ich bin einfach, bin einfach nur Körper. Das Einzige, was ich denke und sage, auch wenn ich absolut nicht gläubig bin, ist: *O Gott, o Gott, o Gott.*

Bericht über meine Reise in die Mongolei und das, was ich dort fand

Kapitel 12
Ein außerordentlich großer Fang

Bereits am Tag, nachdem uns das erste Fohlen gestorben war, begann Wilhelm, seinen neuen Plan in die Tat umzusetzen. Mit Hilfe der beiden ältesten Häuptlinge schaffte er fünf starke, zahme Stuten herbei, die genügend Milch gaben, und lobte für jedes Jungtier, das die Nomaden fingen, eine Belohnung aus.

Anschließend ging er erneut mit ihnen auf die Jagd und nahm sogleich eine geeignete Stute mit. Ich selbst blieb im Lager, denn dort konnte ich mich viel nützlicher machen, konnte aufräumen und Ordnung halten. Davon abgesehen wussten Wilhelm und ich beide, dass ich draußen in der Steppe mit meinem mangelnden Reittalent heillos überfordert war, ein hinderliches Anhängsel, das niemandem diente, träge und schwer.

Meine Gedanken kreisten noch immer um das erste Fohlen.

Das erste Fohlen, wir hatten es nie getauft, aber in Gedanken nannte ich es so. Ich konnte sein Fell noch unter meinen Händen spüren, den warmen Kopf in meinem Schoß, konnte nicht vergessen, wie das Leben langsam aus ihm gewichen war und das Unwiderrufliche einsetzte. Immer wieder durchlebte ich den Moment, in dem mir die Einsicht seines Todes gekommen war. Dieses Bewusstsein, dass alles endgültig war, hatte ich erst nach einer Weile erlangt, weil in der Wärme des Körpers noch immer Hoffnung gelegen hatte, die erst dann schwand, als die Kälte und der *rigor mortis* einsetzten.

Es ist Nacht, ich habe die vergangene Stunde damit zugebracht, meine früheren Notizen durchzublättern. Indem ich mir die Zeit in der Mongolei noch einmal auf diese Weise vergegenwärtige, erinnere ich mich gezwungenermaßen auch an all das, was ich zu verdrängen suchte. Dazu gehört auch die Todesstarre des Fohlens; ich mag nicht daran denken, aber als ich mich zwang, darüber zu schreiben, wurde mir bewusst, dass diese Erinnerung zwar nicht an die Oberfläche meines Bewusstseins gedrängt, aber dennoch die ganze Zeit in mir geschlummert hatte, als etwas Körperliches, das Gewicht des Kopfes, der auf meinen Beinen ruhte, ein Unbehagen in den Fingerkuppen, da ich vorsichtig über seine Mähne strich. Auf dieselbe Weise sind auch meine Erinnerungen an Wilhelm eher körperlicher Natur. Er ist noch immer ein Teil von mir, und selbst wenn ich nicht an ihn denke, selbst wenn ich meine Gefühle unter Kontrolle habe, sind unsere Handlungen in mir zugegen, und ich überlege, ob Flaubert sich möglicherweise täuschte. Man kann durchaus Herr dessen sein, was man fühlt. Doch was man tut, kann nichtsdestotrotz aus einem bloßen Impuls heraus erfolgen, vom Körper gelenkt sein, von etwas, das tief in unserer Physis verankert ist, mehr noch als im Herzen.

Ich erinnere mich, wie schwierig es war, diese impulsgesteuerten Handlungen zu unterbinden, so beispielsweise auch, als Wilhelm erneut auf die Jagd ritt; ich musste gegen meine Lust ankämpfen, ihn zu umarmen, doch der älteste Häuptling und seine Leute standen um uns herum und starrten mit ihrer üblichen Unergründlichkeit vor sich hin, und daher beherrschte ich mich.

»Sei vorsichtig«, sagte ich lediglich auf Französisch, der Sprache der Liebe.

Er nickte. »Wenn ich zurückkehre, habe ich ein Fohlen für uns dabei.«

Es war die erste Nacht, in der ich allein schlief, seit wir Petersburg verlassen hatten, die erste Nacht ohne ihn in meiner nächsten Nähe, und es war das erste Mal, dass ich ganz eindringlich spürte, wie sein Körper einen Abdruck auf dem meinen hinterlassen hatte. Lange lag ich wach, die Augen weit geöffnet. Ich lauschte nach Geräuschen, von denen ich wusste, dass sie nicht da waren. Sein Atem, seine kleinen Bewegungen neben mir auf dem Bett. Seine Abwesenheit war intensiv spürbar, eine starke Sehnsucht, die in mir brannte, und ich fühlte, wie die Tränen in mir aufstiegen. Ich vermisste ihn so, wie ein Kind seine Mutter vermisst, eine Ehefrau ihren Mann. Hier war mein Leben, das Zelt war mein Heim, der Fluss meine Nahrungsquelle, und die Sterne, deren Licht durch den dünngewebten Stoff der Nacht drang, erhellten mein Gemüt. Und nun sollte ich die Mongolei also bald wieder verlassen.

Aber musste es wirklich so sein? War die Mongolei nicht, ebenso sehr wie ein Ort, auch ein Gefühl? Konnten Wilhelm und ich denn nicht für immer so fortfahren, neue Länder bereisen, unbekannte Arten finden? Unser Leben würde eine einzige lange Expedition werden, und ich könnte bis in alle Ewigkeit sein Reisepartner sein.

Mit diesem tröstlichen Gedanken im Kopf schlief ich ein, zusammengerollt wie ein Bär in seiner Höhle.

Bereits am darauffolgenden Tag kehrte Wilhelm wieder zurück und war so geschäftig und euphorisch, dass alles andere für einen Moment in den Hintergrund trat. Im Sonnenuntergang ritten er und die anderen Jäger johlend und lachend ins Lager ein, er sprang vom Pferd und kam mit ausgestreckten Armen auf mich zu.

»Ein außerordentlich erfolgreicher Fang. Nach nur einem Tag ist es uns gelungen!«

Ich musste die Laterne ausstrecken, um das neue Fohlen in Augenschein nehmen zu können. Es war älter und größer als das erste, schlug temperamentvoll mit dem Kopf, wieherte munter und weitete die Nüstern.

»Es ist den ganzen Weg allein gelaufen«, sagte Wilhelm. »Nicht ein einziges Mal hat es sich hingelegt.«

Er betrachtete es stolz wie ein eigenes Kind; als wäre es ein junger Sohn, der gerade eine außerordentliche sportliche Leistung vollbracht hatte.

Er führte das Fohlen auf die Koppel und ließ es los. Dann nickte er mir auffordernd zu.

»Komm.«

Auf einer angrenzenden Koppel hatten wir eine Stute untergebracht, deren Fohlen gestorben war. Unser Neuzugang entdeckte sie schon bald und bewegte sich zum Zaun. Die Stute reagierte ein wenig langsamer, doch kurz darauf strebte auch sie herbei. Jetzt kam es allein auf sie an. Wenn sie Interesse für das Fohlen zeigte, gab es Hoffnung.

Und tatsächlich, sie hatte ein gelassenes Gemüt, ging ganz nah an das Jungtier heran und schnupperte.

Wir gaben ihnen etwas Zeit, um sich miteinander vertraut zu machen, und ein paar Stunden darauf wagten wir es, das Gatter zwischen den beiden Weiden zu öffnen. Das Fohlen trabte unbekümmert direkt auf die Stute zu, als sei es sich bereits gewiss, dass sie ihm gehöre. Sie musterte es ein wenig skeptisch. Ganz wie mein eigen Fleisch und Blut sieht es aber nicht aus, dachte sie vielleicht, ließ es dann aber doch an ihrem Euter säugen. Immerhin hatte sie selbst ihr Fohlen verloren, und ich hatte schon von Stuten gehört, die sogar die Fohlen anderer Stuten entführen wollten, weil sie so verzweifelt über ihre eigene Kinderlosigkeit waren. Vielleicht gehörte auch sie zu diesen Exemplaren, die den tiefen Wunsch hegten, Mutter zu sein.

In den ersten zwölf Stunden nach der geglückten Zusammenführung waren wir die ganze Zeit bei ihnen, beobachteten jede kleinste Veränderung, ob das Fohlen Zeichen von Schwäche oder einer Krankheit zeigte oder die Milch nicht vertrug. Doch es war nach wie vor putzmunter, galoppierte mit wehendem Schweif bei seiner neuen Mutter auf der Koppel auf und ab.

»Es funktioniert«, sagte Wilhelm. »Es funktioniert tatsächlich.«

Ich nickte, konnte mir jedoch kein echtes Lächeln abringen, denn das kleine Pferd erinnerte mich an seinen

Vorgänger, das erste Fohlen, und mit einem Mal erschien es mir falsch, mich an diesem neuen zu erfreuen.

Er stupste mich mit dem Ellbogen an.

»Warum so ernst, Alexandrowitsch? Sieh es dir doch nur einmal an!«

Das Fohlen trippelte zum Ende des Zauns, blieb kurz stehen, drehte sich um, schüttelte den Kopf und sprang wieder in die andere Richtung, gleichsam glücklich über die eigene Existenz, glücklich darüber, durch die Gegend stürmen zu können.

»Ja, was für ein Anblick«, sagte ich, aber Glücksgefühle mochten sich dennoch nicht einstellen.

An jenem Abend wollte Wilhelm, dass wir eine Flasche Wodka köpften, die wir den ganzen Weg von Petersburg herbeitransportiert hatten. Er hob sein Glas und prostete mir zu.

»Weißt du noch, was ich über unser früheres Forschungsobjekt gesagt habe?«, fragte er. »Es ist nicht vergebens gestorben, dieses erste Fohlen. Jetzt wissen wir, wie wir vorgehen müssen.«

Auch ich hob mein Glas, ohne dass es mir gelang, sein Lächeln zu erwidern. Zum ersten Mal in all der Zeit, die wir gemeinsam verbracht hatten, unterschieden sich unsere Empfindungen grundsätzlich. Ich verstand schlichtweg nicht, wie es für ihn so einfach sein konnte.

Doch plötzlich wurde er ernst, streckte die Hand aus, berührte meinen Oberarm.

»Die Erinnerungen daran werden verblassen«, sagte er. »Je mehr Fohlen wir fangen können, je erfolgreicher die Expedition wird, desto weniger Raum werden sie einnehmen.«

»Ja, das ist mir durchaus bewusst«, sagte ich und überlegte für einen Sekundenbruchteil, ob er auch die Erinnerungen an uns beide damit gemeint hatte.

Ich blieb schweigend sitzen, es gelang mir nicht, meine Traurigkeit beiseitezuschieben, und zugleich war ich mir über meine Naivität im Klaren. Seit ich erwachsen war, beschäftigte ich mich beruflich mit lebenden Kreaturen, ich hatte viele davon verloren, und noch dazu wusste ich nur zu gut, dass der Weg, der ein gesundes und vitales Tier bis in die Tiergärten und Menagerien Europas führte, mit Leichen gepflastert war. Und trotz alledem spürte ich nach wie vor das Gewicht des toten Fohlens in meinem Schoß.

»Mischa?«

Wilhelm streichelte meinen Arm.

»Du hast recht«, sagte er dann. »Ich bin abgestumpft. Bitte verzeih mir. Wir dürfen das tote Fohlen nicht vergessen.«

Ich hob den Kopf und sah ihm in die Augen.

»Du bist ein guter Mensch«, fuhr er fort. »Je besser ich dich kennenlerne, desto größer wird mein Respekt vor dir. Ich brauche jemanden wie dich. Ich habe immer jemanden wie dich gebraucht, aber das habe ich nicht verstanden, bis wir einander begegneten.«

Möchtest du das auch weiterhin, wollte ich fragen, wirst du mich auch später brauchen, nach der Mongolei? Doch ich stellte die Frage nie, nicht weil ich die Antwort fürchtete, sondern weil ich fürchtete, er könnte mich dasselbe fragen, und ich wusste nicht, was ich ihm antworten sollte.

Manchmal bewegt sich die Zeit nur langsam voran, so zäh wie eine Karawane durch tiefen Schnee, und manchmal galoppiert sie davon wie ein flüchtendes Wildpferd.

In den darauffolgenden Wochen fegte sie förmlich an mir vorüber.

Wilhelm begab sich noch zweimal gemeinsam mit den Nomaden auf die Jagd, doch schon bald hatten wir im Lager so viel zu tun, dass wir beide dort bleiben mussten. Mittlerweile erledigten die Häuptlinge ihre Arbeit auch auf eigene Faust ganz hervorragend. Sie kehrten mit einem weiteren Fohlen zurück, dann noch einem; und diese neuen Fohlen entwickelten schnell eine Bindung zu den Stuten, die wir als Ammen ausgesucht hatten. Ich wusste es sehr zu schätzen, dass Wilhelm nicht länger auf die Jagd verschwand, sondern bei mir im Lager blieb. Die wenigen Male, die er doch mit auszog, vermisste ich ihn leidenschaftlich und konnte nur noch daran denken, wie es sein würde, wieder nach Russland zurückzukehren. Doch sowie er wieder bei mir war, gelang es mir, meine Sorgen zu verdrängen. Wir sprachen nie darüber, was danach aus uns werden würde.

Die Nomaden betrachteten die Jagd bald schon als Wettstreit, zufrieden kehrten sie mit den Fohlen zurück und zogen anschließend noch zufriedener wieder ab, die Taschen voller Silber, Tee und Wollbänder für ihre Ehefrauen. Nachdem die ersten drei Fohlen gefangen waren, wurde es eine Weile still um die Jäger, dann tauchten sie plötzlich wieder auf und erzählten, sie hätten eine neue Herde gesichtet und obendrein sogar die Spuren einer dritten entdeckt.

Inzwischen fanden offenbar immer mehr Einheimische Gefallen an der Jagd, oder vielmehr an der Entlohnung, denn die Gesellschaft wurde schon bald größer. Einmal blieben sie mehrere Tage fort, kamen dann aber mit zwei neuen Fohlen zurück. Anschließend verschwanden sie erneut, und diesmal hatten sie ganze drei Exemplare gefangen, von denen zwei schon ein Jahr alt waren; stärkere, lebenstauglichere Individuen, die weder auf eine Amme noch auf zusätzliche Pflege angewiesen waren.

Wir hatten nur wenige Meter von unserer Zeltöffnung entfernt eine Fläche für die Pferde umzäunt, ich wachte zu ihrem Schnauben und Wiehern auf und schlief zum Trappeln ihrer Hufe ein.

Bald hatten wir mehr Fohlen gefangen, als wir es uns je hätten träumen lassen, weit mehr Pferde als unsere ursprüngliche Bestellung von sechs Tieren. Nichtsdestotrotz setzten die Nomaden ihre Jagd fort. Wilhelm versuchte ihnen höflich zu vermitteln, dass es nun genug sei, dass wir unseren Auftrag erfüllt hätten, doch sie gaben erst Ruhe, als Wilhelm ihnen die Kiste zeigte, in der wir die Wollbänder und Silberscheiben aufbewahrten. Sie war nahezu leer. Da verstanden sie es offenbar endlich, denn am nächsten Tag kehrten sie glücklicherweise nicht mit einem neuen Fang zurück.

An jenem Abend standen wir beide am Weidezaun. Wir hatten weitere Helfer angeheuert, die uns bei der Pflege der Fohlen unterstützten, drei von ihnen waren gerade damit beschäftigt, die zuletzt eingetroffenen Jungtiere mit ihren Ziehmüttern zusammenzuführen.

Wilhelm betrachtete die Pferde und schüttelte den

Kopf. »Wir haben zu viele gefangen. Unsere Rückreise wird ganz anders verlaufen als geplant. Die Menge der Tiere … der Fohlen wie auch ihrer Ziehmütter … momentan kann ich mir noch gar nicht vorstellen, wie das vonstattengehen soll.«

»Aber was sollen wir deiner Meinung nach tun? Wäre es eine Möglichkeit, einige von ihnen wieder freizulassen?«

»Sie freizulassen? Wir haben Przewalski-Fohlen gefangen, und du willst sie wieder gehen lassen?«

»Aber was wird der Herzog von Bedford wohl dazu sagen, dass es mehr Tiere sind, als er bestellt hat? Eigentlich sollten wir ihn über unsere Lage unterrichten …«

»Bis zum nächsten Telegraphen müssten wir über eine Woche reisen. Es würde allzu viele Umstände erfordern, ihn davon in Kenntnis zu setzen.«

»Und wir sollten wohl rechtzeitig vor dem Herbst wieder auf Reisen sein.«

Er nickte.

»Wir müssen einfach aufbrechen.«

Wir verließen Kobdo an einem Julimorgen.

Ich ging langsam auf dem platten, toten Gras umher, wo unser Zelt gestanden hatte, und blickte auf die Menge all dieser lebenden Kreaturen, die sich nun bald in Bewegung setzen würden.

Als wir in Petersburg aufgebrochen waren, hatte die Expedition nur aus uns beiden bestanden, und niemand hatte von uns Notiz genommen. Nun wusste ich, dass alle, wohin wir auch gingen, nach unserer Karawane die Hälse recken würden.

Die dreißig Fohlen waren nicht allein, viele von ihnen trabten Seite an Seite mit ihren Ziehmüttern. Des Weiteren bestand unser Gefolge aus vierzehn schwer bepackten Kamelen. Außerdem würden vierzehn Nomaden, deren Bekanntschaft wir in den vergangenen Monaten gemacht hatten und die alle einen besonders soliden und zuverlässigen Eindruck bei uns hinterlassen hatten, als Viehhirten, Wächter und Hilfsmannschaft mitreisen, und natürlich brachten auch sie ihre stolzen Reittiere mit. Sogar der junge Häuptling, der damals das Fohlen erschossen hatte, übernahm eine solche Aufgabe. Es schien, als habe er nun endlich verstanden, was wir mit unserer Expedition bezweckten, und obwohl er nicht gerade verschwenderisch mit seinem Lächeln umging, konnte ich seiner zufriedenen Miene doch ansehen, dass er seinen Auftrag als Rehabilitierung auffasste. Zusätzlich zu all den wilden und zahmen Pferden hatten wir auch noch eine Reihe von Nutztieren dabei, die uns unterwegs mit Nahrung versorgen sollten, Kühe, Schweine und Ziegen.

Es war ein ohrenbetäubender Lärm – Wiehern, Meckern und Muhen. Überall bewegten sich Tiere.

Von zwei einzelnen Männern zu dieser riesigen Herde. Mir wurde ganz schwindelig, und plötzlich spürte ich einen Hauch von Hoffnung in mir. Was wir alles erreicht hatten – wenn uns das gelungen war, könnten wir doch wohl auch ganz andere Hürden überwinden?

Ich verließ den Kreis, wo unser Zelt gestanden hatte, verharrte für einen kurzen Moment im Gras und spürte zum allerletzten Mal die mongolische Erde unter meinen Füßen.

Dann schwang ich mich auf mein eigenes Pferd und drehte mich zu Wilhelm um.

»Bist du bereit?«, fragte er.

Ich brachte kein Wort hervor, aber ich glaube, er sah, wie berührt ich war, denn er lenkte sein Pferd nehmen meines, brachte es zum Stehen und sagte so leise, dass nur ich es hören konnte, dabei hätte er auch schreien können, weil ohnehin niemand sonst hier Französisch verstand:

»Du und ich, Mischa. Wir sind unüberwindbar.«

»Ja«, sagte ich. »Unüberwindbar.«

EVA

Der Regen ließ nicht nach. Er strömte immer weiter, die Wassertropfen waren ein ständiges, lärmendes Grundrauschen bei allem, was wir taten, bei all unseren Gesprächen.

Doch eines Nachts erwachte ich und merkte, dass sich etwas verändert hatte. Lange lag ich verwirrt in der Dunkelheit und überlegte, was es sein könnte.

Dann kam ich darauf: Es war still.

Ich ging zum Fenster und blickte hinaus. Ein gelber Halbmond hing über den Bäumen und würde bald untergehen. Am Himmel funkelte der Große Bär. Ich hätte gern einen Freudenschrei ausgestoßen, konnte unmöglich schlafen, ich schlüpfte in meine Schuhe und zog mich hastig an. Jede meiner Bewegungen erzeugte ein lautes, deutliches Geräusch. In den letzten Wochen, als alles im Regen versunken war, hatte ich wohl vergessen, wie viele kleine Geräusche es auf dieser Welt gab.

Draußen war die Luft klar und mild, wie in einer Frühlingsnacht, obwohl es erst Februar war. Nach einer Weile verschwand der Mond, es wurde dunkler und die Sterne damit noch deutlicher.

Der Nachthimmel war jetzt ganz anders als früher, keine Lichter und Lampen forderten all die kleinen Sonnen dort draußen heraus. Die Milchstraße machte ihrem Namen endlich alle Ehre, die Sterne strahlten so kräftig und waren so zahlreich, dass der Himmel dort, wo die Galaxien am Himmel standen, eher weiß wirkte als schwarz. Ich beugte meinen Kopf so weit zurück, wie es ging, betrachtete das Sternenmeer, bis es sich bewegte, sich mir und der Erde näherte.

Ein Tag mit Sonne. Ein Tag mit einer singenden Isa, die über den Hofplatz rannte und mich endlich wieder so anlächelte, wie nur sie lächeln konnte. Ein Tag mit Tee auf dem Treppenabsatz und Wärme im Gesicht. Ein Tag, an dem wir das Brennholz auf eine große Plane legen konnten und wussten, dass es trocken war, noch ehe der Abend kam, ein Tag, an dem die Wassertropfen, die alle Oberflächen bedeckt hatten, schrumpften und verschwanden, ein Tag, an dem die Temperatur endlich stieg und die Luft von Erwartung erfüllt war auf das, was bald kommen würde.

Eine weitere Nacht mit Sternen war mir allerdings nicht vergönnt, weder konnte ich Isa die gelbe Mondsichel zeigen noch mit Louise die Milchstraße bewundern, denn am Abend frischte es wieder auf, der Wind trieb eine graue Wolkendecke vor sich her, der rosa Sonnenschein verschwand so schnell, als hätte jemand einen Schalter umgelegt.

Ich kannte diesen Wind, ich kannte das Tempo, mit dem er kam, und die Kälte, die sich so plötzlich über die Landschaft legte, dass meine Finger schmerzten, wenn ich versuchte zu arbeiten. Und jetzt hing wirklich viel von der Arbeit ab, alles musste hereingetragen, gesichert, verschlossen und abgedichtet werden. Einmal hatte ein Wind wie dieser unseren Gartentisch mitgerissen. Wir hatten ihn am nächsten Tag dreißig Meter von seinem eigentlichen Standort entfernt gefunden, der Länge nach in zwei gleichlange Teile gespalten, als hätte ein Riese damit Karate geübt. Der Riese war der Wind, das Wetter, dieses Monster, das immer häufiger unsere Erde überfiel.

Wir waren im Haus, als die ersten Wassertropfen auf das Dach prasselten, und saßen schweigend vor dem Ofen. Ich hatte Isa gesagt, sie solle ihre Hausaufgaben machen und sich nicht um den Wind kümmern, denn wenn wir uns immer vom Wetter ablenken ließen, würden wir ja zu gar nichts mehr kommen. Doch ihr Blick wanderte ständig zum Fenster, wo die Regentropfen immer heftiger gegen das Glas hämmerten.

»Was ist, wenn es zerspringt«, sagte sie plötzlich. »Was ist, wenn das Glas zerspringt.«

»Das wird es auf keinen Fall«, entgegnete ich.

»Noch nicht. Aber eines Tages werden die Fenster das nicht mehr aushalten. Sie werden nachgeben. Und an dem Tag, an dem das passiert, würde ich am liebsten nicht mehr hier sein.«

»Guck mal.« Ich zeigte auf ihr Schreibheft. »Solltest du heute nicht Wahrscheinlichkeitsrechnung üben?«

»Was nützt mir das, wenn die Scheiben bersten?«

»Du könntest ja ausrechnen, wie groß die Wahrscheinlichkeit dafür ist, dass es wirklich passiert.«

»Ach Mann«, sagte Isa.

Louise grinste über dem Stopfzeug, das auf ihren Knien lag.

Ich war froh, dass es mir gelang, so mit ihr zu scherzen, dass ich verbergen konnte, wie es mir eigentlich ging. Früher hatte ich bei einem Regen wie diesem mit Isa zusammen versucht zu bemessen, wie viele Millimeter fielen, wir hatten Rechenaufgaben daraus gemacht, Rekorde gesammelt. Doch irgendwann war mir die Lust an solchen Matheübungen vergangen, weil ich nicht mehr als unbedingt notwendig über die Niederschläge sprechen wollte.

Anschließend sagte keiner mehr etwas, die beiden waren mit ihren Aufgaben beschäftigt, aber ich konnte mich nicht konzentrieren. Das Bild vom Fenster, das unter der Kraft des Regens zerbarst, wurde ich nicht mehr los. Glassplitter, die ins Zimmer flogen, überall Wasser, auf Louises Stopfarbeit, auf Isas Schulsachen; ihre krakelige Handschrift, die auf dem Papier verschwamm.

Ich stand auf und registrierte, dass einige Tropfen unter der Dichtungsleiste des Fensters hindurchsickerten, ich nahm ein Geschirrtuch, rollte es zusammen und legte es unter den Rahmen. Ich spürte das morsche, alte Holz unter den Fingern, die Farbe, die abblätterte, ich sah, wie porös das Gummi war. Ich hatte keine Farbe mehr, kein Silikon, keine neuen Dichtungsleisten.

Der Kerzenstummel war auch bald heruntergebrannt. Ich hatte neue Kerzen aus alten Wachsresten gegossen, die aber ebenfalls bald aufgebraucht waren. Dann würden wir abends im Dunkeln sitzen.

Ich blies die Kerze aus, wünschte den anderen eine gute Nacht, und wir gingen alle ins Bett.

Ich konnte unmöglich schlafen. Ein Sturzregen wie dieser ließ mir keine Ruhe. Erst wenn er sich gelegt hatte und ich wusste, wie groß der Schaden war, würde ich mich wieder entspannen können. Und dann fiel mir plötzlich die Kellertür ein, hatte ich daran gedacht, sie ordentlich zu schließen?

Noch eine Nacht, in der ich aufstand, noch eine Nacht, in der ich mich im Dunkeln anzog. Diesmal bekam ich keine Hilfe vom Mond. Und ich stand auch nicht auf dem Hofplatz, sondern ich rannte, watete so schnell wie möglich durch das Wasser.

Obwohl ich einen Regenmantel, Hose und Stiefel trug, drang das Wasser herein, eiskalte Tropfen rannen mir über den Rücken und weiter hinab, über die Hüften, die Beine, bis in die Stiefel, bald gluckste es in ihnen.

In einer der Taschenlampen hatten wir immer noch eine Batterie, ich schaltete sie für einen Moment ein. Die Kellertreppe hatte sich in einen Sturzbach verwandelt, das Wasser strömte die Stufen hinab und sammelte sich unten vor der Kellertreppe. Es war mehr, als ich jemals gesehen hatte. Die Tür war tatsächlich verschlossen, aber ich wusste, dass sie das Wasser auf Dauer nicht abhalten würde. Es fände seinen Weg hinein, nicht nur durch die winzigen Spalte rund um den Türrahmen, sondern auch durch die Grundmauer.

Ich konnte die Kellertür nicht öffnen, um nachzusehen, denn dann würde ich noch mehr Wasser hineinlassen, ich musste einfach nur darauf vertrauen, dass der Reis, der Weizen und das Gemüse hoch genug lagerten, nachdem wir alles vom Boden weggeräumt hatten. Das Wasser konnte doch wohl nicht so hoch steigen, es durfte nicht so hoch steigen.

Anschließend öffnete ich die Stalltür. Eple drehte sich zu mir um, muhte leise und bewegte sich unruhig hin und her. An mehreren Stellen tropfte es durch die Decke. Ich hielt kurz die Taschenlampe darauf, um zu sehen wo, damit wir sie wieder abdichten konnten, wenn der Regen aufgehört hatte.

Sicherheitshalber ging ich am Ende auch noch in die Scheune. Sie war das neuste Gebäude auf dem Bauernhof, was mir immer ein Gefühl von Sicherheit vermittelte. Hier gab es keine fauligen Holzlatten oder andere Materialien, die sich in Auflösung befanden. Doch die Kraft des Regens, der jetzt kam, hatte selbst das gute Scheunendach bezwungen. Denn auch hier sickerte es herein; winzige Katastrophen aus Wassertropfen. Ich atmete schneller.

Es tropfte auf die Heuballen.

Ich blieb für einen Moment stehen.

Verfaultes Heu. Wenn das Heu zerstört wäre, könnte ich die Tiere genauso gut gleich schlachten. Ich hätte gestern schon daran denken sollen, als ich umherlief und versuchte, den Hof auf die Wassermassen vorzubereiten. Aber es wäre mir nicht in den Sinn gekommen, weil es nie zuvor durch das Scheunendacht geregnet hatte. Die Scheune war doch sicher, sie war immer sicher gewesen.

Hastig holte ich ein paar große Planen und bedeckte das Heu damit. Vielleicht war es schon zu spät, aber ich musste es wenigstens versuchen. Während ich arbeitete, versuchte ich, mir nicht zu viele Gedanken zu machen, nicht an die winzigen Wesen zu denken, die vom Wasser dort drinnen zum Leben erweckt wurden, die ihre langsame, aber unaufhaltsame Zersetzungsarbeit begonnen hatten, durch die das, womit ich eigentlich meine Tiere hatte füttern wollen, am Ende höchstens die Erde nähren würde; als Dünger.

Der Schaden ist nicht groß, sagte ich mir selbst, er wird nicht groß ausfallen.

KARIN

Anschließend, als alles vorbei ist. Als es keinen Gott mehr gibt, nichts Ästhetisches. Als wir nur mehr zwei verschwitzte, stinkende Körper sind. Als er mich streichelt und mir noch einmal sagt, dass ich schön bin. Da schaffe ich es nicht, ihm zu antworten.

Er schläft fast sofort ein. Macht sich im Bett breit, als wäre es sein eigenes.

Ich versuche, Platz für mich zu finden. Er hat die Arme um mich gelegt, sein linker Arm ruht unter dem Gewicht meines Oberkörpers, und ich drehe mich vorsichtig zur Seite, um ihn zu befreien.

Er bleibt auf dem Rücken liegen, den anderen Arm hinter dem Kopf, atmet mit halbgeöffnetem Mund. Er hat etwas Altersloses an sich, wie alle schlafenden Menschen. Man kann leicht erkennen, wie er als Kind aussah. Glatt, unschuldig. Und wie er als alter Mensch aussehen wird, mit eingesunkenen Wangen und dunklen Ringen unter den Augen. Wie er aussehen wird, wenn er stirbt.

Ich wende mich ab.

Es ist zu heiß, ich befreie mich von der Decke.

Mein Körper ist feucht und warm, die Luft kühlt ihn ab.

Schon bald wird es mir zu kalt.

Ich decke mich wieder zu.

Nur eine Decke, die wir uns teilen müssen. Er hätte wenigstens seine eigene holen können, bevor er eingeschlafen ist.

Nur eine Matratze, die wir uns teilen müssen, auch das.

Eigentlich kann man gar nicht zu zweit in diesem Bett liegen. Ich werde nicht schlafen können.

Wir sind trotz allem erwachsene Menschen. Zwei erwachsene Menschen können nicht so beengt schlafen.

Und was wird morgen früh sein? Möchte er etwa auch hier aufwachen?

Muss ich aufwachen und sein Gesicht neben meinem sehen, seinen Atem spüren?

Und morgen Abend, wird er dann wieder hier auftauchen? Glaubt er, dass er das Recht hat, jetzt immer hier zu schlafen? Und dass er dieses Bett ebenfalls besitzt? Wird er jetzt künftig jede Nacht hier schlafen? Muss ich immer so in der Dunkelheit liegen, schwitzend und viel zu beengt?

Ich setze mich auf.

Er ist einfach nur ein Mann. Ein Männchen. Ich bin ein Weibchen. Wir beide, hier allein, kein Wunder, dass es am Ende dazu gekommen ist. Ich habe mich von meinen Trieben leiten lassen, meinen Instinkten.

Ich strecke die Hand aus. Tippe ihn an.

»Jochi?«

Er windet sich.

»Du musst aufwachen«, sage ich.

Ich lege mich mitten ins Bett. Jetzt ist es nicht mehr zu warm unter der Decke.

Es ist besser so.

Ich schalte nicht einmal das Licht ein. Bin einfach nur froh, allein zu sein. Froh, dass es vorbei ist.

Schlafe allein in der Dunkelheit.

Schlafe in der Kriegsfinsternis, Verdunkelungsfinsternis. Sie verschlingt mich.

Woburn und Paris, die toten, steifen Körper liegen im trockenen, gelben Gras.

Ein Mann schaukelt auf einer Frau auf und ab.

Im Wäldchen stehen drei Wildpferde, ein Fohlen, eine Stute und ein Hengst.

Meine Mutter rennt über den Tennisplatz.

Ein Ball fällt. Fällt auf den roten Sand.

Mein Schal ist rot vom Blut der Pferde.

Ein Mann und eine Frau wälzen sich im Gras herum.

»Du hast gesagt, hier gäbe es keine Bomben. Ich will schlafen.«

Ein Schal um meinen Hals, rosa. Gehäkelt von meiner Mutter. Ein Weihnachtsgeschenk.

Blut auf dem Schal.

»Du hast gesagt, hier gäbe es keine Bomben. Ich will schlafen.«

Meine Mutter legt mir den Schal um. Sie hat ihn für mich gehäkelt.

Wir gehen in den Flur hinaus, meine Mutter voran, schnell, schnell, ich hinterher, langsamer. Die Türen der anderen Zimmer werden geöffnet.

Du hast gesagt, hier gäbe es keine Bomben.

Alle Bediensteten verlassen gleichzeitig ihre Zimmer. Keiner sagt etwas, alle eilen einfach nur ins Erdgeschoss hinab. Ein gleichmäßiger Strom aus Füßen. Niemand bricht aus.

Ich will schlafen.

Meine Mutter schleift mich mit, wir folgen dem Strom durch das große Gebäude, in dem die Bediensteten wohnen. Die Treppe hinab. Hinaus. Über den Hofplatz, an der Jagdhütte vorbei.

Das Dröhnen kommt näher. Wir laufen schneller. Meine Mutter zieht mich mit. Ihre Schritte hallen rhythmisch über den Boden. Sie rennt im Laufschritt mit all den anderen, die auf demselben Weg sind, auf dem Weg in die Sicherheit der Bunker.

Wir laufen weiter, vorbei am Schießplatz, am See, der in der Dunkelheit glitzert, am Tennisplatz, dahinter liegt der Wald.

Ein Lichtblitz zerreißt die Dunkelheit. Ein Donnerschlag. Noch näher als zuvor. Meine Mutter zerrt an mir, aber ich bleibe abrupt stehen, denn jetzt höre ich Schreie. Sie klingen wie Menschen. Wie Menschen.

Ich kann sie zwischen den Bäumen erahnen, wiehernd, panisch. Sie galoppieren hin und her, eingezäunt, ohne Fluchtmöglichkeit.

»Die Pferde werden getroffen werden, Mama.«

»Wir haben keine Zeit.«

»Die Bomben werden sie treffen. Wir müssen das Gatter öffnen.«

Doch meine Mutter packt mich, zieht mich weiter, hält

meine Hand so fest. Ich versuche mich loszureißen, aber sie ist stärker.

Die anderen schieben uns voran. Beeilt euch, zum Bunker, beeilt euch. Ein Mann schubst meine Mutter, sie stolpert und fällt und lässt meine Hand los.

Die Pferde schreien.

Ich renne. In den Wald hinein, zwischen die Bäume. Mein Blick sucht die Umgebung ab, aber ich kann die Pferde nicht länger sehen. Dann höre ich sie wiehern, heulen.

»Ich komme«, flüstere ich.

Ich renne weiter. Durch den Wald. Ich muss zur Koppel, die Pferde finden, das Gatter öffnen, damit sie flüchten können.

Die Bomben fallen, um mich herum dröhnt es, die Blitze erleuchten den Wald. Die Einschläge blenden mich, wieder und wieder. Ich kann nichts mehr sehen, dann sehe ich wieder etwas, dann nicht mehr.

Endlich entdecke ich sie. Ihre hellen Rücken zwischen den Bäumen, silbrig glänzend vor Schweiß. Sie schlagen mit den Köpfen, ihre Augen sind panisch, und sie wiehern gellend vor Angst.

Ich renne auf sie zu, strecke die Hand aus, dem Gatter entgegen, bereite mich darauf vor, es zu öffnen. Doch im selben Moment zerreißt eine neue Bombe die Luft und trifft den Wald direkt vor meinen Augen. Ich sehe die Pferde schreien, aber ich höre sie nicht. Ich schreie selbst, doch alle Geräusche verschwinden im Donner.

Jetzt habe ich das Gatter erreicht. Meine Finger zittern, als ich die Schlinge aus Hanfseil lösen will, mit der es verschlossen ist.

Beide liegen auf dem Boden. Ihr weizenfarbenes Fell ist mit Blut bespritzt. Schwarzes Blut, denn die Farbe verschwindet in der dunklen Nacht. Ich knie mich neben sie, lege meine Hände auf die Wunden, versuche das Blut zu stoppen, das aus den großen Körpern gepumpt wird. Reiße mir den Schal ab, versuche es damit. Doch es ist viel zu viel. Alles färbt sich schwarz.

Meine Mutter ruft mich. Karin! Karin!

Ich bin hier, Mama. Ich bin bei den Pferden.

Im selben Moment fällt eine weitere Bombe.

Wie ein gigantischer Ball trifft sie den roten, frischgeharkten Sand auf dem Tennisplatz. Der Sand spritzt zu allen Seiten.

Ich presse meinen Schal auf das Blut. Der rosa Schal in all dem Schwarz.

Der Tennisball fällt wieder und wieder.

Der Sand spritzt zu allen Seiten.

Das Donnern zerreißt mich innerlich.

Mama, ich bin hier!

Doch jetzt ist alles still. Und sie antwortet nicht.

EVA

Der Regen legte sich. Ich zog die Planen von den Heuballen und versuchte, nicht mehr an das Wasser zu denken, das ich zwischen den gelben Halmen hatte versickern sehen, und dass sie vielleicht schon von innen zu faulen begannen, dass wir womöglich noch weniger Tierfutter hatten, als wir glaubten. Doch bevor das geschah, bevor ich das Heu mit der Mistgabel auf dem Boden verteilte und tatsächlich feststellte, dass Teile davon verdorben waren, bemerkten wir noch etwas anderes.

Ich war gerade dabei, den Stall zu verlassen, als ich Isa schreien hörte.

»Mama? Louise? Mama?«

Sie schluchzte. Ich stellte die Milcheimer ab und rannte zu ihr. Sie stand neben der Kellertreppe und streckte die Arme nach mir aus.

»Es war jemand hier«, sagte sie unter Tränen. »Jemand war in unserem Vorratskeller.«

»Aber wer?«, fragte ich. »Haben sie etwas mitgenommen?«

Ohne ihre Antwort abzuwarten, rannte ich in den Keller hinab.

Die Kartoffelkiste war leer, das war das Erste, was mir auffiel. Nur noch einige wenige, erdige Knollen lagen ganz unten, fast gänzlich versteckt unter einer trockenen Staubschicht. Die Reissäcke waren verschwunden, die Konservendosen, die wir für Isas Geburtstag aufgehoben hatten, waren weg, und das getrocknete Fleisch auch.

Ich suchte mit dem Blick den Raum ab, irgendetwas musste doch noch da sein.

Jetzt war Isa ebenfalls heruntergekommen und stellte sich neben mich.

»Sie haben alles mitgenommen«, sagte sie. »Sogar die Schnur mit den getrockneten Apfelscheiben, die ich aufgehängt hatte. Abgeschnitten und mitgenommen.«

Dann legte sie sich die Hand auf den Bauch.

»Ich habe Hunger, Mama. Ich habe Hunger.«

Einar, dachte ich, außer ihm wusste kaum jemand, dass wir hier waren. Konnte er es gewesen sein? Einar, hast du dein eigenes Kind bestohlen?

Im nächsten Moment kam Louise die Treppe herunter, mit ihrem schweren Körper bewegte sie sich nur mühsam voran, setzte vorsichtig einen Fuß vor den anderen, beugte bei jedem Schritt den Oberkörper vor.

Als sie die leeren Regale sah, verstand sie sofort, was passiert war.

»Wer war das?«, fragte sie.

»Ich dachte, du wüsstest es vielleicht«, antwortete ich. Plötzlich merkte ich, dass ich wütend war.

»Wie bitte?«

»Du hast jemandem erzählt, dass du hier wohnst. Dass wir Essen haben. Dass wir immer noch Essen haben.«

»Wovon redest du?«

»Du hast verraten, dass unser Keller voll ist. Als du damals abgehauen bist.«

»Wem hätte ich das verraten sollen?«

»Mama, reiß dich zusammen«, sagte Isa.

»Das weiß ich doch nicht«, fuhr ich dort. »Ich weiß ja auch nicht, wo du warst, als du verschwunden warst. Oder bei wem. Vielleicht ja bei Einar?«

»Mama!«

Keine der beiden sagte mehr etwas, sie starrten mich nur an. Ich wandte mich ab. Spürte einen Kloß im Hals. Verdammt. Verdammt. Ich hatte alles unter Kontrolle gehabt. Wir wären über die Runden gekommen. Wir wären irgendwie über die Runden gekommen.

Und ich hatte immer noch alles unter Kontrolle, ich musste die Kontrolle nur wieder an mich reißen. Ein alberner Satz schoss mir durch den Kopf, etwas aus einem alten amerikanischen Film oder Song: *It ain't over 'til it's over.*

Es ist nicht vorbei, es ist noch nicht vorbei. Wir haben immer noch Essen, mehr als genug, um durch den Winter zu kommen, denn wir haben die Tiere.

Hastig lief ich die Treppe hinauf und in die Küche. Ich fand das Schlachtschussgerät dort, wo Louise es nach Einars Besuch wieder abgelegt hatte. Ich hatte die Messer dazugelegt, und jetzt nahm ich alles mit, zusammen mit einem leeren Eimer. Dann eilte ich in den Stall, ging hinüber zu Micro und blieb stehen.

Isa und Louise folgten mir.

»Mama?«, fragte Isa atemlos und mit tränenerstickter Stimme.

Das große Tier bewegte sich langsam voran, beugte sich über das Heu und zupfte sich eine Portion heraus. Ich hielt das Schlachtschussgerät in der rechten Hand, eiskalt und hart.

Louise näherte sich mir von hinten.

»Eva, bist du ganz sicher?«

Ich antwortete nicht. *Sicher,* ich war mir bei nichts sicher, ich wusste nur, dass ich Hunger hatte, und Isa und Louise und das Kind in ihrem Bauch auch.

Das Fleisch und die Innereien von Micro würden lange reichen, sie war alt und sicherlich zäh, aber nichtsdestotrotz, es war Nahrung. Und ihre Därme könnten wir spülen und für Würste verwenden.

Allerdings hatte ich noch nie allein eine Kuh geschlachtet, früher hatte das immer Richard für mich übernommen. Sie war so groß, würde sie in Panik geraten? Und das Blut, das ganze Blut. Man musste einen Schnitt setzen, damit es sofort herausfloss. Und dann das Fleisch. Das Partieren. Die enormen Mengen, die getrocknet, gesalzen, gekocht werden mussten. Es würde Tage dauern, vielleicht sogar Wochen. Der Geruch von Fleisch, der Eisengeruch von rotem Rindfleisch. Mit den Armen tief im Blut zu stehen, selbst nach Fleisch und Blut zu riechen.

Plötzlich bewegte sich Micro. Sie merkt, was ich denke, sie sieht, dass ich hier mit der Pistole stehe … aber nein, im nächsten Moment beugte sie sich wieder über das Heu, zupfte ein neues Büschel heraus. Kaute.

Ich ging zum Ausgang. Isa und Louise folgten mir.

»Danke, Mama«, sagte Isa. »Wir brauchen sie nicht zu schlachten. Es ist besser, wenn sie lebt. Danke, Mama.«

Doch als ich bei den Ziegen innehielt, verstummte sie. Sie hatten es gern warm, blieben jetzt im Winter freiwillig im Stall. Die Kitze waren bald ausgewachsen, aber immer noch verspielt und verschmust wie eh und je. Ich öffnete das Tor zu ihnen.

»Nein«, flüsterte Isa.

Ich packte eines davon, Isa hatte sie alle getauft, aber ich konnte mir die Namen nie merken.

»Los jetzt«, sagte ich ruhig.

Im Stall hingen mehrere Stricke, ich legte ihm einen davon um.

Es folgte mir fröhlich, sprang munter über den Boden.

Ich zog das Zicklein mit auf den Hofplatz, in eine Ecke neben die Scheune. Ganz oben an der Wand hatte ich eigens für diesen Zweck einige Haken angeschraubt. Jetzt weinte Isa erneut, ich hörte, wie sie mich anflehte, es sein zu lassen. Auch Louise bat und bettelte.

Ich sagte, sie sollten ruhig sein, um dem Tier keine Angst zu machen. Wir würden hier schließlich auf einem Hof wohnen. Sie wüssten doch, wie die Dinge liefen. Ich bat Isa, sich zusammenzureißen. Sie habe schon viele Male zuvor beim Schlachten zugesehen, sagte ich, und solle sich jetzt nicht anstellen.

Dann hielt ich die Ziege fest, stellte mich breitbeinig über sie, packte mit der linken Hand ihren Hals und legte mit der rechten das Bolzenschussgerät an. Genau in die Mitte der Stirn, ich maß die Stelle nicht ab, achtete aber auf den richtigen Winkel, damit der Schuss nach unten ging und nicht mich traf.

Isa schrie, ich forderte sie auf, den Mund zu halten.

Dann drückte ich ab.

Der Schuss gellte in den Ohren, das Zicklein sackte zusammen.

Isa drehte sich um und rannte davon.

Louise blieb stehen, sie war blass.

Ich legte die Pistole beiseite, zog das Messer aus der Scheide, drehte den Hals der toten Ziege, die jetzt schlaff und schwer war, in die richtige Position und setzte auf der linken Seite der Kehle einen so tiefen Schnitt, dass das Blut aus der Halsschlagader sprudelte. Ich beeilte mich, es mit dem Eimer aufzufangen, denn wir konnten es noch gebrauchen.

Louise war inzwischen kreidebleich im Gesicht.

»Du darfst jetzt nicht umkippen«, sagte ich. »Sag jetzt nicht, dass du ohnmächtig wirst!«

Sie antwortete nicht, atmete nur schwer durch die Nase.

»Hilf mir doch bitte mal«, bat ich. »Komm schon.«

Als der Blutstrom allmählich versiegte, band ich die Hufe mit einem Seil zusammen. Gemeinsam hängten wir die Ziege kopfüber auf. Louise musste sich die ganze Zeit wegdrehen, als würde sie sich gleich übergeben.

Ich hätte sie gehen lassen können. Ich wusste, dass sie mich nicht verlassen würde, ehe ich sie darum bat. Aber ich wollte nicht allein sein. Und ich wollte, dass sie alles sah.

Also bat ich sie auch, mir beim Häuten zu helfen, zeigte ihr genau, was ich tat, als ich die Haut auf der Innenseite der Keule aufschnitt.

»Es ist wichtig, die Schneide nur gegen die Haut zu halten, nicht gegen das Fleisch«, sagte ich. »Und dann kannst du einfach weiter daran ziehen. Guck mal, genau so, ja. Am Bauch entlang nach unten, dann an der Außenseite der Keulen, und weiter hinab, nimm dieses Messer hier, und jetzt zieh.«

Anschließend holte ich die Säge aus dem Werkzeugschuppen und sägte der Ziege den Kopf ab. Knochenmehl, Fleischfetzen, Fell und Blut klebten am Sägeblatt.

Der Kopf plumpste mit einem leisen Schlag auf den Boden.

Louise beugte sich über ihren großen Bauch und erbrach sich.

So machten wir stundenlang weiter, erst mussten die Eingeweide heraus, ich schnitt die Bauchhaut durch, ganz vorsichtig, damit ich kein Loch in die Blase stach, dann öffnete ich den Bauch und steckte die Arme hinein, der Leib war noch ganz warm, jetzt glitten die Gedärme heraus. Ich hatte eine Schlachtwanne aus der Vorratskammer geholt und ließ die Eingeweide hineinfallen. Wir würden sie verwenden, mussten alles aufessen. Dann schnitt ich Herz, Lunge, Nieren und Leber frei und entfernte den Rest der Kehle.

Am Ende holte ich mehrere Eimer Wasser und spülte das Tier gründlich aus. Auch das Messer wusch ich und trocknete es sorgfältig, damit es nicht rostete.

Ich hatte schon lange nicht mehr geschlachtet. Aber ich war gezwungen, mich wieder daran zu gewöhnen. Louise und Isa waren gezwungen, sich daran zu gewöhnen. Und wenn wir bis zum Frühling überleben wollten, würde es auch nicht das letzte Mal gewesen sein.

Bericht über meine Reise in die Mongolei und das, was ich dort fand

KAPITEL 13
Das Tier meiner schlimmsten Träume

Unüberwindbar, hatte Wilhelm gesagt, du und ich, wir sind unüberwindbar. Doch seine Worte verblassten mit jedem Tag, der verging. Die Karawane bewegte sich langsam voran, über Sand und Erde, vorbei an niedrigen Bäumen, die sich am Boden festklammerten, und über Gras, das so trocken war, dass alles innerhalb von Sekunden in Flammen aufgegangen wäre, hätte man ein Streichholz darangehalten. Es war ein Gefühl, als seien wir in einem Kessel mit Deckel gefangen, alles schwelte und war doch unbeweglich, es gab nichts als den Pferderücken, die Hitze, die winzigen Schlucke lauwarmen Wassers aus der Flasche und unsere Bewegung, langsam, ganz langsam voran. Über uns kreisten Vögel, Adler und Falken, wie klein und träge wir für sie ausgesehen haben mussten. Die Karawane schien beinahe stillzustehen, so unauffällig, dass die Steppe sie zu verschlingen drohte.

Dann kam der Abend, wir fanden einen Rastplatz, der sich sowohl für die wilden und zahmen Tiere eignete als auch für die Menschen, die sie begleiteten, an dem das Gras hoch wuchs und der Boden nicht allzu hart und steinig war. Die Nomaden führten uns von einer Wasserstelle zur nächsten, sie kannten sie alle. Und am nächsten Morgen verabschiedete ich mich stets mit einem ängstlichen Gefühl, denn ich vertraute nie ganz darauf, tatsächlich je wieder Wasser zu sehen. Doch dann kam ein neuer Abend, und unsere Begleiter hatten uns auf wundersame Weise wieder zu einem solch kleinen Spiegel von Leben inmitten der unendlichen, steinigen Ebene geleitet.

Wenn die Hitze zu später Stunde endlich nachließ, sank die Temperatur jäh. Wir machten ein Lagerfeuer und grillten Fleisch über den Flammen, doch die Luft kühlte rasch wieder ab, und wir mussten Zuflucht unter Decken und Fellen suchen. Meine Sehnsucht war groß, mich an Wilhelms Körper zu schmiegen, bei ihm Wärme zu finden, doch ich wagte es nicht, denn wir konnten nicht riskieren, dass uns jemand sah. Wir schliefen Seite an Seite mit den Nomaden auf dem Boden. Ihren Respekt zu erhalten, wurde mit jedem Tag wichtiger; mit jedem Tag, an dem unsere Unruhe zunahm. Sie mussten unseren Anweisungen trauen, an das glauben, was wir hier taten, wir konnten es uns nicht leisten, auch nur einen einzigen Mann zu verlieren, konnten es nicht riskieren, dass jemand aufgab. Doch unsere Glaubwürdigkeit aufrechtzuerhalten, wurde zunehmend schwieriger. Es war ganz so, als würde die Furcht aus dem Boden aufsteigen, über den wir ritten, wie ein Gas, das wir einatmeten, und je tiefer wir es einatmeten, desto ängstlicher wurden wir. Wilhelm und ich sprachen kaum noch miteinander, und wenn wir es taten, handelten unsere Gespräche nur davon, wie weit wir vorangekommen waren, in der vergangenen Woche, seit Sonnenaufgang oder vielleicht auch nur in der letzten Stunde.

Diese Langsamkeit, dachte ich immerfort, ich verabscheue diese Langsamkeit. Ich registrierte jeden Meter unserer Reise, ja jeden Zentimeter. Doch wir konnten keinen Druck ausüben, konnten niemanden zwingen, zu hastig voranzugehen, durften niemanden verschleißen, weder Mensch noch Tier, alles hing von unserer Bedachtsamkeit ab, wie aufmerksam wir die Bedürfnisse der Fohlen verfolgten. Unablässig behielten wir sie im Auge, ihre Bewegungen, ihr Verhältnis zur Ziehmutter, ihre Ruhepausen, wie oft sie gesäugt wurden oder, wenn sie schon groß genug waren, um Gras und Wasser zu sich zu nehmen, wie viel sie fraßen und tranken.

In jeder wachen Minute kümmerte ich mich um sie, ich maß und beurteilte jeden einzelnen Schritt, den sie machten; und mir entging nicht, dass Wilhelm es mir gleichtat.

Die Fohlen waren aus ihrer Heimat weggerissen worden, von ihren Müttern, von ihrer Herde, und dieser Verlust konnte durch nichts entschädigt werden, ganz gleich, wie sorgfältig wir sie bewachten, wie hart wir für ihr Wohlergehen arbeiteten und wie sehr wir uns bemühten, all ihren Bedürfnissen gerecht zu werden. Je weiter wir gingen, je mehr wir uns von der natürlichen Heimat der Fohlen entfernten, desto deutlicher wurde, dass diese Pferde mit keinen anderen auf dieser Welt zu vergleichen waren. Bislang war ihr Überleben von der Furcht, von einer großen Wachsamkeit für alles in ihrer Umgebung abhängig gewesen. Sie waren scheu und schreckhaft, reagierten auf die kleinsten Bewegungen und Geräusche. Jede noch so minimale Veränderung stellte eine Zumutung für sie dar, und so wurden sie uns genommen, eins nach dem anderen.

Das Jüngste von allen, Nummer sieben, war nie von seiner Ziehmutter akzeptiert worden. Und es gelang uns nicht, ihm eine andere Nahrung zuzuführen, es wollte nicht aus einem Eimer trinken. Es wurde von Tag zu Tag schwächer, und am Ende sackte es zusammen und wollte nicht wieder aufstehen.

Ein junger, starker Hengst, Nummer vierundzwanzig, erkrankte plötzlich, nachdem er sich bei einer Rangelei mit einem anderen Fohlen verletzt hatte. Die Wunde entzündete sich, er lahmte und konnte bald darauf gar nicht mehr laufen.

Nummer sechzehn, eine helle Stute, die schon fast zwei Jahre alt war, verweigerte unvermittelt die Nahrungsaufnahme und siechte dahin.

Nummer einundzwanzig wurde um seine Amme gebracht, als sie, die sich als viel zu ungezähmt für diese Aufgabe erwies, in einen Kampf mit einer anderen Stute geriet und sich eine unheilbare Verletzung zuzog.

Nummer achtzehn.

Nummer fünf.

Nummer vierzehn.

Wenn wir eines der Fohlen verloren, blieb uns nichts anderes übrig, als es den Aasfressern zu überlassen. Man sollte glauben, unter diesen Umständen hätte ich mich allmählich daran gewöhnt, ein totes Fohlen in der Steppe zurückzulassen, doch es wurde mit jedem Mal schwieriger. Schon als das dritte Fohlen zurückbleiben musste – sein lebloser Körper lag unnatürlich verrenkt auf dem Boden, kalt und steif, das Fell war bereits stumpf, die Vögel kreisten bedrohlich dicht darüber –, tauchte ein grässliches Bild in meinem Kopf auf, nicht nur von diesem einen Pferd, sondern von allen Fohlen, die wir verloren hatten. Sie lagen nicht einzeln auf dem Boden, wie wir sie zurückgelassen hatten, sondern übereinander, auf einem großen Berg. Man konnte nicht mehr erkennen, welche Hufe zu welchem Tier gehörten, welcher Kopf zu welchem Leib. Der Berg aus Kadavern war ein einziges großes Tier, ein totes Tier, mit Vorder- und Hinterbeinen, Ohren, Schweifen, Flanken, Bäuchen, Hälsen und Hufen, und Augen, Augen, Augen.

Ich fing an, von diesem Monstrum zu träumen. Und jedes Mal, wenn wir ein weiteres Fohlen verloren, wurde es größer. Bald darauf fing es auch noch an, sich zu bewegen, gab ein leises Stöhnen von sich, streckte das eine Hinterbein, wälzte sich, öffnete ein Auge. Dann kam es auf die Beine, schwankte von einer Seite zur anderen, fuhr schmatzend all seine Zungen aus, fauchte und schrie so laut wie nachts die kämpfenden Wildkatzen, und ich konnte nicht sehen, welcher der vielen Münder die Geräusche von sich gab, aber sie wurden lauter und lauter. Ich versuchte, vor dem Monstrum zu flüchten, aber seine Laute verfolgten mich, bohrten sich in mich hinein, ließen mich vor Angst erzittern und weckten zugleich eine tiefe Scham in mir.

Schließlich begann ich, den Schlaf zu fürchten, was zur Folge hatte, dass ich tagsüber auf dem Pferderücken saß und einnickte. Ich wurde unkonzentriert, gab nicht mehr hinreichend auf unsere Fohlen Acht, und wir büßten weitere von ihnen ein.

Eines Abends, als Wilhelm und ich unser Nachtlager bezogen und uns mit Fellen zugedeckt hatten, ängstigte ich mich so sehr vor der Nacht, dass ich etwas sagen musste.

»Ist das denn immer so«, fragte ich.

»Was genau meinst du?«

»Du bist auf so vielen Expeditionen gewesen. Wie hast du dich daran gewöhnt?«

»An den Verlust der Tiere?«

»Ja, an den Verlust der Tiere. Vor allem der Fohlen.«

»Ich weiß nicht mal, ob ich mich je daran gewöhnen werde. Nicht richtig jedenfalls.«

»Ich träume von ihnen, verstehst du?«

»Ja, ich weiß. Ich höre dich im Schlaf reden.«

»Wenn wir sie nicht mitgenommen hätten, würden sie immer noch leben.«

»Das ist nicht sicher.«

»Aber es ist doch genau diese Expedition, die sie umbringt.«

»Und gleichzeitig schützt die Expedition sie vor anderen Gefahren, vor Wolfsangriffen, vor Hunger und Durst, vor den jagenden Einheimischen.«

»Das ist nur ein schwacher Trost.«

»Wenn wir endlich ankommen und sie in Sicherheit sind, werden sie ein viel behüteteres Leben führen als je zuvor. Dann werden wir in der Lage sein, sie zu beschützen.«

»Jetzt können wir sie doch auch nicht beschützen.«

»Wir tun alles, was in unserer Macht steht.«

»Das ist nicht genug.«

Ich wandte mich von ihm ab. Seine ruhige, tröstende Stimme erzeugte ein Kribbeln in mir, und die Unterlage war so hart und die Luft so kalt. Immerzu drang die eisige Luft durch Risse im Fell oder über den Boden in unsere Körper. Ich war es so leid, draußen zu schlafen, war die Natur leid; ja selbst den Sternenhimmel.

»Habe ich dir schon mal von meinen Lappländern erzählt?«, fragte Wilhelm leise.

Ich antwortete nicht, seufzte nur.

»Mischa?«

»Nein, erzählt nicht, aber ich meine, ich hätte davon gelesen … wahrscheinlich ist die Geschichte sogar bis in die russischen Zeitungen vorgedrungen.«

»Eigentlich hatte ich lediglich Rentiere bestellt«, begann Wilhelm. »Aber in der Lieferung war auch eine Familie mit inbegriffen.«

»Ich bin müde«, sagte ich und wälzte mich weiter auf meinem harten Lager umher.

»Die Geschichte ist nicht lang«, erwiderte er.

Ich antwortete nicht, was er offenbar als Aufforderung verstand, mit seiner Erzählung fortzufahren.

»Das Schiff aus Lappland lief im September 1874 im Hamburger Hafen ein. Und das Bild, das sich mir an Deck bot, war einfach nur hinreißend! Drei kleine Männer, die von Kopf bis Fuß in Leder gekleidet waren, standen breitbeinig neben ihren Rentieren, und dahinter versteckten sich eine Frau mit einem Kind auf dem Arm und ein vierjähriges Mädchen. Sie hatten rundliche Köpfe, flache Nasen und eine schmutzig-gelbe Gesichtsfarbe. Aber sie waren alle niedlich und klein, selbst die Erwachsenen. Ihre Hände und Füße waren wie die eines Kindes, und alle trugen die gleiche Kleidung.«

»Worauf willst du hinaus?«

Er rückte näher zu mir heran, sodass er seine Stimme noch weiter senken konnte, sie war sanft, ganz dicht an meinem Ohr.

»Meine kleinen Freunde waren beileibe nicht schön, jedenfalls nicht nach unseren Kriterien, aber zugleich schienen sie so unberührt von der Zivilisation, so naiv, unschuldig und gut, als stammten sie aus einer ganz anderen Welt.«

»Oder vielleicht so wie Tiere?«

»Nein.« Er zögerte ein wenig. »Nicht wie Tiere.«

Dann fuhr er mit einer ebenso milden und tröstlichen Stimme fort. »Mir wurde noch im selben Augenblick klar, dass diese sechs Menschen eine große Neugierde in Deutschland wecken könnten. Meine Männer und ich geleiteten sie sicher an Land und brachten sie ebenfalls auf unserem Gelände unter. Die Ausstellung war vom ersten Tag an ein voller Erfolg.«

»Was für ein merkwürdiger Gedanke, Menschen auszustellen.«

»Aber warum? Die Lappländer waren sich nicht darüber im Klaren, dass sie zur Schau gestellt wurden, sie lebten sich sofort in ihrer neuen Umgebung ein, was zur Folge hatte, dass sie sich genauso verhielten, wie sie es vermutlich auch in ihrer Heimat getan hätten. Bald kam ganz Hamburg herbeigeströmt, um dieses Lappland *en miniature* zu bestaunen, und der Gegenstand der enormen Aufmerksamkeit fuhr ungerührt mit seiner Arbeit fort; sie stellten ihre Zelte auf, wie sie es immer getan hatten, sie reparierten und flickten ihre Ausrüstung, ihre Schlitten und ihre

Kleidung, die allesamt aus natürlichen Materialien hergestellt waren. Außerdem versorgten sie selbstverständlich die Tiere. Besonders faszinierend war, wie sie die Rentiere melkten. Das lockte viele Besucher herbei. Offenbar war das Ren das einzige Haustier, das diese Menschen brauchten. Es erfüllte für sie vielerlei Nutzen, für die wir für gewöhnlich sowohl Kühe, Pferde und Schafe als auch Hunde brauchten. Diese sechs kleinen Menschen müssen es als sehr drollig empfunden haben, dass ihnen so viel Interesse entgegengebracht wurde, denn sie lebten ja einfach nur ihr Leben, wie sie es immer getan hatten.«

»In meinen Ohren klingt das Ganze trotzdem ein wenig seltsam.«

Er schwieg für eine Weile und hatte das Gesicht halb von mir abgewandt, sodass ich nur schwer erahnen konnte, was er dachte.

»Ich baute eine sehr innige Beziehung zu ihnen auf«, sagte er nach einer Weile, nun eher in sich gekehrt. »Wie zu vielen der Tiere, die ich gefangen hatte. Ich entwickelte eine Zuneigung zu ihnen, als wären sie meine eigenen Kinder.«

»Was ist aus ihnen geworden?«, fragte ich.

»Sie fuhren wieder in ihre Heimat zurück, genauso glücklich und zufrieden, wie sie gekommen waren.«

»Und du?«

»Was genau meinst du?«

»Warst du auch zufrieden?«

»Nein … nein, das war ich wohl nicht. Ich vermisste sie, vor allem den ältesten der drei Männer. Er war mir ein guter Kamerad geworden.«

Letzteres sagte er mit einer besonderen Wärme.

»Warum hattest du den Wunsch, mir das alles zu erzählen? Insbesondere von diesem Kameraden?«

Meine Stimme klang scharf.

»Ich wollte gar nicht in erster Linie von *ihm* erzählen«, entgegnete Wilhelm.

»Ach nein?«

»Die Moral der Geschichte besteht lediglich darin, dass … das Ganze aus einem Zufall heraus entstand, und zwar zu einem Zeitpunkt, als wir es wirklich nötig hatten. Unsere Bestellungen waren zurückgegangen, und als Folge von Jagd und Krieg war die abenteuerliche Menge an Tieren, die es im Sudan gab, erheblich reduziert worden. Diese Schau, und das Geld, das wir mit ihr verdienten, war genau das, was wir gebraucht hatten. Und die Lappländer ahnten nicht das Geringste davon. Sie litten nie Not.«

»Nicht einmal dein Kamerad? Als er dich verlassen musste?«

Wilhelm wand sich ein wenig.

»Ich glaube, für mich war es schlimmer als für ihn.«

»Und dann habt ihr weitergemacht?«

»Wie meinst du das?«

»Ich habe Fotos von diesen Ausstellungen gesehen. Von Hottentotten und Indianern.«

»Ich habe eine Chance gewittert.«

»Die Chance, Geld einzunehmen?«

»Ja, die Chance, Geld einzunehmen. Als ich eine neue Expedition in den Sudan entsandte, bat ich darum, auch Menschen mit zurückbringen zu dürfen. Und es wurde ebenfalls ein großer Erfolg. Anschließend nahmen wir eine

Gruppe Eskimos in Empfang. Und Somalier. Und dann die Indianer und Hottentotten.«

»Und du hast dir keine weiteren *kleinen Freunde* zugelegt?«

»Nein, nein, habe ich nicht. Den Kontakt mit den Eingeborenen habe ich ausschließlich meinen Leuten überlassen. Und dann kam der erste Brief von dir. Zu diesem Zeitpunkt war ich schon lange nicht mehr selbst auf einer Expedition gewesen, und ich verstand, dass ich genau das brauchte. Ich bin Tierfänger. Und von Tieren Abschied zu nehmen, ist trotz allem doch leichter.«

Abschied … er gebrauchte als Erster von uns dieses Wort. Ich wünschte, ich wäre derjenige, der alles anführte, ich würde den Ausgang unserer Expedition bestimmen.

Als ich schließlich einschlief, war das Monstrum wieder da; das Tier der Scham. Es fauchte mich mit all seinen Köpfen an, war groß und hässlich, und ganz oben, zwischen den vielen Pferdeköpfen, konnte ich ein Menschenantlitz erahnen. Es war Wilhelms Kopf, als wäre er das eigentliche Gehirn dieses Wesens. Er lächelte so, dass seine Augen funkelten, und verzog genussvoll den Mund.

KARIN

Kann nicht schlafen. Kann nicht wachen. Kann nicht atmen.

Die Lampe an der Decke ist eine große, leuchtende Kugel. Ein Tennisball, eine Bombe.

Ich schließe die Augen. Öffne sie wieder.

Höre die Pferde schreien.

Werde von meinem eigenen Schluchzen aus dem Schlaf gerissen.

Setze mich im Bett auf. Spüre einen Druck auf der Brust. Atme schneller und schneller, doch es hilft nichts.

Die Pferde schreien.

Meine Pferde sind immer noch da draußen. Ich muss sie zurückholen.

Endlich schaffe ich es, meine Füße auf den Boden zu setzen.

Ich spritze mir kaltes Wasser ins Gesicht.

Reiß dich zusammen, Karin.

Ich ziehe mich mit zitternden Händen an.

Stell dich nicht so an.

Ich fahre schnell. Bahne mir einen Weg durch die Steppe. Der Schnee spritzt von den Reifen auf, ab und zu drehen sie durch, aber ich zwinge das Auto über jedes einzelne Hindernis. Ich habe darum gebeten, den Landcruiser allein fahren zu dürfen. Jochi sitzt bei Agi im Auto. Er hat es nicht in Frage gestellt.

Die Pferde sind noch am selben Ort, wo wir sie zurückgelassen haben. Ich zähle. Ja, da sind sie, alle fünf. Zum Glück stehen sie noch aufrecht. Wir haben Fünfliterkanister mit Wasser und einen Trinktrog dabei, laden beides ab und füllen das Wasser um. Die Pferde drängen sich um den Trog, knuffen sich gegenseitig, stecken ihr Maul ins Wasser und trinken schlürfend.

Ein Teil des Heus ist noch übrig. Jetzt sammeln wir es und schaufeln es auf die Ladefläche. Dann locken wir sie wieder zur Station, mit einer Spur aus Heu führen wir sie zu uns. Schritt für Schritt. Es geht unendlich langsam voran.

Sydney fällt immer wieder zurück. Er bewegt sich schwerfällig und steif. Lahmt erst auf dem einen Bein, dann auf dem anderen.

Sie werden von Prag geführt, die ganze Zeit Prag.

Hamburg begleitet die Herde. Er hält sich auf Distanz und bleibt doch näher bei ihnen als zuvor. Der Winter und alles, was geschehen ist, konnten ihm anscheinend nichts anhaben. Er ist bereit, zu übernehmen. Aber dafür wäre es zu früh. Sydney muss sich erholen. Noch darf ich den Leithengst nicht auswechseln. Ich brauche Sydney. Und er hat keine sichtbaren Verletzungen, die Steifheit in seinen Hinterbeinen hängt sicher nur damit zusammen, dass die

Pferde auf dem Boden gelegen haben. Mit der Zeit wird sie wieder verschwinden. Er braucht nur ein bisschen gute Pflege, dann wird er sich erholen.

Manchmal halten die Pferde inne, bleiben stundenlang an einem Ort stehen. Ich versuche sie zu rufen, aber sie scheinen nicht mehr auf meine Stimme zu reagieren. Oder haben einfach keine Lust mehr, auf mich zu hören. Ich fahre zurück und hole Karotten und Äpfel. Immer, wenn sie wieder eine Pause einlegen wollen, hole ich die Lockmittel hervor.

Ich strecke die Hände nach ihnen aus.

»Kommt schon, bitte kommt.«

»Geh nicht näher an sie heran«, mahnt Jochi.

Aber ich höre nicht auf ihn.

»Nun kommt schon. Kommt einfach.«

Erst in der Abenddämmerung sind wir wieder zurück. Es gelingt uns, sie bis auf die Weide zu führen. Das Gatter lassen wir offen, damit die Herde kommen und gehen kann, wie sie will. Nur Hamburg wird isoliert.

Mit steifen Fingern binde ich den Strick, der das Gatter hält, um den Zaunpfahl. Ich bleibe allein dort stehen, nachdem die anderen hineingegangen sind. Bin vollkommen erschöpft vor Müdigkeit, aber ich weiß, ich werde nicht schlafen können.

Ich starre auf meine fünf Pferde.

Mir kommt es vor, als wäre ihre Herde so groß gewesen, als ich herkam. Ich erinnere mich noch, wie sie den Staub aufwirbelten, wenn sie über die Steppe galoppierten. Ein Sturm aus Hufen, Schweifen, den goldfarbenen Körpern.

Jetzt wirkt die Herde klein, auch die Pferde selbst, trotz des Winterfells.

Sie müssen überleben. Bis zum Frühjahr, wenn die Kälte nachlässt. Ihr müsst überleben, hört ihr? So lange, bis weitere Pferde nachkommen.

Zehn war der Plan. Zehn sind aber nicht genug, wie ich jetzt einsehe. Ich brauche zwölf. Zwölf plus die fünf, die ich hier habe. Und Prags künftiges Fohlen. Macht achtzehn.

Wenn ich im nächsten Winter ein Pferd verliere, wird der Verlust nicht so auffällig sein, nicht so deutlich. Drei von achtzehn sind weniger als drei von acht.

Nein, so darf ich nicht denken. Jedes von ihnen zählt gleich viel. Und bislang bleiben mir nur diese fünf.

Ich gehe zu Sydney, halte ihm eine Karotte über den Zaun. Er streckt den Kopf danach, nur mäßig interessiert, und kaut langsam.

Sydney. Wach auf. Werde wieder du selbst. Bitte.

Ich muss mich zwingen, ihn anzusehen. Die schweren, trägen Bewegungen, die kahlen Stellen in seinem Fell, die durch den Frost entstanden sind und viel zu langsam zuwachsen.

Mein Herz klopft, ich weiche ein paar Schritte zurück.

Das ganze Projekt ist ein Irrsinn. Alles spricht gegen mich. Die Wirtschaftlichkeit. Die harten Winter. Sogar die Pferde selbst. Denn selbst, wenn es mir gelingt, selbst wenn die Herde wächst, selbst wenn aus dieser einen Herde viele werden, fünfhundert Individuen, die stark genug sind, ohne menschliche Hilfe zurechtzukommen, werden die Pferde selbst immer ein Risiko bergen.

In ihren Genen. Es waren nur dreizehn. Dreizehn Pferde. Sind dreizehn Individuen genug, um eine ganze Art wiederaufzubauen? Um sie stärker zu machen? Widerstandsfähiger gegen Krankheiten? Um eine Art daraus wachsen zu lassen, die auf lange Sicht allein überdauert?

Plötzlich wiehert Prag leise. Sie kommt auf mich zugetrabt und streckt den Kopf über den Zaun. Prag ist dieselbe wie immer, Orlitzas Blut rinnt durch ihre Adern. Sie ist stark und ruhig, ihr Fell ist vom Frost unversehrt. Ich gebe ihr eine Karotte, die im Nu in ihrem hungrigen Maul verschwindet.

»So, ja genau«, sage ich. »Feine Prag, gute Prag.«

Die letzte Karotte hebe ich auf. Sie baumelt einsam am Grün, als ich den Harem verlasse und zu Hamburgs Koppel gehe.

Er hat sein Maul ins Heu gesteckt, ich rufe nach ihm. Kaum hört er meine Stimme, ist er auch schon bei mir.

Er verschlingt die Karotte. Auch ihm konnten der Sturm und die Kälte nichts anhaben, ganz im Gegenteil, es kommt mir sogar so vor, als wäre er noch größer und stärker geworden. Hamburg ist ein zäher Kämpfer. Mir wird klar, dass ich mich auf ihn verlassen kann. Mit ihm als Leithengst und Prag als Leitstute wird die Herde überleben.

Und ich weiß, was das voraussetzt, ich muss Hamburg das tun lassen, was er kann. Die Pferde müssen ihre Hierarchie selbst klären.

Verzeih mir, Sydney, bitte verzeih mir.

Langsam gehe ich zum Gatter, das Hamburg von den anderen trennt, und öffne es mit steifen Fingern.

Dann gehe ich zum Harem, öffne auch dieses Tor.

Anschließend verlasse ich sie, entferne mich schnell, ohne mich umzusehen.

EVA

Ich würde mich nie an die rote Farbe gewöhnen. Immer häufiger musste ich mich während der Arbeit übergeben, über meine roten Hände.

Die Tage waren jetzt anders. Wir versorgten die Tiere, die noch da waren, und verbrachten die übrige Zeit damit, das Fleisch einzumachen, zu salzen oder zu räuchern. Nur die Hälfte des Heus, das wir übriggehabt hatten, war nicht verdorben. Wir konnten die Tiere nur schlachten oder verhungern lassen. Und das Ende, das ich ihnen bereitete, war trotz allem kürzer und schmerzloser als der Hungertod.

Wir schlachteten nur wenige Hühner, denn die meisten von ihnen legten nach wie vor Eier. Doch die beiden Kälber, die Ziegen und das Schwein Boeing konnte ich nicht behalten. Boeing hatte ich eigentlich nur für ein Fest aufgehoben, ich dachte, eines Tages würden wir vielleicht etwas zu feiern haben. Er wusste nicht, wie ihm geschah, und grunzte bis zuletzt vergnügt, als ich das Schlachtschussgerät ansetzte.

Nachdem ich Boeing geschlachtet hatte, ging ich hinaus zu den Pferden, ich nahm einen Spaten mit, ich dachte, ich könnte die Erde vor der Hafenweide umgraben, um zu sehen, ob sie fruchtbar war, ob ich vielleicht planen könnte, in der Wachstumszeit dort etwas anzubauen. Doch ich hatte keine Kraft mehr zum Arbeiten, ich setzte mich einfach nur auf den Boden und spürte, wie die Feuchtigkeit durch meine Regenhose drang. Mein Nacken schmerzte, meine Hände zitterten. Ich werde mich nie wieder ausruhen können, dachte ich. Früher hatte ich mir Pausen gegönnt, eine Woche oder zwei, war phasenweise etwas kürzergetreten. Jetzt ging das nicht mehr. Nicht einen Tag, nicht eine Nacht konnte ich mich ausruhen.

Nach einer Weile kam Isa zu mir. Ohne etwas zu sagen, ließ sie sich neben mir auf den Boden sinken.

»Du wirst nass, wenn du so dasitzt«, sagte ich. »Und verkühlst dich. Du kannst krank werden.«

»Es ist mir egal, ob ich krank werde«, erwiderte sie.

»Das sollte dir aber nicht egal sein.«

Der Tod war inzwischen näher gerückt, das wusste sie. Noch vor ein paar Jahren hatte es hier in Heiane einen Doktor gegeben, und es war immer noch möglich gewesen, Medikamente zu kaufen. Wenn sie jetzt krank werden würde, sich eine Lungenentzündung holte, kämen wir nicht mehr an ein Antibiotikum.

»Dir ist es doch auch egal, ob *du* dich erkältest«, sagte sie.

»Nein. Ich werde jetzt aufstehen, mich wieder bewegen.«

Stattdessen blieb ich sitzen. Sie auch. Ihr Gesicht war unter der Kapuze ihrer Regenjacke verborgen, aber ich konnte trotzdem sehen, dass ihre Augen gerötet waren. Das Wasser tropfte vom Kapuzenrand.

»Gibst du den Pferden immer noch Heu?«, fragte sie.

Ich antwortete nicht. Ich wollte mich nicht mit ihr streiten, nicht jetzt.

»Mama?«

»Du wirst sowieso nicht verstehen, wie ich denke. Offensichtlich hast du ja schon beschlossen, es nicht verstehen zu wollen.«

»Ich möchte aber, dass du es mir trotzdem erklärst.«

»Von uns gibt es immer noch viele. Von den Pferden aber nur noch so wenige. Und gerade jetzt, wer weiß, ob überhaupt noch irgendwo Wildpferde leben, auf die jemand aufpasst.«

Isa holte tief Luft, ein wenig zitternd. Sie wollte etwas erwidern, schaffte es jedoch nicht, atmete noch einmal ein.

»Du bist wütend auf mich«, sagte ich. »Das verstehe ich.«

»Nein, Mama.«

Sie zog sich die Kapuze vom Kopf, ließ den Regen einfach auf ihr Haar und ihr Gesicht fallen, anscheinend war es ihr gleichgültig, sie starrte mich nur an, mit einem Blick, den ich nicht durchschauen konnte.

»Ich bin nicht wütend«, sagte sie. »Ich war wütend. Aber jetzt tust du mir einfach nur noch leid.«

Ich spürte, wie das Wasser immer mehr durch meine Regenhose drang, sie wurde nasser und nasser. Die Luft war nur wenige Grad warm, der Boden eiskalt. Ich konnte mir eine Blasenentzündung holen, wenn ich so sitzen blieb, und Isa auch. Die Infektion konnte auf die Nieren übergehen. Isa konnte krank werden, und es gab keine Medikamente.

Ich sah mich um. Die regenerfüllte Dämmerung war genauso grau wie die Landschaft. Es war bereits Ende März, aber der Frühling kam dieses Jahr spät, noch immer wuchs nirgendwo etwas.

Plötzlich tauchte ein Schatten am Waldrand auf, bewegte sich dort drüben auf und ab. Ich hörte ein Schnauben, aber auch ohne das Geräusch hatte ich gleich verstanden, wer es war. Rimfakse war zurückgekehrt.

Rimfakse, das Pferd, auf dem die nordische Göttin Natt reitet, das die Dunkelheit über die Erde bringt, und auch über uns brachte dieser Rimfakse nichts als Elend.

Ich blickte zu Nike hinüber und verstand, warum er hier war. Sie war wieder brünstig, und Rimfakse stand bereit. Er nahm, was er kriegen konnte. Für ihn spielte es keine Rolle, dass Nike zu einer fremden Art gehörte, seine Gene würden sich sowieso durchsetzen.

Ich stand auf, aber Rimfakse war schon zu ihr unterwegs. Sie entdeckte ihn und wieherte, wollüstig, wie ich fand.

Sie standen auf ihrer jeweiligen Seite des Zauns, er streckte seinen Kopf zu ihr, sie drehte ihm das Hinterteil zu.

»Nein«, sagte ich.

Keines der Pferde reagierte.

»Jetzt haust du aber ab«, rief ich.

Doch er zwängte seinen Kopf durch die morschen Latten, und es war nur noch eine Frage der Zeit, bis er sie eingedrückt haben würde.

»Es reicht!«

Jetzt ging ich zu ihm und griff im Vorbeigehen nach

dem Spaten, den ich auf den Boden geworfen hatte. »Es reicht, hörst du denn nicht!«

Ich hob den Spaten wie eine Waffe.

»Zieh endlich Leine, du notgeiler Dreckskerl!«

»Mama!«, rief Isa halb schockiert, halb panisch.

»Weg mit dir!«

Ich trat noch einen Schritt auf ihn zu und schwenkte den Spaten.

Doch nichts konnte den großen Hengst beeindrucken, er glotzte mich nur an. Seine Nüstern blähten sich, er schnaubte leise, ehe er seine Aufmerksamkeit wieder auf Nike richtete.

In zwei Sätzen war ich bei ihm und hob noch einmal den Spaten. Ich bemühte mich gar nicht erst, vorsichtig zu sein, sondern stieß ihm das Blatt direkt in die Flanke.

»Verschwinde!«

Er wieherte, endlich wieherte er, als wollte er etwas erwidern, aber nicht das, was ich hören wollte, denn er versuchte immer noch, an Nike heranzukommen.

»Mama, was machst du da!«

Ich antwortete nicht, stieß das Spatenblatt nur noch heftiger in Rimfakses Flanke.

»Mama!«

Jetzt schrie sie laut, wagte sich aber nicht näher heran.

»Er muss weg, Isa.«

»Aber du verletzt ihn!«

Sie kam zu mir und packte mich. Ihre zähen, dünnen Arme hielten mich krampfhaft zurück.

»Das Scheißvieh muss endlich weg, verstehst du das denn nicht!«, rief ich.

»Nein!«

Sie umklammerte noch immer meinen Arm, ihre Finger bohrten sich in meine Unterarme.

Im nächsten Augenblick warf sich Rimfakse herum. Ich konnte gerade noch sehen, wie er die Ohren anlegte, ehe er sich blitzschnell auf die Vorderbeine stemmte und nach hinten ausschlug.

Isa schrie.

Ich dachte, er hätte sie getroffen, und sie würde schreien, weil sie getroffen worden war, und für einen Moment verschwand alles andere. Isa, meine Tochter, verletzt. Für den Bruchteil einer Sekunde sah ich sie vor mir liegen, blutend, mit geschlossenen Augen, und mich, wie ich sie in meine Arme hob und mit ihr davonrannte. Doch dann spürte ich den Schmerz. Denn er hatte nicht sie getroffen. Ich stürzte zu Boden, und alles wurde schwarz.

Hinein in die Dunkelheit und wieder hinaus. Isa, die schluchzt. Louise und Isa, die mich zum Hof tragen. Ich höre eine Stimme murmeln. Meine eigene. Unzusammenhängende Wörter. Der Hengst, will ich sagen, haltet den Hengst auf. Von meinem Kopf rinnen Tropfen hinab, fallen auf meine Kleidung. Rote Tropfen, noch mehr Blut. Nichts als Blut. Ein Lappen auf meiner Stirn. Mama, Mama, kannst du mich hören, jetzt liege ich wieder, feuchter Stoff auf meinem Gesicht, ich habe solchen Durst, sie flößen mir Wasser ein, das Glas schlägt gegen meine Zähne, es reicht nicht, ich muss das Kinn heben, damit ich trinken kann, es reicht nicht, der Schmerz hämmert in meinen Armen und Beinen, nein, er hämmert in meinem Kopf, ein Loch, brennend, trockene Lippen, trockene Mundhöhle, ich schaffe es, eine Hand zu heben, und fühle, dass etwas an meinem Schädel klebt, große Stofffetzen, aus denen Haarbüschel hervorragen, geronnenes Blut, ein metallischer Geruch wie nach dem Schlachten.

Lieber Lars,

ich habe dir nie erzählt, wie lieb ich meine Mutter habe.

Ich habe sie so lieb.

Ich weiß nicht, was ich tun würde, wenn sie nicht mehr da wäre. Das ist das Einzige, woran ich in den vergangenen Tagen denken konnte. Bleiben oder gehen – das hat keine Bedeutung mehr, wenn sie nicht da ist. Liebe, liebe Mama.

Sie sieht so klein aus. Ihr Kopf wirkt winzig auf dem großen Kissen. Ihr Körper nimmt nur einen minimalen Teil des Bettes ein. Sie wird immer dünner, wir bekommen kaum etwas zu essen in sie hinein.

Ihr Gesicht ist schief und seltsam. Früher habe ich immer gedacht, sie wäre hässlich. Jetzt finde ich sie schön, wie sie dort auf dem Kopfkissen liegt. Meine schöne Mutter.

Und plötzlich ist sie weder jung noch alt. Sie ist einfach nur viel zu klein.

Ich kann an nichts anderes mehr denken als an sie. Wenn ich das Zimmer verlasse, füllt sie meinen ganzen Kopf aus. Und dann laufe ich sofort zurück, um zu sehen, wie es ihr geht.

Ich laufe so oft, wie ich kann, zu ihr.

KARIN

Ich meide die Pferde. Habe keine Lust, mit anzusehen, was zwangsläufig passieren wird. Beschäftige mich mit Büroarbeit, bin aber so müde, dass ich ständig über meinen Papieren einschlafe.

Nur nachts bin ich wach. Ich meide auch mein Bett. Es ist besser, mit dem Kopf auf den Armen am Schreibtisch einzuschlafen.

Jochi und Mathias erzählen mir jeden Tag, was passiert. Was passiert ist, was passieren sollte. Was immer passiert. Was ich vorausgesehen habe.

Sydney und Hamburg kämpfen. Jeden Tag geraten sie aneinander. Fletschen die Zähne und beißen sich.

Sydney leistet mehr Widerstand, als ich gedacht hätte. Für einen Moment hoffe ich fast, dass er es schafft. Doch dann lässt seine Stärke allmählich nach, er wird nachgiebiger, schwächer. Verliert den Mut.

Und eines Tages wird es Hamburg sein, der beim Harem steht, und Sydney, der für sich bleibt.

Es führt kein Weg mehr zurück.

Noch ist er aber nicht so weit. Denn Prag will sich Hamburg nicht unterwerfen. Sie ignoriert ihn. Prag trägt

Sydneys Kind aus, deshalb ist sie ihm gegenüber immer noch loyal und wird es auch bleiben, wenn sie gefohlt hat. Pferde sind trotz allem berechenbar. Ich kenne die Rahmenbedingungen, die Regeln, ich weiß, was in ihrer Natur liegt.

Es sind eher die anderen Regeln, die ich nicht verstehe. Ich weiß nicht, was in *meiner* Natur liegt. Tiere verlieben sich nicht ineinander. Sie bilden Paare. Jochi hat mich besprungen, oder streng genommen sogar ich ihn. Vielleicht sollten wir jetzt ein Paar sein. Doch es hat sich nichts geändert. Nichts, abgesehen von den Blicken, die er mir zuwirft. Nichts, abgesehen von all den Gelegenheiten, bei denen er mich vorsichtig berührt, wenn er sich von den anderen unbeobachtet glaubt. Nichts, abgesehen davon, dass ich immer wegsehe, mich seinen Berührungen entziehe oder ihnen einfach nur vorsichtig aus dem Weg gehe.

Und nach einer Weile hört er auf, mich zu berühren. Und er hört auf, mich anzusehen. Seine Bewegungen werden hastig und ruckartig. Er schlägt mit den Türen, verdreht die Augen. Seufzt über Dinge, die ich sage.

Ist es so, dass man sich nie wieder neutral gegenüber dem anderen verhalten kann, weil man einmal miteinander geschlafen hat? Wie sollen wir denn jetzt zusammenarbeiten?

Ich meide Jochi, und ich versuche auch, Mathias zu meiden. Es ist nicht leicht. Er ist die ganze Zeit da. Läuft mir hinterher. Stellt mir Fragen zu den Pferden, sagt, er wolle etwas lernen. Ich verstehe nicht, warum. Er stört bei der Arbeit. Und ich kann mir jetzt keine weiteren Störungen leisten.

Eines Abends bin ich gezwungen, zu Mathias' Zelt zu gehen. Er hat sich ein Buch von mir ausgeliehen, das ich gern zurückhaben möchte.

Er antwortet sofort, als ich anklopfe. »Herein.«

»Hallo«, sage ich.

»Ach, du bist es.« Er lächelt vorsichtig.

»Ja?«

Hatte er mit jemand anderem gerechnet?

Das Zelt ist aufgeräumt, er hatte schon immer ein Talent, alles in Ordnung zu halten, selbst in seinen schwierigsten Zeiten. *Das* konnte ich ihm immerhin beibringen. Er liegt auf dem Bett, im Zelt ist es dunkel. Er trägt immer noch seine normale Kleidung.

»Wolltest du dich gerade hinlegen?«, frage ich.

»Nein, nein«, antwortet er und setzt sich auf.

»Geht es dir gut?«

Ich frage es, weil man so etwas fragt. Aus Höflichkeit. Aber jetzt steht er auf und entzündet die Öllampe auf dem Tisch, anscheinend misst er meiner Frage mehr Bedeutung bei.

»Im Grunde geht es mir ganz gut«, sagt er dann, aber es sieht aus, als hätte er noch mehr auf dem Herzen. Als würde am Ende des Satzes noch ein *aber* fehlen. *Im Grunde geht es mir ganz gut, aber…*

»Schön«, erwidere ich schnell. »Das ist schön.«

»Ja.«

Er sieht mich an. Anscheinend erwartet er, dass ich noch mehr sage.

»Wie lange wolltest du eigentlich bleiben?«, frage ich.

»Wie bitte?«

»Ich meine, hier. Wie lange wolltest du in der Mongolei bleiben?«

Er rutscht ein wenig auf der Matratze hin und her. »Darüber habe ich noch gar nicht nachgedacht.«

»Nein.«

»Du?«

»Was?«

»Hast du darüber nachgedacht? Findest du, ich sollte wieder abreisen?«

»Nein, nein. Es wäre nur nett zu wissen, wie lange du bleibst.«

Und noch während ich das sage, spüre ich plötzlich, wie wichtig diese Frage für mich ist. Ich muss wissen, wann er abreist. Und ich muss auch wissen, wann Jochi geht. Es muss doch möglich sein, die Arbeit hier anders zu organisieren. Wir brauchen nicht die ganze Zeit zu zweit zu sein.

»Und dir?«, fragt Mathias plötzlich.

»Bitte?«

»Geht es dir gut?«

»Ja.« Ich lache. »Natürlich geht es mir gut.«

»Bist du immer noch traurig wegen der Pferde, die wir verloren haben?«

»Nein, alles in Ordnung, sage ich doch.«

Doch er glaubt mir anscheinend nicht, denn jetzt steht er auf und breitet die Arme aus.

»Lass dich umarmen.«

»Warum das denn?«

Aber er bleibt einfach stehen, die Arme zur Seite ausgestreckt, und ich kann nicht anders, als die Umarmung zu erwidern.

»Gute Nacht, Karin«, sagt er, während er mich hält.

»Gute Nacht«, sage ich.

Die Umarmung dauert lange, wie immer bei Mathias.

»Dann sehen wir uns morgen«, sage ich und senke die Arme.

Endlich lässt er mich auch los. »Ja, mehr oder weniger.«

Ich drehe mich um und gehe. Als ich schon fast wieder im Haus bin, fällt mir ein, dass ich ganz vergessen habe, ihn nach dem Buch zu fragen. Aber jetzt ist es zu spät, um noch mal umzukehren. Außerdem kommt mir Jochi entgegen. Wir grüßen uns, und er fragt, ob ich bei Mathias war.

»Ja«, antworte ich. »Warum?«

»Geht es ihm denn gut?«

»Ja … ja, es geht ihm gut.«

Herrgott nochmal, wie oft müssen sich die Leute diese Frage eigentlich noch stellen?

»Bist du sicher?«

»Ja«, antworte ich. »Natürlich bin ich sicher.«

Bericht über meine Reise in die Mongolei und das, was ich dort fand

Kapitel 14
Eine seltsame Wandlung

Als wir im April Moskau erreichten, lag eine neunmonatige Reise hinter uns. Nach der langsamen Wanderung durch Steppe und Wüste und über Berge sowie einer anschließenden Fährfahrt über den Ob konnten wir das letzte Stück von Bijsk mit dem Zug zurücklegen. Diese Beschleunigung half uns allerdings nur wenig, die Bedingungen verschlimmerten sich sogar, weil die Pferde dichtgedrängt in engen Waggons standen, und so mussten wir noch weitere Verluste beklagen.

Am Ende bot unsere Expedition einen ziemlich traurigen Anblick. Von den dreißig Fohlen, mit denen wir die Mongolei verlassen hatten, waren uns lediglich sechzehn geblieben, und auch die Zahl der zahmen Tiere war auf einen Bruchteil reduziert. Die Ziehmütter waren nicht länger bei uns, weil die Jungtiere mittlerweile auf ihre Milch verzichten konnten. Unterwegs hatten wir viele unserer Helfer ausgewechselt, und unsere Viehherde war ebenfalls beträchtlich geschrumpft. Wir selbst waren sonnengebräunt und mager, unsere Haut wettergegerbt und vernarbt; wir erinnerten an Wilde.

In Moskau durften sich unsere Tiere in einem bewachten Gehege ausruhen, während Wilhelm und ich für eine Nacht im Hotel logierten; nach all diesen Monaten war es meine erste Begegnung mit einem ordentlichen Bett. Für einen Moment gelang es mir, sämtliche Sorgen zu vergessen, ich genoss den Duft der frischen Bettwäsche und jubelte beim Anblick der mit heißem Wasser gefüllten Wanne, die für mich bereitstand. Während ich badete, schnitt Wilhelm mir die Haare und stutzte meinen Bart. Anschließend tauschten wir den Platz, und ich führte dieselbe Prozedur bei ihm durch. Die Badewanne füllte sich mit meinen dunklen und seinen etwas helleren Haaren, die Büschel trieben an der Oberfläche und vermischten sich miteinander, ehe sie langsam zu Boden sanken.

Ich hatte nie zuvor jemandem das Haar geschnitten, und ich nahm mir viel Zeit und tüftelte besonders lange an dem runden Ausschnitt über seinen Ohren, damit dieser so gleichmäßig wie möglich ausfiel.

»So akkurat muss das doch gar nicht sein«, sagte er.

»Nein, nein.«

Doch ich setzte meine Arbeit mit der gleichen Sorgfalt fort.

»Das Wasser wird allmählich kalt.« Er lächelte.

»Verzeihung. Ich nähere mich dem Abschluss.«

Als er endlich wieder aufstehen durfte, war die Wanne voller Haare, die an seinem Körper klebten. Ich holte die Schale, die zur Waschschüssel gehörte, und übergoss ihn mit sauberem Wasser.

»Brrr«, sagte er.

»Bitte verzeih mir.« Ich reichte ihm ein Handtuch.

Anschließend stellten wir uns vor den großen, silbergerahmten Spiegel, der im Badezimmer an der Wand hing.

»Du bist wohl geschickter im Umgang mit der Schere als ich«, stellte ich fest. »Dabei habe ich mir solche Mühe gegeben.«

Er betrachtete sich eingehend. »Sieht doch glänzend aus.«

»Aber bedauerlicherweise viel ungleichmäßiger als meine Frisur.«

»Nein. Wir sehen beide glänzend aus.«

Wir suchten unser Barbierzeug heraus, und dann rasierten wir uns im Gleichtakt, verteilten gleichzeitig den Schaum auf unseren Wangen, ließen die Messerklinge mit den gleichen, langsamen Bewegungen über unsere Wangen gleiten.

»Wirst du alles abnehmen?«, fragte ich.

»Ja, alles.«

»Selbst den Schnurrbart?«

»Selbst den Schnurrbart.«

Als der Bart entfernt war, griffen wir unser jeweiliges Handtuch und trockneten uns das Gesicht ab. Ich blinzelte meinem eigenen Spiegelbild zu, fuhr mir mit einer Hand über die glatte Haut meiner Wangen, spürte plötzlich die kühle Luft darauf.

»Wie lange das her ist«, stellte ich fest.

»Fühlt es sich denn angenehm an?«, fragte er.

»Ich weiß nicht.«

»Du siehst gut aus. Du hast immer schon gut ausgesehen.«

Für einen kurzen Augenblick fürchtete ich die Heimkehr nicht mehr. Dann kam die Nacht, die sich als unsere letzte erweisen sollte. Wir wälzten uns in der sauberen Bettwäsche, balgten und lachten wie Kinder, strichen uns gegenseitig über die frischrasierten, glatten Gesichter und fielen uns wieder und wieder in die Arme. Doch ich spürte immerzu die Tränen in mir aufsteigen. Die ganze Zeit über lag eine Traurigkeit über unserem Spiel, und keiner von uns erwähnte auch nur mit einem Wort, was vor uns lag.

Die allerletzte Etappe war eine Zugfahrt, die ich gut kannte. Als ich auf die Landschaft hinausblickte, die immer vertrauter wurde – mit den kleinen Hütten der ehemaligen Leibeigenen, den offenen Feldern, die bald bestellt werden konnten –, war es mir unmöglich, die Furcht noch länger auf Abstand zu halten. Wilhelm saß mir gegenüber, kaum wiederzuerkennen ohne das lange Haar und den wuchernden Bart, tief in Gedanken versunken. Kein einziges Mal trafen sich unsere Blicke.

Ich unternahm mehrmals den Versuch, ein Gespräch zu beginnen, doch er antwortete nur einsilbig.

Endlich erreichten wir Petersburg und fuhren auf direktem Wege zum Zoologischen Garten. Ich hatte meiner Mutter eine Nachricht zukommen lassen, in der ich zwar schrieb, dass wir unterwegs seien, jedoch keinen genauen Zeitpunkt für unsere Ankunft nannte, und so kam sie weder zum Bahnhof, um mich in Empfang zu nehmen, noch zum Tiergarten. Vielleicht hätte ich ihr diese Gelegenheit geben sollen, vielleicht verging sie vor Sehnsucht, aber ich hatte zu viele andere Sorgen, als dass ich mich auch noch um sie hätte kümmern können.

Die Pferde sollten sich einige Tage im Gehege ausruhen, ehe Wilhelm sie in westlicher Richtung weiter nach Europa bringen würde, zunächst mit dem Zug, anschließend auf der Landstraße. Sämtliche Tiere waren mager und entkräftet, und ich ordnete unverzüglich eine Diät für sie an, die aus Karotten, zerstoßenem Hafer und Weizenkleie bestand.

Als wir sie im Gehege untergebracht hatten, verweilten wir am Zaun, um sie zu betrachten.

»Nun musst du deine beiden wählen«, sagte Wilhelm.

Ich sah von einem Pferd zum anderen, unsere Fohlen. Bislang hatte ich den Gedanken gemieden, dass ich von den sechzehn Tieren, die uns geblieben waren, nur zwei behalten durfte. Ich wurde daran erinnert, welch große Schwierigkeiten es Mutters Cousine bereitet hatte, Alexej und Jelena unter den neun Kindern auszuwählen, und wie sie ganz offenkundig bis zum heutigen Tag mit der von ihr getroffenen Entscheidung haderte.

»Das kann doch wohl noch etwas warten?«

»Du wartest schon seit Monaten.«

»Heute Abend oder morgen, was spielt das schon für eine Rolle.«

»Sei doch nicht dumm, Michail«, sagte Wilhelm.

Ich drehte mich zu ihm um und sah, wie gereizt er mit einem Mal war.

»Nein, ich bin nicht dumm. Ich verstehe nur nicht, warum das sofort geschehen soll. Heute muss doch rein gar nichts entschieden werden.«

»Nun wähl endlich zwei Pferde.«

»Wir können noch warten.«

»Nein. Ich möchte nicht warten. Es ist besser, wenn man es gleich hinter sich bringt. Schmerzlich wird es so oder so sein. Je schneller man es erledigt, desto besser.«

Ich sah Wilhelm an und versuchte, etwas wie einen Willen aufzubringen.

»Falls Sie nichts dagegen einzuwenden haben, hätte ich aber gern noch ein oder zwei Tage mehr, um meine Entscheidung zu überdenken.«

Mit einem Mal verwendete ich das distanzierte russische Sie, und ich verstehe bis heute nicht, aus welchem Grund ich es tat. Ich sah, wie Wilhelm kurz zusammenzuckte, sich aber rasch wieder fing.

»Die Entscheidung liegt ja auf der Hand«, sagte er langsam. »Du nimmst Nummer siebzehn und Nummer sechsundzwanzig. Beide waren ein Jahr alt, als wir sie fingen. Sie sind robust und haben während der gesamten Reise nie eine Schwäche gezeigt. An diesem Beschluss kann es nicht den geringsten Zweifel geben.«

Ich schaute zu den beiden Pferden hinüber, die er meinte, Nummer siebzehn ein Hengst, Nummer sechsundzwanzig eine Stute, beide waren ungeheuer widerstandsfähig und vital und zählten außerdem zu den größten Tieren der Herde. Nummer siebzehn war ein guter Leithengst für einen Harem, Nummer sechsundzwanzig konnte viele gesunde Nachkommen zur Welt bringen.

Doch der Gedanke, eine Wahl treffen zu müssen, bereitete mir großes Unbehagen, ich wandte mich ab und zuckte mit den Schultern, und ich wagte es nicht, Wilhelm in die Augen zu sehen.

»Dann werden es also diese beiden«, beschloss er. »Das ist das Allervernünftigste.«

»Wie gut, dass du mir die Entscheidung abnimmst«, sagte ich.

»Wie bitte?«

»Wie gut, dass du für mich entschieden hast, du kennst dich in all diesen Belangen ja auch viel besser aus als ich. Zwar habe ich fast mein gesamtes Leben in diesem Zoologischen Garten gearbeitet und unsere Expedition überhaupt erst angestoßen, aber es ist dennoch vernünftig, dass du, Wilhelm Wolff, die Wahl für mich triffst.«

»Aber mein Lieber!«

»Da besteht in der Tat kein Grund für weitere Diskussionen. Nummer siebzehn und Nummer sechsundzwanzig werden hierbleiben. Den Rest darfst du gern mitnehmen.« Ich drehte mich um und ließ die Pferde hinter mir. »Nun muss ich wohl eine Kutsche bestellen. Es wird höchste Zeit, dass ich zu Mutter fahre.«

Das Gepäck war bereits nach Hause transportiert worden, ich hatte einen Boten mit der Nachricht geschickt, dass ich bald einträfe, und nun drängte es.

»Fein«, sagte er. »Dann werden es also diese beiden. Und deine Mutter wartet garantiert schon gespannt auf deine Heimkehr.«

Wir schwiegen.

In meinem Kopf wurden wütende, gemeine Erwiderungen laut, doch ich wusste mich selbst zu beherrschen.

Als meine Kutsche kurz darauf vor dem Haupteingang des Zoologischen Gartens vorfuhr, hatten wir noch immer kein Wort miteinander gewechselt.

»Kommst du mit?«, fragte ich. »Begleitest du mich?«

Zu meiner Irritation kiekste meine Stimme wie die eines unsicheren Jüngelchens.

Wilhelm rührte sich nicht, stand vollkommen steif da, ohne mich anzusehen.

»Ich glaube, es ist besser, wenn ich mir eine Herberge suche«, sagte er.

»Das ist doch aber gar nicht nötig. Mutter würde sich sehr freuen, wenn du zu uns kämst.«

»Sie würde sich aber noch viel mehr freuen, dich für sich allein zu haben.«

Der Kutscher starrte uns ungeduldig an.

»Nun steig doch wenigstens ein«, bat ich. »Dann können wir zusammen in die Stadt fahren.«

Zögernd kletterte er hinter mir in den Wagen und zog die Tür zu.

Wir saßen einander gegenüber. Es ist vorbei, dachte ich, schon jetzt ist alles vorbei, die Expedition, unsere Freundschaft. Ich bin noch nicht einmal nach Hause zurückgekehrt, und schon ist es vorbei.

»Was wird morgen sein?«, fragte ich. »Und in den Tagen, die unsere Pferde brauchen, um sich zu erholen? Willst du denn all die Zeit in einer fremden Unterkunft nächtigen?«

»Der Herzog von Bedford war überaus großzügig«, antwortete er. »Er hat mir noch mehr Geld geschickt. Außerdem besitze ich nun eine Übersicht über die Kosten, die noch anfallen. Es dürfte gar kein Problem sein, die Logis für diese letzten Nächte zu zahlen.«

»Ja. Dann ist es so natürlich komfortabler.«

Wilhelm bat den Kutscher, in der Kriwtsow-Gasse anzuhalten und drückte mir zum Abschied rasch die Hand. Er wartete nicht auf meine Antwort, sagte lediglich, er wolle nun zu einer passenden Herberge weiterfahren, derer ich ihm mehrere empfohlen hatte.

Nachdem die Tür der Kutsche wieder geschlossen war, blickte ich zu meinem Elternhaus empor. Es sah noch genauso aus wie vor anderthalb Jahren, als ich es verlassen hatte. Das Tageslicht schwand allmählich, und unsere Fenster waren bereits erleuchtet. Ich klopfte an die Tür, Pjotr öffnete, und kurz darauf hörte ich eilige Schritte auf der Treppe. Wie leichtfüßig sie noch sprang, dachte ich, in zwei Schritten war sie bei mir, und dann schlang sie die Arme um mich, ohne einen Gedanken daran zu verschwenden, was die Leute dachten.

»Mischa, Mischenka.«

Sie war so winzig in meinen Armen, einen ganzen Kopf kleiner als ich, aber sie drückte mich mit aller Kraft an sich.

»Mutter«, sagte ich und erwiderte ihre Umarmung ebenso innig.

Dann ließ sie mich los, trat einen Schritt zurück und umfasste meine Oberarme, als wollte sie mich in Positur bringen.

»Lass dich ansehen, mein Junge, lass dich ansehen …«

Sie betrachtete mich von oben bis unten, ihre Augen waren feucht.

»Du bist noch derselbe, nicht wahr? Du bist noch derselbe? Michail Alexandrowitsch?«

»Jedenfalls bin ich nach wie vor dein Sohn«, antwortete ich.

Da lachte sie, und ihre Augen liefen über, und sie musste mich noch einmal an sich drücken.

An jenem Abend servierte sie kein Hühnchen in Sahnesauce, sondern Kalb in Rotwein nach französischer Art, und ich verstand, dass der Koch und sie keine Kosten und Mühen gescheut hatten. Dennoch schmeckte das Essen für mich nach nichts, es war, als würde ich Papier verspeisen. Und als ich anschließend allein in meinem Bett lag, in meinem alten Schlafzimmer, das vollkommen unverändert war, konnte ich mein Unbehagen nicht länger verdrängen. Als ich mich umdrehte, wurde eine Feder aufgewirbelt, sie schwebte auf mein Gesicht hinab und kitzelte, ich strich sie mit der Hand von meiner Wange, doch das Gefühl auf meiner Haut war noch immer da, es juckte und pikste. Mit dem Kissen konnte irgendetwas nicht stimmen, dachte ich, es musste große Löcher haben, und jetzt verlor es Federn, die Eiderdaunen quollen hervor, schneiten auf mich herab, drangen mir in die Nase, in die Kehle, tief in den Hals. Ich warf das Kissen und auch die Wolldecke zu Boden und blieb mitten auf dem großen, leeren Bett liegen. Dort rollte ich mich zu einem Ball zusammen, zog die Knie bis unter das Kinn, beugte meinen Nacken und biss mir in die Hand, damit die hemmungslosen Schluchzer, die wie Krämpfe durch meinen Körper liefen, draußen nicht zu hören waren.

KARIN

Sie verlieren ihr Winterfell. Es fällt in großen, haarigen Büscheln aus, die auf dem schmelzenden Schnee liegenbleiben wie verirrte Staubmäuse. Die Pferde reiben sich mit sichtlichem Wohlgefallen aneinander, um das Fell noch schneller loszuwerden. Sie genießen es, sich dort zu scheuern, wo es juckt.

Inzwischen bin ich wieder gern bei ihnen.

Die Herde bleibt nach wie vor in der Nähe der Station. Sie bekommt täglich Heu und Wasser, das mit Vitaminen angereichert ist. Doch wenn das Gras erneut sprießt, werden sie sich wie zuvor weiter von ihrer Weide weg wagen. Ein paar Schritte mehr mit jedem Tag, der vergeht. Bald werden sie auch wieder zu den nahegelegenen Wasserstellen kommen. Werden genau wie letztes Jahr leben, bevor die Kälte einbrach. Oder fast genauso, nur dass die Hierarchie verändert ist. Jetzt werden sie von Hamburg angeführt. Er ist derjenige, der sich den Stuten nähert, an ihrem Urin riecht, prüft, ob sie bereit sind. Und sie stellen sich ihm zur Verfügung. Alle bis auf Prag, die groß und schwer ist und sich ein wenig absondert, während sie auf ihr Fohlen wartet.

Ich denke, dass es gutgehen wird. Sie haben Hamburg akzeptiert. Und auch Prag wird ihn noch akzeptieren. Wenn das Fohlen erst da ist.

Ich esse nur selten mit den anderen gemeinsam. Schlinge hastig im Stehen etwas herunter, bevor ich wieder nach draußen verschwinde. Doch eines Tages hat Mathias ein Gericht namens Khorkhog gekocht, einen Fleischtopf mit Gemüse. Ich kann nicht anders, als mich zu ihnen zu setzen.

»Schmeckt gut«, meint Jochi und nickt.

»Danke«, sagt Mathias.

Ich kaue ein Stück Hammelfleisch, das nach mehreren Stunden im Topf schön zart ist.

»Hattest du etwa auch heiße Steine?«, fragt Jochi.

»Die Steine habe ich weggelassen«, antwortet Mathias.

»Trotzdem sehr gut«, sagt Jochi noch einmal.

»Wie findest du es, Karin?«, will Mathias wissen.

»Was meinst du?«

»Na, das Essen.«

»Gut«, erwidere ich. »Habe ich doch gesagt.«

»Nein. Hast du nicht.«

»Tut mir leid. Aber es ist gut. Schmeckt, wie es schmecken soll. Wie lange gegartes Fleisch und Gemüse. Nicht groß gewürzt.«

»Aber in einen Khorkhog gehören auch nicht viele Gewürze«, erwidert Mathias.

»Vermisst du Gewürze?«, fragt Jochi.

»Nein. Nein, nein.«

Beide hören auf zu kauen und sehen mich an.

»Ich sage doch, dass es schmeckt.«

Sie fangen wieder an zu essen. Eine Weile sagt niemand etwas. Dann fängt Jochi an, mit Mathias zu reden, nur mit ihm, er sieht mich nicht an. Mathias antwortet. Er sieht nur Jochi an.

»Halle ist gewachsen«, meint Jochi.

»Findest du?«, fragt Mathias.

»Ja«, antwortet Jochi. »Sie sieht stark aus. Wird durchkommen.«

»Schön.«

»Und sie ist eine Stute«, fährt Jochi fort. »Stute, nicht Hengst, das ist auch gut. Sie bleibt uns mit Sicherheit erhalten.«

Mathias wird plötzlich ernst.

»Was ist denn?«, frage ich.

»Denkst du an Woburn?«, will Jochi wissen.

Mathias nickt.

»Versuch, nicht daran zu denken.« Jochi lächelt ihn aufmunternd an.

Tröstend.

Als bräuchte Mathias Trost.

Woburn ist tot. Wir leben.

Hastig schiebe ich den restlichen Eintopf in mich hinein. Er schmeckt wirklich ein bisschen fad. Ich wünschte, Mathias würde etwas anderes als mongolische Gerichte kochen, wenn er schon einmal beschließt, für uns in der Küche zu stehen. Ich habe das Essen von hier längst satt. Eintöpfe mit Fleisch und Kartoffeln. Alle möglichen Varianten von Fleischsuppen. Und Joghurt. Von Joghurt habe ich wirklich die Nase voll.

Ich stehe auf, nehme meinen eigenen Teller und meine Gläser mit und stelle sie in die Spüle.

Dann gehe ich hinaus, stecke mir eine Zigarette an, setze mich ins Auto und lenke mit einer Hand. Folge der Wagenspur ins Tal, so schnell, dass das Auto hin und wieder einen Satz macht.

Es geht schon eine ganze Weile so. Jochi und Mathias reden viel miteinander und wenig mit mir. Mathias lässt den Kopf hängen, Jochi tröstet ihn. Manchmal berührt er ihn sogar, habe ich beobachtet, wie Männer das eben so machen, legt die Hand auf seinen Arm.

Ich fahre weiter, trete die Zigarette auf der Fußmatte aus. Bleibe im dritten Gang, fordere den Motor, kann die Pferde noch immer nicht sehen. Sie müssen sich heute noch weiter entfernt haben.

Mir wird warm, ich schwitze am Rücken. Es dämmert bereits. Ich schalte in den vierten Gang hoch. Das Auto holpert hart über den Boden, kreischt metallisch. Mein Kreuz schmerzt, ich spanne alle Muskeln an.

Erst bei den Wasserstellen sehe ich sie, bremse und steige aus. Ich spüre, dass mein Herz klopft und meine Glieder steif sind.

Die Wildpferde senken ihre Köpfe zu den Wasserstellen und trinken, ehe sie sich umdrehen und den Berg hinaufgehen. Hamburg und der Harem bleiben zusammen, während Prag ein paar Meter weiter für sich allein steht.

Sydney kann ich nicht sehen, ich muss ihn nachher suchen. Wenn er sich erholt, wenn er wieder der Alte wird, könnte er noch viele gute Jahre vor sich haben. Ich könnte versuchen, ihn mit einem der Pferde zu paaren, die ich noch aus Frankreich holen werde. Nur noch ein Monat, dann kommen sie. Dann fängt alles von vorn an, für mich, für Sydney. Wir müssen einfach nur abwarten.

Das Gras leuchtet tiefgrün, es wächst in Mustern, wie fließendes Wasser, den Hang hinab, dort, wo die Feuchtigkeit am größten ist. Die Pferde bewegen sich aufwärts. Hier gibt es genug zu fressen, genug zu trinken. Sie könnten lange bleiben.

Doch Prag ist ausgegrenzt. Das wird jetzt noch deutlicher als vorher. Der Harem entfernt sich immer weiter von ihr. Prag, die schon einen vollen Euter hat, die bald fohlen wird, geht ganz allein.

Wenn sie nur wieder zu Sydney zurückfinden würde. Wenn sie mit ihm und dem Fohlen einen Neubeginn erleben könnte … Doch das wird nicht passieren. Prag gehört zu Hamburgs Herde. Sie erkennt ihn als den Stärksten an. Das Problem ist ihr Fohlen. Sydneys Fohlen. Es steht ihnen im Weg.

Ich nähere mich Prag. Die Stute hebt den Kopf, sieht mich an, ehe sie sich wieder zum Gras hinabbeugt. Ihr Bauch ist riesig. Dort drinnen liegt das Fohlen, vom Körper der Mutter beschützt. Das Fohlen, das zum falschen Hengst gehört.

Wirst du auf dein Kind aufpassen, Prag?

Wirst du eine ebenso gute Mutter sein wie früher?

Bis zur Geburt wird Prag allein bleiben. Und wenn das Fohlen kommt, gibt es niemanden mehr, der es beschützt. Vielleicht nicht einmal die Mutter selbst.

Ich kann mich nicht einmischen. Ich sollte mich nicht einmischen.

Aber Prag und das Fohlen brauchen mich. Sie brauchen mich hier, die ganze Zeit. Es hilft nichts, wenn ich im Lager bin und nur tagsüber herkomme. Ich muss *hier* sein. Hierherziehen, für diese Wochen.

Rasch gehe ich zum Auto. Wenn ich mich beeile, kann ich ein Zelt und Proviant einpacken und noch vor Sonnenuntergang wieder zurück sein.

EVA

Es war hell im Zimmer, ein starkes Licht, Isa war da, hatte eben noch am Fenster gestanden und die Gardinen zur Seite gezogen, aber jetzt kam sie hastig zu mir.

»Mama, bist du wach? Mama?«

Sie saß auf einem Stuhl an meinem Bett, hob die Hand und strich über meine Stirn. Ihr Gesicht war voller Angst, aber da war noch etwas anderes, etwas, das früher höchstens einmal aufgeblitzt war, wenn sie sich um die Tiere gekümmert hatte; eine allumfassende Fürsorge, eine Fürsorge, die so groß ist, dass man sich selbst vergisst.

»Kannst du sprechen? Sag bitte was, Mama.«

»Ich kann sprechen«, antwortete ich mit belegter Stimme.

Sie lachte erleichtert. »Ja, du kannst sprechen.«

Sie nahm einen Lappen aus einer Waschschüssel, wrang ihn aus und tupfte mir behutsam das Gesicht ab. Das Wasser war lauwarm, es hatte lange gestanden. Und beim Gefühl des Lappens auf dem Gesicht, dem groben, nassen Frottee, kam mir die Erinnerung, dass sie es schon mal getan hatte, schon mal hier an meinem Bett gesessen und mich gewaschen hatte.

Du kümmerst dich um sie, du wäschst sie, du fütterst

sie, du beschützt sie, lauschst ihrem Atemrhythmus, du stellst deine eigenen Bedürfnisse rund um die Uhr zurück, ihretwegen. Doch eines Tages, eines Tages, ändern sich die Rollen, eines Tages ist das Kind der Erwachsene, übernimmt die Aufgabe, dich zu waschen, zu füttern, zu bewachen, deinem Atemrhythmus zu lauschen.

Aber noch nicht jetzt. Es war nicht so, wie es sein sollte, noch lange nicht, viele Jahre, sie war ja erst vierzehn. Ich musste wieder auf die Beine kommen.

Ich setzte mich im Bett auf, spürte einen bohrenden Schmerz im Kopf, das Zimmer drehte sich.

»Die Tiere«, sagte ich. »Das Melken.«

»Wir kümmern uns darum, Mama«, erwiderte Isa. »Wir kümmern uns darum.«

Ich sank zurück auf das Kissen, hatte keine andere Wahl, und wieder trocknete sie meine Stirn mit dem feuchten Lappen. Diesmal kam er mir kälter vor.

Eine Gehirnerschütterung, es war nur eine Gehirnerschütterung, das Pferd hatte mich am Kiefer getroffen. Isa und Louise hatten versucht, die Wunde so zu verbinden, dass sie zusammenwuchs, aber sie hätte genäht werden müssen, ich würde eine hässliche Narbe an der Wange davontragen, und mein Gesicht war ein wenig schief geworden, als ob mein Kinn links ein wenig mehr herunterhing.

Ich machte nur langsam Fortschritte. Nach einer Weile konnte ich auf der Bettkante sitzen, ohne dass alles um mich herum schwankte. Ich konnte allein zu unserem Außenklo gehen. Eines Morgens gelang es mir sogar, den Kopf an Eples Flanke zu lehnen und sie vorsichtig zu melken. Auf dem Weg zurück in mein Bett sah ich, dass der Apfelbaum schon Knospen trug. Ich hielt an, berührte vorsichtig eine davon. Bald wäre es wieder Zeit, den Pollen zu ernten, ihn behutsam von jeder einzelnen Blüte abzubürsten, zwei Tage im Haus zu trocknen und die Blüten anschließend wieder zu bestäuben. Früher hatte ich immer Isas alten Malerpinsel benutzt, an dem bald kein einziges Haar mehr übrig war. Jetzt musste ich mir etwas anderes ausdenken, vielleicht selbst einen basteln, aus Tierhaaren, ich hatte gehört, dass sich die Borsten von Dachsen für Rasierpinsel eigneten, also sicher auch für normale Pinsel, aber ich hatte schon ewig keinen Dachs mehr gesehen. Ich wusste nicht, ob der Dachs überhaupt zu den Tierarten gehörte, die überlebt hatten. Und einen Dachs zu finden, ihn zu jagen … nein, es musste noch einen anderen Weg geben … in Fällen wie diesem … wo man einfach nichts mehr anschaffen konnte … weder Pinsel noch Obst … Ich hatte nur noch mich selbst. Sollte es jemals einen Zweifel daran gegeben haben, war nun endgültig klar, dass es niemanden sonst gab, keine Hilfe, keine fremden Kräfte und keinen Gott. Es gab nur mich.

Hämmernde Kopfschmerzen, mir wurde schwindelig, aber ich konnte mich nicht wieder hinlegen, ich hatte schon viel zu lange gelegen, hatte den Überblick über die Tage verloren, das Essen, das Heu.

Ich drehte mich um, ging über den Hof und die Treppe hinab in den Keller. Es dauerte ein wenig, ehe ich mich an die Dunkelheit gewöhnt hatte. Dann kamen die Wände zum Vorschein, ich konnte Feuchtigkeitsflecken erahnen, und Salzränder. Ich sah, dass der Boden nass war, ging zu einem Regal. Dort stand unser Essen, unser Fleisch. Ich nahm ein Einweckglas mit eingekochter Zunge. Es war das erste Mal, dass ich Fleisch eingekocht hatte, ich hoffte, ich hatte alles richtig gemacht und es würde sich halten. Ich blieb mit dem Glas in der Hand stehen, konnte es nicht öffnen, um genauer nachzusehen, stattdessen hielt ich es mir unter die Nase, roch sofort den Gestank von verdorbenem Fleisch und stellte es hastig wieder ab. Anschließend untersuchte ich einen gepökelten Schinken, der von der Decke hing. Ich brauchte nicht viel Licht, um zu erkennen, dass er verschimmelt war.

Dann nahm ich weitere Gläser in Augenschein, prüfte ein paar Würste. Ein Teil des Essens war noch genießbar, vieles jedoch verdorben. Wir mussten ein Tier schlachten, noch ein Tier. Doch was half es schon, wenn das Fleisch sowieso verfaulte oder wenn wir wieder ausgeraubt wurden? Jemand wusste von uns, jemand beobachtete uns. Es konnte jederzeit wieder passieren. Und es nützte auch nichts, dass ich hier war, es nützte nichts, dass ich weiter diesen Hof bewirtschaftete, dass ich pflügte, säte, schlachtete.

Ich ging los, ohne den anderen zu sagen, wo ich hinwollte, nahm die Straße zum Hafen und kümmerte mich nicht darum, ob mich jemand sah, musste einfach nur so schnell wie möglich dorthin gelangen. Ab und zu steckte ich die Hand in die Tasche, in der die Schlachtschusspistole lag. Das Metall fühlte sich kalt an. Ich hatte sie nur sicherheitshalber mitgenommen, würde sie höchstens benutzen, wenn sie sich nicht an unsere Vereinbarung halten wollten.

Die Straße gabelte sich, in der einen Richtung gelangte man zur Hauptstraße, die andere führte zum Hafen und ins Zentrum von Heiane. Ich blieb für einen Moment stehen. Wie einfach es gewesen wäre, jetzt weiterzugehen, die Hauptstraße zu nehmen und weiter nach Norden zu wandern, nie wieder stehenzubleiben. Alles zu verlassen. Nur ich und die Straße, niemand, für den ich Verantwortung übernehmen musste, niemand, den ich beschützen musste.

Ich drehte mich um und ging Richtung Hafen.

Der Regen hatte ausgesetzt, und die Wolken waren hell, das Wasser spiegelglatt, alles war still, nicht mal eine Möwe war zu sehen.

Ich starrte zu den leeren Häusern des Ortes, bildete mir ein, ich könnte Pfeifenrauch riechen, konnte aber nicht sehen, wo er herkam. Alles war grau, nirgends brannte Licht.

Trotzdem wusste ich, dass ich nicht allein war, dass dort jemand wohnte und genau verfolgte, wer kam und ging.

Ich hörte ihn, noch ehe ich ihn sah, die Schritte auf dem nassen Asphalt hallten zwischen den weißen Holzhäusern wider.

Ich richtete mich auf, machte mich bereit.

Er tauchte am Ende einer Sackgasse auf, die zu einem der schönsten Häuser des Ortes führte, mit Meerblick und Schwimmbad. Eines der Häuser, das so nahe am Meer lag, dass es nun von ihm verschluckt zu werden drohte.

Es war Peter, Einars Kumpel Peter.

Er kam direkt auf mich zu, nickte unmerklich. Er wirkte nüchtern, sein Blick war klar, die Augen jedoch gerötet.

Ich musterte ihn. Er war groß und stark, aber ich war schneller. Ich konnte notfalls vor ihm weglaufen, dachte ich, fing mich aber wieder. Schließlich war ich nicht gekommen, um vor ihm davonzurennen.

»Du hast ja einiges durchgemacht, wie ich sehe«, sagte er und spielte auf die blauen Flecken in meinem Gesicht an.

»Ich brauche Essen. Und Heu für meine Tiere«, sagte ich. »Und ich muss wissen, wer noch hier ist und ob mir jemand helfen kann.«

Im selben Moment tauchte ein weiterer Mann auf der Straße auf. Langsame Bewegungen, starke Arbeiterhände. Es war der Fischer. Wohnte er jetzt auch in Heiane? Oder hatte er die ganze Zeit hier gewohnt? War er einer von ihnen? War er doch einer dieser Männer?

Der Fischer kam herbei, stellte sich neben Peter, musterte mich.

»Du kannst mit uns nach Hause kommen«, sagte er.

»Ja«, sagte ich. »In Ordnung.«

Bloß nicht zögern, keine Unsicherheit zeigen. Ich kam mit, freiwillig.

Wir liefen, ohne ein Wort zu sagen. Ich steckte die Hand in die Hosentasche. Aber vielleicht würden sie es sehen, vielleicht würden sie dann verstehen, dass ich eine Waffe bei mir trug. Hastig zog ich die Hand wieder heraus, spürte nur das Gewicht der Schlachtschusspistole dort drinnen.

Nach kurzer Zeit erreichten wir das Ende des Wegs. Dort lag das Haus mit dem Wintergarten. Mehrere Fensterscheiben waren eingeschlagen. Im Pool stand braunes Regenwasser, auf der Oberfläche trieb fauliges Laub.

Peter hielt mir mit einer übertriebenen Geste die Tür auf, als wäre er ein Gentleman.

»Hereinspaziert.«

Der Fischer grinste.

»Danke«, sagte ich und tat, als hätte ich sein kleines Schauspiel gar nicht bemerkt.

Wir gingen ins Wohnzimmer. In der Ecke loderte eine schwache Glut im Kamin. Es war einer dieser Kamine, die hauptsächlich zur Zier dienten, die nur wenig Wärme abgaben, und die, wenn man nicht rund um die Uhr Holz nachlegte, keinerlei Nutzen hatten. Sie mussten sicher hart dafür arbeiten, ihn in Betrieb zu halten, selbst solche wie sie mussten jetzt arbeiten, es hatte keinen Zweck mehr, von anderen zu stehlen, weil es kaum noch etwas zu stehlen gab.

Seit dem Diebstahl waren mehrere Wochen vergangen. Wenn sie es gewesen waren, hatten sie vermutlich nicht mehr viel übrig, aber etwas vielleicht. Etwas mussten sie doch noch haben. Ich sah mich um, versuchte Spuren unseres Essens zu finden. Woran auch immer ich das festmachen wollte. Plötzlich fühlte ich mich dämlich. Die eine schrumpelige Frühjahrskartoffel ließ sich nicht von der anderen schrumpeligen Frühjahrskartoffel unterscheiden.

In meinen Händen und Füßen kribbelte es, und mit einem Mal spürte ich, wie kalt mir innerlich war, die Zeit an der kühlen Luft hatte sich in meinem Körper festgesetzt. Hier drinnen war es warm, ich war so erschöpft, in meinem Kopf hämmerte es. Ich wollte das Ganze einfach nur hinter mich bringen. Ich hatte nichts, aber aus ihrer Sicht hatte ich schon etwas. Einen Körper, einen Frauenkörper. Dass er verbraucht war und älter aussah, als er war, würde sie vermutlich nicht abhalten.

Peter deutete auf das Sofa.

»Setz dich.«

Es klang nicht wie ein freundliches Angebot.

»Und zieh doch die Jacke aus. Wir haben es schön warm hier drinnen, findest du nicht? Da braucht man keine Jacke.«

Ich setzte mich, jedoch ohne die Jacke auszuziehen. »Mir ist immer noch kalt.«

Peter setzte sich neben mich.

»Armes Ding«, sagte er.

Ich konnte seinen Duft wahrnehmen, der überraschend mild war. Er war dünner geworden. Ich überlegte, wie seine Haut sich wohl anfühlen würde, wie schmutzig er war, ob er ansteckende Krankheiten hatte.

»Ihr habt etwas zu essen«, sagte ich.

»Bist du hungrig?«, fragte Peter.

»Ja«, antwortete ich. »Wir haben nach dem Winter nicht mehr viel übrig.«

Ich war nicht dumm, war nicht unbedarft in die Höhle des Löwen spaziert, ich tat lediglich das, wovon ich schon die ganze Zeit gewusst hatte, dass es eines Tages notwendig sein würde. Das, was Frauen schon zu allen Zeiten getan hatten, wenn der Hunger zu groß wurde. Ich verkaufte das Einzige, was ich zu bieten hatte.

»Wir haben Essen«, sagte Peter. »Jedenfalls, wenn du es bist, die uns so nett danach fragt.«

Dann hob er seinen Arm und legte ihn hinter mir auf die Lehne.

Ich wusste genau, was jetzt passieren würde, das Wissen darüber hatte ich geerbt, es war eine biologische Angelegenheit, obwohl ich es nie zuvor erlebt hatte. Er würde den Arm um mich legen, mich an sich ziehen, die Hand auf meinen Oberschenkel legen, mich küssen. Ich würde den Kopf wegdrehen, um ihm zu signalisieren, dass ich das eigentlich nicht wollte, sondern nur tat, weil ich es musste, und das würde ihn erregen, nicht sehr, aber genug, um mich zu packen und auf das Sofa hinabzupressen. Dann würde er hastig seine Hose aufknöpfen und herunterlassen, sich entblößen und gleichzeitig mit seinem Geschlechtsorgan prahlen, vielleicht etwas über die Größe sagen, um die Scham zu überspielen, die er darüber empfand, dass es plötzlich so albern zwischen uns wippte.

Anschließend würde er auch mir die Hose vom Leib zerren, würde sich nicht die Mühe machen, meine Brüste anzusehen, jetzt ging es nur noch darum, die Sache durchzuziehen. Er würde in mich eindringen und sich dabei selbst unwohl fühlen. Er würde es hinnehmen, dass ich mein Gesicht wegdrehte, wollte es nur noch hinter sich bringen, stöhnen und sich entleeren. Dann würde er wortlos dem Fischer zunicken. Der würde vielleicht noch schneller kommen, würde spüren, wie seine vorgetäuschte Anständigkeit mit jedem Stoß schwand. Anschließend würden sie sich beide schämen und mit dummen Kommentaren um sich werfen, um es sich nicht anmerken zu lassen. Darüber reden, wie herrlich es war, *endlich wieder eine Fotze zu kriegen*.

Wenn alles vorüber war, würden sie mir geben, wonach ich gefragt hatte. Sie würden es nicht direkt als Handel bezeichnen, aber sie mussten mir etwas dafür geben, denn wenn sie mir nichts gäben, wäre es eine Vergewaltigung gewesen, und dann wäre ihre Scham noch größer. Vielleicht würden sie mir sogar mehr geben als das, worum ich sie gebeten hatte, mir mit etwas Heu aushelfen. Und ich würde mich innerlich ganz taub fühlen, und die Taubheit würde noch lange anhalten, vielleicht für immer, und mit jedem Mal schlimmer werden, wenn wir den Handel durchführten, aber das spielte keine Rolle, solange sie sich von unserem Hof fernhielten, solange sie sich von Isa und meinen Tieren fernhielten, von Louise und von dem Kind, das bald hier sein würde.

Der Arm lag hinter mir, und ich war bereit.

Doch im selben Moment hörte ich Schritte auf der Treppe. Einar kam ins Zimmer und zuckte zusammen, als er sah, dass Peter den Arm um mich gelegt hatte.

»Was ist das denn hier?«

Peter sprang hektisch auf. Wollte etwas sagen, sich vielleicht entschuldigen, aber Einar kam ihm zuvor.

»Willst du ihr denn nichts anbieten?«

Peter nickte, eilte zu einer Tür, hinter der sich vermutlich die Küche verbarg.

Einar drehte sich zum Fischer um.

»Und du hattest doch auch noch was in der Küche zu tun, stimmt's?«

Er nickte schnell und verschwand hinaus.

Ich wollte ebenfalls aufstehen, aber jetzt setzte sich Einar neben mich. Er strich mir vorsichtig mit dem Finger über das Gesicht, und ich zwang mich, nicht zurückzuweichen.

»Was ist los?«, fragte er.

»Ich will mein Essen zurückhaben«, sagte ich leise. »Und außerdem will ich, dass ihr euch von uns fernhaltet.«

Er tat, als hätte er es nicht gehört, zog aber mit einer ruhigen Bewegung seine Hand zurück. Mir fiel ein schmuddeliger Verband an seinem anderen Arm auf, dort, wo vorher die Wunde zu sehen gewesen war. Ich streckte die Hand aus und packte brutal zu. Er fuhr jaulend zusammen.

Erst jetzt fiel mein Blick auf seine Finger, auf die Hand, rot und geschwollen.

»Ist doch verrückt, oder«, sagte er. »Ich habe mindestens fünfzig Arztpraxen und Apotheken ausgeraubt. Wir sind mehrere Jahre damit ausgekommen. Aber ich habe es nicht geschafft, auch nur ein Päckchen von irgendetwas mitzunehmen, was dagegen hilft.«

Jetzt sah ich, dass seine Augen fiebrig glänzten. Und dass er nüchtern war. Ich konnte mich nicht erinnern, wann ich ihn das letzte Mal nüchtern gesehen hatte.

»Das mit dem Keller tut mir wirklich leid«, fuhr er fort. »Tiefer kann man wohl nicht sinken, stimmt's? Seiner eigenen Tochter das Essen klauen.«

»Sie ist nicht deine Tochter«, sagte ich. »Man hat nicht das Recht dazu, sich Vater nennen, wenn man nie für sein Kind da war.«

»Ach komm, Eva. Du hast mir nie die Chance gegeben, es zu versuchen.«

»Ich habe dir nie die Chance gegeben, weil ich wusste, dass du nicht dazu in der Lage gewesen wärst.«

Er wusste nicht, was er darauf sagen sollte, starrte mich nur frustriert an, blies etwas Luft durch die Nase aus.

»Ich dachte, ihr wärt schon längst weg«, sagte er dann.

»Und deshalb seid ihr mitten in der Nacht gekommen? Und so lautlos bei uns eingebrochen, wie es nur ging?«

»Dann habe ich *gehofft,* dass ihr schon längst weg wärt.«

»Du warst noch nie so leise.«

»Ich wollte euch nicht wecken. Vor allem nicht diese Frau, die bei dir wohnt.«

»Louise.«

»Durchgeknalltes Weib.«

»Sie macht nur, was man machen muss«, sagte ich und stand auf.

Ich stand über ihm und spürte die Pistole in meiner Tasche, aber ich wusste, dass ich sie eigentlich nicht brauchte. Er war geschrumpft. Ich müsste ihm nur gegen den Arm treten, die entzündete Wunde treffen, und er würde sich ergeben.

»Ich will unser Essen zurückhaben. Und ich will, dass ihr euch von unserem Hof fernhaltet. Ihr sollt euch von Isa und den Tieren fernhalten, und von Louise.«

»Ich hatte wirklich gehofft, dass ihr schon weg wärt«, murmelte er.

»Ja, ganz bestimmt. Du hast gehofft, dass wir auch aufgeben würden. Und du einen weiteren verlassenen Hof hättest, den du ausräumen könntest.«

»Nein.« Er hob seinen Kopf und sah mich an. »Wenn man weggeht, gibt man nicht auf. Man gibt auf, wenn man bleibt.«

Plötzlich war sein Blick ganz offen, und ich hatte das Gefühl, ich würde etwas von dem Menschen wiedererkennen, der er einmal gewesen war. Derjenige, der er in meiner früheren Vorstellung hätte werden können, wenn ich nur gut genug auf ihn aufgepasst hätte.

Er kam auf die Beine. Plötzlich lächelte er schwach, beinahe flehend.

»Ich bin einer, der bleibt«, sagte er. »Aber du … ich hätte gehofft, du wärst eine, die geht. Du und Isa. Du kannst das schaffen. Du kannst so denken, wie man denken muss, du kannst sehen, was nötig ist, kannst es dir vorstellen. Ich dagegen, ich kann nur das tun, was ich immer schon getan habe. Und wenn es niemanden mehr gibt, den ich ausrauben kann, bin ich am Ende. Abgesehen davon bin ich sowieso schon lange am Ende.«

Er streckte mir seinen Arm hin, mir schlug der Geruch von verwestem Fleisch entgegen.

Bericht über meine Reise in die Mongolei und das, was ich dort fand

Kapitel 15
Ein unvermeidlicher Abschied

Am darauffolgenden Morgen stand ich nach einer schlaflosen Nacht in aller Frühe auf. Ich stocherte in meinem Frühstück herum, wollte schleunigst zurück zu den Pferden, in der Hoffnung, dass Wilhelm ebenfalls dort wäre. Ich musste ihn einfach sehen. Wenn wir miteinander sprechen könnten, sollte es doch möglich sein, die Wunde zu säubern und zu verarzten und anschließend wieder voranzugehen?

Mutter lächelte mir immer wieder zu.

»Nimm doch noch ein wenig Tee, schau her, und möchtest du vielleicht auch ein gekochtes Ei?«

Doch ich konnte nicht viel zu mir nehmen.

»Ich wünsche dir einen schönen Tag«, sagte sie, als ich aufstand.

»Danke.«

Sie begleitete mich zur Tür. Mir fiel auf, dass sie ein Tuch um die Schultern gelegt hatte, das ich noch nie gesehen hatte.

»Ist das neu?«

»Du hattest immer schon ein Talent, solche Dinge zu bemerken.«

»Es ist sehr schön.«

Wieder fiel mir auf, wie zufrieden sie aussah, und ich meinte auch zu erkennen, dass diese Zufriedenheit nicht allein auf meine Heimkehr zurückzuführen war. Als wir uns tags zuvor umarmt hatten, war sie eindeutig herzensfroh gewesen, mich zu sehen. Aber nichts von dem, was ich befürchtet hatte, die Tränen, die klammernde Umarmung, war eingetreten. Als ich in der Kutsche auf dem Weg zur Arbeit saß, hatte ich das Bild von ihrem lächelnden Gesicht angesichts meiner Bemerkung über das Tuch noch immer auf der Netzhaut, und irgendetwas daran verstärkte meine innere Unruhe nur umso mehr.

Den Vormittag verbrachte ich mit Arbeit. Die Pferde hatten sich in ihrem Gehege eingelebt und verhielten sich ruhig, allerdings war es notwendig gewesen, die Hengste von der übrigen Herde zu trennen, denn inzwischen waren sie so alt, dass sich ihr Führungsdrang geltend machte, und Verluste durch Kämpfe und Aggressionen konnten wir uns nicht leisten.

Ich arbeitete die Tierpfleger intensiv ein und versuchte, ihnen so viel wie möglich über die Bedürfnisse der Pferde beizubringen.

Anschließend traf ich mich mit dem Zimmermann, um mit ihm einige Umbauarbeiten für den Zoologischen Garten zu besprechen. Neben dem Gehege des Kamels wollte ich einen hübschen kleinen Bereich für die beiden Pferde einrichten. Hier sollte ein Dach auf vier Tragebalken entstehen, eine Konstruktion, die an einen traditionellen Stall erinnerte, und eine mit Rosen bemalte Krippe für das Heu. Der von mir gewählte Ort lag an zentraler Stelle im Park, und die Pferde würden so stehen, dass sie von drei Seiten betrachtet werden könnten; des Weiteren sollte zwischen ihnen und dem Publikum nur ein einziger Zaun liegen, und da die Fläche verhältnismäßig klein war, hätten die Besucher eine gute Gelegenheit, sie aus nächster Nähe zu studieren.

Nach einer Weile traf der Direktor des Tiergartens ein, er schüttelte meine Hand und dankte mir sehr herzlich für meinen großen Einsatz. Er war außer sich vor Begeisterung, erhob gar einen Besitzanspruch auf die Expedition, denn wie ich registrieren musste, nannte er sie mehrmals *unsere* Expedition, als sei auch er den ganzen mühsamen Weg in die Mongolei gereist und wieder zurück.

Bald darauf kam auch Poljakow, nach dem ich schicken lassen hatte und der augenblicklich in eine Kutsche gesprungen und auf schnellstem Wege in den Zoologischen Garten gefahren war. Ich führte ihn zum Gehege und zeigte ihm die Pferde.

Er staunte so sehr, dass wieder einmal all seine braunen Zähne zum Vorschein kamen.

»Sieh einer an, da sind sie also wirklich«, sagte er.

Dann drehte er sich zu mir um: »Unglaublich, dass Ihnen das tatsächlich gelungen ist!«

Ich nickte. Ja, es war in der Tat unglaublich.

Nach wie vor kam es mir unwirklich vor, ich hatte diesen einen Vorsatz gehabt, die Pferde zu finden, ihre Existenz zu beweisen und sie anschließend obendrein in meine eigene Stadt zu bringen. Und erst in diesem Moment, als ich mit Poljakows schier unerschöpflichem Lächeln konfrontiert war, wurde mir bewusst, dass ich meinen Traum tatsächlich wahr gemacht hatte. Nicht nur das, ich hatte ihn sogar weit übertroffen. Hier grasten nicht zwei Pferde, sondern ganze sechzehn, und ich stand daneben, ein heimgekehrter Globetrotter, ebenso abgehärtet und wettergegerbt wie die Helden meiner Kindheit. Als wäre das nicht schon genug, berichtete Poljakow obendrein, er habe soeben mit ebenjener Geographischen Gesellschaft in Verbindung gestanden, und ich sei herzlich eingeladen, dort einen kleinen Vortrag über meine Expedition und die Pferde zu halten.

»Der Saal wird aus allen Nähten platzen«, verkündete Poljakow. »Die ganze Stadt spricht über Sie. Und alle wünschen, so viel wie möglich über Sie und Ihre Reise zu erfahren. Und über die Pferde natürlich.«

Ich nickte. Ich wusste, wie glücklich ich mich eigentlich schätzen sollte, denn ein höheres Lebensziel als das Rednerpult im Großen Saal der Geographischen Gesellschaft hätte es für mich eigentlich gar nicht geben dürfen. Dennoch weckte die Vorstellung nicht den geringsten Enthusiasmus, ja im Grunde rein gar keine Gefühle in mir. Stattdessen hielt ich unablässig nach Wilhelm Ausschau. Ständig glaubte ich, ihn auf einem der Wege im Tiergarten zu erblicken oder vor dem Holzgebäude, das auch mein Büro beherbergte. Doch ich sah immer nur Schatten von ihm, die sich jedes Mal als Trugbild herausstellten.

Die Stunden verstrichen, und ich war zunehmend frustriert. Es gelang mir nicht, meine Gedanken auf etwas anderes zu lenken als ihn, und allmählich spürte ich auch eine leise Wut in mir schwelen.

Hatte ich das tatsächlich verdient? War unsere Freundschaft denn nicht mehr wert als das?

Ich hatte Mutter versprochen, früh zu Hause zu sein, da ich gar nicht auf den Gedanken gekommen war, er könnte im Laufe des Tages nicht auftauchen, doch als ich meinen Arbeitsplatz wieder verließ, war ich noch immer im Ungewissen.

Ich hinterließ einen handgeschriebenen Brief auf meinem Schreibtisch und wies sämtliche Tierpfleger an, ihn Wilhelm auf der Stelle zukommen zu lassen, wenn er eintraf. Damit ihn niemand heimlich lesen konnte, schrieb ich den Brief vorsichtshalber auf Französisch, einer Sprache, von der ich wusste, dass die Pfleger sie nicht beherrschten.

Herr Wolff,

mir ist bewusst, dass Sie nach der Reise das Bedürfnis hatten, ein wenig zu ruhen, und ich hoffe, Sie haben eine passende Unterkunft gefunden. Womöglich in einem der Häuser, die ich Ihnen vorgeschlagen hatte? Teilen Sie mir doch bei Gelegenheit mit, wo Sie verweilen, damit ich leicht mit Ihnen in Kontakt treten kann, falls es etwas bezüglich der Pferde zu besprechen geben sollte.

Im Übrigen sind Sie herzlich eingeladen, heute Abend bei Mutter und mir zu speisen. Sie wäre sicher begeistert, Sie wiederzusehen, gestern erkundigte sie sich gleich mehrfach nach Ihnen. Außerdem wäre es sicher hilfreich, ein Gespräch über den weiteren Fortgang der Dinge zu führen. Es gibt viele Fragen. Wie lange gedenken Sie in Petersburg zu bleiben? Und welche Vorbereitungen sollten wir Ihrer Meinung nach für den weiteren Transport der Pferde treffen? Wünschen Sie eventuell, dass ich, zumindest für einen gewissen Zeitraum, an dieser Reise teilnehme?

Ich blieb sitzen und betrachtete die letzten Sätze. Endlich stellte ich die Fragen, die mir schon so lange auf der Zunge gelegen hatten. Es fiel mir so leicht, sie niederzuschreiben. Konnte es wirklich so einfach sein?

Ohne weiter zu grübeln, während der Mut der von mir formulierten Worte noch immer in mir brannte, unterschrieb ich den Brief hastig, steckte ihn in ein Kuvert und verließ das Büro, ehe ich mich auf direktem Wege nach Hause begab.

Während das Abendessen zubereitet wurde, wachte ich an den Fenstern, die zur Straße hinausgingen, und hoffte, ich würde dort draußen eine Kutsche bremsen hören oder seine Schritte, die sich der Haustür näherten. Ich war mir sicher, er würde erscheinen, für einige Stunden war ich tatsächlich überzeugt. Doch die Minuten verstrichen, die Stunden schwanden, und am Ende musste Mutter Pjotr bitten, das dritte Gedeck wieder abzuräumen.

»Bitte entschuldige die Umstände«, sagte ich zu ihr.

»So bleibt eben mehr für uns übrig«, erwiderte sie.

Mutter tat ihr Bestes, alles aufzuessen, während ich selbst kaum etwas herunterbekam.

Nach dem Essen zog ich mich zurück, blieb in meinem Arbeitszimmer sitzen und starrte auf die Uhr. Neun, halb zehn, zehn. Ich konnte unmöglich Ruhe finden, mich nicht mehr in der Wohnung aufhalten, ich wusste, dass es aussichtslos wäre, jetzt Schlaf finden zu wollen, und so nahm ich Mantel und Hut und begab mich hinaus in den hellen Frühlingsabend.

Ich spazierte stundenlang durch die Stadt, wobei spazieren ein allzu gemütliches, sonntägliches Wort ist, tatsächlich hastete, ja rannte ich beinahe die Straßen entlang, immerfort in einem Tempo, bei dem ich atemlos wurde und den Schweiß auf meinem Rücken und unter der Hutkrempe spürte.

Zunächst marschierte ich den gesamten Kanal entlang, von Nord nach Süd. Die Luft war wie immer feucht, ein kühler Hauch stieg vom nach wie vor winterkalten Wasser auf, doch das kümmerte mich nicht. Die ganze Zeit über hielt ich nach ihm Ausschau, und immer, wenn ich an einem Hotel oder einer Herberge vorbeikam, warf ich einen Blick hinein und hoffte, er würde genau dort wohnen und das Gebäude auch just in diesem Moment verlassen. Doch natürlich tauchte er nicht auf, solche Zufälle gibt es wohl nur in der Literatur, aber nur selten im wahren Leben, zumindest in meinem.

Während ich so umherstreifte, wurde mir meine eigene Stadt immer mehr zuwider. Petersburg war ein Ort, der Menschen verschlang, wie ein Hecht in der Tiefe des Sees, mit gierigen, spitzen Zähnen, nach allem schnappend, was gerade vorübertrieb. Die wohlgeordnete Architektur, die von ihrem Gründer und Namensgeber und seinen Baumeistern so gründlich durchdacht worden war, rief ein Gefühl der Entfremdung in mir hervor.

Die Hauswände wuchsen um mich herum in die Höhe, wurden größer und dunkler, die Straßen enger, die Kanäle stinkender. Ich hatte das Gefühl, ich würde die Stadt zum ersten Mal so sehen, wie sie eigentlich war, sie zum ersten Mal wirklich *verstehen*. Ich gehörte nicht hierher, im Grunde wie keiner der Einwohner, nicht nur im übertragenen Sinne. Die Stadt war noch so jung, dass wir uns wohl alle als Zugezogene bezeichnen durften. Peter der Große hatte eine europäische Hauptstadt erschaffen wollen, die Russland stärker mit Europa verband, aber genau dies sorgte für eine Distanz zwischen uns und der Stadt. Wir waren Russen, jeder Einzelne von uns, in einer europäischen Großstadt, inmitten eines Sumpfgebiets, wo früher nichts als Brachland gewesen war, in einer Stadt, die ständig mit dem Wasser zu kämpfen hatte, in der die Häuser, egal wie solide sie erbaut waren, am Ende verloren gegeben werden mussten, weil das Wasser hineindrang, in winzigen Tröpfchen, bis der Boden und die Wände langsam zersetzt wurden, sich auflösten und in sich zusammensanken.

Wilhelm hatte unsere Freundschaft mit Wassertropfen verglichen, und vielleicht lag er damit richtig. Wir waren nichts als ein Haus in einer verregneten Sumpflandschaft.

Am nächsten Morgen machte ich mich besonders früh zur Arbeit auf. Als Erstes sah ich nach den Pferden, sie hatten alles, was sie brauchten, die Tierpfleger versorgten sie genauso, wie ich es ihnen aufgetragen hatte. Ich fragte einen von ihnen, ob er Wilhelm Wolff gesehen hätte. Er nickte und sagte, ja, der Herr sei gekommen, als ich gerade gegangen wäre, und habe anschließend den ganzen Abend bei den Pferden verbracht.

»Hat er meinen Brief erhalten?«, fragte ich. »Haben Sie ihm meinen Brief überreicht?«

Ja, gewiss, den Brief habe er erhalten.

Ich eilte wieder ins Büro, hielt den Schlüssel bereit, noch bevor ich die Tür erreicht hatte, und zitterte so sehr, dass es einen Moment dauerte, ehe ich sie öffnen konnte.

Das Zimmer war leer, das heißt nein, nicht leer, aber einen Brief fand ich nicht. Weder auf dem Schreibtisch noch auf der Kommode lag etwas, und auch nicht auf der Anrichte unter dem Fenster.

Ich sank auf meinen Stuhl, fühlte mich schrecklich schwer. Mein Gesäß ruhte bleiern auf dem Sitzpolster, meine Füße standen wie angeleimt auf dem Boden. Ich nahm einen Briefbogen, tauchte die Feder ins Tintenfass und wollte einen weiteren Brief verfassen, doch nicht ein Wort wollte den Weg auf das Blatt finden.

Ein erneuter Versuch, die Feder kratzte auf dem Briefbogen, nur ein einziges Wort brachte ich zustande, drei kleine schwarze Buchstaben auf cremefarbenem Papier.

Wir

Schließlich zeigte er sich doch. Es war am späten Nachmittag, kurz bevor der Zoologische Garten seine Tore für das Publikum schloss. Er steuerte direkt auf das Gehege der Pferde zu, ohne mich in meinem Büro aufzusuchen. Stattdessen hatte mich einer der Tierpfleger von seiner Ankunft in Kenntnis gesetzt.

Ich nahm meinen Hut und meinen Mantel und ging hinaus, um ihn zu finden. Ein ungemütlicher Aprilwind blies durch den Park, einige wenige Besucher strebten noch zu den Toren, ein Wachmann klirrte ungeduldig mit seinem Schlüsselbund. Als ich um eine Ecke bog, kam Wilhelm geradewegs auf mich zu, den Mantelkragen hochgeschlagen, das Gesicht unter der Hutkrempe versteckt, er ging ein wenig windschief, dachte ich und musste an ein krängendes Segelschiff denken. Ich blieb stehen. Rechts von mir lag der Bereich, der für die Pferde vorgesehen war. Die Zimmerleute waren schnell gewesen, sie hatten bereits das Dach des Unterstandes errichtet, nun aber Feierabend gemacht.

Wilhelm streckte mir geschäftsmäßig die Hand entgegen.

Neben uns wanderte der Braunbär rastlos in seinem Käfig umher.

»Kowrow.«

Es war so lange her, dass er mich mit meinem Nachnamen angesprochen hatte, dass es geradezu fremd klang aus seinem Mund, fremd und hart, wie das scharfe Knacken in einer dicken Eisschicht auf dem Wasser.

»Wolff«, erwiderte ich.

Wie gern hätte ich seine Hand noch länger gehalten, doch er ließ die meine sofort wieder los.

»Ich wollte dich nur darüber in Kenntnis setzen, dass ich morgen weiterreisen werde«, erklärte er.

Morgen. Ein Wort, das nichts bedeutete. Das sich auflöste, zu einzelnen Silben wurde, zu sinnlosen Lauten, wie Tiere sie von sich geben.

»Das war also schon alles?«, fragte ich mit bebender Stimme. »Mein Brief hat dich offenbar erreicht?«

Der Braunbär drehte eine Runde nach der anderen in seinem Käfig, immer im Kreis, auf lautlosen Pfoten.

»Wir sind jetzt zu Hause«, sagte Wilhelm, den Blick auf den Bären gerichtet.

»Ja?«

»Wir sind zu Hause, und hier gelten andere Regeln.«

»Du hast gesagt, wir wären unüberwindbar«, sagte ich und starrte ihn an. Ich hoffte, mein Blick würde ihn dazu bewegen, seinen Kopf zu mir zu drehen, mich zu *sehen*.

»Wir waren es. Aber über die Regeln, die wir in uns tragen, können wir niemals siegen.«

Er hatte den Kopf noch immer zum Bären gewandt, aber seine Augen folgten dessen Bewegungen nicht mehr, sie starrten nur leer in die Luft.

»Du meinst, wir seien wie Tiere? Und diese Regeln gehörten zu unserer Art?«

Er nickte langsam. »Ja, vielleicht ist es das, was ich meine. Sie liegen in unseren Anlagen, unserem Erbgut.«

»Nein, Wilhelm. Der Mensch ist komplizierter. Die niederen Instinkte, von denen du gesprochen hast … das, was sich aufdrängt, habe ich nie so erlebt. Als etwas Niederes.«

»Jetzt lügst du«, sagte er. »Ich weiß, dass du dasselbe empfunden hast.«

Er verschränkte die Arme, als wolle er sich selbst umarmen, und endlich sah er mich an.

»Ich muss auf mich selbst aufpassen, Kowrow.«

»Michail. Ich heiße Michail.«

»Ab sofort heißt du Kowrow.«

Er schwankte leicht, seine Augen waren blank, er war den Tränen nah, er tat mir so unendlich leid, und zugleich stieg die Wut in mir auf.

»Wir können zusammen reisen«, sagte ich mit brüchiger Stimme. »Wir können die ganze Zeit auf Reisen sein.«

»Ich breche morgen auf«, sagte er. »Ich bin vielleicht nicht Herr dessen, was ich fühle, aber Herr dessen, was ich tue. Und dann muss ich hoffen, dass die Gefühle nachfolgen werden.«

»Nein!«

Er sah mich flehend an. »Bitte, mach es mir nicht noch schwerer.«

Mit diesen Worten drehte er sich um und verließ mich, stapfte auf dem Fußweg zum Ausgang, sein Rücken war rund und abweisend wie ein Schneckenhaus.

Lieber Lars,

ich glaube, Louises Kind kommt. Ich weiß nicht, was ich machen soll. Ich sitze auf meinem Zimmer und weiß nicht, was ich machen soll.

Als ich heute aufgewacht bin, war meine Mutter weg. Nicht in ihrem Zimmer, nicht bei den Tieren. Ich habe die Kühe gemolken, wie schon die ganze Zeit, weil Louise so schwer und unbeweglich geworden ist.

Die Stunden vergingen. Meine Mutter kam nicht wieder. Louise fragte mehrmals nach ihr, war blass und wirkte so, als hätte sie Angst. Außerdem atmete sie schwer und unregelmäßig.

Dann hörte ich sie plötzlich stöhnen. Sie war in ihrem Zimmer, ich saß in der Küche und legte Holz nach. Und da hörte ich sie stöhnen.

Ich dachte immer, ein Kind kommt nach neun Monaten. Louise ist erst seit acht Monaten schwanger.

Ich habe Tiere gebären sehen. Viele Male. Aber die schaffen das ja im Großen und Ganzen allein. Oder Mama war dabei und hat ihnen geholfen.

Vielleicht ist sie gegangen? Vielleicht ist sie gegangen, weil ich gesagt habe, sie würde mir leidtun? Vielleicht hatte sie einfach keine Lust mehr.

Jetzt stöhnt Louise schon wieder. Immer häufiger. Mama, wo bist du?

KARIN

Ich packe hastig ein paar Sachen, will Prag nicht länger als nötig allein lassen. Proviant für eine Woche. Falls ich mehr brauche, muss ich Agi bitten, es mir zu bringen, wenn er auf seiner täglichen Runde vorbeikommt.

Jochi und Mathias schleichen um mich herum, während ich meine Vorbereitungen treffe, sagen aber nichts. Erst, als ich abfahrbereit bin, kommt Mathias zu mir.

»Na, das ist ja eine tolle Lösung«, sagt er.

Sein Tonfall ist scharf.

»Ich traue mich nicht, sie da draußen allein zu lassen, nicht so kurz vor der Geburt.«

»Das habe ich schon verstanden.«

»Dir müsste das doch eigentlich gefallen. Wo du so traurig wegen Woburn bist.«

Er wendet sich ab. Hat er Tränen in den Augen? Muss er jetzt anfangen zu heulen? Wieso um alles in der Welt muss er jetzt heulen?

Doch dann scheint er sich zum Glück wieder zu fangen.

»Und was ist mit der Station?«, fragt er. »Und mit Jochi?«

»Er behält hier den Überblick. Ich werde da draußen gebraucht. Außerdem hat er ja dich.«

»Was willst du damit sagen?«

»Ihr scheint richtig dicke Freunde geworden zu sein.«

»Ja. Ist daran irgendetwas verkehrt?«

»Nein, nein.«

»Karin, ich finde, du kannst jetzt nicht einfach abhauen. In ein paar Wochen musst du schon wieder nach Thorenc und den neuen Harem holen.«

»Er kriegt das gut allein hin«, sage ich.

»Was ist denn mit Agi? War nicht der ganze Sinn dahinter, einen Ranger einzustellen, dass er jeden Tag nach den Pferden sehen soll?«

Plötzlich fällt mir auf, dass Mathias ganz rote Wangen hat, seine Augen sind schmal, seine Lippen zusammengepresst. Sein Gesicht ist schon verlebt, obwohl er erst Anfang dreißig ist. Er sieht alt aus. Alt und wütend.

»Was willst du eigentlich?«, frage ich.

»Was ich will?«

Er dreht sich eine Zigarette, seine Hände zittern ein wenig.

»Weißt du, warum ich mitgekommen bin, Karin?«

»Ja.«

»Nein, du weißt es nicht.«

»Müssen wir das jetzt besprechen?«

»Wir besprechen es nie.«

Ich seufze. »Es ist jedenfalls nicht so, dass ich dich retten kann. Es ist nicht so, dass du weiter für den Rest deines Lebens darauf warten kannst, dass ich dich rette.«

Seine Unterlippe bebt genauso wie früher, als er ein Kind war. Er ist erwachsen, verbraucht und gleichzeitig neu auf der Welt.

»Für den Rest meines Lebens?«, sagt er. »Nein, nicht für den Rest meines Lebens.«

»Ich muss jetzt los«, sage ich.

»Das musst du immer«, entgegnet er.

»Jetzt reiß dich aber zusammen.«

Er erwidert nichts. Ich bleibe stehen. Müsste noch etwas sagen. Ich war zu hart, hätte nicht so direkt zu sein brauchen. Meine Wut könnte ihn wegstoßen. Auf die Straße hinaus.

»Ich meinte nur, dass …«

»Ich weiß, was du gemeint hast«, sagt er.

Außerdem sind wir jetzt in der Mongolei, nicht in Berlin.

»Mach's gut, Karin. Jetzt fahr schon zurück zu deinen Pferden.«

»Ja, mach's auch gut.«

Zum Glück sagt er nichts mehr.

Ich winke ihm zum, als ich aufbreche. Er hebt die Hand und winkt zurück. Das hätte er nicht machen müssen. Wenn er wirklich verzweifelt wäre, würde er das nicht machen.

Agi begleitet mich mit dem Moped, er hilft mir, das Zelt ein paar hundert Meter von den Pferden entfernt aufzustellen. Ich bin froh, dass er so wenig Englisch spricht. Und ich so wenig Mongolisch. Wenigstens einer, mit dem ich nicht ständig reden muss.

»Bye, then«, sage ich.

»Yes, bye bye«, erwidert er und fährt wieder.

Ich bleibe stehen und sehe ihm nach. Die Geräusche

verschwinden als Erstes, werden von der Steppe verschluckt. Das letzte Zeichen dafür, dass er hier war, ist der Staub in der Luft.

Drei Tage vergehen, ruhige Tage. Endlich schlafe ich gut. Zu gut. Am liebsten würde ich die ganze Zeit über nichts anderes tun.

Am dritten Nachmittag stelle ich einen Campingstuhl vor das Zelt und versuche zu lesen. Ich habe mir ein paar Fachartikel mitgenommen, doch die Sätze erscheinen mir unzusammenhängend, und ich werde wieder schläfrig. Ich gähne laut, halte mir die Hand vor den Mund, obwohl niemand da ist. Die Sonne versinkt am Horizont. Ich suche nach Prag. Beobachte genau, ob sie sich noch weiter von der Herde entfernt, ob sie sich wegschleichen möchte. Pferde fohlen immer bei Sonnenaufgang oder Sonnenuntergang. Aber noch bleibt sie bei den anderen.

Ich versuche erneut zu lesen. Schaffe es wieder nicht, die Wörter zu Sätzen zusammenzufügen. Muss einfach aufgeben. Vielleicht brauche ich eine neue Brille, vielleicht bin ich inzwischen weitsichtig. Die meisten in meinem Alter haben schon längst eine Lesebrille. Die meisten in *meinem Alter… mein Alter…* als wäre das Alter etwas, das ich besitze und nichts, was mir gegeben wird. Auf Französisch benutzt man den Ausdruck *j'ai* – man *hat* ein Alter. Das gefällt mir besser als das deutsche oder englische *sein.* Ich habe sechsundfünfzig Jahre. Das Alter ist etwas, das einem geschenkt wurde, und nicht etwas, das man ist.

Es heißt auch, man wäre nur so alt, wie man sich fühlt, aber das ist Unsinn. Das Alter ist etwas ganz Konkretes.

Mein Körper altert mit jedem Tag. Zellen sterben ab. Ich bin genauso sterblich wie alles andere, wie das Gras unter meinem Campingstuhl, wie die Pferde, die ein paar hundert Meter von mir entfernt grasen. Und es gibt keine Seele. Weder ich noch die Pferde haben eine Seele. Wir haben elektrische Signale, Nervenbahnen, Hormone. Und all das verschwindet, wenn wir sterben. Der Tod tritt dann ein, wenn das Gehirn zu funktionieren aufhört. Das ist die einzige Art und Weise zu sterben, für alle Lebewesen auf dieser Welt, ob sie nun *Homo sapiens* oder *Equus przewalskii poljakow* heißen. Es geht nur darum, so viel wie möglich zu erreichen, bevor die elektrischen Signale des Gehirns aussetzen.

Das Ziel der Pferde ist es, Nachkommen zu zeugen.

Und das läuft zum Glück wie geplant. Die Stuten heben ihren Schweif, Hamburg schnuppert daran. Bald sind sie so weit.

Sydney hält sich ein gutes Stück von ihnen entfernt. Schon seit vielen Tagen hat er nicht mehr mit Hamburg gekämpft. Er humpelt immer noch, aber nicht so stark, dass ich überlegen müsste, ihn ganz aus dem Verkehr zu ziehen.

Zwischen dem Harem und Sydney grast Prag. Allein. Groß und schwer.

Am nächsten Morgen werde ich früh wach, weil ich glaube, ich hätte ein Geräusch gehört. Ich öffne den Reißverschluss des Zeltes und spähe hinaus. Noch scheint ein blasser Mond am Himmel. Ein Vollmond. Die Fohlen kommen oft bei Vollmond.

Die Sonne hat gerade ihre ersten spitzen Strahlen auf die Steppe geschickt.

Der Harem bewegt sich zur Wasserstelle, wie immer, trinkt wie immer. Hamburg ist nicht dabei, taucht aber kurz darauf auf einem Hügel auf und schließt sich der Herde an.

Sydney hat seine eigene kleine Pfütze ein Stück entfernt gefunden und bleibt dort.

Prag hält sich an keinem der Wasserlöcher auf. Sie ist nirgends zu sehen.

Ich warte. Nichts passiert.

Ich schaffe es nicht, still sitzen zu bleiben, fange an, das Zelt zu umrunden, den Harem.

Blicke auf das Tal, die Berge, es gibt hier viele Orte, wo man verschwinden kann, Höhenzüge und Biegungen in der Landschaft, viele Möglichkeiten, sich zu verstecken.

Ich will nicht suchen. Ich weiß, dass ich nicht suchen darf, dass Prag es allein schaffen muss.

Trotzdem kann ich mich unmöglich wieder hinsetzen. Ich gehe immer weiter, halte die ganze Zeit nach der Stute Ausschau.

Und dann taucht sie endlich auf. Ein durchhängender, schmaler Rücken wandert auf die Wasserstelle zu, sieht weder mich noch die anderen Pferde, strebt direkt zum Wasser.

Sie ist allein.

Ich gehe ein Stück zu ihr. Die Stute ist dünn, fast mager, ihr Bauch verschwunden.

»Wo ist dein Fohlen, Prag?«, frage ich leise. »Wo ist dein Fohlen?«

Aber Prag hört nicht auf mich, sie ist ein Wildpferd, natürlich hört sie nicht.

»Verdammt, Prag. Verdammt!«

Sie spitzt die Ohren, spürt meine Wut.

Jetzt reiß dich zusammen, Karin, beruhige dich.

Ich drehe mich zu Hamburg um. Auch er war allein gewesen. Und kam aus derselben Richtung wie Prag.

Ich nähere mich ihnen noch weiter. Hamburg ist dunkler als die anderen, aber sein Fell kann die Blutspuren trotzdem nicht verbergen. Geronnenes dunkelbraunes Blut, an Hals und Beinen.

Ich habe es nicht gesehen. Warum habe ich es nicht gesehen? Wäre es mir gleich aufgefallen, als er kam, wäre es jetzt vielleicht nicht zu spät.

Ich laufe in Richtung des Hügels, weg von den Pferden.

Im selben Moment höre ich Motorengeräusche, doch ich kümmere mich nicht darum, renne einfach nur weiter.

Es muss noch nicht zu spät sein. Dass Prag allein zurückgekommen ist, muss nicht unbedingt etwas heißen.

Das Auto setzt seinen Weg zum Zelt fort, bremst, die Tür geht auf. Es ist Jochi.

»Karin?«

»Nicht jetzt«, rufe ich ihm zu.

»Du musst kommen.«

»Nicht jetzt!«

Trotzdem bleibe ich stehen. Selbst von weitem sehe ich, dass er besorgt ist. Irgendetwas muss passiert sein.

Ich drehe mich um und gehe ein paar Schritte auf ihn zu. Er rennt mir entgegen, ist ganz atemlos.

»Mathias«, sagt er. »Mathias ist verschwunden.« Die

Worte kommen stockend. »Er ist heute Nacht abgehauen. Seine Reisetasche ist weg, seine wichtigsten Sachen. Ich dachte, vielleicht … ich dachte, er ist vielleicht in die Stadt gefahren, dass solche wie er … abhauen, wenn es schwierig wird … dass er losgezogen ist, um etwas … um zu versuchen … dass er …«

Solche wie er.

Einmal Junkie, immer Junkie.

»Wir müssen ihn suchen«, sagt er. »Wir müssen in die Stadt fahren und ihn suchen.«

Ich hätte nicht solche harten Worte benutzen dürfen.

Aber er hat doch gewunken, er hat gewunken, als ich gefahren bin.

»Nein«, sage ich. »Prag hat gefohlt.«

»Jetzt gerade?«

»Letzte Nacht.«

Plötzlich richtet Jochi seine Aufmerksamkeit wieder auf die Pferde. Blickt vom einen zum anderen.

»Aber wo ist es denn? Wo ist das Fohlen?«

»Ich weiß es nicht.«

Ich gehe wieder los.

Er zögert, sieht mich an. Ich weiß, was er denkt. Dass ich das Fohlen Mathias vorziehe. Was für eine Mutter bin ich bloß, die ein anderes Kind, eine andere Art, ihrem eigenen Nachkommen vorzieht?

Doch er weiß nicht, wie oft ich schon nach Mathias gesucht habe. Er weiß nichts von all den Stunden, all den Nächten, die ich durch die Straßen gezogen bin. Von den Tüten mit dem Pulver, die ich in den Taschen meines Sohnes gefunden habe, von dem Geld, das er mir gestohlen hat. Dieses eine Mal muss ich eine andere Wahl treffen.

»Mathias kommt schon klar«, sage ich. »So war es bisher immer. Ich muss das Fohlen finden. Und du musst mir dabei helfen.«

Wir suchen schweigend. Wieder suchen wir. Es ist, als wäre es dieses ganze Jahr über nur darum gegangen, hier draußen zu suchen, wie eine Fortsetzung meines früheren Lebens, als ich immer nach Mathias gesucht habe.

Wir gehen nebeneinander her. Wortlos scannen wir die Landschaft mit unseren Blicken ab. Wir gehen und gehen. Heben das Fernglas. Schauen. Stellen es ein. Kneifen die Augen zusammen. Lassen es wieder sinken. Gehen weiter.

Es ist Jochi, der es schließlich findet. Er hebt die Hand und deutet auf eine Stelle, etwa fünfzig Meter vor uns.

»Da.«

Wir rennen hin.

Halb im Staub vergraben, beinahe unsichtbar. Nur die dunklen Blutflecke sind zu erkennen.

Ich sinke auf die Knie. Vorsichtig grabe ich es aus, fühle, dass der Körper bereits kalt ist. Ich streiche mit den Händen über den kleinen Brustkorb.

»Die Rippen sind gebrochen.«

Ich ziehe meine Finger zurück. Dieses Unbehagen, etwas Totes zu berühren. Nur, wenn es unbedingt sein muss.

Jochi geht neben mir in die Hocke, auch er streicht über die Brust des Fohlens und verzieht das Gesicht.

»Hamburg«, sagt er. »Das war Hamburg. Er hat das Fohlen totgetreten.«

»Es kann genauso gut bei der Geburt passiert sein.«

»Und warum hatte er Blut an seinem Fell? Er ist doch mit Blut an den Beinen zurückgekommen.«

»Vielleicht hat er nur ein bisschen am Mutterkuchen gerochen.«

Jochi schüttelt den Kopf und steht abrupt auf.

»Das war bestimmt er. Verdammte Drecksmähre.«

Dabei flucht er sonst nie.

»Das muss nicht so gewesen sein«, sage ich. »Vielleicht hat es sich die Rippen bei der Geburt gebrochen.«

Als wir wieder zu den Pferden zurückkehren, ist Prag die Erste, die ich sehe. Kein Kummer, keine Trauer. Sie hat sich bereits wieder der Herde angeschlossen, steht in ihrer Mitte. Sie hat Hamburg als Leithengst anerkannt.

Die Herde besteht nun aus fünf Tieren, nur die Stärksten unter ihnen haben überlebt. Das ist Darwin in der Praxis. Ich wünschte, Darwin hätte sich getäuscht.

Ich wende mich ab und merke, dass Jochi mich forschend ansieht.

»Was willst du jetzt machen?«, fragt er.

Ich spüre einen Druck auf der Brust, habe keine Lust. Will nicht schon wieder dorthin. Aber vielleicht ist das meine Schuld, es war wohl immer schon meine Schuld, und deshalb bin ich dazu verdammt, ihn zu suchen.

»Jetzt werde ich Mathias finden.«

EVA

Schon als ich auf den Hof kam, hörte ich die Schreie. Das Fenster von Louises Zimmer stand offen, und ich konnte die Laute sofort einordnen.

Zu früh, viel zu früh, dachte ich.

»Isa!«

Ich rannte ins Haus, sie kam mir entgegen, rot im Gesicht. In einem Satz war sie bei mir und schlang die Arme um mich, drückte mich so fest an sich, wie sie es das letzte Mal als kleines Kind getan hatte.

»Mama …«

Ich ließ mich von ihr umarmen, wartete ab, bis sie sich ausgeweint hatte. Murmelte in ihr Haar, *mein Mädchen, mein Kind.* Irgendwo dort drinnen war sie noch die, die sie einmal gewesen war, und obwohl sie sich verändert hatte, würde irgendetwas in ihr doch immer gleichbleiben.

Dann hörte ich wieder Louise. Ein leises Knurren, das tief aus dem Körper kam, wie von der Stimme losgelöst, ehe es an Stärke zunahm und allmählich zu einem Schrei anschwoll.

»Wie lange geht das schon so?«, fragte ich.

»Seit dem Frühstück. Aber wo warst du?«

»Wie oft kommen sie?«

»Was?«

»Die Wehen?«

»Das weiß ich doch nicht. Aber du bist einfach verschwunden. Warum bist du einfach verschwunden? Ich dachte, du wärst für immer gegangen. Ich dachte, du hättest es getan, weil ich gesagt habe, du würdest mir leidtun. Ich hatte solche Angst.«

»Entschuldigung.«

Ich strich ihr über das Haar. »Alles wird gut«, sagte ich. »Alles wird gut.«

Sie nickte, schniefte, trocknete sich die Tränen. Dann gingen wir zusammen in Louises Zimmer.

Sie stand auf dem Boden und hatte den Oberkörper über das Bett gebeugt. Ihre Ellbogen ruhten auf der Matratze, den Kopf verbarg sie zwischen den Händen. Der Schrei wurde leiser, die Wehe zog sich zurück, dann hob sie den Kopf und entdeckte mich. Ihr Blick war fern, von Schmerz verschleiert, sie sagte meinen Namen, sonst nichts, war kaum mehr dazu in der Lage, ihre Erleichterung auszudrücken.

Dann versuchte sie sich aufzurichten und schwankte leicht.

»Darf ich eigentlich liegen«, fragte sie, »oder soll ich lieber stehen? Ich weiß nicht, was ich machen soll, wie man das macht.«

»Du musst einfach abwarten«, antwortete ich. »Und rausfinden, wie du das Warten am besten überstehst.«

Ich dachte nur selten an Isas Geburt zurück, hatte sogar angenommen, ich hätte sie vergessen. Doch jetzt kam jedes Detail zurück, alles war sorgfältig gespeichert, in Seidenpapier gepackte Erinnerungen, nichts war zerstört. Dieser allumfassende Schmerz, all die Stunden, die ineinander übergingen, unendlich schienen.

»Lass dich mal ansehen«, sagte ich. »Ich muss versuchen zu erkennen, wie weit du schon bist.«

Ich half ihr auf das Bett, sie stemmte gehorsam ihre Hüften hoch und ließ sich von mir die Unterhose ausziehen, die voller Schleim und Blut war.

All die Tiere, denen ich auf die Welt geholfen hatte… aber dies war trotzdem etwas anderes, meine einzige Referenz war Isa, mein eigener Körper. Zentimeter, dachte ich plötzlich, ich erinnerte mich an Zentimeter. Louises Muttermund war noch nicht weit geöffnet.

»Es wird eine Weile dauern«, sagte ich.

»Aber wie lange?«, fragte sie. »Wie lange muss ich denn noch warten?«

»Bis du ganz geöffnet bist. Zehn Zentimeter.«

»Aber *wann* bin ich ganz geöffnet?«

»Das weiß ich nicht.«

Plötzlich lachte sie kurz, es war eher ein kurzes Quaken.

»Du kannst mir also keine genaue Uhrzeit nennen.«

Ich erinnerte mich, was die Hebamme bei Isas Geburt gesagt hatte: »Mit jeder Wehe kommst du der Sache ein wenig näher.«

»Das ist ja wohl keine große Ermutigung«, erwiderte Louise. »Solange man nicht weiß, wie viele Wehen es insgesamt werden.«

Wir mussten alle drei lachen, ein kurzes, tröstliches Lachen, ehe sich Louise wieder in sich zurückzog, weil sie von einer neuen Woge des Schmerzes erfasst wurde.

Ich drehte mich zu Isa um. »Hol doch bitte mal eine Uhr.«

Sie nickte, offenkundig erleichtert darüber, eine Aufgabe zu haben.

Ich setzte mich zu Louise, sie hatte die Augen geschlossen und lehnte sich zurück, wieder wuchs ein neuer Schrei in ihr, diesmal jedoch schwächer. Ich sah, wie sich ihr Körper anspannte, als der Schmerz seinen Höhepunkt erreichte, und wieder entspannte, als er verebbte.

Sie öffnete die Augen.

»Die war zum Glück nicht ganz so stark.«

»Die stärksten sind oft am effektivsten«, sagte ich.

»Du hast wirklich gar kein Talent dazu, einen aufzubauen«, erwiderte sie.

Jetzt kam Isa mit meinem Wecker zurück, der zum Glück immer noch funktionierte.

»Ich möchte, dass du genau verfolgst, wie oft sie kommen«, sagte ich. »Schaffst du das?«

Isa nickte eifrig.

»Schreib mit«, sagte ich, damit sie noch mehr zu tun bekam. »Dann haben wir den Überblick.«

Sie eilte wieder los, um Papier und Bleistift zu suchen, während ich mir die Hände wusch.

»Ich muss dich untersuchen. Ist das in Ordnung?«

»Bleibt mir denn eine andere Wahl?«

Ich schob meine Finger in sie hinein, betastete sie. Weich und zugleich fest, Knochen und Gewebe. Als ich sie tiefer schob, stießen sie auf etwas anderes. Der Kopf des Kindes, ganz glatt, unmöglich zu fassen, und noch nicht weit genug unten. Ich drückte sanft dagegen und spürte, dass er nachgab wie ein Ball.

»Das ist der Kopf«, sagte ich. »Ich fühle den Kopf. Aber bisher ist er zu weit oben, ich glaube, es hat sich noch nicht in die richtige Position gebracht. Du musst auf und ab gehen. Ich weiß noch, dass das bei mir geholfen hat. Das Kind muss weiter nach unten. Die Schwerkraft muss wirken.«

So begannen unsere stundenlangen Wanderungen, Arm in Arm, vom Schlafzimmer in den Flur ins Wohnzimmer und wieder zurück ins Schlafzimmer. Isa folgte uns, notierte Minuten und Sekunden.

16:45, 16:52, 17:03, 17:09, 17:13, 17:22, 17:35, 17:40.

Ich hatte den Eindruck, die Wehen kämen zu selten, zu unregelmäßig, und gleichzeitig sah ich, wie Louises Kräfte allmählich schwanden.

Sie stützte sich immer schwerer auf mich, hob die Füße kaum noch, bis ich sie am Ende wieder ins Schlafzimmer führte und sie sich hinlegen durfte.

»Mir ist schlecht«, sagte sie.

»Hol einen Eimer«, bat ich Isa.

Nur wenige Sekunden darauf war sie schon wieder da und reichte mir den Eimer. Louise war mitten in einer neuen Wehe. Als diese nachließ, beugte sie sich über den roten Plastikeimer und übergab sich.

»Warum passiert das denn jetzt? Stimmt etwas nicht?«, schluchzte sie.

»Das ist nur der Schmerz«, sagte ich. »Du hast solche Schmerzen, dass du dich übergeben musst.«

»Ich mache doch schon seit Monaten nichts anderes, als mich zu übergeben. Verdammter Mist«, sagte sie.

»Ja«, sagte ich. »Verdammter Mist.«

Dann überkam es sie noch einmal. Stärker als zuvor, sie wand sich, weinte, wehrte sich, anstatt mitzuarbeiten.

»Du musst atmen«, sagte ich.

»Ich schaffe es nicht«, klagte sie. »Ich will das nicht, ich will weg, hörst du, ich schaffe das nicht.«

Wieder schob ich meine Finger in sie hinein, jetzt war der Kopf noch weiter unten und gab nicht länger nach, wenn ich dagegen hielt.

»Es geht in die richtige Richtung«, sagte ich. »Es geht langsam, aber in die richtige Richtung.«

Isa hatte sich mit der Uhr in der einen Hand und dem Bleistift in der anderen Hand auf einen Stuhl gesetzt und machte große Augen.

»Sieh mich an«, sagte ich zu Louise. »Sieh mich an, dann atmen wir synchron. Du musst dich durch die Wehen atmen.«

»Ich kann nicht.«

»Eins … zwei … drei … du bist so stark, Louise … du bist so stark.«

»Geh nicht wieder weg«, bat sie.

»Nein, natürlich gehe ich nicht.«

»Ich meine es ernst«, schluchzte sie. »Ich brauche dich.«

»Es ist bald vorbei«, sagte ich.

Doch es war nicht vorbei, es war erst der Anfang.

Die Fruchtblase platzte. Das Wasser hatte eine seltsame Farbe, nicht klar, wie meines damals, sondern leicht grünlich.

Ich erzählte den anderen nichts davon, aber ich erinnerte mich, was ich über verfärbtes Fruchtwasser gelesen hatte. Das Kind war gestresst worden und hatte dort drinnen abgeführt, daher die Farbe. Das war nicht zwangsläufig gefährlich, konnte aber zu einer Infektion von Mutter und Kind führen.

Genauso wenig ließ ich mir anmerken, dass mir aufgefallen war, wie warm Louises Körper war. Ich erwähnte es auch Isa gegenüber nicht, doch als sie irgendwann selbst zu Louise ging und ihr mit der Hand über die Wange strich, zuckte sie zusammen.

»Sie glüht ja richtig«, flüsterte sie mir zu.

»Wir können nichts machen«, erwiderte ich. »Du musst weiter die Zeiten aufschreiben.«

21:38, 21:42, 21:45.

»Louise, Louise«, flüsterte ich ihr zwischen den Wehen zu. »Du bist so stark, hörst du, du bist so stark, du schaffst das.«

Doch sie antwortete nicht, war nichts als Fieber und Schmerz. Und ich konnte den Kopf noch immer nicht sehen.

Allmählich veränderten sich ihre Schreie. Sie wurden tiefer, klangen gepresst, die Panik erfasste sie.

Ich wusch mir erneut die Hände, wusste schon gar nicht mehr, wie oft ich das getan hatte. Dann betastete ich sie abermals. Für einen Moment dachte ich, ich könnte das Kind zu fassen bekommen, aber es war unmöglich, der Kopf war glatt wie ein Stein im Flussbett.

»Es drückt so«, schrie sie. »Ich muss pressen, ich kann nicht anders.«

»Nein«, sagte ich. »Nein, das darfst du jetzt nicht. Es ist zu früh. Der Kopf ist noch nicht unten. Du musst dich zurückhalten.«

23:15, 23:17, 23:18.

»Es geht nicht!«

»Du musst, Louise.«

Isa war aufgestanden, sie hatte die Uhr vergessen, die sie in der Hand hielt, und den Bleistift losgelassen.

»Mama?«

Aber ich hatte jetzt keine Zeit für sie, ich nahm Louises Hand, drückte sie, versuchte zu erreichen, dass sie mich ansah.

»Du musst warten, hörst du? Du musst warten, es ist noch zu früh.«

Sie antwortete mit einem weiteren, halberstickten Schrei.

»Ich kriege das nicht hin, tu doch irgendwas«, schluchzte sie in der kurzen Pause zwischen zwei Wehen.

»Du musst wieder aufstehen«, sagte ich. »Du musst gehen, das Kind muss ganz nach unten.«

»Nein, das schaffe ich nicht.«

»Du musst.«

Ich packte sie und zog sie hoch. Isa half mir dabei, sie zu stützen. Louise schrie und zitterte. Jetzt folgten die Wehen direkt aufeinander, ohne Pausen.

So standen wir beisammen, alle drei, Louise in der Mitte,

nur im T-Shirt, glühend heiß, schweißüberströmt, ein einziger anhaltender Schrei, Isa und ich rechts und links von ihr, wir hielten sie aufrecht, stützten sie einfach nur.

Ich weiß nicht, wie viele Minuten vergingen, wie viele Wehen, aber Louises Laute wurden immer tiefer, sie konnte nicht mehr, ihre Beine zitterten, und wir halfen ihr wieder ins Bett.

Anschließend beugte ich mich erneut über sie, untersuchte sie, erwartete, jetzt den kleinen Kopf dort unten zu sehen, der bereit war, herauszukommen. Doch er war noch immer nicht weit genug vorgedrungen, das Kind schien irgendwo festzuklemmen.

»Ist es so weit?«, flüsterte Louise.

»Bald«, antwortete ich.

Ich zögerte einen Moment, dann kletterte ich ins Bett und setzte mich zu ihr, während ich den menschlichen Körper verfluchte und diese Last, die auf uns Frauen lag. Als sich der Menschenaffe aufgerichtet hatte, wurden die Hüften schmaler, aber die großen Köpfe der Menschenkinder mussten sich weiterhin ihren Weg durch diesen viel zu engen Kanal bahnen.

Ich sah mich selbst wie von außen, als wüsste ich, was ich gerade tue, während ich Louise erneut befühlte und sie noch lauter schrie. Ich sah, wie das Blut strömte.

Weiches Gewebe, der Kopf presste gegen weiches Gewebe. Ich drückte und zog daran, blendete alles andere aus, Louises Schreie und Isas Gejammer, *nein, Mama, was machst du denn da, nein,* fühlte nur noch den Kopf des Kindes, so warm, viel zu warm, vom Fieber, ihrem oder seinem eigenen, glatt unter meinen Fingern, und das Gewebe, dass ich versuchte, wegzuschieben, beiseite zu zwingen, damit der Kopf Platz fand.

Louise schrie, *nein, nein, nein, nicht mehr.*

Doch ich probierte es erneut, schob die Finger hinein, dachte, jetzt füge ich dem Kind auch noch Schaden zu, erinnerte mich an die Fontanelle, diesen empfindlichen Punkt in der Schädeldecke des Säuglings.

Und dann war es so, als würde etwas nachgeben, als würde der Kopf dort drinnen an einem Widerstand vorbeigelangen, er kam mir entgegen, der schleimige Kopf, er kam mir entgegen, kam nach unten, und ich konnte endlich die Hände wieder herausziehen.

»Jetzt kannst du pressen, Louise, hörst du? Jetzt kannst du pressen. Dein Kind liegt so, wie es liegen soll, und dein Muttermund ist vollständig geöffnet.«

Doch Louise hatte das Bewusstsein verloren, ich konnte nur noch das Weiße ihrer Augen sehen. Ich nahm einen Lappen und klatschte ihr kaltes Wasser ins Gesicht.

»Louise! Jetzt sehe ich das Kind. Ich sehe es! Du kannst pressen, Louise, hörst du. Jetzt musst du pressen. Dein Kind ist so weit.«

Jetzt war sie wieder da. Eine neue Wehe erfasste ihren Körper.

»Du musst pressen«, sagte ich.

Sie nickte schwach, dann fing sie an. Ich hielt ihren Bauch, spürte die Kontraktionen.

»Jetzt«, sagte ich. »Kopf auf die Brust, komm schon.«

Wir feuerten sie an, Isa und ich, wir feuerten sie an und zählten den Countdown herunter. Entspann dich. Pressen. Du bist stark, Louise, du bist stark.

Doch das Kind kam nicht heraus. Es war, als würde sie es zurückhalten. Erschöpft, panisch, als hätte sie keine Kraft mehr.

»Ich kann nicht mehr«, schluchzte sie am Ende. »Bitte hilf mir.«

Ich legte mich auf sie, versuchte mein Gewicht auf sie zu übertragen, um mit ihr zusammen zu pressen.

»Du musst«, sagte ich.

»Nein, nein.«

»Hör mal zu. Dein Kind hat auch Fieber. Deinem Kind geht es nicht gut. Du musst für dein Kind mitpressen.«

Sie machte eine schwache Kopfbewegung, aber ihr Blick wurde wieder klarer, als die nächste Wehe kam.

»Du musst für dein Kind mitpressen«, wiederholte ich.

Und endlich war sie wieder da. Sie sah mir fest in die Augen, schrie nicht mehr. Konzentrierte sich nur noch darauf, zu pressen.

»Du schaffst das«, sagte ich, mein Gesicht ganz nah an ihrem. »Wir können dein Kind jetzt sehen. Wir sehen das Baby. Du schaffst das.«

Meine Stimme war ruhig, ich verstand selbst nicht, wie sie so ruhig sein konnte.

Isa stand am Bett, klammerte sich so fest an das Bettgestell, dass ihre Fingerknochen weiß hervorstachen. »Jetzt kommt es, jetzt kommt es.«

Endlich presste Louise so, wie sie sollte, wieder und wieder, die Wehen gingen ineinander über, und sie übernahm die Arbeit allein.

Ich stand auf und hielt mich bereit. Und dann, mit einem Mal, glitt das Kind aus ihr heraus. Louise gab einen letzten Schrei von sich, und plötzlich war er da. Ein Junge.

Der Kopf in meinen Händen, der ganze Kopf, der große Kopf, ohne den viel zu großen Kopf des Menschenkindes wäre alles anders.

Doch irgendetwas stimmte nicht. Eine plötzliche Stille, nein, ein ausbleibendes Geräusch, das die Stille erfüllen sollte.

Denn er schrie nicht. Das Gesicht war grau, der Schädel ein wenig gequetscht und schief. Ich beugte mich über ihn, berührte seine Stirn, bog vorsichtig den kleinen Kopf nach hinten.

»Was ist?«, fragte Louise und beugte sich ebenfalls vor, um genauer hinzusehen. »Warum schreit es nicht? Sollte es nicht schreien?«

Ohne groß nachzudenken, packte ich ihn an den kleinen Füßen und hielt ihn mit dem Kopf nach unten, er war ganz glitschig von Blut und Schleim, aber ich hielt ihn fest, hielt ihn kopfüber fest und schüttelte ihn.

Und plötzlich kam ein Geräusch, ein Husten.

Ich legte ihn auf die Seite, auf das Bett, und er hustete wieder, der winzige Körper regelte alles allein. Und dann schrie er, zart und meckernd, genauso, wie es sein sollte.

Anschließend nahm ich ihn hoch und zeigte ihn Louise.

»Hier ist er«, sagte ich. »Es ist ein Junge, und er ist wunderbar.«

»Ja, er ist so niedlich!«, sagte Isa schluchzend. »Er ist so niedlich.«

Ich legte ihn auf Louises Brust. Sie strich ihm vorsichtig mit zwei Fingern über die Wange, die runden Schultern.

Dann sagte sie dasselbe, was ich gedacht hatte, als Isa geboren war, dasselbe, was ich gesagt hatte.

»Hallo«, sagte sie. Und sie sah ihn an, als würde sie ihn wiedererkennen. So war es mir auch ergangen, und vielleicht geht es allen Müttern so, eine tiefe Verwunderung und ein klares Gefühl des Wiedererkennens in ein und demselben Moment. »Hallo, mein Kleiner. Da bist du ja. Da bist du ja.«

Nachdem wir das Kind abgetrocknet und ihm vorsichtig die kleinsten Babysachen angezogen hatten, die immer noch ein bisschen zu groß waren, nahm Louise den Jungen und legte ihn vorsichtig in Isas Arme. Sie hielt ihn mit zitternden Händen.

»Aber wie soll ich ihn denn nehmen?«

»Das schaffst du schon«, antwortete Louise. »Du musst nur auf den Kopf achtgeben.«

Isa blieb ganz still sitzen und betrachtete ihn, wurde langsam vertrauter im Umgang mit ihm, wagte es, ihn mit dem rechten Arm loslassen und ihn in ihrer linken Ellenbeuge ruhen zu lassen, während sie vorsichtig den Zeigefinger in seine kleine Hand legte und er ihn umschloss.

»Der hält sich fest.« Sie lächelte.

»Ja, das machen sie«, sagte ich.

Ich betrachtete meine Tochter und das Kind. Der kleine Junge, der ihren großen Finger gepackt hatte.

Ja, sie halten sich fest, dachte ich. Winzige Finger, die unsere erwachsenen Finger greifen, mollige Fäuste, die deine Hand fassen, wenn sie ihre ersten Schritte wagen, ängstliche Kinderhände, die deine Hand suchen, wenn ihre Phantasie oder die Welt zu bedrohlich wird. Sie halten sich fest, bis sie eines Tages loslassen.

Und dann gibt es jemanden anderen, der sie festhält, bevor ihre Hände zu groß dafür werden. So sind die menschlichen Bande, und wer es noch nie erlebt hat, einen anderen Menschen zu halten oder gehalten zu werden, der hat noch nicht gelebt.

Isa hatte mich jetzt losgelassen. Sie stand allein, so wie man es als Jugendliche tut, wenn man sich von Menschen abnabelt, die man sich nicht ausgesucht hat, und versucht, sich an andere Menschen zu binden, die man gern zu seiner Familie zählen würde, in diesen Jahren, der vielleicht einsamsten Zeit im Leben. Doch zum Glück dauerte sie nicht lange. Eines Tages, in nicht allzu ferner Zukunft, würde sich Isa an jemandem festhalten, den ich nicht kannte, und diesen Menschen würde sie als den *ihren* bezeichnen, und nach einer Weile würde sie auch ein kleines Wesen zur Welt bringen, das sich an ihr festhielt, so wie sie sich an mir festgehalten hatte.

Nein.

Nein. Denn solange wir hier wohnten, würde Isa diesen Menschen nie kennenlernen. Solange wir hier wohnten, würde sie immer allein sein. Solange wir hier wohnten, würde diese einsame Zeit zwischen Kindheit und Erwachsensein, in der man niemanden hat, an dem man sich festhalten kann, ihr Leben bleiben.

Bericht über meine Reise in die Mongolei und das, was ich dort fand

Kapitel 16
Eine vernünftige Entscheidung

Der Mai kam und ging, der Juni ebenso. Es waren die weißen Nächte in Petersburg, in denen die jungen Menschen noch zu später Stunde durch die Stadt flanierten; ich aber verband mit diesen Monaten nicht die Farbe Weiß, sondern vielmehr eine tiefe, schmutzige Dunkelheit.

Mit meiner Expedition hatte ich großes Interesse geweckt und wurde zur Überraschung und Begeisterung des Direktors zu unzähligen Vorträgen eingeladen. Ich hielt sie ohne den kleinsten Anflug von Nervosität, sondern vielmehr mit einer leichten Distanz und Ermüdung, was den Zuhörern, dem Applaus nach zu urteilen, jedoch nicht aufzufallen schien.

Lediglich in der Arbeit mit den Tieren konnte ich noch ein wenig Sinn finden. Der Zoologische Garten war während meiner Abwesenheit vernachlässigt worden, denn der Direktor war ein ausgesprochener Büromensch, seine Welt waren die Zahlen, und er registrierte allenfalls, ob der Park gut oder nur spärlich besucht war, wobei ich auch hier den Verdacht hegte, dass seine Aufmerksamkeit nicht den Menschen galt, sondern eher ihren prallgefüllten Geldbörsen. Hingegen nahm er nicht die geringste Notiz von einem verrosteten Zaun, einem Brett, das ausgetauscht werden musste, oder einem losen Dachziegel; und noch viel weniger bemerkte er den Zustand der Tiere, ob der Pelz des Braunbären matter war, ob seine Augen einen verlorenen oder verzweifelten Ausdruck hatten.

Glücklicherweise hatte ich die Pferde. Es machte mir Freude, einen Namen für sie zu finden. Als ihr einziges Elternteil stand mir das aber auch zu, und nachdem ich eine Weile gegrübelt hatte, kam ich auf Dolly und Stiwa. Nicht etwa, weil das meine Lieblingsfiguren in Tolstois Werk gewesen wären, ich hegte eher Sympathie für Lewin. Auch nicht, weil ich wusste, dass die Zoobesucher solche literarischen Anspielungen liebten. Sondern weil Anna Kareninas Bruder Stiwa und seine Frau Dolly viele Kinder bekommen hatten und ich außerdem fand, die Namen würden so wunderbar zu den beiden Auserwählten passen. Ich stellte sie mir ein wenig wie Dolly und Stiwa vor: unkomplizierte Gemüter, *sie* überaus fruchtbar und *er* mit einem großen Appetit auf das andere Geschlecht.

Der Sommer arbeitete sich langsam voran, ging von den lindgrünen Knospen über zum satten Grün der vollen Entfaltung und schließlich zum Bräunlichen, das von einem zarten Hauch der Vergänglichkeit umweht wurde. Die Natur bewegt sich immer voran, der Wechsel der Jahreszeiten ist unaufhaltsam, unverdrossen, unabhängig von allem anderen. Unabhängig davon, ob die eigene Welt Kopf steht, ob die Seele in Aufruhr ist, wird der Wandel der Jahreszeiten immer da sein; und mit ihm geht auch ein Wandel in einem selbst einher. Denn es ist tatsächlich wahr, dass die Zeit alle Wunden heilt, und deshalb werden die Veränderungen der Natur, die eigentlich keine Veränderungen sind, sondern vielmehr ein ewiger Kreislauf, in dem alles wieder und wieder geschieht, auch das Innere eines Menschen ändern. Dieser Kreislauf der Natur ist eine unumstößliche Regel, dachte ich, nichts kann diesen Wandel aufhalten, dass der Herbst zum Winter führt, der Winter zum Frühling. Ich klammerte mich an die Regeln der Jahreszeiten und dachte auch an die Bestimmungen, die für mich galten, an Wilhelms Regeln. Ich vertraute ihm mehr als jedem anderen Menschen auf dieser Welt, und deshalb, genau deshalb, musste ich seinen Wunsch akzeptieren. Doch es wollte mir einfach nicht gelingen.

Den ganzen Sommer über schrieb ich an ihn. Meine ersten Versuche waren voller Härte, voller Ironie, voller Schmerz, meine Worte richteten sich ebenso gegen ihn wie auch gegen den Rest der Welt. Liegt da nicht etwas im Argen, schrieb ich, wenn unsere Welt die schönen Dinge verbietet. Und auch mit ihm könne etwas nicht stimmen, wenn er vor unserem Glück davonlaufe.

Ich schrieb an ihn, aber ich schickte die Briefe nicht ab. Stattdessen zerriss ich sie und warf sie in den Kamin. Anschließend versuchte ich, mich wohlwollender auszudrücken, höflich, kameradschaftlich, aber das bereitete mir solches Unbehagen, ja sogar Übelkeit, dass ich mich hinlegen musste. Es war, als würde mich jedes Wort, das ich über ihn und uns schrieb, näher an den Abgrund treiben.

Tagsüber arbeitete ich lange im Tiergarten, kam erst am späten Abend wieder und nahm anschließend gemeinsam mit Mutter das Essen ein. Ich sah dem Abschluss des Tages mit diesen ruhigen Mahlzeiten immer freudig entgegen, sie waren Lichtblicke in einer endlosen Finsternis. Bei dieser Gelegenheit konnte ich offen sagen, was ich vom Koloss hielt, Alexander III. – ein vulgärer Bauerntrampel, der grobe Uniformjacken trug und gern seine Stärke demonstrierte, indem er Schürhaken verbog oder einen Satz Spielkarten zerriss – und den klugen Betrachtungen meiner Mutter über ihn lauschen. *Wir müssen den Zweifel bekämpfen, wir müssen uns unterordnen, er weiß schon, was er tut, er ist trotz allem der Zar.* Ich wusste unsere gemeinsamen Diners wirklich sehr zu schätzen, doch nach einigen Wochen war ich zunehmend unsicher, ob es Mutter genauso ging. Sie rutschte immerzu auf ihrem Stuhl hin und her, stocherte in ihrem Essen herum und schien die Mahlzeit am liebsten so schnell wie möglich beenden zu wollen. Zu Beginn dachte ich, es hätte nichts zu bedeuten, sie hätte lediglich einen schlechten Tag gehabt, oder eine schwierige Woche, doch mit der Zeit merkte ich, dass ihre Rastlosigkeit sogar noch zunahm.

Eines Abends nahm ich allen Mut zusammen und fragte sie vorsichtig, ob ihr etwas auf der Seele liege.

»Nein«, antwortete sie knapp. »Keineswegs.«

»Aber seit ich zurückgekehrt bin, habe ich den Eindruck, du fühltest dich vielleicht nicht ganz wohl.«

»Mir geht es besser denn je zuvor.«

»Ausgezeichnet. Nichts könnte mich mehr freuen. Du siehst auch wirklich großartig aus. Wie verjüngt.«

»Danke. Das hast du nett gesagt.« In ihrer Stimme lag nicht viel Wärme.

Wir aßen schweigend weiter, sie nahm einen Bissen, doch das Kauen schien ihr Mühe zu bereiten. Dann legte sie mit einem Mal die Gabel beiseite und schien sich zu sammeln.

»Es gibt etwas, das ich erzählen muss«, begann sie.

»Ja?«

»Obwohl es mir ganz wunderbar geht, obwohl ich möglicherweise verjüngt bin, bedeutet das nicht, dass mein Leben noch genauso ist wie zuvor. Dass es sich nicht verändern könnte, dieses Leben, obwohl ich eine ältere Frau bin, dass es keinem umfassenden Wandel unterliegen könnte.« Sie sprach schnell und eindringlich.

»Nicht? Nein, das verstehe ich natürlich.«

Nun legte auch ich mein Besteck beiseite, plötzlich schien es unmöglich, noch weiter zu essen.

»Nein, Mischa, du verstehst herzlich wenig.«

»Aber ich versuche doch, es zu verstehen. Ich versuche es wirklich.« Meine Stimme klang beinahe schrill.

»Ach wirklich? Ich bin mir nicht sicher, ob das tatsächlich der Fall ist«, sagte sie leise und mit Bedacht. »Du bewegst dich nur in deinem eigenen Nebel, arbeitest den ganzen Tag, bis spät in den Abend hinein, sprichst ausschließlich von deinen Pferden, den Tieren, vom Zoologischen Garten, ja im Grunde hast du das wohl schon immer getan … und vielleicht habe ich das früher auch zu schätzen gewusst, aber nachdem du nun wieder zurückgekehrt bist, habe ich gedacht, dass … ich habe gesehen, dass sich das ändern muss.«

»Wie … was ist dieses *das,* das sich ändern muss?«

»Ich weiß nicht, wie ich es dir auf eine angemessene und schonende Weise erklären soll, Michail. Ich weiß nicht, ob es überhaupt eine solch angemessene und schonende Weise gibt.«

Angemessene und schonende Weise … für was? Es klang beinahe, als wolle sie mir eine Gruselgeschichte erzählen.

»Ziemlich bald nach deiner Abreise traf ich einen Witwer in meinem Alter«, begann Mutter.

»Ach ja?«

Ein Witwer, ein Witwer, ich wollte nichts von einem Witwer hören, wollte die Fortsetzung nicht hören.

»Unsere erste Begegnung war rein zufälliger Natur«, fuhr Mutter fort. »Er eilte mir zur Hilfe, als ich auf der Straße stolperte.«

»Rein zufälliger Natur, du sagst das, als müsstest du dich rechtfertigen.« Ich konnte mir die Worte nicht verkneifen.

»Dann sahen wir einander wieder, weil wir beide bei den Rostows eingeladen waren. Du weißt ja, dass sie immer dienstags ihren Empfang geben. Früher pflegte seine Frau dort zu sein, aber da sie mittlerweile verstorben ist, kam er an ihrer Stelle.«

»Mutter, du brauchst mir wirklich nicht alle Einzelheiten zu berichten.«

»Du sollst nur wissen, dass ich so etwas nie angestrebt habe. Ich bemühte mich nicht, ihn zu finden, und er bemühte sich ebenfalls nicht, mich zu finden.«

»Nein. Das ist doch wunderbar. Es ist auch gar nicht vonnöten, noch mehr zu erklären.«

Ich hätte mich ihretwegen freuen sollen, ihr Fragen stellen, sie erzählen lassen, aber ich konnte es einfach nicht.

»Während du unterwegs warst, haben wir immer mehr Zeit miteinander verbracht, und ich genieße seine Gesellschaft sehr.«

»Wie reizend, wie überaus reizend. Ich freue mich sehr für dich.«

Sie überhörte meinen Sarkasmus, streckte die Hand aus und legte sie auf die meine. Am liebsten hätte ich mich wieder losgerissen, doch stattdessen saß ich bloß wie gelähmt da.

»Ich hätte mir nie vorgestellt, dass es einmal so werden würde«, fuhr sie fort. »Ich hatte gedacht, du wärst derjenige, der eines Tages nach Hause käme und mir von einer bevorstehenden Hochzeit erzählen würde, du würdest ein Mädchen finden, du wärst derjenige, der sich weiterbewegt.«

»Du weißt, dass ich es deinetwegen vermieden habe, ein Mädchen zu treffen. All diese Zeit bin ich deinetwegen hiergeblieben.«

»Aber Mischa, das ist doch nicht wahr?«

Endlich fand ich die Kraft, meine Hand zu befreien. Ich legte sie zu der anderen in meinen Schoß und ballte sie.

Sie holte tief Luft und bereitete sich darauf vor, was sie mir als Nächstes mitteilen wollte. »Er hat mir einen Antrag gemacht. Kurz vor deiner Heimkehr hat er mir einen Antrag gemacht.«

»Hat er das. Und was hast du geantwortet?«

Jetzt stiegen ihr die Tränen in die Augen. »Aber Michail … mein Mischa … selbstverständlich habe ich Ja gesagt.«

Ich wollte aufstehen, das Porzellan an die Wand schleudern, die Karaffe mit Wein gegen den Spiegel schmettern, wollte sehen, wie sie zersplitterte, sehen, wie der Wein an der hellgrünen Tapete heruntertropfte, und auf den Teppich, wo er Flecken hinterließe, die nie wieder verschwänden.

»Ich bat ihn, mit der Verkündung unserer Verlobung noch zu warten, bis ich mit dir gesprochen habe«, fuhr Mutter leise und insistierend fort. »Er ist nun schon sehr lange geduldig gewesen … ich kann ihn nicht bis in alle Ewigkeit warten lassen. Wir werden schon sehr bald heiraten, natürlich wird es nur eine schlichte Zeremonie werden, wir sind schließlich alt, wir brauchen kein Fest von der Größe dessen, was Vater und ich damals hatten.«

»Es hat ja auch nicht dieselbe Größe wie das, was Vater und du hattet.«

»Michail.« Jetzt warf sie mir einen kalten Blick zu. »Du bist ein guter Sohn, bist es immer gewesen, aber du kannst weder dies beurteilen noch das, was Vater und ich hatten.«

Ich hielt mich an dem Stuhl fest, auf dem ich saß, umklammerte mit beiden Händen die Rückenlehne, mir war schwindelig.

»Natürlich werde ich zu ihm ziehen«, fuhr sie fort. »Noch am Tage unserer Hochzeit. Er wohnt in einem prächtigen Haus mit großem Garten. Stell dir nur einmal vor, wie schön das sein wird, jeden Tag dort umherspazieren zu können, anstatt immer nur in dieser Wohnung eingesperrt zu sein.«

»Eingesperrt? Denkst du so über dein Leben hier?«

Sie antwortete, und nun klang ihre Stimme mild: »Du etwa nicht?«

Ich blieb stumm, fühlte mich wie ein Tier, als wäre ich plötzlich meiner Sprache beraubt worden, und das Einzige, was ich hervorbringen könnte, wären gutturale Laute.

»In meiner Vorstellung«, sagte Mutter, auch jetzt ohne jeden Anflug von Wut in der Stimme, »in meiner Vorstellung solltest du ein Mädchen finden, du solltest heiraten und Kinder bekommen, am besten noch in jungen Jahren, nicht erst so spät wie Vater und ich. Und als das nicht eintrat, als du immer länger hier ausharrtest, wurde ich von Gewissensbissen gequält. Ich wollte nicht diejenige sein, die dich daran hinderte.«

Sie machte eine Pause, stand auf, verscheuchte das Mädchen, das seine Nase zur Tür hereingesteckt und gehofft hatte, nun endlich den Tisch abräumen zu dürfen.

»Dann hast du begonnen, von den Pferden zu sprechen. Dein Eifer war so groß, viel größer als bei jedem anderen Tier zuvor. Erst wusste ich nicht genau, was ich von deiner Expedition halten sollte. Sie verrückte mein Bild von dir, von deiner Zukunft. Und meiner eigenen. Und obendrein sah ich meinen größten Wunsch und meine größte Hoffnung in Gefahr; ein Enkelkind, ein Nachfahre, die Weiterführung unseres Geschlechts.«

»Aber warum hast du mich dennoch darin bestärkt? Du hattest mir doch gesagt, die Würfel seien gefallen. Wie kam es, dass sich deine Zweifel zerstreuten?«, presste ich hervor.

»Ich dachte, das hättest du verstanden.«

»Mir war aufgefallen, dass deine Begeisterung für Wilhelm zunahm, besonders nach der Ermordung des Zaren. Davon abgesehen habe ich offenbar rein gar nichts *verstanden.*«

Sie ignorierte meine Gereiztheit und sprach einfach nur weiter, genauso höflich und ruhig wie zuvor.

»Meine Zweifel wurden an jenem Abend zerstreut, nach den Ereignissen am Kanal, das ist richtig. Sie wurden zerstreut, als mir bewusst wurde, was für ein überaus wunderbarer Mensch dieser Wolff ist. Doch es lag nicht in erster Linie an ihm, sondern an dir, weil ich in diesem Moment verstand, wer du bist; dass du dein Glück nicht mit einer Familie finden würdest, sondern in einer Freundschaft, dass du in eine wilde und barsche Landschaft gehörtest, zusammen mit einem wie ihm.«

»Hör auf«, flehte ich. »Ich bitte dich, hör auf damit.«

Ich wandte mich von ihr ab, spürte die aufsteigenden Tränen wie einen Krampf im Bauch, wie ein Brennen in Hals und Brust, so stark, dass ich keine Luft mehr bekam. Trost. Ich wollte von ihr umarmt werden, auf ihrem Schoß sitzen, in ihren Armen weinen, *Mutter, Mutter, Mutter.*

Doch kein Trost und keine mütterlichen Arme können einen erwachsenen Mann retten, er kann sich nur selbst retten.

Wir sind Herr darüber, was wir tun, hatte Wilhelm gesagt; und er hatte recht, ich musste ihm vertrauen, vielleicht war das der einzige Weg aus der Trauer.

Ich musste zweimal tief durchatmen, ehe ich meine Stimme wiederfand, ich hatte eine Heidenangst, in Tränen auszubrechen, wenn ich abermals sprach, aber ich zwang mich dennoch dazu.

»Ich weiß es sehr zu schätzen, dass du versucht hast, mich so zu lieben, wie ich bin, und dass du immer viel mehr Rücksicht auf mein Wohlergehen genommen hast als auf dein eigenes ... aber deine Vorstellung von mir mit einer Frau und von dir in älteren Tagen, umgeben von Enkelkindern ... an dieser Vorstellung darfst du getrost festhalten. Diese Expedition war mein Abenteuer, und womöglich war sie die Voraussetzung für mich, anschließend zur Ruhe zu kommen. Denn nun bin ich bereit, ich werde mir eine Ehefrau suchen. Ich werde dabei gern auf deinen Rat zurückgreifen.«

Ich dachte, sie würde lächeln, ihrer Erleichterung Ausdruck verleihen, doch sie sah mich nur traurig an.

»Aber Mischa«, sagte sie. »Hast du denn nicht gehört, was ich gesagt habe? Das wünsche ich mir doch gar nicht mehr für dich.«

»Ich habe durchaus zugehört«, erwiderte ich.

»Dann verstehe ich nicht ...«

»Das mag vielleicht nicht mehr das sein, was du dir für mich wünschst. Aber es ist das, was *ich* mir wünsche.«

Fünf Tage darauf, es war ein Dienstag, begleitete ich Mutter zum Ehepaar Rostow. Die Gastgeber hießen mich herzlich willkommen, sie verliehen ihrer Freude darüber Ausdruck, dass ich ihnen endlich einen Besuch abstattete, und den gleichen Enthusiasmus legten sie an den Tag, als bald darauf Mutters Cousine Betsy mit Alexej und Jelena eintraf. Offenbar zählten sie ebenfalls nicht zu den häufig gesehenen Gästen, weshalb es »ganz besonders reizend« war, dass wir alle an genau diesem Abend zusammenkamen. Mutter und Betsy lächelten sich vielsagend zu. Betsy strahlte wie eine Siegerin, bei Mutter ahnte ich eine gewisse Anstrengung.

An jenem Nachmittag konversierte ich mehrmals mit Jelena, jedoch immer im Beisein von anderen; vor allem Mutter und Betsy achteten genau darauf, stets in unserer Nähe zu bleiben. Sie sprach voller Bewunderung von meiner Expedition, sie war zuvorkommend und hatte einen offenen Blick, und einmal verlor sie ihr Taschentuch auf dem Boden, und als ich mich bückte, um es aufzuheben, bat sie mich, es zu behalten.

Zwei Tage später warf ich mich in meinen weißen französischen Anzug und setzte meinen Strohhut auf. Die Wege des Sommergartens empfingen mich mit ihrer strengen Geometrie, hier war alles geradlinig und wohlorganisiert. Die weißen Marmorstatuen waren mit millimetergenauer Präzision aufgestellt. Die antiken Götter und Helden, die ich für gewöhnlich mit Chaos und Leidenschaft in Verbindung brachte, waren hier gezähmt und zu einer reinen Dekoration reduziert.

Ich entdeckte Jelena in einer Gruppe von Mädchen, hob meinen Hut und begrüßte alle, sie aber ganz besonders. Mit einem Mal spazierten die anderen ein kleines bisschen schneller, während sie ihre Schritte verlangsamte. Es geschah so natürlich, so raffiniert, dass ich ahnte, welch eine lange Erfahrung dahinterlag, dass sie dies nicht zum ersten Mal veranstalteten, es war etwas, das junge Menschen zu tun pflegten, ein Spiel, das alle außer mir beherrschten.

Allerdings war es nicht schwer zu erlernen, und seine Regeln bereiteten mir weder Furcht noch Nervosität.

Und so gingen wir allein, nur Jelena und ich, zum ersten Mal sprachen wir unter vier Augen. Unsere Konversation plätscherte ungezwungen dahin, es gab eine Reihe von Phrasen, die wir hinter uns bringen mussten, wir stellten einander Fragen, sie mir wohl ein paar mehr als ich ihr. Ihre Kommentare ließen auf ihre Jugend schließen, aber das konnte ich ihr natürlich nicht vorwerfen.

Wir unterhielten uns lange, und ich bemerkte ihre Nervosität, hatte jedoch den Eindruck, meine besonnene Art würde sie beruhigen; denn ich befand mich vollkommen im Gleichgewicht. Die Aufregung, die andere junge Menschen offenbar bei einem solchen Rendezvous empfanden, war mir vollkommen fremd, und ich verspürte Erleichterung, als ich unser Gespräch mit dem Satz abschließen konnte, ich würde mich freuen, sie wiederzusehen.

Für einen kurzen Moment beneidete ich sie um die Röte auf ihren Wangen, als ich einen Zeitpunkt für unser nächstes Stelldichein vorschlug. Doch ihre Hände waren klamm und zitterig, als sie zum Abschied die meinen ergriff, und mein aufflackernder Neid wurde sogleich von Fürsorge abgelöst.

An jenem Nachmittag begab ich mich nach Hause und setzte mich daran, meinen Bericht zu verfassen. Nun, da ich nicht länger nur *ihn* im Kopf hatte, lösten sich die Worte. Indem ich einen anderen Leser vor mir sah als Wilhelm, einen neutralen Dritten, wurde es mir möglich, von uns zu erzählen, und von den Pferden, ohne dass mir die Feder in meiner Hand wie eine Waffe zum Selbstmord erschien.

Es hat mich vier Wochen gekostet, dies alles zu Papier zu bringen. Unterdessen haben sich die Blätter der Bäume golden verfärbt und ihre Lebenskraft verloren, und bald werden sie leicht zu Boden segeln und sich auflösen, genauso, wie auch meine schmerzlichen Gefühle allmählich an Schwere verlieren. Ich dachte, ich würde die Geschichte der Wildpferde niederschreiben, doch in Wahrheit habe ich wohl meine eigene erzählt. Ich dachte, ich würde sie an einen fremden Leser adressieren, aber der Einzige, der diesen Bericht jemals lesen wird, bin ich selbst. So, wie frische Wassertropfen eine Wunde reinigen, hat die Arbeit an meiner eigenen Geschichte mich gereinigt. Mit jedem Buchstaben, den ich aufs Papier gekratzt, mit jedem Satz, den ich formuliert habe, bin ich der Erkenntnis nähergekommen, wie meine Zukunft aussehen soll.

Morgen wird das Gehege für die Pferde im Park fertiggestellt sein, und es ist ebenso farbenfroh und blumenreich dekoriert, wie ich es mir gewünscht hatte. Ich bin überzeugt, das Publikum wird diese neue Bereicherung des Zoologischen Gartens lieben. Die Zeitungen dieser Stadt haben Dolly und Stiwa bereits unzählige Spalten gewidmet, und wir rechnen mit langen Schlangen von Besuchern, die unsere Neuzugänge zu bestaunen wünschen.

Ganz besonders freue ich mich darauf, Jelena die Wildpferde zu zeigen, ich glaube, sie wird von den Tieren begeistert und zugleich stolz auf mich sein. Vielleicht erlaubt Betsy es ihr sogar, bis nach der Schließung der Tore mit mir im Tiergarten zu verweilen, vielleicht können Jelena und ich ganz allein zu den Pferden gehen, und vielleicht werden sie bezeugen, wie ich meine große Frage vorbringe.

Ich weiß, was ich verloren habe. Nie wieder wird mich ein so intensives Glück durchströmen, die wilde Leidenschaft gehört vergangenen Zeiten an. Meine Bewegungen sind bedächtiger geworden. Aber dieser Bedacht ermöglicht zugleich eine neue Nachdenklichkeit. Zum ersten Mal in meinem Leben fühle ich mich tatsächlich erwachsen. Ich bin bereit für das, was kommen mag, und ich räume meinen Stift und meine Aufzeichnungen mit der Gewissheit beiseite, dass ich das Richtige tun werde.

KARIN

Es ist schon Nacht, als ich in Ulaanbaatar ankomme. Trotzdem hört man noch immer den Lärm der vielen Autos. Ein gleichmäßiges Rauschen, so ungewohnt nach der Stille in Hustai.

Ich parke in einer Seitenstraße des Sukhbaatar-Platzes. Er muss hier sein. Ich bin mir sicher, dass er leicht zu finden sein wird. Gefunden werden will. Ich bereite mich darauf vor, ihn vor mir sitzen zu sehen, mit dem Kopf auf der Brust. Ich werde ihn nicht ansprechen, ehe ich direkt vor ihm stehe, damit ich sicher sein kann, dass er nicht wegrennt. Und dann, wenn ich höchstens einen Meter entfernt bin, werde ich seinen Namen sagen. Neutral, nicht resigniert. Er wird mit verschleiertem Blick zu mir aufsehen. Wird lächeln und sagen *Hallo, Karin. Da bist du ja wieder.* Vielleicht wird er sich entschuldigen. *Sorry. Nur ein kleiner Rückfall. Du weißt ja, wie das ist. Einmal Junkie, immer Junkie. Du kannst einen Jungen aus der Gosse holen, aber niemals die Gosse aus dem Jungen.*

Was er damit meint, habe ich nie verstanden. Und auch nicht, warum er sich selbst als Jungen bezeichnet. Er ist ein erwachsener Mann, über dreißig. Er hat wirklich nichts

Jungenhaftes an sich. Jedenfalls nichts außer dieser aufgesetzten Fröhlichkeit.

Ich stapfe über den Platz. In der Stadt ist nicht viel los. Die Bars und Restaurants haben geschlossen. Ich begreife nicht, wie er es geschafft hat, hier an Stoff zu kommen. In einem fremden Land, einer fremden Kultur, in einer Sprache, die er nicht beherrscht. Aber solche wie er kriegen es trotzdem immer hin. Sie lesen die Codes. Erkennen sich gegenseitig. Ich bin sicher, dass es ihm ohne große Probleme gelungen ist, etwas aufzutreiben. Vielleicht Opium. Wahrscheinlich ist das die Droge, die es hier am häufigsten gibt. Oder ganz einfach Heroin. Warum sollte es ausgerechnet in der Mongolei kein Heroin geben. Immerhin ist es einer der größten Exportartikel der Welt. Und die Mongolei liegt näher an Afghanistan als Deutschland.

Inzwischen habe ich das Ende des Platzes erreicht, ohne ihn zu sehen. Einige ältere Männer sitzen auf einer Bank und dösen. Ansonsten sehe ich niemanden.

Er sollte hier sein. Er sollte leicht zu finden sein.

Ich setze mich wieder in Bewegung, suche jede einzelne Straße um den Platz herum ab.

Ich rechne damit, ihn in einem Hauseingang zu entdecken, auf einer Baustelle, halte nach der gebeugten Gestalt Ausschau.

Aber er ist nirgends.

Ich gehe weiter.

Hier gibt es nur Asphalt und Steine, eine Härte, die unter den Fußsohlen beginnt und sich bis in den Nacken fortpflanzt.

Ich vermisse Erde und Gras, eine weiche, schwingende Unterlage, die etwas nachgibt.

Ich hasse diese asphaltierten Flächen, auf denen die Städte erschaffen werden.

Ich will weg von hier und muss mich von der Stadt verschlucken lassen.

Die Straßen leeren sich gänzlich, werden vollkommen still. Ich umrunde eine Ecke, sehe eine Steintreppe vor mir. Eigentlich dürfte ich mich jetzt nicht setzen, aber ich lasse mich trotzdem darauf sinken. Ich werfe einen Blick auf die Uhr. 3.47 Uhr. Die ganze Nacht hindurch bin ich gelaufen, habe nichts gegessen und nichts getrunken.

Ich stütze meinen Kopf auf die Hände. Möchte nur noch schlafen, nur noch ausruhen, doch ich muss weiter. Er, mein Sohn, ist irgendwo in dieser Stadt. Wo sollte er sonst sein?

Im Auto ist es kalt. Ich stecke den Schlüssel ins Zündschloss, starte den Wagen.

Mit beiden Händen am Lenkrad versuche ich, ihn mir vorzustellen.

Er wirft seine Sachen in eine Tasche. Verlässt das Zelt, verlässt das Lager. Geht weiter zur Hauptstraße.

Fährt per Anhalter in die Stadt.

Er will weg. Aus der Mongolei. Von den Pferden. Von mir.

Vielleicht ist er doch nicht bis in die Stadt getrampt?

Ich habe mir immer gewünscht, dass er endlich selbständig wird. Dass er von mir wegwill. Denn das machen

Kinder doch eines Tages. Erwachsen zu werden heißt, seine Eltern hinter sich zu lassen. Ich wollte einfach nur, dass er so wäre wie alle anderen Kinder.

Vielleicht macht er jetzt endlich das, was ich mir immer gewünscht habe?

Ich biege scharf links ab. Beschleunige, komme wieder auf die Hauptstraße, hinaus aus der Stadt. In Richtung Flughafen.

Er liegt auf einer Bank in der Abflughalle und schläft mit der Wange auf seinem Handgepäck. Neben ihm, unbewacht und geradezu rührend vertrauensselig, steht seine Reisetasche. Sie sieht aus, als wäre sie nicht einmal halbvoll. Während seines Aufenthalts hat er sich nichts Neues angeschafft. Materielle Dinge waren ihm noch nie wichtig.

Er schläft tief und fest.

Ich bleibe vor ihm stehen, hoffe, dass er von selbst aufwachen wird, doch nichts passiert.

Am Ende muss ich näher an ihn herantreten. Er reagiert noch immer nicht. Ich hebe die Hand. Soll ich ihm durchs Haar zausen? Ihm über die Wange streichen?

Ich zupfe ihn am Jackenärmel, sage leise seinen Namen.

Er bewegt sich ein wenig, wacht jedoch nicht auf. Ich sage seinen Namen erneut, diesmal lauter.

Endlich blinzelt er, entdeckt mich und setzt sich auf. »Hallo.«

Er hat Abdrücke von der Tasche an der Wange, davon abgesehen wirkt er wach und klar und scheint nicht überrascht darüber, dass ich aufgetaucht bin.

»Hallo«, sage ich.

Er rückt ein wenig beiseite, um mir auf der Bank Platz zu machen.

»Hast du in der Stadt nach mir gesucht?«, fragt er.

»Ich wusste nicht genau, wo ich dich suchen sollte«, antworte ich.

»Du hast so nach mir gesucht, wie du es gewohnt bist?«

»Ja.«

»Es ist viele Jahre her, seit dem letzten Mal. Seit du das letzte Mal nach mir gesucht hast.«

»Ein paar Jahre bestimmt, ja.«

»Warst du wütend?«

»Nein. Wütend war ich nie.«

»Warst du doch, Karin. Du warst außer dir vor Wut. So wütend, dass du eines Tages aufgehört hast, nach mir zu suchen.«

Ich entgegne nichts.

Er fährt fort. »Du wolltest nie Kinder haben. Dann kam ich, und das war an sich schon anstrengend genug für dich. Allein mit einem kleinen Jungen. Du hast sicher gedacht, es würde irgendwann leichter werden, wenn ich größer bin. Du hast dich schon auf diese Zeit gefreut. Aber dann wurde es nur schlimmer. Und du hast immer öfter daran gedacht, dass du mich eigentlich nie haben wolltest.«

Nein, denke ich. So war es nicht.

»Ich wollte Kinder haben«, sage ich.

»Lüg doch nicht«, erwidert er barsch.

»Jedenfalls war es schön, als du dann da warst.«

»Vieles war auch nicht schön«, sagt er.

»Einiges schon«, entgegne ich.

»Und es war nicht immer schön, dich als Mutter zu haben.«

»Ich weiß.«

Wir bleiben sitzen. Er nestelt an seinem Rucksack herum. Ich hole meine Zigaretten hervor. Biete ihm eine an, aber er schüttelt den Kopf. Als ich mir eine anstecken will, habe ich Probleme mit dem Feuerzeug. Meine Hände zittern wohl etwas. Dann reiße ich mich zusammen, und endlich gelingt es mir.

»Wann geht dein Flug?«, frage ich.

»Um 6.15 Uhr.«

Mit zusammengekniffenen Augen sehe ich zu der ein Stück entfernten Anzeigetafel hinüber.

»Über Moskau?«

»Ja.«

»Aeroflot? Na, dann viel Glück.« Ich versuche zu lächeln.

»Danke«, sagt er, ohne das Lächeln zu erwidern.

Wir schweigen erneut. Ich rauche fertig. Kann nirgends einen Aschenbecher sehen, lege den Stummel zurück in die Zigarettenschachtel und stecke sie schnell wieder ein, als ich den säuerlichen Geruch wahrnehme.

Um uns herum erwacht der Flughafen zum Leben. Ein Mann vom Reinigungspersonal schiebt einen Putzwagen vorüber. Ein Kellner öffnet das Café und klappert mit Tassen und Kannen. Zwei Frauen in Uniform gehen zum Check-in-Schalter und bereiten ihn vor.

»Warum fährst du wieder?«, frage ich.

»Warum bin ich ursprünglich mitgekommen?«, fragt er zurück.

»Weil du wegwolltest.«

»Ja, weil ich wegwollte. Aber nicht in erster Linie deswegen.«

»Weil du musstest.«

»Nein, Karin. Ich wollte nur dasselbe, was ich schon immer gewollt habe.«

Er lehnt sich vor, stützt die Ellbogen auf die Knie und spricht leise, ohne mich anzusehen. »Ich erinnere mich noch, wie ich als Kind manchmal die Arme ausgestreckt und mir gewünscht habe, du würdest mich berühren, mich umarmen. Aber oft konnte ich dich gar nicht erreichen. Du hast zu weit weggestanden, wolltest mich nicht an den Händen nehmen … Und jetzt …« Er macht eine kurze Pause, beugt den Kopf noch mehr herab, sodass ich sein Gesicht nicht sehen kann. »Ich erreiche dich immer noch nicht. Wir können Zeit miteinander verbringen, einen ganzen Tag, können uns ganz ungezwungen unterhalten, und trotzdem strecke ich meine Hände nach etwas aus, was immer genau ein kleines Stücken zu weit entfernt ist.«

»Mathias. Ich weiß, dass ich nicht immer …«

Er fällt mir ins Wort: »Ich habe die ganze Zeit gedacht, es wäre lebensnotwendig, dass ich dich erreiche. Dass ich es immer weiter versuchen müsste. Genau wie ich als kleines Kind immer dachte, ich würde etwas falsch machen, als du mich nicht anfassen wolltest, dass ich derjenige war, der zu weit von dir weg stand. Aber so war es ja nicht. So ist es ja nicht.« Er steht auf, greift seine Tasche, wirft sie sich über die Schulter, fährt sich mit der Hand durchs Haar. Jetzt sieht er wach aus, die Abdrücke an seiner Wange sind fast verschwunden. Hübsch, er ist hübsch, ein gutaussehender Mann, ein bisschen verwegen, wie es vielen Frauen gefällt.

»Mach's gut, Karin.«

Er hebt die Hand. Seine Finger sind leicht abgespreizt, wie dünne Äste.

Ich stehe auf.

Wir stehen zwei Schritte auseinander.

»Ja«, sage ich. »Du auch.«

Mathias, er war immer so leicht zu trösten. Man musste ihm nur die Brust geben. Er war ein unkompliziertes Baby. Und so schön, dass ich ihn immerzu ansehen musste.

Ich wende mich ab. Eine Familie auf dem Weg zum Check-in kommt an uns vorbei. Zwei kleine Jungen, die durch die Gegend toben, der Ältere jagt den Jüngeren. Die Eltern schimpfen routiniert mit ihnen. Der Jüngere rennt kreischend vor dem Älteren davon. Es ist ein Kreischen, das in zwei Richtungen umschlagen kann, in Lachen oder Weinen. Dann lässt er seinen Koffer fallen, die Kopie eines Erwachsenenmodells mit Mickey Mouse auf der Vorderseite. Der Griff fällt auf den Boden. Ein metallischer Knall, der vom Echo in der Halle verstärkt wird. Der Junge rennt noch ein paar Meter weiter, ehe er merkt, dass er seinen Koffer verloren hat. Er dreht sich um, läuft schnell zurück und hebt ihn auf. Im nächsten Moment stürzt sich der Bruder auf ihn, wirft ihn zu Boden, sie umklammern sich, wälzen sich, ringen miteinander. Jetzt kreischen beide. Der Jüngere lacht. Aber auch diesmal ist es ein Lachen, das leicht kippen kann, das zeigt, dass es ihm zu viel ist und er bald in Tränen ausbrechen wird.

Ich betrachte Mathias erneut. Hebe die Hand, so wie

er. Es kommt mir wie eine seltsame Imitation seiner Bewegung vor. Will er denn nicht gehen? Jetzt muss er doch wohl gehen? Er muss gehen, bevor der Junge mit dem Koffer zu heulen anfängt. Bevor das Weinen zwischen den Wänden widerhallt. Bevor das Geräusch andere Schwingungen in Gang setzt, die Neonröhren erzittern lässt, die Vibration in die Wände dringt, ins Dach hinauf, bis das ganze Gebäude wackelt.

»Na dann, mach's gut«, sage ich erneut.

Er nickt. »Mach's gut.«

Er geht ein paar Schritte weiter, dann dreht er sich um, sieht mich mit einem Blick an, den ich nicht deuten kann, weder Wut noch Traurigkeit liegt darin, sondern etwas anderes.

Im selben Moment fängt der kleine Junge zu weinen an. Es ist ein gellender Laut. Die Leuchtstoffröhren zittern.

Geh nicht, bitte geh nicht.

Einen Schritt schaffe ich. Einen Schritt.

»Mathias«, sage ich.

Und noch einen.

»Warte.«

Er dreht sich um.

»Ja, was ist denn, Karin?«

Der Junge schluchzt, der Vater versucht, ihn zu trösten, aber es hilft nichts.

Mathias sieht mich nur an, er hat noch immer diesen Gesichtsausdruck.

Dann dreht er sich zur Anzeigetafel um.

Boarding, leuchtet uns entgegen.

»Ach, schon gut«, sage ich.

Die zitternden Leuchtstoffröhren summen in den Ohren. Jetzt muss der Junge aufhören zu weinen. Er muss aufhören zu weinen.

Mathias sieht mich ein letztes Mal an. »Jetzt fahr schon zurück zu deinen Pferden.«

Ich nicke.

Erneut kehrt er mir den Rücken zu.

Dann geht er.

Ich habe das Gefühl, ein leichtes Zucken in seinen Schultern zu sehen, bin mir aber nicht sicher. Er dreht sich nicht wieder um. Nicht, als er zum Sicherheitscheck geht, nicht als er seine Bordkarte vorzeigt und um die Ecke verschwindet.

EVA

Für einige Wochen gab es nur ihn. Alles drehte sich um ihn, den Säugling, seinen Geruch, seine Laute, die Stille, wenn er schlief. Louise erholte sich schnell, klagte nicht über die Stiche, mit denen ich sie hatte nähen müssen, oder die durchwachten Nächte, nicht über die entzündete Brust und das Fieber, das kam und ging. Der Junge schien alles unbeschadet überstanden zu haben. Er war wie die meisten Babys, genauso niedlich, genauso schwierig, genauso undurchschaubar, genauso vertraut und fremd.

Er weinte, ganz so, wie er sollte. Das meckernde Babygeschrei durchdrang alles und transportierte gleichzeitig ein Gefühl der Gelassenheit und Normalität, die mit nichts anderem zu vergleichen war.

Davon abgesehen nahm er schnell an Gewicht zu, seine Wangen wurden rund. Er bekam auch einen Namen, David, nach Louises Vater.

Ich dachte, die Zeit würde stillstehen, für einige wenige Wochen dachte ich, die Zeit würde stillstehen, aber das Einzige, was sich nicht veränderte, war die Tatsache, dass sich alles verändern würde. Alles um uns herum bewegte sich, wuchs, so wie er.

Louise nahm ihn mit sicheren Bewegungen hoch, legte ihn an die Brust, ohne zu zögern, stillte seine Tränen ruhig und doch resolut.

An einem hellen, warmen Frühlingstag saßen die beiden auf der Treppe, als ich von meiner abendlichen Runde aus dem Stall zurückkam. Sie stillte, ich hörte, wie er dabei schluckte und mal angestrengt, mal wohlig schnaufte.

Ich setzte mich neben sie und ließ mich von ihrer Ruhe anstecken.

»Als ich Isa bekam, hatte ich lange zu kämpfen«, sagte ich.

»Zu kämpfen?«

»Ich habe nichts hinbekommen, hatte Angst, sie an die Brust zu legen, und Angst, sie wieder wegzunehmen, Angst davor, sie alleine schlafen zu lassen, Angst vor ihrem Weinen, aber auch vor ihrer Stille.«

»Aber es ist doch nur ein Baby«, sagte Louise.

»Genau das meine ich. Für dich ist es ganz einfach nur ein Baby.«

Sie drehte sich für einen Moment zu ihrem Kind, strich ihm sanft mit dem Finger über die Stirn. David war an ihrer Brust eingeschlafen, jetzt löste sie ihn vorsichtig.

»Ich glaube, jetzt ist er bereit«, sagte sie.

»Ja«, sagte ich. »Er ist bereit.«

Er war bereit für die Welt. Anne hatte gemeint, das Letzte, was unserer Erde noch fehlte, wären neue Menschen, und das Letzte, was kleinen Menschen noch fehlte, wäre es, in diese Welt hineingeboren zu werden. Vielleicht würde ich Anne wiedersehen. Ich wollte versuchen, sie zu finden. Ich wollte, dass sie David kennenlernte und sah, wie sehr Isa sich verändert hatte. Zwei Kinder dieser Welt.

David prustete leise im Schlaf, drehte den Kopf ein wenig, hob die Mundwinkel zu einer lächelnden Grimasse. Ich konnte keinen einzigen Fehler an ihm und Isa finden, und auch keinen Fehler darin sehen, ihnen auf die Welt geholfen zu haben. Sie gehörten hierher, und es lag in meiner Hand, ihnen ein Leben zu ermöglichen.

Ein schwacher Wind wehte, die Wolken türmten sich am weiten Himmel. Puma und Nike grasten ganz hinten auf der Gartenweide, kauten langsam das hellgrüne Frühlingsgras, die Halme reckten sich ihnen entgegen, als würden sie darum bitten, gefressen zu werden. Und hinter dem Zaun warteten die Wiesen auf sie, ein ganzer Sommer und eine ganze Welt lagen vor ihnen.

Ich hatte Isa gebeten, mich zu begleiten. Louise ruhte sich drinnen aus. David hatte in der letzten Zeit viel geschrien, vielleicht hatte er einen Wachstumsschub gehabt, vielleicht bekam er aber auch mit, dass wir packten, dass sich die Stimmung im Haus änderte, hektisch und gespannt war.

Davon abgesehen wollte ich in diesem Moment auch niemand anderen als meine Tochter bei mir haben.

Isa ging bis an den Zaun, blieb bei den Pferden stehen. Sie trotteten auf uns zu, sahen mich erwartungsvoll an. Meine Wildpferde, die längst verschwunden wären, wenn der Mensch es nicht verhindert hätte. Wenn nicht ein Russe und ein Deutscher eines Tages gemeinsam in die Mongolei gereist wären und das Tier gefangen hätten, das alle für ausgestorben hielten, wenn die Angestellten in Zoologischen Gärten und Naturreservaten auf der ganzen Welt sie nicht gehegt und gepflegt und die Art wieder aufgebaut hätten, wenn eine deutsche Tierärztin sie in den 1990er Jahren nicht wieder in ihre frühere Heimat zurückgebracht und alles darangesetzt hätte, dafür zu sorgen, die Art erneut widerstandsfähig und selbständig zu machen.

»Heute habe ich nichts für euch dabei«, sagte ich und zeigte ihnen meine leeren Hände.

Sie starrten mich weiterhin an, und ich musste plötzlich an Hans denken, das Pferd, das zählen konnte. Ich wollte Nike und Puma etwas mit auf den Weg geben, ein paar Abschiedsworte, wusste aber nicht was, die Pferde verstanden meine Sprache sowieso nicht, und den Klang meiner Stimme würden sie wohl auch vergessen.

Aus dem Wald drang ein Laut zu uns herüber, Zweige, die unter dem Gewicht eines schweren Tieres knackten. Ein Schatten bewegte sich dort drinnen. Rimfakse wartete, das Pferd, das die Dunkelheit über die Welt brachte. Ich konnte sie nicht länger vor ihm beschützen. Ich konnte ihm auch nicht böse sein, er tat nur, was in seiner Natur lag, so wie wir. Er suchte den Kontakt zu den anderen, suchte nach einer Herde.

Rimfakse war einer, der durchkommen würde, ein Sieger. Er war nicht wählerisch, sondern gab sich mit wenig zufrieden, und er würde immer eine Stute finden, auch diesbezüglich war er nicht wählerisch. Solche wie er, die das fraßen, was ihnen in den Weg kam, und Freude an einfachen Dingen wie frischer Luft und klarem Wasser fanden, die das annahmen, was die Umgebung ihnen bot, anstatt die eigenen Bedürfnisse in den Vordergrund zu stellen, die über alle Unterschiede hinweg Verbindungen knüpften, würden immer durchkommen. Ich konnte nur hoffen, dass ich auch so war. Dass Isa auch so war.

Ich ging zum Gatter und drehte mich zu meiner Tochter um. Sie nickte.

Dann hob ich die Schlaufe, die es verschlossen hielt, der Hanfstrick fühlte sich rau an.

Mit einem Mal hielt ich mitten in der Bewegung inne. Blieb einfach nur stehen, fühlte einen Schwindel. Es war, als würde jemand auf mir herumtrampeln, wie Hufe auf der Brust. Ich schwankte.

»Mama?«

Isa kam zu mir, legte mir die Hand auf die Schulter.

»Mama, ist alles gut?«

»Ich weiß nicht, ob ich das schaffe.«

Sie sah mich an und riss sofort erschrocken die Augen auf. »Willst du etwa doch nicht gehen?«

»Doch, ich will, mein Mädchen, ich will gehen.«

»Dann verstehe ich nicht …«

Ich nickte schnell. »Ich werde es jetzt tun. Ich tue es jetzt.«

Endlich legte ich die Hand auf das morsche Holz und zog das Gatter auf.

Es quietschte in den Angeln. Die Pferde spitzten die Ohren, als sie das Geräusch hörten, dann senkten sie ihre Köpfe wieder zum Gras.

Das Gatter stand offen, es war vollbracht. Nur bemerkten die Pferde es nicht. Vielleicht würde es Stunden oder sogar Tage dauern, ehe ihnen auffiel, dass sie gehen konnten, wohin sie auch wollten. Sie würden noch lange so stehen, den Kopf dicht über dem Boden, ununterbrochen fressend, ehe sie sich, vielleicht, weil sie draußen das Gras sahen, das plötzlich zugänglich war, durch das Gatter bewegten.

Ich hätte meine Stimme einsetzen können, sie hinauslocken, aber ich ließ es bleiben. Sie mussten den Weg allein finden.

Stattdessen drehte ich mich um und setzte mich in Bewegung. Ich sah Isa an, meine Tochter, die neben mir ging und mich mittlerweile um einen halben Kopf überragte. Ihre Hand streifte meine, aber sie ergriff sie nicht.

In diesem Moment verließen wir die Pferde. Sie sollten allein hinausfinden. Die Zeit wird ihnen helfen, dachte ich. Es braucht die Zeit, die es braucht.

Lieber Lars,

ich dachte immer, wir würden deinen Briefkasten gemeinsam leeren, wenn du zurückkommst. Aber jetzt musst du es allein machen. Vielleicht wird er auch nie geleert werden.

Was meinst du, wie lange die Briefe dort drinnen liegen können, ohne dass sie zerstört werden? Wie lange wird es dauern, bis die Tinte vor lauter Feuchtigkeit verschwimmt, bis das Papier zu Staub zerfällt?

Ich glaube, die Briefe werden erhalten bleiben. Ich habe Vertrauen in diesen Briefkasten. Er wurde gebaut, um zu beschützen. Ich glaube, das, was ich geschrieben habe, kann lange überdauern, vielleicht so lange, bis du alt bist. Und ich glaube, du wirst zurückkommen.

Dann, wenn du wieder hier bist, wirst du alle Briefe öffnen, sie vielleicht sortieren und in der richtigen Reihenfolge lesen. Oder vielleicht liest du sie einfach so, je nachdem, welchen du als Nächstes öffnest. Dann ergeben sie vielleicht nicht so viel Sinn.

Vielleicht bist du bereits ein alter Mann, wenn du das hier liest. Hast graues Haar und Falten um die Augen. Du bist zurückgekommen, um noch einmal neu anzufangen. Du hast deine Familie dabei, vielleicht sogar Enkel. Vielleicht haben die Menschen noch einmal neu angefangen. Wenn alles zerstört ist, ist auch alles in Bewegung, und eine Bewegung ist zugleich ein Anfang.

Vielleicht bist du lange gewandert, in einem großen Kreis. Alle Menschen gehen im Kreis. Ohne Pass und Kompass schaffen wir es nicht, geradeaus zu gehen. Das eine Bein ist stärker als das andere und zieht uns in eine bestimmte Richtung. Der Kreis kann durchaus groß sein, aber er wird immer ein Kreis bleiben.

Und dann hat dich der große Kreis wieder hierher zurückgeführt, und du hast verstanden, dass du den Briefkasten leeren musst. Denn das macht man ja so, wenn man nach Hause kommt. Egal, wie lange man weg war, man leert doch wohl immer den Briefkasten.

Vielleicht denkst du einen oder zwei Tage lang über die Briefe nach. Erinnerst dich daran, wer ich war und wer du warst, und bereust vielleicht, dass du mich nicht geküsst hast, als du die Chance hattest. Dann legst du sie weg und wendest dich dem Hof zu. Du weißt nicht, wo du anfangen sollst. Aber das spielt keine Rolle, weil du weißt, dass du so lange arbeiten wirst, bis alles wieder steht, von Neuem.

Bericht über meine Reise in die Mongolei und das, was ich dort fand

POSTSKRIPTUM
St. Petersburg, Juni 1890

Die ganze Nacht über war ich wachgeblieben und hatte meine früheren Aufzeichnungen durchgesehen, hatte umgeben von Papier auf dem Boden meines Arbeitszimmers gesessen, dichtbeschriebene, ungeordnete Blätter, die ich fächerförmig um mich verteilt hatte, da ich zu sehr von der Lektüre gefesselt gewesen war, um sie anschließend wieder säuberlich übereinanderzuschichten.

Wie ich nun sehe, war ich gegen Ende meines Schreibprozesses von der Annahme ausgegangen, mein Text sei für niemand anderen als mich selbst von Belang. In dieser Hinsicht mag ich mich vielleicht getäuscht haben. Denn jetzt, da es kaum noch Wildpferde in der Mongolei gibt, nachdem man auf den drei großen Expeditionen der letzten Jahre die meisten von ihnen gefangen oder getötet hatte, wäre es sicherlich auch für andere Leser interessant, etwas von der ersten großen Expedition zu erfahren und darüber, warum einige dieser Pferde heute in europäischen Tiergärten leben. Damit mein Bericht für andere lesenswert ist, bedarf es jedoch einer gründlichen Überarbeitung.

Allerdings ist das nicht der wahre Grund, warum es mich wieder zum Schreiben treibt. Ich dachte, mein Bericht wäre abgeschlossen, doch so ist es nicht, meine Geschichte dauert an, solange ich lebe… und solange er, Wilhelm, lebt, und sie wird weitergehen, solange unsere Pferde und ihre Nachkommen auf den grasbewachsenen Flächen dieser Erde grasen.

Die Feder zittert schwach in meiner Hand, ich kann es nicht vermeiden, ein wenig Tinte auf das Papier zu kleck- sen. Vom offenen Fenster her höre ich die Geräusche der Stadt, die zum Leben erwacht, Hufe auf Pflastersteinen. Flinke, junge Füße, vielleicht ein Bote, springen vorüber, aus der Küche höre ich das Klappern von Bratpfannen, sie haben mit der Zubereitung des Frühstücks begonnen, und aus dem Schlafzimmer höre ich Jelena leise für die kleine Darja singen, unsere Jüngste, um sie sanft zu wecken. Ich versuche, diese Geräusche festzuhalten, doch sie werden leiser, es ist, als würde ich in der Eingangshalle meines eigenen Lebens stehen, um dann, erst ganz langsam, dann schneller und schneller, meinen eigenen Weg zu gehen.

Wilhelm ist gestern zurückgekehrt. An diesem Tag war es außergewöhnlich heiß, ich wollte lediglich die Tür meines Büros öffnen, um ein wenig Luft hereinzulassen, und plötzlich stand er da, nur zwei Schritte von mir entfernt.

Er lüftete seinen Hut.

»Guten Tag, Michail Alexandrowitsch Kowrow.«

»Wolff?«

»Ja«, antwortete er. »Ich bin es.«

Ich blieb reglos stehen.

»Wilhelm? Nein …«

»Dachtest du, ich würde nicht kommen?«

»Nein … nein …«

»Aber du hast mich gerufen?«

»Ja.«

»Und hier bin ich.«

Hier war er.

»Wilhelm.«

Er stand vor mir, die Arme an den Seiten, weder entgegenkommend noch abweisend, zwei Schritte von mir entfernt, nur zwei Schritte.

»Ich bin weit gereist«, sagte er. »Mehrere Tage lang.«

Endlich löste sich meine Lähmung. Ich ging zu ihm, er streckte die Hände aus, und ich ergriff sie. Eine Weile hielt ich sie einfach nur in den meinen. Doch es war nicht genug. Ich musste noch einen Schritt nähertreten, und schließlich ließ ich seine Hände los, nahm ihn an den Schultern und zog ihn an mich.

Seine Wangen waren rau an meinen Lippen, seine Lippen warm, als ich auch sie küsste.

Du bist es wirklich, du bist gekommen, du lebst, du bist hier.

»Ja«, sagte er, als hätte ich meine Gedanken ausgesprochen. »Ich habe deinen Brief erhalten. Ich bin unverzüglich aufgebrochen.«

Ich schluchzte in seinen Mantelstoff, der nach Wolle

und Tabak roch, und nach ihm, und er murmelte meinen Namen.

»Mischa, Mischa.«

Als ich Jelena geheiratet hatte, war ich überzeugt gewesen, einen Zustand des inneren Gleichgewichts erreicht zu haben, als wäre alles, was ich durchlebt hatte, eine Art Reinigung gewesen, als hätte ich mich mit meinem Schmerz ausgesöhnt und stünde nun bereit, dem Rest meines Lebens wie ein unbeschriebenes Blatt entgegenzusehen.

Während die Jahre vergingen, versuchte ich mit aller Kraft gemäß meiner Dispositionen zu leben und den Regeln zu folgen, die ich in mir verankert glaubte. Ich ließ mich von Herbert Spencers These des *Survival of the fittest* leiten, ich war *the fittest,* ich hatte das Zeug dazu, wenn ich nur die richtigen Entscheidungen traf. Gleichzeitig tat ich alles nur irgend Mögliche für das Überleben der Pferde, für die Fortführung ihrer Blutlinie. In den ersten Jahren ging es ihnen erbärmlich, und das war meine Schuld. Der Hengst wollte nicht kopulieren, die Stute wurde niemals trächtig, und erst, als ich sie frei auf der großen Weide grasen ließ, wurde sein Interesse endlich geweckt. Dennoch verging ein Jahr, ohne dass etwas geschah, und ich hätte beinahe geglaubt, die Namen, die ich ihnen gegeben hatte, seien ein Fluch, denn gewiss war Stiwa ein Mann mit großem Appetit für das andere Geschlecht, aber sein Appetit galt nicht so sehr der eigenen Ehefrau Dolly, sondern vielmehr einer ganzen Reihe von Liebhaberinnen.

Im Spätherbst bemerkte ich dann, dass Dolly trächtig war, endlich trug sie ein Fohlen aus. Ich hatte gedacht, ich würde glücklich sein, doch stattdessen weinte ich. Nächtelang saß ich in meinem Arbeitszimmer und weinte.

Als die Geburt dann schließlich einsetzte, als Dollys Euter zu tropfen begann und sie rastlos im Gehege auf und ab streifte, schwitzte, sich hinlegte, wieder aufstand und mit den Vorderhufen scharrte, griff ihre Nervosität auf mich über. Ich konnte nicht ruhen, nicht sitzen, nicht stehen, ich wanderte am Zaun des Geheges auf und ab und überwachte jede ihrer Bewegungen.

Wäre sie ein Hauspferd gewesen, hätte ich mich genähert und versucht, ihr zu helfen, hätte sie mit einem feuchten Tuch abgetupft, ihr den Schweif bandagiert und ihr ein Lager aus staubfreiem Stroh bereitet.

Doch sie war wild, und ich durfte nichts anderes tun, als hier gemeinsam mit ihr zu warten.

Nach einer Weile platzte die Fruchtblase, literweise rote Flüssigkeit strömte aus ihr heraus, sie legte sich nieder, und die Austreibungsphase setzte ein. Wie gelähmt stand ich da und sah zu, wie die Kontraktionen heftiger und heftiger durch ihren Körper liefen. Ich behielt die Zeit im Auge, die Minuten vergingen, eine Viertelstunde, zwanzig Minuten, und noch immer war das Fohlen nicht da.

Dann kam mit einem Mal ein kleiner Huf zum Vorschein, und noch einer. Dolly lag auf dem Boden, ihr gesamter großer Körper hatte zu kämpfen. Bald müsste das Maul kommen, bald …

Doch es tauchte nicht auf. Die Krämpfe gingen weiter, Dolly ächzte laut. Bald würde eine halbe Stunde vergangen sein, es sollte nicht so lang dauern, konnte nicht so lang dauern.

Stiwa stand weit entfernt und graste gelassen, als würde er gar nicht bemerken, was gerade vor sich ging, wie alle Männer, mehr oder weniger freiwillig auf den Flur verbannt, oder noch weiter weg, ketterauchend, in Gesellschaft mit anderen Männern und einem Drink in der Hand, während das größte Wunder des Lebens völlig ohne ihr Zutun vonstattengeht.

Dolly war allein, sie hatte nur mich, ich konnte nicht mehr nur draußen am Zaun stehen.

Ich öffnete das Gatter, ging vorsichtig zu der Stute hinein und kniete mich neben sie. Sie sah mich an, mit Augen, die mich um Hilfe anflehten.

Behutsam griff ich das Vorderbein des Fohlens und zog daran. Ich versuchte, einen Rhythmus zu finden und im Takt ihrer Wehen zu ziehen.

Endlich kam das Maul in Sicht, und ich wischte die Reste der Fruchtblase von den Nüstern.

Nun stand nur noch die letzte Etappe bevor.

»Komm schon«, flüsterte ich. »Du schaffst das.«

Wir arbeiteten zusammen, sie und ich, Wehe für Wehe.

Währenddessen redete ich die ganze Zeit beruhigend auf die Stute ein.

»Wir schaffen das schon, meine Liebe. Ich bin doch da, ich bin bei dir.«

Dann, endlich, in zwei kurzen Stößen, kam das ganze Fohlen, schleimüberzogen, glitschig und wohlgestaltet. Ich sah sofort, dass es ein Hengst war, und meine Brust schwoll an vor Stolz und Freude. Ein kleiner Hengst, das allererste Takhi des Zoologischen Gartens!

Fohlen wie auch Mutter blieben liegen, und ich zog

mich vorsichtig zurück, da ich sie nicht länger stören wollte. Jetzt gab es nichts mehr für mich zu tun.

Dennoch hatte ich einen intensiven Drang nach Betätigung. Ich wanderte weiter um das Gehege der Pferde herum, immer schneller und schneller, während ich vor Glück fast übersprudelte, und ließ die Stute, das Fohlen und den Hengst nicht mehr aus den Augen. Sie waren zu zweit gewesen, nun waren sie mit einem Mal zu dritt. Ein vollkommen neues Wesen auf dieser Welt, wie aus dem Nichts erschienen. Das große Wunder des Lebens, dachte ich. Das Wunder des Lebens!

Ich änderte jäh meinen Kurs und eilte direkt in mein Büro, wo ich mich an den Schreibtisch setzte und zu Feder und Papier griff. Dann schrieb ich einen Brief an Wilhelm und bat ihn, unverzüglich zu kommen, ich schrieb ihm, dass Dolly endlich gefohlt hatte und mir tausend Gründe einfielen, die ihn daran hinderten, auf meine Aufforderung zu reagieren und dass doch keines dieser Argumente dieses eine schlagen konnte: Wir hatten endlich ein Fohlen bekommen.

Und jetzt war Wilhelm hier.

Ich hielt noch immer seine Hand und zog ihn ins Büro, wo ich die Tür fest hinter uns verschloss, nachdem ich sicherheitshalber auch ein Schild aufgehängt hatte, das ich äußerst selten benutzte, es trug die Aufschrift: *Bitte nicht stören.* Anschließend führte ich ihn zu dem Stuhl vor meinem Schreibtisch.

»Setz dich, lieber Freund.«

Ich blieb für einen Moment unschlüssig im Zimmer stehen und überlegte, ob ich hinter dem Schreibtisch Platz nehmen sollte, was mir jedoch verkehrt erschien, als wäre er mein Untergebener, und so setzte ich mich stattdessen *auf* die Tischplatte, direkt vor ihn. So blieb ich sitzen und sah auf ihn herab, während er zu mir aufblickte, und seine Augen funkelten noch mehr, als ich es in Erinnerung hatte.

»Du bist ganz derselbe«, sagte ich.

»Aber älter«, erwiderte er. »Ich bin ein erschöpfter, ausgezehrter Mann mittleren Alters, mein Körper ist voller Wunden und Narben, und um meine Seele steht es auch nicht viel besser.«

»Ich finde, du siehst gut aus. Du hast immer schon gut ausgesehen.«

Es war die unbändige Wiedersehensfreude, die meinen Körper lenkte, als ich meine Hand hob und mit den Fingern über sein Gesicht strich. Ich spürte die grobe, warme Haut unter meinen Fingerkuppen, die rauen Bartstoppeln.

»Auch du bist ganz derselbe«, sagte er.

Jetzt legte er seine Hand um meinen Nacken, und dann zog er mich an sich. Wir umarmten einander so, wie wir es schon viele Male zuvor getan hatten, eine Umarmung, die nicht für fremde Augen bestimmt war.

Er sagte, ich sei derselbe, ich sagte, er sei derselbe, aber wir logen beide; denn in der Tat waren wir älter, viel älter, verändert an Körper und Seele. Das einzig Unveränderte waren wir beide, was wir hatten, zusammen.

Ich weiß, dass das, was ich nun schreibe, unter keinen Umständen von anderen gelesen werden darf. Ich muss meine Notizen verstecken, oder gar verbrennen, damit Jelena oder unsere Angestellten sie niemals finden werden.

Nichtsdestotrotz muss ich es festhalten, und wenn ich

nun meine Feder auf das Papier setze, durchlebe ich das Wiedersehen mit Wilhelm noch einmal.

Wir wussten, dass wir das, was wir waren, im selben Moment verlieren würden, in dem wir mein Büro verließen, denn im Beisein anderer Menschen gab es *uns* nicht. Deshalb blieben wir lange dort, deshalb zog ich die Gardinen zu, deshalb ignorierte ich alle Anfragen, rief lediglich *bitte gehen Sie wieder* und *kommen Sie morgen wieder* und *lesen Sie das Schild*, wann immer es an der Tür klopfte. Deshalb wagten wir es nicht, einander loszulassen.

Unsere Umarmung währte Stunden. Er war so, wie ich ihn in Erinnerung hatte, und dennoch anders, das Gefühl dessen, was er war, erschien mir noch stärker. Ich erlebte ihn so deutlich, so klar, als sei alles, was seit unserem Abschied geschehen war, überzogen gewesen von einer Nebeldecke wie jener, die im Winter über den Kanälen lag; und ich wusste, ich würde es nicht noch einmal bewältigen, in diesen Nebel zurückzukehren.

Anschließend lagen wir nebeneinander, ich flüsterte ihm Dinge ins Haar, ins Ohr, Worte, die ich nie zuvor gesagt hatte, alles, was mir in den Sinn kam, alles, was ich in diesen ganzen Jahren gedacht, aber nie zu äußern gewagt hatte; und er antwortete mit Worten, die mindestens ebenso stark waren wie meine; und das brachte mich zum Weinen. Ich weinte so bitter, laut und schluchzend, wie nur ein erwachsener Mann weinen kann.

Als meine Tränen versiegt, mein Begehren und Wille vorerst gestillt waren und wir uns schließlich, von Durst und Hunger getrieben, aus dem Zimmer begaben, hatte der Zoologische Garten längst seine Pforten geschlossen.

»Ich habe die Schlüssel«, sagte ich. »Wir brauchen noch nicht zu gehen. Du musst das Fohlen sehen.«

Ich führte ihn auf den Weg Richtung Westen.

»Dieses Gebiet war vorher aber noch nicht da«, sagte er.

»Nein, wir haben es vor drei Jahren angelegt.«

»Und was ist mit dem Gehege neben dem Kamel?«

»Die Pferde haben sich dort nicht wohlgefühlt.«

»Das kann ich mir vorstellen.«

»Und dem Kamel ging es ebenfalls schlecht. Es starb, kurz nachdem du abgereist warst.«

»Auch das überrascht mich nicht.«

Ich verschränkte meine Finger in den seinen und führte ihn durch die Dunkelheit, bis wir schließlich bei den Pferden eintrafen.

Er ging bis zum Zaun und legte seine Hände darauf.

»Wie gut sie es jetzt haben.«

Ich hatte ein großes Gehege für sie anlegen lassen, wir hatten den Zoologischen Garten so umgestaltet, dass genügend Platz blieb. Anschließend hatte ich versucht, den Direktor davon zu überzeugen, all unseren Tieren so viel Raum zur Verfügung zu stellen, und dass dies nicht nur gut für sie sei, sondern auch klug von uns und vielleicht sogar von finanziellem Vorteil, da glückliche Tiere auch gute Zuchttiere wären. Er hatte versprochen, darüber nachzudenken.

Dolly und Stiwa entdeckten mich und trabten munter auf uns zu.

»Ich habe heute keinen Hafer für euch, meine Lieben«, sagte ich. »Verzeihung.«

»Es war eine vernünftige Entscheidung von dir, die beiden auszuwählen.«

»Du hast sie ausgesucht.«

»Ja«, sagte er. »Ja, es tut mir leid.«

»Das braucht dir doch nicht leidzutun.«

»Nein, ich meinte auch nicht die Pferde. Sondern wie alles gekommen ist.«

Im nächsten Moment bewegte sich etwas im Gras, und Wilhelm zuckte zusammen. Dann weiteten sich seine Augen, als das Fohlen, das zwischen den hohen Grashalmen verborgen gelegen hatte, plötzlich auf die Beine kam.

»Da ist er ja! Oder ist es eine Sie?«

»Lewin heißt er. Ein kleiner Hengst.«

Das Fohlen rannte auf seine Mutter zu, es rannte auf diese seltsame Weise, wie nur Tierkinder aller Arten rennen, ein wenig unsicher, ungelenk und vollkommen glücklich.

»Es sieht gesund aus.«

»Vollkommen gesund, bisher. Aber ich hüte ihn auch, als wäre er mein Eigen.«

»Das ist er doch auch.«

»Ja, das ist er.«

Wilhelm wandte sich zu mir.

»Nicht nur mein Eigen«, sagte ich.

Wilhelm lächelte.

Und dann blieben wir einfach nur stehen, schweigend, gemeinsam, während das Fohlen auf der Weide umhersprang und die Eltern sanftmütig grasten, wie sie es immer getan hatten.

MATHIAS

Mongolei, 2019

Wir fliegen über der Wüste Gobi dem Sonnenaufgang entgegen. Ich habe nicht eine Minute geschlafen, kann meine Beine nicht ausstrecken, aber ich sitze am Fenster und nutze die Zeit stattdessen, um hinauszusehen. Erst färbt die Sonne den Sand rosa, dann wird er immer gelber, während der Himmel von Grau in Blau übergeht. Blau, genau so habe ich ihn in Erinnerung.

Ich überlege, wie es wäre, wenn Karin bei mir wäre. Wenn meine Mutter neben mir in der Aeroflot-Maschine von Moskau sitzen würde, die von den Turbulenzen über der Wüste Gobi durchgerüttelt wurde. Ängstlich war sie nie, wahrscheinlich hätte sie nur ironisch eine Augenbraue gehoben, wie sie es so oft tat, und sich darüber amüsiert, dass ich mich an der Armlehne festklammere. Und sie hätte vermutlich die Nase über das Flugzeugessen gerümpft.

Karin ist nicht hier. Aber Sarah ist bei mir, und sie amüsiert sich genauso, wenn ich bei jedem Luftloch etwas mehr erblasse. Sie ist ein viel größerer Globetrotter, als ich es je war. Sie hat alles gemacht, was man anscheinend machen muss, wenn man jung ist: mit dem Rucksack durch Asien,

Auslandssemester in Australien, Rafting in Norwegen. Die Mongolei war immer das Einzige gewesen, was ich vorzuweisen hatte, das einzig Exotische, mit dem ich punkten konnte, wenn sie mir Bilder und Videos von ihren Reisen gezeigt hat. Und jetzt bekommt sie die Mongolei auch noch dazu. Doch ich bin froh, dass sie dabei ist.

Außerdem glaube ich, Karin hätte es gefallen. Sie hatte ihre Rolle als Großmutter zwar nicht gerade mit Begeisterungsstürmen eingenommen, aber dennoch Gefallen an Sarah gefunden.

Die Landung auf dem Chinggis Khaan International Airport ist genauso ungemütlich und rau wie der ganze Flug. Das Flugzeug wackelt, ich muss mich erneut festhalten, mache mir für einen Moment Sorgen um die Urne. Die Tür des Gepäckfachs könnte aufgehen, der Deckel der Urne abfallen, die Asche im Flugzeug verteilt werden. Eine skurrile Geschichte, aber nicht das, was wir geplant hatten.

Ich erinnere mich selbst daran, dass die Urne einen Schraubverschluss hat, der Deckel aus Metall ist und nicht kaputtgehen kann, und das Gepäckfach ganz sicher ordentlich schließt, selbst bei Aeroflot.

Die Bremsen kreischen, und trotzdem rast das Flugzeug viel zu schnell auf der Landebahn dahin.

»Du weißt, dass die Landung das Gefährlichste ist?«, fragt Sarah.

»Ja«, sage ich. »Danke für den Hinweis, aber das wusste ich tatsächlich.«

Endlich kommt das Flugzeug zum Stehen.

Ich überlege, wann ich eigentlich so feige geworden bin. Ob das mit dem Alter gekommen ist. Sarah ist Ende zwanzig, und als ich so jung war wie sie, hatte ich vor nichts Angst, ich war viel zu beschäftigt, um Angst zu haben. Ich dachte nur daran, wie ich an Geld für den nächsten Schuss kommen konnte. Und ich hatte wohl auch nicht viel zu verlieren. Wer nichts zu verlieren hat, der hat auch nichts zu fürchten, heißt es. Sehr treffend.

Erst, als ich clean war, nach der Mongolei, nachdem ich Sarah wiedersehen durfte, hat sich die Angst angeschlichen.

Wenn Sarah auf einer ihrer Reisen war, musste sie sich viel öfter bei mir melden als bei ihren Eltern, obwohl sie es eindeutig mehr verdient hätten als ich, das muss ich ihnen wirklich lassen.

Mach dich locker, Mathias, sagte sie, ich kann schon auf mich aufpassen.

Halt dich bloß von allem fern, erwiderte ich, und von allen, und lass niemals deinen Drink aus den Augen.

Da lachte sie nur über mich. Glaubst du, ich weiß das nicht, glaubst du, ich würde gar nichts mitbekommen?

Sie ist so unbeschwert, als würde alles von ihr abprallen, und diese Unbeschwertheit ist ihre Stärke. Dass sie keine Lasten mit sich herumträgt, dass sie nicht in der Vergangenheit gefangen ist. Dabei gibt es vieles, was sie belasten könnte. Die Nächte, in denen sie weinte und weinte, ohne dass sich jemand um sie kümmerte, weil ihre Mutter halb ohnmächtig im Wohnzimmer hing, versunken in ihrem Rausch. Die klatschnassen Windeln, ihr Po, der ganz wund war, weil sie nicht gewickelt wurde, die gebrauchten

Spritzen in der Ecke, und der Hunger, sie muss so hungrig gewesen sein, meine Tochter, wir haben es nicht mal geschafft, ihr genug zu essen zu geben.

Immer, wenn ich daran denke, würde ich am liebsten heulen.

Aber Sarah sitzt neben mir, stark und cool, trägt eine Jeansjacke und diese kurzen, weiten Hosen, wie sie heute unter Jüngeren modern sind, ihr Fjällräven-Rucksack auf dem Boden ist voller Fachbücher, bald macht sie ihr Abschlussexamen in Biologie. Sie ist so gut, dass sie schon ab dem Herbst eine Stelle hat, obwohl sie in den letzten Monaten jeden Freitag einen Unistreik organisiert hat. Ab und zu bin ich dort vorbeigegangen und habe sie gesehen, sie steht oft in der ersten Reihe, und ihre Stimme ist laut und deutlich, unmöglich zu ignorieren, damals wie heute.

Sie hörte nie auf zu weinen. Ich habe gehört, dass es Unterschiede zwischen Babys gibt, manche geben auf, wenn niemand sie tröstet, manche resignieren, sie glauben, dass nie wieder ein Erwachsener kommt und sie aus ihrem Bettchen hebt, sie lernen, dass es niemanden gibt, an den sie sich binden können, dass sie nur sich haben. Aber Sarah gab nie auf. Sie brüllte, wie es nur kleine Kinder können. Ihre Schreie gingen durch Mark und Bein und durch alle Wände. Glücklicherweise hatte der Wohnblock, in dem wir lebten, auch dünne Wände. Die Nachbarn meldeten es. Und meldeten es wieder. Und wieder. Sarah gab einfach nicht auf.

Am Ende wurde sie abgeholt, am Ende kam jemand und wickelte sie und gab ihr etwas zu essen, am Ende, aber nicht zu spät für sie, kam jemand, der für sie da war, zu dem sie eine Bindung aufbauen konnte, der sie ein Kind sein ließ. Ich habe ihren Eltern, ihren eigentlichen Eltern, absolut alles zu verdanken. Ich versuche es ihnen jedes Mal zu sagen, wenn wir uns sehen. Sarah hat schon einmal erwähnt, dass es vielleicht ein bisschen zu viel sein könnte. Ich werde es trotzdem weiterhin sagen, ich kann es nicht lassen.

Ein Fahrer holt uns am Flughafen ab, er hält ein Schild mit unseren Namen. Ich komme mir ein bisschen vor wie ein wichtiger Geschäftsmann. Abgesehen davon, dass wir in der Economy-Class geflogen sind und das Auto ein staubiger, verbeulter Toyota Landcruiser ist.

Wir setzen uns in den Wagen, hinter uns liegt die Stadt. Sie ist gewachsen, überall schießen Wohnblocks und Bürohochhäuser aus dem Boden, aber wir wollen nicht dorthin. Wir fahren weg vom Zentrum, direkt Richtung Westen, nach Hustai.

Wir schlafen beide nicht. Sarah sitzt staunend am Fenster, die weltgewandte Globetrotterin ist verschwunden, jetzt ist sie nur noch eine eifrige Touristin. Guck mal da, und da, so viele Tiere, hier sind ja überall Tiere, und die Zelte, sie wohnen ja wirklich noch da drin, und wie groß das alles ist.

»Es ist so groß, so leer.«

»Ich habe doch gesagt, es ist groß.«

»Aber nicht so groß.«

»Viermal so groß wie Deutschland.«

»Das ist groß.«

Und es ist auch ein großes Gefühl, hier zu sein. Ich habe

Lust, ihre Hand zu nehmen und etwas darüber zu sagen, wie froh ich bin, dass sie mitgekommen ist, aber ich traue mich nicht.

Die Straßen sind in den letzten sechsundzwanzig Jahren besser geworden, alles andere wäre auch schlimm, aber als wir von der Hauptstraße abfahren und in den Park hinein, erinnert das trotzdem an früher. Lauter Schlaglöcher. Der Fahrer drosselt die Geschwindigkeit, aber es hilft kaum etwas. Wieder muss ich an die Urne im Rucksack denken. An den Deckel, der sich lösen könnte, an die Asche, die sich auf meinen Klamotten verteilt.

Hustai National Park, ein großes Schild heißt uns willkommen. Inzwischen hat der Park ein eigenes Logo, natürlich mit Pferden. Das muss nach Karins Zeit gewesen sein.

»Dürfen wir sie heute sehen?«, fragt Sarah. »Dürfen wir die Pferde heute schon sehen?«

»Morgen«, sage ich. »Vor dem Frühstück fahren wir zu den Wasserstellen. Dann sind sie da.«

»Wann denn?«

»Um halb fünf.«

»Halb fünf?«

»Wolltest du die Pferde sehen oder nicht?«

»Na gut … halb fünf. Und dann werden wir es tun?«

»Ja. Dann werden wir es tun.«

Wir fahren weiter ins Tal. Die neue Station liegt näher an der Hauptstraße als die alte. Am Hang steht ein großes Holzhaus mit Solarzellen auf dem Dach, auf der Ebene davor etwa zwanzig Zelte. Wir steigen aus, drei chinesische

Touristen gehen an uns vorbei und ins Besucherzentrum. Dort kann man sowohl eine Ausstellung als auch einen Film über Hustai und die Pferde sehen. Das hab ich auf der Website gelesen. Inzwischen ist der Tourismus die Haupteinnahmequelle, und das Gebiet hat den Status eines Nationalparks erhalten, ist zu etwas geworden, worauf das Land stolz ist, und nicht mehr auf ausländische Unterstützung oder Sponsoren angewiesen. Inzwischen besitzen und betreiben die Mongolen den Park.

Im nächsten Moment kommt ein etwa dreißigjähriger Mann lächelnd auf uns zu.

»Mathias?«

Er gibt mir die Hand. »Tim, *the manager.*«

»Hallo«, sage ich. »Schön, dich endlich zu treffen.«

Ich habe das Gefühl, ich würde ihn aus den Nachrichten, die wir einander geschrieben haben, längst kennen. Ich weiß, dass er sich über unseren Besuch freut, dass Karin eine Art Legende in dieser Gegend ist.

Er zeigt uns unser Zelt. Es ist geräumig, hat mit Blumen dekorierte Betten und Schränke in Orange und Blau, weiche Teppiche und saubere Bettwäsche, die Matratzen riechen unverkennbar nach Schafswolle. Und natürlich steht auch eine Thermoskanne mit heißem Tee auf dem Tisch.

Alles ist noch genauso, wie es war. Und Sarah reagiert genauso, wie ich gehofft hatte.

»Wow! Das ist ja total cool!«

»Ja, oder?«

Sie setzt sich aufs Bett, streicht mit der Hand über die Decke, ist still. Sie ist genauso rein wie die weiße Bettwäsche, die Haut in ihrem Gesicht, am Hals, an den Armen und Händen ist glatt, keine sichtbaren Narben oder Verletzungen.

Mir würde kein einziger Fehler an ihr einfallen, nicht ein einziger.

Ich selbst bestehe aus nichts anderem als Narben und Verletzungen. Aus Schmutz… so viele Jahre war ich schmutzig. Der Dreck lagerte sich in meinem Körper ab, der Staub der Straße klebte am Schweiß, hinter den Ohren, an meinem Hals, in jeder Ritze meines Körpers, und meine Zähne waren voller Löcher.

Ich erinnere mich an meine Hände. Immer ein bisschen geschwollen und rot, ich weiß nicht, warum das so kam, es muss am Dope gelegen haben, nikotingelbe Fingerkuppen, kleine Verletzungen und Wunden, Trauerränder unter den Nägeln, schmutzige Finger und Hände. Und mein Geruch. Ich stank, mir fiel auf, wie die Leute zurückwichen, wenn ich in ihre Nähe kam.

Es ist leicht zu vergessen, dass ich ein anderer bin, dass meine Hände ganz gewöhnlich aussehen – bis auf die Narben. Aber viele davon, wahrscheinlich die meisten, habe ich mir auf der Arbeit zugezogen, beim Zimmern. Und es kommt mir immer noch so vor, als würde ich stärker nach Schweiß oder Dreck stinken als alle anderen. Ich dusche jeden Tag, bade auch regelmäßig, aber das hilft nicht immer gegen mein Gefühl.

»Bist du sicher, dass es in Ordnung ist, wenn wir uns ein Zelt teilen?«, frage ich. »Wir können auch jeder eins haben. Tim hat gesagt, das wäre kein Problem. Wir müssen nichts zahlen.«

Sie lächelt über das ganze Gesicht.

»Und dann soll ich also allein hier liegen, heute Nacht. Mitten in der Steppe, in einem riesigen Zelt. Wie dunkel wird es hier eigentlich? Ich tippe mal, ziemlich dunkel. Außerdem hast du gesagt, es gäbe Wölfe.«

»Das Lager ist eingezäunt, sie können gar nicht bis zu uns vordringen.«

»Trotzdem.«

»Na gut …«, sage ich. »Gut. Wir teilen uns das Zelt … dann ist auch Platz für noch mehr Chinesen da. Und der Park kann mehr Geld verdienen.«

»China makes the world go round«, sagt sie.

Ich muss mich wegdrehen, damit sie nicht sehen kann, dass meine Augen feucht sind. Nur weil meine Tochter das Zelt mit mir teilen will.

Als der Wecker meines Handys klingelt, weiß ich nicht, wo ich bin, und auch nicht, warum ich ihn auf 4.30 Uhr gestellt habe. In Europa ist es jetzt Nacht und hier Morgen, ich habe jegliches Zeitgefühl verloren. Dann nehme ich den Geruch von Schafswolle wahr und komme wieder zu mir.

Ich schalte die Taschenlampe ein und gehe zu Sarah, rüttle vorsichtig an ihr. Mit einem Ruck wird sie wach und setzt sich auf.

»Ist es etwa schon so weit?«

»Ja, ist es.«

Sie gähnt und reibt sich das Gesicht.

»Ich fühle mich eigentlich ziemlich fit. Kein Jetlag. Wahrscheinlich, weil für meinen Körper noch gar nicht die Nacht angebrochen ist.«

»Das wird später noch schlimmer werden.«

»Du kannst einen wirklich trösten.«

»Ich weiß. Das war schon immer meine Stärke.«

Die Zeitumstellung sorgt für eine seltsame Leichtigkeit im Körper, fast wie ein Rausch. Mir gefällt das. Seit ich mit allen Drogen aufgehört habe, suche ich nach anderen Sachen, die mich ein bisschen euphorisch machen. Ich mag das Gefühl, wenn die Chemie in meinem Körper arbeitet, Hormone oder was auch immer, freue mich immer, wenn ich weiß, dass man etwas Ähnliches finden kann, das trotzdem natürlich ist.

Tim steht am Auto bereit, scheint völlig unbeeindruckt vom frühen Zeitpunkt. Wahrscheinlich ist das für ihn ein normaler Morgen.

»Guten Morgen«, sagt er. »Müde?«

Ich nicke. Er sieht aus, als würde es ihm gefallen, dass die Touristen nicht ganz so frisch sind wie er, vermutlich ist das eine leise Genugtuung dafür, dass er jeden Tag um neun Uhr ins Bett gehen muss.

»Alles bestens«, antwortet Sarah.

Es dämmert, während wir in Richtung der alten Forschungsstation fahren. Die Landschaft ist genauso, wie ich sie in Erinnerung habe, wie sie war, als ich vor einer halben Ewigkeit zur selben Jahreszeit herkam. Aber dennoch nicht ganz, irgendwie farbloser, weniger leuchtend grün.

»Es sieht trocken aus«, sage ich und deute auf das Gras.

»Im Frühjahr regnet es weniger«, erklärt Tim. »Stattdessen kommt der Regen mittlerweile im Herbst.«

»Und warum?«

Er zuckt die Schultern, als wäre es nicht von Bedeutung. »Klimawandel.«

»Was bedeutet das für euch?«

»So einiges. Weniger Gras. Weniger Tiere.«

Tim neigt eindeutig nicht zur Dramatisierung.

Wir fahren an der alten Station vorbei. Sie ist immer noch knallblau, aber das Haus ist zugenagelt, und die Türen sind dunkel.

»Warum seid ihr umgezogen?«

»Aus praktischen Gründen.«

Ich kannte diese Landschaft so gut, war ein Jahr lang fast jeden Tag hier draußen unterwegs, und trotzdem habe ich so vieles vergessen. Vergessen, wirklich vergessen, und es fällt mir auch jetzt nicht wieder ein, wo ich hier bin. Ich habe ein Gedächtnis wie ein Sieb, voller Löcher nach all den Jahren auf der Straße. Ich erinnere mich an das Gras, an die Murmeltiere, die immer über den Weg flitzten. Sie sind auch jetzt noch da. Sarah jauchzt jedes Mal, wenn sie eins sieht.

»Wie süß die sind, mein Gott, sowas von süß! Und so viele, die sind ja wirklich überall!«

»Habe ich's dir nicht gesagt.«

»Ich dachte, du übertreibst.«

Aber ich erinnere mich nicht an jeden einzelnen Hügel, an jedes Tal und jeden Gipfel in dieser Landschaft, ich erinnere mich nicht mehr, wo der Weg zu den Wasserstellen weitergeht, ich erinnere mich nicht mehr, dass es so viele Vögel gibt und wie viele Kadaver in der Landschaft herumliegen. Meine Erinnerungen an die Mongolei sind in erster Linie ein Gefühl.

Das Gefühl von Karin, meiner Mutter.

Wir fahren weiter auf einer Wagenspur, hinter uns im Osten wird der Himmel immer heller.

Wir nähern uns den Wasserstellen, und plötzlich ruft Sarah:

»Da sind sie!«

Denn dort, an einem Hang, vor dem ein Bach entlangfließt und wo das Gras grüner und höher wächst als anderswo, stehen die Pferde.

»Wie schön sie sind! Und so viele!«

Ja, es sind viele. Ich zähle sie schnell, es müssen mindestens drei verschiedene Harems sein und einige Gruppen mit Hengsten.

Sie sind alle hier geboren. Tim hat erzählt, dass der Park seit dem Jahr 2000 keine Pferde mehr aus Europa importiert hat.

Ich zähle einundzwanzig Pferde. Und das ist nur ein Bruchteil aller, die jetzt in Hustai leben. 320 Pferde insgesamt. Und mindestens 1500 auf der ganzen Welt. Ihre Zahl ist von dreizehn auf 1500 gestiegen, mehr als hundert Mal so viele.

Du hast es geschafft, Karin, denke ich.

Obwohl ich weiß, dass sie nicht zufrieden wäre. Zwischen 350 und fünfhundert Pferden besteht immer noch ein großer Unterscheid. Sie hätte immer noch nicht darauf vertraut, dass der Bestand von allein wächst, dass es genug von ihnen gibt.

Außerdem wäre sie sicher über die Verluste frustriert. Im letzten Jahr starben einundneunzig Pferde, es gab Fohlen, die nicht überlebten, und Hengste, die sich gegenseitig umbrachten.

Und sie sind nach wie vor auf die Hilfe des Menschen angewiesen, auf Ranger, die Wölfe verjagen, und Herden von Hauspferden, die sich nicht mit den Takhis paaren dürfen, und auf Salzsteine, die verteilt werden, auf die Geburtshilfe, die sie mitunter erhalten, auf die Übersicht, die die Menschen die ganze Zeit darüber behalten, wer sich mit wem paart, um Inzucht so weit wie möglich zu verhindern.

Aber es geht voran, Karin.

Tim bleibt im Auto sitzen, während Sarah und ich auf die Pferde zugehen. Als wir etwa hundert Meter entfernt sind, bleiben wir stehen. Weiter dürfen wir uns ihnen nicht nähern.

Ich öffne den Rucksack, den ich dabeihabe, und nehme die Urne heraus. Sie ist immer noch gut zugeschraubt, keine Spur von Asche zu sehen.

Plötzlich überkommt mich Ekel. Das hier ist Karins verbrannter Körper, ihre Arme und Beine, ihr Haar, ihre Ohren und Augen. Ich habe Angst, dass ich Asche abkriege, mich schmutzig mache, ich bereue die ganze Idee. Und ich bin mir nicht einmal sicher, ob es ihr gefallen hätte, wahrscheinlich hätte sie es für ziemlichen Unsinn gehalten.

Vermutlich stammt ein Großteil der Asche aber sowieso vom Sarg. Das ist eine Art Trost. Und davon abgesehen ist alles nur noch Kohlenstoff. Sowohl der Sarg als auch Karin sind nur noch Kohlenstoff. Außerdem ist sie tot. Weg, für immer. Ich treffe die Entscheidungen, und ich habe entschieden, dass Karin hier ihre letzte Ruhestätte finden soll.

»Wo sollen wir es machen?«, fragt Sarah.

»Ich weiß nicht genau.« Ich sehe mich um.

Die Asche in den Wind streuen, heißt es doch. Aber es ist windstill.

»Da oben vielleicht?« Sarah zeigt auf eine kleine Anhöhe.

»Dort, ja«, sage ich und bin erleichtert, dass sie dabei ist. »Das ist gut.«

Sie stapft mit schnellen Schritten aufwärts, ich kann kaum folgen, habe die Urne unter dem Arm, presse sie fest an mich, aus Angst, ich könnte sie auf den Boden fallen lassen.

»Ja, genau«, sage ich und versuche meine Atemlosigkeit zu verbergen. »Schön. Hier ist es schön.«

Sie nickt. »Eigentlich ist es überall schön.«

»Das hätte ihr gefallen«, sage ich.

Sarah grinst und erinnert mich plötzlich sehr an ihre Großmutter. »Bist du sicher?«

»Nein.«

»Ich auch nicht.«

»Aber wir müssen es jetzt einfach machen.«

»Ja.«

Und plötzlich sehe ich, dass sie Tränen in den Augen hat.

»Sie war ja eine ziemlich coole Frau«, sagt sie.

»Ja. Ja, doch. Eine ziemlich coole Frau.«

»Sie hat all das hier erreicht.« Sarah streckt die Arme in beide Richtungen.

»Mehr als die meisten«, füge ich hinzu.

Kann man eine ziemlich schlechte Mutter und trotzdem ein guter Mensch sein? Ich weiß es nicht. Ich weiß nur, dass ich mir selbst nie verzeihen werde, kein besserer

Vater gewesen zu sein. Allerdings hatte ich auch nicht so viele Pferde zu retten. Das einzige Pferd, für das ich tatsächlich einmal die Verantwortung übernehmen sollte, ist gestorben.

»Bist du traurig, Mathias?«

Sarah geht einen Schritt auf mich zu, ihre Augen drohen überzulaufen.

»Nein«, sage ich. »Nein, es geht schon. Oder doch ... ich bin traurig, aber nicht so, dass ich weinen müsste oder so. Alles in Ordnung.«

Sie nickt. »Das ist gut.«

Ich hätte sicher weinen sollen. Hätte für Karin weinen sollen. Meine Mutter, die ich nie Mama nennen durfte. Für alles, was ich von ihr bekommen habe, für alles, was sie mit mir durchgemacht hat. All die Male, in denen sie mich suchte, mich ausschimpfte, mir helfen wollte.

Und all die Jahre, in denen ich clean war, seit ich hier wegging ... die waren eigentlich ganz schön. Ich besuchte sie in Thorenc. Sie kam ab und zu nach Berlin. Nie länger als zwei Tage. Irgendwann wurde mir klar, dass ich eigentlich auch nicht länger als zwei Tage in Thorenc bleiben sollte. In zwei Tagen schafften wir es, über den Hof zu sprechen, den Betrieb, die Pferde, und sie erfuhr einiges über meinen Job. Über Sarah. Wir konnten uns gemeinsam Bilder ansehen. Doch nach zwei Tagen gelangten wir an eine Grenze, dann streiften unsere Gespräche manchmal andere Dinge, über die eigentlich niemand von uns reden wollte. Wir lernten, rechtzeitig aufzuhören.

Ich war nicht bei ihr, als sie starb. Anscheinend ist sie einfach friedlich eingeschlafen, wie es heißt, zu Hause.

Wahrscheinlich hatte sie Glück gehabt. Sie wohnte in einem eigenen kleinen Haus auf dem Grundstück in Thorenc, hatte nichts mehr mit dem Betrieb zu tun, war aber trotzdem jeden Tag auf den Beinen. Eine starke Frau, sie war immer stark gewesen, wahrscheinlich meint Sarah das, wenn sie *cool* sagt.

Jetzt weine ich nicht, aber ich habe früher um Karin geweint. Als ich die Mongolei verließ … den ganzen Flug über habe ich geweint und geweint. Schließlich setzte sich sogar eine Stewardess zu mir und bot mir Taschentücher und eine Tasse Tee an. Ich weinte, weil ich meine Mutter verloren hatte. Und weil ich nie eine richtige Mutter gehabt hatte. Ich weinte, weil ich all ihre Fehler wiederholt hatte, nur auf andere Weise. Ich weinte, weil ich mit einem Gemüt auf die Welt kam, das schlecht zu einer Mutter wie Karin passte. Es wäre sicher anders gewesen, wenn ich ein ruhiges und reserviertes Kind gewesen wäre, ihr ähnlicher. Vielleicht hätte ich dann mehr von ihr bekommen, vielleicht wäre sie im Stande gewesen, mir das zu geben, was ich brauchte, wenn ich etwas anderes gebraucht hätte. Und ich weinte über all den Mist, den sie während des Krieges erlebt hatte, als sie ihre eigene Mutter verlor, denn vielleicht hatte da alles angefangen. Oder auch nicht? Ich weinte, weil ich auch auf diese Frage nie eine Antwort bekäme, und weil ich sie nie wieder stellen würde.

In den Wochen danach weinte ich weiter, während ich mir eine Wohnung suchte und einen Praktikumsplatz bei einem Zimmermann. Und während ich Kontakt zum Jugendamt aufnahm und fragte, ob ich eine letzte Chance bekommen könne, Zeit mit Sarah zu verbringen.

Erst als der Antrag durch war, hörte ich auf zu weinen. Sie war fünf Jahre alt und der wunderbarste Mensch, den ich je getroffen hatte.

»Wollen wir es dann wagen?«, frage ich und schraubte den Deckel ab.

»Ja«, sage Sarah.

Ich bleibe mit der Urne in der Hand kurz stehen und versuche, den Geruch der Asche zu ignorieren, der daraus aufsteigt.

Dann drehe ich sie um und versuche, die Asche möglichst regelmäßig auf dem Boden zu verteilen, am Hang, in Richtung der Pferde. Am Ende schüttele ich sie noch einmal, um sicherzugehen, dass ich nichts übriggelassen habe.

»Mach's gut«, sage ich.

»Mach's gut, Oma«, sagt Sarah.

Die Asche bleibt im Gras liegen. Grau auf Grün.

Was macht man eigentlich mit einer leeren Urne? Um diese Frage habe ich mich nicht gekümmert. Ich behalte sie in der Hand, schraube den Deckel wieder darauf.

»Die müssen wir wohl wieder mit zurücknehmen«, sage ich.

»Ja«, sagt Sarah.

Ihre Unterlippe zittert. Plötzlich legt sie beide Arme um mich und drückt mich. Ich schaffe es nicht, die Umarmung zu erwidern, denn dafür müsste ich die Urne loslassen. Ihr Haar duftet schwach nach dem frischgewaschenen Kissenbezug, auf dem sie geschlafen hat. Aus ihrer Brust steigen drei lautlose Schluchzer auf, und ich kann nicht anders, als sie zu trösten.

Die Urne fällt zu Boden, anscheinend habe ich den Deckel

nicht gut zugeschraubt, denn er springt ab und verschwindet zwischen zwei Steinen.

»Der Deckel«, sage ich.

»Das macht nichts«, erwidert Sarah.

Ich ziehe sie fest an mich, es brennt in meinen Augen und im Hals.

»Das macht nichts«, wiederholt sie, und ich weiß nicht, ob sie den Deckel meint oder meine Tränen. »Ist schon gut, Papa. Alles ist gut.«

DANKSAGUNG

Vielen Dank an alle, die sich die Zeit genommen haben, diesen Roman zu lesen, Fragen zu beantworten und mit mir mitzudenken: die Biologin Anne Sverdrup-Thygeson, die Pferdewissenschaftlerin Margreth Olin, die Mongolei-Expertin Benedikte Victoria Lindskog, der Biologe Dag O. Hessen, die Hydrologin Lena Merete Tallaksen, die Landwirtin Live Johnsrud, die Russischübersetzerin Marit Bjerkeng, die Biologin Petra Kaczensky und der Zoologe Petter Bøckman. Danke auch an Therese Lindström und ihre Kollegen bei Nordens Ark, die mich herzlich willkommen geheißen haben, und an Ingunn Skjerve Løken und Simen Løken in Sjøsætra, die mir beigebracht haben, wie man Kühe melkt. Ich danke auch Heidrun Reisæter, die mit mir nach St. Petersburg gekommen ist, und Peter Kozyrev, der uns die vielen Seiten der Stadt gezeigt hat. Außerdem muss ich mich bei der Pferdetierärztin Kristin Olstad für ihre unschätzbar wichtige Hilfe und große Geduld bedanken. Ein besonders großes Dankeschön an die Mitarbeiter des Hustai-Nationalparks und der International Takhi Group in der Mongolei, die mich mit offenen Armen begrüßten und ihr Wissen teilten, insbesondere an den Biologen

Usukhjargal Dorj, den Programmmanager Jamiyandorj Batsukh und den Projektkoordinator Munkhtuya Byamba.

Ein großes Dankeschön auch an die gesamte Belegschaft von Aschehoug und der Oslo Literary Agency, insbesondere an meine unermüdliche Agentin Annette Orre, die sich um meine Romane auf der ganzen Welt kümmert, und an meine kluge Lektorin Nora Campbell, die mich und dieses Buch überall hin begleitet hat, sogar in die Mongolei.

Last but not least muss ich mich bei allen bedanken, die in den letzten zwei Jahrhunderten dazu beigetragen haben, dass es die Takhis immer noch gibt. Diese Geschichte ist auch eure.

Oslo, August 2019
Maja Lunde

INSPIRATIONSQUELLEN

Es gibt eine Reihe von Werken, die mir bei der Arbeit an *Die Letzten ihrer Art* eine große Hilfe waren. Michails und Williams Geschichte wurde teils vom Tierhändler und Zoopionier Carl Hagenbeck und seinen Memoiren, *Beasts and Men* (Longmans, Green, and Co., 1912; dt.: *Von Tieren und Menschen: Erlebnisse und Erfahrungen*, Severus Verlag 2014) inspiriert. Der Ausgangspunkt für Karins Geschichte war Piet Wits und Inge Boumans Buch über deren langjährige Arbeit mit Takhis: *The tale of the Przewalski's horse coming home to Mongolia* (KNNV Publishing, 2006); sowie die Dokumentarfilme *Wild Horses Return to China* (Clive Copeman, Natural History New Zealand Ltd & Xinjiang Televison China, 2010) und *The Takh back to Mongolia* (Micaela van Rijckevorsel, Stichting Arte et Cetera, 2006). Lee Boyds und Katherine A. Houpts (Hrsg.) ausführliche Sammlung *Przewalski's Horse, the History and Biology of an Endangered Species* (State University of New York Press, 1994) war mir für alle drei Erzählungen hilfreich.

Ich muss jedoch betonen, dass *Die Letzten ihrer Art* zwar die Geschichte einer tatsächlich existierenden Spezies und deren Erhaltung durch den Menschen erzählt, alle zentralen Figuren und die überwiegende Mehrheit der Ereignisse in diesem Roman jedoch entweder fiktiv oder zumindest durch meine Phantasie beeinflusst sind.

Weitere relevante Quellen:

Edward Acton: *Russia, the Tsarist and Soviet Legacy*, Longman, 1995

Reidar Andersen & Hans K. Steinøien: *Arten som forandret alt*, J. M. Stenersens forlag, *2018*

European Environment Agency: *Climate change, impacts and vulnerability in Europe, 2016*

Yuval Noah Harari: *Eine kurze Geschichte der Menschheit*, Pantheon, 2015

Dag O. Hessen: *Vi. Samarbeid – fra celle til samfunn*, Cappelen Damm, 2017

Simon Sebag Montefiore: *Die Romanows*, S. Fischer Verlag, 2016

Elizabeth Kolbert: *Das sechste Sterben: Wie der Mensch Naturgeschichte schreibt*, Suhrkamp, 2016

Petra Kaczensky, Chris Walzer & Bern Steinhauer-Burkart: *Das Naturschutzgebiet »Große Gobi B«, Heimat der Wildpferde*, Naturführer Mongolei, 2006

Lena M. Lindén: *Med näbbar och klor, Nordens Ark och kampen för hotade djur*, Votum, 2014

Miljødirektoratet: *Klima i Norge 2100*, NCCS report, no. 2/2015

Nikolai Przewalski: *Mongolia, the Tangut Country*, Sampson, Low, Marston, Searle & Rivington, 1879

Nikolai Przewalski: *From Kulja, Across the Tian Shan to*

Lob-Nor, Sampson, Low, Marston, Searle & Rivington, 1879
Micaela van Rijckevorsel: *The Takh back to Mongolia* (Dokumentarfilm), Stichting Arte et Cetera, 2006
John Seymour: *Das neue Buch vom Leben auf dem Lande*, Dorling Kindersley, 2010
Katerina Smetania: *Russland og russere*, Orion, 2006
Bernd Steinhauer-Burkart: *Hustai Nuruu National Park*, Eco Nature Edition, 2014

Die Originalausgabe erschien 2019 unter dem Titel
»Przewalskis hest« bei H. Aschehoug & Co., Oslo.

Die Übersetzung wurde von NORLA, Oslo, gefördert.
Der Verlag bedankt sich dafür.

NORLA
NORWEGIAN LITERATURE ABROAD

Sollte diese Publikation Links auf Webseiten Dritter enthalten,
so übernehmen wir für deren Inhalte keine Haftung,
da wir uns diese nicht zu eigen machen, sondern lediglich auf
deren Stand zum Zeitpunkt der Erstveröffentlichung verweisen.

Dieses Buch ist auch als E-Book erhältlich.

Klimaneutral
Druckprodukt
ClimatePartner.com/13244-1904-1001

MIX
Papier aus verantwortungsvollen Quellen
FSC® C014496
FSC www.fsc.org

Verlagsgruppe Random House FSC® N001967

1. Auflage
Copyright © 2019, H. Aschehoug & Co. (W. Nygaard) AS
Published in agreement with Oslo Literary Agency
Copyright © der deutschsprachigen Ausgabe 2019 by btb Verlag
in der Verlagsgruppe Random House GmbH,
Neumarkter Straße 28, 81673 München
Umschlaggestaltung: semper smile, München
Umschlagmotiv: © Shutterstock/Runrun2; art_of_sun; K Derina
Satz: Uhl + Massopust, Aalen
Druck und Einband: GGP Media GmbH, Pößneck
Printed in Germany
ISBN 978-3-442-75790-9

www.btb-verlag.de
www.facebook.com/btbverlag